Der Weltstaat und Nebelgator

AF222976

Dieses Buch ist dem Wind gewidmet und all jenen, die es lesen. Möge es euch inspirieren, euch bewegen und eure Gedanken über die Weite der Welt und die Kräfte der Natur schweifen lassen.

J.F. ANGEL

DER WELTSTAAT UND NEBELGATOR

PROPHEZEIUNG DER LETZTEN SAPIENS

Bibliografische Information der Deutschen Nationalbibliothek
Die Deutsche Nationalbibliothek verzeichnet diese Publikation
in der Deutschen Nationalbibliografie; detaillierte bibliografische
Daten sind im Internet über http://dnb.d-nb.de abrufbar.

Korrektorat, Satz, Umschlaggestaltung und Verlag:
BoD · Books on Demand GmbH, In de Tarpen 42, 22848
Norderstedt,
bod@bod.de
Druck: Libri Plureos GmbH, Friedensallee 273, 22763 Hamburg

ISBN: 978-3-7597-4835-5

INHALT

VORWORT

Vor ein paar Jahren, während einer tiefen Meditation, die darauf abzielte, Dunkelheit in Licht zu verwandeln, kam mir aus dem Nichts die Idee, ein Buch zu schreiben – es war die reinste Form der Inspiration, die ich je erlebt habe. Seitdem schreibe ich darüber, und die Geschichte wuchs und entwickelte sich, während ich sie erzählte, bis sie schließlich zu einem umfangreichen Buchprojekt wurde, das für eine zukünftige Veröffentlichung geplant ist.

Nach viel harter Arbeit ist mein Debütroman Aliens Schicksal – wenn alle Kämpfe sinnlos erscheinen erschienen. Seit der Veröffentlichung im November 2023 habe ich verschiedenes Feedback von meinen Lesern erhalten. Manche fanden Aliens Schicksal melancholisch, düster und belastend. Tatsächlich ist das Buch keine leichte Kost und eher anspruchsvoll, da es zum Nachdenken anregt und nicht primär der Unterhaltung dient. Einige berichteten, das Buch nur stückweise lesen zu können, um alte negative Erfahrungen nicht wieder hochkommen zu lassen. Selbst denen, denen es gefallen hat, hatten Kritikpunkte. Was manche als berührend und philosophisch empfanden, war für andere zu bedrückend und pessimistisch. Vielleicht ist es in einer langen Erzählung unmöglich, jedermanns Geschmack an allen Stellen zu treffen – oder auch allen an denselben Passagen zu missfallen. Aus den Rückmeldungen, die ich erhalten habe, geht hervor, dass gerade die Abschnitte, die für manche zu emotional und belastend sind, von anderen als besonders poetisch empfunden werden. Ich, als der kritischste Leser von allen, würde viele Änderung im Buch vornehmen, wenn ich eine zweite Ausgabe herausbringen würde – zum Glück bin ich dazu jedoch nicht verpflichtet.

Meinen Debütroman hatte ich allen jungen Menschen gewidmet, die noch unerfahren sind und für die die Welt darauf wartet, entdeckt zu werden, sowie all den Kindern, die sich auf diesem Planeten fehl am Platz fühlen. Ich wollte, dass Aliens Schicksal ihnen ein Spiegel sein könnte, in dem sie sich wiedererkennen. Nun, ein Jahr nach der Veröffentlichung von Aliens Schicksal, bin ich wieder zurück mit einem neuen Buch, betitelt *Der Weltstaat und Nebelgator*. Direkt nach der Veröffentlichung meines Debütromans begann ich mit der Arbeit an diesem neuen Projekt. Beide Werke – Aliens Schicksal (2023) und *Der Weltstaat und Nebelgator (2025)* – sind eigenständige Bücher, die jedoch als Vorgeschichte zu einer zukünftigen, umfangreichen Buchreihe dienen, die sich während meiner intensiven Meditation immer weiter entwickelt.

Wie entstand *Der Weltstaat und Nebelgator?* Vor einem Jahr, während meiner tiefen Meditation, hatte ich das Gefühl, das Gesetz von Raum und Zeit gemeistert und Zugang zum Wissen über die zukünftigen Zeiten erlangt zu haben. Diese Erfahrung hat mich tief berührt und überrascht, da ich nicht wusste, dass der Mensch die Zukunft – dieses „offene Buch" – lesen kann, indem er aufmerksam die Ursachen und ihre Wirkungen betrachtet. So kam mir die Idee, eine große Zukunftsvision zu entwerfen, indem ich die Fakten und Ereignisse unserer Welt linear extrapoliere. Dies führte mich dazu, ein prophetisches Buch mit dem Titel *Der Weltstaat und Nebelgator* zu schreiben, das die möglichen Entwicklungen der Zukunft visionär erforscht. Doch die Zukunft ist nicht festgelegt, sondern wird durch den freien Willen einer unendlichen Intelligenz beeinflusst, während der Mensch und die Natur sich durch das Raum-Zeit-Kontinuum bewegen, bis der Moment kommt, in dem eine neue Ära beginnt.

Meine lieben Leser, wir werden in das Herz einer großen zukünftigen Zivilisation eintauchen, die leider niemand meiner Zeitgenossen sehen wird, es sei denn, er ist ein Avatar unter den Menschen, der sich in der Zukunft wieder inkarniert. Das Hauptmotiv hier ist der Wunsch eines Fiktionserzählers, einmal eine wirklich prophetische Darstellung zu wagen, die die Neugier der Leser weckt, sie zum Nachdenken anregt und fasziniert. Als Orientierung dient mir dabei ausschließlich meine eigene Intuition darüber, was ansprechend oder packend ist. Für viele mag sich diese Orientierung jedoch oft als fehlerhaft herausstellen.

PROLOG

Die Ereignisse von vor 370 Jahren hatten Lisa erschüttert und einen unauslöschlichen Eindruck in den Geschichtsbüchern hinterlassen. Der Tod von Alien Jean-Jacques in Nürnberg war der Beginn einer langen und komplexen Aufarbeitung, die das Leben vieler Menschen für Generationen beeinflussen sollte.

Als die Nachricht von seinem Tod seine Geliebte, Lisa, erreichte, war es ein Schock für sie, die Einzige, die in der Tiefe ihres Herzens den Verlust betrauern konnte. Damals verliefen die Ermittlungen der Mordkommission monatelang im Sand. Es gab keine handfesten Beweise, keine klaren Spuren außer vagen Zeugenaussagen. Der Täter, eine rätselhafte Gestalt mit einer Narbe im Gesicht und einer Kopfbedeckung, blieb unauffindbar.

Doch aus diesem dunklen Kapitel entstand eine neue Hoffnung. Lisa, die entdeckte, dass sie von Alien schwanger war, entschied sich, seinen Namen und sein Erbe weiterzuführen. Trotz bürokratischer Hürden nahm sie den Namen »Alien« an und nannte ihren Sohn Emmanuel Alien, um die Erinnerung an den friedlichen jungen Mann zu bewahren und seinem Geist eine neue Form zu geben.

Im Laufe der Jahrhunderte entwickelte sich der Name Alien zu einem Symbol des Widerstands und der Erinnerung. Die Nachfahren von Lisa und Emmanuel trugen den Namen mit Stolz und sorgten dafür, dass die Geschichte von Alien Jean-Jacques nie vergessen wurde. In dieser langen Zeit veränderte sich die Welt radikal, doch die Erinnerung an die damaligen Ereignisse blieb lebendig.

Nun, im Jahr 2369, ist die Welt eine völlig andere. Technologische Fortschritte und tiefgreifende gesellschaftliche Umbrüche haben die Menschheit in eine neue Ära geführt. Die Nachfahren von Alien Jean-Jacques sind über die gesamte Welt verstreut und kaum noch als solche zu erkennen. Zwei von ihnen, Jaden und Joseph, leben nun in einer Zeit, die sie vor immense Herausforderungen stellt. Besonders

Joseph, der als einfacher Sapiens gegen die Bürokratie des Weltstaates ankämpfen muss, sucht ständig nach Wegen, um dem übermächtigen Establishment zu entkommen.

Auszug aus dem Stamm- und Tagebuch

»Das ultimative Simulo erschafft durch seine unendliche Intelligenz unzählige andere Simulos, die über unzählige Milliarden von Jahren hinweg bestehen; und doch geschehen für das ultimative Simulo die Schöpfung, die Entwicklung, der Verfall und der Tod von einer Million Simulos nur in einem Augenblick.«

Der epische Stammbaum von Joseph

Die Geschichte von Joseph, dem Sohn von William, ist tief verwurzelt in einer langen Linie außergewöhnlicher Vorfahren. Jeder von ihnen hat die Welt auf seine Weise geprägt und die Herausforderungen seiner Zeit gemeistert. Dies ist ihre Geschichte.

1. Generation
Alien Jean-Jacques

Der Initiator des »Stamm- und Tagebuchs« und der Märtyrer, dessen tragischer Tod zum Symbol für Erinnerung wurde. Er hinterließ einen Sohn, Emmanuel.

2. Generation
Emmanuel Alien

Emmanuel, der Sohn von Alien Jean-Jacques, setzte das Erbe seines Vaters fort. Mit Antonia zeugte er drei Kinder: Sterling, Tycoon und Glory.

3. Generation
Sterling Alien

Sterling, ein Mann von starkem Willen und Führungsqualitäten, zeugte mit seiner Partnerin 16 Kinder, darunter Magnat.

4. Generation
Magnat Alien

Inmitten des großen achtjährigen Weltkrieges und vor dem verheerenden Asteroideneinschlag, der mehrere Länder auslöschte, brachte Magnat MechanicusX , Swami und Technojax in die Welt.

5. Generation
MechanicusX Alien

Nach dem großen Krieg von 2114, in einer Zeit des Wiederaufbaus und der Hoffnung, zeugte MechanicusX mit Bianca drei Kinder: Suffer, Ajna und Eliazar.

6. Generation
Suffer Alien

Suffer, ein Überlebenskünstler und Innovator, zeugte zwei Söhne: Alexander und Ali.

7. Generation
Alexander Alien

Alexander, bekannt für seine Weisheit und Stärke, brachte 31 Kinder zur Welt, darunter Luke.

8. Generation
Luke Alien

Luke, ein Mann mit visionären Ideen, zeugte Tesla, Messiah und Godson mit Jiaoxian.

9. Generation
Tesla Alien

Tesla, Urururgroßvater von Joseph, lebte in einer Zeit, als Angehörige der Spezies Homo Sapiens zu Erdenbürgern zweiter Klasse wurden. Er zeugte Techno Power.

10. Generation
Techno Power Alien

Techno Power, ein Pionier in einer technologisch fortgeschrittenen Welt, zeugte Adam den Großen.

11. Generation
Adam der Große
Adam der Große, bekannt für seine heldenhaften Taten und Führungskraft, zeugte vier Söhne: Connor, Lucas, Tyler und Aiden.

12. Generation
Connor Alien
Connor, der Urgroßvater von Joseph, war ein Mann von großer Weisheit und Weitsicht. Er zeugte William.

13. Generation
William Alien
William, ein Mann mit tiefem Pflichtbewusstsein, setzte das Erbe der Familie fort. Mit Isabella zeugte er Joseph und Jaden.

14. Generation
Joseph Alien
Joseph lernte schon als Schattenkind, dass er immer wachsam sein und kämpfen muss.

ERSTER TEIL

DER WELTSTAAT

*»There is no salvation for civilization, or even the human race,
other than the creation of a world government.«*
Albert Einstein

KAPITEL 1

Ein ohrenbetäubendes Alarmsignal durchbrach die Stille, als das Mädchen durch die engen Gänge des Raumschiff-Docks hoch oben auf dem Mount Everest rannte. Ihr Herz hämmerte in ihrer Brust, während sie verzweifelt den Seiteneingang suchte, wo Joseph auf sie wartete. Überall um sie herum herrschte Chaos; Menschen schrien und drängten, versuchten, die letzte Rettungskapsel zu erreichen, bevor die Flutwelle die Docks erreichen würde.

Der Kapitän brüllte Befehle durch das Intercom: »Schließt das Raumschiff sofort! Wir haben fünf Minuten!« Die Panik breitete sich wie ein Lauffeuer aus. Joseph stand am Seiteneingang, seine Augen fixiert auf das Mädchen, das sich durch die Menge kämpfte. »Schneller, schneller, Schatz! Du schaffst das!«, rief er ihr verzweifelt zu.

Er wollte ihr entgegenlaufen, doch seine Beine fühlten sich wie Blei an, als ob unsichtbare Hände ihn festhielten. »Bitte, schneller!«, schrie er noch einmal, die Verzweiflung in seiner Stimme unüberhörbar.

»Ich verspreche es dir! Wir werden wieder zusammen sein … ich verspreche es dir!«, antwortete sie, ihre Stimme voller Entschlossenheit und Angst. Sie war nur eine von Tausenden, die versuchten, ins Raumschiff zu gelangen, bevor die Türen sich schlossen. Doch die ersten Wellen der Flutwelle brachen bereits über die Docks herein, und das Wasser stieg rasend schnell. Das Mädchen kämpfte sich durch die tosenden Wellen, ihre Beine schwer von der Kälte, während sie den letzten Versuch unternahm, die rettende Schwelle zu erreichen.

Josephs Herz brach, als er sah, wie das Mädchen gegen die unbarmherzige Macht der Natur ankämpfte. Sie erreichte das Wasser, und mit einem verzweifelten Schrei tauchte sie ein und versuchte, die letzten Meter schwimmend zu überwinden. Doch die Flutwelle war unerbittlich. Sie wurde fortgerissen, zusammen mit Tausenden anderen, die versuchten, dem Tod zu entkommen.

Plötzlich erklang eine tiefe, bedrohliche Stimme hinter ihm: »Jetzt bist du dran.« Joseph drehte sich langsam um und sah sich einer monströsen Gestalt gegenüber. Ein gigantischer Cyboforcer, dessen Gesicht im Schatten verborgen lag, trat auf ihn zu. Ein sadistisches Lächeln spielte auf seinen Lippen, als er ein Nano-Implantat an der Basis von Josephs Nacken ansetzte.

Ein scharfer Schmerz durchzuckte Josephs Körper, als der winzige Mechanismus in sein Fleisch eindrang.

»Niemand kann mir entkommen«, spottete der Cyboforcer höhnisch. »Egal, wie weit du rennst, es gibt keinen Zufluchtsort für dich. Millionen Kilometer könntest du zurücklegen, doch jeder Schritt, den du tust, jeder Gedanke, den du hegst, wird meinem Willen gehorchen.«

Joseph erwachte schlagartig aus seinem Albtraum, als die Vibration seiner Smartwatch ihn aus dem Schlaf riss. Er starrte müde auf die Uhr. »Verdammt.« Zögernd nahm er den holografischen Anruf entgegen, der ihn aus seiner Benommenheit riss. Ein dreidimensionales Bild eines jungen Mannes erschien vor ihm, das aus verschiedenen Winkeln betrachtet werden konnte. Der Mann, etwa 25 Jahre alt, strahlte Helligkeit aus und hatte eine durchschnittliche Größe von 180 bis 185 cm. Sein Körperbau war kräftig, aber nicht übermäßig trainiert, sein Gesicht war geprägt von einer etwas breiten, spitz zulaufenden Nase und markanten Kieferknochen. Seine weiten blauen Augen und einige Sommersprossen verliehen ihm eine unverwechselbare Ausstrahlung. Er trug ein einfaches weißes Hemd, auf dem »Myon-drei-Minus« stand.

Als Myon-drei-Minus war er typisch für die Bürger des tertiären Sektors, die elegant und charmant, oft in Weiß, Schwarz oder einer Kombination aus beiden, gekleidet waren. Sie besetzten die Führungspositionen in der Gesellschaft, ob als Gerichtsvollzieher, Heimleiter, Informationstechniker oder in anderen intellektuell anspruchsvollen Berufen, die für das Funktionieren des Staatsapparats entscheidend waren.

»Entschuldigen Sie die Störung beim Schlafen«, begann der Mann, sichtlich überrascht, dass Joseph um diese Uhrzeit noch im Bett lag.

Joseph rieb sich verschlafen die Augen. »Hallo, und wer sind Sie bitte?« Seine Stimme klang noch immer verschlafen, doch sein Geist begann sich langsam zu klären.

»Mr. Smith, die Heimleitung«, antwortete die Männerstimme.

Joseph gähnte im Bett und streckte sich grimassierend aus. »Gibt es etwas Besonderes für diesen holografischen Anruf?«, murmelte er verschlafen. Dann fügte er benommen hinzu: »Verdammt …«

Mr. Smith bemerkte, dass Joseph noch nicht ganz bei vollem Bewusstsein war und wartete geduldig, bevor er fortfuhr. »Wir haben Ihnen eine Mahnung für eine ausstehende Rechnung geschickt. Leider haben wir bisher keinen Zahlungseingang von Ihnen verbuchen können.«

»Warum nicht?«, fragte Joseph verwirrt. »Haben Sie Angst, von meinem Konto abzubuchen?«

»Das ist nicht der Grund, Herr Alien. Aktuell befinden sich weniger als fünfhundert WC auf Ihrem Konto. Sie haben drei Tage Zeit, den offenen Betrag zu begleichen«, erklärte Mr. Smith sachlich.

Joseph schien das Wort »fünfhundert« nicht zu hören oder nicht zu verstehen. Er starrte Mr. Smith perplex an, drückte eine Taste seiner Smartwatch und überprüfte sein Konto. Mr. Smith konnte über den holografischen Anruf jeden seiner Züge, Gesten und Gesichtsausdrücke beobachten, als stünde er direkt vor ihm. Die Holografie, die zu dieser Zeit als die fortschrittlichste Kommunikationsform galt, verlieh dem Gespräch eine beunruhigende Realitätsnähe.

»Das kann nicht sein!«, rief Joseph aus, als er seinen Kontostand überprüfte. »Ich habe derzeit nur vierhundert WC auf meinem Konto!«, verteidigte er sich erleichtert und zugleich besorgt.

»Ich weiß«, sagte Mr. Smith mit leerem Blick und einem verächtlichen Schnauben. Seine Mimik und Haltung verrieten deutlich, dass er dieses Gespräch schnell abschließen wollte. Durch den Neura-Thread, der direkt in seiner Hirnrinde implantiert war, konnte er mit Joseph während des holografischen Anrufs kommunizieren, ohne physische Bewegungen machen zu müssen. Es war eine Technologie, die es ihm ermöglichte, direkt mit Quantencomputern und anderen Geräten zu interagieren, lediglich durch die elektrischen Signale seines Gehirns.

In diesem Jahr 2369 war es für einen Sapiens-Bürger wie Joseph nicht mehr notwendig, einem Beamten wie Mr. Smith seinen Kontostand mitzuteilen. In dieser Welt gab es keine Geheimhaltung mehr, kein Bankgeheimnis, keinen Datenschutz für persönliche Daten. Hunderte von Jahren zuvor hatte der Weltstaat alle Gesetze zum Bankgeheimnis für nichtig erklärt. Der Grund? Sie standen im Konflikt mit der Pflicht und den Interessen der Weltregierung, Einnahmen und Vermögen gerecht und gleichmäßig zu besteuern.

»Sie wissen es bereits«, sagte Joseph trocken und unterbrach sich selbst. »Und jetzt?«

»Sie müssen den ausstehenden Betrag von sechshundert WC bis zum 20. Januar 2369 überweisen, also diesen Montag«, antwortete Mr. Smith, seine Lippen mit der Zunge befeuchtend. WC stand für »World Currency«, die globale digitale Reservewährung, die sich im Laufe der Zeit entwickelt hatte und schließlich von Zentralbanken und der Weltregierung als einziges offizielles Zahlungsmittel anerkannt wurde.

Das Problem war, dass es einer bestimmten Gruppe von Weltbürgern an Geld mangelte. Nicht den Erben, nicht den Nobilis, nicht den Myon-drei oder den Myon-zwei. Es waren die Sapiens, die als Minderheit galten, von Tag zu Tag lebten und nur wenige WC auf ihren Konten hatten. Sie verdienten es, sie gaben es aus, aber sie konnten es nicht vermehren. Die Erben galten als unsterblich und standen über dem Gesetz, mit gottähnlicher Inszenierung in der Weltbevölkerung. Die Nobilis folgten den Erben an der Spitze der Pyramide, Teil der herrschenden Eliten. Die Myon-drei und Myon-zwei wurden vom Weltstaat in Laboren gezüchtet und vorprogrammiert, um sich keine Sorgen um Geld machen zu müssen.

Für die Sapiens war es ein Traum, eines Tages keine Existenzsorgen zu haben. Aber es blieb ein Traum, eine Fantasie, die nie Realität werden würde. Eine Fluchtmöglichkeit aus der Hölle des Alltags, die ihnen für kurze Zeit Entspannung und Stressabbau bot.

»Seit wann denn sechshundert?«, fragte Joseph mit weit aufgerissenen Augen.

»Seitdem wir Sie über die Mieterhöhung informiert und um Ihre

Zustimmung für das Zimmer im 6. Stock gebeten haben«, erklärte Mr. Smith ruhig.

»Aber ich habe nichts von Ihnen erhalten. Gestern habe ich in meinen Briefkasten geschaut, er war leer«, beharrte Joseph.

»Sie müssen wohl einen Fehler gemacht haben, Mr. Alien. Entweder haben Sie vergessen, den Brief zu lesen, oder Sie haben absichtlich nicht nachgeschaut«, sagte Mr. Smith ernst und fügte hinzu: »Das Problem liegt definitiv bei Ihnen. Wie Sie wissen, macht das System niemals Fehler.«

»Es bringt nichts, sich darüber zu streiten. Ich habe diese Nachricht nicht bekommen«, beharrte Joseph.

»Und was passiert, wenn ich innerhalb von drei Tagen nicht bezahle?«, fragte er besorgt.

»Das können Sie sich sicher vorstellen … Ich führe nur meine Arbeit aus, Herr Alien. Ich habe keine Zeit, Ihnen die Welt zu erklären. Gemäß dem Mietvertrag setzt die Nutzung des Zimmers die monatliche Zahlung voraus«, antwortete Mr. Smith knapp.

»Soll ich etwa obdachlos werden?«, fragte Joseph verzweifelt.

Mr. Smith wusste genau, dass die Sapiens schlechte Nachrichten nicht gut aufnahmen und Hoffnung brauchten. Dennoch konnte er es nicht anders machen, als Joseph eine ernüchternde Antwort mit ernster Miene zu geben. »Die drohende Obdachlosigkeit, die Sie anführen, reicht nicht aus, um einen Räumungsschutz gemäß dem Gesetz zu begründen. Sie wären nicht der erste und einzige Dalit, Herr Alien. Millionen von Dalits landen auf der Straße und überleben trotzdem irgendwie.«

»Ich verstehe nicht, was du mir das erzählst«, sagte Joseph erbost.

»Glaubst du etwa, dass du etwas Besseres bist als diese Dalits?«

Zehn Sekunden vergingen und Joseph schwieg immer noch.

»Auf Wiederhören, Herr Alien!« Mr. Smith beendete den holografischen Anruf. Joseph war schon auf seinen Füßen während des vorherigen Gesprächs. Nun ging er einen Moment in seinem Zimmer umher mit aufeinandergepressten Lippen. Er wirkte unruhig und schien seine Emotionen zu unterdrücken. Joseph Alien war ein weißer schwarzhaariger Mann mit ca. 1,85 m Körpergröße und einem

Gewicht von 75 kg. Er hatte eine charakteristische Frisur, bei der sein schwarzes Haar nach vorne gestylt war. Sein Gesicht war oval, er hatte blaue Augen und trug oft einen neutralen Gesichtsausdruck, hinter dem plötzlich ein freundliches und charismatisches Lächeln entstehen konnte. Bei gesellschaftlichen Anlässen trug er oft Anzüge oder formelle Kleidung. Es schien, als wäre Joseph ein glücklicher Mann, der sich gut in seiner Haut fühlte.

Es war fast neun Uhr. Es war nicht seine Gewohnheit, so spät im Bett zu bleiben, denn er war ein Frühaufsteher. Aber er hatte in dieser Nacht schlecht geschlafen, Albträume gehabt, und hatte vergessen, die Wohlbefinden-Funktion der Matratze vor dem Zubettgehen zu aktivieren. Nach dieser Holografie drehten sich seine Gedanken im Kreis. Er dachte noch kurz über seinen Traum nach, den er zuletzt gehabt hatte. In den letzten Tagen hatte er oft seltsame Träume, und jedes Mal, wenn er morgens wieder wach war, wollte das Grübeln einfach kein Ende nehmen. Ein Gedankenkarussell! Aber nicht nur morgens. Auch tagsüber wurden ihm bedrückende Erinnerungen und Gedanken immer wieder bewusst. Angesichts der steigenden Lebenshaltungskosten für die Sapiens in Columbia Heights (Washington, D.C), wo er allein lebte, musste er Zukunftssorgen haben. Sapiens wie er wussten nicht, was die Zukunft für sie bereithielt, deshalb sahen sie jeden Moment und jeden Tag als ein Geschenk, als einen Schatz, den sie schätzen mussten, denn jeder Moment hätte ihr letzter sein können.

Er wollte sich zuerst die Zähne putzen und duschen gehen, als er plötzlich einen Schwächeanfall verspürte. Nachdem er sich gegrillte Käfer und schokolierte Heuschrecken im Backofen aufgewärmt hatte, begann die Sonne langsam zu strahlen. Mit seiner Smartwatch regulierte er die Beleuchtung im Zimmer, kontrollierte das Temperatur- und Feuchtigkeitsniveau ohne eigenes Zutun und öffnete per Knopfdruck das Gardinenschienensystem. Die Gardinen glitten schnell beiseite.

Plötzlich blickte er aus seinem Zimmer, das sich im sechsten Stock befand, und sah ein siebenstöckiges vertikales Landwirtschafts-Gewächshaus etwa zweihundert Meter entfernt auf der gegenüberliegenden Seite. Joseph beobachtete, wie Pflanzen in mehreren Schichten übereinander angeordnet waren, um den begrenzten Platz effizient zu nutzen. Hier wurden das ganze Jahr über Gemüse und Kräuter angebaut, unabhängig von den Jahreszeiten. Sein Blick schweifte vom Gewächshaus ab, als er unerwartet eine Leiche auf der Straße in der Ferne entdeckte.

»Verdammt! Schon wieder ein toter Dalit!«

Als er voller Mitleid auf die Leiche starrte, dachte er: »Das ist der Alltag seit meiner Kindheit in Columbia Heights. Leichen von Dalits auf den Straßen waren immer an der Tagesordnung, und das Establishment unternimmt nichts, um die Situation zu verbessern. Stattdessen sorgt es dafür, dass die Lebenshaltungskosten steigen und immer mehr Sapiens hungern müssen … Dass immer mehr Dalits gezwungen sind, im Müll zu wühlen, um zu überleben, während das Herrschaftssystem die Bedingungen für uns Sapiens verschlechtert, ist eine Schande, die ich mir nicht einmal vorstellen kann. Es ist unglaublich, dass sie ihr Holodomor-Programm nutzen, um die Sapiens auszulöschen!«

Der Begriff »Holodomor« war unter den Sapiens gebräuchlich, wenn sie eine Leiche auf den Straßen, in Parks, vor Gebäuden, auf öffentlichen Plätzen, Parkplätzen oder an Brennpunkten des öffentlichen Lebens sahen. Sie waren überzeugt, dass das Establishment neben absichtlich erhöhten Lebenshaltungskosten auch gezielt schädliche Chemikalien in die Nahrung der Sapiens einfließen ließ, um die Sapiens-Bevölkerung zu dezimieren.

Als seine Augen weiterwanderten, bemerkte er einige Meter entfernt zwei abgemagerte Sapiens, die sich ängstlich an einer Straßenecke duckten. Das Unbehagen überkam ihn so stark, dass er wegschauen musste. Und dann fragte er sich, wie lange es wohl dauern würde, bis auch sie sterben würden. Stunden, Tage oder vielleicht Wochen.

An diesem Samstagnachmittag saß Joseph, vertieft in seine Gedankenwelt, in seinem geräumigen Zimmer. Er hatte es sich auf dem bequemen Sofa neben der Minibar gemütlich gemacht, um alte Papiere zu sortieren. Diese Dokumente enthielten seine Lebenspläne, die er regelmäßig überprüfte und anpasste. Immer wieder nahm er sich Zeit, um seine nahen und ferneren Ziele zu überdenken, sie zu optimieren und gegebenenfalls zu korrigieren.

Die Wohnung war in einer zurückhaltenden Farbpalette gehalten, die eine angenehme Atmosphäre schuf. Joseph genoss die Ruhe und den Frieden in seinem Zuhause, das er mit Bedacht eingerichtet hatte. Neben dem Sofa stand eine große, schwere Survival-Axt, die normalerweise zum Holzhacken diente. Es mochte seltsam erscheinen, dass er diese Axt auch als dekoratives Element betrachtete oder sogar als Symbol seiner Selbstverteidigung als armer Sapiens.

Seine Ein-Zimmer-Wohnung war eine von zweihundert Sozialwohnungen in einem Wohnheim, das ausschließlich von Myonenzwei und Sapiens bewohnt wurde. Über der Eingangstür war eine architektonische Erweiterung angebracht, ähnlich einem Vordach, das einen zusätzlichen Raum über der Tür schuf, ideal zum Verstecken. Es schien, als wäre Joseph der einzige Bewohner des Gebäudes oder sogar des ganzen Viertels, denn es war nichts zu hören, selbst wenn er das Fenster öffnete.

Doch er wusste, dass er nicht allein war. Die Zimmer waren einfach sehr gut schallisoliert, um den Lärm von außen und aus den anderen Wohnungen zu minimieren.

Joseph drückte eine Taste auf seiner Armbanduhr, und plötzlich erschien ein schimmernder »Holographic Touch«. Es war berührungslos, keimfrei und unglaublich praktisch. Im Hauptmenü wählte er »HC« für »Holographic Call« und tippte auf den kleinen Avatar seines Bruders. Mit dieser Uhr am Handgelenk konnte Joseph eine Vielzahl alltäglicher Aufgaben erledigen: Konten verwalten, Geld transferieren, online einkaufen, bezahlen, seine Gesundheit überwachen, 3D-Videotelefonate führen und das Smart-Home-System steuern. Diese Armbanduhr war ein wahres All-in-One-Gerät, das

Platz sparte und die Bedienerfreundlichkeit erhöhte – ein unverzichtbares Gadget, das das Schicksal jedes Sapiens beeinflusste.

»Hallo, Bruder«, ertönte Jadens Stimme aus dem Hologramm. »Was für ein Wunder, dass du heute anrufst!«

»Du nennst es ein Wunder?«, fragte Joseph mit einem bitteren Lächeln und Nachdenklichkeit im Gesicht.

»Selbstverständlich.« Jaden lachte leicht und fragte dann: »Und was ist mit deinem Besuch bei Tom?«

»Ich konnte nicht hingehen und musste ihn anlügen«, gestand Joseph.

»Wieso denn? Ist etwas dazwischengekommen?«

»Ja, genau«, antwortete Joseph leise.

»Nun schieß schon los!« Jaden wirkte gespannt.

»Zu meiner großen Überraschung konnte ich keine Fahrkarte für den Schnellzug buchen. Weitere Strecken waren also nicht mehr verfügbar.«

»Weitere Strecken?!«, wiederholte Jaden überrascht und machte ein perplexes Gesicht.

»Ja«, bestätigte Joseph seine Worte schwer.

»Also warst du schon auf dem Weg?«, fragte Jaden, seine Stirn in tiefen Falten.

»Ich war schon unterwegs. Und dann habe ich mitten auf dem Weg festgestellt, dass ich mich nur im Landkreis Columbia Heights fortbewegen konnte. Ich hatte also eine Freiheitsbeschränkung, und die Aufhebung ist erst übermorgen.«

Jaden wollte es nicht glauben. »Den Kern der Geschichte kapiere ich noch nicht. Wieso ist dir so was passiert? Hast du zu viele Minuspunkte gesammelt?«

»Überhaupt nicht«, antwortete Joseph, seine Stimme klang mechanisch und steif.

»Hm ...", Jaden verdrehte die Augen vor Frustration. »Bist du schon auf der schwarzen Liste?«

»Ich glaube nicht.«

»Sei mal bitte ehrlich zu mir, Joseph!«, forderte Jaden stirnrunzelnd. »Glaubst du, dass du schon auf der schwarzen Liste bist?«

»Ich habe gerade Nein gesagt. Was willst du noch?« Josephs Stimme war jetzt scharf, als ob er sich gegen einen unsichtbaren Feind verteidigte.

»OK. Ich frage nichts mehr«, sagte Jaden, seine Lippen zu einer schmalen Linie zusammengepresst.

»Ich hatte vor einem Monat Stress mit einem Myon-zwei, und ich glaube, er hat den Vorfall gemeldet.«

»Scheiße!«, fluchte Jaden. »Dieses System wird nach und nach für die Sapiens verschärft, damit die meisten von uns zu Dalits und dann ausgeschlossen werden.«

»Es gab leider ein Missverständnis zwischen uns, bei dem ich am Ende als der Sündenbock dastand.«

»Den Grund möchte ich gar nicht wissen«, sagte Jaden plötzlich aggressiv. »Wo sollen wir denn hin? Wo? Wenn uns diese teuflischen, diabolischen Erben und Nobilis auf der Erde nicht wollen, wohin sollen wir dann gehen?«

Joseph starrte auf das digitale 3D-Abbild seines Bruders. Sie sprachen von Angesicht zu Angesicht, ohne physisch im selben Raum zu sein. Joseph erlebte die Geräusche, die Emotionen und die Umgebung von Jaden, als wären sie physisch zusammen. Er sah, wie emotional sein Bruder war, und dachte einen Moment nach. An was dachte er? Hätte er seinem Bruder die ganze Wahrheit erzählen müssen?

»Hör mir mal zu, Joseph!«, forderte Jaden, seine Stimme zitterte vor Leidenschaft. »Eines Tages werden sie alle vor dem Allmächtigen erscheinen, um Rechenschaft abzulegen. Ja, wenn die Trompete endlich erklingt, werden sie alle sagen müssen, warum sie die Menschheit so schlecht behandelt haben. Warum sie so viele unschuldige Menschen leiden ließen.«

Joseph zuckte die Achseln, ein Zeichen seiner Unsicherheit und seines Unglaubens. Er teilte nicht den gleichen Glauben, die gleiche Überzeugung und die gleiche Hoffnung wie sein Bruder. Jaden war Christ, aber kein gewöhnlicher Christ. Er war ein praktizierender Zeuge Jehovas, der oft die Lutherbibel zur Hand nahm. Joseph hingegen glaubte an eine andere Macht, eine abstrakte, allumfassende Kraft. »Ich glaube an eine unendliche Intelligenz«, sagte er oft.

»Allwissend, allgegenwärtig, allmächtig, allweise und allliebend, benannt nach dem, was auch immer genannt wird.«

Die Differenz zwischen ihren Glaubenssystemen war tief und beständig, eine Kluft, die sie selten überbrückten. Doch in diesem Moment sah Jaden über die Unterschiede hinweg, getrieben von der Notwendigkeit, Hoffnung zu verbreiten. Seine Augen funkelten, während er weitersprach. »Die Gerechten werden belohnt, Joseph. Wir müssen nur durchhalten. Unser Leid wird nicht umsonst sein.«

Joseph seufzte und rieb sich die Schläfen. »Ich wünschte, ich könnte das so sehen wie du, Jaden. Aber wenn ich mich hier umschaue, sehe ich nur Ungerechtigkeit und Leid. Und es scheint, als ob es nie endet.«

Jaden legte seine virtuelle Hand auf die seines Bruders, ein Versuch der tröstlichen Verbindung in dieser digitalen Distanz. »Ich weiß, es ist schwer. Aber wir dürfen die Hoffnung nicht aufgeben. Vielleicht glauben wir an verschiedene Dinge, aber letztlich suchen wir beide nach einem Funken Licht in dieser Dunkelheit. Und eines Tages, Joseph, wird dieser Funken ein Feuer entfachen, das alles Übel hinwegfegen wird.«

Joseph starrte in die Augen seines Bruders, die in dem holografischen Bild ebenso lebendig und emotional wirkten wie in der Realität. »Vielleicht hast du recht«, murmelte er. »Vielleicht gibt es noch Hoffnung. Aber bis dahin müssen wir irgendwie weitermachen.«

»... weitermachen ... ja, du hast recht ... wir müssen weiterkämpfen, damit wir kein Dalit werden«, sagte Jaden.

Joseph schüttelte plötzlich den Kopf und seufzte tief. »Die letzten Tage verstehe ich mich selbst nicht mehr. Nachts habe ich oft Albträume.«

Jaden runzelte die Stirn und nickte verständnisvoll. »In so einer Zeit wie dieser ist es schwer, keine Albträume zu haben. Seit ich das erkannt habe, habe ich mir einen Trauminkubator besorgt. Beste Entscheidung meines Lebens.«

Joseph hob eine Augenbraue. »Ein Trauminkubator? Schaffst du es, spirituelle Einsicht in die Zukunft zu bekommen?«

Jaden schüttelte den Kopf und lächelte. »Nein, nicht wirklich. Ich benutze ihn ausschließlich zu therapeutischen Zwecken. Damit kann ich meine Ängste und Traumata verarbeiten und meine Träume so gestalten, dass sie meinen Wünschen und Vorlieben entsprechen.«

Josephs Augen weiteten sich vor Neugierde. »Wie viel hat das gekostet?«

»700 WC«, antwortete Jaden.

Josephs Gesicht verzog sich skeptisch. »700 WC? Das ist etwas für die Eliten, nicht für mich.«

Jaden lachte leise. »Aber du hast doch eine ganze Zeit als Caddie für Tom, einen Erben, gearbeitet. Komm schon, du könntest es dir leisten, wenn du wolltest.«

Joseph schüttelte den Kopf und seufzte erneut. »Im Moment kann ich mir so was einfach nicht leisten, Bruder. Es geht mir nicht darum, mich zu beschweren, aber manchmal fehlt mir selbst das Geld für Lebensmittel.«

Jaden sah ihn ernst an. »Arbeitest du momentan?«

»Ich habe einen Job bei einem Unternehmen in Columbia Heights.«

Jaden nickte langsam. »Ich will mich nicht in deine privaten Angelegenheiten einmischen, aber es wundert mich, dass du nichts beiseitegelegt hast.«

Joseph zuckte die Schultern und sah zu Boden. »Es ist schwer, etwas zu sparen, wenn die Lebenshaltungskosten so hoch sind und die Löhne so niedrig. Jeder Tag ist ein Kampf ums Überleben.«

Ein Moment verging, und keiner von ihnen sagte ein Wort. Die Stille zwischen den Brüdern war greifbar, fast bedrückend.

»Ich habe dir nichts zu verheimlichen«, seufzte Joseph schließlich und fuhr fort. »Ich habe ein Sperrkonto eröffnet, deswegen komme ich nun kaum über die Runden.«

»Ein Sperrkonto?!«, rief Jaden überrascht.

»Ja, genau.«

Jaden lehnte sich nach vorne, seine Augen weiteten sich vor Unglauben. »Jetzt wirst du mir nicht sagen, dass du dich als ›Engagé‹ auf dem Mars bewerben möchtest?!«

Joseph lächelte schwach und rieb sich das Kinn. »Hm.«

Jaden runzelte die Stirn, Unsicherheit spiegelte sich in seinem Blick. »Irre ich mich, oder ist das wirklich dein Plan?«

Die ›Engagierte‹ waren Sapiens-Bürger, die sich für drei Jahre einem Raumfahrtunternehmen verschrieben hatten. Diese Menschen waren psychisch und körperlich starke Arbeiter, die seit dem Jahr 2080 für die Marskolonisation angeworben wurden. Die ersten ›Engagés‹ waren die besten Wissenschaftler, risikofreudigen Pioniere und intellektuellen Köpfe der Erde gewesen. Sie waren diejenigen, die immer ihre Aufgaben erledigten und Anweisungen befolgten. Sie kämpften bis zum Umfallen, entwickelten eine Kultur der Tapferkeit, Ausdauer und Hartnäckigkeit. Diese ersten ›Engagés‹, stoische Helden, opferten sich zum Wohle aller.

Doch im Laufe der Zeit hatte sich die Bedeutung des Begriffs ›Engagé‹ stark verändert. Zur Zeit von Joseph waren die ›Engagés‹ nicht mehr unbedingt Wissenschaftler, sondern oft Sapiens-Bürger, die sich eine Reise zum Mars aus ökonomischen Gründen nicht leisten konnten und deshalb diesen Weg wählten. Die ersten drei Jahre auf dem Mars waren geprägt von harten Prüfungen, körperlicher Arbeit und psychischer Belastung. Trotzdem war der Prozess, als ›Engagé‹ akzeptiert zu werden, ein langer, steiniger Weg.

Josephs Lächeln verschwand. »Ja, ich will es versuchen. Ich sehe keine andere Möglichkeit mehr.«

Jaden schüttelte den Kopf, Fassungslosigkeit in seinen Augen. »Aber Joseph, das Leben als ›Engagé‹ ist brutal. Du weißt, was das bedeutet, oder? Drei Jahre harter Arbeit, fern von allem, was du kennst. Das ist kein einfacher Weg.«

Joseph nickte. »Ich weiß. Aber hier bleibe ich nur ein Sapiens, der kaum über die Runden kommt. Dort habe ich wenigstens eine Chance, etwas aufzubauen, eine Zukunft zu schaffen.«

Jaden seufzte tief, seine Augen füllten sich mit Sorge. »Du bist mein Bruder, Joseph. Ich will nicht, dass du dich selbst aufgibst.«

Joseph legte eine Hand auf den holografischen Arm seines Bruders, spürte die Kälte des Projekts im Gegensatz zur Wärme seiner eigenen Hand. »Ich gebe mich nicht auf, Jaden. Ich kämpfe nur auf eine andere Weise.«

Die Verbindung zwischen den Brüdern schien für einen Moment stärker zu sein als die Distanz, die sie trennte.

»Übrigens, ich habe dich aus einem bestimmten Grund angerufen«, sagte Joseph ruhig, seine Stimme zitterte leicht.

»Aus welchem?«, fragte Jaden, Neugier und Sorge in seiner Stimme.

Joseph sah zur Seite, vermied den Blick seines Bruders. »Habe ich dich jemals um etwas gebeten, seitdem unser Vater gestorben ist?«

»Nein, Bruder. Auch wenn du es getan hättest, wäre es mir eine Ehre gewesen, dir zu helfen«, antwortete Jaden, sein Gesicht voller Trauer.

Joseph atmete tief durch. »Heute Morgen wurde mir mit Zwangsräumung gedroht. Wenn ich nicht innerhalb von drei Tagen bezahle, lande ich auf der Straße. Es fehlen mir noch 200 WC.«

Jadens Gedanken rasten. Sicherlich wegen der Preiserhöhung, dachte er. »Ich muss jetzt leider schnell gehen«, sagte er, seine Stimme drängend. »Ich schicke dir gleich etwas und wir müssen uns treffen, auch wenn es nicht morgen oder übermorgen ist.«

»Vielen Dank im Voraus!«, rief Joseph, doch Jaden war bereits verschwunden, das Hologramm erloschen.

Minuten später erhielt Joseph eine Benachrichtigung: 300 WC von Jaden überwiesen. Erleichterung durchströmte ihn. Kurz darauf ertönte seine Uhr mit einer metallischen Stimme: »Ihre Bestellung erreicht Sie in einer Minute!«

Überrascht, da er nichts bestellt hatte, trat Joseph ans Fenster. Ein Octocopter näherte sich lautlos, die autonome Lieferdrohne setzte ein Paket vor seiner Tür ab und schwebte davon.

Neugierig betrachtete Joseph das Paket. Hermes stand darauf. Er öffnete es vorsichtig und fand es voll mit Mehlwürmern, Grillen, Heuschrecken und In-vitro-Fleisch. Ein breites Grinsen breitete sich auf seinem Gesicht aus. »Tausend Dank, Bruder!«, murmelte er dankbar.

Er schaute hinaus, beobachtete die Drohne, die in den Himmel zurückkehrte, und dachte: »So einen Bruder gibt es nur einmal.«

Als die Sonne langsam hinter dem Horizont verschwand, scrollte Joseph durch sein digitales Fotoalbum. Ein Bild fesselte seinen Blick: Es zeigte seinen verstorbenen Vater und seinen Zwillingsbruder Jaden. Sein Vater, William Alien, war ein imposanter, durchtrainierter Mann mit schwarzen Haaren und blauen Augen. Sechs Tage vor seinem 52. Geburtstag nahm er sich das Leben. Das Bild rief schmerzhafte Erinnerungen an den unermüdlichen Kampf seines Vaters für Schutz, Sicherheit und die Anerkennung seiner Existenz hervor.

Erst viele Jahre nach Josephs Geburt erkannte der Weltstaat seine Existenz und Staatsbürgerschaft an. Jaden hingegen erhielt seine Geburtsurkunde wenige Tage nach seiner Geburt. Aber waren sie nicht eineiige Zwillinge? Warum entschied der Staat, die Geburt des einen zu akzeptieren und die des anderen zu leugnen?

Der Grund war einfach: Jadens Geburt verstieß gegen das Ein-Kind-Politik-Gesetz. Ein Verstoß gegen den Großen Austausch (»The Great Replacement«). Ein Verstoß gegen die Vereinbarung des Establishments, alle Sapiens durch die neueste Welle von Myonen-drei und Myonen-zwei zu ersetzen. Jadens Geburt war unabsichtlich ein Verstoß, denn William hatte nie beabsichtigt, zwei Kinder zur Welt zu bringen.

Joseph seufzte tief. Die Ungerechtigkeit des Systems schien unendlich. Das Leben seines Vaters war durch die ständige Bedrohung und den Druck des Establishments geprägt gewesen. Und jetzt kämpfte Joseph selbst darum, in einer Welt zu überleben, die ihn am liebsten ausgelöscht hätte.

Jadens Geburt verlief für ihre Mutter Isabella ohne Komplikationen, aber Joseph kam zwölf Minuten später – und mit ihm die Tragödie. Isabella starb während seiner Geburt, und obwohl sie ihr Leben verlor, galt Jaden für das Herrschaftssystem als der Erstgeborene. In einer Welt, in der Sapiens-Eltern nur das Recht auf ein Kind hatten, war Jaden der Einzige, der offiziell existieren durfte.

Für Joseph bedeutete das, dass er niemals hätte geboren werden sollen. Seine Existenz war ein Verstoß gegen das Gesetz, eine Anomalie, die nicht hätte sein dürfen. Die Tatsache, dass seine Geburt den Tod seiner Mutter verursachte, lastete schwer auf ihm. Er war seit diesem 5. Juni 2350 das verbotene Kind, das unerwünschte Kind, das trotz allem einen Platz im Weltstaat finden musste.

KAPITEL 2

Am nächsten Tag erwachte Joseph langsam und ging direkt zum Frühstück über. Er wusch sich kurz am Waschbecken und zog seine smarte, maßgeschneiderte Kleidung an: eine graue Hose, ein weißes T-Shirt und einen Anzug. Doch er fühlte sich irgendwie zu warm. Er rief das holografische Display seiner Smartwatch auf, das mit den Funktionen seiner intelligenten Kleidung verbunden war. Mit einem einfachen Tippen passte er die Heizzonen seiner Kleidung sowie die Farbe und das Design seiner Jacke an. Diese Kleidung war nicht nur modisch, sondern auch funktional, sie überwachte und verbesserte seinen gesundheitlichen Zustand.

Nachdem er seine Kleidung angepasst hatte, machte er sich auf den Weg zur Arbeit. Es war sieben Uhr dreißig. Joseph überquerte die schmale Straße, die zur Kreuzung neben der 11th Street führte, und begann, schneller zu laufen, bis er die Bushaltestelle erreichte. Eine Minute später tauchte ein selbstfahrender fliegender Bus mit seinen mittelgroßen schwebenden Triebwerken auf. Er stieg ein, während andere ausstiegen. Plötzlich pochte ein Sapiens heftig und aggressiv gegen die Tür des Busses. Alles in Columbia Heights und im Weltstaat war videoüberwacht. Durch die automatische Identitätserkennung wurde der Mann sofort identifiziert und er erhielt automatisch Punkteabzüge. Joseph tat so, als ob er nichts bemerkt hätte. Instinktiv dachte er: Die Fahrpreise sind wieder gestiegen.

Er sah zu, wie die Bushaltestelle immer kleiner wurde, während er aus der Vogelperspektive auf die winzigen Autos, Busse und Straßenbahnen schaute. Ein gigantischer Transit Explore Bus (TEB), zehn Meter breit und sechs Meter hoch, überquerte mühelos zwei Fahrspuren für den Individualverkehr, während darunter Elektrofahrzeuge durchfuhren, die den Stau umgingen. Alle Fahrzeuge – Autos, Busse, Trams, fliegende Fahrzeuge und Anti-Stau-Busse, waren elektrisch betrieben, ohne einen einzigen Verbrennungsmotor in Sicht.

Die Lärmschutzwände und –barrieren entlang der Straßen waren nahezu unsichtbar, aber ihre Funktion war klar: Sie reduzierten den Lärm in den angrenzenden Wohngebieten. Zudem wurden lärmabsorbierende Straßenbeläge verwendet, um den Geräuschpegel durch Fahrzeuge weiter zu dämpfen. Die gesamte Verkehrsumgebung war bemerkenswert ruhig, fast so, als wären alle Dinge und Strukturen schallisoliert.

Die Stille verdankte sich einer sorgfältigen Stadtplanung, strengen Lärmschutzvorschriften und dem Einsatz modernster Technologien. In diesem Bus saßen sechzehn Weltbürger, aber nur Joseph und zwei andere sahen anders aus als die übrigen dreizehn – sie waren Doppelgänger. »Sicher sind sie alle Myonen-zwei-Plus«, dachte Joseph. Er war sich fast sicher: Zwölf der dreizehn Doppelgänger waren Myonen-zwei-Plus, und einer war Myon-zwei-Minus.

Die Myonen-zwei variierten in ihrer Körpergröße durchschnittlich zwischen 175 und 180 cm, und ihre Statur war weniger kräftig im Vergleich zu den robusten Myonen-drei. Generell waren sie etwas kleiner und ihre körperliche Entwicklung war weniger ausgeprägt als die der Myonen-drei, doch viele von ihnen waren dennoch athletisch und gut trainiert im Vergleich zu den Sapiens-Bürgern. In ihrem Motorcortex war das NeuraThread implantiert, das es ihnen ermöglichte, Gedanken direkt in Handlungen umzusetzen – sei es das Steuern von Robotern oder das Interagieren mit holografischen Bildschirmen allein durch Gedankenkraft.

Joseph beobachtete, wie die meisten Myonen-zwei miteinander kommunizierten, ohne ein Wort zu sagen, dank ihrer NeuraThreads. Es war faszinierend zu sehen, wie Gedanken nahtlos in Aktionen übergingen, wie sie durch winzige neuronale Signale miteinander verbunden waren, während sie sich in dem schwebenden Bus bewegten.

Die Gesichtszüge der Menschen in dieser Ära waren ihm ein Rätsel, und es schien fast unmöglich zu sein, sie zu verstehen, es sei denn, man verstand die »Erben« und die Funktionsweise des herrschenden Systems. Sechsundsechzig Erben herrschten über die gesamte Welt, und von ihnen waren zwölf die sogenannten »Gesichter der

Erdbevölkerung«. Diese zwölf Figuren teilten ihre Labore in zwölf spezifischen Regionen auf – zehn im Weltstaat (oder im Westen) und zwei in den Ostachsen-Regionen, insbesondere in Magog. Joseph konnte nicht anders, als sich zu fragen, welches dunkle Geheimnis sich hinter den Türen dieser Labore verbarg.

Magog, einst als eine Bastion mächtiger Atomwaffen bekannt, war für Joseph und Jaden ein Mysterium. Welche Macht verschaffte Magog solche Waffen und ließ es als eine bedrohliche Kraft erscheinen, weit überlegen gegenüber dem Westen, dem selbst ernannten Weltstaat?

Die selbst ernannte Weltmacht und der Weltstaat behaupteten, 96 % der Weltbevölkerung und fast alle Ressourcen der Erde zu kontrollieren, und Joseph konnte sich nicht von dem Gefühl befreien, dass etwas in den Schatten lauerte. Die ganze Welt wurde von sechsundsechzig Erben dominiert, von denen die meisten im Weltstaat ansässig waren. Doch Joseph fragte sich, ob die offiziellen Zahlen nur die Spitze des Eisbergs waren und welche Geheimnisse sich in den Ecken des Weltstaats versteckten.

Menschen wurden in Laboren erschaffen, und Jaden konnte nicht anders, als sich vorzustellen, wie viele von ihnen als Kopien und Marionetten endeten. Sechs Milliarden Erdenbürger, und jeder zwölfte (1/12) mit identischen Gesichtszügen, erschaffen für einen unbekannten Zweck. Jaden hatte das Gefühl, dass hinter den Kulissen mehr ablief, als die offizielle Geschichte preisgab. War Magog wirklich nur eine Festung der Waffen, oder gab es mehr zu dieser Geschichte, die Joseph, Jaden und der Rest der Sapiensbevölkerung nicht (er)kannten?

Joseph fixierte die einzige weibliche Myon-drei-Minus in ihrer luxuriösen Kabine im Bus, wie sie in ihrem holografischen Bildschirm nachdachte und die Welt um sie herum vergaß. Ihre intensiven Gedanken ließen sie wie eine Schriftstellerin erscheinen. »Sie muss eine Autorin sein«, dachte er, und seine Vermutung erwies sich als richtig. Die Frau in der Kabine war nicht nur eine talentierte Ärztin, sondern auch eine Autorin, die ihre Implantate geschickt nutzte. Über ihre

Geräte, verbunden mit dem Motor Cortex, Sensor Cortex, Parietalcortex und Frontalcortex, war sie den Myonen-zwei weit voraus, was ihre Intelligenz und Kreativität beträchtlich steigerte.

Ein sanftes Lächeln umspielte Taylors Lippen, während ihr Blick leer schien, doch in ihrem Inneren entstanden Welten. Die Worte formten sich, als ob sie aus dem Nichts erschienen: »Weit entfernt in den Banken und Märkten einer Parallelwelt, in der die Lebenszeit der Bürger wie Gold gehandelt wird, war Max glücklich über seinen Job als Timekeeper, stets auf der Jagd nach Lebenszeit. Eine Flasche Wasser kostete zehn Minuten, ein neuer holografischer Bildschirm einen Monat ...«

Taylor konnte ihre Gedanken direkt auf dem holografischen Bildschirm manifestieren, nur durch Gedankensteuerung.

Sie kam plötzlich zu Joseph und fragte: »Einen Kaffee vielleicht?«

Joseph sah sie an, ein leichtes Lächeln spielte um seine Lippen. »Du hast etwas an dir, das ich irgendwie ganz besonders finde«, gestand er schließlich. »Also, warum nicht?«

Sie lächelte zurück, aber ihre Augen funkelten ernsthaft. »Wenn du wirklich etwas Besonderes an mir findest, liegt das vielleicht daran, dass ich eine Elektrode trage, die einen großen Teil meiner Gehirnaktivität abbildet – meinen Motor Cortex, meinen Sensor Cortex, meinen Parietalcortex und meinen Frontalcortex«, erklärte sie ruhig.

Joseph hob interessiert eine Augenbraue. »Gibt es denn Unterschiede in den Elektroden, die die Myonen bekommen?«, fragte er neugierig.

»Selbstverständlich! Was mich betrifft, trage ich eine AdaptaElec, weil ich eine Myon-3-Minus bin«, antwortete sie ein bisschen stolz.

»Ich bin ein Sapiens, deshalb habe ich keine Ahnung davon«, gestand Joseph.

»Das habe ich mir schon gedacht!«, lächelte sie und fuhr lebhaft fort: »Grundsätzlich gibt es verschiedene Arten von Elektroden: GrundElec (Niedrigste Stufe) für Myon-2-Minus, EffiElec (Niedrigste-Mittelklasse) für die Myon-2-Plus, AdaptaElec (Mittelklasse) für die Myon-3-Minus wie mich, PäziElec (Höhere Mittelklasse) für die

Myon-3-Plus und schließlich QuantElec (Höchste Stufe) für die Nobilis und andere Angehörige der Eliten.«

Joseph war fasziniert von den Informationen. Er lehnte sich interessiert vor: »Und was sind ihre jeweiligen Funktionen, wenn ich fragen darf?«, fragte er.

Ihre Augen leuchteten, als sie die Unterschiede beschrieb: »GrundElec bietet beispielsweise grundlegende neuronale Verbindungen. Myon-2-Minus können durch diese Elektroden Gedanken in Handlungen umsetzen, wie das Steuern eines Roboters oder das Schreiben von Texten durch Gedankensteuerung, das Steuern und Kontrollieren einer Drohne. Das ist sowieso Standard. EffiElec hingegen ermöglicht eine schnellere neuronale Kommunikation und verbesserte Produktivität.«

Sie fuhr fort: »AdaptaElec, meine Mittelklasse-Elektrode, passt sich dynamisch an individuelle Denkmuster an und optimiert so die neuronale Effizienz. Das bedeutet, ich kann schneller lernen und mich an neue Herausforderungen anpassen, was meine Arbeitsfähigkeit deutlich verbessert.«

Joseph nickte beeindruckt, und sie fuhr fort: »PräziElec, die höhere Mittelklasse, bietet äußerst genaue und fokussierte neuronale Interaktion. Myon-3-Plus zeigen mit diesen Elektroden eine außergewöhnliche kognitive Präzision, die komplexe Aufgaben und Problemlösungen erleichtert.«

Ihre Stimme senkte sich etwas, als sie über QuantElec sprach: »QuantElec, die höchste Stufe, verleiht den Nobilis beispiellose Intelligenz, kreative Höhenflüge und die Fähigkeit, komplexe Informationen in Echtzeit zu verarbeiten. Aber ich persönlich habe noch nie einen Nobilis getroffen«, fügte sie mit Ehrfurcht hinzu.

»Ich würde in dieser Welt bleiben und die Sapiens retten, so gut ich kann. Trotz all der Enttäuschungen, die mir viele Myonen bereitet haben, hege ich den Wunsch, selbst dem Dümmsten unter ihnen zu vergeben. Die Fehler anderer sollen nicht meine Menschlichkeit trüben. Selbst jene Myonen, von denen ich einst dachte, dass sie verdammt sind, betrachte ich heute mit anderen Augen. Ich wünsche ihnen nicht mehr das Schlechte. Denn sie sind gefangen in einem vorherbestimmten und tragischen Schicksal, gezwungen, bis zu ihrem letzten Atemzug für das Establishment zu schuften. Diese bedauernswerten Wesen verdienen mein Mitgefühl. Ja, ich sehne mich nach der Möglichkeit, Brücken zu bauen und die Kluft zwischen den Welten der Sapiens und der Myonen zu überwinden. Vielleicht liegt in dieser Verbindung der Schlüssel zu einer harmonischeren Existenz für uns alle. Die Vergangenheit lehrt uns, die Schwächen und Fehler der anderen zu verstehen, aber die Zukunft gibt uns die Chance zur Versöhnung. Es mag paradox klingen, aber in der Bereitschaft, zu vergeben, liegt die Kraft, das Gewebe unserer gemeinsamen Geschichte neu zu knüpfen.« Er sprach leise zu sich selbst, ohne es Taylor zu sagen, doch während er diese Worte aussprach, spürte er eine tiefe Verbindung zu ihr.

Bevor die beiden wieder getrennte Wege gingen, reichte sie ihm ihre biometrischen Identifikationscodes und ihre verschlüsselten QR-Codes. »Sie können sich jederzeit melden, Joseph!«

»Lass uns das dem Schicksal überlassen«, antwortete er.

Nach wenigen Minuten war er schon am Ziel. »Steigende Preise … Steigende Preise!«, sagte er beim Aussteigen. Joseph bog nach rechts in eine breite Einbahnstraße, auf der sich der Eingang eines grauen Gebäudes befand, wo er arbeitete. Es bestand aus vierzig Etagen und gehörte mit seinen zweihundert Metern Höhe zu den höchsten Gebäuden in der Ortschaft. Und dahinter lag ein sehr breites, mehrere Kilometer langes Grundstück. Ein besonders großer Text stand am Eingangsbereich:

Orion
Aufbau der größten Zivilisation auf dem Mars
In Zusammenarbeit mit den Marsianern

»Möge ich eines Tages den Weg finden, der zum Orion führt!«, murmelte Joseph, als er den Text las. In diesem Gebäude wurden zivile Raumfahrtaktivitäten organisiert, Raumschiffdesign entwickelt und Ersatzteile für Raumschiffe hergestellt. Ab dem dreißigsten

Stockwerk von unten nach oben befanden sich die Abteilungen für »interplanetares Internet« oder sonnensystemweites Internet. Dieses interplanetare Internet ermöglichte nicht nur eine Vernetzung zahlreicher Weltraumfahrzeuge, sondern auch eine Abrufung erdbasierter und marsbasierter Daten auf dem Mars bzw. auf der Erde. Aber bis dahin war es ein langer Weg, denn man musste in den 2100-er Jahren eine Satellitenkonstellation rund um den Roten Planeten schaffen, und ihre Aufgabe war es, miteinander zu kommunizieren, um die Datensicherheit zu gewährleisten.

Langsam betrat Joseph das Gebäude, stieg in den Aufzug ein und ging nach oben. Dort angekommen, trat er hinaus und ging den Flur entlang zum Wartezimmer auf der linken Seite. Ein Dutzend Arbeitskollegen waren bereits dort, die meisten von ihnen Myon-zwei, fünf davon Doppelgänger.

»Hey Joseph, gut ausgeruht?«, fragte ein Myon-2-Minus, die Augen neugierig auf ihn gerichtet.

Joseph lachte trocken. »Ausruhen? Nein, das Konzept ist mir fremd. Ein Sapiens kann es sich nicht leisten, sich auszuruhen. Wir müssen unaufhörlich arbeiten, schwitzen und kämpfen, bis wir wieder zu Staub werden. Wir sind aus Erde gemacht und werden wieder zu Erde. Erst dann, in unserem Tod, haben wir Zeit zum Ausruhen.«

Ein anderer Myon-2, der die ironischen Untertöne nicht bemerkte, nickte zustimmend. »Ausruhen ist etwas für die Dalits. Sie sind für das System nutzlos und deshalb können sie kein wahres Glück erfahren. Aber wir als Weltbürger sind für immer glücklich.«

Joseph zuckte mit den Schultern, spielte das Spiel mit. »Die meisten Dalits sind einfach zu faul, um ein glückliches Leben zu führen«, sagte er spöttisch.

»Ich bin überaus glücklich, in einer so schönen Zeit zu leben«, verkündete ein weiterer Myon-2. »Der beste Teil des Lebens eines Myons sind seine ersten 18 Jahre, in denen er für seinen bestimmten Job konditioniert und programmiert wird.«

Josephs Blick verfinsterte sich für einen Moment, aber er zwang sich zu einem Lächeln. »Ja, es ist wirklich eine wunderbare Zeit, in der wir leben«, sagte er und fragte sich, ob seine Kollegen jemals die wachsende Härte des Lebens für die Sapiens bemerken würden. Die Unausweichlichkeit ihrer Existenz und die Grausamkeit des Systems, das sie so glücklich machte, schienen ihnen völlig entgangen zu sein.

»Als Myon geboren zu werden, ist ein Geschenk«, sagte Joseph mit einem falschen Lächeln. Doch hinter dieser Maske kämpfte er einen inneren Krieg. In einer Gesellschaft, in der er als Sapiens zur Minderheit gehörte und jegliche Kritik an der Regierung zu schlimmen Konsequenzen führen konnte, war das Leben ein ständiges Versteckspiel. Er musste sich verstellen, eine unendliche Fassade aufrechterhalten, sein wahres Selbst verleugnen – alles nur, um zu überleben. Jede seiner Handlungen war ein sorgfältig kalkulierter Schachzug in einem Spiel, das er nicht verlieren durfte.

In dieser von Myonen dominierten Gesellschaft war jede negative Aussage eines Sapiens gegen die Regierung ein potenzieller Todesstoß. Joseph spielte den Dummen, die Marionette, die bereitwillig an den Fäden ihrer Myonen-Meister hing. Er wusste, dass es besser war, unterschätzt zu werden und harmlos zu wirken, als überschätzt und ständig beobachtet zu werden. So blieb er im Schatten, unauffällig und sicher.

»Selbst ein Sapiens bestätigt diese unleugbare Wahrheit«, rief ein Myon-2-Plus und hob die Arme, als ob er eine Predigt halten würde. »Wir haben Glück, Myonen zu sein. Jeder von uns erfüllt eine Aufgabe, für die er bereits in den Glaskapseln bis heute konditioniert wurde. Früher mussten die Menschen zur Schule, zur Universität, und trotzdem hatten sie nach all dem Schwierigkeiten, ihre Berufung zu finden, viele mussten sich immer wieder neu orientieren. Heute haben wir dank der Konditionierung klare Ziele und ziehen alle an einem Strang: Brüderlichkeit, Wohlstand und Gemeinschaft.«

Joseph nickte und lächelte, obwohl ihm die Worte wie Gift auf der Zunge lagen. In Wahrheit sah er die Konditionierung der Myonen nicht als Geschenk, sondern als Ketten, die ihre Freiheit raubten. Die Myonen mochten glauben, dass sie ein glückliches Leben führten, doch für Joseph war es nichts anderes als ein goldener Käfig.

Plötzlich tauchte der Chef der Abteilung auf. Sein Name war Mr. Brown. Als er den Raum betrat, verstummten alle Anwesenden augenblicklich, als ob eine unsichtbare Hand die Gespräche erstickt hätte. Eine Friedhofsstille breitete sich aus, in der ihr tiefer Respekt für Mr. Brown widerhallte.

»Wie Sie bereits wissen«, begann Mr. Brown, seine Stimme durchdrang die Stille wie ein scharfes Messer, »ist das oberste Ziel unseres Unternehmens einfach: Zufriedenheit unserer Handelspartner und aller anderen Beteiligten durch eine Optimierung der Prozesse. Dieses Ziel können wir nur erreichen, wenn eine herausragende Prozessqualität gewährleistet wird. Deshalb werden wir heute etwas Besonderes machen.« Seine Präsenz im Raum war überwältigend, jeder seiner Schritte hallte nach, als er langsam weitersprach. »Wir legen großen Wert darauf, dass jede Hilfskraft, die mit uns arbeitet, über klar definierte Grundkenntnisse verfügt. Deshalb bieten wir heute eine besondere Fortbildung an, die drei Stunden dauert, im siebten Stock. Danach kehren wir zur normalen Arbeit zurück. Vor allem die Lagerhelfer ohne Weltraumausbildung müssen heute teilnehmen. Im siebten Stockwerk, Raum-12, warten schon über hundert Hilfskräfte. Ich gehe wieder hoch, und in zehn Minuten fangen wir an!«

Ein Moment verging in angespannter Stille. Joseph erhob sich und machte sich auf den Weg nach oben. Als er gerade dabei war, Raum-12 zu betreten, fiel sein Blick auf den Raum-15 auf der gegenüberliegenden Seite. Dort herrschte eine unheimliche Ruhe in einem Open Space, in dem jeder Mitarbeiter mit einem Implantat ausgestattet war. Alle kommunizierten miteinander leise nur durch Gedanken. Fasziniert blieb Joseph stehen und beobachtete die Halle der Gedanken. Die Wände waren mit holografischen Displays bedeckt, auf denen komplexe Datenströme und interaktive Bilder flimmerten. In der Mitte des Raums standen mehrere Myon-drei, ihre Körper regungslos, aber ihre Gedanken aktiv. Dank des NeuraThreads, der in ihren Motor Cortex eingepflanzt war, konnten sie miteinander kommunizieren, ohne auch nur einen Muskel zu bewegen.

Joseph fühlte einen leisen Schauer über seinen Rücken laufen. Hier, in diesem Raum, wurde die Zukunft gestaltet. Jeder Myon-drei war ein stiller Dirigent einer symphonischen Harmonie von Maschinen und Daten, die in perfektem Einklang arbeiteten. Es war, als ob Joseph durch ein Fenster in eine andere Welt blickte, eine Welt, in der Gedanken unmittelbare Realität formten. Er wusste, dass er zurück in Raum-12 musste, aber ein Teil von ihm wollte unbedingt mehr über die geheimnisvolle Technologie erfahren, die diese stillen Gespräche möglich machte. Mit einem letzten Blick auf den Raum-15 wandte er sich ab und betrat den Raum-12, bereit, die Herausforderungen des Tages zu meistern, während seine Gedanken weiterhin um die geheimnisvolle Welt der Myon-drei kreisten.

Ein Myon-drei in der Ecke des Raums steuerte einen holografischen Bildschirm, der in der Luft schwebte. Ohne eine Geste, ohne einen einzigen Finger zu rühren, bewegte er einen virtuellen Zeiger über die leuchtende Oberfläche. Sein Blick fixierte konzentriert die Informationen auf dem Display, während er gleichzeitig telepathisch mit anderen Myon-drei in der Umgebung kommunizierte.

Joseph, ein Sapiens-Bürger, betrat den Raum. Im Gegensatz zu den Myonen trug er keine implantierbare Technologie in seinem Gehirn. Stattdessen zierte sein Handgelenk eine multifunktionale Armbanduhr, das unverkennbare Markenzeichen der Sapiens-Bürger. Dieses All-in-one-Gerät, ausgestattet mit biometrischem Ausweis, Retina-Scan-Bestätigung und DNA-Probe, diente als zentrales Unterscheidungsmerkmal für die Mitglieder seiner Gemeinschaft.

Die Myon-drei bemerkten seinen Eintritt. Einige wandten kurz ihre Aufmerksamkeit von den holografischen Displays ab, ihre Augen blitzten vor Neugier, während andere ohne Unterbrechung weiterhin Gedanken austauschten. Joseph beobachtete fasziniert, wie die Myon-drei miteinander kommunizierten, nicht durch gesprochene Worte, sondern durch die lebhaften Impulse ihrer NeuraThreads.

Ein Myon-drei in der Nähe richtete seinen Blick auf Joseph. Joseph spürte, wie ihre Gedanken sich miteinander verflochten, ohne dass ein einziges gesprochenes Wort den Raum erfüllte. Es war, als würde eine unsichtbare Brücke zwischen den beiden Welten entstehen – der organischen Technologie der Sapiens-Bürger und der neuronalen Vernetzung der Myon-drei.

Der Raum 15 im siebten Stockwerk war ein Open Space des stillen Austauschs, in dem die Grenzen zwischen Sprache und Stille, zwischen Bewegung und Stillstand verschwammen. Joseph fühlte sich zugleich fasziniert und herausgefordert, während er inmitten dieser symbiotischen Interaktion stand, die die Gegenwart der Kommunikation der Mehrheit der Bürger repräsentierte.

Joseph kicherte leise, verließ den Open Space und betrat schließlich den Raum 12. Dieser Aufenthaltsraum war mit modernster Technik ausgestattet und diente als Ort für Schulungen, Fortbildungen und Seminare. Drinnen standen zwei große Tische und Stühle für die Teilnehmer. Ein kompakter, leistungsfähiger Projektor war vorhanden, wurde aber selten benutzt, da holografische Projektionen bevorzugt wurden, um komplexe Konzepte anschaulicher darzustellen.

»Nun, ohne weitere Verzögerung«, sagte Joseph mit ernstem Blick, »werde ich Ihnen alles erklären, was Sie wissen müssen.«

Josephs Gesichtsausdruck zeigte gespannte Freude, als er den Raum musterte. Vor den Mitarbeitern stand Mr. Brown, groß und kräftig, mit langem schwarzem Haar und strahlenden grünen Augen, die seine starke Persönlichkeit unterstrichen. Er nahm eine Flasche Wasser, goss sein Glas halb voll und nahm einen Schluck. Dann begann er zu sprechen:

»Vor allem möchte ich heute mit einem alten Zitat von Konfuzius beginnen: ›Wer einen Fehler begeht und ihn nicht korrigiert, begeht einen zweiten.‹[1] Weltbürger, aufgrund mangelnder Kenntnisse unserer Sapiens-Hilfskräfte ohne Ausbildung wurden in unserer Firma gelegentlich Fehler gemacht. Statt die anständigen Sapiens-Bürger für ihre Fehler zu bestrafen, haben wir uns entschieden, sie zu unterstützen und eine Fehlerkultur zu entwickeln, damit sich unsere Sapiens-Kollegen bei uns gut aufgehoben fühlen. Es ist klar, dass die Sapiens-Bürger mit den Myonen-drei und Myonen-zwei-plus nicht

---

1   Konfuzius. (ca. 479 v. Chr.). Analekten (Lunyu). Übersetzt von James Legge. New York: Dover Publications, 1971.

mithalten können. In vielen Bereichen schneiden sie schlechter ab als die Myonen, aber das ist kein Grund, die anständigen Sapiens-Bürger aus der Gemeinschaft auszuschließen. Würde man rücksichtslos gegen alle Sapiens vorgehen, gäbe es mehr besitzlose Dalits. Und je mehr Dalits, desto mehr Obdachlose und Hungrige, was die Suizidrate nur erhöhen würde. Anständigen Sapiens-Bürgern unnötiges Leid zuzufügen, ist für unsere Firma nicht notwendig. Wir legen viel Wert auf diese Fehlerkultur, regelmäßige Fortbildungen und Unterstützung.« Mr. Brown ließ ein verschwommenes Grinsen auf seinem Gesicht erscheinen.

Es schien ihm zu gefallen, dass seine Zuhörer so viel Respekt vor ihm hatten und sich voll und ganz auf ihn konzentrierten. »*Dank unserer KI-gestützten Systeme sind unsere Technologien in der Lage, autonom unsere Lagerbestände zu überwachen, Lieferungen effizient zu organisieren und unsere Produkte bis zum Mars zu verfolgen. Dennoch können wir heute nicht auf unsere anständigen Sapiens-Bürger verzichten. Ja, wir werden den alten Topf nicht schnell wegwerfen, um einen neuen Topf zu kaufen, denn die anständigen Sapiens-Bürger waren bereits am Anfang aller großen Zivilisationen da gewesen, und wir dürfen auch nicht vergessen, sie haben diesen Weltstaat zusammen mit KI aufgebaut nach dem achtjährigen Weltkrieg. Sie haben dafür gesorgt, dass wir heute diese brillante und tief verwurzelte Zivilisation haben. Aus all diesen Gründen braucht die Logistikbranche die Sapiens-Bürger in der Aufsicht oder als Spezialisten für klar definierte Aufgaben, die noch menschliches Eingreifen verlangt. Das Verpacken, das Scannen von Artikelcodes und die Organisation von Gütern können die Sapiens genauso gut machen wie die Myonen-zwei. Ich wende mich an unsere Hilfskräfte ohne Ausbildung und lasse sie heute wissen, dass Kenntnisse in Datenanalyse und maschinellem Lernen immer relevanter werden, um unsere Lager professionell betreuen zu können. Anpassungsfähigkeit und Wissen über Robotik spielen eine Schlüsselrolle und sind gefragt für einen besseren Umgang mit unseren hoch technisierten Lagern. Wir müssen in diesem Jahr unsere Struktur-, Prozess- und Ergebnisqualität verbessern und unsere Produktivität verdoppeln, nur so können wir*

Marktführer werden. Die Planung, Durchführung und Logistik des Frachttransports zum Mars brauchen eine neue Koordination, um optimale Zeitpläne zu nutzen und eine sichere und kostengünstige Lieferung zu gewährleisten. Diese neue Koordination erfordert wiederum neue Anpassungen und Veränderungen – sei es struktur- bezogen oder prozessbezogen. Wegzudenken sind auch nicht unsere Raumfahrzeuge. Unsere Raumfahrtschiffe, die normalerweise eine Vielzahl von Gütern transportieren, darunter wissenschaftliche Aus- rüstung, Lebensmittel, Ressourcen oder Baumaterialien für den Bau von Häusern auf dem Roten Planeten, müssen endlich speziell für den Frachttransport konzipiert und auTomatisch gesteuert werden. Die Effizienz des Triebwerks unserer Raumfahrzeuge soll gesteigert werden, um nicht nur den Energiebedarf zu reduzieren, sondern auch, um die Reisedauer zu verkürzen.«

Mr. Brown ging noch lange auf die Produktivität der Firma, Leis- tungen der Mitarbeiter, die Pläne für die Zukunft, die Entwicklung einer Fehlerkultur und die gemeinsame Zusammenarbeit mit etlichen Kooperationspartnern ein. Das, was er Fortbildung genannt hatte, sah eher wie eine Dienstbesprechung aus.

Als die Zeit für den Feierabend kam, spürte Joseph eine vertraute Erleichterung. Doch anstatt direkt nach Hause zu fahren, beschloss er, einen kleinen Umweg zu seinem Bruder zu machen, der ebenfalls in Columbia Heights wohnte. Die Fahrt mit den öffentlichen Ver- kehrsmitteln fühlte sich an diesem Abend besonders bedrückend an, und seine Armbanduhr zeigte bereits sechzehn Uhr an. Diese Uhr, ein Symbol der Sapiens-Weltbürger, unterschied ihn von den Myonen, die solche Uhren nicht benötigten. Seit mehr als siebzig Jahren diente diese Uhr als Übergangslösung, um die Integration der anständigen Sapiens- Bürger zu überwachen und zu kontrollieren. Der Weltstaat wusste, dass der freie Wille den Sapiens innewohnte, während die Myonen, bereits in den Glaskapseln integriert, keinen freien Willen besaßen.

Aus dem Busfenster beobachtete Joseph, wie eine Frau verzweifelt auf einen Automaten klopfte. Ihre Unruhe war deutlich zu erkennen, und obwohl sie die Passanten um Hilfe bat, wurde sie ignoriert. Joseph vermutete, dass ihr Guthabenstand plötzlich leer war – ein alltägliches Schicksal für viele Sapiens. Jeden Tag fanden sich Abertausende in ähnlichen Situationen wieder: hungrig auf dem Heimweg, weil das Guthaben auf der Armbanduhr unerwartet erschöpft war; unfähig, öffentliche Verkehrsmittel zu benutzen, um nach Hause zu kommen; gezwungen, auf der Straße zu schlafen, weil der Weg nach Hause zu weit war oder das Geld für den Sprit fehlte.

Joseph stieg aus dem Bus und machte sich auf den Weg, die Parallelstraße zu überqueren, an der sein Bruder wohnte. Plötzlich tauchte eine junge Frau vor ihm auf. Ihre Augen waren von Verzweiflung erfüllt, und ihre Stimme klang flehend: »Bitte, bitte, geben Sie mir fünf WC. Ich habe Hunger!«

Die Worte der Frau trafen Joseph wie ein Schlag. Er konnte die Verzweiflung in ihren Augen sehen, und für einen Moment fühlte er sich überwältigt von der Ungerechtigkeit, die seine Mitmenschen ertragen mussten.

Joseph musterte die Frau eindringlich. »Zeig mir mal dein Saldo«, forderte er.

Zögernd hob sie ihr Handgelenk und zeigte ihm ihre Smartwatch. Der Bildschirm zeigte sieben WC an.

»Aber du hast genug. Damit kannst du dir heute eine Mahlzeit leisten«, sagte Joseph.

»Das ist alles, was ich habe. Meine gesamten Existenzgrundlagen«, antwortete sie mit verzweifeltem Blick.

»Wie lautet deine Nummer?«, fragte er.

»512349SE«, sagte sie leise.

Joseph tippte die Nummer in seine eigene Uhr ein. »Erledigt!«, bestätigte er kurz darauf den Eingang der Transaktion.

»Danke, vielen Dank!«, sagte die Frau und verabschiedete sich hastig, bevor sie in der Menge verschwand. Joseph sah ihr nach, während sie eilig in die Richtung eines Lebensmittelladens verschwand. Ein Gefühl der Beklemmung blieb zurück, als er weiterging, seine

Gedanken kreisen um die erschütternden Realitäten der Sapiens-Weltbürger. Die Begegnung hatte ihm erneut vor Augen geführt, wie zerbrechlich die Balance zwischen Überleben und Verzweiflung war, und er fragte sich, wie lange dieses fragile System noch bestehen würde, bevor es zusammenbrach.

Er betrat das Gebäude und ließ den Moment auf sich wirken. Eine Welle der Erinnerung überkam ihn, als er an den Tag dachte, an dem sein Vater sich das Leben nahm. Neunzehn Jahre lang hatte sein Vater für die Anerkennung seiner Identität gekämpft, und an jenem schicksalhaften Tag, bevor er Suizid beging, hinterließ er eine Notiz auf dem Nachttisch:

»Meine Söhne, wenn ihr an mich denkt, seid froh, dass ich mich endlich in Frieden ausruhe, und weinet nicht. Geht immer den Weg der Gerechtigkeit und wisse, dass wir alle Reisende sind, die sich in Zukunft zusammen treffen werden. Lasst mir bitte einen Platz zwischen euch, sowie ich ihn im Leben hatte!«

Joseph schloss die Augen, als der Schmerz dieser Erinnerung in ihm hochstieg. Er wusste, dass sein Vater ein Opfer des Establishments war, das die Sapiens-Bürger zu oft im Stich ließ. Er trat in den Flur, atmete tief durch und wünschte sich, nicht nur für sich, sondern auch für all jene zu kämpfen, die keine Stimme hatten. Der Gedanke an seinen Vater gab ihm neue Kraft, während er den langen Weg zu seinem Bruder fortsetzte.

Joseph fuhr mit dem Aufzug in den dritten Stock hinauf und stand schließlich vor Jadens Tür. Er klingelte einmal, aber es blieb still. Er klingelte ein zweites Mal.

»Hallo, wer ist denn da?« Jadens Stimme drang durch die Sprechanlage.

»Joseph«, antwortete er schlicht.

»Ohne Vorankündigung«, sagte Jaden, einen leichten Vorwurf in der Stimme. Er warf einen Blick auf die Türspioneinstellung seines Handys, stand auf und ging zur Tür. Er hätte die Tür mit einem leichten Tippen auf sein Handy oder seine Armbanduhr öffnen können, aber er wollte seinem Bruder persönlich begegnen.

»Warum denn Vorankündigung?«, fragte Joseph, als die Tür sich öffnete.

»Weil ich es so möchte«, erwiderte Jaden.

»Ich bin nicht hier, um dich auszuspionieren«, sagte Joseph, bemüht, die Spannung zu entschärfen.

»Du hättest zuerst anrufen können«, entgegnete Jaden trocken. »Setz dich doch, Bruder.«

Joseph trat ein und spürte sofort die Distanz, die zwischen ihnen lag. Jaden war immer ein wenig reserviert gewesen, doch das war seine Art und Weise. Joseph ließ sich auf das Sofa sinken und sah seinem Bruder ins Gesicht, aufmerksam nach einem Anzeichen von Verständnis suchend.

»Jaden, ich weiß, dass wir uns in letzter Zeit entfremdet haben«, begann Joseph leise. »Deswegen besuche ich dich heute!«

Joseph ließ sich auf einem modernen Stuhl nieder, der mit unauffälligen biometrischen Sensoren ausgestattet war, die kontinuierlich seine Vitalparameter und Körperhaltung überwachten. Der makellose Stuhl, beschichtet mit innovativer Nanotechnologie, wies Schmutz und Flecken mühelos ab. Nicht nur der Stuhl, sondern auch das gesamte Zimmer spiegelte die schöne Architektur wider, die seinen Bruder umgab.

Jaden lebte in einem Wohn- und Esszimmer von 30 bis 40 Quadratmetern, dessen Wände mit flexiblen Displays ausgestattet waren. Diese interaktiven Wände zeigten unzählige Produktartikel, ein eindrucksvolles Zeugnis von Jadens Arbeit bei »Virtual-X«. Dort verkaufte er nicht nur virtuelle Architektur- und Kunstinstallationen, sondern engagierte sich auch leidenschaftlich für Klimaschutz und Avatarrechte. Als gläubiger Zeuge Jehovas hoffte er auf die biblische Prophezeiung eines Lebens auf einem unverschmutzten Planeten.

»Anrufen …«, wiederholte Jaden mit einem gequälten Lachen.

»Ja, genau. Und was, wenn ich in so einem Moment nackt mit meinem Hammer aus der Dusche komme oder so etwas?«

»Dann würde ich dich fragen, ob du an deinen Schwarm denkst« scherzte Joseph.

»Das ist kein Spaß«, erwiderte Jaden ernst. »Ich finde es wirklich nicht toll, wenn mein Bruder unangekündigt vor meiner Tür steht. Ich will dich auch schützen, Joseph. Ich sage das für deinen Schutz, denn in manchen Fällen würde ich nicht einmal nachsehen, wer da ist, oder ich könnte versuchen, den Spion zu vernichten.«

Joseph spürte die Schärfe in Jadens Worten, die unausgesprochene Warnung. »Ich verstehe, Jaden. Es tut mir leid. Ich wollte nicht respektlos sein.«

Jaden nickte, seine Augen fest auf Joseph gerichtet. »Es geht nicht nur um Respekt, es geht um Sicherheit. Wir leben in Zeiten, in denen Vorsicht überlebenswichtig ist.«

Die Spannung im Raum war greifbar, eine Mischung aus Sorge und der tiefen Verbindung, die trotz allem zwischen den Brüdern bestand. Joseph wusste, dass er hier war, um mehr als nur eine Entschuldigung auszusprechen. Er wollte die Kluft überwinden, die sich zwischen ihnen aufgetan hatte, und die Beziehung zu seinem Bruder wieder aufbauen.

»Ich bin hier, weil ich dich kaum gesehen habe, Jaden. Und weil ich weiß, dass wir uns besser unterstützen können, wenn wir offen und ehrlich zueinander sind.«

Jaden sah ihn an, die Härte in seinen Augen milderte sich. »Vielleicht hast du recht, Joseph. Lass uns reden, aber nächstes Mal – ruf vorher an.«

Joseph lächelte, froh über dieses kleine Zeichen der Versöhnung. »Versprochen, Bruder.«

»Glaubst du wirklich, dass du gegen das Establishment kämpfen kannst?« Joseph kicherte, ein bitterer Klang in seiner Stimme. »Ihr Motto lautet: Einer für alle, alle für einen. Es geht um eine stabile Gruppendynamik.«

Jaden ignorierte die Frage. »Wie läuft deine Arbeit?«

Joseph seufzte. »Ich habe die Nase voll, Bruder. Kein Sapiens hat Lust, bis zum Umfallen zu schuften.«

»Dieses Gefühl der Erschöpfung und Hoffnungslosigkeit ist bei den meisten Sapiens verbreitet«, sagte Jaden und spreizte die Arme, als wolle er die ganze Last der Welt zeigen. »Sie fühlen sich marginalisiert, überfordert und oft an den Rand des Selbstmords getrieben, weil sie keinen Ausweg mehr sehen.«

»Hör mir zu, Bruder!« Josephs Stimme wurde lauter, seine Augen funkelten entschlossen. »Ich habe keine Hoffnung auf Besserung, weil ich die Realität erkannt habe. Der größte Fehler, den die Sapiens machen, ist, nicht in die Zukunft zu schauen. Ich kann mir ein Bild von den nächsten zwei Jahren machen, und es ist furchterregend. Ich muss einen Ausweg finden, dem System zu entkommen. Es gibt immer einen Ausweg. Ich werde graben, graben und graben, bis ich ihn finde.«

Jaden nickte langsam, seine Stirn in Sorgenfalten gelegt. »Aber es ist nicht so einfach, dem System zu entkommen. Die Sapiens haben die Fähigkeit zur Rebellion verloren.«

»Das ist ein Irrglaube!« Josephs Stimme war tief und klangvoll, ein Echo von Überzeugung.

»Es ist kein Irrglaube«, beharrte Jaden, seine Stimme leise, aber fest.

»Damit eine Rebellion erfolgreich ist, braucht es Anführer, die bereit sind, große Risiken einzugehen und persönliche Interessen hintanzustellen. Sie müssen ihr Leben in Gefahr bringen, ihre Komfortzone verlassen und ihre Angst überwinden«, sagte Jaden mit einer Wut in der Stimme. »Angst steht jeder großen Unternehmung im Weg. Wenn eines Tages alle Sapiens untergehen, dann, weil jeder von uns nur sein eigenes Interesse verfolgt hat und versuchte, seine eigene Haut zu retten.«

»Ich stimme dir zu, aber ich glaube nicht, dass ein Sapiens dem System nicht entkommen kann. Wenn das so wäre, warum versucht das Establishment dann, uns loszuwerden?« Joseph sah Jaden fragend an.

Ein Moment der Stille folgte, während Jaden überlegte.

»Weil in jedem Sapiens kosmische Energie steckt. Eine mächtige, geheimnisvolle Kraft, die das Establishment fürchtet. Außerdem tragen wir einen Gerechtigkeitssinn und den Wunsch nach Aufstand in uns. Der Instinkt, sich gegen Ungerechtigkeiten zu erheben, wohnt jedem Sapiens inne. Wir mögen ruhig wirken und ungünstige Umstände hinnehmen, aber wenn es darauf ankommt, können wir rebellieren.« Joseph stand auf und blickte aus dem Fenster, um Jaden Zeit zu geben, über seine Worte nachzudenken.

Der Himmel über Columbia Heights war düster, Wolken verdichteten sich, der Wind wehte stark. Trotz des trüben Wetters war der Himmel voll von leise fliegenden, autonomen Fahrzeugen, die zwischen den Wolkenkratzern schwebten.

»Bruder, ich glaube, nichts kann der biblischen Prophezeiung entkommen, nicht einmal der Mensch. Selbst wenn wir dem System entkommen könnten, würde ich aufgrund meines christlichen Glaubens gegen jede Form von Aufstand sein«, sagte Jaden mit leiser Scham.

»Du klingst widersprüchlich«, bemerkte Joseph. »Sehe ich das richtig?«

»Ich verstehe nicht, was du meinst«, erwiderte Jaden und rollte die Augen.

»Vorhin hast du gesagt, dass Angst jeder großen Unternehmung im Wege steht, und jetzt sagst du, du seiest gegen alle Formen von Aufständen ..."«, wiederholte Joseph, Jadens Aussagen zusammenfassend.

»Aus mehreren biblischen Gründen bemühen wir uns als Jehovas Zeugen, neutral zu bleiben und unvoreingenommen zu sein. Wir lassen keine politischen oder weltlichen Einflüsse in unsere Glaubenspraxis einfließen. Wir verwickeln uns nicht in die politischen und sozialen Probleme dieses Systems, um unsere Loyalität ausschließlich Gott gegenüber auszurichten.«

»Wie sollen die Probleme auf diesem Planeten gelöst werden, wenn man so passiv bleibt?«, fragte Joseph.

»Wir erwarten, dass die kommende göttliche Regierung alle bestehenden Probleme löst«, antwortete Jaden mit einem Ton, der fast roboterhaft klang.

»Oh Gott, was für eine Fantasie!«, rief Joseph aus. »Wir sind zwei Brüder mit gleichem Blut und Aussehen, aber kulturell, sozial und psychisch völlig unterschiedlich geprägt!« Seine Stimme zitterte vor Enttäuschung und Trauer. Obwohl sie eineiige Zwillinge waren, hatte

Joseph als Schattenkind nicht die gleiche Kindheit wie Jaden gehabt. Sein Ausruf war eine Beschwerde, ein Ausdruck von Bedauern über die unglückliche Situation, die sie trennte.

Der Begriff »Schattenkind« beschrieb in jener Zeit Sapienskinder, die aufgrund der strikten Ein-Kind-Politik im Rahmen des großen Austauschs nicht offiziell registriert wurden. Es waren die zweit-, dritt- oder viertgeborenen Kinder, die im Verborgenen zur Welt kamen und die ein schwieriges Schicksal erwartete. Ihre Eltern wagten es nicht, diese Kinder anzumelden, aus Angst vor rechtlichen Konsequenzen und hohen Geldstrafen. Josephs Vater, William Aliens, hätte seinen Lebensunterhalt verloren, hätte er die Geburt der Zwillinge nicht geheim gehalten. Obwohl Joseph als Zweitgeborener einer Ausnahme unterlag, wäre seine Anerkennung mit einer Million WC Bußgeld verbunden gewesen – eine Summe, die William nicht aufbringen konnte.

Joseph hatte daher bis zu seinem neunzehnten Lebensjahr keinen Personalausweis, durfte keine Schule besuchen, keine medizinischen Leistungen in Anspruch nehmen und hatte keinen Zugang zum Arbeitsmarkt.

»Du musst immer noch neidisch auf mich sein, Bruder!« Jaden wandte sich abrupt zum Fenster.

»Nein, nicht mehr. Du kannst nichts dafür«, antwortete Joseph.

»Wieso denn nicht mehr?« Jaden drehte sich plötzlich zu ihm um. »Wenn man bedenkt, wie du aufgewachsen bist, was du als Kind erdulden musstest, ist es nicht leicht, das alles zu vergessen. Du wolltest sein wie ich. Du wärst auch so gerne zur Schule gegangen. Jedes Mal, wenn Vater mich zur Schule brachte, wolltest du mit. Ich erinnere mich immer noch an dein lautes Schreien. Während ich Freundschaften schloss und soziale Fähigkeiten entwickelte, bliebst du zu Hause und hattest Hausunterricht mit Vater. Wie langweilig muss das damals für dich gewesen sein! Ich konnte verschiedene Bereiche ausprobieren und meine Interessen entdecken. Oh, ich fühlte mich so verbunden!«

Joseph spürte den alten Schmerz und die aufsteigende Wut, aber er hielt sich zurück. Es hatte lange gedauert, seinen Frieden mit der Vergangenheit zu schließen.

»Ja, es war hart«, sagte Joseph leise. »Aber ich habe gelernt, damit umzugehen. Es hat mich stärker gemacht, auch wenn es mich manchmal zerbrochen hat. Obwohl ich nie eine Schule oder Hochschule besucht habe, bin ich heute am Leben und kämpfe, um kein Opfer des Systems zu werden. Ich mag keine formale Ausbildung haben, aber eines Tages wird sich das Schicksal meinem Willen beugen.«

Jaden senkte den Kopf. »Es tut mir wirklich leid, dass wir nicht die gleichen Erfahrungen gemacht haben. Während ich in der Schule mit meinen Freunden spielte, dachte ich ständig an dich.«

»Hör bitte auf!« Josephs Stimme war angespannt. »Was passiert ist, ist passiert. Lass die Vergangenheit sterben, damit sie keine Last wird. Das Schicksal liegt in der Zukunft, nicht in der Vergangenheit.«

»Ich sehe das anders«, sagte Jaden und hob den Kopf.

»Zum Beispiel?« Josephs Aufmerksamkeit war geweckt.

»Du musst die Vergangenheit auch integrieren«, sagte Jaden, dabei wanderte sein Blick in die Ferne.

»Inwiefern?«, fragte Joseph, die Stirn in Falten.

»Indem wir die Vergangenheit betrachten, können wir die Zukunft vorhersagen. Deswegen glaube ich, dass das Schicksal sowohl in der Vergangenheit als auch in der Zukunft liegt.« Jaden sprach mit einer Intensität, die Joseph überraschte.

»Hm …«, seufzte Joseph. »Wir sind zwar unterschiedlich aufgewachsen und vertreten heute verschiedene weltanschauliche Ansichten aufgrund unserer unterschiedlichen Werte und Überzeugungen, aber wir dürfen niemals zulassen, dass uns Ideologien trennen. Wir sind Brüder, verbunden durch das gleiche Erbgut, die gleiche Gebärmutter und denselben Ursprung.«

»Nein, wir dürfen das niemals zulassen, Bruder. Die Leidensjahre …«, begann Jaden,

» … dürfen nicht umsonst gewesen sein«, unterbrach Joseph. Dieser Satz »Die Leidensjahre dürfen nicht umsonst gewesen sein« stammte von ihrem Vater, der neunzehn Jahre lang unermüdlich für die Anerkennung von Josephs Existenz gekämpft hatte. William

Alien hatte sein ganzes Leben in finanziellen Schwierigkeiten verbracht, immer sparsam gelebt, um die Anerkennung von Josephs Existenz zu ermöglichen. Er musste klug mit den begrenzten Ressourcen umgehen, Mahlzeiten im Voraus planen und jede Verschwendung vermeiden – alles in der Hoffnung, dass Joseph eines Tages seine Geburtsurkunde erhalten würde.

So, wie erhofft, bezahlte William das hohe Bußgeld Tage vor Josephs neunzehntem Geburtstag, und kurz darauf verließ William diese Welt. Er hatte auf dieses eine Ziel hingearbeitet und es erreicht, bevor er sich das Leben nahm.

Josephs Stimme bebte, als er weitersprach: »Vater hat alles für uns gegeben. Sein Leben war ein ständiger Kampf, ein unaufhörlicher Kampf um meine Anerkennung. Jetzt liegt es an uns, diesen Kampf nicht umsonst gewesen zu lassen.«

Jaden nickte, seine Augen glänzten vor Emotionen. »Wir tragen sein Erbe in uns. Alles, was wir tun, muss seinem Opfer gerecht werden. Wir müssen stark sein, nicht nur für uns, sondern für die Erinnerung an ihn.«

Die Erziehung von Joseph lag irgendwo zwischen streng und locker, ohne ihm die Freiheiten und Möglichkeiten zu bieten wie seinem Bruder Jaden. Während Jaden in der Schule spielte und Freunde fand, traf sich Joseph nach dem Hausunterricht mit Jungs aus der Nachbarschaft, in den Straßen des sozialen Brennpunkts, wo sie lebten. Seine esoterische Glaubensrichtung entwickelte sich über Jahre, geprägt von persönlichen Erfahrungen und intellektueller Reife, beeinflusst durch die guten Ratschläge seines Vaters und das Umfeld, in dem er aufwuchs.

Was Joseph wirklich auszeichnete, war seine Unabhängigkeit von der Meinung anderer. Er kümmerte sich wenig um Konventionen oder gesellschaftliche Normen, sondern folgte seinen Überzeugungen und Entscheidungen. Schon früh lernte er, abstrakt und kritikfähig zu denken und traditionelle Denkmuster zu hinterfragen. Diese Eigenschaften brachten ihn oft in Konflikt mit den Gesetzen des Weltstaates, doch irgendwie fand er immer einen Ausweg, geschickt und subtil, jede Unannehmlichkeit mit den Behörden umzugehen.

Josephs Charakter war geformt durch seine einzigartige Herangehensweise ans Leben, durch das Vorbild seines Vaters und durch die Herausforderungen des sozialen Umfelds, in dem er aufwuchs. Sein Drang nach Freiheit und Unabhängigkeit prägte sein Handeln und seine Entscheidungen, während er gleichzeitig eine tiefe Verbindung zu seiner Familie bewahrte, besonders zu seinem Bruder Jaden und ihrem Vater William.

Er war von Natur aus ein Meister der Selbstkontrolle, strahlte Selbstbewusstsein aus, wenn es sein musste, und lebte im Einklang mit seinen Stärken und Schwächen. Doch unter dieser Fassade verbarg sich eine tiefe Angst: die Furcht davor, seine Existenzgrundlage zu verlieren und in die Bedeutungslosigkeit abzurutschen. Dieses Gefühl der Unsicherheit musste er stets verbergen, was ihm als Bewältigungsstrategie nicht immer half. Joseph war sich bewusst, dass er Schwierigkeiten hatte, offen über seine Ängste zu sprechen, selbst gegenüber Jaden, seinem engsten Vertrauten. Getrieben von seinem Verlangen nach Unabhängigkeit und geprägt von persönlichen Erfahrungen, neigte er dazu, seinen Schmerz lieber für sich zu behalten.

Seine gelassene Art in stressigen Situationen täuschte über die inneren Kämpfe hinweg, die er verbarg. Jaden betrachtete diese Fähigkeit als Zeichen von Josephs einzigartigem Charakter.

»Übrigens, hast du immer noch keine Freundin?«, fragte Jaden und fuhr nach einer kurzen Pause fort: »Magdalena fragt ständig nach dir.«

Joseph kicherte leicht, atmete tief durch und massierte nachdenklich seinen Nasenrücken. »Nach mir? Glück ist auch das, was man für sein eigenes Wohl opfert. Im Moment träume ich einfach davon, dreihundert Meilen weit weg zu sein. Die Welt mit all ihrer Härte hinter mir zu lassen und ein neues Leben zu beginnen. Frei zu sein. Ich brauche gerade keine weiteren Leiden, keinen Schmerz und keine Sorgen mehr. Emotionale Bindungen würden nur das Leiden verlängern.«

Jaden öffnete die Augen und betrachtete seinen Bruder. »Es scheint, als würdest du dich nicht von anderen Meinungen beeinflussen lassen und als würdest du beharrlich deinen eigenen Weg gehen.«

Joseph stand vor dem Spiegel, den Blick fest auf sein eigenes Gesicht gerichtet. Er konnte nicht umhin, die verblüffende Ähnlichkeit zwischen sich und seinem Bruder Jaden zu bemerken. Die beiden wurden oft verwechselt, aber Joseph wusste, dass es feine Unterschiede gab: Er war etwas größer und muskulöser als Jaden.

»Beim letzten Hologramm-Gespräch hast du erzählt, dass du ein Sperrkonto eröffnet hast, um eines Tages als Vertragsknecht auf dem Mars zu arbeiten«, sagte Jaden, ohne die Augen zu öffnen.

Joseph nickte. »Für dieses Konto habe ich alles riskiert. Es gibt keinen Plan B für mich, außer dem Tod. Und vor dem Tod habe ich keine Angst – früher oder später müssen wir ihm alle begegnen. Es gibt keine Garantie, dass ich auf dem Mars arbeiten werde. Aber ich bin bereit für das schlimmste Szenario: Lieber tot als ein Dalit.«

Jaden öffnete endlich die Augen und lachte leise. »Meinst du das ernst? Du setzt deine ganze Zukunft aufs Spiel?«

Josephs Augen funkelten entschlossen. »Was geschehen muss, wird geschehen. Ich erzwinge nichts. Der Tod ist mein sicherstes Schicksal.«

Jaden sah seinen Bruder durchdringend an. »Seit Vater uns verlassen hat, scheinst du vom Tod besessen zu sein. Täusche ich mich?«

Joseph zuckte mit den Schultern und ließ einen Seufzer der Resignation hören. »Ich bin nicht vom Tod besessen. Für mich ist der Tod kein endgültiger Abschied, sondern vielmehr der Beginn eines neuen Kapitels im Dasein.«

»Suizid oder der Mars – das sind keine Lösungen«, entgegnete Jaden mit verzweifelter Stimme. »Überall herrscht dasselbe grausame System, nur in verschiedenen Formen. Die Marsianer nennen es ›Simulo‹. Ich habe dich gewarnt, doch du hast nicht auf mich gehört. Du möchtest als Vertragsknecht auf dem Mars arbeiten, unter Bedingungen, die vielleicht noch erbarmungsloser sind als hier auf der Erde.«

Josephs Stimme verschärfte sich, und der Schmerz in seinen Worten war unverkennbar. »Du warst nie in einem Raumschiff und redest, als hättest du den Mars betreten. Alles, was du über die marsianische Regierung weißt, sind Gerüchte – Gerüchte, die sich schneller verbreiten als die Wahrheit, besonders wenn sie von ›anständigen‹ Bürgern weitergetragen werden.«

Josephs Entschlossenheit stand wie ein unerschütterlicher Turm inmitten der aufziehenden dunklen Wolken der Ungewissheit. Er war noch nicht fertig. Mit einem eindringlichen Blick fügte er hinzu: »Die Menschen wurden in eine Simulation[2] eingeführt und ihnen wurde der Glaube gegeben, sie hätten einen freien Willen. Dann erschaffen diese Menschen eine weitere Simulation, in der die dortigen Lebensformen glauben, einen freien Willen zu haben. Und so geht es immer weiter. Die Myonen, die von den Menschen erschaffen wurden, sind ein Beweis dafür, dass es unzählige weitere Simulationen gibt – doch nur eine davon ist die ›echte‹ Realität.«

»Es ist faszinierend«, fuhr Joseph fort, »dass in der echten Realität ein schier chaotisches Durcheinander herrscht. Diese Realität beeinflusst die Entropie[3] der darunter liegenden Simulationsebenen. Jedes Mal, wenn Ruhe auf der Erde einkehrt, muss etwas geschehen, das alles zunichtemacht. Im Kosmos gibt es überall eine Selbstähnlichkeit der Entropie. Daher haben die Marsianer recht, wenn sie das gesamte System ›Simulo‹ nennen.«

Jaden wandte sich abrupt ab, und ein Gefühl von Enttäuschung und Zorn drang in seine Worte. »OK, dann geh deinen eigenen Weg!«

Joseph spürte, wie Zorn in ihm aufstieg, aber er zwang sich zur Ruhe. »Bruder, du hast mir abgeraten, weil wir nicht dieselben Erfahrungen gemacht haben. Wenn du, wie ich, ein Schattenkind gewesen wärst, würdest du meine Beweggründe verstehen. Es ist traurig, dass wir als Zwillinge paradoxerweise unterschiedliche Kindheiten hatten. Wir haben nicht dieselben Schmerzen erlebt. Das macht uns einzigartig und hochindividuell. Ich kenne den Schmerz

---

2   Simulation: Theorie, die die Hypothese aufstellt, dass die gesamte Realität möglicherweise eine Art Simulation oder künstliche Umgebung ist, die von einer fortgeschrittenen Zivilisation oder intelligenten Entität erzeugt wurde.

3   Die Entropie ist ein Maß für die Unordnung in einem geschlossenen System (Smith & Van Ness, 2005).
Smith, J. M., & Van Ness, H. C. (2005). Introduction to Chemical Engineering Thermodynamics (7th ed.). McGraw-Hill.

und die Einsamkeit, und all das hat mich reifer, aber auch eigensinnig gemacht. Bitte versteh das!«

Seine Stimme bebte vor unterdrückter Wut, doch sein Zorn richtete sich nicht gegen Jaden, sondern gegen das unerbittliche Schicksal, das ihm widerfahren war.

Jaden schüttelte den Kopf. »Dass du ein Schattenkind warst, sollte dich nicht dazu bringen, unüberlegte Entscheidungen zu treffen. Wenn ich an deiner Stelle wäre und die Möglichkeit hätte, auf den Mars zu gehen und dort drei Jahre als Arbeitstier zu schuften, würde ich das Angebot ablehnen. Niemand, der im Untergrund auf dem Roten Planeten arbeitet, kommt lebendig zurück. Und es gibt keine Garantie, dass du die drei Jahre überlebst.«

Josephs Augen funkelten vor Entschlossenheit. »Das sind nur pessimistische Zukunftsvisionen. Egal, wie die Umstände sind, ich will unbedingt dorthin.«

Jaden seufzte tief. »Du hast deine Meinung und deinen Glauben, und ich habe meine. Als Zeuge Jehovas kann ich nicht einfach nach meinem Gutdünken handeln. Ich lebe nach den Geboten der Bibel. Ich glaube an die Prophezeiungen, die eine schwierige Zeit vorhersagen, in der die Menschen keinen Zufluchtsort finden werden. Diese Zeit ist schon lange da. Es gibt nirgends im Sonnensystem Frieden für die Menschheit. Weder die Erben noch die Nobilis, weder wir Sapiens noch die Myonen werden Frieden finden.«

Josephs Stimme wurde leise, aber eindringlich. »Der Schmerz eines Schattenkindes vergeht nie. Man spürt ihn immer.«

Jaden nickte langsam und sagte mit brüchiger Stimme: »Ich weiß, Bruder … ich weiß.«

Joseph ließ sich davon nicht abhalten fort: »Deswegen sollte ein Schattenkind auch bereit sein, Hunderttausende Millionen Kilometer zu reisen, einfach nur, um die alten Schmerzen hinter sich zu lassen. Das Glück, auf das ich seit 19 Jahren warte, ist noch nicht da, aber trotzdem glaube ich an mein Schicksal.«

Jaden fixierte ihn mit einem intensiven Blick. Er stand da mit der charakteristischen Haltung des Neo-Kundo, die Kampfkunst, die

Geschwindigkeit und Präzision vereinte. Ohne ein Wort reichte er Joseph eine Flasche Saft. Als Joseph näherkam, lächelte Jaden und warf ihm die Flasche zu. Joseph fing sie geschickt. Doch in diesem Moment stürmte Jaden blitzschnell auf ihn zu, seine Bewegungen fließend und berechnend.

Joseph reagierte instinktiv, obwohl er nicht auf einen Kampf eingestellt war. Er blockte Jadens Angriff ab, setzte seine Arme und Beine mit voller Kraft zur Verteidigung ein und trat einen Schritt zurück, um sich Raum im kleinen Zimmer zu verschaffen. Doch Jaden war bereit und entschlossen, das Tempo hochzuhalten. Mit einem geschickten Manöver durchbrach er Josephs Verteidigung und zwang ihn in ein schnelles Duell.

Die beiden Brüder bewegten sich wie Schatten in einem synchronisierten Tanz. Jaden war ein Wirbelwind aus Schlägen und Tritten, während Josephs Abwehr ebenso schnell und präzise war. Jeder Schlag, jeder Tritt, jede Bewegung war eine stumme Konversation zwischen ihnen, ein Ausdruck von unausgesprochenen Emotionen und unauslöschlichen Erinnerungen.

Auf einmal waren überall im Raum Klänge von klatschenden Tritten und gedämpften Schlägen zu hören. Die Bewegungen der beiden Brüder waren so choreografiert, so koordiniert und körpernah, dass sie wie Tänzer wirkten. Doch das waren sie nicht – sie waren Neo-Kundo-Kämpfer, gefangen in einem intensiven Ringen, jeder mit seinen eigenen Taktiken und Techniken.

Jaden versuchte, sich mit einer geschickten Methode von Joseph zu entfernen, doch Joseph war bereit und konterte mit einer eigenen Strategie. Er überraschte Jaden mit einem direkten Angriff, nahm Körperkontakt auf und zwang ihn in einen Nahkampf. »Du bist schon besiegt worden. Gib auf«, sagte Joseph, während die Intensität des Kampfes weiter zunahm.

Jaden keuchte, seine Stimme war schwer von Anstrengung. »Du bist derjenige, der aufgeben muss ... denn ich habe das Licht der Welt vor dir erblickt.«

Mit einem letzten, kraftvollen Schlag griff Joseph an, doch Jaden wehrte ab. Plötzlich standen sie sich ganz nah gegenüber, ihre Blicke fest ineinander verhakt, und dann lächelten sie sich gegenseitig an. In diesem kleinen Raum war es offensichtlich, dass der Ausgang dieses Probekampfes im Gleichgewicht der Kräfte hing.

Jaden brach das Schweigen. »Das war eins der wichtigsten Dinge, die uns wirklich verbanden, als wir klein waren – nicht nur unsere frappante Ähnlichkeit. Kannst du dich noch daran erinnern, Bruder?«

Joseph nickte, seine Augen voller Erinnerungen. »Selbstverständlich! Diese Kampfkunst war das Wichtigste, das wir gemeinsam hatten, unser einziger gemeinsamer Nenner. Wir sind so unterschiedlich aufgewachsen, es gab zu viele Unterschiede zwischen uns.«

Einige Sekunden lang herrschte Stille. Josephs Gesicht spiegelte die Schmerzen all seiner Leidensjahre wider. Am 5. Juni 2350 waren er und sein Bruder geboren worden, und als Zweitgeborener galt Joseph nach der Ein-Kind-Politik der Weltregierung als Generationsschande. Zweitgeborene Sapiens durften eigentlich nicht existieren. Das Herrschaftssystem strebte ein hypothetisches, übermenschliches Ideal an und schuf dadurch eine Hierarchie der Überlegenheit unter den Weltbürgern.

»Schicksal?«, wiederholte Jaden leise, bevor er weitersprach. »Du hast mir einmal erzählt, dass dir Tony ein Angebot gemacht hat, an einem besonderen Treffen teilzunehmen. Hast du daran schon teilgenommen?«

»Wer ist denn dieser Tony?«, fragte Joseph verwirrt.

»Der Nobili, für den du lange als Caddie gearbeitet hast«, antwortete Jaden.

»Er heißt aber nicht Tony …«, sagte Joseph stirnrunzelnd.

»Sondern?«, fragte Jaden und musterte Josephs Lippen.

»Tom.«

»Richtig.« Jaden biss sich auf die Lippen und dachte einen Moment nach. »Wann nimmst du an diesem Treffen teil?«

»Es geht nicht um ein Treffen, sondern um ein Forum«, korrigierte Joseph.

»Und wann triffst du dich mit Dieter? Wann nimmst du an diesem Forum teil?«, fragte Jaden erneut.

Joseph ignorierte die Fragen und sagte stattdessen: »Ich meinte nur, dass er mir die Möglichkeit gibt, in dieser Erben-Kratie zu bestehen, ohne ständig Existenzängste haben zu müssen. Es geht um viele Konferenzen, an denen man teilnehmen muss, bevor man in den Elitenclub eingeführt wird. Bei solchen informellen, geheimnisvollen Treffen drehen sich die Themen um Wirtschaft, Politik und Biotechnologie.«

Jaden nickte langsam, als er die Worte seines Bruders aufnahm. »OK, ich sehe.«

»Ich warte noch auf seine Rückmeldung.«

Die beiden unterhielten sich weiter über die Vergangenheit, ihre Kindheit und die Sapiens, die nicht mehr so weiterexistieren würden wie in den Jahrhunderten zuvor. Joseph warf einen Blick auf seine Armbanduhr.

»Oh, tut mir leid, ich muss los.«

»Wann sehen wir uns wieder, Bruder?«, fragte Jaden mit einem Hauch von Sorge in der Stimme.

»Wenn du mich besuchst«, erwiderte Joseph. »Du musst auch mal zu mir kommen.«

Jaden lächelte leicht, doch sein Lächeln wirkte gezwungen, als würde er ein Lachen unterdrücken. »Ich schaue mal, wann ich dich besuchen kann.«

»Was hast du in den nächsten Tagen vor?«, fragte Joseph.

»Nur arbeiten, sonst nichts«, antwortete Jaden. »Und warum fragst du?«

Joseph zögerte und wirkte plötzlich stumm. »Ich wollte fragen, ob …«

Jaden wartete gespannt, doch es kam nichts. »Schieß los!«, drängte er.

Joseph dachte nach und schüttelte schließlich den Kopf. »Vergiss es.«

»Was wolltest du sagen? Ich höre dir zu. Es interessiert mich.«

»Vergiss es. Ich wollte nichts sagen.«

Jaden seufzte tief und schaute seinem Bruder in die Augen. »Hm … Wenn du es dir anders überlegst, bin ich hier.«

»Na ja, viel Spaß beim Arbeiten! Das ist das, was ich sagen wollte.« Joseph schlug die Tür leise hinter Jaden zu und verschwand, mit einem einzigen Satz im Kopf: »Erwarte Applaus nur von dir selbst, der lebt am edelsten und stirbt am edelsten, der die Gesetze befolgt, die er selbst gemacht hat.« Dieses Zitat war eines seiner Lieblingszitate. Jedes Mal, wenn er vor einer Herausforderung stand, dachte er entweder an dieses Zitat oder an den Raumfahrtpionier Robert Goddard, dessen Leben Mitte des 20. Jahrhunderts endete.

Joseph sah in dem verstorbenen Raketenpionier einen Mann mit einem schwierigen Schicksal, aus dem Stoff, aus dem Legenden gemacht sind. Goddards Behauptung im Jahr 1920, dass Raketen genutzt werden könnten, um Raumschiffe zum Mond zu schicken, wurde von der Mehrheit und der Presse verspottet. Doch Meinungen anderer konnten Goddard nicht davon abhalten, seiner Intuition zu folgen und seine Forschungen im Stillen weiterzuführen. Erst nach seinem Tod wurde sein großer Beitrag zur Raumfahrtentwicklung anerkannt.

Joseph fühlte sich finanziell und sozial unglücklich im Vergleich zu seinem Bruder, der eine gute formale Ausbildung abgeschlossen hatte und gut verdiente. Er suchte lange nach dem Grund für seine Schwierigkeiten und fand diese nicht in sich selbst, sondern in der Gesellschaft. Deshalb träumte er schon lange davon, seinem eigenen Herzen und seiner eigenen Intuition, wie Robert Goddard, zu folgen. Er wollte die Welt hinter sich lassen. Seine Destination? Arcadia Planitia.

Die Vision von Arcadia Planitia, einer weiten Ebene auf dem Mars, war für Joseph nicht nur ein Ziel, sondern eine Flucht aus einer Welt, die ihn immer wieder enttäuscht hatte. Er sah vor sich die weiten, unberührten Landschaften, frei von den Zwängen und Regeln der Weltregierung, ein Ort, an dem er endlich frei sein könnte.

KAPITEL 3

Fünf Jahre zuvor …

Die Party begann gegen 21 Uhr, als Joseph eintraf. Die ersten Gäste waren schon um 20 Uhr angekommen. Aus den Lautsprechern dröhnte Musik, und farbige Lichter tauchten den Innenhof in ein lebendiges Meer aus Farben. Tom stand am Tor und begrüßte seine eingeladenen Freunde mit breitem Lächeln und offenen Armen. Umarmungen, Gelächter und lebhafte Gespräche erfüllten die Luft.

Plötzlich betrat ein Humorist die Party. Auch er war von Tom eingeladen worden, um mit seinem Witz und seinen Tricks für Unterhaltung zu sorgen. Seine scharfsinnigen Erzählungen und erstaunlichen Kunststücke zogen die Gäste sofort in ihren Bann und brachten eine ganz neue Dynamik in die Veranstaltung. Das Gelächter hallte laut durch die Nacht, und die anfängliche Zurückhaltung der Gäste wich schnell einer ausgelassenen Stimmung. Die eingeladenen Myonen mischten sich unter die anderen Gäste, und neue Freundschaften wurden geschlossen, während alte Bande sich vertieften.

Joseph konnte nicht anders, als über die Leidenschaft zu schmunzeln, mit der Tom auf dem Sofa unter der Veranda mit seiner Freundin herumknutschte. Das spektakuläre Luxusanwesen, in dem die Party stattfand, gehörte dem 21-jährigen Nobili Tom, der gerade einen internationalen Titel im Golf gewonnen hatte. Um seinen Sieg zu feiern, hatte er eine große Party organisiert.

Joseph beobachtete die tanzenden Schönheiten, blieb jedoch lieber im Hintergrund. Niemand schien das stille Mauerblümchen in der Ecke zu bemerken, dachte er, während sich die Myonen zur Musik bewegten.

Bevor die Party ihren Höhepunkt erreichte, kam es zu einer überraschenden Wendung. Tom, sichtlich bewegt, trat nach vorn, und alle

Augen richteten sich auf ihn. Mit einem emotionsgeladenen Blick begann er zu sprechen.

»Liebe Freunde, geschätzte Gäste,

heute fühle ich mich unglaublich gesegnet und dankbar, mit euch allen hier zu sein, um diesen unvergesslichen Moment zu feiern. Es fällt mir schwer, Worte zu finden, die die immense Freude beschreiben, die ich gerade verspüre. 200 Golfspieler aus 200 Regionen unseres Weltstaates haben sich in fünf Disziplinen gemessen, und wir alle gingen auf Medaillenjagd. Für uns Teilnehmer war es ein einmaliges Erlebnis, mit Weltbürgern aus so vielen Regionen zusammenzukommen und dieses Spektakel zu erleben.

Dieser Sieg, den ich heute feiern darf, ist das Ergebnis harter Arbeit und unerschütterlicher Entschlossenheit. Er ist ein Beweis dafür, was erreicht werden kann, wenn man mit den richtigen Menschen zusammenarbeitet. Und wenn ich von ›richtigen Menschen‹ spreche, weiß ich genau, was ich meine. Unter uns gibt es jemanden, dem ich diese Medaille zu verdanken habe. Ohne ihn hätte ich diesen Titel niemals gewinnen können.

Er war nie müde, meine Ausrüstung beim Training und Wettbewerb zu tragen, nie müde, mich zu beraten und zu unterstützen. Er verkörpert den Geist von Entschlossenheit und Hingabe. Er ist der lebende Beweis dafür, dass mehr Gerechtigkeit in unserer Gesellschaft geschaffen werden muss, damit talentierte Menschen wie er zur Entwicklung unserer Weltregierung beitragen können. Ausgrenzung ist sowohl ungerecht als auch kontraproduktiv.

Indem wir Menschen aufgrund vieler Faktoren ausgrenzen, berauben wir unsere Gesellschaft des vollen Potenzials, das jeder Einzelne einbringen könnte. Wir nehmen der Gesellschaft die dringend benötigten Talente, die sie braucht, um voranzukommen. Lasst uns gemeinsam daran arbeiten, eine Gesellschaft zu schaffen, in der sich jeder wohlfühlt, unabhängig von seinen individuellen Eigenschaften. Eine Gesellschaft, in der ›die vier apokalyptischen Reiter‹ keine Chance haben.« Tom durchdrang mit seinem Blick das Publikum, suchte nach jemandem.

Er scannte, suchte und suchte, bis seine Augen auf den Jungen fielen und dort haften blieben. »Und nun möchte ich euch meinen Caddie vorstellen, mit dem ich so lange auf dieses Ziel hingearbeitet habe. Komm her, Joseph, sei nicht zurückhaltend, denn heute verdienst du es, unter uns zu sein.«

Joseph, siebzehn Jahre alt und der einzige Sapiens im Raum, erhob sich und trat nach vorne. Ohne Tom wäre er nie auf dieser Party gewesen.

»Du hast mich sehr unterstützt, und das war nicht umsonst. Deine Anstrengungen und deine Unterstützung in den letzten Monaten haben sich ausgezahlt«, sagte Tom zu Joseph, hob den Daumen und überreichte ihm eine Geschenkverpackung. »Du hast es verdient, Joseph!«

»Das freut mich, Tom, das zu hören«, erwiderte Joseph.

Während Joseph noch neben Tom stand, sprach Tom weiter vor dem Publikum: »Für mich zählt Loyalität über alles, alles andere ist sekundär. Und diese Loyalität habe ich von Joseph erfahren. Mir ist es egal, ob du ein Myon, ein Sapiens oder etwas anderes bist. Unter dem Himmel sind wir alle Erdenbürger.«

Nach Toms Rede saß Joseph allein an einem Tisch und genoss seine Zeit für sich. Plötzlich bemerkte er, dass eine Gruppe Mädchen aus dem Garten ihn beobachtete. Es schien, als hätten sie über ihn gesprochen. Nach ein paar Minuten kam eine von ihnen zu ihm, nahm zunächst nonverbal durch ein Lächeln und ein dezentes Augenzwinkern Kontakt auf.

Joseph lächelte zurück.

»Chill mal, Mann«, sagte die dünne Blondine mit einem breiten Lächeln. »Komm schon, wir sind hier zum Feiern und Tanzen.«

Joseph wirkte zunächst widerwillig. »Ja, ich weiß.«

»Also komm, tanze mit mir!«

Plötzlich schossen Tausende Gedanken durch Josephs Kopf. Er wollte nicht ablehnen. Er stand auf, begleitete sie auf die Tanzfläche und sie begannen zu tanzen.

»Bist du aus dem Getto?«, fragte sie.

»Wieso sollte ich?«, antwortete Joseph gelassen und ohne eine Miene zu verziehen.

»Keine Ahnung«, kicherte sie. »Vielleicht wegen der Art, wie du läufst ... und dich verhältst ... es hat etwas Geheimnisvolles.«

»Wie geheimnisvoll?«, fragte Joseph, der bemerkte, dass sie sich wohlfühlte, und kam ihr langsam näher.

»Ich kann es nicht ganz genau beschreiben«, sagte sie, stand aufrechter und selbstbewusster da, während sie gleichzeitig eine angenehme Distanz beibehielt, um das Tanzen zu erleichtern.

»OK«, erwiderte Joseph sanft und übernahm subtil die Führung.

»Ich finde ... es gibt etwas an dir, das ich unbeschreiblich finde«, gestand das Mädchen nervös.

»Inwiefern?« Joseph beobachtete sie aufmerksam, achtete darauf, wie sie auf seine Führung reagierte.

Als die Distanz zwischen ihnen schrumpfte, versuchte sie, ihm ins Ohr zu flüstern, war jedoch zu klein dafür. Joseph neigte den Kopf.

»Magisch ... anziehend ...«, flüsterte sie ihm zu.

»Du gleichfalls«, erwiderte er. »Wie heißt du?«

»Sophia.«

»Schön, dich kennenzulernen, Sophia!« Joseph drückte seine Freude aus.

»Ich sehe das ähnlich«, erwiderte sie und fragte ernsthaft: »Wo wohnst du?«

»In Columbia Heights«, antwortete er.

»Columbia Heights!« Sophia war erstaunt. »Was sind deine Hobbys?«

»In meiner Freizeit schreibe ich gerne ... Ich werfe auch viele Fragen auf, die heutzutage niemand zu stellen scheint ... Manchmal meditiere ich«, antwortete er ehrlich.

»Was schreibst du denn so?«, fragte sie mit einem schiefen Lächeln.

»Meine eigene Geschichte ... über meine Zeit und meine Zeitgenossen«, erklärte Joseph.

Sophia fand Joseph etwas skurril und versank plötzlich in Gedanken. Schließlich fragte sie ihn das, an was sie gedacht hatte.

»Das klingt mir zu exzentrisch. Zum ersten Mal begegne ich jemandem mit so einem Hobby«, gestand sie ihm. »Und mit was schreibst du diese Geschichte?«

»Mit einem Kuli«, antwortete Joseph monoton.

Sie kicherte und wirkte nachdenklich.

»Ich weiß, dass es exzentrisch klingt, aber um die Essenz meines Lebens auf Papier zu bringen, brauche ich keinen Doktortitel – den habe ich auch nicht. Ich brauche keine Leser ... nur ein Kuli reicht aus. Ich schreibe, um die alte Macht meiner negativen Gefühle zu schwächen, indem ich meine Irrwege, Bedauern, Sorgen, Ängste, Melancholie, Enttäuschungen und Hoffnungen aufzeichne ... Ja, um die negative Kraft zu schwächen, denn das ist die wahre Realität ... Wenn sie nicht geschwächt wird, kehrt sie mit voller Wucht zurück.«

»Bisher hatte ich keinen Kontakt mit einem Sapiens. Haben andere Sapiens ähnliche Hobbys wie du?«

Joseph antwortete entschieden: »Selbstverständlich! Besonders die Dalits, die Schattenkinder und die Hungrigen in den Gettos. Sie leben Tag für Tag in einer Welt, die das Leben bereits verabscheut. Tausende von Seiten haben sie gefüllt, ihr Testament verfasst ... Sie schreiben per Hand über ihre Lebensumstände. Ich schwöre dir, wenn so viele Sapiens und Dalits in den Gettos ihr Testament verfasst haben, dann läuft etwas auf diesem Planeten ganz und gar nicht rund.«

»Gut zu wissen«, erwiderte das Myon-Mädchen.

»Das handschriftliche Schreiben wird nicht verschwinden. Selbst einige Myonen-Bürger schreiben gelegentlich per Hand. Ich habe es selbst gesehen ... Sie führen zwar kein skurriles handschriftliches Tagebuch wie ich, aber es kommt vor. Ich persönlich führe ein Tagebuch aufgrund einer alten Tradition meiner Vorfahren«, gestand er.

»Jetzt verstehe ich«, sagte sie und fragte dann: »Hast du eine Freundin?«

»Nein, aber ich habe noch Zeit dafür.«

Um die Aufmerksamkeit der Gäste zu fesseln und die Party unvergesslich zu machen, ließ Tom Sushi auf dem Körper eines weiblichen Myons servieren. Joseph tanzte mit einem Mädchen, das plötzlich zur Veranda blickte und eine Frau auf einem Tisch liegen sah. Tom goss Honig auf ihre Brüste und ließ einen Gast ihn ablecken. Sophia, das Mädchen, mit dem Joseph tanzte, versank in Gedanken und fühlte sich sichtlich gehemmt. Sie versuchte, ihre Verlegenheit zu verbergen, doch Joseph bemerkte, dass sie trotz ihrer Myon-Charaktereigenschaften nicht die Art von Person war, die so etwas in aller Öffentlichkeit zulassen würde.

»Ich gehe auf die Toilette. Bin gleich wieder da«, sagte Sophia hastig.

»OK«, erwiderte Joseph und beobachtete sie reglos, als sie wegging.

Eine Minute verging, dann tauchte Tom plötzlich auf.

»Wenn du irgendwas brauchst, sag einfach!«, sagte Tom atemlos.

Joseph überlegte einen Moment, denn es gab so vieles, was er über Tom wissen wollte. »Als ein Nobili ...«, begann er und hielt inne.

Tom schien seine Gedanken zu lesen. »Kannst du dich auch komplett in einen anderen Myon verwandeln?«, fragte er unvermittelt.

Josephs Augen weiteten sich. »Du hast meine Gedanken gelesen!«, sagte er überrascht.

Tom starrte ihn an, ohne mit der Wimper zu zucken. »Komm mal her, Joseph«, forderte er.

Joseph folgte Tom durch die Menge, sein Herzschlag beschleunigte sich. Die Party um ihn herum verschwamm zu einem Rausch aus Farben und Geräuschen. Toms Aura schien alles um ihn herum zu dominieren, und Joseph konnte die Spannung in der Luft förmlich spüren.

»Du hast Fragen«, sagte Tom, als sie an einen ruhigeren Ort kamen. »Ich habe Antworten.«

Josephs Kopf schwirrte vor Fragen, doch er zwang sich, ruhig zu bleiben. »Wie machst du das?«, fragte er schließlich. »Wie kannst du in die Köpfe der Leute sehen?«

Tom lächelte geheimnisvoll. »Es ist eine Fähigkeit, die nur wenigen Nobilis vorbehalten ist. Es erfordert viel Übung und Kontrolle.«

Sie zogen sich in eine abgelegene Ecke zurück, abgeschirmt von neugierigen Ohren. Vor ihnen erstreckte sich ein Teil des vertikalen Gartens und Indoor-Farmings. Der automatisierte Smartgarten war mit intelligenten Sensoren und verschiedenen automatisierten

Systemen ausgestattet, die die Bewässerung, Düngung und Pflege der heimischen Pflanzenarten optimierten – ganz im Einklang mit den ökologischen Zielen des Weltstaates. Bunt schimmernde Lichter zierten den Garten und fügten sich harmonisch in das luxuriöse Anwesen eines jungen Nobilis ein.

»Wie du vielleicht weißt, sind Nobilis einem Club zugehörig und haben dem Weltstaat Treue geschworen. Das bedeutet, dass ich über einiges mit dir sprechen kann, aber nicht über alles, aufgrund meiner Verschwiegenheitspflicht gegenüber der Regierung«, sagte er, Joseph direkt in die Augen blickend. »Du kannst mir jede Frage stellen, aber das heißt nicht, dass ich alle beantworten werde. Verstehst du, was ich meine?«

»Ja, ich verstehe. Aus Sicherheitsgründen gibt es Grenzen«, bestätigte Joseph.

»Genau«, sagte Tom ernsthaft und fuhr fort: »Aber ich schätze dich als Freund und möchte, dass wir ungeachtet unserer gesellschaftlichen Stellung wahre Freunde bleiben. Für Freundschaft gibt es keine Barrieren – weder Hautfarbe noch soziale Position oder Aussehen. Du kannst immer auf mich zählen, Joseph!«

»Vielen Dank!«, erwiderte Joseph dankbar, seine Lippen leicht zusammengepresst. »Was genau kannst du als Nobilis denn tun?«

»Hm … gute Frage.« Tom rieb sich nachdenklich das Kinn. »Nobili sind nicht alle gleich, Joseph. Je nach den Fähigkeiten und Technologien, über die ein Nobili verfügt, kann er unsichtbar werden, ein Supergehör haben, durch viele Materialien hindurchsehen – außer durch bleihaltige Substanzen – kaum ermüden, in Sekundenschnelle vom Boden auf das Dach eines Wolkenkratzers schweben und vieles mehr … All das verdanken wir unseren QuantElec, der höchsten Form der Elektrodenimplantate, die jeder Nobili eingepflanzt bekommt. Die QuantElec basieren auf quantenphysikalischen Prinzipien und verleihen uns eine beispiellose Intelligenz.«

»Einiges davon wusste ich bereits. Ich war nur neugierig, was du persönlich beherrschst«, sagte Joseph.

»Von dem, was ich genannt habe, kann ich vieles noch nicht, da ich noch im Initiationsmodus bin«, gestand Tom. »Oder besser

gesagt, ich beherrsche es noch nicht ... Aber in unserer Korporato-
kratie liegen die absolute Macht und der Einfluss bei den Erben. Sie
kontrollieren, überwachen und regieren alles. Sie stehen ganz oben
auf der Pyramide.«

Die beiden sprachen ununterbrochen über Themen wie Evo-
lution oder Zukunft und füllten jede Stille mit Gesprächen, als
gehörten sie derselben gesellschaftlichen Klasse an, als hätten sie
eine gemeinsame Vergangenheit, als hätten sie ein gemeinsames Ziel
vor Augen, für das sie kämpften. Doch nichts davon stimmte. Sie
waren nur Bekannte.

───────────

Joseph hing seinen Erinnerungen an alte Zeiten nach und dachte
gerne an diesen Abend zurück. Seit dieser Party war er daran gewöhnt, in Erinnerungen zu schwelgen. Alles, was ihm Tom über
die Nobilis erzählt hatte, entsprach der Realität und spiegelte die
tatsächlichen Gegebenheiten wider. Die Nobilis bildeten eine schwer
zu beschreibende Eliteklasse, besonders, wenn man bedachte, dass
bestimmte fanatische Sapiens, die sich stark für den »großen Austausch« einsetzten, schnell zu Nobilis werden konnten. Sie waren die
vielfältigste Gruppe von Bürgern im Weltstaat. »Nobilis« bedeutete
nicht einfach »Nobilis«. Es waren elitäre Weltbürger mit unterschiedlichen Phänotypen, Genotypen, Hautfarben und Stellungen, die nicht
das Wohl der Sapiens im Sinn hatten, sondern den eigenen Gewinn.
Die Klasse bestand aus hochintelligenten, talentierten Sapiens, die
sich in Cyborgs verwandeln mussten, eine bestimmte Zahl auf ihrem
Unterarm trugen, und aus Myonen-drei-Plus, die durch ihre Anstrengungen und Fähigkeiten herausragten.

Trotz aller Unterschiede gab es einen gemeinsamen Nenner zwischen allen Nobilis: Sie mussten ihr wahres Selbst und ihre wahre
Identität zugunsten des Weltstaates vergessen, den sie als »absolute
und höchste Macht« betrachteten. So bildeten sie eine Korpora-
tokratie, die – je nach ihrer gesellschaftlichen Stufe – Einfluss auf

Regionalbanken, Landesbanken, Bundesbanken und die Weltbank ausübte. Das Motto lautete: Einmal Nobili, immer Nobili.«

Da Sapiens-Bürger und Nobilis in unterschiedlichen sozialen Schichten lebten, die oft gegensätzliche Lebensstile, Werte, Bildungsgrade und Hobbys mit sich brachten, war es schwierig, gemeinsame Berührungspunkte zu finden. Dies führte dazu, dass Sapiens und Nobilis nur selten miteinander in Kontakt kamen. In dieser Zeit galt Golf als ein Spiel der Eliten, gespielt von wohlhabenden Schichten aufgrund der hohen Kosten für Mitgliedschaften in Golfclubs und der teuren Ausrüstung. Für normale Sapiens-Bürger war es fast unmöglich, an dieser Aktivität teilzunehmen, geschweige denn, ein Caddie zu werden. Wer hätte gedacht, dass ein Schattenkind zum Trainer eines jungen Nobilis werden könnte?

Wie es dazu kam, dass ein Schattenkind wie Joseph sich früh für Golf interessierte, Zugang zu Golfplätzen und Ausrüstungsoptionen erhielt und schließlich Toms Caddie wurde, war eine lange Geschichte, die als außergewöhnlich betrachtet werden musste. Auch in dieser Zeit bestätigte sich der Spruch von Cicero: »Ausnahmen bestätigen die Regel.« Joseph, ein Schattenkind, war eine solche Ausnahme, die es schaffte, eine Verbindung zu einem Nobili aufzubauen. Trotz seiner Verbindung zu Tom, seiner hohen Intelligenz und seines Talents blieb er jedoch ein Verlierer im Herrschaftssystem aufgrund seiner Schattenkindvergangenheit. In dieser Gesellschaft konnten Jugend, Talent, Bildungsniveau und Intelligenz keinen Sapiens gegen die Unberechenbarkeit des Schicksals immun machen.

Die Distanz zwischen den Klassen war unüberwindbar. Nobilis hatten Zugang zu Technologien und Ressourcen, die Sapiens sich nicht einmal vorstellen konnten. Ihre Welt war durchdrungen von Luxus, während die Schattenkinder in den Gettos ums Überleben kämpften. Doch Joseph hatte sich nie damit abgefunden. Er träumte von einer Welt, in der seine Fähigkeiten und sein Wissen Anerkennung finden würden.

An diesem ruhigen Sonntagabend saß Joseph auf seinem Balkon und ließ seine Gedanken schweifen. Die Erinnerungen an alte Zeiten wurden von einer neuen, faszinierenden Beobachtung verdrängt. Er blickte in die Ferne und betrachtete die beeindruckende Architektur der Hochhäuser, die sich gegen den abendlichen Himmel abzeichneten. Seine Augen blieben an einem Wolkenkratzer hängen, neben dem ein Nobili langsam in der Luft schwebte. Es war das Gewächshaus, das er oft beobachtete, ein Ort, an dem vertikales Farming betrieben wurde.

Die Sonne versank langsam hinter dem Horizont, während eine sanfte Brise über sein Gesicht strich und kühle, erfrischende Luft mit sich brachte. Der Schaukelstuhl unter ihm schien ihn einzuladen, die Nacht dort zu verbringen und den friedlichen Moment voll auszukosten. Plötzlich wurde die Stille von einem Klingeln unterbrochen. Seine Smartwatch meldete sich mit einem bekannten Ton – eine TS-Nachricht (Transscriptionservice-Message) war eingegangen.

Joseph zögerte nicht und überprüfte sofort seine Korrespondenz mit einer leichten holografischen Berührung. Die TS-Funktion der Smartwatch nutzte einen Spracherkennungsalgorithmus, um eingehende Voice-Nachrichten sofort in Text umzuwandeln. Diese Technologie ermöglichte eine nahtlose Kommunikation, indem sie Sprachnachrichten aufzeichnete, versendete und gleichzeitig in Textform umwandelte.

Von: Orion-Space-Center
Betreff: Herzlichen Glückwunsch zur Annahme der Stelle als Vertragsknecht auf dem Roten Planeten!
Datum: 02. März 2369
An: Joseph Alien

Sehr geehrter Herr Alien,
Mit großer Freude möchten wir Ihnen mitteilen, dass Sie aus einer Vielzahl herausragender Bewerber ausgewählt wurden. Hiermit bieten wir Ihnen die Stelle als »Vertragsknecht auf Zeit auf dem Mars« bei Orion/GASA an. Ihre beeindruckenden Fähigkeiten, Ihre Begeisterung und Ihre körperliche Belastbarkeit haben uns überzeugt.

Wir sind sicher, dass Sie einen wertvollen Beitrag zum Weiterbau der Marszivilisation leisten werden.

Reisedetails und Mars-Transfer-Fenster: Aufgrund bestimmter Umstände wird unsere nächste Orion-Raumschiff-Reise in Richtung Mars erst im Mai starten. Leider fällt dieser Monat nicht in das optimale »Mars-Transfer-Fenster«, in dem die Entfernung zwischen Erde und Mars am geringsten ist. Diese Fenster öffnen sich etwa alle 26 Monate und ermöglichen eine effizientere Reise mit geringerem Treibstoffverbrauch. Daher wird die bevorstehende Reise etwas länger dauern als gewöhnlich.

Vertragsdetails und finanzielle Regelungen: Es ist wichtig, zu beachten, dass Sie erst nach drei Jahren ununterbrochener Dienstleistung alle finanziellen Ansprüche von ORION aus der Indentur erfüllt haben, sofern nicht ausdrücklich etwas anderes vereinbart ist. Mögliche gesetzliche Ansprüche Ihrerseits auf dem Roten Planeten bleiben davon unberührt. Das Sperrkonto, das für Hotelkosten und Mietkautionen für das Raumschiff vorgesehen ist, deckt keine Reisekosten ab. Dieses Konto dient auch zur Absicherung gegen Eventualschäden am Raumfahrzeug und erlischt bei Ihrer Ankunft auf dem Mars.

Kreditvereinbarungen und Unterstützung: Wie alle Sapiens mit begrenzten finanziellen Mitteln erhalten Sie diverse Dienstleistungen und Produkte in Form eines Kredits, den Sie durch Ihre dreijährige Dienstleistung tilgen werden. Um Ihnen den Einstieg zu erleichtern, werden wir Ihnen im Voraus einige Formulare und Informationen zur Indentur zukommen lassen. Bitte überprüfen Sie regelmäßig Ihre TS-Korrespondenz und halten Sie Ausschau nach Nachrichten von unserem Orion-Team.

Nochmals herzlichen Glückwunsch. Wir freuen uns auf eine erfolgreiche Zusammenarbeit. Bei Fragen oder Anliegen stehen Ihnen unsere Türen stets offen.

Mit freundlichen Grüßen,
Claudine Baptiste
Stellvertretende Projektmanagerin

Joseph wirkte nicht überrascht, eher kühl und abweisend. Statt sofort auf »Antworten« zu klicken, scrollte er durch die Nachricht. Plötzlich bemerkte er, dass Tom online war. Mit einem Darüberstreichen aktivierte er die Aufnahmefunktion und nahm schnell eine kurze Sprachnachricht auf, die Tom sofort als Textnachricht empfing.

Joseph: Hey Tom, bist du da? Lange nicht gesehen und gehört.

Tom: Ja, Joseph! Wie geht‹s dir? Hast du Pläne für morgen? Ich muss dringend etwas Wichtiges mit dir besprechen.

Joseph: Mir geht‹s momentan ziemlich gut. Morgen früh bin ich wie üblich beschäftigt. Ich gehe also arbeiten. Warum fragst du?

Tom: Ich möchte dich unbedingt persönlich sprechen.

Joseph: Wir sprechen doch gerade. Ich habe jetzt Zeit für dich.

Tom: Nein, ich meine persönlich.

Joseph: Persönlich?

Tom: Du gehst arbeiten?

Joseph: Ja, von früh bis 15:30 Uhr.

Tom: Erinnerst du dich an die Dinge, die ich dir auf der Party vor fünf Jahren nach meinem Sieg erzählt habe? Versuch morgen Abend – egal, wie hoch die Kosten sind – mich im Union Restaurant in Maine zu treffen. Ich übernehme deine Reisekosten.

Joseph: In Maine?

Tom: Wenn du dich morgen nicht mit mir triffst, endet die Geschichte hier. Dann bist du allein für dein Schicksal verantwortlich. Triffst du dich mit mir, wirst du die Welt hinter der Welt entdecken. Ich muss jetzt dringend etwas erledigen, Joseph. Ciao.

Joseph: Ciao.

Tom: PS: Dieses Treffen ist deine letzte Chance. Danach gibt es keine Möglichkeit mehr, den richtigen Ausgang aus dem Labyrinth zu finden.

Der Austausch mit Tom hatte Josephs Herz schneller schlagen lassen. Die kühle Abendluft und die Lichter der Stadt schienen plötzlich unwirklich, als die Realität der Nachricht auf ihn einwirkte. Die Geheimnisse, die hinter Toms Worten lauerten, zogen ihn in ihren Bann, und die Vorstellung, dass dies seine letzte Chance sein könnte, ließ ihm keine Ruhe. Joseph schaltete seine Smartwatch aus und lehnte sich in seinem Schaukelstuhl zurück. Die Entscheidung lag nun bei ihm. Würde er den Schritt wagen und sich auf das Unbekannte einlassen?

»Ewig nichts von ihm gehört, und plötzlich meldet er sich und versetzt mich in die ›Qual der Wahl‹«, dachte Joseph. Er wirkte zugleich nachdenklich, vertieft und konzentriert. »Was muss ich jetzt tun?«, sagte er seufzend, während er die Augen zusammenkniff und die Hand ans Kinn legte. Was hatte ein Nobili, den er seit Monaten nicht gesehen hatte, ihm so Wichtiges mitzuteilen? Bisher hatte Joseph keine schlechten Erfahrungen mit Tom gemacht, denn dieser hatte ihn immer in irgendeiner Weise unterstützt. Aber trotzdem zweifelte er an Toms Humanismus, denn er gehörte trotz seiner Gutmütigkeit dem Herrschaftssystem an, das Entscheidungen über den Kopf der Sapiens hinweg traf. Entscheidungen, die Gift für die Seele, für die Psyche und für die Lebensqualität der Sapiens darstellten. Entscheidungen, die als Ketten dienten, um die Sapiens in einem eisernen Käfig noch fester zu ersticken. Entscheidungen, die zu »gefährlicher Freiheit« oder »erbarmungsloser Abhängigkeit« in ihrem Alltag führten.

Joseph grübelte eine Viertelstunde lang, bevor er ihm seine Zustimmung für ein Treffen am darauffolgenden Tag gab. Der Entschluss war gefasst, und sein Herzschlag beschleunigte sich erneut bei der Vorstellung, was dieses Treffen mit Tom für ihn bedeuten könnte. Die Nacht würde unruhig werden, das wusste er bereits. Doch der Gedanke an die mögliche Enthüllung, die Tom in Aussicht gestellt hatte, ließ ihn nicht los. Der Morgen versprach Antworten – und vielleicht eine neue Richtung für sein Leben.

Joseph: Morgen nach der Arbeit nehme ich einen IC-Hyperloop. Voraussichtlich sehen wir uns gegen 17 Uhr.

Tom: Nimm bitte den schnellsten Hyperloop, damit du früher hier eintreffen kannst! Ich buche ihn gleich für dich.

Joseph: Bitte nicht, ich bin ein Sapiens.

Tom: Du brauchst nichts zu befürchten. Es wird nichts passieren. Ich bin bei dir!

Joseph: OK, gut. Ich vertraue dir.

Tom: Dann gut … Aber du musst bitte bedenken, dass ich dir nur helfen möchte. Nichts mehr.

Joseph runzelte die Stirn und schaltete den holografischen Bildschirm aus, bevor er den Balkon verließ und in sein Zimmer zurückging. Die Tatsache, dass Tom für ihn den schnellsten IC-Hyperloop gebucht hatte, ließ ihn nicht zur Ruhe kommen. Für einen normalen Sapiens war es äußerst selten, den schnellsten Hyperloop-Zug zu benutzen. Es war nicht verboten, aber kein vernünftiger Sapiens würde so etwas tun, um nicht zur Zielscheibe des Systems zu werden. Bestimmte Privilegien, wie sehr hochwertige Transportmittel, schienen eher für die Myonen und die Nobilis zugänglich zu sein, aber nicht für die Sapiens – geschweige denn für einen Joseph mit einer Schattenkindvergangenheit. Diese Trennung verstärkte die soziale Ungleichheit zwischen den unterschiedlichen gesellschaftlichen Klassen.

Joseph konnte das ungute Gefühl nicht abschütteln. Die Vorstellung, dass er sich in den schnellsten Hyperloop wagte, brachte ihn ins Schwitzen. Es war, als würde er sich freiwillig in die Höhle des Löwen begeben. Jeder wusste, dass Sapiens selten Zugang zu solchen Luxusreisen hatten, und das machte ihn sichtbar, angreifbar. Doch Toms Worte hallten in seinem Kopf wider: »Ich bin bei dir!«

In seinem Zimmer fühlte sich Joseph verloren. Es war zu früh, um ins Bett zu gehen, und er wusste nicht, wie er den Abend verbringen sollte. Er aktivierte seinen holografischen Bildschirm und wählte »Virtual-X«. Sofort tauchte er in eine hoch entwickelte, immersive Umgebung ein, die VR-Headsets überflüssig machte – eine Technologie, die längst als veraltet galt. In Virtual-X besuchte er den Avatar seines verstorbenen Vaters. Er vermisste ihn und wollte seine nostalgischen Gefühle loswerden.

Die Nostalgie überfiel ihn oft, ein tiefes und ambivalentes Gefühl, das seine Seele durchdrang. Die Erinnerung an eine Zeit, als die Welt noch nicht so grausam schien und die Zukunft trotz seines Schattenkindstatus rosig aussah. Die Erinnerung an die Tage, als sein Vater noch lebte und er selbst ein unschuldiger, sorgloser Junge war. Damals war er noch unberührt von den komplexen gesellschaftlichen, politischen und ökonomischen Herausforderungen des Erwachsenenlebens. Er hatte mehr Freiheit, seine Fantasie auszuleben und die Welt spielerisch zu entdecken. Er war weniger besorgt über die Zukunft und musste sich weniger Gedanken über langfristige Entscheidungen machen. Damals lebte er noch im Hier und Jetzt, unbeschwert von Existenzängsten.

Der Avatar von William erschien vor Joseph, und seine tröstende Stimme erfüllte den Raum mit einer Wärme, die Joseph fast körperlich spüren konnte. »Mein Sohn«, begann William sanft, »ich bin in Frieden und glücklich auf der anderen Seite. Bitte mach dir keine Sorgen um mich. Erinnerst du dich an das, was ich dir immer gesagt habe, als ich noch bei dir war? Der Tod ist nicht das Ende, sondern nur ein Übergang. Es ist der Anfang von etwas Neuem, etwas Wundervollem, das wir noch nicht begreifen können.

Selbst in den dunkelsten Stunden, wenn das Leben dich niederschlägt und alles hoffnungslos erscheint, halte an deinen Werten fest und gib niemals auf. Strebe danach, einen Unterschied zu machen, einen bleibenden Eindruck in den Herzen der Menschen zu hinterlassen. Denke daran, dass es nicht darauf ankommt, wie lange das Leben dauert, sondern wie gut es ist. Mein Leben war erfüllt, und ich habe es in vollen Zügen genossen. Jetzt hoffe ich, dass du dasselbe tun wirst. Auch wenn ich nicht mehr physisch bei dir bin, wird meine Seele immer bei dir sein, und mein Einfluss wird dich auf deinem Weg begleiten.«

Nach diesen Worten verschwand der Avatar seines Vaters, aber Joseph fühlte den Trost und die Heilung, die er gesucht hatte. Während er in Virtual-X verweilte, spürte Joseph die Wärme der Erinnerungen und die Kälte der Realität gleichzeitig. Der virtuelle Besuch bei seinem Vater gab ihm Trost, doch es erinnerte ihn auch daran, wie sehr sich sein Leben verändert hatte. Drei Jahre nach dem Verlust seines Vaters war er immer noch nicht darüber hinweg, und so halfen ihm diese Besuche in Virtual-X, loszulassen.

Langsam verblassten die Gedanken an seinen Vater, während Joseph schläfriger wurde. Es war Zeit, zur Ruhe zu kommen. Er entkleidete sich, zog eine Unterhose und ein Unterhemd an und legte sich ins Bett. Sein Kopf sank in das weiche, warme Kissen, und er zog die warme Decke über sich. Er schaltete die Nachttischlampe aus, schloss die Augen und dachte an den stressigen Tag, der vor ihm lag, all die Aufgaben bei der Arbeit und dann die Reise nach Maine, um Tom zu treffen. Er versuchte, an nichts anderes zu denken, bis der Schlaf schließlich kam und ihn in seine Arme schloss.

KAPITEL 4

Wie geplant nahm Joseph nach der Arbeit einen IC-Hyperloop-Zug, der ein wahrhaft innovatives Meisterwerk der menschlichen Technologie war und die Spitze der Fortschritte im Bereich des Hochgeschwindigkeitsverkehrs darstellte. Die äußere Erscheinung des schnellsten Hyperloop-Zugs war nichts anderes als ein Wunder. Er schwebte nicht mehr auf Röhren wie in den früheren Jahrhunderten, sondern nutzte ein revolutionäres, unsichtbares Magnetfeld, das ihn schweben und Geschwindigkeiten erreichen ließ, die das Vorstellungsvermögen des vorherigen Jahrhunderts überstiegen.

Der Hyperloop schwebte geräuschlos, rasant schnell und reibungslos in der Luft, ohne mit dem kleinsten Widerstand auf Konfrontation zu gehen. In seiner Kabine saß Joseph allein und fühlte sich einsam, auch wenn es viele Myonen in den anderen Passagierkabinen gab und der Zug eine Fülle von Annehmlichkeiten bot. Es waren luxuriöse Kabinen, die über Virtual-X-Fenster (virtuelle Realitätsfenster von Virtual-X) verfügten und wo die Passagiere alles anschauen konnten, was sie sich wünschten.

In der Kabine ihm gegenüber saß jemand, dessen Geschlecht schwer zu erraten war. Er starrte Joseph an und beobachte ihn ganz genau, ohne dass dieser es wahrnahm. Josephs Gedanken waren woanders, während er mit einem Buch in der Hand saß, was ihn sehr auffällig machte, denn kein Myon würde sich trauen, in der Öffentlichkeit ein Buch in der Hand zu halten. Das war in dieser Zeit zu skurril, zu altmodisch und zu unvernünftig für die Myonen, denn Bücher aus Papier benutzte nur ein Teil der Dalits, da sie aus der Gemeinschaft ausgeschlossen wurden und keine Teilhabe an der wunderbaren Ingenieurkunst und Technologie dieser Zeit hatten.

Er hatte das Buch, das von der Marszivilisation handelte und das er gerade las, auf dem Tisch liegen und fand es schwierig, sich auf den roten Faden zu konzentrieren, denn seine Gedanken kamen nicht zur Ruhe.

Plötzlich ließ sich jemand gegenüber von Joseph nieder. Der Unbekannte trug eine schwarze Brille, einen Mantel und einen Hut, der sein Gesicht teilweise verbarg. Die Brille schien nicht dazu da zu sein, Blendungen oder Identitätsschutz zu bieten, sondern eher, um direkten Augenkontakt zu vermeiden.

»Schlechtes Wetter heute, oder?«, sagte der Mann leise und lächelte leicht. Er hatte wohl auf dem Informationsdisplay des Zuges gesehen, dass es draußen trüb war.

»Ja, ziemlich trüb«, antwortete Joseph knapp.

»Und wohin geht die Reise für dich?«, fragte der Fremde weiter.

Obwohl Joseph kaum das Gesicht oder die Augen des Mannes unter der Brille sehen konnte, blieb er höflich.

»Ich fahre nach Maine«, antwortete er.

»Hast du dort Bekannte?«, fragte der Mann auf eine seltsame Art.

»Ja«, bestätigte Joseph.

In wenigen Minuten erreichte der Zug sein Ziel. Joseph verabschiedete sich kurz, und der Mann erwiderte mit einem einfachen »Ciao!«

Er ging zur Bushaltestelle und fand gleich den fliegenden Bus, der ihn zum Maine Restaurant befördern sollte, aber dieser Bus mit seinem mittelgroßen, schwebenden Triebwerk sah eher wie ein Hubschrauber aus als wie ein herkömmlicher Bus in Columbia Heights. Er betrat ihn, und das autonome Fahrzeug hob gleich ab. Nach weniger als zwei Minuten bereitete sich das Fahrzeug darauf vor, zur Landung anzusetzen.

Die Tür öffnete sich lautlos, und Joseph trat entschlossen in das UNION Restaurant ein. Er setzte sich einen Moment allein an einem Tisch und hatte noch nichts bestellt, als plötzlich eine Tür im Inneren des Restaurants aufging. Eine große Blondine trat heraus, mit fülligem Haar und überdurchschnittlicher Größe. Sie trug einen langen schwarzen Mantel und hatte eine faszinierende Ausstrahlung. In ihrer Technologie konnte sie Personen leicht lokalisieren und Gedanken lesen.

Was Joseph nicht wusste, war, dass das UNION Restaurant einen exzellenten Ruf für sein köstliches Essen und absolute Diskretion genoss, obwohl alles im Weltstaat überwacht wurde.

»Hallo Joseph, wartest du auf Tom?«, fragte sie.

Joseph verfiel in Panik und wurde nervös, denn noch nie in seinem Leben hatte er die Frau gesehen, und plötzlich kam sie und sagte seinen Namen.

»Ja«, antwortete er.

»Sie dürfen mir folgen. Tom hat dich erwartet«, forderte sie ihn auf.

Er wirkte unsicher, in Panik und überrascht, aber er folgte ihr trotzdem, als sie ihn bis zu einem anderen Raum im Restaurant führte.

Sie machte Stopp vor einer Doppelflügeltür und sagte zu Joseph »Deine Augen verraten genau das, was du gerade versuchst, zu verstecken: deine Panik, deine Unsicherheit und deine Angst … Es ist normal, panisch und nervös in bestimmten Situationen zu sein. Aber ein tiefes, langsames Ein- und Ausatmen kann guttun … entspannt und gelassen bleiben kann manchmal Wunder bewirken.«

Sie öffnete die Doppelflügeltür mit ihren beiden Händen und beide kamen herein. Joseph trat ein, begleitet von einem warmen Lächeln.

Das Erste, was Joseph im abgedunkelten Raum sah? Einen Mann mit einer lebendigen Ausstrahlung hinter seinem Tisch, der Selbstbewusstsein und Einfluss ausstrahlte. Seine Haut war in einem sanften und strahlenden Farbton, der sowohl die zarten Nuancen seiner Mutter als auch die reiche Pigmentierung seines Vaters widerspiegelte, denn dieser Mann war kein Myon, kein Produkt einer der staatlichen Glaskapseln. Es war Tom!

Er stand auf und kam den beiden entgegen. Seine Mimik signalisierte der Blondine, dass alles in Ordnung war, und dann verabschiedete sich die große Schönheit mit einem Handzeichen.

»Joseph!« Tom rief seinen Namen voller Freude aus und stürmte auf ihn zu, umarmte ihn fest und hielt ihn fest in seinen Armen.

»Tom! Es ist mir eine Ehre, dich wiederzusehen«, sagte Joseph, während er mit ihm Hände schüttelte.

»Joseph … Die Ehre ist ganz auf meiner Seite«, erwiderte Tom lächelnd und lud ihn ein, Platz am Tisch zu nehmen. »Komm und mach dich bequem!«

Auch beim Platznehmen an den Tisch wirkte Joseph noch nervös, was Tom bemerkte.

»Ich stelle mir vor, dass deine Knie gerade zittern«, sagte Tom langsam.

»Wie weißt du das?«, fragte Joseph.

»Deine Augen verraten alles«, antwortete Tom und fuhr fort. »Keine Sorge … Es gibt Gründe dafür. Nachdem wir unser Treffen gestern vereinbart hatten, war ich nicht mehr erreichbar, und dann hat dich eine Unbekannte abgeholt.«

Joseph schüttelte seinen Kopf nachdenklich.

»Zwar haben wir uns lange nicht gesehen, aber die Zeit hat unser Verhältnis und unsere Erinnerungen nicht verblassen lassen. Sie hat auch den Rest meines Humanismus nicht ausgelöscht. Also, alles, was du tun musst, ist, dich zu entspannen«, erklärte Tom.

»Den restlichen Humanismus …«, Joseph runzelte die Stirn und fragte: »Was meinst du damit?«

Tom machte eine kurze Pause und schaute Joseph direkt an. »Lass mich dir sagen, warum du hier bist … Ich habe dich nicht ohne Grund hierherkommen lassen. Du bist hier, weil du und ich den gleichen Schmerz teilen … Es sollte niemals Spaltung und Hass zwischen denen geben, die denselben Schmerz erlebt haben, egal, welche Klassen, ethnischen Gruppen, Ideologien, Religionen oder Geschichten sie haben. Tief in unseren Seelen teilen wir dasselbe Leid, das uns vereint. Und denke bitte nicht, dass ich mich überlegen fühle, nur weil ich ein Nobilis bin. Nein, nein, wenn du keine Tränen in meinen Augen siehst, liegt das einfach daran, dass sie genauso wie deine innerlich fließen.«

Joseph murmelte nachdenklich: »Den gleichen Schmerz …«

Tom gestand ihm: »Genauso wie du wurde ich als Sapiens geboren. Ich bin kein Myon-Nobilis … Das Licht der Welt habe ich nicht in einer der staatlichen Brütereien erblickt. Das bedeutet, ich hatte genauso wie du eine Sapiens-Mutter und einen Sapiens-Vater.«

Joseph hörte aufmerksam zu, während Tom fortfuhr: »Sie wurden vom Establishment beseitigt ... Aber das ist nicht das Thema heute. Du bist hier, Joseph, weil ich dich kenne, dein Herz sehe und dich vor dem schrecklichen Schicksal bewahren möchte, das alle Sapiens erwartet.«

»Welches Schicksal denn?«, fragte Joseph neugierig.

Tom trat näher und flüsterte leise: »Die Worte, die seit mehr als zweitausend Jahren prophezeit wurden, waren eine Warnung: Alle Sapiens und alle Religionen auf der Erde werden untergehen, wenn die künstliche Intelligenz den menschlichen Geist in Schutt und Asche legt. Angesichts des großen Austausches werden alle Sapiens die »Abysszahl« akzeptieren müssen, um Knechte der Erben zu werden ... Und dann wird die Erde für die Sapiens zu einem Albtraum, während sie für die Myonen und Nobilis zu einem Paradies wird.«

Joseph versank in Gedanken. »Und was passiert, wenn man sich weigert?«

»Hm ... sich zu weigern ist kein Ausweg, Joseph«, seufzte Tom und fügte hinzu: »Nicht einmal die Engel werden auf der Seite der Sapiens stehen. Warum? Weil es die Sapiens waren, die vor 200 Jahren die künstliche Intelligenz gerufen haben, um sie zu beherrschen.«

»Und was soll ich jetzt tun?«, fragte Joseph mit einer Spur Verzweiflung in der Stimme.

Tom antwortete bedächtig, seine Worte waren schwer wie Blei: »Mit meiner Hilfe wirst du es schaffen, ein Nobili zu werden und den Eliten anzugehören. Ich werde dir die Möglichkeit geben, an einer der geheimsten Konferenzen des Planeten teilzunehmen.«

»An einer der geheimsten Konferenzen des Planeten?« Joseph war sichtlich erstaunt.

Tom nickte bestimmt. »Ja, richtig, Joseph. Ich kann dir wirklich dabei helfen, Teil der Eliten zu werden. Doch bis dahin ist es ein langer Weg. Du wirst an vielen Konferenzen teilnehmen müssen während deiner Initiation«, erklärte er ruhig, aber ernst.

Joseph war überrascht und überwältigt von dem, was ihm angeboten wurde. Er rang mit seinen Gedanken, spürte den Druck der Entscheidung auf seinen Schultern.

»Du brauchst nicht lange zu überlegen, Joseph, denn die »vier apokalyptischen Reiter« sind bereits hier, reiten auf einem furchteinflößenden Pferd ... Du spürst sie jedes Mal, wenn du einen Dalit tot auf der Straße liegen siehst, jedes Mal, wenn du schlechte Nachrichten hörst, jedes Mal, wenn Existenz- und Zukunftsängste dich überkommen, jedes Mal, wenn du dir mehr Wohlstand auf deinem Konto und mehr Freiheit wünschst, und jedes Mal, wenn du glaubst, dass etwas mit dem Weltstaat nicht stimmt. Sie sind unter uns, doch ihr Höhepunkt steht noch bevor. Wenn ihre Zeit gekommen ist, werden sie Zerstörung, Chaos und Leid bringen. Und wir – die Eliten – werden nicht allzu sehr darunter leiden, daher musst du eine Entscheidung treffen«, sagte Tom mit einer Stimme, die Panik kaum verbergen konnte.

»Entscheidung ...«, murmelte Joseph nachdenklich.

»Hast du mitbekommen, was gerade in Nordalkebulan und Kanada passiert?«, fragte Tom weiter.

»Nein, keine Ahnung«, antwortete Joseph.

»Möchtest du sehen, was gerade in Nordalkebulan los ist?«, fragte Tom eindringlich. Joseph schüttelte stumm den Kopf. Tom drückte auf ein kleines Gerät in seiner Hand, und plötzlich wurden sie in eine Immersive Virtuelle Realität (IVR) versetzt.

»Schau dir die Realität von Nordalkebulan an, Joseph. Alles, was du siehst, geschieht gerade auf der Erde, nur 8000 Kilometer von uns entfernt, und das ist nicht auf der Mondkolonie«, sagte Tom. Seine Handgesten verstärkten die Dringlichkeit seiner Worte.

Das Hologramm enthüllte eine düstere Vision von Nordalkebulan, die Joseph bisher nicht kannte. *Einst blühend, lag die Region nun in Trümmern und Chaos. Verzweiflungsschreie durchzogen die Luft, als ob die Apokalypse selbst über die Welt hereingebrochen wäre, und die Menschen standen vor ihrem schlimmsten Albtraum.*

Die Dunkelheit beherrschte die Szenerie, von einer bedrückenden, unheilvollen Finsternis umhüllt. Der Himmel war trüb, nur gelegentlich durchbrochen von einem gespenstischen, rot glühenden Leuchten, als versuchten die Sterne selbst, vor der drohenden Apokalypse zu fliehen. Ein ohrenbetäubender Knall durchbrach die Stille der

Nacht, während Menschen verzweifelt versuchten, zu fliehen und das Elend um sich herum spürten. Hunger und Not waren allgegenwärtig, und die Menschen kämpften verzweifelt um jedes noch so winzige Stück Brot, während ihre Hoffnung langsam verblasste.

Während die vier Reiter der Zerstörung ihr verheerendes Werk vollendeten, konnten die Überlebenden nur hilflos zusehen, wie Millionen von Häusern und Existenzen in den Abgrund stürzten. Doch selbst inmitten dieser Verzweiflung gab es Zeichen der Hoffnung unter den Überlebenden. Menschen schlossen sich in Solidarität zusammen, um zu überleben, und sie bemühten sich, die völlig zerstörte Region wieder aufzubauen.

»Verstehst du jetzt?«, fragte Tom dringlich. »Es ist nicht nur in Nordalkebulan, auch in großen Teilen von Bharat geschieht momentan das Gleiche, und bald wird uns das ebenfalls erreichen. Wenn es so weit ist, werden die Sapiens und die Dalits die Opfer sein.«

»Ich glaube, ich fange langsam an zu verstehen …«, murmelte Joseph, während er nachdachte und sich eine Hand unter das Kinn legte. Er schaute Tom an und fragte dann: »Und wo genau findet diese geheime Konferenz statt?«

Tom seufzte leicht und begann mit ernster Miene zu erklären: »Lass uns ganz von vorne anfangen. Um Mitglied unseres Eliten-Clubs zu werden, musst du zuvor an einigen wichtigen Konferenzen teilgenommen haben. Eine dieser Konferenzen steht am 10. März an, sie ist entscheidend, und deine Teilnahme wäre äußerst vorteilhaft für dich. Voraussetzung dafür ist eine Petition, die eine Empfehlung eines Nobilis enthalten muss. Aber keine Sorge, ich stehe hinter dir und werde mich um deine Petition kümmern, Joseph«, sagte er entschlossen.

»Und was genau ist der Zweck dieser Petition, wenn ich fragen darf?«, unterbrach Joseph, indem er symbolisch einen Finger auf die Lippen legte.

Tom antwortete bestimmt, seine Hände fest auf den Tisch gelegt, seine Augen voller Aufregung: »Die Petition dient lediglich dazu, eine standardisierte Hintergrundüberprüfung durchzuführen, ähnlich wie bei der Einstellung von Mitarbeitern in Unternehmen. Wir wollen sicherstellen, dass keine Vorstrafen vorliegen, und prüfen den guten Charakter und die Eignung des Bewerbers.«

Joseph nickte langsam, mit seinen Gedanken beschäftigt, während er seine Hände rieb. Er starrte nachdenklich auf den Tisch, als ob er eine bedeutende Entscheidung treffen müsste.

»Eine weitere Voraussetzung für die Teilnahme besteht darin, vollständige Geheimhaltung zu wahren, Joseph. Das Hauptziel der Konferenz besteht darin, eine offene Diskussion zu ermöglichen, ohne dass Informationen an die Öffentlichkeit gelangen. Nach der Konferenz dürfen die Teilnehmer über die behandelten Themen sprechen, jedoch nicht darüber, wer welche Standpunkte vertreten hat. Daher ist striktes Stillschweigen eine unverzichtbare Bedingung, um an der Konferenz teilnehmen zu können.« Toms Blick wurde weich, als er von diesen wichtigen Teilnahmebedingungen sprach.

»Und worüber wird am 10. März diskutiert?«, fragte Joseph.

»Es sind jetzt keine Diskussionsthemen bekannt, aber bedenke, ein exklusiver Kreis von Einflussreichen aus den Bereichen Politik, Finanzwesen, Militär, Medien und Industrie trifft sich. Die genauen Details bezüglich des Ortes und der Zeit werden erst kurz vorher bekannt gegeben, und es existiert kein formelles Auswahlverfahren, um Mitglied in diesem Kreis zu werden«, versicherte Tom ihm.

»Aber wie hast du es selber geschafft, um das Datum 10. März zu wissen?«, fragte Joseph stirnrunzelnd, um seine Verwirrung auszudrücken.

»Das ist genau die Frage, die ich von dir erwartet habe!« Tom klatschte begeistert in die Hände.

Um 18:30 Uhr brach die Dämmerung herein, und die kleine Stadt Maine tauchte in ein faszinierendes Spiel aus Licht und Dunkelheit ein. Die letzten Sonnenstrahlen tauchten den Himmel in warmes Orange und tiefes Violett.

»Ich habe dich hierherkommen lassen, weil das, was ich dir jetzt erzähle, ein Nobili niemals in einer TS-Nachricht preisgeben darf«, begann Tom ernst. Er fixierte Joseph, holte tief Luft und stellte die entscheidende Frage: »Kann ich dir vertrauen?«

»Absolut, zu hundert Prozent«, erwiderte Joseph, ohne zu zögern.

»Du musst mir versprechen, dass niemand je etwas davon erfährt. Es ist zu gefährlich, wenn die Informationen, die ich dir jetzt offenbare, nach außen dringen«, betonte Tom eindringlich.

Die Stille wurde zu einem weiteren Mitspieler in diesem gefährlichen Spiel, das Tom spielte. Der Raum wurde zunehmend dunkler, und die Dunkelheit schien selbst ein Teil des Geheimnisses zu sein, das Tom Joseph mitteilte.

Joseph nickte ernst, warf einen Blick um sich, um sicherzustellen, dass niemand in Hörweite war, und flüsterte: »Ich verspreche es dir, kein Wort wird jemals über meine Lippen kommen. Aber könntest du mir erklären, warum das so wichtig ist?«

Tom zögerte einen Moment, bevor er antwortete: »Ich habe Zugang zu Informationen über das Datum der Konferenz, die ich eigentlich niemandem außerhalb des Clubs anvertrauen sollte. Aber die Umstände haben mich gezwungen, dieses Risiko einzugehen. Du musst vorbereitet sein, verstehst du?«

»Hm …«, nickte Joseph nachdenklich.

»Zweitens, falls du während der Konferenz gefragt wirst, seit wann du Bescheid weißt, sag einfach seit zwei Tagen … Und versuche, Einzelgespräche zu vermeiden«, vertraute Tom ihm an und reichte ihm ein Blatt Papier. »An dieser Adresse oben findet die Konferenz statt, und die andere Adresse unten ist ein Hotel in der Nähe, wo du für zwei Nächte übernachten wirst. Ich habe alles gebucht, aber du solltest dein Zuhause bereits am 9. März verlassen, Joseph.«

»OK, verstanden«, sagte er kopfschüttelnd.

Tom stand auf und fuhr fort: »Nun hast du alles, was du brauchst. Jetzt liegt der Ball in deinem Feld. Mach keine Dummheiten!«

Auch Joseph erhob sich und versicherte: »Ich werde das Beste daraus machen. Ich verspreche es Ihnen!«

Tom legte sanft eine Hand auf Josephs Schulter, um ihn zu beruhigen. »Es war großartig, mit dir zu sprechen. Wie du weißt, hat alles, was einen Anfang hat, auch ein Ende. Wir kommen nun zum Schluss.«

»Vielen Dank!«, sagte Joseph dankbar.

»Bitte. Während der Konferenz tu bitte so, als ob wir uns nicht kennen würden«, sagte Tom, leicht errötend.

»In Ordnung.« Dabei biss sich Joseph auf die Lippe, leicht nervös.

Das Gespräch zwischen den beiden näherte sich behutsam dem Ende, begleitet von einem versöhnlichen Lächeln, das die Wogen der vorherigen Diskussion zu glätten schien. Die Worte, die sie ausgetauscht hatten, hatten eine Verbindung zwischen ihnen geschaffen, die in diesem Moment spürbar war. Doch die Zukunft blieb ungewiss, denn Joseph hatte keine Ahnung, wie sein Leben nach dieser Konferenz weitergehen würde. Mit einem letzten Blick, der mehr sagte als tausend Worte, trennte er sich von Tom und machte sich bereit für die Rückreise nach Washington, die noch vor ihm lag.

Es dauerte nicht lange, und Joseph war in Washington angekommen. Die Straßen erwiesen sich in der Nacht als besonders eindrucksvoll, beleuchtet vom diffusen Glanz der Neonlichter. Die riesigen Wolkenkratzer aus Stahl und Beton ragten majestätisch in den Himmel, und das Summen der autonomen fliegenden Fahrzeuge erfüllte die Luft. Diese Architektur der Superlative bildete das Herzstück des Lebens der Weltbürger. Inmitten dieser Kulisse sprintete Joseph mit wachsender Eile durch die engen Straßen.

Plötzlich drehte er sich um und sah einen Cyboforcer, der ihm hartnäckig nachstellte. Der schlank gebaute, silberne Myonoid bewegte sich athletisch mit müheloser Agilität, seine Gliedmaßen konnten sich in alle Richtungen bewegen. Sein glänzender Helm und der rote Streifen über der Brustplatte machten ihn unverkennbar.

Joseph näherte sich seinem Zuhause, doch er lief nicht direkt dorthin. Er wollte nicht riskieren, dass der Verfolger seine Wohnadresse herausfand. Stattdessen rannte er weiter, atemlos und mit wild pochendem Herzen. Plötzlich erblickte er eine lange, dunkle Gasse voller Mülltonnen. Er wusste, er musste sich schnell verstecken. Sein Blick suchte verzweifelt nach einer Lösung, und dann sah er sie: die überdimensionalen Mülltonnen, gefüllt mit den Überresten von Columbia Heights. Ohne zu zögern, hastete er zu ihnen und versteckte sich hinter den Tonnen, bereit, abzuwarten.

Obwohl er den Cyboforcer nicht mehr sehen konnte, blieb Joseph hinter den Mülltonnen verborgen. Minuten vergingen, und dann hörte er das Klappern von Stiefeln auf dem nassen Boden. Der Myonoid war in der Nähe. Joseph schwitzte in seinem Versteck, hielt den Atem an, während sein Herz wild pochte. Der Geruch von fauligem Abfall stieg ihm in die Nase, aber er ignorierte ihn und presste sich gegen die kalten, feuchten Metallwände der Tonnen. Er lauschte aufmerksam, ohne sich zu bewegen.

Ein erster Verfolger stürmte vorbei und hielt kurz inne, bevor er weiterging. Josephs Herz raste, und er überlegte, ob er sein Versteck verlassen sollte, doch seine Intuition sagte ihm, zu warten. Er blieb reglos, während der Cyboforcer verzweifelt umherblickte, seine Augen leuchtend in bedrohlichem Rot. Joseph betete, dass der Myonoid keinen Röntgenblick hatte, der ihn entdecken könnte.

Ein zweiter Verfolger rannte ebenfalls vorbei, die Stiefel krachten laut auf dem nassen Pflaster. Joseph realisierte, dass er nicht nur von einem, sondern von zwei Verfolgern gejagt wurde. Die Dunkelheit und die Mülltonnen verbargen ihn erfolgreich.

Er wartete eine gefühlte Ewigkeit, bevor er endlich den Mut fasste, hinter den Mülltonnen hervorzutreten. Die Gasse lag still und verlassen vor ihm. Er atmete tief durch, die Erleichterung war spürbar. Mit langsamen Schritten machte er sich auf den Heimweg, begleitet von der Stille und der Nachtluft, die nun seine einzigen Begleiter waren.

Die Stille der Nacht umhüllte Joseph, als er reglos in seinem Bett lag. Der Vorhang des Fensters flatterte sanft im Wind, und der schwache Mondlichtschein drang durch die Glasfenster, doch trotz der Ruhe um ihn herum fand er keinen Schlaf. Eine innere Unruhe hatte den 22-Jährigen ergriffen; sein Herz pochte heftig, und sein Geist war erfüllt von Gedanken an die Cyboforcer, die ihn kürzlich gejagt hatten.

»Warum haben diese verdammten Typen mich verfolgt? Was trieb sie an?«, flüsterte er in die Dunkelheit. Er schaltete die Nachttischlampe ein und setzte sich auf die Bettkante. Er überlegte, ob er die Behörden über den Vorfall informieren sollte, doch ein nagender

Zweifel hielt ihn zurück. Schließlich waren die Verfolger das »Auge des Gesetzes« im Weltstaat. Wem konnte er da noch vertrauen? Sein Blick fiel auf das Bild an der Wand, das ihn, Jaden und seinen längst verstorbenen Vater zeigte. Auf dem Foto lächelte Joseph, der damals noch keine Ahnung von der düsteren Realität hatte, in der er nun gefangen war. Er entschied sich, seinem Vater nichts davon zu erzählen.

Er trat ans Fenster und starrte mit leerem Blick hinaus in die Nacht. War es Angst, Intuition oder Unsicherheit, die ihn lähmte? Unten auf der Straße konnte er zwei schattenhafte Gestalten ausmachen, die sich reglos bewegten und nicht klar zu erkennen waren. In einem Reflex zog er die Gardinen und Vorhänge fest zu, schaltete die Nachttischlampe aus und legte sich mit einem Kopf voller unbeantworteter Fragen wieder ins Bett. Mühsam fiel er schließlich in einen unruhigen Schlaf, wohl wissend, dass die Suche nach Antworten gerade erst begonnen hatte.

Seine Verfolger waren eindeutig Myonoide, höchstwahrscheinlich Cyboforcer. Im Weltstaat gab es drei Hauptarten von Myonoiden: Cyboforcer, Industrie-Myonoide und Dienstleistungs-Myonoide.

Cyboforcer waren Sicherheits- und Kampf-Myonoide, die für Ordnungs- und Sicherheitsaufgaben programmiert waren. Diese fortschrittlichen Maschinen waren mit KI und Sensortechnologie ausgestattet, die es ihnen ermöglichten, Überwachungsaufgaben zu übernehmen, Patrouillen durchzuführen und Verdächtige zu verfolgen. Zu ihren speziellen Fähigkeiten zählten Gesichtserkennung und Verhaltensanalyse, was ihnen half, verdächtige Aktivitäten zu identifizieren und zu verfolgen.

Industrie-Myonoide fanden ihren Einsatz in Fabriken und Produktionsstätten, wo sie Aufgaben wie Montage, Qualitätskontrolle und Maschinenwartung übernahmen. Diese Myonoide arbeiteten äußerst effizient und präzise, was zur Steigerung der Produktionskapazität beitrug und die Myonen-2 bei zahlreichen Aufgaben unterstützte.

Dienstleistungs-Myonoide wiederum wurden in Hotels, Haushalten und Geschäften eingesetzt, um Kundenservice zu bieten und tägliche Aufgaben zu erledigen. Sie übernahmen Empfangsdienste, transportierten Gepäck, führten Reinigungsarbeiten durch und fungierten sogar als Concierge. Die Interaktion zwischen Gästen, Kunden und diesen Myonoide-Dienstleistern führte oft zu interessanten sozialen und zwischenmenschlichen Dynamiken.

KAPITEL 5

Joseph schritt durch die Türen des »NeoStern Hotel« und wurde augenblicklich von einem überwältigenden Lichtspektakel empfangen. Er blinzelte mehrmals hintereinander vor Überraschung. Die Fassade des Hotels war mit Neolichtern geschmückt und war aus einem High-Tech-Material gefertigt, das je nach Tageszeit seine Farbe ändern konnte. Die Empfangshalle schimmerte in warmen Farben, die scheinbar aus den Wänden, dem Boden und der Decke strömten. Schlanke Säulen erhoben sich vor ihm und waren mit goldenen glänzenden Flächen geschmückt, die sanft in wechselnden Farben pulsierten.

Kein einziger Myon war an der Rezeption zu sehen, sondern ein schlanker Myonoid mit einem freundlichen, aber mechanischen Gesicht. Joseph näherte sich und konnte eine sanfte, beruhigende Stimme aus den Lautsprechern des Myonoids hören.

»Willkommen im NeoStern Hotel«, sagte der Myonoid mit einem Lächeln. »Wie kann ich Ihnen helfen?«

Joseph wirkte etwa gedankenverloren und drehte sich um. Seit Tagen begleitete ihn ein komisches Gefühl, also ein Gefühl innerer Zerrissenheit, und selbst in dieser modernen Atmosphäre wurde er vom gleichen Gefühl verfolgt. Er räusperte sich und antwortete: »Ich habe eine Reservierung auf den Namen Joseph.«

Der weibliche Myonoid tippte auf einem unsichtbaren Bildschirm herum und nickte dann zustimmend. »Ah, ja, Mr. Joseph. Alles liegt im grünen Bereich. Nun brauchen wir Ihren biometrischen Ausweis, Ihre Retina-Scan-Bestätigung und Ihre DNA-Probe für die Sicherheitsüberprüfung. Haben Sie alles dabei?«

»Ja, selbstverständlich«, antwortete er mit einem breiten und strahlenden Lächeln. Er folgte allen Anweisungen wortwörtlich. Nach seiner Identifikation am Schalter erhielt er eine holografische Zimmerkarte.

»Bekomme ich keinen Kommunikator zur möglichen Anforderung von Hilfe?«, fragte er und kratzte sich am Kopf, als er verwirrt war.

»Im Zimmer gibt es eine Sprechanlage, die Fragen beantworten und Dienstleistungen wie das Bestellen von Zimmerservice anbieten. Und falls Sie sich andere Hilfe wünschen, dann sprechen Sie bitte mit ihr!«, antwortete die weibliche Myonoide roboterhaft.

»Vielen Dank!«, bedankte er sich.

»Nichts zu danken«, erwiderte die Myonoide.

Joseph betrat den Aufzug, der ihn zu seinem Zimmer brachte. Die Zimmertür wurde durch die Gesichtserkennung geöffnet. Das Hotelzimmer war genauso beeindruckend wie die Empfangshalle. Als er das Zimmer betrat, wurde ein Fernsehapparat eingeschaltet und die Klimaanlage schaltete sich automatisch ein. Die Wände waren aus einem intelligenten Material, das auf Wunsch das Aussehen veränderte, und konnten in die staatliche Virtuelle Realität (Virtual-X) je nach Wunsch integriert werden, um den Gästen immersive Erlebnisse zu bieten. Der Bodenbelag war hochintelligent und konnte sich an die Bedürfnisse und Vorlieben der Gäste anpassen und sich selbst reinigen und desinfizieren, um höchste Sauberkeit zu gewährleisten. Joseph näherte sich dem Bett und probierte es aus. Es schien fast schwebend zu sein, und er bemerkte, dass es Massagefunktionen besaß, die ihm eine entspannende Massage bieten konnten.

Joseph öffnete das Buch, das die Geschichte der Marszivilisation behandelte, und blätterte darin weiter. Das Lesen aus einem Buch aus Papier galt längst als altmodisch, und kein Myon hätte in dieser Zeit das getan, was er gerade tat. Die ersten Seiten, die er schon längst gelesen hatte, enthielten eine Einführung in die Geschichte des Roten Planeten und seine frühe Kolonialisierung.

Die Beschreibung der Marskolonien, die in riesigen Kuppeln besonders in Arcadia Planitia errichtet wurden, und der Untergrundkolonien mit hochmodernen Technologien fesselte Joseph Vorstellungskraft. In diesen Kuppeln fand man Gärten und Wälder, die sorgfältig gepflegt wurden, um die Marsbewohner zu ernähren, um den Marsianern mehr Komfort, den irdischen Vertragsknechten und

Flüchtlingen ein Stück Heimat auf der roten Oberfläche zu bieten, und anschließend, um den Mars vollständig zu kolonisieren. Die Pflanzen wurden mit speziell entwickelten Technologien angebaut, um den begrenzten Ressourcen gerecht zu werden.

Die Untergrundkolonien mit ihrer effizienten Technologie, die es den Marsianern ermöglichte, Nahrungsmittel in vertikalen Farmen anzubauen, weckte Josephs Interesse. Noch etwas schien ihm sehr gut in dieser Zivilisation zu gefallen. Es waren nicht die Hydroponik, nicht die Aeroponik, nicht die Gewächshäuser und auch nicht die Gentechnik. Es waren eher die effizienten Wasseraufbereitungssysteme, die dort eingesetzt wurden, um Wasser aus unterirdischen Eisvorkommen zu gewinnen, um Abwasser zu recyceln, was notwendig für die Bewässerung der Pflanzen war und die Knappheit an Wasser bekämpfte.

Als er weiterlas, entdeckte er Details über die reiche kulturelle Vielfalt auf dem Roten Planeten Mars, die sich aus den unterschiedlichen ethnischen Gruppen und Nationen der Erde entwickelt hatte. Aber das Auffälligste für ihn war das »MAUSOLEUM VON ESAA BEEZOS«, das in der Untergrundkolonie in Arcadia Planitia errichtet wurde und in dem die Überreste von einem Raumfahrtpionier aufbewahrt wurden. »DAS MAUSOLEUM VON ESAA BEEZOS« war das Meisterwerk des Marskulturerbes und war bekannt für die beeindruckenden Brigaden, die Esaa Beezos Grab umgaben. Diese Brigade bestand aus sechsundsechzig Musketieren und anderen lebensgroßen Regolithfiguren, darunter Adler und Tannenzapfen, die dazu dienen sollten, den Visionär im Jenseits zu schützen.

Die reiche kulturelle Identität auf dem Mars war nicht nur das Ergebnis unterschiedlicher irdischer ethnischer Gruppen und Nationen, die die frühe Kolonialisierung geprägt hatten, sondern auch das Ergebnis von einzigartigen Herausforderungen auf dem Mars, die gemeinsam überwunden werden mussten.

Plötzlich schloss er das Buch, legte es beiseite und dachte an die Konferenz, an der er am darauffolgenden Tag teilnehmen würde.

Es war der 10. März 2369, acht Uhr in der Früh. Joseph war gerade dabei, den 443 Metern hohen Wolkenkratzer im Art-Déco-Stil im Herzen von Manhattan zu betreten. Im Verlauf der Jahrzehnte wurde dieses Bauwerk mehreren Renovierungen und Modernisierungen unterzogen, um sicherzustellen, dass es den zeitgemäßen Anforderungen entsprach, während sein historischer Reiz sorgfältig bewahrt wurde.

Joseph las die Schrift an der Vorderseite des Gebäudes, die in Großbuchstaben zu sehen war: WORLD BIRTH CENTER.

Das auffälligste Merkmal der Vorderseite des Geburtszentrums war jedoch eine monumentale Statue, die in der Mitte des Vorplatzes thronte. Sie stellte einen mächtigen, athletischen männlichen Myondrei-Plus dar, der ein männliches Baby in den Händen hielt, als ob er es der Welt präsentieren wollte. An dem massiven Sockel, auf dem die männliche Statue stand, las Joseph die folgende Schrift: DIE MYONEN = RETTER DES WELTSTAATES.

Die Details des Babys waren unvorstellbar. Die Gliedmaßen, die Haut, Muskelstruktur, die Ausstrahlung und das Gesicht des Babys schienen perfekt zu sein, ohne den geringsten Defekt. Alles ganz präzise und symmetrisch.

Joseph betrat das Geburtszentrum mit einem flauen Gefühl in der Magengegend und mit den Gedanken an die riesige Fassade der Einrichtung, die ein architektonisches Meisterwerk aus glänzendem Stahl und Glas war. Noch nie in seinem Leben war er in einem Geburtszentrum, und nun musste er an einer Konferenz in einem teilnehmen. Schon am Haupteingang verstand er die klare Botschaft: Die Myonen, die die Mehrheit der Menschheit repräsentierten, wurden in dieser mechanisierten Welt der Perfektion und Kontrolle gezüchtet. Joseph war gleichermaßen von der beeindruckenden Präsenz des Weltgeburtszentrums angezogen wie auch innerlich aufgewühlt.

Langsam öffnete sich die massive hochintelligente Tür, und ein schwaches Licht drang in den düsteren Gang. Als Joseph den Raum betrat, begann sein Herz schneller zu schlagen. Der Raum war elegant eingerichtet, mit opulenten roten Teppichen, mit hochintelligenten Wänden mit Virtual-X-Systemen, und auch mit einer Bühne ausgestattet. Er war sich bewusst, dass er an einer der geheimnisvollen

Konferenzen der Welt angelangt war – einer Schlüsselkonferenz des Herrschaftssystems.

Im Raum versammelten sich Hunderte von Menschen, und jeder Sitzplatz war sorgfältig zugewiesen. Nur ein einziger Stuhl blieb leer, und das war ausgerechnet der vorderste. Dieser Platz gehörte Joseph, und er war der letzte freie Platz im Saal. Das bedeutete, dass alle Augen zwangsläufig auf ihn gerichtet sein würden, sobald er diesen Platz einnahm. Die Atmosphäre im Raum war gedämpft, und Joseph spürte die Nervosität in der Luft, die auch ihn ergriffen hatte. Trotzdem überwand er seine Aufregung und begab sich zielstrebig nach vorne, um seinen Sitz einzunehmen, ein Moment, auf den er sich nicht vorbereitet hatte. Kaum zu glauben, dass er jetzt hier saß, umgeben von Politikern, Bankern und Wirtschaftsführern, die im Verborgenen den Weltstaat lenkten. Er war der Einzige, der von außerhalb dieser exklusiven Kreise Zugang zu dieser Konferenz hatte.

Als er sich auf dem Stuhl niederließ, konnte er spüren, wie sein Herz wild pochte und Schweiß auf seiner Stirn stand. Auf der Bühne bemerkte er einen Mann im maßgeschneiderten Anzug, der das Bild der mächtigen Elite verkörperte – ein Myon-drei-Plus. Dieser Mann fixierte Joseph mit einem undurchdringlichen Blick, als er seinen Platz einnahm. Joseph nahm ebenfalls seinen Platz ein und versuchte, seine aufgewühlten Gefühle zu kontrollieren.

Der erfahrene Biotechniker, Biomediziner und Industriedesigner Namens Ludwig Fischer auf der Bühne erhob seine Stimme und begann seine Eröffnungsrede mit einer mächtigen Stimme. Die Stimme war von solch einer mächtigen Präsenz, dass sie die Aufmerksamkeit aller Anwesenden im Raum gefangen nahm. Der Mann sprach mit einer tiefen, sonoren Stimme, die Selbstbewusstsein und Autorität ausstrahlte. Joseph hörte aufmerksam zu, während vor seinen Augen die verborgenen Wahrheiten der Welt offengelegt wurden. Hier wurde eine Welt enthüllt, von der die meisten Weltbürger niemals etwas erfahren würden, und bereits am Anfang seiner Rede hatte Joseph das Gefühl, ein Teil davon zu sein.

»Meine sehr geehrten Damen und Herren,« sagte Herr Ludwig mit ruhiger, selbstbewusster Stimme.

Alle Myone und Nobilis im Raum richteten ihre Aufmerksamkeit auf den Herrn Ludwig.

»Es ist uns eine Ehre, heute zusammen hier zu sein, um über die drängendsten globalen Herausforderungen zu diskutieren und gemeinsam nach Lösungen zu suchen. Heute gehen wir strukturiert vor, damit wir alle zu einer Lösung kommen könnten. Wir werden kurz über unsere Vergangenheit sprechen, dann über das Funktionieren unserer Geburtszentren, über die Sapiensfrage, und letztendlich über Lebenszeit als neue Währung, die Abysszahl«, gab der Myon-drei-PLus bekannt.

Die Gäste nickten zustimmend, nachdem Ludwig die bedeutenden Themen bekanntgemacht hatte.

»Heute steht unser Herrschaftssystem vor beispiellosen Herausforderungen (der Sapiens-Frage). Besonders die Sapiensfrage erfordert unsere gemeinsame Aufmerksamkeit, um am Ende eine gerechte gemeinsame Entscheidung treffen zu können. Unsere heutigen Entscheidungen und Diskussionen werden eine große Auswirkung auf den gesamten Globus haben, und das Leben der Weltbürger beeinflussen.«

Konzentration und Ernsthaftigkeit standen am Gesicht aller Zuhörer.

»Nicht nur in den vergangenen Jahrhunderten, sondern auch in den vergangenen Jahrzehnten haben wir uns immer wieder mit sehr schwierigen Situationen konfrontieren müssen, und trotz aller Umstände haben wir diese Höhen und Tiefen immer als Herausforderung und nicht als unlösbare Probleme gesehen. Unsere Vorfahren waren mutig genug, um die KI auf die Spitze zu treiben, bis zu dem Punkt, wo wir dem barbarischen Akt von herkömmlichen Geburten (Schwangerschaft) ein Ende setzen konnten, außer bei den Sapiens. Seit dieser Revolution in der Geburtshilfe haben sich die Prozedere in unseren Geburtszentren immer weiter entwickelt. Und für diejenigen, die nicht in der Geburtsbranchen tätig sind, stellt sich die folgende Frage: »Wie ist der aktuelle Zustand in unseren Geburtszentren?«

Mr. Ludwig pausierte, und mit einer geschickten Geste ließ er einen holografischen Bildschirm zum Leben erwachen.

»Die Geschichte hat uns wiederholt gezeigt, dass die Spezies Sapiens aus rebellischen Lebewesen besteht, die nicht nur die Welt mit ihren Kriegen, Gewalttaten, Aufständen, Revolutionen ins Chaos versetzt haben, sondern sich auch ihren Mitmenschen gegenüber aggressiv verhalten haben. Wegzudenken ist auch nicht der »unruhige Geist«, der immer ein enormes Problem für unsere Vorfahren darstellte! Und damit meine ich diese Begriffe, die vorher verwendet wurden, um diese Syndrome zu diagnostizieren, wie z. B. Depression, Schizophrenie, bipolare Störung. Es ist wichtig, zu betonen, dass die Bilanz von Selbsttötung aufgrund dieser psychischen Probleme vor der Erschaffung der Myonen extrem hoch war. Es sind all diese Dinge, die unser Herrschaftssystem dazu gezwungen hatte, eine Spezies von gehorsamen Bürgern, nämlich die Myonen, zu züchten, denn nur so konnte unsere Zivilisation vom Abgrund zurückgerissen werden«, sprach Mr. Ludwig mit einer mächtigen und überzeugenden Stimme.

Das Publikum wirkte nach und nach ernster und aufmerksamer. Vor seinen Augen schwebte eine dreidimensionale Darstellung eines komplexen Systems, das Herr. Ludwig nach und nach mit seinen Gedanken steuerte und sich verändern ließ. Aber die Menge vor ihm sah schon ein Embryo und einen ArtiWomb, also eine gläserne, eiförmige Kapsel, in der Babys von der Befruchtung der Eizelle bis zur Geburt heranwachsen konnten.

»Das hier«, fuhr Mr. Ludwig fort, »ist ein Embryo, das sich in einem ArtiWombs befindet. Es ist das Erste, was wir brauchen, um einen Myon zu züchten. Für diesen Embryo brauchen wir wiederum Spermien und Eier, und diese kriegen wir von unseren fruchtbaren Myon-Bürgern. Das ist genau der Grund, warum wir im Jahre 2270 das Gesetz von 40 Prozent eingeführt hatten, nach dem nur 40 % von Myonen in jeder Kategorie fruchtbar gemacht werden müssen. Und unseren freiwilligen fruchtbaren Samengebern und Samengeberinnen bieten wir eine Prämie von 666 WC, jedes Mal, wenn sie unseren Geburtszentren nicht nur Spermien und Eier abgeben, sondern auch, wenn wir AquaVitae und Blut von ihnen erhalten. In jedem unserer ArtiWombs (VitaWombs) gibt es ein kastenförmiges winziges Behältnis, das wir Frigidarium nennen. Dies hier in der Mitte ist eins, und hier in diesem Frigidarium bleiben Spermien und Eier ungefähr 14 Tage, und am 14. Tag findet der Eisprung dort statt. Innerhalb von 24 Stunden nach dem Eisprung befruchten Spermien eine Eizelle, und es ist genau in diesem Moment, dass die Empfängnis stattfindet.«

Mr. Ludwig hatte hinter seinem Kopf (an seinem Cortex) sein NeuraThread implantiert, mit dem er andere Geräte seinen holografischen Bildschirm bedienen ließ und mit den meisten Zuhörern seines Publikums kommunizieren konnte. Mit seinen Gedanken rief er einen gigantischen holografischen Bildschirm auf und zeigte dem Publikum, was er mit Frigidarium meinte. Er zeigte auf das Frigidarium, das ein kleines Behältnis war, in dem wichtige Kontrollsysteme existierten, wie z. B Parameter wie Temperatur, um sicherzustellen, dass die optimale Temperatur geliefert wurde.

Er zoomte näher an einen der inneren Räume des VitaWombs heran, und das Publikum konnte an diesem Teil genau sehen, was er meinte. »Nach der Empfängnis verlässt die Eizelle das Frigidarium und wandert in eine (grüne) kleine Kugel namens Genesis Sanctum. In diesem Genesis Sanctum beginnt schon das Leben für uns, und die Eizelle bleib dort 6 Tage. Nach diesen sechs Tagen des Befruchtungsprozesses, die äußerst wichtig für die Bereitschaft der Eizellen sind, implantiert sich die befruchtete Eizelle in das Endometrium-Simulakrum des ArtiWombs (VitaWombs). Und direkt nach der Implantation werden alle befruchteten Eizellen mit Mikrokameras auf Abnormitäten und ihre Bereitschaft untersucht, was eine der wichtigsten Aufgaben der inneren Mikrokameras der Artiwombs (VitaWombs) ist.«

Mr. Ludwig steuerte den holografischen Bildschirm mithilfe seines NeuraThreads weiter. »In diesem Endometrium-Simulakrum werden die Babys ihre nächsten 66 Tage verbringen, bis sie reif genug sind, um das Licht der Welt zu erblicken. Aber bis dahin ist es noch ein langer Prozess. All das, was sie gerade auf meinem Bildschirm sehen, ist »AquaVitae«, und dieses besteht aus Amionflüssigkeit unserer fruchtbaren Samengeber, und es enthält Bestandteile wie Wasser, Elektrolyte (Natrium, Kalium), Proteine, Laktat, Harnstoff, Glucose, Epithelzellen und so weiter … Es ist lebenswichtig sowohl für die

Entwicklung der befruchteten Eizelle und …«, plötzlich pausierte Mr. Ludwig, schaute in das Publikum und fügte hinzu: »Ich sehe schon all Ihre Fragen und fühle Ihre Emotionen, deswegen möchte ich mir Zeit nehmen, um auf all diese Fragen einzugehen … Es sind insgesamt dreizehn Fragen von Myonen-3-Plus, vier Fragen von Myonen-drei-Minus und eine Frage von einem Nobili.«

In diesem völlig stillen, offenen Raum der Eliten kommunizierten die anwesenden Myonen-drei-Plus und die Nobilis mithilfe ihrer NeuraThreads ohne Lärm durch Denken. All die Fragen, die Mr. Ludwig bekommen und gesehen hatte, waren nur möglich durch den gemeinsamen Nenner, der sie miteinander verband: den NeuroThread.

Da nicht alle Anwesenden im Raum über den NeuraThread verfügten, las er die Frage vor, bevor er darauf antwortete. »Die erste Frage lautet: Wie und ab wann wird das Schicksal einer befruchteten Eizelle bestimmt?«

»Das hier«, antwortete Mr. Ludwig und steuerte den Bildschirm, »ist der DestiMolder, genau die Funktion des ArtiWombs, die das Schicksal des Babys formt. Diese innovative Funktion bietet die einzigartige Fähigkeit, das zukünftige Leben eines Babys zu formen.«

Der Saal verstummte, als Herr Ludwig plötzlich schwieg, und sein Publikum starrte. Ein gespanntes Schweigen legte sich über das Publikum, während jeder der Eliten gebannt auf seine nächsten Worte wartete.

Dann sprach Herr Ludwig weiter. »Zuerst einmal entscheidet der DestiMolder über den Beruf des Kindes. Der ›DestiMolder‹ analysiert das genetische Potenzial der Eizelle und trifft Entscheidungen, die sicherstellen, dass das Kind in einem Berufsfeld landet, in dem es effizienter für unsere Weltregierung schuften wird. Jedoch ist nichts im Stein gemeißelt, d. h. in einigen Fällen müssen wir einer Eizelle ein Schicksal geben, das sie nicht wirklich verdient. Das ist zum Beispiel der Fall, wenn wir mehr Fachkräfte in einem bestimmten Gebiet brauchen oder wenn der Schicksalsformungsprozess aufgrund bestimmter Umstände nicht so läuft, wie geplant.« Er atmete tief ein und machte eine kurze Pause.

»Es ist wichtig, zu betonen …,«, fuhr Mr. Ludwig fort, »…dass wir eine bestimmte jährliche Anzahl von Myonen-drei-Plus, Myonen-drei-Minus, Myonen-zwei-Plus und Myonen-zwei Minus brauchen, um im Endeffekt eine gute Basis für eine effizient funktionierende Gesellschaft zu haben. Und diese Funktion ›DestiMolder‹ bestimmt die Kategorie des Babys, entweder Myon-zwei-minus, Myon-zwei-plus etc., sie bestimmt auch den späteren Beruf, also den Lebensweg, den das Baby später einschlagen wird. Die Weltanschauung, Vorlieben, Abneigungen werden auch hier bestimmt, aber all das muss zum Vorteil unserer Gemeinschaft sein, denn wir brauchen all diese Kategorien von anständigen Bürgern, um die Welt zu haben, die wir heute haben, und sogar später die perfekte Welt zu haben, die wir seit Langem anstreben.«

»Woran denn liegt es, dass die Myon-drei-Plus intelligenter, mächtiger und stärker sind als die anderen?«, fragte eine weibliche, dunkelhäutige Nobili durch ihren NeuraThread.

»Schauen Sie mal hier … Dies hier ist die NeuroBooster-Formel, die wir dem Fötus schon im Endometrium-Simulakrum verabreichen, um die Gehirnentwicklung des Fötus zu optimieren. Sie enthält eine Vielzahl von Nährstoffen und Verbindungen, die speziell entwickelt wurden, um aus einem winzigen Fötus einen mächtigen Myon-drei zu machen.

Eine der Schlüsselkomponenten ist das »CogniGrowth«. Diese Substanz fördert das Wachstum und die Vernetzung von Neuronen im Gehirn des Babys, was dazu führt, dass die Myonen-drei automatisch über ein viel dichteres neuronales Netzwerk verfügen als die anderen. Diese Substanz erweitert zugleich den Cortexbereich (Kortikalis des Schädelboxes), wo später der NeuraThread eingepflanzt werden wird. Und wie Sie es bereits wissen, hat dieser NeuraThread alle Myonen und ist in der Lage, die von Ihrem Gehirn ausgesendeten elektrischen Impulse zu entschlüsseln und es Ihnen zu ermöglichen, verbundene Objekte wie einen holografischen Bildschirm oder ein Smartphone zu steuern.

Einige zusätzlichen entscheidenden Bestandteile bildet das »Memorix Serum«. Dieses förderte die Bildung von Gedächtnisinhalten und die reibungslose Abrufung von Informationen, und es ist dank dieser Komponenten, dass die Myonen-drei nichts vergessen können. Sie erinnern sich an alles, auch wenn sie schon über hundert Jahre sind.

Die CreatiBlend-Verstärker in der Formel förderten die kreative Denkweise des Babys. Sie aktivierten das limbische System auf besondere Weise, wodurch es zu einem lebenslangen Problemlöser wird. Auch die unvorstellbare Vorstellungskraft, Kreativität, Innovationsfähigkeit und Intelligenz unserer Eliten hat diesem Bestandteil in der Formel viel zu verdanken. Das sind die drei wichtigen Komponenten unserer der Formel ... Ich hoffe, ich konnte auf Ihre Frage ausführlich genug eingehen.«

Joseph war neugierig und fühlte den Drang, sich zu melden, aber fürchtete sich davor, etwas Falsches zu sagen. Daher blieb er lieber ruhig trotz seines Dranges, etwas zu sagen, aber Herr Ludwig erkannt schon an seinen Augen seine Anspannung.

Mr. Xi Li, Weltraumforscher, war so neugierig, durch seinen NeuraThread zu fragen: »Und wie wird dem Fötus diese NeuroBooster-Formel verabreicht?«

»Hm ... Die Antwort erfordert eine ausführliche Erklärung«, sagte Mr. Ludwig leise, und dann ließ er mit einem Gedankensprung den holografischen Bildschirm zum Leben sich ändern. »Diese beiden Zylinder in Glaskapseln sind zwei Systeme unterschiedlicher Farben: GRÜN und ROT. Das grüne System heißt VitaFlow-System, und es hat verschiedene Funktionen, wie z. B. Nährstoffsynthese, kontinuierliche Überwachung, Anpassung an das Wachstum, Kontrolle der Nährstoffverteilung, Entgiftungsfunktion, Regulierung des Glukose- und Insulinspiegels. Durch das VitaFlow-System wird dem Fötus diese NeuroBooster-Formel verabreicht.

Zu vergessen sind auch nicht die anderen roten Zylinder. Dieses System heißt CleanFlow System und hat folgende Funktionen: die kontinuierliche Entfernung von Schadstoffen aus der Umgebung, Entgiftung von Abfallstoffen, Filterung von Schadstoffen aus dem Blutkreislauf, Abbau von Schwermetallen und Toxinen, Regulation des pH-Werts, Eliminierung von Mikroorganismen, Beseitigung von überschüssigem Stickstoff und Regulation von Sauerstoff und Kohlendioxid.«

Ein Zuhörer schien nicht ganz gut aufgepasst zu haben, und seine banale Frage verriet seine Unaufmerksamkeit. »Wieso denn gibt es diese AquaVitae, während das ArtiWomb über dieses grüne System verfügt? Was ist denn der Zweck dieses AquaVitae?«

»Im Endometrium-Simulakrum wird der Fötus von dieser Flüssigkeit namens AquaVitae umgeben, und diese ermöglicht ihm, Bewegungen auszuführen, und schützt ihn gleichzeitig vor Stößen und Temperaturschwankungen«, antwortete Mr. Ludwig und sprach weiter: »Übrigens, dies hier ist der SynthoLink, eine künstliche Nabelschnur, die den Fötus mit Sauerstoff und allen wichtigen Nährstoffen versorgt, die er braucht.«

»Und warum denn wird den anderen Föten keine NeuroBooster-Formel verabreicht?«, fragte Joseph laut, schnell und selbstbewusst.

Du bist dumm, um so eine blöde Frage zu stellen, dachte der mächtige Industriedesigner.

Er starrte Joseph an, kicherte und wendete sich an die Zuhörer. »Kann ihm bitte jemand im Publikum seine Frage beantworten?«

Ein Myon-drei in der zweiten Reihe hinter Joseph stand auf, wendete sich an ihn und schaute ihm in die Augen. »Unser heutiges Herrschaftssystem ist die schlechteste Gesellschaftsform, abgesehen von allen anderen vor dem dritten Weltkrieg … Die brutale Realität ist, alle Erdenbürger können nicht Myon-drei werden, und unser System hat nichts damit zu tun, denn es hat bisher nur für eine bessere Welt gekämpft.«

Das Publikum spendete dem Mann Beifall für seine Reaktion auf Joseph, und Joseph fühlte sich unwohl, da genau das eintrat, was er zu verhindern versuchte.

Ein sehr jung aussehender Myon-drei-Plus, der schon über 120 Jahre war und eventuell Angst vor dem Sterben hatte, fragte: »Wann gilt ein Myon-drei-Plus als alt, und welche Lebenserwartung strebt das Establishment genau für die meisten Myon-drei-Plus an?«

»Was die Bodybuilding-Wettbewerbe in den letzten Jahren betrifft, so haben nur Männer über 60 den prestigeträchtigen Titel gewonnen. Aber da Männer über 66 noch nie die Mr. Olympia gewonnen hatten, haben wir das Konzept Alter neu definieren müssen, das heißt bis 66 Jahre alt ist man jung.« Mr. Ludwig strich über sein Haar und fuhr fort: »Unsere Lebenszeit – sie währt nur 666 Jahre, und, wenn's hochkommt, sind's 666 Jahre plus 666 Sekunden, und wenn's köstlich gewesen ist, so ist es Mühe und Arbeit gewesen; denn es fährt schnell dahin, als flögen wir davon.«

Die Menge in der Versammlungshalle harrte gespannt aus, als der Redner plötzlich schwieg. Sein Blick durchmaß die Menge, während er die Stufen emporstieg, bis er schließlich vor dem Pult schweigsam stehen blieb. Ein tiefes Schweigen senkte sich über die Menschenmenge, als sie erwartungsvoll auf seine Worte wartete. Sein Gesicht wurde von einem Lichtschein erleuchtet, der von den holografischen Anzeigen der Bühne aus ging. Eine erwartungsvolle Stille legte sich über die Menschenmenge, während der Redner seine Hände auf das Pult legte und begann, weiterzusprechen.

»Meine Mitbürgerinnen und Mitbürger, heute versammeln wir uns, um nicht nur über das Funktionieren unserer Geburtszentren und des Geburtsprozesses zu sprechen, sondern auch, um eine neue Ära einzuleiten – eine Ära, die nicht nur unsere Gegenwart, sondern auch die Zukunft der gesamten Menschheit prägen wird. In der Vergangenheit haben wir nach Wohlstand, Macht und Ressourcen gestrebt. Heute jedoch verkünde ich eine radikale Veränderung, eine Veränderung, die die Art und Weise, wie wir unser Leben gestalten, neu definieren wird.«

Er machte eine kurze Pause, um die Worte wirken zu lassen, bevor er fortfuhr: »Lebenszeit wird ab sofort unsere neue Währung sein. Ja, Sie haben richtig gehört! Nicht Gold, nicht Geld, sondern die kostbare Währung unserer Existenz – unsere Lebenszeit.«

Ein Raunen ging durch die Menge. Der Redner fuhr fort: »Warum dieser drastische Wandel? Die Antwort liegt in unserer Geschichte, in den Herausforderungen, die wir überwunden haben, und den Lehren, die wir daraus gezogen haben. Wir haben erkannt, dass Zeit unser wertvollstes Gut ist. Nichts auf dieser Welt ist kostbarer als die Zeit, die wir haben, und es ist an der Zeit, diese Erkenntnis in die Struktur unserer Gesellschaft zu integrieren.«

Der Redner sprach über die Unausgewogenheit zwischen denjenigen, die im Überfluss lebten, und denjenigen, die um jeden Tag kämpften. »Lebenszeit als Währung schafft Gleichheit, weil sie uns alle auf eine gemeinsame Basis zurückführt. Jeder Mensch hat die gleiche Menge Lebenszeit pro Tag – eine Währung, die nicht akkumuliert oder gehortet werden kann.«

Er sprach von den Chancen, die diese Veränderung mit sich brachte. »Mit Lebenszeit als Währung können wir Werte neu definieren. Stellen Sie sich vor, wir investieren nicht in Konsum und Materialismus, sondern in Bildung, Innovation und zwischenmenschliche Beziehungen. Jeder kann die Früchte seines Engagements ernten – nicht nur diejenigen, die bereits im Wohlstand leben.«

Der Redner skizzierte eine Welt, in der die Menschen ihre Zeit bewusster einsetzten, in der Gemeinschaft und Solidarität über persönlichem Gewinn standen. »Diese Ära bietet uns die Möglichkeit, eine Gesellschaft aufzubauen, die nicht von Gier, sondern von Mitgefühl angetrieben wird. Eine Welt, in der der Wert eines Individuums nicht durch seinen Kontostand, sondern durch seine Beiträge zu einer besseren Menschheit gemessen wird.«

Ein charismatischer Nobili-Bürger meldete sich, trat vor und fragte: »Wir können die Sapiens nicht zwingen, ihre Lebenszeit zu opfern, damit wir unserer Agenda konsequent folgen können. Gibt es schon einen Plan, sie alle zu knechten und in unseren Bann zu ziehen?« Der Redner, ruhig und beherrscht, erwiderte mit einer Gegenfrage: »Kann jemand anderes diese Frage beantworten?«

Ein anderer Nobili-Bürger antwortete: »Kein Sapiens wird gezwungen. Diese Veränderung eröffnet uns die Chance, einen Weg zu finden, der für die Mehrheit funktioniert. Die Richtung, die die Mehrheit einschlägt, und das Prinzip der Macht bestimmen stets die Entwicklungen. Wir, das Establishment, sind die Mehrheit, also diejenigen, die immer den Ton angeben.«

»Nun ist es Zeit, auf die Sapiensfrage zu kommen. Um den großen Unterschied zwischen den Myonen und den anständigen Sapiens-Bürgern auf allen Ebenen zu minimieren, und um mehr anständige Sapiens in das System zu integrieren, anstatt sie alle zu verbannen, bleibt uns heutzutage eine einzige Möglichkeit übrig, sonst kann das Establishment seiner eigenen Agenda nicht folgen ... Und was für uns die einzige Möglichkeit ist, wird zum Glück für die Mehrheit der Sapiens eine Wahl sein! Wir haben ihnen die »Abysszahl« als die einzige Möglichkeit zu präsentieren. Und die Sapiens haben dann diese Wahl: die Abysszahl oder viele Opferzahlen.«

Mit diesen Worten schloss der Biotechniker seine Rede, und die Halle erbebte vor Applaus. Die Eliten erhoben sich von ihren Sitzen, inspiriert von der Vision einer Welt, in der Lebenszeit den Weg zu einer gerechteren und harmonischeren Gesellschaft ebnete. Für die Sapiens war die Entscheidung gefallen: Die Abysszahl, auf die seit Jahrtausenden in Prophezeiungen hingewiesen wurde, mussten alle Sapiens bedingungslos annehmen.

Seit diesem Augenblick spürte Joseph, dass ein tragisches Schicksal den Sapiens bevorstand. Er saß noch inmitten der Menschenmenge, der Eliten, als die düsteren Worte verkündet wurden – Lebenszeit, nicht mehr Geld, würde nun die Währung der Welt sein. Ein unheimliches Gefühl der Vorahnung durchzog ihn, als die Nachricht *»von der verpflichteten Annahme der Zahl des Tieres nur für die Sapiens«* ihn ergriff. In diesem bedrückenden Moment wurde seine Intuition geweckt, und er spürte eine düstere Zukunft für alle Sapiens.

Seit dieser beunruhigenden Ankündigung verfolgten Joseph nächtliche Träume von einem neuen Leben auf dem Mars. Tag für Tag spürte er, wie die Dringlichkeit stieg, sich von den Zwängen der drohenden Zukunft zu befreien. Seine Intuition, eine unsichtbare Kraft, trieb ihn dazu, nach Wegen zu suchen, um der vorhergesagten Verstrickung zu entkommen. In den lebhaften Träumen vom Mars fand er nicht nur Flucht, sondern auch Hoffnung auf eine Welt, in der er als Sapiens von den bedrückenden Ketten der prophezeiten Bestimmung befreit war.

KAPITEL 6

Josephs Herz raste vor Aufregung, während er die Tage bis zu seiner bevorstehenden Marsreise zählte. Jeder Schritt durch den Alltag schien von einem strahlenden Lächeln und funkelnden Augen begleitet zu sein, so stark war seine Vorfreude. Aber in dieser Nacht, nur drei Tage vor dem Start, wurde seine Euphorie von einem Anruf unterbrochen. Sein Puls beschleunigte sich, als seine Smartwatch aufleuchtete und Toms Stimme drängend und ängstlich aus dem Gerät erklang.

»Joseph, hör mir zu!«, rief Tom eilig. »Du musst sofort verschwinden. Die Cyboforce ist auf dem Weg zu dir. Ich weiß nicht, wie sie auf dich aufmerksam geworden sind, aber du darfst keine Sekunde länger bleiben.«

Joseph schluckte schwer, Panik kämpfte gegen seinen Verstand. »Was? Die Cyboforce? Warum? Was habe ich getan?«

»Keine Zeit für Erklärungen. Ich habe aus sicherer Quelle erfahren, dass du in Gefahr bist. Pack das Nötigste und geh. Jetzt!«

Josephs Herz hämmerte in seiner Brust, als er aus dem Fenster im sechsten Stock blickte. Unten auf der Straße standen zwei schattenhafte Gestalten reglos im Licht der Straßenlaternen. Ein Schauer lief ihm über den Rücken. »Das habe ich schon einmal erlebt. Ist das ein Déjà-vu? Ein Traum?«

»Déjà-vu? Was redest du da?«, fragte Tom irritiert.

»Ich rede mit mir selbst«, murmelte Joseph, während die Angst in ihm wuchs.

»Hey, ich verstehe, dass das beängstigend ist, aber jetzt ist nicht die Zeit für Selbstgespräche. Konzentrier dich auf den Notausgang, folge den Anweisungen. Diese Cyboforcer haben kein Herz und kein Verständnis für die Sapiens! Pack deine Sachen und verschwinde, bevor es zu spät ist.«

Josephs Blick kehrte zum Fenster zurück. »Sie sind schon hier, direkt vor meinem Haus. Du hast recht, Tom. Ich muss sofort weg!«

Ohne zu zögern, begann Joseph, die wichtigsten Dokumente und elektronischen Geräte für seine Marsreise zusammenzusuchen. Er packte alles in einen Rucksack und bewegte sich mit einer Geschwindigkeit und Effizienz, die ihm selbst fremd vorkam. »Ich muss ruhig und unauffällig bleiben, um keine Aufmerksamkeit auf mich zu ziehen. Wir müssen den Anruf beenden, Tom!«

»Warte!«, rief Tom laut. »Ich schicke dir die Koordinaten für einen sicheren Ort. Wenn du Hilfe brauchst, ruf mich zurück. Du schaffst das!«

Joseph schloss das Hologramm und sein Herz begann wild zu pochen. In Gedanken entwarf er hastig einen Fluchtplan, um den Cyboforcern zu entkommen. Doch als er das metallische Stampfen im Flur hörte, wusste er, dass es zu spät war.

»Scheiße! Diese Bastards!«, fluchte er leise.

»Zielort erreicht. Subjekt wahrscheinlich im Zimmer«, erklang die monotone, roboterhafte Stimme von Garde-Steel, während er die Informationen von seinem Scanner ablas. »Noch mal, Subjekt befindet sich wahrscheinlich in einem der Räume. Subjekt in der Nähe.«

Garde-Steel und Nexus positionierten sich vor Josephs Wohnungstür. Ihre Augen leuchteten in einem bedrohlichen Rot, während sie sich auf den Zugriff vorbereiteten.

»Eins, zwei, drei. Überprüfung starten. Eintrittsversuch. Sicherheitsprotokolle aktivieren«, befahl Garde-Steel, seine mächtige Hand zu einer Faust geballt. Mit präzisen Bewegungen richtete er seinen metallenen Arm auf das Türschloss aus.

Die elegante Hand von Nexus glitt sanft über die Tür, während seine Sensoren die Struktur analysierten. »Materialanalyse fertig. Tür besteht aus Verbundstoffen. Wände aus komplexen Verbundmaterialien. Voraussichtlicher Durchbruch in fünf Sekunden«, meldete Nexus in sachlichem Ton.

Joseph, der bereits hinter dem Sofa kauerte, hörte das Knirschen der Tür und das leise Summen der Cyboforcer. Sein Puls raste, aber er zwang sich zur Ruhe. Sein Verstand arbeitete fieberhaft, um einen letzten verzweifelten Ausweg zu finden. Die Zeit war knapp, doch er wusste, dass dies seine einzige Chance war, den Maschinen zu entkommen und seinen Traum von der Marsreise zu verwirklichen.

Mit einer speziellen Vorrichtung an seiner Hand ausgestattet, welche auf Sprengstoff spezialisiert war, übernahm Garde-Steel die Führung, und meldete »Zugriffsmethode: Sprengung. Sicherheitsabstand wahren«, gleichzeitig zog sich Nexus zurück, um den Detonationsradius zu minimieren.

»Achtung! Durchbruch höchst riskant. Anders versuchen. Ich wiederhole: Durchbruch höchst riskant«, sagte Nexus. Er wollte Joseph am Leben haben, denn ihre Aufgaben waren schon klar definiert: Joseph zu finden und festzunehmen, ohne sein Leben zu gefährden.

Garde-Steel nahm diesmal ein Schneidewerkzeug mit vibrierender Klinge, und mit genauer Präzision setzte Garde-Steel das vibrierende Schneidewerkzeug an strategischen Punkten an der Tür ein. Die Klinge glitt durch das Material und gleichzeitig arbeiteten eine elektronische Entsperrvorrichtung und ein mechanischer Hebel an anderen Teilen der Tür, die vorher aktiviert wurden, um die Tür zu öffnen.

»Eintrittsmethode erfolgreich«, sagte einer von ihnen.

Die zwei Cyboforcer bewegten sich synchron durch die Eingangstür und betraten die Wohnung, ihre Schritte leise auf dem Boden. Ihre fortschrittlichen Algorithmen analysierten jede Bewegung und jeden Ton, während sie das Risiko einer Gegenwehr von Joseph minimieren wollten.

Nexus scannte die Wohnung und sagte: »Noch keine Anzeichen von Widerstand festgestellt. Subjekt ist möglicherweise anderswo.«

Joseph spürte den eiskalten Schweiß auf seiner Stirn, als er sich auf dem Vordach über der Eingangstür duckte, die Axt fest in der Hand. Garde-Steel betrat den Raum, gefolgt von Nexus, der sich auf die Suche nach ihm machten. Garde-Steel positionierte sich seitlich, bereit, im Falle eines Gegenangriffs von Joseph oder einer Flucht unverzüglich zu handeln. »Totale Überwachung aktiviert.«

Joseph wartete geduldig auf den richtigen Moment. Als Nexus und Garde-Steel schon mitten im Zimmer waren, zog er lautlos die Axt, sprang runter, und mit einem einzigen, kraftvollen Schwung durchtrennte er geschickt die Verbindung zwischen Kopf und Körper von Nexus.

Garde-Steel reagierte sofort, seine Sensoren blinkten auf, als er Nexus auf dem Boden sah, der sich nicht mehr bewegte. Joseph bewegte sich mit der Geschwindigkeit eines geübten Neo-Kundo-Kämpfers, und ohne Zeit zu verlieren, fegte er Garde-Steel mit einem kraftvollen Neo-Kundo-Kick zu Boden. Blitzschnell setzte er nach, die Axt in der Hand, und mit einem präzisen Hieb durchtrennte er die Verbindung zwischen Kopf und Torso von Garde-Steel. Funken stoben auf, als Garde-Steel schließlich außer Funktion geriet.

Nexus stand auf, ohne Kopf, machte einen kleinschrittigen Gang in Richtung Joseph und griff ihn mit einer Handfaust an.

»Hast du deinen Kopf schon vermisst?«, fragte Joseph, und im Tanz des Kampfes nutzte er seine Neo-Kundo-Bewegungen, um Nexus auszuweichen und präzise und kraftvolle Schläge anzusetzen. Jeder Hieb der Axt war ein Kunstwerk der Zerstörung, und Garde-Steel und Nexus waren seinen geschickten Manövern nicht gewachsen.

Joseph stand da, leise, Axt in der Hand, umgeben von den Überresten seiner mechanischen Gegner. Seine Augen waren starr auf die Überreste der Cyboforcer gerichtet, und er spürte die Last seiner Entscheidungen in diesem technologisch beherrschten Weltstaat. Doch in dieser Nacht hatte er seine Freiheit mit der Klinge seiner Survival-Axt verteidigt, und das Echo des Sieges lag schwer in der Stille der Nacht.

Joseph rief Tom zurück. »Ich bin den Cyboforcern entkommen.«

»Joseph, halte an«, drängte die Stimme von Tom aus dem kleinen Gerät in Josephs Hand. »Ich habe einen sicheren Ort für dich. Folge den Koordinaten, die ich dir gleich schicke.«

Joseph nickte, während er die Koordinaten in sein Navigationssystem eingab. »Vertrau mir, Joseph. Folge dem Weg, den ich dir gleich zeigen werde, und bleib in den Schatten. Wo bist du jetzt?«

»Hinter einem Gebäude neben dem Sozialkomplex, in dem ich wohne. Vor mir ist eine Hauptstraße«, antwortete er.

»Ich wiederhole, bleib in den Schatten, denn es ist noch nicht vorbei«, wiederholte Tom.

»Was zum Teufel passiert hier, Tom? Warum werde ich gejagt?«, fragte er.

»Wie schon vorhergesagt, keine Zeit für Erklärungen, Joseph. Du musst jetzt handeln. Folge diesen Koordinaten, und ich werde dir einen sicheren Ort nennen. Dort wird man dir helfen«, sagte Tom, während er Joseph mit ernster Miene ansah.

Nachdem die Koordinaten übermittelt worden waren, tauchte eine pulsierende Linie auf der Hologramm-Kartenanzeige von Joseph auf, die ihn geschickt durch die verwinkelten Gassen der Stadt führte.

»Geh nun zum verlassenen U-Bahn-Tunnel am Stadtrand. Dort wirst du auf jemanden warten, der dich sicher weiterbringt«, versprach Tom.

Joseph verfolgte all seine Anweisungen buchstäblich, bis er an den verlassenen U-Bahn-Tunnel am Stadtrand gelang. Während er lief, schaute er aus Angst ab und zu hinter sich und um sich herum. Die Straßen und Gassen schienen sicher und schön zu sein, doch sie bargen auch Gefahr in jeder schattigen Ecke.

»Gut gemacht, Joseph. Du bist jetzt sicher«, sagte Tom. »Hier bist du vor den Augen der Cyboforce geschützt. Nun musst du da 20 Minuten warten«, sagte Tom.

In seinen Erinnerungen stieß er auf einen Satz aus seinem Lieblingsbuch. Jener Satz verbarg sich in dem alten Stammbuch, das er und sein Bruder geerbt hatten: »Alles trägt zum Wohl derer bei, die dazu berufen sind, ein großes Schicksal zu haben.« Ein Gedanke nagte an ihm – war sein Schicksal groß oder eher miserabel? Die Antwort blieb ihm verborgen, ein Rätsel, das nur die Zukunft lösen konnte. Während er darauf wartete, abgeholt zu werden, verlor er sich intensiv in dem Gedanken. Die Tiefe dieses Satzes und der Vorfall, der ihm zugrunde lag, beschäftigten ihn so sehr, dass Langeweile oder Ungeduld keine Chance hatten, sich einzuschleichen.

»Bist du noch da, Joseph?«, fragte Tom.

»Ja, ich bin noch da«, antwortete dieser.

»Siehst du da drüben ein Lagerhaus?«, fragte Tom.

»Nein«, sagte Joseph.

»Schau mal rechts von dir, nicht links!«, ordnete er an.

»Schnell, geh dort hin. Bitte diskutiere nicht, vertraue einfach dieser Person, die du siehst«, fuhr er fort.

Joseph bog rechts ab und folgte dem schmalen Pfad. Er führt zu einem alten Lagerhaus. Als sich Joseph dem Lagerhaus näherte, leuchtete ein sanftes Licht über seinem Kopf links. Plötzlich, wie aus den Schatten einer anderen Welt, tauchte ein Flugauto auf. Seine sanften Lichter durchschnitten die Dunkelheit, und es schwebte lautlos vor Joseph. Es war ein fliegendes Auto. Schnell öffnete sich eine Tür.

»Hallo, ich bin Sophia. Komm gleich, Joseph, Tom hat mich geschickt, um dir zu helfen«, sagte eine Frauenstimme.

Ohne zu zögern, stieg er ein. Leise erhob sich das Fahrzeug elegant von der Erde und schwebte in die nächtliche Stille. Joseph trat in eine Welt ein, die er noch nie gesehen hatte. Er war es schon gewöhnt, mit fliegenden Autos zu fliegen, aber nicht mit denen von Nobili.

»Sie muss bestimmt Toms Freundin sein, und wenn das stimmt, muss sie auch eine Nobili sein. Ja, sie gehört bestimmt zu den Eliten. Schau mal, ihr Gesichtsausdruck und ihr Auto: Ausdruck der Perfektion«, dachte er.

Das Innere des fliegenden Autos war ein Kunstwerk der Technologie und des Designs. Die Sitze schienen aus einem luxuriösen Leder gefertigt zu sein, das in einem warmen, beruhigenden Ton schimmerte. Der verlockende Duft, der im Inneren des fliegenden Autos hing, bestand aus exotischen Blumen und sanften holzigen Noten. Joseph spürte eine leichte Süße in der Luft schweben, die ihn an eine Mischung aus Jasmin und Zitrone erinnerte.

Er starrte einen Moment auf Sophias Gesicht und dachte, dieses Gesicht schon irgendwo gesehen zu haben. Sie sah genauso wie die Blondine aus, die auf ihn im Union Restaurant in Maine zukam. Sophia hatte genauso wie sie blondes Haar, eine überdurchschnittliche Körpergröße, trug einen langen schwarzen Mantel, wirkte faszinierend und besaß eine Technologie, die es ihr ermöglichte, bestimmte Personen ganz leicht zu lokalisieren.

Sophia, deren Gesicht im Halbdunkel verborgen blieb, schaute Joseph an und sagte: »Ich habe ein Geschenk für dich.«

»Echt!«, sagte er überraschend.

Sie reichte ihm eine durchsichtige Tür mit Kleidung. »Dies hier ist eine Tarnuniform für dich.«

»Wozu denn diese Tarnuniform?«, fragte er perplex.

»Du bist zu naiv. Du wirst von der Cybo force gesucht, und überall wird jede kleine Bewegung der Bürger im Weltstaat videoüberwacht, nicht wahr? Und dann fragst du, wozu diese Tarnuniform«, sagte sie, ohne ihn anzuschauen, bevor sie auf seine Frage antwortete: »Sie wird dich für die Überwachungssysteme unsichtbar machen.«

»OK. Danke«, sagte er und fragte: »Wohin fahren wir?«

»Zu Tom, er ist nicht weit entfernt von Columbia Heights. Wir fliegen Richtung nordwestlich von Washington, also in den südlichen Teil des Montgomery County, Maryland«, erwiderte Sophia.

»Bis Maryland?«, wiederholte Joseph überrascht.

»Ja, genau. Tom wartet auf uns in einem Hochhaus in Bethesda«, ließ sie ihn wissen.

»In einem Hochhaus in Bethesda«, murmelte er. Die Lichter der Stadt glitzerten unter ihnen, als Sophia das Flugauto geschickt durch die nächtlichen Straßen lenkte. Joseph starrte aus dem Fenster, während seine Gedanken um die Unsicherheiten der nächsten Tage kreisten. Die vergangenen Ereignisse hatten sein Leben auf den Kopf gestellt, und nun war er auf der Flucht vor der Cyboforce, dem Auge des Gesetzes.

Sein Blick wanderte zu den Kleidungsstücken, die Sophia ihm gerade überreicht hatte. »Joseph, das ist eine Tarnkleidung von Tom. Zieh sie an, und alles um dich herum wird josephsblind sein! Mit dieser Tarnkleidung bist du nun den menschlichen Augen, den Kameras und Sensoren einen Schritt voraus. Sie werden dich nicht sehen, solange du all diese Kleidungsstücke gleichzeitig trägst.« – Die Tarnkleidung und die dazu passenden Accessoires sahen edel aus. Dazu gehörten ein Anzug, eine Gesichtsmaske, Handschuhe und ein Schleier. Dankbarkeit durchzog ihn, denn diese Kleidung war mehr als nur modisch. Sie wurde entwickelt, um Gesichtserkennungs-technologien zu umgehen, und verlieh ihm eine gewisse Anonymität und Schutz vor den neugierigen Augen der Überwachungskameras. Es waren alles Kleidungsstücke, die ihn unsichtbar machen konnten. Sie waren aus QuantumTech hergestellt, einer Technologie, die Licht bog, absorbierte und reflektierte, um ein Objekt vor dem sichtbaren Licht zu verbergen.

Joseph betrachtete die Tarnuniform eingehend, während das Flug-auto sanft durch die städtische Skyline glitt. Infrarotlicht reflektie-rend, Muster und Materialien verwendend, die für Kameras schwer zu interpretieren waren, verlieh ihm diese Kleidung eine Art Unsicht-barkeit in einer Welt, in der jeder Schritt überwacht wurde.

Die Straßen unter ihnen veränderten sich, während Sophia das Auto zielsicher in Richtung Bethesda lenkte. Joseph konnte die Un-sicherheit in der Luft spüren, aber auch einen Hauch von Hoffnung, denn sein Bruder sollte sein sicherer Hafen in den kommenden Tagen sein – vorausgesetzt, alles lief nach Plan.

Das Flugauto glitt durch die Nacht, die Lichter der Stadt wurden zu einem flimmernden Teppich aus Sternen unter ihnen. Josephs Ge-danken wanderten zu seinem Bruder und dem, was vor ihnen lag. Kein Zuhause, keine Sicherheit in seiner Wohnung, aber vielleicht konnte er hier, fernab der Überwachung des autoritären Weltstaates, einen Neuanfang wagen.

Nach einer kurzen Fahrt, die von dem leisen Summton des schwe-benden Autos begleitet wurde, erreichten sie schließlich Bethesda. Die Lichter der Stadt empfingen sie, als Sophia das Auto geschickt landete. Die Nacht mochte gefährlich sein, aber Joseph spürte, dass er in dieser fliegenden Zuflucht und mit der Tarnung um seinen Kör-per herum eine Chance hatte, sich der Kontrolle zu entziehen und wieder Herr über sein eigenes Schicksal zu werden.

Die beiden betraten das Hochhaus, Joseph dicht hinter Sophia . Die Atmosphäre im Gebäude war gedämpft, als würden die Wände Geheimnisse in sich bergen. Sophia führte Joseph geschickt durch die Lobby und die Aufzüge, bis sie schließlich den siebten Stock erreichten. Ein Raum wartete auf sie, und als die Tür sich öffnete, erblickte Joseph Tom, der ihn mit einem ernsten Gesichtsausdruck erwartete.

Sophia verließ den Raum geräuschlos, die Tür schloss sich hinter ihr. Die Stille umhüllte Joseph und Tom, als ob sie einen Raum betreten hätten, der für vertrauliche Gespräche geschaffen wurde. »Sobald wir fertig sind, melde ich mich bei dir, Sophia«, flüsterte Tom ernst, und mit diesen Worten verließ sie den Raum.

Tom begann, Joseph von der Verfolgung in der Nacht zu erzählen, und gestand ihm, dass er selbst ins Visier geraten war, aufgrund seiner Verbindung zu Joseph. Eine beklemmende Atmosphäre hing in der Luft, als Tom Joseph fragte, wann er zum ersten Mal bemerkt hatte, dass er verfolgt wurde.

»Hm …«, suchte Joseph nach einer Antwort und verdrehte die Augen.

»Sicherlich nach unserem letzten Treffen im Union Hotel«, antwortete Tom, während seine Augen eine Mischung aus Besorgnis und Entschlossenheit zeigten.

»Das stimmt!«, stimmte Joseph laut und mit breiten Augen zu.

»Nun werde ich dir etwas offenbaren, was vielen Sapiens vorenthalten wurde, Joseph«, fuhr Tom fort.

Joseph wirkte nachdenklich und schüttelte seinen Kopf mit zusammengepressten Lippen.

»Du hast die Wahl, Joseph«, sagte Tom mit einem ernsten Blick. »Entweder, du vertraust mir, und ich werde dir mitten in dieser Nacht zeigen, was dir verborgen war, oder du verlässt dieses Treffen und gehst, wohin du möchtest.«

Joseph sah Tom unsicher an, seine Gedanken wirbelten durcheinander. Schließlich, nach langer Überlegung, entschied er sich für Option 1. »Ich vertraue dir«, sagte er mit einer Mischung aus Neugier und Nervosität.

»Sehr gut, Joseph«, erwiderte Tom, »bitte, setz dich auf diesen Stuhl hin.« Der Stuhl hatte seltsamerweise all die Eigenschaften eines hochmodernen Strafbocks, und stand fast in der Mitte des Raumes. Joseph zögerte einen Moment, seine Unsicherheit flackerte kurz auf seinem Gesicht auf. Nachdem er sich eine Minuten Zeit zum Nachdenken genommen hatte, setzte er sich darauf, gedankenversunken.

»Manchmal ist das größte Geschenk, das wir geben können, unser Vertrauen«, bemerkte Tom, während er Joseph aufmerksam beobachtete. »Es erfordert Mut, sich dem Unbekannten zu stellen, und ich schätze deinen Mut, Joseph.«

Joseph nickte leicht, unsicher darüber, was als Nächstes kommen würde. Tom fuhr fort: »Jemand kann die Stärke seiner Beziehungen erst dann erkennen, wenn sie durch Vertrauen und Widrigkeiten auf die Probe gestellt wurden.«

»Sophia!«, rief Tom, während er Josephs Hände und seine Füße anband und seinen Rumpf anschnallte.

In diesem Moment öffnete sich die Tür, und Sophia betrat den Raum mit einem Gerät in der Hand. Tom wandte sich Joseph zu und sagte: »Sophia wird dir das Nano-Implantat entfernen. Es wird ein wenig unangenehm sein, aber denk daran, es ist der erste Schritt, um dem Pfad deines Schicksals folgen zu können.«

Einmal am Stuhl festgebunden, konnte sich Joseph nicht bewegen. Sophia näherte sich Joseph mit dem Implantar-Extraktor in ihren Händen, ruhig und bereit, das Implantat zu entfernen. Tom richtete seinen Blick auf Joseph und sagte mit einem ernsten Ton: »Erinnere dich, Joseph, das alles wird ganz schnell vorbei sein und in Vergessenheit geraten.«

Joseph nickte stumm, spürte eine Mischung aus Nervosität und Hoffnung. Er vertraute Tom, auch wenn er nicht genau verstand, warum dieser spezielle Stuhl verwendet wurde. Sophia trat näher und begann, das Gerät vorsichtig über Josephs Nacken zu führen. Das Nano-Implantat reagierte sofort, kleine Lichtblitze zuckten über die Haut.

Tom beobachtete den Vorgang aufmerksam, während er Joseph fest in die Augen sah. »Denk daran, Joseph, der Weg zur Freiheit kann manchmal schmerzhaft sein, aber er wird dich befreien.« Seine Worte hallten im Raum wider, als Sophia behutsam das Nano-Implantat aus Josephs Nacken entfernte.

Joseph spürte, wie der Druck an seinem Nacken nachließ. Als das Implantat schließlich deaktiviert war, atmete er erleichtert aus. Tom lächelte ihm aufmunternd zu. »Nun, Joseph, schau selbst. Was du hier siehst, wird vieles erklären.«

Sophia reichte Joseph ein Spiegelchen, und als er hineinschaute, konnte er sehen, wo das Implantat herausgezogen wurde.

Tom setzte seine Arbeit fort, während er Joseph weiter erklärte: »Diese kleinen mechanischen Späher sind Teil eines Systems, das von den Mächtigen eingesetzt wird. Sie überwachen Bewegungen und analysieren Verhaltensmuster. Das Establishment hat Interesse an bestimmten Sapiens, die möglicherweise eine besondere Bedeutung für seine Pläne darstellen. Ich weiß nicht ganz recht, Joseph ...«

Joseph runzelte die Stirn, versuchte, zu begreifen, was Tom ihm offenbarte. »Aber warum gerade ich? Was könnte an mir so interessant sein?«

Tom legte das Nano-Implantat beiseite und sah Joseph direkt in die Augen. »Manchmal sind es Fähigkeiten, manchmal Informationen oder einfach nur die Tatsache, dass jemand die Dinge anders sieht. Das Establishment versucht, Kontrolle zu behalten, und dazu brauchen sie Informationen über bestimmte Menschen.«

Josephs Verwirrung spiegelte sich in seinem Gesicht wider. »Aber ich bin doch nur ein ganz normaler Sapiens. Was könnten sie schon von mir wollen?«

Tom seufzte leicht. »Das ist oft schwer zu verstehen. Manchmal werden Sapiens in diese Angelegenheiten hineingezogen, ohne es zu wissen. Es könnte etwas in ihrer Vergangenheit sein, etwas, das sie nicht einmal selbst kennen.«

Joseph wirkte beunruhigt und unglücklich. »Hm ... «

»Nun hast du kein sicheres Zuhause mehr, wo du hingehen kannst, nachdem du ins Visier des Establishments geraten bist. Du hast mir noch nichts über deinen langfristigen Plan für die Zukunft erzählt, aber einiges kann ich schon an deinem Gesicht lesen. Als Nobili kann ich deine Gedanken und Emotionen lesen, und ich sehe, was dich gerade beschäftigt«, sagte Tom und fuhr fort. »In einer baldigen Zukunft, die schon da ist, wirst du Millionen Kilometer zurücklegen, um dem Weltstaat mit seiner Unterdrückung zu entkommen, in der Hoffnung, inneren Frieden zu finden, und doch zweifelst du an allem. Du bist nicht sicher, dass du das versprochene Paradies wirklich sehen wirst. Du bist nicht sicher, ob du wirklich die richtige Entscheidung getroffen hast, und du bist auch nicht sicher, ob du deinen Bruder noch mal sehen wirst, nachdem du die Erde verlassen hast.«

»Aber ich hatte dir noch nie von meinem Plan erzählt. Ich glaubte, nur mein Bruder wüsste darüber Bescheid, denn ich hatte schon darüber mit ihm gesprochen. Wie hast du davon erfahren?«

»Erinnere dich, Joseph, ich bin ein Nobili. Es wundert mich jetzt, dass du mich fragst, wieso ich davon erfahren habe. Komm schon, du brauchst keine Angst vor mir zu haben, ich bin auf deiner Seite. Übrigens kämpfe ich gegen das Tier, das dich gerade verfolgt.«

»Gegen das Tier, das mich verfolgt?«

»Ja, genau. Gegen das Establishment, gegen die Cyboforcer, gegen den ganzen Staatsapparat«, gestand Tom. »Ich bin der einzige Nobili, den du kennst, und falls du andere auf deinem Weg triffst, dann vermeide Kontakt mit ihnen und rede nicht einmal mit ihnen, denn sie können deine Gedanken lesen und deine Seele verfolgen, damit du in den Abgrund fällst.« Angesichts von Toms Aussagen war Joseph verblüfft und wusste nicht recht, was er machen sollte. Er war von Angst überwältigt.

»Es kommt noch etwas dazu, Joseph«, sagte Tom und fuhr fort. »Wegen unserer Verbindung wurdest du möglicherweise verfolgt, denn seit einiger Zeit versucht das Establishment, die Verbindung zwischen verschiedenen sozialen Schichten zu beschränken oder zu kontrollieren. Das herrschende System neigt dazu, eine starke Kontrolle über die Gesellschaft auszuüben, um seine Macht zu festigen und zu erhalten. Verbindungen zwischen Sapiens und Nobilis sind nicht gesetzlich verboten, aber sie werden streng kontrolliert. Sie sind für das Establishment unerwünscht, anormal und sogar bedrohlich für ihre Agenda. Auch ich als Nobili muss mich schützen, und viel Zeit dafür habe ich nicht.«

Joseph fühlte sich hilflos angesichts dieser Enthüllungen. »Was mache ich jetzt? Wie kann ich mich auch schützen?«

»Du musst nur das tun, was du dir vorgenommen hast, und ich glaube, du wirst einen Weg finden. Meine Mission in deinem Leben hört hier auf, und nun müssen wir getrennte Wege gehen. Denn jetzt ist die Zeit mein größtes Problem. Ich als Nobili habe noch einiges zu tun, ich habe meine eigene Bürde zu tragen, bevor ich für immer aus dem öffentlichen Leben verschwinde.« Tom sprach so, als ob er wüsste, dass er es schaffen würde. »Wohin gehst du, sobald wir uns trennen?«

»Gleich zu meinem Bruder.«

»Gut. Heute in der Nacht wird Sophia dich dorthin bringen, und wenn du gehst, vergiss nicht, die komplette Tarnuniform mit all ihren Accessoires zu tragen. Denn Gefahren lauern an allen Ecken im Weltstaat und sogar jenseits der Erde, wo der Einfluss der Cyboforce weit über unseren Planeten reicht. Doch du hast die Möglichkeit, ihnen zu entkommen: Das Implantat ist schon raus, und kombiniert mit dieser Tarnuniform wird es doppelt schwer für die Cyboforce sein, dich zu lokalisieren.«

»Warte, ich ziehe gleich die Hose an«, sagte Joseph.

»Mach das! Hier ist das Bad … Zieh gleich Brille und Handschuhe an! Diese Accessoires sind ganz wichtig«, sagte Tom.

Schon im Flugauto hatte er sich das T-Shirt angezogen. Nun ging er ins Bad und zog Hose, Jacke, Handschuhe und die Brille an. Als er in den Aufenthaltsraum zurückkam, saß Tom vor dem großen Rundtisch.

»Du hast gesagt, Gefahren lauern überall und der Einfluss der Cyboforce reicht weit über die Erde hinaus. Wie kann ich mich weiterhin davor schützen?«

»Nun fragst du mich um Rat, nachdem ich dir gesagt habe, dass ich meine eigene Bürde zu tragen habe«, Tom schüttelte seinen Kopf. »Reicht es dir nicht, dass ich dich habe wissen lassen, dass du nirgends im Weltstaat Schutz finden kann? Reicht es dir nicht, erfahren zu haben, dass du die Zielscheibe des Tieres geworden bist? Reicht es dir nicht, dass ich dich wissen ließ, dass du von Gefahren umgeben bist und somit die Tarnuniform immer tragen musst? Und reicht es dir auch nicht, zu wissen, dass du auf keinen Fall stehen bleiben darfst?«

»Ja, das alles zu wissen war sehr hilfreich. Aber trotzdem wollte ich wissen, was ich jetzt tun kann. Oder was könnte ich besser machen?«

»Tu genau das, was du dir vorgenommen hast. Wenn du die Antwort noch nicht gefunden hast, dann schaue in dich hinein, und du wirst die Antwort finden. Jedoch muss ich dir eins mitteilen: Sophia wird dich zum Haus deines Bruders bringen. Frag sie nicht nach Ratschlägen, und noch etwas, versuche, jeglichen Kontakt mit Nobili zu vermeiden, damit sie nicht deine Gedanken lesen und deine Emotionen manipulieren, denn viele von ihnen sind boshaft gesinnte Wesen.«

»Du bist der einzige, den ich kenne.«

»Gut. Das ist alles. Was soll ich sagen?«, dachte Tom laut nach. »Du solltest wissen, es gibt keinen Weg mehr zurück, und der Weltstaat ist heute nicht nur für dich gefährlich, sondern auch für viele andere Sapiens, besonders, nachdem ihnen die Abysszahl als Ultimatum präsentiert wurde.«

Joseph, seinen Rucksack geschultert, stand zusammen mit Tom und Sophia vor dem Tor, bereit, Abschied voneinander zu nehmen. Der Abschiedsschmerz war in ihren Augen deutlich zu sehen.

Joseph zögerte, die Worte formten sich langsam auf seinen Lippen: »Es war eine aufregende Zeit, Tom. Danke für alles.«

Tom lächelte und legte eine Hand auf Josephs Schulter. »Die Abenteuer hören nie auf. Es war mir eine Ehre, dich auf meinem Lebensweg getroffen zu haben.«

Joseph nickte, spürte die Tiefe ihrer Verbindung. »Bis dahin, Tom. Pass auf dich auf.«

Tom winkte, als er sich abwandte und seinen eigenen Weg einschlug. Joseph schaute ihm nach, die Erinnerungen an ihre gemeinsamen Erlebnisse im Herzen tragend. Er und Sophia stiegen in das Flugauto ein und schlossen die Tür hinter sich. Langsam erhob sich das Fahrzeug von der Erde, während Joseph einen letzten Blick auf Bethesdas Straßen und Gebäude unter sich warf. Die Stadt wurde kleiner, ihre Umrisse verschwammen allmählich im Dämmerlicht.

Josephs Gedanken wanderten zu Jaden, der ihn am Ziel erwartete. In dieser neuen Phase seines Lebens würde alles anders sein, doch die Erinnerung an diese Abschiedsmomente würde ihn immer begleiten.

KAPITEL 7

Jaden saß auf dem Rand seines Bettes, umgeben von einem Wirrwarr aus Kleidungsstücken. Der Inhalt seines Kleiderschranks lag verstreut auf dem Bett und dem Boden, als er versuchte, seinem Bruder ein paar Sachen für seine Reise zu geben, da Joseph nicht mehr zu seiner eigenen Wohnung zurückkehren konnte.

»Bist du sicher, dass du in der Nacht des Vorfalls alles Notwendige mitgenommen hast?«, fragte Jaden, seine Stimme zitterte leicht vor Sorge.

»Ich habe nur das mitgenommen, was mir wirklich wichtig ist und was ich in der nahen Zukunft brauchen werde. Ehrlich gesagt, vorgestern hatte ich keine Zeit, alle meine Klamotten einzupacken. Die beschissenen Cyboforcer waren schon im Flur«, antwortete Joseph, seine Stimme war von der Erinnerung an den Vorfall immer noch angespannt.

Jaden seufzte tief und blickte auf den Haufen Kleidung vor ihm. »Das hier ist alles, was ich an Klamotten habe. Später kannst du in Ruhe aussuchen, was du wirklich brauchst, auch wenn du es nicht unbedingt nötig hast.«

Joseph runzelte die Stirn. »Warum sollte ich es nicht nötig haben?«, fragte er.

Jaden sah seinem Bruder ernst in die Augen. »Weil du lieber deine Tarnuniform anziehen solltest.«

Joseph nickte langsam. »Ich brauche diese Tarnuniform nur, solange ich im Weltstaat bin. Wenn ich erst einmal im Orion-Schiff bin, brauche ich mir keine Sorgen mehr zu machen.«

Jaden legte eine Hand auf Josephs Schulter und sah ihn eindringlich an. »Lass dich nicht von Naivität verleiten. Selbst im Orion-Raumschiff gibt es bösartige Wesen, die absolute Kontrolle haben. Diese Tarnuniform wird dir auch weiterhin von Nutzen sein. Übrigens ist diese Uniform etwas äußerst Seltenes. Ich glaube, du bist der einzige Sapiens, der so was besitzt. Meiner Meinung nach solltest du sie selbst nach deiner Ankunft auf dem Mars behalten.«

Josephs Blick wurde weicher. »Ja, sie ist wirklich sehr selten. Es ist etwas, das sich kein Sapiens mit WC im Weltstaat leisten kann.«

Josephs Blick verdunkelte sich, als er sprach: »WC ist bald Schnee von gestern. Bald werde ich mit meiner Lebenszeit bezahlen müssen, da die Entscheidung des Weltstaates bereits gefallen ist.«

Jaden sah ihn an, seine Augen vor Sorge geweitet. »Du bist ein Sapiens. Deswegen glaube ich, entweder musst du die »Abysszahl« annehmen oder du musst den fürchterlichen Schmerz ertragen und etwas unternehmen, denn es wird sehr düster. Sag mal, möchtest du auf der Erde all diese Unterdrückung und das Leid aushalten? Warum suchst du nicht genauso wie ich nach Glück auf dem Mars? Die Erde bietet keinen Schutz mehr für die Sapiens.«

Jaden schüttelte langsam den Kopf, seine Stimme fest. »Joseph, du kennst mich und meinen Glauben bereits. Ich werde die Erde niemals verlassen, denn ich warte auf die Erfüllung der Prophezeiungen. Ich warte darauf, dass das göttliche Königreich auf der Erde errichtet wird. Ich warte darauf, dass dieses neue System geschaffen wird, in dem die Gläubigen ein ewiges Leben haben werden. Ich warte darauf, dass dieses Ereignis mit der Vernichtung aller bösen Wesen und Institutionen einhergehen wird. Ja, ich glaube fest daran, deshalb kann ich meine eschatologische Vorstellung niemals für ein Leben auf einem anderen Planeten wie dem Mars aufgeben.«

Er machte eine Pause und sah Joseph tief in die Augen. »Zudem bin ich als Sapiens nicht der elendste Mensch auf der Welt. Schau dir die Dalits an, wie sie existieren. Ja, genau, ich sage existieren, denn sie leben nicht. Sie müssen nur ihr Los ertragen. Mein Leben kann niemals schlimmer als das eines Dalits werden. Also, wenn es ertragbar ist, werde ich es ertragen, genauso wie viele andere auf diesem Planeten, im Wissen und mit der Hoffnung, dass der Retter dieser Welt bald diesem ganzen Leid der Sapiens ein Ende setzen wird.«

Joseph warf hektisch Jadens Sachen durcheinander, seine Finger tasteten nach allem, was er für die Reise brauchen könnte. Er legte das Generationen-Stammbuch schnell in seinen Koffer.

»Nimmst du das Erbe mit, das unser Vater uns hinterlassen hat?«, fragte Jaden, seine Stimme klang kühl. »Wenn du es für dich allein mitnimmst, dann erwarte ich irgendwie eine Entschädigung von dir. Das Tagebuch ist ein Familienerbe, das uns beiden gehört, nicht nur dir allein.«

Joseph drehte sich um, ein Funke von Ärger in seinen Augen. »Soll ich es in zwei Stücke reißen und dir dann die Hälfte geben?«

»Nein, das sage ich nicht. Aber du tust so, als ob es dir allein gehören würde. Ich hätte zumindest erwartet, dass du mich zuerst fragst, bevor du es in deine Tasche steckst.«

Joseph seufzte und schloss kurz die Augen, um sich zu beruhigen. »Nun frage ich dich. Darf ich bitte das Tagebuch mitnehmen?«

Jaden nickte langsam. »Wenn du genug Platz hast, dann ja. Übrigens, wie viel darfst du als Freigepäck mitnehmen?«

»Jeder Reiseteilnehmer darf 20 kg Freigepäck mitnehmen. Sind die Koffer schwerer, dann muss man für das Übergepäck extra zahlen, aber das Übergepäck darf nicht 5 kg übersteigen.«

»Du kannst das Stammbuch mitnehmen, aber bewahre es sorgfältig auf. Es darf auf keinen Fall in falsche Hände geraten, denn es ist höchst persönlich. Es erzählt die Lebensgeschichten ganzer Generationen, ihre Erfahrungen und Erlebnisse – außer an der Stelle, die sich mit der Zukunft der Marszivilisation befasst. Durch die Geschichten, die der Eingeweihte eingefügt hat, hat er das Stammbuch grundlegend verändert. Am Ende bin ich mir nicht sicher, ob ich es überhaupt noch als Stammbuch bezeichnen sollte. Verstehst du, was ich meine?«

Joseph nickte, seine Gedanken rasend. »Ja, ich verstehe, was du meinst. Dieser Eingeweihte, den du ansprichst, fokussiert sich mehr auf die Zukunft des Mars, anstatt sein eigenes Leben zu erzählen. Hast du übrigens seine Texte gelesen?«

Jaden schüttelte den Kopf, ein Schatten von Frustration auf seinem Gesicht. »Ich hatte nie Zeit dafür, und ich glaube, er hat wohl ein bisschen übertrieben, sogar gesponnen. Abgesehen von den Abschnitten, die von diesem sogenannten Eingeweihten geschrieben wurden, hat das uralte Buch trotzdem viel mit familiären Ereignissen zu tun. Es handelt von der Geschichte und Ereignissen einer ganzen Linie, – nämlich der Alien-Linie.«

Die Geschichte dieses Stammbuchs reichte weit zurück in die Vergangenheit. Vor langer Zeit, im Jahr 2019, lebte ein kleiner unglücklicher Mann namens Alien in Bayern, in dem alten Deutschland (heute Zone N). Der arme Mann hatte sich eines Tages dazu entschieden, ein Tagebuch zu führen, auch wenn er nicht wusste, wer es überhaupt lesen würde. Dieser Alien soll eine Beziehung mit einem Mädchen namens Lisa gehabt haben. Aus dieser Beziehung brachte Lisa ein Kind zur Welt, das zu sehen Alien leider nicht die Chance gehabt hatte, denn sein Leben kam plötzlich und tragisch zu einem Ende, kurz nachdem Lisa schwanger wurde.

Um den für sie so wichtigen Namen Alien weiterzuführen und sicherzustellen, dass dieser nicht in Vergessenheit geriet, entschied sich Lisa, aus Alien einen Familiennamen zu machen. Nach intensiven Auseinandersetzungen mit den damaligen Behörden wurde Lisa unter dem Vollnamen »Lisa Alien« bekannt.

Nach Aliens Tod im Jahr 2019 zog Lisa nach New York. Dort wurde im Jahr 2020 ihr Sohn geboren, den sie »Emmanuel Alien« nannte. So wurde Alien zu einem Familiennamen.

Lisa änderte ihren Nachnamen in Alien und gründete zwei Jahre später ein kleines Modeunternehmen, das später zu einem Imperium heranwuchs. Im Laufe der Jahre wuchs die Familie Alien stetig weiter und hörte auch nach Jahrhunderten nicht auf zu wachsen.

Je größer die Familie wurde, desto bedeutender und umfangreicher wurde das Tagebuch, das Alien hinterlassen hatte. Aus dem kleinen Tagebuch von Alien wurde später ein Stammbuch. Über Jahrhunderte hinweg wurden die Ereignisse von Familien und Generationen der Alien-Linie in diesem Stammbuch dokumentiert. So entstand ein umfangreiches Werk, das die gesamte Geschichte der Alien-Familie und ihre Generationenereignisse festhielt.

Am nächsten Morgen organisierte Jaden ein kleines Abschiedsfest für Joseph in seinem Appartement, wo die Terrasse einen atemberaubenden Blick auf Columbia Heights bot. Jaden hatte Magdalena eingeladen, eine enge Freundin von ihm, die mit ihm den Glauben der Zeugen Jehovas teilte. Sie war eingeladen worden, damit eine weibliche Energie mit im Raum war. Magdalena, in einem eleganten, weißen Anzug, gesellte sich zu Joseph.

»Joseph, mein Freund«, begann sie mit einem warmen Lächeln, »ich freue mich, dass ich hier sein kann, um für dich zu beten. Gott möge dich auf deiner Reise schützen und leiten.«

Die drei versammelten sich am Esstisch, die Atmosphäre war dicht vor Anspannung. Magdalena begann ihr Gebet mit einem Bibelvers: »(Psalm 115:15): ›Jehova, der Himmel und Erde gemacht hat, freut sich, wenn wir zu ihm beten.‹ Joseph soll gesegnet werden von Jehova …«

Ihre Worte flossen mit einer Inbrunst, die Joseph beinahe ergriff. Sie sprach von Schutz und einer guten Ankunft für Joseph, ohne zu wissen, dass sein eigentliches Ziel viel gefährlicher war. Denn Magdalena dachte, er würde nur nach Florida fliegen, um persönliche Angelegenheiten zu erledigen. Ihr Gebet dauerte drei Minuten und war gefüllt mit Hoffnung und Bitten um göttliche Führung.

Plötzlich projizierte Magdalena ein Hologramm, und ein altes Lied der Zeugen Jehovas, betitelt »Im Sturm für dich da«, erschien vor ihnen in der Luft. Die Melodie, über 350 Jahre alt, erfüllte den Raum. Trotz seiner Distanz zu ihrem Glauben schloss Joseph sich dem Gesang an, seine Stimme zitterte leicht.

Im Sturm für dich da[4]
Zieht ein Sturm auf,
steigt die Flut an,
wenn der Boden unter dir zu schwinden scheint,
ist Gott immer da.
Und er sorgt für dich.
Bist nicht allein.
Niemals allein.
Denn wir sind für dich da.

---

4 »Im Sturm für dich da.« JW.org, https://www.jw.org/de/bibliothek/musik-lieder/besondere-lieder/im-sturm-fuer-dich-da/. Zugriff am 4. August 2024.

(CHORUS)
Wir sind Familie.
Ja wir stehn hinter dir.
Du bist uns wichtig.
Lassen dich nicht im Stich.
Nehmen dich wahr.
Sind für dich da.
Wirst nie vergessen sein.
Wir sind Familie.
Ja wir stehn hinter dir.
2. Klart der Sturm auf,
bricht der Tag an,
strahlt die Liebe in dein Herz wie Sonnenschein.
Wirst dir sicher sein,
du bist nie allein.
Liebe, ein Band,
ein edles Band,
das niemand lösen kann.

(CHORUS)
Wir sind Familie.
Ja wir stehn hinter dir.
Du bist uns wichtig.
Lassen dich nicht im Stich.
Nehmen dich wahr.
Sind für dich da.
Wirst nie vergessen sein.
Wir sind Familie.
Eine vereinte Bruderschaft.
Eine Familie.
Ja wir stehn hinter dir.

Als das Abschiedsfest zu Ende kam und Magdalena nicht mehr da war, erhob sich Jaden und deutete auf seinen Rucksack, der auf einem Stuhl in der Ecke lag.

»Heute ein Geschenk von mir für dein Weggehen, Joseph. Ich werde deinen Rucksack bis zum Ronald Reagan Washington National Airport tragen, um dir eine ganze Menge Energie zu ersparen«, sagte Jaden mit einem breiten Lächeln.

»Danke sehr, Bruder. Das wird mir wirklich viel Energie ersparen, ehe ich Merritt Island erreiche«, erwiderte Joseph, während er seinem Bruder den Rucksack gab.

»Ende gut, alles gut. Nun gehen wir endlich los!«, sagte er. »Ich hoffe, dieses Abschiedsfest markiert den Beginn einer Reise, die nicht nur durch geografische Grenzen, sondern auch durch die Weiten des Weltraums führen wird.«

»Und jetzt was ist dein Plan in einem Wort?«, fragte Jaden.

»Ich nehme eine direkte Flugfahrt von Washington National Airport bis zum Weltraumbahnhof in Merritt Island.« Das war sein Plan – eine direkte Flugfahrt vom Washington National Airport bis zum Weltraumbahnhof in Merritt Island.

Nach minutenlangem geräuschlosem Gleiten durch die Wolken erreichte das Flugzeug schließlich sein Ziel: den Flughafen von Merritt Island neben dem Weltraumbahnhof. Joseph war immer noch in seinem Nickerchen, während das Flugzeug in den Landeanflug über die modernen Stadtstrukturen von Merritt Island ging.

[...]

Auf einmal kam eine automatische Durchsage: »Geehrte Passagiere, wir beginnen nun mit dem Anflug auf den Flughafen von Merritt Island. Bitte stellen Sie Ihre persönlichen Geräte und auch die Smartwatch in den Flugmodus.«

Joseph schrak aus seinem Nickerchen hoch und stellte seine Smartwatch gleich in den Flugmodus. »Mein Gott, wie spät ist es jetzt«, fragte er sich selbst, während er sich leicht ausstreckte.

»Fünf vor elf«, antwortete ein Myon-zwei neben ihm.

»Vielen Dank trotzdem, aber es war eigentlich keine wirkliche Frage an eine bestimmte Person. Es wundert mich nur, dass ich eingeschlafen bin, so habe ich die Frage instinktiv in den Raum gestellt.«

»Das macht nichts. Es ist mir eine Ehre, zu helfen«, antwortete der Myon.

Als das Flugzeug zur Landung ansetzte, richteten alle Passagiere ihre Aufmerksamkeit auf die bevorstehende Ankunft. Weitere Mitbürger der Sapiens-Gemeinschaft teilten sich aufgeregte Blicke, während einige Myonen Unsicherheit zeigten, indem sie nervös lächelten oder begannen, ihre Koffer für die bevorstehende Landung vorzubereiten. Während das Flugzeug langsam zum Stillstand kam, bereitete sich Joseph darauf vor, die Maschine zu verlassen und die nächste Etappe seiner Reise anzutreten.

Joseph verließ das Flugzeug und fand sich auf dem Flughafen wieder. Hunderte Meter entfernt sah er eine große Menschenmenge und dort herrschte eine aufgeheizte Atmosphäre. Vor dem Terminal versammelten sich Tausende von Sapiens, die mit Schildern und lauten Rufen ihren Protest gegen die Abysszahl kundtaten.

Die Menschenmenge war bunt gemischt, aber alle waren nur Sapiens – einige schwenkten Plakate mit klaren Botschaften gegen die Abysszahl:

»Freiheit, nicht die Zahl!«

»Unsere Identität ist nicht in Ziffern eingraviert!«

»Für eine Welt ohne numerische Unterdrückung!«

»Die Zahl des Tieres ist keine Lösung, sondern ein Problem!«

Andere trugen Kostüme, die ihre Ablehnung gegenüber Lebenszeit als die neue Währung ausdrücken sollten:

»Lebenszeit ist unbezahlbar, nicht käuflich!«

»Gleiche Chancen für alle, nicht nur für die Nobilis! «

»Unsere Zeit, unsere Entscheidung – keine Monetarisierung des Lebens!«

»Die Zeit der Menschen ist keine Handelsware!«

»Gegen die Versklavung der Lebenszeit durch die Macht!«

»Für eine gerechte Verteilung von Ressourcen und Lebenszeit!«

»Gegen eine Zukunft, in der nur die Reichen leben können!«

»Die Seele ist nicht zum Verkauf!«

Joseph wurde von der Intensität der Situation überwältigt. Er schaute sich um, suchte den Weltraumbahnhof, konnte ihn jedoch nicht finden. Der Bahnhof befand sich zwei Kilometer entfernt. Joseph nahm ein autonomes Lufttaxi, das ihn dorthin beförderte. Als er im Taxi saß, dachte er an die Demonstranten. Eine völlig berechtigte Frage durchzuckte ihn: Protestierten diese Sapiens gegen die Abysszahl oder gegen die Einführung der neuen Währung?

Am Eingang des Weltraumbahnhofs las Joseph die eindrucksvollen Worte, die auf der Wand prangten:

For the eyes of the world now look into space, to the moon and to the planets beyond, and we have vowed that we shall not see it governed by a hostile flag of conquest, but by a banner of freedom and peace.
John F. Kennedy

Joseph spürte, wie die Bedeutung dieser Worte seinen Geist durchdrang, während er in Richtung der majestätischen Raumraketen blickte, die hoch über ihm aufragten. Der Weltraumbahnhof schien ein Tor zu den unendlichen Weiten des Kosmos zu sein, und ein Gefühl von Freiheit und Frieden ergriff ihn plötzlich.

Es war fast 13:00 Uhr. Ein kühler Wind strich durch Josephs Haar, als er sich entschlossen auf den Weg machte, in den NASA-Weltraumbahnhof einzutreten. Die Bürger strömten von überall auf der Welt herbei, um die imposante ORION-Trägerrakete zu bestaunen. Allein diese zu sehen, kostete einen Haufen WC und stellte eine bedeutende Einnahmequelle für die Raumfahrtwirtschaft dar. Joseph konnte die Aufregung in der Luft spüren, gemischt mit einer Prise Nervosität, die ihn ergriff, bevor er sich auf die Reise zum Mars begab. Die Vielfalt der Akzente unter den Besuchern und Reisenden verdeutlichte, dass dieser historische Moment Weltbürger aus aller Welt anzog. Joseph stand allein da, während sich viele andere Reisenden in Gruppen befanden.

»Das dort vorne muss die Halle sein, aus der später die Orionrakete herausgefahren wird«, erklärte ein Passant mit ausgestrecktem

Zeigefinger, während er sich mit seinen drei Kollegen rasch der großen Halle näherte. Joseph folgte ihnen unauffällig und bemüht, nicht aufzufallen. Das Trio bemerkte ihn nicht, als er hinter ihnen herging und schließlich das große Gebäude betrat.

In diesem Moment kamen ihm Sophias letzte Worte in den Sinn, die sie am Flughafen zu ihm gesagt hatte, bevor sie sich trennten:

»Noch einmal, Joseph. Mit dieser Tarnkleidung bist du den menschlichen Augen, Kameras und Sensoren einen Schritt voraus. Solange du alle diese Kleidungsstücke gleichzeitig trägst, wird man dich nicht sehen. Joseph, im Notfall oder je nach Bedarf, betätige die Photonenfaser-Taste«, hatte Sophia erklärt und auf eine unscheinbare Taste an seinem Ärmel gezeigt. *»Suche jedoch stets nach einem diskreten Ort ohne Kameras oder Menschen, bevor du die Photonenfaser-Taste drückst, um nicht zum Ziel für Kameras oder andere Augen zu werden. Das wird dich in eine unsichtbare Hülle hüllen und dir erlauben, den bösen Kräften zu entkommen. Aber sei gewarnt, der Zugang zu dieser Technologie ist sowohl den Myonen als auch den Sapiens verboten und wird geheim gehalten. Wenn du die unsichtbare Funktion benutzt, bleib oft im Schatten und vermeide es, dich zu sehr zu bewegen.«*

Sophias Stimme war eindringlich gewesen, als sie fortfuhr: »Erinnere dich, es gibt einen Grund, warum dir Tom diese Tarnkleidung geschenkt hat. Es ist nicht umsonst. Dein Schicksal liegt nun in deinen Händen, Joseph. Vertraue der Photonenfaser, und möge sie dich sicher durch die Schatten führen!«

Ihre Umarmung war warm und voller Sorge gewesen, als sie ihn zum letzten Mal hielt und ihm Mut zusprach. Joseph konnte die Wärme ihrer Berührung immer noch spüren, die sich wie ein Schutzschild um ihn legte. »Pass auf dich auf, Joseph. Du bist nicht allein«, hatte sie geflüstert, bevor sie ihn losließ und ihn allein auf seine gefährliche Reise schickte.

Joseph nahm Sophias Worte sehr ernst. Er atmete tief durch und spürte eine drückende Angst, denn die Ernsthaftigkeit der Situation war ihm nur allzu klar. Sein Herz schlug schneller, als er auf die gigantische Halle zusteuerte, doch das Trio, dem er gefolgt war, verschwand aus seinem Blickfeld. Seine Gedanken kreisten um Sophias die letzten Ratschläge von Sophia, die ihm wie ein Mantra im Kopf widerhallten.

Mit entschlossenen Schritten betrat Joseph die imposante, 345 Meter hohe Halle. Vor ihm erhob sich eine gewaltige Trägerrakete, deren Hauptkörper in zylindrischer Form und deren Spitze in konischer Form gestaltet war. Der Edelstahlkörper der Rakete, mit einem Durchmesser von 20 Metern, glänzte kalt im künstlichen Licht. Die konische Spitze war dafür ausgelegt, den Luftwiderstand beim Aufstieg zu minimieren. Ein Netz aus 50 Brücken spannte sich zwischen der Rakete und dem Gebäude daneben, wobei nur zehn der Brücken den Reisenden Zugang zur Rakete gewährten. Diese Zugänge wurden streng überwacht und kontrolliert. Drei der Brücken versorgten die Rakete vor dem Start mit externem Strom und luden gleichzeitig die Batterien auf.

Joseph stand bereits in der riesigen Halle und beobachtete die herzzerreißenden Abschiedsszenen um sich herum. Familien umarmten sich ein letztes Mal, Tränen flossen frei, während sie mit stockenden Stimmen ihre letzten Worte austauschten. In weniger als zwei Stunden würden die Reisenden sich auf dem Weg ins Weltall befinden, auf dem Weg zum Roten Planeten.

Die Abschiede waren endgültig. Jeder wusste, dass es kein Zurück mehr gab. Die Halle war erfüllt von einer bedrückenden Mischung aus Trauer und Hoffnung, als die Familien versuchten, in diesen letzten Momenten so viel wie möglich zu sagen. Das Unbekannte, das vor ihnen lag, machte den Abschied noch schmerzhafter. Tränen brachen unaufhaltsam aus, während die Reisenden versuchten, ihre Gefühle unter Kontrolle zu halten.

Joseph stand abseits und beobachtete die emotionalen Szenen um ihn herum. Er fühlte die Last des Abschieds, auch wenn seine eigene Familie weit entfernt war. In seinem Herzen trug er die Worte von Sophia, die ihm Mut zusprachen. Er wusste, dass dies der Anfang einer Reise war, deren Ausgang ungewiss war, aber er musste stark bleiben. Die Photonenfaser-Taste in seinem Ärmel fühlte sich wie ein letzter Anker der Sicherheit an, während er sich mental auf das Kommende vorbereitete.

Als Joseph durch das labyrinthartige Gebäude eilte, bemerkte er fünf Cyboforcer hoch oben auf einer anderen Etage. Sie schienen vertieft in eine angespannte Diskussion und nahmen ihn nicht wahr. Sein Herz raste. Ohne zu zögern, bog er scharf ab und schlüpfte in eine nahe gelegene Toilette. Drinnen setzte er seine Gesichtsmaske auf, verhüllte hastig seine Tasche und zögerte nur einen Moment, bevor er die Photonenfaser-Taste betätigte. Plötzlich wurde er unsichtbar.

Mit rasenden Gedanken und pochendem Herzen verließ er die Toilette und suchte fieberhaft nach der richtigen Richtung. Er irrte zwanzig Minuten lang durch die riesige Halle, bis er endlich die sechste Brücke entdeckte. Diese Brücke war seine einzige Chance: Hier standen die Passagiere nicht dicht an dicht, und er konnte schnell und unauffällig Zugang zur Trägerrakete bekommen.

Joseph atmete tief durch und machte sich bereit, die Brücke zu überqueren, als er plötzlich eine Familie auf sich zukommen sah – ein Ehepaar mit ihrem kleinen Sohn. Sie bewegten sich langsam, in ihrer eigenen Welt, unberührt von der Eile und der Spannung, die Joseph umgab.

»Heute ist der beste Tag deines Lebens, mein Sohn, sagte der Vater mit einem stolzen Lächeln.

»Es ist etwas ganz Besonderes für mich, Papa, eine solche Erfahrung zu machen«, antwortete der Junge mit leuchtenden Augen.

»Es ist auch etwas ganz Besonderes für uns. Denn dein Vater und ich haben selber noch nie einen Raketenstart miterleben dürfen«, fügte die Mutter hinzu, ihre Stimme zitterte vor Aufregung.

»Dann sind wir alle in ähnlicher Situation: aufgeregt. Es ist unser erstes Erlebnis. Ein erstes Mal muss es immer geben«, sagte der kleine Junge, seine Worte von ungebändigter Freude erfüllt.

Plötzlich riss der Junge die Augen weit auf und deutete auf die großen Fensterscheiben des Observationsdecks. »Und was ist das für eine Maschine, Papa?«

Der Vater, Eldorath, folgte dem Blick seines Sohnes und lächelte wissend. »Das dort ist ein Weltraumaufzug, mein kleiner Abenteurer. Er wurde vom Weltraumaufzug-Konsortium entwickelt.«

»Ein Weltraumaufzug!« Der Junge trat näher an die Scheibe heran, seine Augen vor Neugierde weit geöffnet. »Wie funktioniert er?«

»Ja, mein Kleiner, ein Weltraumaufzug ohne Raketenantrieb«, bestätigte der Vater stolz. »Ein technisches Wunderwerk, das uns eines Tages ins All bringen könnte.«

Der Anblick des majestätischen Weltraumaufzugs, der sich wie eine endlose Säule in den Himmel erhob, fesselte Josephs Aufmerksamkeit. Es war wirklich ein Wunderwerk der Technik.

»Aber warum benutzen wir nicht den Weltraumaufzug? Warum müssen wir mit der Orion-Rakete fliegen?«, fragte der Junge und sah seinen Vater mit fragenden Augen an.

Eldorath seufzte leicht und zog den Jungen sanft zurück. »Eine gute Frage, mein Sohn. Der Weltraumlift ist nicht für Menschen wie uns. Er wird hauptsächlich für Nobilis, wichtige Lebenserhaltungssysteme und sehr schwere Fracht genutzt.«

Der kleine Junge nickte langsam, während er weiter auf den Weltraumlift starrte. »Heißt das, wir sind nicht wichtig genug, um den Lift zu benutzen?«

»Es geht nicht nur um Wichtigkeit«, erklärte Eldorath und legte einen Arm um die Schultern seines Sohnes. »Es gibt viele Gründe, warum der Lift hauptsächlich für spezielle Passagiere und Fracht verwendet wird. Aber das macht unsere Reise nicht weniger bedeutend. Heute erleben wir etwas Einzigartiges als Familie.«

Die Mutter nickte zustimmend und fügte hinzu: »Und wir werden gemeinsam Geschichte schreiben, indem wir diese Reise antreten. Das ist etwas, das wir nie vergessen werden.«

Der Junge lächelte breit und seine Aufregung kehrte zurück. »Dann lasst uns Geschichte schreiben!«

Eldorath sah stolz auf seine Familie und wusste, dass dieser Moment für immer in ihren Herzen bleiben würde. Der Anblick des Weltraumlifts, der nun von den letzten Sonnenstrahlen des Tages beleuchtet wurde, verstärkte das Gefühl, dass sie am Beginn eines großen Abenteuers standen.

Joseph in seiner Tarnuniform vermied den Kontakt mit allem. Die Sicherheitsvorkehrungen erstreckten sich vom Eingang des Weltraumbahnhofs bis zum Zugang der Trägerrakete und waren sehr hoch. Selbst auf der Brücke erfolgten akribische Kontrollen. Joseph ließ der Familie den Vortritt und folgte ihnen mit einem Abstand von drei Metern.

In dieser Zeit repräsentierte die fortschrittliche Raumfahrttechnologie eine wahrhaft unglaubliche Blütezeit. Die Orion-Rakete, die für den Raumtransport in dieser Ära entwickelt wurde, war ein technologisches Wunderwerk, das die Grenzen der menschlichen Innovation durchbrochen hatte. Die Hülle der Rakete bestand aus ultraleichten Verbundmaterialien, die nicht nur extrem widerstandsfähig gegen die Herausforderungen des Weltraums waren, sondern auch das Gesamtgewicht der Rakete erheblich reduzierten.

Die Triebwerke waren das Ergebnis entscheidender Fortschritte in der Antriebstechnologie. Effizientere Plasmaantriebe und innovative Treibstoffsysteme steigerten nicht nur die Geschwindigkeit, sondern trugen auch zu einer höheren Treibstoffeffizienz bei. Dadurch konnte die Rakete längere Strecken zurücklegen und mehr Nutzlast transportieren.

Die Struktur der Rakete folgte einem modularen Ansatz, der es ermöglichte, verschiedene Komponenten nach Bedarf hinzuzufügen oder zu entfernen. Dies förderte eine höhere Flexibilität und Anpassungsfähigkeit bei der Nutzlastkonfiguration.

Die Aerodynamik der Rakete war bis ins kleinste Detail optimiert, um den Luftwiderstand zu minimieren und die Effizienz während des Aufstiegs zu maximieren. Eine innovative mehrstufige Bauweise sorgte für eine stufenweise Freisetzung von überflüssigen Teilen, um das Gewicht weiter zu reduzieren.

Die Rakete profitierte auch von einer höheren Startfrequenz und einer perfektionierten AuTomatisierung, was es ermöglichte, häufiger und effizienter ins All zu starten. All diese Faktoren wie leichtgewichtige Materialien, effizientere Triebwerke, innovative Konstruktionen, Aerodynamikoptimierung, höhere Treibstoffeffizienz, höhere Startfrequenz, fortschrittliche Elektroantriebe etc.

ermöglichten einen beeindruckenden Nutzlastanteil von 80 %, der bisher für unmöglich gehalten wurde.

Die Passagierkabine war ein Raumwunder für sich. Die Innenausstattung war luxuriös und komfortabel, mit großen Panoramafenstern, die einen atemberaubenden Blick auf den Weltraum boten. AuTomatisierte Systeme und Robotik gewährleisteten einen reibungslosen Ablauf und höchste Sicherheit während des Fluges. Dank einer fortschrittlichen Schwerkraftsimulation würden sich alle Insassen nahezu schwerelos fühlen.

Joseph bewegte sich schmiegsam und glatt über die Brücke, die zu der Orion-Rakete führte. Jeder Schritt erfolgte mit einer gewissen Leichtigkeit, die durch seine unsichtbare Tarnkleidung ermöglicht wurde. Die Überwachungskameras folgten ihren vorprogrammierten Mustern, sie registrierten jedoch nichts von Josephs Anwesenheit auf der Brücke. Er überquerte reibungslos die Brücke und ging an den Wächtern vorbei, ohne dass diese die geringste Ahnung von seiner Anwesenheit hatten.

Schließlich erreichte er den Hauptbereich der Rakete und suchte nach einer Toilettenkabine. Ein Dutzend Meter entfernt entdeckte er die gewünschte Einrichtung. Neben der Toilette befand sich eine Kabine, in der sich die Familie Cooper aufhielt. Joseph konnte sie sehen, aber aufgrund seiner unsichtbaren Tarnkleidung blieb er für sie unsichtbar. Ein leichtes Grinsen huschte über sein Gesicht, als er sich der Notwendigkeit der Diskretion bewusst wurde. Mit einem Gefühl der Erleichterung trat er in die Toilette ein und schloss die Tür hinter sich. Währenddessen unterhielt sich die Familie Cooper ahnungslos in ihrer Kabine, unwissend über die Anwesenheit des unsichtbaren Beobachters in ihrer Nähe.

ZWEITER TEIL

NEBELGATOR

»Just as in the sciences we have learned that we are too ignorant to safely pronounce anything impossible, so for the individual, since we cannot know just what are his limitations, we can hardly say with certainty that anything is necessarily within or beyond his grasp. Each must remember that no one can predict to what heights of wealth, fame, or usefulness he may rise until he has honestly endeavored, and he should derive courage from the fact that all sciences have been, at some time, in the same condition as he, and that it has often proved true that the dream of yesterday is the hope of today and the reality of Tomorrow.«
Robert H. Goddard

KAPITEL 8

Es war schon Mitte Mai 2369. Fünfhundert Meter entfernt von der Trägerrakete befand sich das Kontrollzentrum in einem achtstöckigen Gebäude mit dem Namen Orion-Kontrollturm. In diesem Kontrollzentrum befand sich das Startteam, bestehend aus Ingenieuren, Technikern und Verantwortlichen. Dieser Orion-Kontrollturm war mit modernster Technologie ausgestattet, um den Status der Orion-Rakete und ihrer Systeme zu überwachen, Fehler zu erkennen und gegebenenfalls Maßnahmen zu ergreifen, um die Sicherheit des Starts zu gewährleisten.

Das Startteam befand sich im dritten Stockwerk des Orion-Kontrollturms. Die Startdirektorin, eine erfahrene Ingenieurin mit einem ernsten Gesichtsausdruck, schritt mit schnellen, bestimmten Schritten durch den Kontrollraum. Sie war sehr elegant in ihrer offiziellen Raumfahrtuniform mit dem Emblem der Raumfahrtbehörde auf dem rechten Arm. In ihren Händen hielt sie ein Notizbuch und ein Blatt Papier, auf dem sie die letzten Minuten vor dem Start dokumentierte.

»Initiiert aufgezeichnet. Wir nähern uns dem geplanten Raketenstart. Führen wir jetzt das ›Go/No-Go‹-Protokoll durch«, ordnete die Startdirektorin an.

Booster-Systemingenieur, bitte geben Sie Ihren Statusbericht ab.

[Booster-Systemingenieur]
Die Boostersysteme sind im Soll, alle Parameter liegen innerhalb der Grenzwerte.

Antriebssystemingenieur, bitte geben Sie Ihren Statusbericht ab.

[Antriebssystemingenieur]

Die Antriebssysteme sind bereit, es wurden keine Anomalien festgestellt.

Avionik-Ingenieur, bitte geben Sie Ihren Statusbericht ab.

[Avionik-Ingenieur]
Die Avioniksysteme sind durchgängig im grünen Bereich, alle Checks wurden bestanden.

Range Safety Officer, bitte geben Sie Ihren Statusbericht ab.

[Range Safety Officer]
Der Bereich ist frei, alle Sicherheitsmaßnahmen sind in Kraft.

Meteorologie, bitte geben Sie Ihren Statusbericht ab.

[Meteorologe]
Die Wetterbedingungen liegen innerhalb akzeptabler Grenzen, keine Einschränkungen für den Start.

Bodenbetrieb, bitte geben Sie Ihren Statusbericht ab.

[Bodenbetrieb]
Die Bodenoperationen sind abgeschlossen, die Startrampe ist frei.

Missionskontrolle, bitte geben Sie Ihren Statusbericht ab.

[Missionskontrolle]
Die Missionskontrolle ist startbereit, alle Systeme sind im grünen Bereich.

Assistenz-Startleiter, Ihre Zusammenfassung und Empfehlung, bitte.

[Assistenz-Startleiter]
Basierend auf den Berichten liegen alle Systeme im grünen Bereich.

Die Wetterbedingungen und Sicherheitsmaßnahmen sind akzeptabel. Ich empfehle, mit dem Start fortzufahren.

Startleiter, Ihre Entscheidung?

[Startleiter]
Nach Überprüfung des Protolls und der Empfehlung des Assistenz-Startleiters stimme ich zu. Die Bedingungen sind im grünen Bereich. Geben Sie das ›Go‹ für die Startsequenz.

[Startkontrolle]
›Go‹ für die Startsequenz. Countdown wird fortgesetzt.«

Nachdem die Startdirektorin mit ihrem Protokoll fertig war, begann sie gleich mit einer kurzen Rede:

»Meine Damen und Herren, im Namen all der engagierten Männer und Frauen unseres großartigen Weltstaates, die ihre Fachkenntnisse, ihren Schweiß und ihre Leidenschaft eingebracht haben, um diese bemerkenswerte Technologie zusammenzubringen, stehe ich heute mit einem tiefen Gefühl von Stolz und Erwartung vor Ihnen.

Für die Orion-Generation, für die Träumer und Entdecker von morgen, dieser Moment ist für Sie.

In diesem Augenblick laden wir Sie ein, den Höhepunkt unzähliger Stunden harter Arbeit und Hingabe zu erleben, während wir uns darauf vorbereiten, unsere Orion-Rakete zu starten. Das Schiff vor Ihnen repräsentiert den neuesten Fortschritt in unserem unermüdlichen Streben nach dem Aufbau der perfekten Zivilisation auf dem Mars.

Seit Anbeginn der Zeit haben die ersten Menschen davon geträumt, andere Planeten zu erkunden und zu kolonisieren. Ein uraltes Verlangen, tief in unserer DNA verankert, trieb uns dazu an, unseren Blick über den Himmel zu heben und uns zu fragen: Was mag hinter den Sternen liegen?

Diese uralte Sehnsucht nach Entdeckung und Erkundung hat uns als Menschheit vorangetrieben, von der Sternenhimmel-Obsession unserer Vorfahren bis zu den ambitionierten Projekten der Gegenwart. Heute stehen wir hier, mit den Früchten jahrhundertelanger Neugier und unermüdlichen Forschungsdrangs in Form modernster Raumfahrttechnologie.

An die Ingenieure, Wissenschaftler und alle, die zu dieser Unternehmung beigetragen haben – vielen Dank für Ihr unerschütterliches Engagement. Und nun, ohne weitere Verzögerung, wollen wir gemeinsam beobachten, wie das Orion-Schiff seine Reise von der Erde bis zum Planeten Mars beginnt.«

Nach der kurzen Ansprache der Startdirektorin waren die Passagiere zehn Minuten vom Start entfernt, und wie jeder sehen konnte, begann sich die Uhr zu bewegen. Sowohl im Kontrollzentrum als auch im Raumschiff konnten alle Startteammitglieder bzw. alle Passagiere die verbleibende Zeit vor dem Start sehen, die auf großen Bildschirmen angezeigt wurde.

»Wir sind direkt in die Endzählung übergegangen. Der Start ist jetzt neun Minuten entfernt. Also nun die Endzählung. Die Kontrolle wurde an den GLS (den Bodenstartsequenzer, den Computer und die Software, die alle Befehle und Überwachungen des Raumfahrtsystems durchführt) übergeben ...«, sagte der stellvertretende Startdirektor und fuhr fort: »Der GLS führt 500 Befehle pro Sekunde aus, einschließlich der Konfiguration der Bodensysteme für die Übertragung von Energie an die Rakete. Beim Start werden all diese Verbindungen und Brücken von der Rakete getrennt.«

Es herrschte für ein paar Minuten eine Stille, und dann kündigte ein Mikrofon an: »Bodenstartsequenzer schaltet auf die obere Stufe der Rakete um und versorgt sie mit internem Strom«

»Nun wird die gesamte obere Stufe der Rakete mit internem Strom versorgt. Der Strom wurde von der oberen Stufe der Rakete entfernt und auf Batteriestrom umgeschaltet. Der gleiche Schritt steht für die

Kernstufe in T-Minus eine Minute und dreißig Sekunden bevor«, sagte der stellvertretende Startdirektor.

Ein Moment verging.

»Bodenstartsequenzer schaltet auf die Hauptstufe der Rakete um und versorgt sie mit internem Strom«, sagte der Flugkommentator.

»Der Kernabschnitt der Rakete, der die vier Flugquantencomputer beherbergt, wird nun von Batteriestrom betrieben. Daher steht keine zusätzliche Verzögerungszeit mehr zur Verfügung, da auf der Batterie kein Spielraum mehr vorhanden ist. Wenn es eine Verzögerung gibt, müssen wir zum Zeitpunkt T-Minus zehn Minuten zurückgehen und diese Batterien wieder aufladen«, informierte der stellvertretende Startdirektor. »Der Countdown geht weiter. Beachten Sie, dass kurz nach dem Start zwei meiner Kollegen die Moderation übernehmen werden. Jetzt sind wir bei T-minus 50 Sekunden in der Zählung. In Kürze, bei T-Minus 33 Sekunden, wird der GLS (Ground Launch Sequencer) die Kontrolle an den ALS (Autonomous Launch Sequencer) an Bord der Rakete übergeben. Dieser wird dann das Kommando und die Kontrolle über die Rakete übernehmen. Der ALS wird überprüfen und sicherstellen, dass es bis T-minus drei Sekunden keine Unterbrechungen von der Bodenkontrolle gibt.«

»GLS wechselt zu ALS«, sagte der Flugkommentator bei T-Minus-33.

»Und jetzt geht es zum ALS. Das Space Launch System zählt jetzt herunter bis zum Start«, wiederholte der stellvertretende Startdirektor.

7 Sekunden vor dem Take-off:

Fast alle Passagiere an Bord waren von nervöser Spannung erfüllt. Die Countdown-Zahlen wurden mit einem monotonen Rhythmus heruntergezählt. Nicht nur die Crewmitglieder an Bord des Orion-Schiffs waren zugleich konzentriert und aufgeregt, sondern auch das gesamte Startteam im Orion-Kontrollturm auf dem Boden. Der Orion-Kontrollturm war erfüllt von gedämpftem Gespräch und dem Klicken der holografischen Tastaturen.

3, 2, 1, Zündung der Booster:

Ein sehr lautes Dröhnen erfüllte die Umgebung, als die Booster mit gewaltiger Kraft gezündet wurden. Als sich das Orion-Schiff von der Startrampe abhob, sagte eine mächtige Stimme im Raumschiff: »Wir erheben uns gemeinsam, auf dem Weg zum Mars und darüber hinaus!«. Das Dröhnen verstärkte sich, als das Orion-Schiff durch die Atmosphäre schnitt, und die Familie Cooper fühlte eine Mischung aus Aufregung und Ehrfurcht. Eldorath schaute aus dem Fenster und konnte sehen, wie die Erde langsam kleiner wurde. Kristina umklammerte Hadi fest in ihren Armen und lächelte ihm beruhigend zu. Gegenüber saßen ihre beiden kleinen Söhne Kowen und Oliver, die sie nun besonders im Auge behalten mussten. Trotz des tosenden Lärms draußen fühlten sie sich in der privaten Kabine sicher und geborgen. Es war eine seltene Gelegenheit, eine Kabine für fünf Personen zu bekommen, und sie waren dankbar für diesen Komfort während der Reise.

Die mächtige Stimme im Raumschiff sprach erneut: »Auf zum Mars und darüber hinaus!« Eldorath konnte die Euphorie in seiner Stimme spüren, während er die Hand seiner Frau ergriff. Es war ein Moment des gemeinsamen Abenteuers, eine Reise ins Unbekannte. Während Orion weiter in den Himmel stieg, spürten Eldorath und Kristina die Schwerelosigkeit, und die Familie schwebte für einen kurzen Moment in der Kabine. Ein Lächeln breitete sich auf Kristinas und Eldoraths Gesicht aus, als sie sich dem Weltraum näherten.

»Aktueller Status: Flugbahn normal. Die Triebwerke arbeiten mit optimaler Effizienz, während der Himmel über uns zunehmend dunkler wird, und wir schreiten nun weiter voran in Richtung der Internationalen Raumstation (ISS). In dreißig Sekunden wird sich die Rakete in Richtung Downrange neigen, und in einer Minute werden wir die Trennung der Booster vollziehen«, sagte der Flugkommentator roboterhaft.

Minuten später verschmolz die Flamme der Triebwerke mit der Dunkelheit des Weltraums, und die Rakete erreichte während ihres Fluges innerhalb von etwa 8 Minuten nach dem Start die Umlaufbahn und den Weltraum, der etwa 100 Kilometer über der Erde begann, an der sogenannten Kármán-Linie.

Nachdem die Raumkapsel die Erdatmosphäre durchbrochen hatte und das Booster vollzogen wurde, schwebte nun das Orion-Schiff im Weltraum. Die Passagiere schauten durch die Fenster und erlebten den Übergang von der Erde ins All. Innerhalb des Orionschiffs wird der Erfolg des Starts von Tausenden Reisenden gefeiert, während Joseph gerade die Toilette verließ.

Joseph hatte die Durchsage des Raumschiffs nicht gehört, denn seine Gedanken waren woanders, seitdem er das Raumschiff betreten hatte. Er hatte viele Informationen verpasst und wirkte völlig fremd an Bord. Er nahm Platz auf einer kleinen Bank neben der durchsichtigen Kabine der Cooper-Familie und schien in seinen eigenen Gedanken verloren zu sein, vielleicht in vergangene Erinnerungen seiner Schattenkindheit, die ihn gerade in diesem entscheidenden Moment gefangen hielten. An den Bildschirmen sah er Menschen, die im Raumschiff feierten, aber den Grund konnte er nicht wirklich nachvollziehen.

Joseph erhob sich langsam, und sein Blick verlor sich für einen Moment in der Leere, bevor er sich wieder auf die Realität besann. Seine Stirn war leicht gerunzelt, ein leises Echo seiner inneren Anspannung. Entschlossen schüttelte er die Verwirrung ab und beschloss, auf die Familie Cooper zuzugehen und Antworten auf seine Fragen zu finden.

Kowen und Oliver waren nicht die leiblichen Kinder von Eldorath und Kristina – sie waren adoptiert. Im Weltstaat war es durchaus erlaubt, verlassene Kinder zu adoptieren, allerdings nur unter einer strikten Bedingung: Die adoptierten Kinder mussten Vollwaisen sein.

Viele Bürger, die gegen das Ein-Kind-Gesetz verstießen, wurden vom Staat kurzerhand zu „Dalits" erklärt – eine Klasse, die ohne Rechte und Schutz dastand. Für diese Menschen bedeutete ein solches Urteil oft das langsame Verschwinden in die stummen Flure der Gefängnisse oder ein abruptes Abtauchen aus dem öffentlichen Leben, als hätten sie nie existiert. Der Staat gewährte gehorsamen Bürgern eine Sondergenehmigung zur Adoption von Vollwaisen, um so die wachsende Zahl der verlassenen Kinder zu reduzieren und der Gesellschaft einen stabilen Anschein von Ordnung zu verleihen.

Für viele Eltern war dies die einzige Möglichkeit, ihre Familien zu erweitern oder sich einen lang gehegten Traum zu erfüllen. Auch Eldorath und Kristina hatten sich immer eine große Familie gewünscht. Die beiden Jungen, Kowen und Oliver, waren nach dem Tod ihrer leiblichen Eltern im Gefängnis Teil dieser Hoffnung geworden und hatten bei Eldorath und Kristina ein neues Zuhause gefunden.

Joseph klopfte schließlich an die durchsichtige Tür der Kabine der Familie Cooper. Einen Augenblick lang herrschte Schweigen, bis die Tür aufschwang und Eldorath ihm mit wachsamen Augen entgegentrat. Sein Gesichtsausdruck war freundlich, doch Joseph spürte auch einen Schimmer von Vorsicht darin.

»Was kann ich für Sie tun?« fragte Eldorath ruhig und musterte Joseph aufmerksam.

Josephs Blick wanderte kurz durch die Kabine, dann richtete er ihn fest auf Eldorath. Seine Stimme war höflich, doch eine unterschwellige Dringlichkeit schwang darin mit. »Entschuldigen Sie, könnten Sie mir helfen?«

Eldorath, der offensichtlich mit der Schwerelosigkeit vertraut war, schaute freundlich zu Joseph hinunter und antwortete: »Natürlich! Willkommen an Bord der ORION. Wir erheben uns gemeinsam, auf dem Weg zum Mars und darüber hinaus! Wie kann ich Ihnen helfen?«

»Zuerst möchte ich mich vorstellen. Ich heiße Joseph«, stellte er sich vor.

»Und Joseph was?«, fragte Eldorath.

»Joseph Aliens«, antwortete er.

»OK, mein Name ist Eldorath Cooper, und das ist meine Freundin Kristina Cooper«, sagte Eldorath und betonte das Wort »Freundin«.

»Ich sehe, wie die Menschen in ihren Kabinen und in Aufenthaltsräumen feiern und Spaß haben, aber die Art und Weise, wie sie es tun, ist mir gänzlich unbekannt. Die Schwerelosigkeit und die ungewöhnliche Umgebung verwirren mich. Ich bin mir nicht sicher, was hier vor sich geht«, gestand Joseph.

Eldorath lächelte. »Willkommen im Weltraum, Joseph. Hier gelten andere Regeln. Die Schwerelosigkeit ermöglicht uns, Dinge auf eine ganz neue Art zu erleben vor der Andockung. Diese Feier? Nun, wir haben gerade einen erfolgreichen Orbitwechsel abgeschlossen. Alles ist in bester Ordnung.«

»Vor der Andockung?«, fragte Joseph überrascht und ergänzte. »Wird es eine Andockung geben?«

»Entschuldigung, aber ich möchte deine Frage mit einer Gegenfrage beantworten«, mischte sich Kristina ein, ganz vorsichtig und nett. »Es gab eine Durchsage. Hast du sie nicht gehört?«

»Entschuldigung, ich war so müde, dass ich ein Nickerchen machen musste«, erklärte Joseph.

»Kein Problem. Ich verstehe vollkommen. Wenn du möchtest, kannst du gerne kurz in unserer Kabine Platz nehmen. Hier ist ein freier Platz. Mein Freund ist Astrophysiker, er könnte dir sicher einiges erzählen«, schlug Kristina fröhlich vor.

»Das ist sehr freundlich von dir, vielen Dank«, erwiderte Joseph dankbar und nahm neben den beiden kleinen Jungen Platz, die gerade ein Nickerchen machten.

Die Kabine der Familie Cooper war gerade groß genug, um zwei Erwachsen und drei kleine Kinder zu beherbergen, denn jeder Zentimeter dieser Kabine wurde optimal genutzt, um den Insassen ein Gefühl von Komfort und Funktionalität zu vermitteln, während sie die Weiten des Weltalls erkundeten. Die Wände waren aus transparentem Material gefertigt, was einen eingeschränkten Blick auf den endlosen Raum außerhalb des Raumschiffs bot. Doch für Momente der Privatsphäre und Ruhe waren Vorhänge und Gardinen vorgesehen, die auf Knopfdruck die transparenten Wände verhüllen konnten. Entlang einer Wand erstreckte sich ein multifunktionales Möbelstück, das die begrenzte Raumausnutzung optimierte. Es kombinierte mehrere Schlafkojen mit einem ausziehbaren Schlafsofa am unteren Teil des Möbelstücks. Tagsüber konnte ein Teil des Möbelstücks als gemütliches Sofa dienen, auf dem die Familie sich versammeln konnte, um gemeinsam zu arbeiten, zu essen oder zu entspannen. Insgesamt waren es vier schmale Schlafkojen, die eng nebeneinander und übereinander angeordnet waren. Jede Koje war mit einem minimalistischen Schließfach ausgestattet, das gerade genug Platz für persönliche Gegenstände bot. An der gegenüberliegenden Wand befand sich ein schmaler Tisch, gerade groß genug, um eine Handvoll Mahlzeiten oder einige Arbeitsmaterialien auf ihm unterzubringen.

»Wie du es schon weißt, wir befinden uns gerade an Bord des fünften Teils des Orion-Raumschiffs mit 700 Passagieren an Bord, und nun fliegen wir bis zur internationalen Weltraumstation wegen der Andockung mit den anderen vier Teilen. D Teil, in dem wir uns gerade befinden, ist nicht das komplette Raumschiff, erst nach der Andockung ist das Raumschiff komplett und bereit für die Marsreise«, informierte Eldorath.

Joseph runzelte die Stirn. »Andockung verstehe ich jetzt. Du hast vor Kurzem von Orbitwechsel gesprochen, aber was bedeutet das? Und warum fühlt es sich so anders an?«

Eldorath erklärte geduldig: »Wir haben unsere Umlaufbahn um die Erde verändert, um bestimmte Ziele zu erreichen. Die Schwerelosigkeit ist hier oben normal. Das Gefühl, das du hast, wird sich erst nach der Andockung legen.«

»Wieso denn erst nach der Andockung?«, fragte Joseph neugierig.

Eldorath lächelte leicht und begann zu antworten, als plötzlich eine Durchsage die Stille unterbrach. Eine klare Stimme aus den Lautsprechern erfüllte den Raum: »Wir werden nun mit dem Andocken an die NEBELGATOR beginnen. Bitte bleiben Sie so lange in Ihrer Kabine sitzen, bis die Anzeichen über Ihnen erloschen sind und die Gangway bereit ist. Nun wünschen wir Ihnen eine angenehme Reise auf den Mars!«

Die Anspannung im Raumschiff stieg spürbar. Joseph und die Cooper-Familie konnten das leichte Vibrieren des Raumschiffs fühlen, als es sich behutsam in Position manövrierte. Joseph fühlte eine Mischung aus Vorfreude und Ehrfurcht, als er hinter dem Sitzgurt angeschnallt war.

»Sind wir schon an der internationalen Raumstation angekommen?«, fragte Joseph, dessen Augen vor Aufregung glänzten.

Eldorath, der neben ihm schwebte, nickte lächelnd. »Ja, genau.«

Die kleinen Lichter über den Sitzen begannen zu blinken und zeigten an, dass die Andockprozedur begonnen hatte. Joseph wandte seinen Blick zum Fenster und konnte sein Glück kaum fassen. Durch das schimmernde Schwarz des Weltraums tauchte die gigantische Internationale Raumstation auf. In dieser Ära war sie nicht mehr nur ein kleiner Außenposten im All, sondern ein beeindruckendes Gebilde, das sich im Orbit der Erde erstreckte.

Die Station wurde im Laufe der Jahrhunderte erweitert und modernisiert, und sie war größer, als Joseph es sich vorgestellt hatte. Neuartige Module und Strukturen erstreckten sich in alle Richtungen, und die Oberfläche glänzte im Sonnenlicht. Eldorath hob beruhigend die Hand. »Wir sind auf dem richtigen Kurs, mein Freund. Dieses Gefühl der Schwerelosigkeit wird nachlassen, sobald Orion mit der NEBELGATOR angedockt ist.«

»Ja, die Frage lautete: Wieso wird sich das Gefühl der Schwerelosigkeit erst nach der Andockung legen?«, fragte Joseph erneut.

Während das Raumschiff sich der NEBELGATOR näherte, spürte Eldorath Josephs Aufregung. Dann antwortete er auf Josephs Frage. »Die Nebelgator ist das größte und unglaublichste Raumschiff, das die Menschheit je gebaut hat. In der Mitte befindet sich ein Rotationsring, der zwei Zylinder an beiden Seiten hat, und ganz am Ende sind noch zwei weitere Rotationsringe. Jetzt befinden wir uns in einem der Zylinder, der nur 1/10 der gesamten Nebelgator ausmacht und bei dem die künstliche Schwerkraft schwächer und vernachlässigbar ist.«

»Was? Gibt es auch eine künstliche Schwerkraft?«, fragte Joseph verdutzt.

»Ja, genau. In einem Raumschiff mit einem Rotationsring in der Mitte wäre es sinnlos, wenn es keine künstliche Schwerkraft gäbe. Die Architektur der Nebelgator wurde nicht umsonst auf die Art entworfen. Der Rotationsring in der Mitte wurde gezielt so gestaltet, dass während der langen Reise eine künstliche Schwerkraft entsteht. Durch die Rotation entsteht eine Zentrifugalkraft, die den Insassen der Nebelgator das Gefühl von Schwerkraft vermittelt, was für die menschliche Gesundheit und den Komfort während einer Marsreise wichtig ist. Nur so kann eine langfristige Reise zum Mars für Passagiere angenehmer sein«, erklärte Eldorath.

»Hm ... gut zu wissen«, kicherte Joseph nervös.

»Vom Start einer zylindrischen Orionrakete bis zum Moment der Andockung ist das Gefühl der Schwerelosigkeit normal. Erst nach der Andockung an die NEBELGATOR kommen automatisch Zentrifugalkraftmodule und andere Technologien zum Einsatz, die eine lokale Schwerkraft innerhalb der Zylinder erzeugen, unabhängig von der Rotation des Rings«, erklärte Eldorath abschließend.

»OK. Jetzt verstanden ... Vielen Dank! Ja, jetzt verstehe ich, warum erst nach der Andockung dieses Gefühl der Schwerelosigkeit nachlassen wird«, sagte Joseph dankbar.

Plötzlich erklang wieder die Stimme durch das Interkom: »Sehr geehrte Damen und Herren, die Andockung wurde erfolgreich durchgeführt.«

Joseph spürte ein leichtes Ruckeln, als das Orion-Raumfahrzeug an die gigantische NEBELGATOR andockte. Der Andockungsprozess begann damit, dass die Orion-Rakete ihre Geschwindigkeit reduzierte und sich präzise an den vorgesehenen Dockingport annäherte. Mithilfe von hochmodernen Sensoren und Navigationssystemen wurde die genaue Positionierung gewährleistet. Schließlich verankerten sich die beiden Raumschiffe miteinander, und mechanische Verriegelungen griffen ein, um eine stabile Verbindung zu gewährleisten. Nach der erfolgreichen Andockung wurden die Luftdrucksysteme beider Schiffe synchronisiert, um einen sicheren Übergang zwischen den beiden Modulen zu ermöglichen.

Nach der Andockung stieg die Cooper-Familie nicht um und blieb in ihrer Kabine. »Wir hatten uns schon vorgenommen, nicht umzusteigen und hierzubleiben. Wir bleiben in der Kabine. Nicht wahr, Schatz?«

»Ja, das war der Plan, in unserer Kabine zu bleiben«, antwortete Kristina.

Während sich die Familie Cooper dafür entschied, nicht umzusteigen, stiegen viele Passagiere aus, während andere einstiegen. Menschen kamen und gingen im Raumschiff hin und her. Während dieser Zeit wurden Hinweise mit wichtigen Reisedetails an allen Bildschirmen gezeigt. Als Joseph den Text las, wurde ihm klar, wie ernst die Reise sein würde.

»Das Betreten verbotener Bereiche ist ohne ausdrückliche Erlaubnis des Sicherheitspersonals strengstens untersagt«, las Joseph leise vor. »Punktabzüge und Freiheitsstrafen drohen bei Verstößen.«

Als er den Text las, erkannte Joseph die Ernsthaftigkeit der Situation. Er wusste, dass es wichtig war, sich an die Regeln zu halten, nicht nur für seine eigene Sicherheit, sondern auch für die Sicherheit aller anderen Passagiere an Bord.

»Und du, Joseph, bleibst du da oder musst du umsteigen?«, fragte Eldorath.

»Momentan bleibe ich noch da, vielleicht steige ich später um«, antwortete Joseph und beobachtete das Kommen und Gehen der Passagiere. Eine Welt im Fluss, die er gerade erst betreten hatte, und er fühlte, dass die Reise noch viele Wendungen nehmen würde.

»Wenn du jetzt nicht umsteigst, dann wird es später schwierig sein«, warnte Eldorath.

»Egal. Ich bleibe momentan in dieser Kabine«, antwortete Joseph.

Während sie weiterredeten, wurde an allen Bildschirmen die Astronomin Xinyan angezeigt, die wichtige Informationen an die Reisenden an Bord gab. »Willkommen an Bord von der NEBELGATOR, einem topmodernen fünfteiligen Transportraumschiff, das Sie von der Internationalen Weltraumstation bis zum Mars bringen wird. Unsere Nebelgator ist 560 Meter lang, zählt 22 Brücken, 30 Aufzüge, 3100 Kabinen und Suiten, 25 Restaurants und etwa 50 Bars und Lounges. Nur der Rotationsring verfügt über eine Bruttoraumzahl von 250.000 BRZ. Sie hat eine Kapazität von 7300 Passagieren und 2100 Besatzungsmitgliedern.«

In den Annalen der NEBELGATOR verbarg sich ein Geheimnis, das die Astronomin Xinyan niemals enthüllen durfte: die geheimen

Kabinen, von Kapitän Miller oft als ›Geheimverstecke‹ bezeichnet. Die genaue Anzahl dieser Verstecke blieb unklar, doch sie waren alles andere als selten. Diese speziellen Quartiere fanden sich nicht in den herkömmlichen Schiffskarten oder Passagierlisten. Sie dienten der Privatsphäre und Diskretion der Passagiere, und die Besatzung war angewiesen, keine Details über die Insassen preiszugeben. Sie wurden von einer Vielzahl von Gästen genutzt, seien es VIPs, Prominente oder jene, die während der Reise zusätzliche Privatsphäre suchten. Die Lage der Geheimkabinen war vielfältig, oft verborgen in den Schattenwinkeln der NEBELGATOR. Sie tauchten nicht auf den regulären Decksplänen auf und waren manchmal an abgelegenen Orten platziert, um maximale Diskretion zu gewährleisten.

Joseph lauschte den Informationen und starrte auf die Bildschirme, die Bilder von den verschiedenen Bereichen des Raumschiffs zeigten. Die Dimensionen und die Annehmlichkeiten der Nebelgator überraschten ihn. Eine leichte Unruhe durchzog seine Gedanken, aber die Neugier überwog. »Was? Insgesamt 9400 Menschen an Bord?«

»Das ist die Nebelgator, Joseph«, sagte Eldorath und fügte hinzu: »Es ist eine ganz andere Welt im All, und diese Welt ist in fünf Teile eingeteilt – Teil 1 bis 5. Und allein der Rotationsring, der das Zentrum darstellt, ist der dritte Teil.«

»Kennst du einige attraktive Orte am Bord?«, fragte Joseph.

»Ich bin mir nicht sicher, denn Schönheit liegt im Auge des Betrachters. Aber ich persönlich finde den Techno-Sektor attraktiv, der industrielle und technologische Kern von der Nebelgator, mit Forschungslaboren, Ingenieurswerkstätten und Produktionsanlagen. Ein weiterer bedeutender Ort ist Quadrant-Solarien. Dieses Viertel beherbergt das Zentrum der Energieversorgung sowie Wohnbereiche für hochrangige Besatzungsmitglieder. Und dann gibt es die Orte der Schattengrenze – sie liegen am äußersten Rand des Raumschiffs und bergen klassifizierte Orte sowie militärische Einrichtungen.«

»Und warst du schon mal an einem dieser Orte?«, fragte Joseph.

»Hm …«, Eldorath kicherte und fügte hinzu: »Es sind keine Orte für normale Reisende. Zudem kostet allein der Zugang eine Unmenge an Energieeinheiten, die der durchschnittliche Reisende nicht hat.«

»Wie viele Joule sollte man mindestens auf seinem Energie-Wallet haben, um in Quadrant-Solarien zu wohnen?«, fragte Joseph.

»Ich möchte dir keine ungenauen Informationen geben, aber soweit ich weiß, kann man Millionen von Joule auf seinem Wallet haben und trotzdem dort niemals wohnen. Dort gibt es nur Platz für die Eliten, Junge. Es geht um die Frage des Stammbaums«, erklärte Eldorath.

»In welchem Teil liegt Quadrant-Solarien? In einem der beiden Zylinder oder weit in den Außenbereichen?«, fragte Joseph, als ob er dort hinreisen wollte.

»Rate mal!«, sagte Kristina.

»Im Rotationsring«, riet er trocken.

»Perfekt!«, sagte Eldorath. »Und weißt du, warum?«

»Ich nehme an, es hat damit zu tun, dass die künstliche Schwerkraft im Rotationsring stärker ist, und man sich während der Reise angenehmer fühlt.«

»Ganz genau. Aber es gibt auch einen zweiten Grund. Erinnere dich, Quadrant-Solarien ist ein Viertel, dass das Zentrum der Energieversorgung sowie Wohnbereiche für hochrangige Besatzungsmitglieder beherbergt. Die Rotation des Rings wird auch für die Energiegewinnung genutzt, beispielsweise durch Anbringung von Solarzellen auf der äußeren Oberfläche des Rings. Als Zentrum und Hauptteil von NEBELGATOR hat er außerdem eine Schildfunktion, denn dieser Rotationsring trägt dazu bei, die Auswirkungen von Mikrometeoriten oder anderen äußeren Einflüssen auf das Raumschiff zu minimieren«, erklärte Eldorath.

Der Rotationsring, ein wahrer Koloss der Menschheit, der imposant in der Mitte des Raumschiffes ruhte. Von Deck zu Deck erstreckten sich eine Fülle von Einrichtungen und Annehmlichkeiten, die das Leben und die Reisen der Passagiere und Besatzungsmitglieder unterstützten.

1. Deck 1 – Maschinenraum: Das unterste Deck des Raumschiffs beherbergt die Hauptmaschinen, Generatoren, Antriebssysteme und andere technische Einrichtungen, die für den Betrieb des Schiffes im Weltraum erforderlich sind.

2. Deck 2 – Lagerraum: Auf diesem Deck befinden sich Lagerbereiche für Vorräte, Ausrüstung, Treibstoff und andere Versorgungsgüter, die für die Langzeitreisen des Raumschiffs benötigt werden.

3. Deck 3-5 – Crew-Unterkünfte: Diese Decks beherbergen die Schlafquartiere, Gemeinschaftsräume und anderen Einrichtungen für die Besatzungsmitglieder des Raumschiffs.

4. Deck 6-10 – Passagierdecks: Diese Decks bieten eine Vielzahl von Einrichtungen und Annehmlichkeiten für die Passagiere, darunter Restaurants, Bars, Lounges, Unterhaltungsbereiche, Einkaufsmöglichkeiten, Passagierkabinen, Schlafquartiere und Zugang zu Außendecks und Promenaden.

5. Deck 11-15 – Öffentliche Bereiche: Diese Decks umfassen weitere öffentliche Bereiche wie Theater, Kinos, Spielhallen, Bibliotheken, Fitnessstudios, Spas, Swimmingpools und andere Unterhaltungsmöglichkeiten für die Passagiere.

6. Deck 16-20 – Freizeiteinrichtungen: Diese Decks bieten eine Vielzahl von Freizeitmöglichkeiten im Freien, darunter Swimmingpools, Sonnendecks, Wasserrutschen, Sportplätze und andere Outdoor-Aktivitäten.

7. Deck 21-25 – Technische Einrichtungen: Diese Decks beherbergen zusätzliche technische Anlagen, Steuerungssysteme und Sicherheitseinrichtungen für das Raumschiff.

8. Deck 26-30 – Kommandobereiche: Diese Decks umfassen die Brücke, Kontrollzentren, Kommandobrücken und andere Einrichtungen für die Steuerung und Navigation des Raumschiffs.

9. Deck 31-33 – VIP- und Luxusbereiche: Diese Decks bieten exklusive Suiten, Lounges, Restaurants und andere Einrichtungen für VIP-Gäste, hochrangige Passagiere und besondere Ereignisse an Bord des Raumschiffs.

»Was ich jedoch nicht ganz verstehe, ist die Tatsache, dass ich nach der Andockung kein Schwerelosigkeitsgefühl mehr spüre, obwohl wir uns nicht im Rotationsring befinden. Wie kann das sein?«, fragte Joseph.

»Eldorath hat zu Beginn der Konversation bereits auf diese Frage geantwortet, Joseph«, mischte sich Kristina ein.

»Alles gut. Ich kann es dir noch mal erklären. Hier, wo wir uns gerade befinden, gibt es nur eine lokale Schwerkraft, die komplett unabhängig von der Rotation des Rings ist. Es sind lediglich zusätzliche Maßnahmen, um innerhalb der Zylinder ebenfalls künstliche Schwerkraft zu erzeugen. Ohne diese ausgleichenden Maßnahmen würde die Schwerkraft mit zunehmender Entfernung vom Rotationszentrum abnehmen, was bedeutet, dass Bereiche nahe dem Ring eine höhere Schwerkraft hätten als Bereiche weiter weg«, erklärte Eldorath ihm detaillierter.

Die Stimme von Astronomin Xinyan drang plötzlich durch die Lautsprecher des Raumschiffs Nebelgator und unterbrach das Gespräch zwischen Joseph und Eldorath. Joseph spürte, wie sein Herz einen Moment lang schneller schlug, als er die unerwartete Durchsage vernahm.

»Meine lieben Passagiere«, begann die ruhige, aber bestimmte Stimme von Xinyan. »Ich bitte um Ihre Aufmerksamkeit. Als Astronomin und Leiterin der Kommunikationstechnologie an Bord der Nebelgator möchte ich eine wichtige Mitteilung an alle Smartwatchträger richten.«

Joseph und Eldorath tauschten einen Blick aus, während sie gespannt auf die Durchsage warteten.

»Es ist erforderlich, dass alle Smartwatchträger ihre Nachrichtenfunktion umstellen«, fuhr Xinyan fort. »Dies ist notwendig, um sicherzustellen, dass Sie weiterhin in der Lage sind, miteinander zu kommunizieren und Informationen innerhalb des Raumschiffs auszutauschen. Wir nutzen nun die Intranetfunktion unseres Raumschiffs, das Nebelnet, um eine zuverlässige und sichere Kommunikation zu gewährleisten.«

Josephs Herz begann schneller zu pochen, als er die Bedeutung dieser Ankündigung erkannte. Es war offensichtlich, dass diese Veränderung in der Kommunikationsrichtlinie des Raumschiffs von großer Bedeutung war.

»Diejenigen von Ihnen, die noch keinen Alias erhalten haben, sind herzlich eingeladen, sich an einem der Schalter im Raumschiff zu melden«, fuhr Xinyan fort. »Dort können Sie Ihren Alias beantragen, um die Nachrichtenfunktion Ihrer Smartwatch zu aktivieren. Bitte beachten Sie, dass der persönliche Alias keinen Zugriff auf das interplanetare Internet gewährt, sondern nur das Nebelnet.«

Joseph schaute Eldorath an, und Eldorath sagte: »Diese Durchsage betrifft mich eigentlich nicht. Ich, meine Frau und meine Kinder haben schon alles, was wir brauchen.«

Nun wusste Joseph, dass er sich beeilen musste, um seinen Alias zu bekommen, und die Bedeutung dieser Umstellung in der Kommunikationsrichtlinie von der Nebelgator erfüllte ihn mit einem Gefühl der Dringlichkeit und Spannung. Das bemerkten sowohl Eldorath als auch Kristina.

»Übrigens, Joseph«, sagte Kristina bedacht, »bist du schon bei der Untersuchung und im Check-in-Prozess gewesen?«

»Ja, natürlich!«, antwortete er.

»Hast du auch ein Begrüßungspaket und deine Kabinennummer schon bekommen?«, fragte Kristina.

»Ich bin mir nicht sicher«, antwortete er.

»Ich frage nur, weil es wichtig ist, und wir wollen nicht, dass du später Probleme an Bord bekommst. Bei dem Eintritt ins Raumschiff haben die Passagiere ein Begrüßungspaket erhalten, das neben allgemeinen Informationen auch die Kabinennummer enthält.«

»Die meisten Passagiere bekommen während des Check-in-Prozesses vor dem Betreten des Raumschiffs ihre Kabinennummer mitgeteilt, und sogar einen Alias für die Smartwachtträger«, sagte Eldorath dazwischen.

»Das Allerwichtigste ist die Kabinennummer. Man kann sich jederzeit um den Alias kümmern«, sagte Kristina.

»Das werde ich später erfahren. Ihr braucht euch keine Sorgen um mich zu machen«, versicherte Joseph. Er fühlte sich irgendwie von Kristina eingeengt und bedrängt, also suchte er eine Möglichkeit, das Gespräch zu beenden und zu verschwinden. »Ich gehöre zu den glücklichsten Menschen der Welt, einfach weil ich die Möglichkeit habe, solche verdammt guten Menschen wie euch kennenzulernen. Nun muss ich mich so schnell wie möglich verabschieden.«

»Wir wollen nur sicherstellen, Joseph, dass du später keine Probleme bekommst. Deswegen machen wir uns Sorgen«, sagte Kristina.

»Bleibt ihr bis zur Ankunft in Kabine Nr. 800?«, fragte er.

»Selbstverständlich, das ist die Nummer, die wir bis zur Ankunft auf dem Mars bekommen haben. Deswegen sind wir nicht umgestiegen«, sagte Eldorath.

»Nun merke ich mir diese Nummer. Wenn ich später mehr Infos brauche, weiß ich, wo ich euch finden kann. Ich wünsche euch alles Gute! Bis zum nächsten Mal!«

»Tschüss, Joseph!«, die Millers winkten ihm mit einer Handbewegung zu.

Er verließ schnell die Kabine, ging den Gang ganz geradeaus, und drängte sich durch die Menschenmenge. Kristina und Eldorath blickten ihm nach, bevor sie sich wieder ihren eigenen Angelegenheiten zuwandten. Als er weiter durch die Gänge des Raumschiffs eilte, konnte er die Worte von Kristina nicht abschütteln. Die Sorge um die Kabinennummer, den Check-in-Prozess und um den Alias nagte an ihm, dann beschloss er, sich an den Schalter zu begeben, aber nur wegen des Alias. Er machte sich entschlossen auf den Weg zu einem der Schalter, der von anderen Passagieren umringt war, die ebenfalls aufgeregt darauf warteten, ihre Smartwatches umzustellen und ihre neue Alias zu erhalten. Die Durchsage von der Astronomin Xinyan hallte weiterhin in ihren Köpfen wider, während sie sich der Schlange anschlossen und darauf warteten, ihren nächsten Schritt auf dieser ungewissen Reise anzutreten.

Nach ein paar Minuten war Joseph an der Reihe, musste nur seine Smartwatch zeigen, dann seinen Namen und Geburtsdatum sagen, und dann bekam er reibungslos seinen Alias. Auf dem ausgedruckten Zettel stand: Josepha2350.

Nach kurzer Zeit sagte ihm seine Intuition, dass er schnell verschwinden und weiterlaufen sollte. Und so tat er genau das – er
verschwand und lief weiter.

KAPITEL 9

Nach zwanzig Bordstunden lag nichts weiter vor der Nebelgator als die unendlichen Weiten des Kosmos. Die Monotonie des Weltraums sah wie ein Schleier aus, der die Geschehnisse des Weltraums nur zögerlich preiszugeben schien.

Kapitän Christopher Miller mit seinem Bart und in seiner eleganten Uniform stand vor den Kontrollkonsolen ohne die geringste Miene im Gesicht, seine Finger spielten über die holografischen Schaltflächen. Die elegante cremeweiße Uniform ließ den Kapitän würdevoll aussehen. Seine Uniform war in einem warmen Weiß mit einem Hauch von Gelb gehalten, was ihr eine gemütliche und einladende Ausstrahlung verlieh. Sie wurde so gestaltet, um Seriosität und Professionalität zu vermitteln. Das Material war hochwertig und technisch fortschrittlich, mit eingebauten Funktionen wie Feuchtigkeitsregulierung und Temperaturkontrolle, um den Komfort des Kapitäns in den unterschiedlichen Bereichen der Nebelgator zu gewährleisten. Der Schnitt der Uniform war maßgeschneidert, mit klaren Linien und einem betonten Schulterbereich, der Autorität ausstrahlte. Auf der Brust war ein dezentes, aber sichtbares Design von Orion (Raumflotte) zu sehen, um die Verbundenheit mit der Orion und der Nebelgator zu zeigen. Neben Christopher Miller standen seine Untergebenen, darunter der Offizier Clayton, mit welchen er eine frappante Ähnlichkeit teilte, nur der Bart von Herrn Miller und ein paar zusätzliche Sterne an seiner Uniform stellten ein Unterscheidungsmerkmal dar, sonst hätte niemand ihn von seinen Untergebenen im stillen Raum unterscheiden können. Er richtete seinen Blick durch das Panoramafenster, und ein paar Mitarbeiter machten es ihm nach, aber nur die endlosen Sterne waren in diesem Ozean der Stille und des Nichts zu sehen.

»Bericht, Commander Max«, sagte Christopher ruhig, ohne den Blick vom Weltraum abzuwenden.

Commander Max, ein Doppelgänger Christophers ohne Bart, trat vor. »Bisher keine Anomalien, Kapitän. Alle Systeme laufen stabil, und die Navigation hält Kurs.«

Christophers Augen blieben in derselben Richtung, mit seinem Kopf immobil, und wirkte wie gedankenversunken, während die Nebelgator die unendlichen Weiten des Kosmos durchdrang.

»Alles in Ordnung, Kapitän?«, fragte Max.

»Keine Ahnung. Ich fühle mich momentan innerlich etwas unruhig, denn irgendetwas an diesem Sektor kann ich nicht nachvollziehen. Bitte lassen Sie die automatischen Warnsysteme auf maximale Empfindlichkeit einstellen und seien Sie bitte aufmerksamer!«, ordnete dieser an.

Viele Erdenbürger erwähnten die Existenz der Bugs. Die Sapiens schätzten ihre Intelligenz, ihren Mut und ihre Sympathie für die Sapiens, insbesondere für die Dalits, obwohl die Bugs selbst ein Produkt des Systems waren. Dennoch breitete sich die Kontrolle der 66 Herren des Weltstaates weit über den Planeten Erde aus, und die Herren der Erde hätten ihre Ziele schneller erreichen können, wenn viele Bugs nicht beschlossen hätten, den Gefängnisplaneten gen Mars zu verlassen. Selbst das Leben von Joseph hätte eine andere Wendung nehmen können, wenn er nicht auf Aristide, einen Bug , getroffen wäre, dessen Geschichte es ebenfalls wert war, erzählt zu werden.

Joseph stand inmitten des Freiluftbereichs der Nebelgator, wo sich zwei Raumgleiter und ein weiteres Fahrzeug befanden. Dieser Außenbereich, der zur dritten Klasse des Raumschiffs gehörte, ähnelte einem Hangar. Er hatte vor fast 24 Stunden zwei Kollegen kennengelernt, die er im sogenannten Gesundheitscheckzentrum getroffen hatte. Obwohl es als Gesundheitscheckzentrum bezeichnet wurde, weckte es bei den Besuchern aufgrund seiner Ähnlichkeit mit einem Transfusionszentrum Misstrauen.

Joseph unterhielt sich mit seinen beiden neuen Bekannten, Hong und Aristide. Hong, 20 Jahre alt, erschien Joseph wie ein Sapiens, obwohl er wenig über seine Herkunft preisgab. Aristide hingegen war ein Myon-2-Minus, der behauptete, seit vielen Jahren nicht mehr Teil des Systems, des sogenannten Establishments des Weltstaates, gewesen zu sein.

Gleich neben ihnen ragte ein Restaurant einige Meter über ihren Köpfen empor. Von ihrer Position aus konnten die drei beobachten, wie Menschen hin- und herliefen, ein- und ausgingen. Die Atmosphäre war gespannt, und das Gefühl der Beklemmung, das sie im Gesundheitscheckzentrum empfunden hatten, schien sich hier fortzusetzen. Jeder Blick und jedes Geräusch verstärkten ihr Misstrauen gegenüber den Aktivitäten und Absichten der Schiffsführung.

Die Gespräche zwischen Joseph, Hong und Aristide waren von Vorsicht und Zurückhaltung geprägt, während sie versuchten, mehr übereinander herauszufinden, ohne zu viel preiszugeben. Doch die gemeinsame Erfahrung im Gesundheitscheckzentrum verband sie und ließ sie ahnen, dass hinter den vermeintlich harmlosen Tests etwas weit Unheimlicheres lauerte.

Aristide, der spürte, dass die Erinnerungen an das Gesundheitscheckzentrum unangenehm waren, wandte sich schnell einem anderen Thema zu. Vielleicht lenkte er die Unterhaltung auf etwas Interessanteres, um die düstere Stimmung zu vertreiben. Er zog eine Augenbraue hoch und wandte sich mit einem geheimnisvollen Lächeln an Joseph und Hong. »Sagt mal, Leute, habt ihr Lust, dieses Restaurant da oben auszuprobieren?«, fragte er.

»Lust habe ich schon, aber ich frage mich, ob ich mit meinem Gutschein da oben bezahlen kann«, sagte Hong.

»Wieso möchtest du denn mit Gutschein bezahlen, wo ist deine digitalen Energie-Wallet?«, fragte Aristide.

»Vertragsknechte haben keine digitalen Energie-Wallets, sondern nur einen Gutschein. Und nur mit diesem kann ich in bestimmten Läden auf dem Raumschiff kaufen.« Hong rieb sich nachdenklich das Kinn.

»Und du Joseph? Hast du dein digitales Energie-Wallet dabei?«, fragte Aristide.

»Ich bin auch Vertragsknecht und musste deswegen schon auf der

Erde all meine letzten WC in Gutscheine umtauschen. Und nun kann ich die Energieeinheiten auf meinen Gutscheinen im Raumschiff nur für ganz bestimmte Güter verwenden«, antwortete Joseph, und dann biss er sich auf die Lippe, als ob er zögerte, etwas zu sagen.

»Das Konzept, dass Passagiere vor der Reise ihr Geld in Gutscheine umtauschen, die dann ausschließlich im Raumschiff für bestimmte Güter verwendet werden können, habe ich zum ersten Mal gehört«, sagte Aristide.

Hong spielte mit einer Locke seines Haares, als er fragte: »Zum ersten Mal?«

»Ja, zum ersten Mal«, bekräftigte Aristide seine Aussage.

»Wenn man Erdenbürger erster Klasse ist, dann bekommt man alles in den Arsch geschoben, und auch mehr von allem, als wenn man ein Sapiens ist«, sagte Hong. Sowohl Joseph als auch Aristide wussten nicht wirklich, was Hong mit ›Erdenbürger‹ erster Klasse meinte, die beiden missverstanden seine Aussage, aber Hong wusste ganz genau, was er mit seiner zweideutigen Aussage meinte. Er meinte nicht die Unterteilung des Raumschiffes in verschiedene Klassen, sondern die Tatsache, dass die Myonen Erdenbürger der ersten Klasse für den Weltstaat waren, und dass sich der Einfluss des diktatorischen Staates weit über den Planeten Erde erstreckte, bis zu dem Punkt, dass Hong im Raumschiff nur Gutscheine benutzen durfte. Mit solchen Gedankengängen hatte Hong nicht wirklich hundertprozentig recht, denn Gutscheinverwendung wurde vor allem eingeführt, weil es viele Vorteile bot, unter anderem kontrollierter Ressourcenfluss und besseres Ressourcenmanagement. Der Umtausch von Geld in Gutscheine und deren Verwendung ermöglichte es den Betreibern von der Nebelgator, den Fluss von Ressourcen auf dem Raumschiff besser zu kontrollieren, das Ressourcenmanagement besser zu überwachen und zu steuern. Dies trug dazu bei, sicherzustellen, dass die Passagiere ihre Mittel gezielt für notwendige Ressourcen wie Lebensmittel ausgaben. Im Endeffekt trug dies auch dazu bei, Engpässe zu verhindern und sicherzustellen, dass wichtige Ressourcen unter den Passagieren gerecht verteilt wurden. Aber trotz allem gab es eine Kernwahrheit in Hongs Aussage, denn es herrschte im Raumschiff, in den Weiten des Kosmos, eine besondere Art von Klassenordnung, von der alle Vertragsknechte negativ betroffen waren.

Joseph starrte durch die transparente Schutzbarriere des Restaurants, das da oben vor ihnen lag. Es war ein belebter Ort, voll von Besuchern, die gut gelaunt das Innere betraten oder wieder verließen. Die Atmosphäre des ganzen Hin und Her drang bis zu ihnen im Freien.

»Wisst ihr, ich habe auch Hunger. Vielleicht könnten wir reingehen und fragen, ob das Bezahlen mit den Gutscheinen möglich ist. Einen Versuch ist es immer wert«, empfahl Joseph.

Hong lächelte. »Oh, Joseph, du musst noch viel lernen über die Art und Weise, wie die Dinge hier funktionieren. Der Zutritt in diesem Restaurant ist nur für bestimmte Personen gestattet. Auch wenn wir und das Restaurant gerade in der dritten Klasse sind, dürfen wir nicht rein.«

Aristide nickte zustimmend »Ja, es gibt hier so etwas wie Klassismus. Nur die Wohlhabenden haben Zutritt, und das nicht nur im Restaurant.«

Was sollte das denn? Gerade jemand, der wie ein Myon aussah, sprach von Klassismus. Du siehst wie ein Produkt des Weltstaates aus, Aristide, dachte Joseph, aber das sagte er ihm nicht, er sprach nur in seinem Inneren und mit sich selber. Joseph wirkte verwirrt, als er sich wunderte. »Klassismus auf einem Raumschiff? Das ist ja merkwürdig.«

Hong sagte mit einem ironischen Lächeln auf den Lippen: »Nun, willkommen im neuen Leben, Joseph. Die Gesellschaft hat sich an Bord anders organisiert. Es gibt privilegierte Schichten, auch wenn wir im Weltraum sind.«

Joseph seufzte, bevor er sagte. »Aber ich habe doch genug Energieeinheiten auf meiner Gutscheinkarte. Sollte das nicht ausreichen?«

Aristide schüttelte den Kopf. »Das funktioniert hier nicht so. Selbst wenn du genug Energieeinheiten hast, braucht es mehr als das, um dieses Restaurant zu betreten, nämlich dein digitales Energie-Wallet. Selbstverständlich führt diese begrenzte Zahlmöglichkeit dazu, dass die besitzlosen Vertragsknechte dieses Restaurant nicht besuchen können, aber ich glaube nicht wirklich, dass es gemein ist der Vertragsknechtsgemeinschaft gegenüber.«

Joseph war für einen Moment nachdenklich. »Das ist enttäuschend. Hier draußen im All, hätte ich gedacht, wären wir alle gleich.«

Hong kicherte. »Es gibt kein Paradies in diesem Universum, keine Heiligen und keine Perfektion. Der Zyklus des physikalischen Universums besteht aus Schöpfung, Wachstum, Erhaltung, Degradation und Zerstörung von Energie. Es ist daher unsinnig, zu denken, dass es Gleichheit im Weltraum geben könnte.«

Aristide schauten die beiden mit einem warmen Lächeln an. »Wir alle lernen dazu, Joseph. Lass uns einen anderen Ort finden, an dem wir mit Gutscheinen und Energie-Wallet bezahlen und essen können. Ich selbst kenne einen, wo etwas Gutes zu entdecken ist.«

»Dann legen wir los«, sagte Joseph.

Die drei wanderten weiter, auf der Suche nach einem passenden Ort, an dem sie alle ihren Hunger stillen konnten, während die Nebelgator den Kosmos weiter durchdrang.

Während Joseph lief, dachte er daran, wie schnell alles ging. Vor Stunden hatte er die beiden getroffen, und nun gingen sie zusammen essen und er hatte das Gefühl, dass die beiden gute Freunde sein könnten. Aber er war etwas neugierig wegen Aristides Vergangenheit, und zugleich etwa vorsichtiger, denn Aristide behauptete, er sei ein Bug gewesen.

Auch William Alien, Josephs Vater, hatte seinem Sohn viel über die Bugs im System erzählt, jedoch Dinge, die Joseph nicht wirklich nachvollziehen konnte. Selbst nach dem Tod von William Alien hatte Joseph durch Gerüchte vonseiten der Sapiens einiges über die Bugs erfahren. William Alien, Jaden und alle anderen Sapiens teilten scheinbar eine ähnliche Perspektive über die Bugs: Anscheinend hatte der Weltstaat Virtual-X erschaffen, eine Art simulierter Realität, in der das Bewusstsein der Myonen gefangen war. Innerhalb von

Virtual-X konnte der Weltstaat offenbar die Kontrolle über sämtliche Myonen ausüben und sie nach eigenem Belieben beeinflussen.

Die Bugs wurden von ihnen als Myonen betrachtet, die zwar vom Weltstaat in Laboren gezüchtet wurden, es jedoch im Verlauf ihrer Entwicklung schafften, sich aus dem System zu lösen. Sobald ein Myon aus dem System und Virtual-X befreit wurde, durchlief er scheinbar einen Prozess namens »Persönliches Simulationsselbst« (PSI), auch als »Simulo-Exil« bekannt. Während dieses Prozesses konnte der befreite Myon angeblich ein eigenes mentales Bild von sich selbst und seiner Realität erschaffen. In dieser Phase schien es, als könne sich der befreite Myon über konventionelle moralische Vorstellungen erheben und seine eigenen Werte formen! Die Bugs konnten anscheinend nach ihrer Befreiung eigenständig und unabhängig denken. Ihre Gedanken schienen nicht mehr durch das Establishment beeinflusst, kontrolliert oder überwacht werden zu können. Es hieß, dass die Bugs eine bemerkenswerte Intuition besaßen, die weit in die Zukunft reichte. Das Establishment schien Schwierigkeiten zu haben, Bugs zu erkennen oder zu identifizieren, was dazu führte, dass viele von ihnen unbemerkt den Weltstaat überlisten konnten. Das Resultat war, dass die meisten Passagiere an Bord scheinbar Bugs waren, die vor dem Weltstaat flohen und sich als Vertragsknechte tarnten. Wer war geistig klüger? Die Sapiens, die Myonen oder die Bugs? Hatten die Bugs wirklich eine bemerkenswerte Intuition, die weit in die Zukunft reichte? Waren sie zufällig erschaffene ideale Sapiens? Oder waren sie gleichzeitig Myon und Sapiens?

Nach ein paar Minuten zu Fuß nahmen die drei jungen Männer einen Aufzug, der sie neun Stockwerke höher brachte. Sie verließen den Aufzug, und gegenüber befand sich eine Bar, gleich daneben ein luxuriöses Bistro.

»Hier in diese Bar komme ich seit meinem Aufenthalt auf der Nebelgator nur her, wenn ich etwas trinken möchte. Aber wir gehen nicht dorthin, sondern hier entlang in das Cosmic Unity Bistro«, sagte Aristide.

»Und seit wann bist du auf dem Raumschiff?«, fragte Joseph neugierig.

»Genau einen Monat nach Beginn der ›orbitalen Vorbereitungs-phase‹«, antwortete Aristide.

»Nach Beginn der ›orbitalen Vorbereitungsphase‹!«, Joseph wirkte verwirrt.

»Verstehst du nicht, was Aristide meint, Joseph?«, fragte Hong hilfsbereit.

»Nicht ganz!«, antwortete er.

»Die ›Orbitale Vorbereitungsphase‹ ist die Vorbereitungszeit und die Wartezeit, während das Raumschiff im All stationiert ist und auf die Passagiere wartet. Während dieser Vorbereitungsphase finden Systemtests, Überprüfungen, logische Organisationen, Trai-ning der Besatzung und diverse Veranstaltungen statt«, erklärte Hong.

»Noch etwas Wichtiges ist das Zusammenfügen aller fünf gigan-tischen Teile von der Nebelgator. Während dieser orbitalen Vor-bereitungsphase wartet der Rotationsring von der Nebelgator auf die anderen vier Teile, die montiert und dann zusammengefügt werden müssen. Während der Wartezeit nennen wir sie trotzdem Nebelgator, auch wenn das Schiff noch nicht komplett ist. Aber die Nebelgator war wirklich erst die Nebelgator, nachdem alle fünf Teile von ihr zusammengefügt wurden«, ergänzte Aristide.

»Hier bei Cosmic Unity Bistro kann man sowohl mit seinem Ener-gie-Wallet (in Energieeinheit) als auch mit Gutscheinen (in Lebens-unterhaltungseinheit) bezahlen. Keine Sorge, auch wenn alles so luxuriös aussieht, sind wir immer noch in der dritten Klasse, und ich kann sagen, Cosmic Unity Bistro ist einer der seltensten Orte innerhalb von der Nebelgator, der Besucher aus verschiedenen Klas-sen vereint«, sagte Aristide und ergänzte: »Nun wollen wir uns was bestellen, Leute!«

Joseph und Hong bestellten sich Filet mit Reis, während sich Aristide ein Nudelgericht aus Insekten und Nudeln bestellte. Das Gericht, das sich die beiden bestellt hatten, war ein mit synthetisch hergestellten, aber geschmacklich authentischen Zutaten hergestelltes Gericht aus verschiedenen Kulturen des Mars.

Als die drei in aller Ruhe aßen, unterbrach Aristide plötzlich die

Stille: »Ich war schon mehr als zehn Mal hier und ich kann sagen, ich kann überhaupt nicht meckern. Und wie findet ihr das Essen?«

»Es geht schon«, antwortete Joseph.

Die drei genossen noch ihre Mahlzeit, als plötzlich eine Familie durch die Gänge des Restaurants schritt, umgeben von einer Aura der Freude.

Durch die durchsichtige Trennwand beobachtete Joseph, wie die Mitglieder der Familie Miller das Restaurant betraten. Eine gut gekleidete Gruppe, angeführt von einem eleganten Paar. Hong, mit einem leichten Lächeln, bemerkte Josephs neugierigen Blick und sagte beiläufig: »Die Millers wahrscheinlich.«

Aristide, der länger an Bord von der Nebelgator verweilt hatte, korrigierte ihn mit einem schmunzelnden Unterton: »Nicht wahrscheinlich, das sind die Miller.«

In diesem Moment wurde die Aufmerksamkeit von Joseph geweckt. Er spitzte die Ohren, als Aristide begann, von der Familie Miller zu erzählen. Von dem Vater Martin und der Mutter Seraphina Miller, die er ein paar Mal im Restaurant speisen sah, bis zu den drei Paaren, die als strahlende Einheit folgten. Doch als letzte, wie ein Anblick aus einem Traum, trat Lilitha in ihrem eleganten Kostüm in das Restaurant. Allein, aber selbstbewusst, mit einer Schönheit, die Joseph in Erstaunen versetzte. Das Kostüm bestand aus einem zarten rosa und weißen Stoff, der für eine feminin-elegante Ausstrahlung sorgte. Das Oberteil des Kleides in einem zarten Rosa hatte einen klassischen Schnitt mit einer eng anliegenden Taille, die durch einen schmalen, weißen Gürtel betont wurde. Dieser Gürtel mit einer hübschen Schleife war sehr passend zur Vorderseite des Oberteils, die mit einer Reihe großer weißer Knöpfe verziert war, was dem Kostüm einen Hauch von Vintage-Charme verlieh. Unter dem Kragen des Oberteils waren weiße Krawatten zu sehen, die dem Outfit eine raffinierte Note verliehen. Die Ärmel des Oberteils waren lang und schmal geschnitten, und über den Handgelenken trug Lilitha fingerlose Strickhandschuhe und Armstulpen in derselben Farbe wie die Krawatten. Diese Handschuhe waren aus Satin gefertigt. Unter ihren Armstulpen blieb etwas verborgen, das nicht für alle Augen bestimmt war: ein Diamant-Ankh, ein Frequenzstörer. Dieser Diamant-Ankh, den sie als Frequenzstörer benutzte, war zugleich ein Amulett und eine elektronische Vorrichtung, und sie war wirklich unverzichtbar für ihren Schutz vor unerwünschten Frequenzen. Der Rock des Kleides sah wie ein Ballonrock aus, war lang mit hoher Taille und reichte bis zum Boden.

Ihre Eleganz und Ausstrahlung hinterließen einen bleibenden Eindruck auf Joseph. Seine Welt schien für einen Moment stillzustehen, während er Lilitha betrachtete, und auf einmal spürte er, wie sein Herz schneller schlug. Joseph spürte, wie sich eine unbekannte Sehnsucht in ihm regte. Während Lilitha ihren Platz am Tisch einnahm, konnte er seinen Blick nicht von ihr abwenden.

»Ah, mein Freund, das kannst du abschreiben. An eine Dame von solchem Kaliber wirst du nicht herankommen. Solch ein Engel wurde mit zwei Händen Gottes erschaffen«, sagte Hong.

»Bist du noch nicht mit dem Anstarren fertig, Joseph?«, fragte Aristide.

Aber Joseph hörte ihn nicht und beobachtete weiter die Schönheit, deren Augen plötzlich auf Josephs Augen trafen.

»Anscheinend sind keine Männer hier in der dritten Klasse gut genug für eine solche Frau. Mit diesem ganzen Anstarren verschwendest du nur deine Zeit, Joseph«, sagte Aristide.

Nach dem Essen machten sich Joseph und Hong gemeinsam auf den Weg zur Kabine, während sich Aristide von ihnen trennte. Joseph, der vor 24 Stunden noch keinen festen Schlafplatz gehabt hatte, empfand Erleichterung, als er erkannte, dass er die Nacht im gleichen Schlafquartier wie Hong verbringen würde. Aristide, der wusste, dass Joseph bei Hong übernachten würde, machte sich auf seinen eigenen Weg und freute sich für ihn. Die Passagiere der dritten Klasse und alle Vertragsknechte auf der Nebelgator teilten sich gemeinsame Schlafquartiere mit Etagenbetten. Joseph sehnte sich nach einem privaten Rückzugsort und fand schließlich einen Bereich, in dem er sich ausruhen und schlafen konnte.

Diese gemeinsamen Unterkünfte waren hauptsächlich von Vertragsknechten bewohnt, und oft herrschte hier Überfüllung, wobei besonders die Vertragsknechte nur begrenzte Privatsphäre hatten.

Obwohl Joseph müde war, wurde ihm bewusst, dass er seit drei Tagen kein Neo-Kundo mehr trainiert hatte. Diese Unterlassung frustrierte ihn, da Neo-Kundo eines seiner Hobbys war, dem er seit Jahren mit einer beeindruckenden Disziplin nachging. Entschlossen verließ er rasch den Schlafbereich, trat vor ein Fenster und ließ seinen Blick über die Sterne und das unendliche Nichts des Ozeans schweifen. Dann begann er mit seinem Training.

Eine Elitenfamilie in Quadrant-Solarien

Tag und Nacht waren nicht mehr durch die natürlichen Zyklen der Sonne definiert, sondern durch die künstlich geschaffenen Lichtwelten im Inneren des Raumschiffs. Diese Trennung von Tag und Nacht am Bord wurde künstlich simuliert. Überall auf dem Raumschiff dominierte ein sattes, beruhigendes blaues Licht während des Tages, wobei ein lebhaftes, energiegeladenes rotes Licht überall während der Nacht herrschte. Jedoch konnten die genaue Farbtemperatur und Intensität an die individuellen Bedürfnisse der Passagiere in den Kabinen und der Lounge angepasst werden, basierend auf Faktoren wie den persönlichen Vorlieben.

Das war der Fall für dieses künstlich hergestellte dunkle Verlies in Quadrant-Solarien, wo sich die Millers zusammen mit Ammon Wright 24 Stunden nach dem gemeinsamen Essen im »Cosmic Unity Bistro« versammelten. In diesem katakombenähnlichen Ort des Rotationsrings gab Mr. Wright, das Familienoberhaupt der Wright-Familie, den Ton an. Der Raum war von schummrigen Lichtern und düsteren Schatten durchzogen und diente als ihr heimlicher Treffpunkt. In den dunklen Ecken lauerten lange Schatten, und die Stille wurde gelegentlich von einem leisen Knarren oder Rascheln durchbrochen, während sich unbekannte Wesen im Verborgenen bewegten. Die Wände waren mit merkwürdigen Symbolen und Zeichen verziert, die einst eine Bedeutung gehabt haben mochten, aber jetzt nur noch unheilvoll und mysteriös wirkten.

Am Tisch saßen Martin Miller, das Familienoberhaupt der Millers, neben ihm seine Frau Seraphina Miller. Rechts von ihnen saßen die beiden Töchter (Asmoda und Azmida), links der Sohn (Leonard) und seine Freundin Leila. Gleich neben Leila saß Lilitha. Der Tisch war lang und oval, und am Ende saß Ammon Wright mit einer Gesichtsmaske, die sein Gesicht verbarg. Ammon saß aufrecht und gerade. Obwohl sein Gesicht nicht sichtbar war, strahlten seine aufrechte Haltung und Aura Selbstbewusstsein und Autorität aus. Instinktiv hätte man sagen können, dass er derjenige war, der den Ton im Raum angab, obwohl Ammon kein Mitglied der Millers war. Doch er hatte zumindest Einfluss und konnte die Millers beeinflussen, wie er wollte.

»Die Nebelgator ist das größte Raumschiff, das die Menschen je geschaffen haben, mit einer Kapazität von 7.300 Passagieren und 2.100 Besatzungsmitgliedern. Das ist wirklich ein Wunder!«, sagte Leonard.

»Von wem kam denn so eine geniale Idee?«, fragte Leila.

»Von einem meiner Bekannten. Dann habe ich alles komplett finanziert, weil ich die Idee damals sehr gut fand«, antwortete Ammon mit einer tiefen, mächtigen Stimme.

»Und von wem kam der Name ›Nebelgator‹?«, fragte Leila.

»Der Name stammt von meinem Vater«, antwortete Asmoda Miller. Martin Miller fühlte sich stolz und sagte: »Der Name kam plötzlich in meinen Kopf, deshalb habe ich das Raumschiff so genannt. Und plötzlich hat Ammon den Namen akzeptiert.«

»Und warum fanden Sie die Idee so gut, Herr Ammon, wenn ich fragen darf?«, erkundigte sich Lilitha.

»Unsere Agenda und Herrschaft haben immer nach Verbesserung gestrebt. Zuerst wollten wir einen neuen Menschen, also einen Supersapiens, erschaffen, da wir immer geglaubt haben, dass der Sapiens nicht das Ende der menschlichen Entwicklung ist. Im Laufe der Zeit konnten wir tatsächlich einen Supersapiens erschaffen, nämlich die Myon-drei-Plus und die Nobilis. Genauso, wie wir die Myon-drei-Plus und die Nobilis erschaffen haben, könnten wir auch das größte bewegliche Objekt erschaffen, das die Menschen je geschaffen haben. Warum nicht? Das waren also meine ersten Gedanken, als mir dieses Projekt vorgestellt wurde. Deshalb habe ich mich dafür entschieden, den Bau von der Nebelgator komplett zu finanzieren«, erklärte Ammon.

»Glaubst du wirklich, dass die Supersapiens das Ende der menschlichen Entwicklung sind?«, fragte Azmida neugierig.

»Diese Frage wurde mir schon von zahlreichen Nobilis gestellt, und es ist eine Frage, die ich nicht gerne mag. Ich muss jedoch ehrlich sagen, dass die Idee einer Welt mit echten Supersapiens eine Illusion sein wird, solange so viele Sapiens existieren. Der Übergang von Sapiens zu echten Supersapiens setzt den Untergang aller Sapiens voraus. Momentan erweist sich die Existenz der Sapiens als nützlich, weil wir sie noch brauchen, aber die Zeit wird kommen, wo sie uns nicht mehr von Nutzen sein werden. Erst wenn diese Zeit gekommen ist und ein starker Anführer Herr des Sonnensystems wird, wird es nirgends einen Sapiens mehr geben, sondern nur Supersapiens«, antwortete Ammon.

Nachdem sie alle am Tisch aufgegessen hatten, standen all die Mitglieder der Familie Miller – Martin ganz vorne, Seraphina, die beiden Schwestern Asmoda und Azmida, Leonard und seine Freundin Leila, und ganz am Ende Lilitha – in einem unheimlichen Halbkreis. Auf einmal waren leises Murmeln und kosmische Klänge im Hintergrund zu hören, und der Raum war von einer immer düsterer werdenden Atmosphäre durchdrungen. Sie alle standen vor Ammon und blickten ihn an, als ob er aus einem anderen Zeitalter stammen würde. Und auf einmal begannen sie alle Inkantationen zu sprechen:

Malum Coniuratio Aeternum
Malum Coniuratio Aeternum
Malum Coniuratio Aeternum,

spiritus ex umbras, surgite.
Nexum nostrum firmum sit,
tenebras in lucem converte.

Verborgen im Dunkel lauert die Macht,
kontrolliert die Gedanken, hat alles in Acht.
Ein Auge, um sie alle zu sehen
Ein Geheimplan, ein Kristall und ein Zeichen,
um den Tod überall zu verbreiten

Ein Diamant-Ankh für ihre Verdummung
Ein Diamant-Ankh für ihre Versklavung
Ein Diamant-Ankh für ihre Unterwerfung

Malum Coniuratio Aeternum
Malum Coniuratio Aeternum
Malum Coniuratio Aeternum

Abyssus Invoco Obscura, Vaeldo veni ad me.
Tenebras inluxit, potentia tua intrat.
Aperi portas abyssum, ut fiat voluntas tua.

Plötzlich begann Lilithas Vater, sich zu verwandeln. Sein Körper verschwamm, und in der Dunkelheit materialisierte sich ein grotekes Wesen
mit verdrehten, schattenhaften Formen. Dann, in einem synchronen Rhythmus, begannen sich all die anderen Mitglieder der Millers zu verwandeln,
außer Lilitha. Ja, richtig, nur Lilitha schien ihre menschliche Form zu
behalten. Während die Haut der anderen plötzlich in einem schillernden
Muster aus Smaragdgrün und Gold glänzte, blieb Lilitha unverändert. Die
anderen verwandelten sich in reptiloide Wesen und manifestierten zugleich
reptilienartige Eigenschaften. Schuppen bildeten sich entlang ihrer Arme,
ihre Augen verengten sich zu vertikalen Schlitzen. Die anderen Kreaturen
versammelten sich um Lilitha herum und berührten ihr Gesicht, und auf
einmal begannen Lilithas Augen, sich zu vertikalen Schlitzen zu verengen,
aber sie behielt trotz allem ihre menschliche Gestalt.

KAPITEL 10

Joseph saß am Rand seines Bettes in der engen Kabine des Raumschiffs. Während die Kabinennachbarn sich in Gespräche vertieften oder Filme ansahen, umhüllte ihn die Stille, nur unterbrochen vom Klang der Musik, die durch seine Kopfhörer drang. Eine unsichtbare Barriere schirmte ihn von der Außenwelt ab, als er in den Strömen von Melodien verweilte.

Die Zeit verstrich, und mit einem Mal begann sich die Umgebung um ihn herum zu verändern. Die Grenze zwischen Realität und Traum verschwamm, und Joseph tauchte in eine Welt ein, die von Dunkelheit und einer seltsamen Gestalt durchzogen war. Eine riesige Gestalt, groß und imposant, mit einem markanten Hut erschien in der Ecke seines Blickfelds. Das groteske Wesen beobachtete ihn, und ein Gefühl von Unbehagen kroch langsam in Josephs Inneres.

Panik ergriff ihn, als ihm plötzlich bewusst wurde, dass er sich nicht bewegen konnte. Seine Glieder waren wie gelähmt, und nur seine Augen vermochten sich zu regen. Ein Gefühl der Ohnmacht breitete sich in ihm aus, während er den Raum um sich herum genauer betrachtete.

Die Kabine schien sich zu verengen, die Wände rückten bedrohlich näher, und eine unheimliche Dunkelheit breitete sich aus. Joseph spürte, wie die Enge und das Dunkel um ihn herum ihn zu erdrücken schienen. Er wusste nicht, was er in so einem Szenario tun sollte! Nun trat der seltsame Mann mit dem Hut wieder in den Vordergrund. Ein Schattenmann, düster und undurchsichtig, der sich in der Ecke aufrichtete und seinen Hut abnahm.

Ein verstörender Anblick offenbarte sich: Die Wände schienen zu schrumpfen, die Augen des Schattenmannes wurden immer kleiner, und doch schritt er ohne sichtbare Bewegung auf Joseph zu. Eine schwebende Annäherung, die eine unheimliche Präsenz ausstrahlte. Bald stand der Mann direkt an Josephs Hochbett, vom Boden bis zur Decke reichend, mit einer bedrohlichen Fülle und einem Gefühl von erdrückender Übermacht.

Die Angst wuchs, als der Schattenmann näherkam, und schließlich griff er nach Josephs Hals. Ein unsichtbarer Griff, der die Luft aus seinen Lungen zu rauben schien. Joseph fühlte, wie seine Kehle immer enger wurde, der Druck unaufhaltsam zunahm. Ein stummer Schrei versuchte, sich Bahn zu brechen, doch seine Stimme versagte ihm, und der Schattenmann drückte ihm noch fester und fester den Hals zu.

Ein unbändiger Drang nach Verteidigung durchzog Joseph, und seine Traumgestalt erwachte mit rasender Aggressivität. Er spürte die eiskalte Hand des Schattenmannes an seinem Hals, eine unsichtbare Klammer, die nach seinem Leben zu greifen schien. Instinktiv versuchte Joseph, sich zu befreien, seine Hand griff nach der unsichtbaren Bedrohung, aber der Griff des Schattenmannes blieb unnachgiebig.

Mit einem plötzlichen Ruck gelang es Joseph, sich von der klammernden Dunkelheit zu lösen. Der Traum verwandelte sich in einen albtraumhaften Kampf, bei dem Joseph gegen den unsichtbaren Feind kämpfte. Er sprang hoch, seine Faust traf das Gesicht des Schattenmannes, während dieser hartnäckig an seiner Taille festhielt. Ein Ausbruch von Frustration, Ärger und Wut entlud sich in jedem Schlag.

Joseph hämmerte weiter auf den Schattenmann ein, sein Herz pochte wild vor Anstrengung und Emotionen. Mit einem letzten verzweifelten Faustschlag, zusammen mit einem Aufschrei, durchbrach er die dunklen Schleier des Traumes. Plötzlich, wie aus einem düsteren Albtraum gerissen, schrak er aus dem Traum hoch.

Die Realität kehrte zurück, aber seine Schlafquartiernachbarn wirkten nachdenklich, traurig, wütend und gedankenversunken, als ob sie Zeugen einer schrecklichen Tragödie geworden wären. Einer von ihnen, Hong, kam auf Joseph zu und fragte: »Hast du auch das Gleiche gesehen?«

Joseph, noch verwirrt und von den Schatten des Traums umgeben, antwortete mit einer Gegenfrage: »Wovon sprichst du, Hong?«

»Ich meine das, was gerade alle unsere Schlafquartiernachbarn im Albtraum erlebt haben. Sag mir bitte, hast du auch diese seltsamen Wesen im Traum gesehen?«

Ein anderer Nachbar mischte sich ein: »Das war kein normaler Traum, Hong. Das war bei mir eher eine Mischung aus Klartraum und Albtraum. Und das reptiloide Wesen, das an meiner Brust immer fester zugedrückt hat, sagte: ›Ein Geheimplan, ein Kristall und ein Zeichen, um den Tod überall zu verbreiten.‹«

»Und du, Kollege, du hast noch nicht gesagt, von wem oder was du geträumt hast«, fragte einer von den anderen.

»Kein Kommentar«, sagte Joseph schnell und verschwand aus der Kabine. Er verließ das Schlafquartier und ging nach draußen. Dann lief er ein paar Minuten, bis er wieder an dem vertrauten Ort stand, an dem er bereits zweimal mit Hong und Aristide gewesen war. Es war der Freiraum des Raumschiffs, wo viele Eisenstäbe aufeinanderlagen, zwei Raumgleiter und ein weiteres Gefährt in Ruhe verweilten. Der Außenbereich, der der dritten Klasse zugeordnet war, präsentierte sich wie ein Hangar mit einer ausgedehnten Bank. Als er auf dieser langen Sitzgelegenheit lag, bot sich Joseph ein Panoramablick, der nicht nur den Sternenhimmel, sondern auch das rege Treiben von Passanten unterhalb einschloss. Nur wenige Meter über ihm war ein Restaurant, und von seiner Position aus konnte er das lebhafte Kommen und Gehen beobachten, wie Menschen ein- und ausgingen. Er sah den Umriss eines großen Mannes, der für einen Moment regungslos dastand und doch auf eine beängstigende Weise lebendig war. Die Umrisse waren undeutlich, aber Joseph spürte eine unheilvolle Präsenz, die seine Sinne schärfte und sein Herz in wildem Tempo schlagen ließ. Der Name dieses Mannes war Charon, und obwohl er äußerlich wie ein gewöhnlicher Sapiens aussah, strahlte er eine Aura aus, die jegliche Menschlichkeit zu verneinen schien.

Während die Menschen sich hinein- und hinausbewegten, war Charon Wright nicht in diesem Restaurant, um seine Zeit totzuschlagen, sondern um seinen Durst zu stillen und die Anwesenheit einer anderen wundervollen Kreatur zu genießen.

Wenn man dieses Restaurant betrat und ganz hinten gerade aus ging, dann befand sich dort ein Gastronomiebetrieb, in dem Tanzveranstaltungen stattfanden. Es war eine Art Diskothek. In diesem schimmernden Raum, der vor Lichtern und Beats pulsierte, trafen sich Lilitha Miller und Charon Wright. Neben Charon hatte Ammon mit seiner Frau Sila Wright noch vier Töchter. Die jahrelange freundschaftliche Beziehung zwischen den Wrights und den Millers wurde durch die wachsende Nähe zwischen Lilitha und Charon intensiviert. In den letzten Monaten waren sie an den Punkt gelangt, sich zueinander hingezogen zu fühlen, waren fast schon dabei, sich ineinander zu verlieben.

Inmitten der brodelnden Menschenmenge, eingehüllt von rotem Licht und dröhnender Musik, tanzten die beiden, begleitet von Charons zwei imposanten Leibwächtern. Das rote Licht, das die Diskothek erfüllte, war nicht nur ein Merkmal des nächtlichen Lebens im Raumschiff, sondern machte auch einen markanten Unterschied zwischen Tag und Nacht.

Während die Musik die Tanzfläche erfüllte und die Gäste in einen wirbelnden Strudel aus Bewegung und Leben zog, geschah etwas Unvorstellbares. Plötzlich, wie aus dem Nichts, griffen Charons Leibwächter einen ahnungslosen Tänzer heraus und hielten ihn mit eisernem Griff fest. Ein Schrei zerriss die Luft, als der Mann um Hilfe flehte, doch seine Worte wurden von Charon mit einem schnellen, bedrohlichen Blick unterbrochen.

Charon, von einer undurchdringlichen Dunkelheit umgeben, schritt ruhig voran und bedeckte den Mund des Mannes mit einem Klebeverband, um seine Schreie zu ersticken. Die Blicke der anderen Gäste wanderten zwischen Faszination und Entsetzen hin und her, als sie die unheimliche Szene beobachteten, unfähig, sich zu bewegen oder einzugreifen.

Der gefangene Tänzer rang verzweifelt nach Luft, seine Augen weit aufgerissen vor Angst, während Charon langsam nähertrat. Ein Raunen ging durch die Menge, als sie erkannten, dass etwas Dunkles und Unnatürliches in dieser Szene vor sich ging.

Plötzlich und unerwartet senkte Charon seine Zähne in den Hals des Tänzers, und ein Schauder lief den Rücken aller Anwesenden hinunter. Die Minuten dehnten sich zu einer endlosen Ewigkeit aus, während Charon sich an dem Lebenssaft des Mannes labte, und die Luft war erfüllt von der unheimlichen Stille des Grauens.

Als Charon schließlich von seinem Opfer abließ, lag der Tänzer regungslos und kraftlos in seinen Armen, ein stummes Zeugnis für die dunklen Begierden der Nacht und die unerbittliche Macht von Charon Wright.

Entschlossen und unbeeindruckt verließen Charon, seine Leibwächter und Lilitha die Diskothek, während der Raum weiterhin im roten Schein erstrahlte. Und ausgerechnet, nachdem sie die Diskothek verlassen hatten, konfrontierte Lilitha Charon mit einer direkten Frage: »Warum hast du mich hierher mitgenommen? Damit ich fast eine Stunde lang beobachten konnte, was für ein guter Trinker und Vielfraß du bist?«

»Du weißt genau, ich werde immer ein Dravmor bleiben und immer für die Dunkelheit arbeiten. Das ist der Grund, warum ich geboren wurde.«

»Ich ernähre mich heute vegan und ich bin trocken. Und du kannst auch versuchen, deine Ernährung umzustellen«, sagte Lilitha zu Charon.

»Ich kann dir nicht nacheifern. Wenn ein Dravmor unfähig ist, sich von Sapiensblut zu ernähren, erwartet ihn nur ein vorzeitiger Tod. Ich versichere dir, ich werde nicht vorzeitig sterben aus Mitleid für irgendwelche schwächeren Wesen. Das Leben war immer ein Kampf ums Überleben und wird es immer sein. Mögen die Stärksten überleben!«

Lilitha schritt energisch die Treppe hinunter, ihr Blick konzentriert und fest auf Charon ruhend. Mit jedem Schritt, den sie in Richtung des Freiraums des Raumschiffs setzte, schien ihre Entschlossenheit zu wachsen.

Am Fuße der Treppe angekommen, wandte sie sich ihrem Freund zu. Die Hände fest an den Seiten, ihre Haltung so energisch, als würde sie symbolisch eine Entscheidung herbeiführen. Ein Hauch von Entschlossenheit umspielte ihre Lippen, als sie die Worte aussprach: »Heute gebe ich dir ein Ultimatum, und ich meine es ernst.«

Sie trat weiter in Richtung des Freiraums, während die Worte weiter aus ihr herausströmten. »Du musst dich entscheiden: Entweder du ernährst dich vegan, oder das ist das Ende unserer Beziehung.« Lilithas Gesten wurden deutlicher, als sie die beiden Optionen symbolisch in die Luft malte. Die Spannung zwischen ihnen war fühlbar, als sie den letzten Satz hinzufügte: »Und du hast jetzt die Wahl, entscheide dich!«

Ihr Blick wanderte über den Freiraum, vorbei an den Raumgleitern und dem ruhenden Gefährten. Sie ging ein paar Schritte weiter, bis sie schließlich ein paar Meter entfernt vor einer Sitzgelegenheit stand. Auf dieser ausgedehnten Bank lag ein junger Mann, den nicht nur Lilitha und Charon übersahen, sondern auch die Leibwächter. Ihre Worte hallten in der metallischen Umgebung wider, während der junge Mann auf der Bank nichts mitbekam, weil er so gedankenversunken war. Und er schien über etwas Ernsthaftes nachzudenken.

»Mit wem redest du denn so? Hast du etwa, wer ich bin?«, fragte Charon aggressiv. Er hielt Lilitha an der Hand, aber sie weigerte sich, seine Hand zu halten. Charon schlug Lilitha mit wutverzerrtem Gesicht und knirschenden Zähnen an die Wange und schrie: »Hör auf!« Charon war eine mysteriöse Kreatur, bekannt als »Dravmor« von den Eliten. Sehr wenige normale Bürger (bzw. Reisende) hatten wahrscheinlich schon einmal von ihnen gehört, wussten jedoch nicht, wer die Dravmor eigentlich waren oder woher sie kamen. Niemand konnte die Dravmor auf Anhieb identifizieren. Und das Interessanteste war, dass es in dieser Ära tatsächlich eine Darstellung oder Beschreibung der Dravmor gab, die eindeutig reptiloid aussah. Sie waren sehr roboterhaft, sehr maschinenähnlich und daher sehr vorhersehbar. Der physische Körper jedes Dravmors war elektronisch mit dem »VitalForge« von der Nebelgator verbunden, wodurch sie eine maschinenähnliche, emotionslose, computeraffine Mentalität hatten. Auf der anderen Seite zeigten die Dravmor seltsamerweise viele wilde Charakterzüge wie Aggressivität, gesteigertes sexuelles Verlangen, Intoleranz, einen erhöhten Durst nach Blut und einen

Hunger nach rotem Licht und Dunkelheit. Warum denn dieses Vital-Forge? VitalForge war nicht einfach nur eine technische Vorrichtung, sondern ein komplexes Lebenserhaltungssystem, an dem das Schicksal der Dravmore an Bord hing. Dieses System basierte auf einem ausgeklügelten Abo-System, und die Dravmore waren damit auf zwei unterschiedliche Arten verbunden.

Lilitha, von der plötzlichen Gewalttat überrascht, hielt für einen Moment inne, ihre Augen weiteten sich vor Verblüffung. »Wie bitte? Du hast mich wirklich geohrfeigt?«, sagte Lilitha mit einer Spur von Ungläubigkeit in der Stimme, während sie den Schmerz in ihrer Wange spürte.

»Du wirst es bereuen!«, schrie Lilitha empört, ihre Augen funkelten vor Unerschütterlichkeit. Sie griff Charon mit einem kraftvollen Faustschlag an, doch ein Leibwächter von Charon blockierte geschickt ihren Angriff mit seinem Unterarm. In diesem Moment nutzte Charon die Gelegenheit, sprang mit einem blitzschnellen Fußtritt vor, aber Lilitha wich geschickt seinem Fußtritt aus und konterte mit einem kräftigen Ellenbogenschlag gegen seinen Hals, der Charon schwer traf. Er taumelte und fiel zu Boden.

»Du bist diejenige, die es bereuen wird«, drohte einer der Leibwächter von Charon, während sich die beiden auf Lilitha stürzten. Sie wehrte sich tapfer, schlug einen der Leibwächter direkt in die Augen, was ihn zurücktaumeln ließ.

Nach fünf intensiven Minuten kämpfte Lilitha immer noch gegen Charons zweiten Leibwächter. Lilitha zeigte keine Anzeichen von Aufgeben und verteidigte sich vehement und geschickt gegen den anhaltenden Angriff.

Charons Augen wurden immer feuriger, und plötzlich begann er eine unheimliche Veränderung zu durchlaufen. Sein Gesicht nahm eine andere Form an, während er in den Aggressionsmodus überging. Etwas Unmenschliches schien sich in Charon zu manifestieren. Lilitha bemerkte die subtile Transformation nicht, denn sie musste sich immer noch gegen den anhaltenden Angriff von Charons zweitem Leibwächter verteidigen. Charons Silhouette veränderte sich, und er nahm eine reptiloide Gestalt an. Aggression spiegelte sich an seinem

Gesicht wider, während Gelassenheit seine Bewegungen prägte – eine Gelassenheit, die mehr an eine roboterhafte und reptiloide Natur erinnerte.

Lilitha schleuderte Schlag um Schlag auf das Gesicht von Charons Leibwächter, ihre Bewegungen waren von einer rohen, ungebremsten Aggressivität getrieben. Inmitten dieses Unheimlichen entstand eine dunkle Atmosphäre an dem Ort, begleitet von einem verzweifelten Stöhnen des Leibwächters, der versuchte, sich zu schützen.

Charon, nun in seiner verwandelten Form und bedrohlich, beobachtete mit wachsendem Unmut, wie Lilitha auf seinen Leibwächter einprügelte. Sein Gesicht verzerrte sich vor Wut. Er zischte durch zusammengebissene Zähne: »Du wirst dafür bezahlen!« Diese Worte, geflüstert, fast wie ein innerer Fluch, verließen seine Lippen, aber sie waren nicht für die Ohren Lilithas bestimmt.

Lilitha kämpfte noch immer gegen den zweiten Leibwächter, als die bedrohlichen Worte von Charon an ihr vorbeigingen. Gerade, als sie den letzten Leibwächter besiegt hatte, spürte sie plötzlich einen unheimlichen Druck an ihrem Hals. Ihre Arme, Hände, Beine und ihr Hals schienen wie gelähmt, und sie konnte sich nicht mehr bewegen. Panisch schrie sie: »Was passiert hier? Hilfe!« Der Druck an ihrem Hals verstärkte sich, und bald konnte sie nicht mehr um Hilfe rufen. Verzweifelt heulte, jammerte und stöhnte sie, doch niemand schien ihre Hilferufe zu hören.

Dann geschah etwas Unerwartetes: Charon näherte sich Lilithas Hals und begann, ihr Blut zu trinken. Er trank gierig, und Lilitha fühlte sich mit jedem Schluck schwächer. Trotz ihrer aussichtslosen Lage flüsterte sie: »Du tötest mich wirklich, Charon.«

»Man sieht das Böse immer im anderen. Ich tue nur das, was du mit mir tun wolltest: Ich zerstöre dich jetzt. Der Tod kennt keine Parteilichkeit, denn das Universum lässt seine Sonne über Böse und Gute aufgehen«, sagte Charon unbarmherzig.

»Du Mistkerl«, murmelte Lilitha schwach.

»Du bist eine Verräterin und verdienst nichts anderes als ein qualvolles Ende. Alle, die mich daran hindern wollen, meine Existenz zu genießen, sind automatisch meine Feinde. Es geht um eine

Nahrungskette in diesem Simulo, eine Kette, nach der Dravmore vom Blut und der Energie der anderen leben müssen. Zu denken, dass die Dravmor-Welt auf Menschenblut und Energie verzichten könnte, ist illusorisch«, erklärte Charon mit eiskalter Stimme.

Lilitha seufzte und aus ihrem Hals floss weiterhin Blut, aber Charon hielt unbeirrt an seinem Vorhaben fest: Lilithas Leben ein Ende zu setzen.

»Es ist das Ende«, flüsterte er ihr ins Ohr.

»Nein, noch nicht«, sagte ein Mann mit einem verschleierten Blick hinter seiner Gesichtsmaske und schlug Charon kraftvoll an den Hinterkopf, den Eisenstab wirkungsvoll einsetzend. Er befreite Lilitha, doch der junge Mann hörte nicht auf, Charon mit dem Eisenstab zu bearbeiten, bis dieser bewusstlos wurde. Als Charon reglos am Boden lag, sprach der Mann Lilitha an, doch sie reagierte nicht. Die Unfähigkeit Lilithas, zu antworten, schien den Mann hinter der Maske zu verärgern. Er stand auf, nahm den Eisenstab und drehte ihn so, dass die Spitze nach unten zeigte, bevor er sie mit einer schnellen Bewegung durch Charons Hals trieb. Dieser letzte Schlag mit dem Eisenstab war gut, aber er reichte nicht aus, um Charons Hals von seinem Körper abzutrennen.

Joseph hob Lilitha sofort in seine Arme, begab sich ein Stockwerk nach unten und verschwand mit ihr. Der junge Mann durchquerte die labyrinthartigen Gänge des Raumschiffs mit Lilitha bewusstlos in seinen Armen, nachdem er sie vor den Zähnen Charons gerettet hatte. Dieser Weg bis zu seinem Ziel war alles andere als gewöhnlich, ein Irrgarten aus engen Fluren und verwirrenden Korridoren. Der Mann, stets auf der Hut, wollte weder den Blicken versteckter Kameras ausgesetzt sein noch in die Fänge unbekannter Gefahren geraten, deswegen vermied er es, Aufzüge zu nehmen, und nutzte stattdessen seine Gewandtheit, um schnell in den Laderaum und dann in den Maschinenraum zu gelangen.

Entschlossen folgte er den grünen Pfeilen, die sich endlos vor ihm ausbreiteten und ihn stetig nach unten wiesen. Schritt für Schritt bahnte er sich seinen Weg durch die roten Lichter. Plötzlich hörte er eine Stimme fragen: »Wer ist denn da?« Er war erschrocken und kriegte Panik, denn er wusste um die Konsequenzen, sollte er am falschen Ort zur falschen Zeit erwischt werden. Schnell kehrte er ein paar Schritte zurück, verbarg sich geschickt hinter einer Wand und lauschte, bis er nichts mehr hörte. Dann setzte er seinen Weg zum Maschinenraum fort.

Joseph machte eine erstaunliche Entdeckung an Lilithas Händen: Sie hatte an beiden Händen sechs funktionale Finger. Joseph war überrascht und fasziniert zugleich, als er dies bemerkte. Seine Überraschung verstärkte sich, als er kurze Zeit später eine Tätowierung auf der rechten Seite von Lilithas Hals entdeckte. Die geheimnisvolle Schrift entzifferte er als »Semel Dravmor, semper Dravmor«.

Joseph prägte sich den Satz ein und überlegte kurz, was er bedeuten könnte. Warum hatte sie sich einen derartigen Schriftzug genau an dieser Stelle des Halses tätowieren lassen? Die Worte klangen bedeutungsvoll und geheimnisvoll, doch er konnte keine Antwort finden. Die Fragen und die Geheimnisse, die Lilitha umgaben, schienen sich immer weiter zu vertiefen, und Joseph fühlte sich gleichermaßen fasziniert und beunruhigt.

An Lilithas linker Halsseite, wo der Dravmor zugebissen hatte, trat das Blut weiter aus, eine düstere Spur seiner Rettungstat. Die Zeit drängte, und er hatte keine Gelegenheit, die Blutung zu stoppen. Schnell riss er ein Stück seines T-Shirts ab und drückte es auf die blutende Wunde. Ein provisorischer Verband für den unaufhaltsamen Abstieg in die Tiefen des Raumschiffs.

Plötzlich tauchte ein weiterer Störenfried auf. Ein betrunkener Mann taumelte auf ihn zu und fragte: »Was zum Teufel stellst du gerade an?« Er antwortete, ohne aufzublicken: »Kümmere dich um deine Betrunkenheit.« Unbeirrt setzte er seinen Weg fort in der Dunkelheit, während negative Gedanken und Angst ihn jagten.

Es war ein beschwerlicher Weg, bis sich die beiden schließlich ganz unten im Laderaum befanden, beinahe im tiefsten Untergrund des Techno-Sektors.

Plötzlich kehrte Lilitha ins Bewusstsein zurück und stellte fragend fest: »Wer sind Sie? Wo bin ich? Bin ich etwa nicht tot?«

»Nein, ich bin bei dir und beschütze dich«, erwiderte der Held.

»Wie lautet Ihr Name?«, erkundigte sie sich.

»Wir suchen zuerst einen sicheren Ort, dann werde ich es dir verraten«, antwortete er.

»Aber sind wir jetzt im Frachtraum?«, äußerte Lilitha ihre Überraschung. Er reagierte nicht auf ihre Frage, sondern suchte nach einer Öffnung. »Hier ist eine«, sagte er trocken und überrascht.

»Wohin führen Sie mich?«, fragte Lilitha, unsicher, wohin der junge Mann mit der Gesichtsmaske sie führen würde.

Die beiden verließen den Frachtraum und begaben sich weiter in den Maschinenraum des Techno-Sektors. Es war einer der untersten Räume auf der Nebelgator, wo die Hauptmaschinen und Antriebssysteme untergebracht waren.

»Hier sind zahlreiche technische Geräte untergebracht«, erklärte er.

Sie entdeckten ein kleines hölzernes Häuschen, traten ein und fanden einen kleinen Tisch mit vier Stühlen darum.

»Aber Sie haben mir noch nicht erzählt, wer Sie sind. Wer sind Sie?«, fragte Lilitha erneut.

Seine Körpersprache wirkte geheimnisvoll, während er sagte: »Du stellst viele Fragen, aber die Antwort liegt vor deinem Gesicht. Du musst selbst herausfinden, wer ich bin.«

In diesem wichtigen Moment verstand Lilitha schnell, was er meinte, als hätte sie seine Gedanken gelesen, und griff nach seinem Hals, ohne zu zögern. Ihre Finger zitterten leicht, als sie die Gesichtsmaske langsam von seinem Kopf zog. Alles im Raum schien für einen Moment stillzustehen, als das Gesicht des jungen Mannes langsam enthüllt wurde. Der junge Mann blieb still, unbeweglich und den Kopf leicht seitlich gebeugt. Lilithas Augen weiteten sich vor Überraschung, und sie konnte einen unterdrückten Aufschrei nicht verhindern. »Ah, du bist es …«, flüsterte sie, als hätte sie den Herrn gekannt oder schon gesehen.

»Deine Stimme trägt die Spur der Wiedererkennung. Kennst du mich oder hast du mich schon irgendwo gesehen?«, fragte er.

»Nein. Dieses Gesicht kommt mir nur bekannt vor«, antwortete sie.

»Echt?«, hauchte der junge Mann mit einem neugierigen Blick.

»Ja, echt«, antwortete sie mit einer intensiven Stimme. Die Frage nach seinem Namen war wie ein ungelöstes Rätsel für sie »Wie lautet dein Name?«

»Ich heiße Joseph«, antwortete er.

»Mein Name ist Lilitha«, stellte sie sich vor, doch ihre Worte und ihre Stimme waren mehr als eine bloße Vorstellung für Joseph. Sie fühlte sich froh, Joseph kennenzulernen, als sie fortfuhr: »Joseph, darf ich dich meinen Helden nennen?«

Joseph spürte, wie die Atmosphäre sich verdichtete, und sein Herz schlug schneller. »Glaubst du, dass ich es verdient habe, von dir Held genannt zu werden?«, fragte er. Seine Augen suchten die ihren.

»Mehr als das, denn du hast mein Leben aus dem Abgrund gerissen«, flüsterte Lilitha und guckte Joseph mit einem sympathischen Blick an. Ihre Worte klangen wie ein Versprechen in diesem abgedunkelten hölzernen Haus.

Joseph schien abwesend zu sein und brach schließlich das Schweigen: »Ich habe eine Frage an dich, aber du musst mir ehrlich antworten.«

Lilitha erwiderte: »Sag schon. Ich höre zu.«

»Stimmt das alles, was ich gesehen habe, wirklich?«, bohrte Joseph nach.

Lilitha musterte Joseph mit ihren funkelnden Augen und fragte neugierig: »Was genau meinst du?«

Joseph zögerte, seine Stimme kaum mehr als ein Flüstern. »Die Kreatur, von der du befreit wurdest. So etwas habe ich in meinem Leben noch nie gesehen.«

»Das war keine Illusion. Er ist ein 157-jähriger Dravmor«, sagte Lilitha, ihre Stimme fest und ernst.

Joseph schnappte nach Luft. »Ein 157-jähriger Dravmor!« Seine Augen weiteten sich vor Entsetzen. »Was ist das?«

Lilithas Augen verengten sich, als sie antwortete: »Ein Vampir, der 157 Jahre alt ist. Seine dunkle Seite zeigt sich jedes Mal, wenn er sich verwandelt.«

Joseph schüttelte ungläubig den Kopf. »Das ist doch nicht dein Ernst?«

»Doch, Joseph, ich meine es todernst«, sagte Lilitha mit Nachdruck.

Stille legte sich über sie, während Joseph das Gehörte verarbeitete.

Dann begann Lilitha, düster weiterzuerzählen: »Charon ist ein Dravmor wie jeder andere. Er wurde im Alter von 20 Jahren verwandelt. Nach seiner Verwandlung wurde sein physisches Alter auf null gesetzt. Ein neuer Anfang – und das gilt für alle Dravmore.«

Josephs Stimme zitterte. »Du meinst, sein physisches Alter wurde wirklich auf null zurückgesetzt?«

»Ja, genau. Nach der Verwandlung altert sein Körper von einem bestimmten Startpunkt aus. Alle 66 Jahre kann ein Dravmor durch ein spezielles Ritual sein physisches Alter wieder auf null setzen. Das nennt man den Reset-Mechanismus«, erklärte Lilitha eindringlich.

»Ich verstehe das nicht«, gestand Joseph, seine Stirn gerunzelt.

Lilitha lächelte schwach. »Es ist einfacher, als es klingt. Charons chronologisches Alter ist 157 Jahre. Sein physisches Alter bei der Verwandlung war 20 Jahre. Alle 66 Jahre kann er durch ein Ritual sein physisches Alter auf null setzen und neu altern.«

Josephs Augen leuchteten vor Erkenntnis. »Er hat sein physisches Alter also schon zweimal zurückgesetzt.«

»Ja, sonst wäre er heute nicht 157 Jahre alt«, bestätigte Lilitha.

Joseph runzelte die Stirn. »Aber warum alle 66 Jahre?«

»66 ist die Zahl der Dravmor-Welt«, sagte Lilitha geheimnisvoll.

»Deshalb sieht er so jung aus«, murmelte Joseph, beeindruckt.

Lilitha nickte. »Vor fünf Jahren hat er sein zweites Reset durchgeführt.«

Josephs Neugier wuchs. »Und was passiert, wenn ein Dravmor das Reset nicht alle 66 Jahre durchführt?«

Lilithas Stimme senkte sich zu einem Flüstern. »Er verliert seine übernatürlichen Fähigkeiten und stirbt.«

Lilitha dachte einen kurzen Augenblick nach und wollte von diesem Thema ablenken, denn mit ihm über die Dravmore sprechen wollte sie nicht. Plötzlich fragte sie: »Übrigens, warum hast du allein gegen ihn gekämpft, anstatt andere zu verständigen?«

Joseph erklärte: »Aus mehreren Gründen. Erstens war mein Schutzinstinkt stärker als ich und alles andere. Zweitens war es die Vermeidung von Panik. Das Informieren der Besatzung hätte zu Panik und Unruhe führen können, wenn sie mir überhaupt geglaubt hätten. Durch das alleinige Handeln habe ich die Kontrolle über die Situation behalten und die Ruhe bewahren können.«

Lilitha seufzte leicht und sagte: »Hm …«

Joseph ging weiter auf ihre Gedanken ein: »Glaubst du, wenn ich um Hilfe gerufen hätte, ohne sofort diese Bestie direkt zu konfrontieren, glaubst du, du wärst jetzt noch am Leben?«

Lilitha, nachdenklich, antwortete: »Wahrscheinlich nicht, aber ich wäre woanders, und dieses »Woanders« kann ich mir nicht schlimmer vorstellen als meine jetzige Existenz.«

Joseph, mit einem spöttischen Grinsen, bohrte nach: »Also, wenn ich richtig verstehe, lebst du momentan nicht, du existierst nur?«

Lilitha gab zu: »Ganz genau. Ich bin nur hier gefangen in meinem eigenen Körper, gefangen in einer Zwischenwelt, und zwar seit meiner Geburt. Es kommt irgendwann eine Zeit, wo man genug hat.«

Joseph horchte auf und erkundigte sich weiter: »Ah! Das ist dein Wunsch … der Tod?«

Lilitha korrigierte ihn: »Tod habe ich nicht gesagt. Ich möchte aber nur Abschied nehmen und nicht mehr in dieser Zwischenwelt gefangen sein.«

Joseph, neugierig, fragte: »Was für eine Zwischenwelt meinst du denn?«

Ein langer Moment der Stille verging, und Lilitha ging immer noch nicht auf seine Frage ein. Schließlich brach sie das Schweigen: »Die Zwischenwelt von Licht und Dunkelheit.«

Joseph, skeptisch, kommentierte: »In allen Fällen bist du zu jung, um Abschied zu nehmen.«

Lilitha, mit einem mysteriösen Lächeln, sagte: »Misstraue den äußeren Erscheinungen, mein Held. Mein Körper mag zwar jung aussehen, aber mein Seelenalter ist sehr hoch. Tausende von Jahren haben wir schon hinter uns. Der Grund? Einmal auf dem Pfad des Unbekannten, können Wesen wie ich sich nicht der Aussaat des spirituellen Samens in sich entziehen«, gestand Lilitha etwas Privates über sich, aber er verstand nicht, was sie damit meinte.

Joseph, unaufmerksam, lachte leicht und dachte, dass Lilitha es zum Spaß gesagt hätte. Doch selbst wenn Lilithas Lächeln seinen Humor widerspiegelte, meinte sie es doch ernst und nicht zum Spaß.

»Wo wohnst du, Lilitha?«, erkundigte sich Joseph.

»In Quadrant-Solarien«, antwortete sie.

Joseph, überrascht, entgegnete: »Verdammt! In Quadrant-Solarien? Du musst wohl reich sein. Der Quadrant gehört zur ersten Klasse, aber ich habe dich vor Kurzem im Cosmic Unity Bistro in der dritten Klasse gesehen. Das ist seltsam, wirklich seltsam. Warum sollte jemand aus der ersten Klasse in einem Restaurant der dritten Klasse essen? Aus welchem verdammten Grund?«, dachte Joseph subtil, Gedanken, die nicht für Lilithas Ohren bestimmt waren.

Ein Augenblick verstrich, bevor Joseph weiter fragte: »Wie oft besuchst du die dritte Klasse?«

Lilitha antwortete: »Nicht so oft. Nur, wenn es notwendig ist.«

Joseph überlegte kurz, ob er Lilitha nach den Ereignissen in der Nacht und ihrer Begegnung mit der Bestie fragen sollte. Er spielte mit dem Gedanken, sie zu fragen, ob sie die Bestie kannte oder wie die Kreatur es geschafft hatte, in die Nebelgator einzudringen. Es gab tausend Fragen in seinem Kopf, aber nach reiflicher Überlegung entschied er sich, keine dieser Fragen zu stellen.

»Und wo wohnst du?«, erkundigte sich Lilitha.

»In der dritten Klasse«, antwortete Joseph knapp.

»Die dritte Klasse ist riesig. Hat das Viertel, wo du wohnst, keinen Namen?«, fragte Lilitha.

»Ich habe noch keine feste Adresse auf der Nebelgator. Dennoch kann ich jederzeit einen Platz in einer gemeinsamen Kabine finden. Keine Sorge, momentan läuft alles gut bei mir«, antwortete Joseph selbstbewusst.

»Als du noch auf der Erde warst, wo hast du früher gewohnt?«, fragte Lilitha.

»In Columbia Heights, aber dieser Ort hat mich nicht besonders fasziniert, deshalb bin ich jetzt auf dem Weg zum Mars«, erklärte er. Lilitha verstand schnell, dass der Weltstaat kein Schutz mehr für Joseph bot, aber sie schreckte davor zurück, ihn in Panik zu versetzen.

»Und du?«, fragte Joseph.

»Irgendwo in der Zone M des Weltstaates«, antwortete Lilitha.

»Wo genau? In England, Wales oder Irland?«, bohrte Joseph nach.

»Edinburgh«, antwortete Lilitha, und fügte hinzu: »Dort habe ich miserabel existiert, verfolgt von meinen Sünden.« Lilitha sagte »existieren«, obwohl sie alles hatte, was sich viele Sapiens wünschten und leider nicht haben konnten. Sie wusste genau, worauf sie mit dem Wort »existieren« anspielte.

»Was meinst du denn?«, fragte Joseph.

»Du hast bisher wirklich keine Ahnung, worum es geht, nicht wahr?«, fragte sie, und fuhr fort: »Für das Überleben einiger müssen viele sterben.«

»Müssen viele sterben? Du machst Andeutungen, ohne gründlich genug auf eine Idee einzugehen. Und wer sind diese vielen?«, fragte Joseph verwirrt.

»Wer diese vielen sind, kann ich dir ganz genau nicht sagen, Joseph. Die Zukunft steht nicht fest, und nichts ist in Stein gemeißelt. Aber eins ist sicher: Das Simulo ist nicht heilig. Es wird immer Opfer und Leid in diesem Simulo geben, auch wenn man versucht, Zuflucht auf anderen Planeten zu finden«, sagte Lilitha. Dann überlegte sie sich: »Ja, für das Überleben der Dravmor-Welt müssen viele sterben. Das ist die Wahrheit, Joseph. Es ist notwendig, dass die Dravmore ihren Tierbeuten Leid zufügen, um ihre eigene Existenz aufrechtzuerhalten. Das ist die Regel, und diese Regel in der Dravmor-Welt besteht seit Urzeiten, lange bevor es Menschen gab.« Diese letzten Worte hörte Joseph nicht, Lilitha sprach sie nicht aus, denn sie wollte Joseph nicht in Panik versetzen.

»Und was ist denn dieses Simulo?«, fragte Joseph.

»Das Universum ist das Simulo und das Simulo ist das Universum«, antwortete sie.

Es schien für Joseph nicht leicht, zu erraten, ob sie Myon, Sapiens oder ein Nobili war, dann fragte er sie. »Wurdest du in einer Glaskapsel geboren?«

»Sieht man das«, fragte Lilitha.

»Überhaupt nicht, ich frage nur, weil ich neugierig bin«, gestand er.

»Nein, in einer Glaskapsel wurde ich nicht geboren. Ich habe eine Mutter und einen Vater, und sie sind an Bord dieses Raumschiffes«, antwortete sie, guckte ihn an und fragte »Und du? Sicherlich wurdest du nicht in einer Glaskapsel geboren.«

»Nein. Ich bin durch die normale Lebendgeburt geboren worden.«

»Und wo sind deine Eltern?«, fragte Lilitha mit einem ausdruckslosen Gesicht.

»Tot«, antwortete er trocken.

»Und wie ist es dazu gekommen, wenn ich fragen darf?«

»Meine Mutter durch die Geburt, und mein Vater hatte es satt und hat sich das Leben genommen. Er war ein guter Mann, er hat sich für die Schwachen eingesetzt, ist für sie eingetreten in gefährlichen Situationen, aber, wie schon gesagt, er hatte es satt, zu sehen, wie grausam die Welt geworden ist, er hatte es satt, zu sehen, wie die besitzlosen Dalits auf den Straßen jeden Tag starben, er hatte es satt, Zeuge von so vielen Grausamkeiten zu sein, und er hatte auch Zukunftsangst«, erklärte Joseph.

»Wovor Zukunftsangst?«, fragte Lilitha mit einer sanften Stimme.

»Angst davor, eines Tages selbst ein Dalit zu werden, auf Straßen zu landen und dort seine letzten Tage zu verbringen«, antwortete er.

»Er hätte das nicht tun dürfen.«

»Es ist leichter gesagt als getan, denn viele wissen nicht, wie es sich anfühlt, als Sapiens auf der Erde zu leben.«

»Ich meine es gut für dich, denn sein Selbstmord hat dich sehr schwer getroffen, und das kann ich mir schon vorstellen«, sagte Lilitha etwas besorgt.

»Ich hätte mir gewünscht, dass die beiden da sind und noch

zusammen ihre Zweisamkeit genießen, obwohl sie sich anscheinend nicht immer super verstanden haben«, sagte Joseph nachdenklich.

»Hatten sie sich oft gestritten?«

»Nicht unbedingt gestritten, aber irgendetwas an meiner Mutter schien meinem Vater nicht sehr zu gefallen, und er sagte mir einmal, sie hätte mit Wahnvorstellungen zu kämpfen gehabt.«

»Wahnvorstellungen?«, wiederholte Lilitha

»Ja, genau. Laut den Berichten meines Vaters soll sie ihm einmal ihre vermeintliche spirituelle Vision erzählt haben, was für ihn das Verrückteste war, das sie ihm jemals erzählt hatte. Sie soll an Gott geglaubt haben und eines Tages, nachdem sie vor dem Schlafengehen gebetet hatte, erschien ihr da ein kosmischer Besucher. Als sie plötzlich den kosmischen Besucher sah und er direkt vor ihr stand, verfiel sie in Angst und Schrecken, denn der Anblick war zu überwältigend und überraschend.

Der kosmische Besucher wandte sich ihr zu und sagte: ›Fürchte dich nicht, Emelia! Das Universum hat das Leiden der Sapiens vernommen. Aus deiner Nachkommenschaft wird jemand hervorgehen, den du selbst nicht sehen wirst. Der Kosmos und die unsichtbaren Wesen werden über dieses Kind jubeln, aber viele werden nicht über seine Geburt erfreut sein. Ihm wird eine bedeutende Aufgabe übertragen, nämlich Ordnung in all dieses Chaos zu bringen. Er ist derjenige, der die Weltordnung neugestalten wird. Er wird dafür sorgen, dass eine ganze Ära zu Ende geht. Dieses hat sie meinem Vater erzählt, und damals war ich noch nicht auf der Welt.‹«

»Glaubst du wirklich, dass deine Mutter Wahnvorstellungen hatte?«, fragte Lilitha.

»Wenn man sich ihre gesamte Biografie anguckt, dann anscheinend ja«, antwortete Joseph.

Isabella (Josephs Mutter) hatte William wirklich von ihrer vermeintlichen spirituellen Vision in dieser Nacht erzählt. Es war schon lange her, ungefähr zwei Jahren vor Josephs Geburt. In dieser Freitagnacht vor dem Schlafengehen bekam Isabella plötzlich Schwindelgefühle, und siehe da, es tauchte plötzlich eine Erscheinung vor ihr auf. Die

Erscheinung löste in ihr eine Mischung aus Angst und Ehrfurcht aus. In ihren Augen war es ein kosmischer Besucher, der direkt vor ihr stand. Und er verschwamm in ihrer Wahrnehmung, und die überwältigenden Eindrücke verwischten die Grenzen zwischen Realität und Vorstellung.

In den unklaren Schatten des Moments hörte sie eine Stimme zu ihr sprechen: »Fürchte dich nicht, Isabella! Das Universum hat auf das Leiden der Sapiens gehört.« Es waren seltsame Worte, die in ihrem Kopf widerhallten, während die Unsicherheit über die Quelle dieser Botschaft wuchs. »Aus deiner Nachkommenschaft wird jemand hervorgehen, den du selbst nie sehen wirst.« Die Worte schienen wie ein Echo aus den Tiefen des Kosmos zu kommen, aber wie konnte Isabella sicher sein, dass es sich um keine Sinnestäuschung handelte?

Isabella sah immer noch diese Erscheinung vor ihr stehen und die Stimme hallte in einem unbestimmten Ton wider. »Viele werden nicht über seine Geburt erfreut sein. Ihm wird eine große Aufgabe übertragen, nämlich Ordnung in all dieses Chaos zu bringen.« Das Zimmer wurde schon abgedunkelt, und die Dunkelheit um sie herum verstärkte die Unsicherheit und den Eindruck von einer möglichen Sinnestäuschung. War es wirklich ein kosmischer Besucher oder nur ein Trick ihrer Sinne? Die Vorstellung von einem Kind, das die Weltordnung neu festlegte, klang surreal. Isabellas Realität verschwamm in den Schatten der Unsicherheit, und die Worte des Besuchers hinterließen einen unsicheren Abdruck in ihrem Bewusstsein. Ohne Zeit zu verlieren, hatte sie William erzählt, was sie sah und hörte, worüber William sich nicht freute, denn er glaubte, sie wäre völlig verrückt geworden, und er hatte es schließlich satt. Und ähnliche Geschichten hatte schon für Spannung zwischen Isabella und William gesorgt, bis zu dem Punkt, dass William sie mehrmals verrückt nannte.

»Ich kann mir schon vorstellen, welche Stimmung zwischen deinen Eltern herrschte«, sagte Lilitha.

»Laut meinem Vater kam es häufig vor, dass die Stimmung meiner Mutter gedrückt war. Sie fühlte sich traurig, mutlos und die Energie fehlte. Es war überhaupt nicht leicht, mit solchen Wahnvorstellungen zu kämpfen«, sagte Joseph.

»Du nennst das alles auch Wahnvorstellungen, Joseph? Wie kannst du beweisen, dass du momentan in keinem Traum bist?«, fragte Lilitha.

Joseph dachte kurz nach und sagte: »Ich weiß es nicht, deswegen kein Kommentar, aber wieso fragst du denn?«

»Weil diese Welt nichts anderes ist als Vorstellung. Alles, was geschieht, ereignet sich gerade in deinem Kopf. Wenn du träumst, denkst du nur, dass du die wahre Realität erlebst, obwohl du in Wirklichkeit träumst. Ich glaube, deine Mutter hat den Besucher tatsächlich so gesehen, wie er war. Das Gehirn kann seine eigene Welt erschaffen, eine Welt ähnlich wie das Virtual-X im Weltstaat. Wenn man in dieser physischen Welt ein Objekt sieht, nimmt man es nur als das Objekt wahr, wie es in der Welt existiert, jedoch als eine virtuelle Kopie im eigenen Kopf. Daher denke ich, es ist problematisch, andere so leichtfertig als verrückt zu bezeichnen. Wie ich gehört habe, kann deine Mutter niemals verrückt gewesen sein«, erklärte Lilitha.

Nun schaute sie Joseph in die Augen und sagte nichts, während Sekunde um Sekunde verging. »Nun habe ich eine persönliche Frage an dich.«

Es herrschte eine unglaubliche Stille im Raum. Joseph schaute ihr auch in die Augen und sagte: »Schieß los!«

Dann sprach sie leise zu ihm: »Wie viele Mengen unklarer Erinnerungen hast du, von denen du nicht weißt, worauf sie zurückzuführen sind? Hast du niemals das Gefühl gehabt, bestimmte Dinge bereits erlebt oder gesehen zu haben, ohne zu wissen, worauf sie zurückzuführen sind?«

Josephs Blick durchdrang die Jahrhunderte, als er ihre Worte aufnahm. Ein geheimnisvolles Lächeln spielte um seine Lippen, als er die Vergangenheit zu berühren schien.

»Das ist der Grund, warum ich Mitgefühl für die sogenannten verrückten Menschen oder für diejenigen empfinde, die scheinbar unter psychischen Erkrankungen leiden. Ich sollte meine Mutter nicht zu hart beurteilen oder sie für ihre Wahnvorstellungen verurteilen, denn auch ich bin manchmal schuldig an dem gleichen Problem: Wahnvorstellungen. Denn manchmal habe ich wirklich das Gefühl, dass ich ein früheres Leben schon gelebt habe«, begann Joseph mit einer Stimme, die von einer tiefen Weisheit zu sprechen schien. »Ich soll damals kleinwüchsig gewesen zu sein und hatte wohl eine Behinderung, ich war ein Opfer von allerlei Mobbing. Das Leid eines möglichen vergangenen Lebens drückt sich in den unklaren Erinnerungen aus, die wie Schatten auf meiner Seele ruhen.«

Seine Augen reflektierten scheinbar die Dunkelheit vergangener Tage, als er fortfuhr: »Ich habe das Gefühl, ich soll während dieses Lebens sehr gelitten haben. Die Narben der Vergangenheit trage ich in den Tiefen meines Seins, unsichtbar für die Welt, aber spürbar in jedem Moment. Und am Ende soll mein früheres Leben plötzlich und tragisch vermutlich an einem Hauptbahnhof zu Ende gekommen sein.«

Joseph wurde plötzlich traurig, während er die schicksalhafte Wendung beschrieb: »Ich sah, wie sich ein Zug allmählich von mir entfernte, und plötzlich wurde ich hinterrücks erschossen. Ja, ich wurde mit einer Schusswaffe ermordet, und diesen Moment habe ich schon mehrmals im Traum neu erleben müssen. Doch hier stehe ich vor dir, wie wieder geboren, die Erinnerungen meines scheinbar früheren Lebens als stille Begleiter. Auf dem Weg zum Mars, in der Hoffnung, neue Kapitel anzufangen, neue Herausforderungen zu überwinden und vielleicht auch neue Hoffnungen zu haben.«

»Das ist genau das, was ich von dir hören wollte, Joseph. Fast jeder Mensch hat unklare Erinnerungen, oder hat schon mal das Gefühl gehabt etwas schon mal erlebt zu haben, ohne es gründlich erklären zu können. Die Wahrheit ist, all diese Déjà-vus sind Hinweise dafür, dass es keinen Tod gibt, es gibt nur das Simulo, Joseph«, erklärte Lilitha.

»Es gibt keinen Tod, es gibt das Simulo«, murmelte er.

»Ja, genau. Das ist schon immer so gewesen, lange, bevor die Menschen existierten«, sagte Lilitha gedankenversunken, und fragte: »Glaubst du an Wiedergeburt, Joseph?«

»Ich weiß es nicht. Und du?«

»Ich glaub, es gibt das Simulo«, antwortete Lilitha.

»Glaubst du an Gott, Lilitha?«

»Es kommt erst mal darauf an, wie man Gott definiert. Ich glaube nicht an einen Gott, wie einige Sapiens glauben. Einige versuchen, ihm eine Persönlichkeit, Qualitäten und Eigenschaften zuzuschreiben, sogar Mängel. Und sie tun dies alles im Rahmen ihres eigenen Willens, ihrer eigenen Angelegenheiten und ihrer eigenen Wünsche. Sie glauben so, dass sie das Simulo und ihren Gott besser verstehen könnten. Doch all das ist nichts anderes als Täuschung. Daher wird man das Simulo niemals wirklich verstehen können; tatsächlich ist das Simulo selbst in seiner Essenz unbekannt. Deshalb müssen alle Theorien, die Gott und das Simulo verstehen wollen, scheitern, und sie werden immer scheitern, denn es gibt nur das Simulo, und es ist unergründlich«, erklärte Lilitha.

Die beiden verbrachten die Nacht in dem hölzernen Häuschen. Lilitha schlief auf dem einen Sofa und Joseph auf einer Bettdecke auf dem Boden. Das Häuschen war weder ein Überbleibsel aus vergangenen Zeiten noch ein Relikt aus einer vergangenen Ära, das im Laufe der Zeit im Maschinenraum vergessen worden war.

Es wirkte wie eine Oase der Natürlichkeit und Menschlichkeit, eingebettet in eine Welt aus Metall und Maschinen. Joseph und Lilitha sahen den Raum als einen sicheren Rückzugsort, einen Ort, an dem sie sich vor den Gefahren von Unbekannten verstecken konnten. Es bot trotz seiner Einfachheit eine gewisse Geborgenheit, Wärme und einen Moment der Ruhe und des Zusammenseins, obwohl die beiden sich nicht lange kannten.

KAPITEL 11

Joseph fand sich plötzlich neben seinem eigenen physischen Körper wieder. Erstaunt und verwirrt sah er sich selbst reglos daliegen, als eine sanfte Stimme an sein Ohr drang: »Komm, komm, komm.« Seine Augen wanderten zu einem schimmernden Lebenskanal, in dem William und Isabella ihn mit offenen Armen erwarteten: »Willkommen, mein Sohn.«

Schritt für Schritt näherte er sich ihnen, fasziniert von der weiten, leuchtenden Leere des Kosmos, der sich über ihm ausbreitete. Eine mächtige Stimme ertönte aus den Tiefen des Universums: »Wenn du zu deinen Eltern gehst, wirst du in ein System eingebunden, aus dem es kein Entkommen gibt. Für deine Eltern ist es nun zu spät, sich umzuentscheiden, doch für dich besteht noch immer die Möglichkeit, das Simulo zu wählen und nach Hause zurückzukehren.«

Ein plötzlicher Schauder durchfuhr Joseph. Er schrak hoch und wurde von einer Kakophonie aus Lärm und Geräuschen um ihn herum geweckt. Mit wild pochendem Herzen und wirren Gedanken setzte er sich abrupt auf dem Sofa auf. Lilitha war nicht zu sehen, doch neben seinem Kopf lag ein Zettel mit einer Nachricht:

»›Ich bin bei dir und beschütze dich‹« ist das Schönste, was ich je gehört habe. Danke für alles, Joseph!«

Lilitha

Joseph freute sich über die Nachricht. Ein warmes Gefühl der Dankbarkeit erfüllte ihn, während er über die Worte nachdachte. »Ich bin bei dir und beschütze dich!«, waren die ersten Worte, die Lilitha von ihm gehört hatte, als sie wieder bei Bewusstsein war und in seinen Armen lag. Diese Worte konnte Lilitha nicht vergessen. Sie prägten sich für immer in ihr Gedächtnis ein. Trotz seiner Verwirrung fühlte

Joseph sich in diesem Moment von einem guten Gefühl umhüllt. Doch dieses gute Gefühl währte nicht lange, denn Joseph war nicht mehr allein im Maschinenraum.

Joseph hörte immer noch dieselben Geräusche, und dann vernahm er tiefe Stimmen in seiner Nähe. Es waren Stimmen und Geräusche, die immer näherkamen. Joseph wusste nicht, was er tun sollte. Sollte er im hölzernen Häuschen bleiben oder fliehen? Die Zeit drängte, und er hatte keine Gelegenheit, nach einem Versteck zu suchen. Er entschied sich, ruhig im Zimmer zu verharren. Im Maschinenraum, in dem er sich befand, leuchteten viele kleine Neonlichter, und plötzlich erhellte ein mächtiges Licht den Raum, das Joseph nicht einmal ertragen konnte. Er drehte sein Gesicht in die andere Richtung, aber er fühlte sich immer noch nicht sicher. Er beobachtete, wie sich drei Objekte bewegten und auf ihn zukamen. Schnell verließ Joseph das Häuschen und bog nach links ab, als ob er sich in Richtung des mächtigen Lichts begeben wollte, doch nach zwei Metern bog er rechts in einen kleinen Korridor ein. Er ging geradewegs weiter, sein Herz begann zu rasen. Plötzlich standen zwei Schatten vor ihm. Er erstarrte und konnte keinen Schritt mehr tun. Dann drehte er sich um und sah, wie Humanoide auf ihn zukamen. Nun erkannte er plötzlich, dass er von Humanoiden und Cyboforcern umzingelt war. Sie kamen aus allen Richtungen auf ihn zu. Ein drängender Wunsch, zu fliehen, überkam ihn, aber es war zu spät. Er hob seine Arme hoch als Zeichen der Kapitulation.

»Du bist verhaftet«, sagte eine Stimme zu ihm.

»Wofür denn?«, fragte er.

»Ich glaube, du weißt es schon.«

Joseph wurde festgenommen und bis zum zweiten Deck geführt, in eine vorübergehende Haftanstalt. Mit Handschellen und begleitet von zwei Cyboforcern wurde er in ein Zimmer geführt und auf einen Stuhl gesetzt. Dann verließen die beiden Cyboforcer den Raum und schlossen die Tür hinter sich. An der Tür befand sich ein Schlitz, der nicht nur als Inspektionsluke diente, um den Insassen zu beobachten, sondern auch als Speiseluke, um ihm Essen zuzuführen. Das Fehlen von Fenstern löste Stress bei ihm aus. Die fehlenden visuellen Anhaltspunkte wie Fenster oder Tageslicht führten zu Gefühlen der Desorientierung, insbesondere da er Schwierigkeiten hatte, die Zeit zu bestimmen. Während die Zeit verging und er von niemandem hörte, begann er, über den Traum der vergangenen Nacht nachzudenken, um sich die Zeit zu vertreiben. Er erinnerte sich an das Licht, den Tunnel und den Kosmos, den er gesehen hatte, und fragte sich, was das alles bedeuten sollte. Er dachte auch an die Stimme, die ihn eingeladen hatte, Platz bei ihnen zu nehmen. Obwohl er sich an alles erinnerte, was er im Traum gesehen hatte, konnte er es nicht verstehen oder einordnen. Dann beschloss er, Eldorath zu besuchen und ihm von seinem Traum zu erzählen, sobald er wieder aus der Haftanstalt entlassen wurde. Er hielt es für notwendig, Eldorath einen Besuch abzustatten, denn er musste ihm etwas über den Traum berichten. Aber die Frage war: Wann würde er wieder frei sein?

Er verbrachte sechs Stunden in dem abgedunkelten Raum, ohne von irgendjemandem zu hören. Als plötzlich Unsicherheit in ihm aufstieg, wurde er unruhig und schrie: »Was ist das für eine Scheiße? Ich möchte raus, ich habe nichts gemacht!« Er rief, aber niemand kam. Unbemerkt wurde er von versteckten Minikameras beobachtet, die nicht für seine Augen bestimmt waren. Erst nach fast sieben Stunden wurden ihm durch die Speiseluke Energieriegel und Nährstoffriegel gereicht. Diese schnelle Mahlzeit wurde ihm einfach durch den Schlitz geschoben.

Eine halbe Stunde später erschien ein Mann in Uniform, und hinter ihm standen zwei schwer bewaffnete Cyboforcer. »Ich heiße Commander Anderson. Wir sind hier wegen des Verhörs«, sagte er. Die Uniform des Mannes war in einem tiefen, satten Dunkelblau gehalten, was Professionalität vermittelte. Auf der Brust war das Emblem der Raumflotte Orion zu sehen. Er wirkte elegant in seinem maßgeschneiderten Anzug mit einem betonten Schulterbereich.

»OK«, antwortete Joseph trocken.

»OK«, wiederholte der Mann und fuhr fort. »So gelassen, nach allem, was sie gemacht haben. OK. Ist das alles, was Sie antworten können, als wäre nichts passiert?«

»Ich weiß nicht, was für ein Verhör Sie da mit mir machen wollen, Commander Anderson«, sagte Joseph.

»Mr. Joseph Alien. Ist das Ihr richtiger Name?«

»Ja, das ist mein richtiger Name«.

»Was machen Sie in diesem Raumschiff? Wie sind Sie reingekommen? Waren Sie bei der Untersuchung gewesen?«, fragte Mr. Anderson plötzlich. Er begann mit sanfter Stimme seine Fragen zu stellen und endete mit einer tieferen Stimme und strahlenden Augen.

»Ich bin genauso wie alle anderen in das Raumschiff gekommen. Zuerst war ich im fünften Teil und dann bin ich umgestiegen, nachdem das Schiff angedockt hatte«, antwortete Joseph.

Mr. Anderson blieb still. Er sagte nichts, sondern schaute ihm nur schweigend in die Augen.

Joseph blieb ebenfalls still, aber fühlte sich unwohl. Dann sagte er ungefragt: »Ich bin ein Vertragsknecht«.

»Ich weiß«, sagte Anderson und ergänzte. »Aber das war nicht die Frage. Die Frage war, ob Sie bereits bei der Untersuchung gewesen waren.«

»Nicht die Frage, sondern die Fragen«, korrigierte er ihn.

»Wieso sind Sie so dreist und frech?«, fragte Mr. Anderson mit ernstem Gesicht.

»Es geht nicht um Frechheit, sondern um Logik. Sie haben plötzlich drei Fragen hintereinandergestellt, nicht wahr?«

»Ich bin nicht hier, um mit Ihnen zu diskutieren, sondern um Sie zu verhören. Wenn Sie weiterhin so frech mit mir diskutieren, werden Sie Ihre restlichen Reisetage nicht nur in dieser Zelle verbringen, sondern den Rest Ihres Lebens in den Marsuntergründen«, drohte er und fragte mit seinen strahlenden Augen laut: »Ist das klar?«

Joseph sah ihn an und antwortete: »Ja, alles klar.«

»Nun fangen wir von vorne an. Wie sind Sie hier gelandet?«, fragte Anderson mit einem bedrohlichen Blick.

»Entschuldigung, Mr. Anderson. Ich habe bereits auf diese Frage geantwortet. Ich habe Ihnen gesagt, dass ich von der Erde bis zur

Andockung im fünften Teil war und erst nach der Andockung in die dritte Klasse gekommen bin.«

Anderson zog skeptisch eine Augenbraue hoch. »Wir haben in allen Bereichen Videoüberwachungskameras. Sogar vor dem Start des Fünften Teils gab es am Eingang eine Kamera, die alles minutiös überwachte. Wir können verfolgen, wann alle Passagiere an Bord dieses Raumschiffs eingestiegen sind, denn wir haben alle registrierten Videos. Aber es gibt ein Problem: Sie sind eine Ausnahme, und Ausnahmen mögen wir nicht gerne, insbesondere, wenn es sich um Sapiens wie Sie handelt«, erklärte Mr. Anderson.

»Insbesondere, wenn es sich um Sapiens wie mich handelt?«, fragte Joseph, als ob er es nicht glauben wollte.

»Ja, als Sapiens hat man fast immer die Arschkarte, und das wissen Sie bereits«, sagte Mr. Anderson und fuhr fort: »Zweite wichtige Frage, Joseph: Wie sind Sie denn in dem Maschinenraum gelandet? Was haben Sie dort getrieben?«, fragte Mr. Anderson.

»Nun ja, Mr. Anderson, Sie wissen ja, wie das ist … Ich bin so ein neugieriger Sapiens. Als ich den Maschinenraum sah, konnte ich einfach nicht widerstehen. Ich dachte mir, vielleicht könnte ich ein paar Verbesserungsvorschläge für die Warp-Antriebe machen oder vielleicht sogar ein bisschen Spaß mit den Schubreglern haben. Aber hey, wer hätte gedacht, dass es so schwer ist, ein Raumschiff zu parken?«, antwortete Joseph humorvoll.

»Ah, ja, natürlich. Ich verstehe vollkommen, Herr Joseph Alien. Wer braucht schon erfahrene Ingenieure, wenn wir neugierige Sapiens haben, die einfach nur ein bisschen Spaß mit den Schubreglern haben wollen? Und ich nehme an, das ›Parken des Raumschiffs‹ war Teil Ihres umfangreichen Trainingsprogramms für Weltraumpiloten, oder?«

»Oh, definitiv! Sie wissen ja, für einen Weltraumpiloten ist ein spontaner Ausflug in den Maschinenraum ein Muss. Ich dachte, ein paar Runden um den Block zu drehen, wäre eine gute Möglichkeit, meine Weltraum-Fahrkünste zu testen. Aber ich gebe zu, es war nicht so leicht, wie ich gedacht habe!«

»Das nächste Mal nehmen Sie niemanden mit bei solchen

Unternehmungen, insbesondere, wenn es sich um eine schöne Frau handelt«, empfahl Mr. Anderson sarkastisch.

»Aber natürlich, Mr. Anderson! Keine Sorge, das nächste Mal werde ich sicherstellen, dass ich niemanden mitnehme, vor allem keine schönen Frauen. Ich möchte schließlich nicht, dass meine unorthodoxen Weltraumausflüge das romantische Ambiente stören. Wir wollen ja nicht, dass das Universum von meiner unerschütterlichen Entschlossenheit, mich zu blamieren, abgelenkt wird«, erwiderte er. Mit seiner Antwort zeigte er, dass er die Situation mit Selbstironie und Gelassenheit betrachtete und bereit war, darüber zu lachen.

»Ich finde, Sie haben Humor, Joseph, aber das wird Ihnen leider nichts bringen, denn das Betreten verbotener Bereiche wie den Maschinenraum ohne ausdrückliche Erlaubnis des Sicherheitspersonals ist ein Verstoß gegen die geltenden Regeln auf der Nebelgator«, sagte Commander Anderson und fuhr fort: »Und nach solchen Verstößen folgen immer Bestrafungsmaßnahmen. Es tut uns leid, Joseph, weil wir für Sie in so einer Situation nichts tun können.«

»Und wie schwer sind diese Bestrafungsmaßnahmen?«, fragte er.

Als Mr. Anderson gerade dabei war, auf Josephs Frage zu antworten, wurde er plötzlich von einem seiner Untergebenen unterbrochen, der ihm mitteilte, dass zwei prominente Besucher auf ihn warteten. Ein wenig Überraschung stand in seinem Gesicht, bevor er sich wieder seinem Gast zuwandte.

»Warten Sie, ich bin gleich wieder da«, sagte Mr. Anderson, und fügte beim Verlassen des Raums hinzu: »Es scheint, dass ich unerwarteten Besuch habe, den ich nicht länger warten lassen kann.«

Joseph grinste leicht, während er allein in der Haftanstalt zurückblieb. Seine Gedanken kreisten um die bevorstehenden Konsequenzen und die ungeklärte Frage nach den Bestrafungsmaßnahmen.

Er saß aufrecht auf seinem Stuhl, mit einem Grinsen im Gesicht, aber innerlich fühlte er enorme Angst. Eine Angst, die niemand sehen konnte, denn er verbarg sie. Respektvoll, cool und mit ein bisschen Humor versuchte er, die Situation zu meistern und sich nicht unnötig zu beunruhigen. Die Anschuldigung, unerlaubt in den Maschinenraum des Raumschiffs eingedrungen zu sein, traf ihn unerwartet. Er war sich keinerlei Schuld bewusst und hatte keine Ahnung von den Beweismaterialien, die gegen ihn verwendet wurden. Es waren Beweismaterialien, auf denen er zu sehen war. Beweismaterialien, die ihm große Schwierigkeiten bereiten konnten. Beweismaterialien, die Commander Anderson noch nicht erwähnt hatte.

Er beobachtete, wie der Commander den Raum verließ, um mit den Besuchern zu sprechen. Das Verhör war vorläufig unterbrochen, und Joseph verharrte in seiner Ungewissheit über die Situation.

Die letzten Worte von Commander Anderson schienen Joseph innerlich aufzufressen, während er sich fragte, welche Konsequenzen auf ihn zukommen würden. Er hatte gehofft, dass sein Humor ihn in dieser unangenehmen Lage retten würde, doch die Worte des Commanders waren unmissverständlich. Es war klar, dass Joseph die Schwere seiner Lage nun vollständig erkannte.

Joseph schluckte schwer und wagte schließlich eine Frage, die ihm auf der Seele brannte: »Und wie schwer sind diese Bestrafungsmaßnahmen?«. Die Antwort darauf blieb vorerst ungewiss, während er in der kargen Haftanstalt des Raumschiffs auf die Rückkehr des Commanders wartete.

Nachdem der Commander den Raum verlassen hat, um die prominenten Besucher zu empfangen, blieb Joseph allein in der Haftanstalt zurück. Obwohl der Raum schallisoliert war, konnte er immer noch die aufgeregten Stimmen von draußen hören und fragte sich, was vor sich ging. Eine Mischung aus Angst und Hoffnung durchströmte ihn, als er darüber nachdachte, was der Commander nachher zu ihm sagen könnte.

Nach einer langen Zeit öffnete sich plötzlich die Tür erneut, und der Commander betrat den Raum mit seinen zwei Myonoiden-Leibwächtern an seiner Seite, gefolgt von den zwei Besuchern. Sie trugen das Emblem einer einflussreichen Gemeinschaft auf ihren Uniformen. Eine sogenannte Shadow-Gemeinschaft, deren Hauptsitz sich in Hellas Planitia befand. Der Commander wendete sich an Joseph und sagte: »Joseph, ich möchte dir Mr. Martin Miller und Mr. Leonard

Miller vorstellen. Sie haben etwas zu besprechen, das dich direkt betrifft.«

Mr. Miller, ein ernst aussehender älterer Herr, trat vor und sagte mit einer tiefen Stimme: »Joseph, wir haben von deiner Situation gehört und sind hier, um dir zu helfen.«

Leonard Miller, der Sohn von Mr. Martin Miller, ein energiegeladener junger Mann mit einem selbstbewussten Lächeln, fügte hinzu: »Wir haben Beweise gefunden, die deine Unschuld bestätigen könnten, aber nun brauchen wir deine Hilfe, um die wahren Täter zu finden und sie zur Rechenschaft zu ziehen.«

Joseph war überwältigt von der plötzlichen Wendung und fühlte sich etwas erleichtert, aber er wusste nicht, wie er beim Finden der Täter helfen könnte.

Mit einem entschlossenen Blick sagte Joseph: »Ich bin bereit, Ihnen zu helfen. Bitte führen Sie mich zu den Beweisen und sagen Sie mir dann, wie ich Ihnen behilflich sein kann.«

»Tu alles, was du kannst, Joseph, um deine Zukunft zu retten, denn solange die wahren Täter unbekannt bleiben, stehen deine Freiheit und Sicherheit am Bord dieses Raumschiffes aufs Spiel. Deswegen sei bereit, alles zu tun, um deine Zukunft zu retten«, sagte Martin Miller.

»Ich versuche es«, antwortete Joseph.

Martin Miller nickte ernst und begann, die Beweise vor Joseph auszubreiten. Es waren Datensätze von Überwachungskameras, die an verschiedenen Orten von der Nebelgator installiert waren, sowie technische Aufzeichnungen von den Systemen des Raumschiffs selbst.

»Diese Aufnahmen können nicht alles zeigen, was in dieser Nacht passiert ist, aber sie zeigen dich, wie du mit einer jungen Frau in den Armen rennst, als der Vorfall gemeldet wurde«, erklärte Martin und fragte: »Was ist genau in dieser Nacht passiert, Joseph, und wie kam es dazu, dass du mit einer Frau in den Armen gerannt bist?«

Joseph drehte seinen Kopf und betrachtete nachdenklich die Seite. »Im Leben gibt es nichts Schöneres, als jemanden zu retten. Diese Frau habe ich regungslos mit blutenden Wunden am Hals auf dem Boden im freien Bereich von der Nebelgator gefunden, und ich habe einfach meine Pflicht getan. Ich habe sie aufgehoben und bin mit ihr gerannt, denn ich wollte nur ihr Leben retten«, erklärte Joseph.

»Dass du ihr helfen wolltest, verstehe ich ganz gut, aber warum bist du dann in Richtung des Ladenraums und des Maschinenraums gerannt? Warum nicht zum Krankenhaus?«

»Ich kenne mich noch nicht gut genug auf diesem Schiff aus, ich weiß nicht einmal, wo das Krankenhaus ist. Außerdem hatte ich gar nicht an ein Krankenhaus gedacht, ich war im Stressmodus«, verteidigte er sich.

»Und woran hast du gedacht, wenn ich fragen darf?«, fragte Leonard.

»Ich dachte daran, einen sicheren Ort zu finden und einen Fluchtweg zu suchen. Ich dachte, dass das Mädchen gerade angegriffen worden war und die Angreifer möglicherweise noch in der Nähe waren. Ich wollte den Tatort so schnell wie möglich verlassen, bevor sie zurückkommen konnten«, antwortete er.

»Hm …«, seufzte Mr. Miller mit zusammengepressten Lippen.

»Aber wer sind Sie überhaupt? Und warum möchten Sie das alles wissen? Und wie konnten Sie Zugang zu den Aufzeichnungen der Überwachungskameras des Raumschiffs haben?«

»Gute Frage. Ich bin Lilithas Vater, Leonard ist mein Sohn. Heute haben wir eine Verletzung an Lilithas Hals bemerkt und wollten nur wissen, was passiert ist. Sie hat uns erzählt, wie sie sich die Verletzung zugezogen hat und wie sie von einem jungen Mann gerettet wurde. Ohne deine Hilfe wäre sie wahrscheinlich schon tot gewesen. Deshalb möchten wir uns ganz herzlich bei Ihnen bedanken, Joseph. Vielen Dank für Ihren Mut. Wir wissen das alles zu schätzen.«

»Nichts zu danken«, sagte Joseph.

»War wirklich alles so, wie Sie gesagt haben? Können wir Ihren Aussagen wirklich vertrauen?«, fragte Leonard.

»Warum sollte ich lügen? Ich habe bisher immer die Wahrheit gesagt«, entgegnete Joseph.

»Der Junge ist wirklich ein Held. Gratulation«, sagte Commander Anderson.

Mr. Martin Miller erkannte eine gewisse Glaubwürdigkeit in dem, was Joseph ihm erzählte und dem, was Lilitha ihm berichtet hatte. Daher neigte er dazu, Josephs Aussagen zumindest zu glauben. Dennoch konnte er ihm nicht blind vertrauen. Für ein Mitglied der Shadow-Gemeinschaft wäre es naiv, den Menschen, insbesondere den Sapiens, blind zu vertrauen, und eine solche Naivität wurde innerhalb der Shadow-Gemeinschaft als Schwäche betrachtet. Nun war es an der Zeit, eine Entscheidung zu treffen. Er wandte sich Joseph zu und bedankte sich ein letztes Mal.

Als Mr. Martin und Leonard sich umdrehten, um den Raum zu verlassen, sagte Mr. Anderson. »Wäre es nicht angemessen, Mr. Miller, eine kleine Anerkennung zu zeigen?«

Mr. Martin überlegte kurz und reichte Joseph eine kleine grüne Karte. »Das sind fünfzig Gutscheine, und du wirst sie sicherlich gebrauchen können.«

Joseph betrachtete die Karte und lehnte ab. »Danke, Mr. Martin, für Ihre Großzügigkeit. Doch ich habe das nicht für das Geld gemacht. Es ist meine Pflicht, jemanden in Gefahr zu retten.«

»Er hat abgelehnt. Was können wir da tun?«, sagte Martin Miller.

»Ich verstehe, Vater«, sagte Leonard trocken und trat näher an Joseph heran. »Vielleicht könntest du etwas mit unserer Familie unternehmen, Mr. Joseph? Bei uns herrscht immer eine gute Atmosphäre.«

»Natürlich, ich bin dabei«, antwortete Joseph.

»Alles ist nun geklärt«, sagte Mr. Martin und überreichte ihm eine andere kleine Karte.

Joseph bei der Miller-Familie in Quadrant-Solarien

Joseph atmete tief ein und genoss den kühlen, metallischen Hauch des Raumschiffs, durch das er in seinem schicken Anzug lief. Das dunkle Kostüm, das weiße T-Shirt und die schwarze Krawatte ließen ihn in der Menge der Passagiere dritter Klasse herausragen. Seine weißen Handschuhe gaben ihm einen Hauch von Eleganz, während er sich auf den Weg ins exklusive Quadrant-Solarien der ersten Klasse machte.

Die schalldichten Trennwände aus dicken Metalllegierungen und verstärktem Glas wirkten wie stumme Wächter, die ihn in die Welt der Elite führten. Joseph hielt die kleine Karte fest in der Hand, die ihm von Martin Miller persönlich überreicht worden war. Sie öffnete ihm Türen zu einer Welt, von der er bisher nur geträumt hatte.

Vor ihm erhob sich ein imposantes Gebäude, dessen modulare Fassade die Luxusklasse verhieß. Die einzelnen Paneel-Elemente verschoben sich geräuschlos, um den Gästen Einlass zu gewähren. Joseph passierte zwei Wachbeamte am Tor, deren Blicke kurz auf seiner Identitätskarte verweilten, bevor sie ihm den Zugang gewährten.

Als er weiterging, empfingen ihn zwei Empfangsdamen mit einem strahlenden Lächeln und bestätigten seine Anwesenheit. Über dem Haupteingang prangte in goldenen Lettern: »Erste Klasse Quadrant-Solarien«. Die Erkenntnis, dass es einen Unterschied zwischen der ersten und zweiten Klasse gab, traf ihn wie ein Blitz. Doch jetzt war nicht die Zeit, sich darüber Gedanken zu machen. Sein Ziel war klar: Lilitha wiederzusehen und sich bei ihrer Familie zu bedanken.

Die Venuet war ein wahrer Augenschmaus. Die Luft pulsierte vor Energie, und die Gäste wirbelten in eleganten Roben und Anzügen umher. Jeder schien in sein eigenes Gespräch vertieft zu sein, und dennoch spürte Joseph die Blicke der anderen Gäste auf sich ruhen. Selbstzweifel versuchte, sich in seinem Inneren breitzumachen, doch er zwang sich, ihn zu unterdrücken. Sein Fokus lag allein auf dem, was vor ihm lag: eine Begegnung mit Lilitha und eine Welt jenseits seiner Vorstellungskraft.

Joseph setzte einen Schritt nach dem anderen, sein Inneres bebte vor geballter Spannung, als er sich dem imposanten Foyer näherte. Die Stille des Raumes wurde durch eine markante Männerstimme durchbrochen, die seinen Namen rief. Er drehte sich abrupt um, seine Augen suchten nach der Quelle des Grußes.

Dort stand er, Martin Miller, flankiert von einer Gesellschaft aus Anmut und Raffinesse. Zwei Frauen zu seiner Linken, eine Frau und ein Mann zu seiner Rechten. Als Mr. Miller sich vorwärts bewegte, um seine Frau vorzustellen, durchströmte eine Mischung aus Spannung und Neugier Josephs Sinne.

»Seraphina«, sagte Martin, und Joseph konnte nicht umhin, von ihrer Anmut fasziniert zu sein, als sie ihn mit einem leichten Lächeln begrüßte. Sein Blick glitt zu der brünetten Frau neben ihr, Azmida, die ihm freundlich zunickte. Doch es war Lilitha, die seine Aufmerksamkeit am meisten fesselte. »Schön, Sie alle kennenzulernen«, sagte Joseph nickend.

Als Martin Lilitha vorstellte, verspürte Joseph, wie seine erweiterten Pupillen sich unausweichlich auf sie konzentrierten und ihre Erscheinung genauer erfassten, als wäre sie das einzige Detail, das zählte.

Das Foyer, in dem sie standen, strahlte Eleganz aus, von den opulenten Möbeln bis hin zu den kunstvollen Dekorationen. Die Decke schien den Himmel zu berühren, während die gedämpfte Beleuchtung eine mysteriöse Atmosphäre der Versuchung schuf. Der Raum und die Menschen dort wirkten spannend, und so eine Atmosphäre war Joseph fremd. Es war, als ob hinter jedem Blick und jedem Lächeln eine verborgene Geschichte lauerte, bereit, entdeckt zu werden.

Als Martin Miller und seine Familie das Foyer verließen, lud er Joseph ein, mit ihnen zu kommen. Joseph folgte ihnen durch die eleganten Korridore des Gebäudes, bis sie schließlich vor einer imposanten Tür stehen blieben. Als die Tür sich öffnete, trat Joseph in die luxuriöse Wohnung von Martin Miller ein. Der Raum strahlte die gleiche Atmosphäre aus wie das Foyer, doch hier war alles noch persönlicher und einladender, was Josephs Freude noch verstärkte. Er versuchte, seine Freude nicht nach außen zu bringen. Martin führte Joseph durch die verschiedenen Räume, darunter ein prächtiges Wohnzimmer, ein gemütliches Esszimmer und auch einen privaten Arbeitsbereich. Überall in der Wohnung waren mystische Symbole, die für Josephs Verstand nicht definierbar waren, wie blutige Rosen, Mond und Sterne und Fledermäuse, und auf dem Tisch im Wohnzimmer waren Kerzen und Kerzenleuchter. In diesem Moment wollten sich seine Gedanken nicht mit diesen Symbolen befassen, stattdessen wollte er die Wohnung erkunden und die Familie besser kennenlernen. Er wirkte auch überrascht von den unerwarteten Wendungen, denn er hatte nicht erwartet, dass seine Handlung, Lilithas Leben zu retten, solch große Auswirkungen haben würde. Die Einladung von Martin Miller, Joseph zu Hause zu empfangen, eine unerwartete Geste der Dankbarkeit und Großzügigkeit. Joseph sah Lilitha an und bemerkte die Dankbarkeit in ihren Augen, doch da war auch etwas anderes, etwas, das seine Aufmerksamkeit fesselte. Ihr Blick war intensiv, und für einen Moment schien es, als ob sie eine unsichtbare Verbindung zwischen ihnen spürten.

Der Abend lag wie eine weiche Decke über Martins Wohnung, als er Joseph einlud, seine Familie kennenzulernen. Nachdem Martin Joseph seine Familienmitglieder vorgestellt hatte, war er gerade dabei, etwas Neues vorzubereiten, als ein unerwarteter, dringender Besuch Martin dazu zwang, sich zu entschuldigen. »Ich werde dich später finden, Joseph, für etwas Besonderes. Es tut mir leid, aber dieser Besuch kann nicht warten«, sagte Martin, bevor er eilig verschwand, seine Worte blieben unbeantwortet.

Während Joseph die Wohnung erkundete, führte er einen lockeren Small Talk mit Azmida. Sie beantwortete geduldig seine Fragen über die Bilder an den Wänden und strahlte eine ruhige Gelassenheit aus.

Plötzlich näherte sich jemand von hinten und sprach ihn an: »Hättest du Lust auf etwas Spaßiges, Mr. Alien?«

Joseph drehte sich um und sah Lilitha, sein Herz begann schneller zu schlagen. »Bitte, nenn mich Joseph«, kicherte er nervös.

»OK, wie Sie wünschen, Joseph«, antwortete sie mit einem schelmischen Lächeln. »Hättest du Lust auf einen kleinen Spaziergang? Lass uns nach unten gehen.«

Die beiden verließen die Wohnung und betraten das Foyer, wo leise klassische Musik erklang und Paare elegant tanzten. Joseph spürte die Spannung zwischen ihnen, als er Lilitha in die Augen sah und ihre Stimmung las. Er streckte seine Hand aus und forderte sie zum Tanzen auf, ohne dass ein Wort ausgesprochen werden musste. Für einen Moment hielt die Zeit kurz inne, als Lilitha seine Hand zögernd ergriff und sich mit ihm auf die Tanzfläche begab. Ihre Schritte waren leicht und anmutig, perfekt im Einklang mit dem sanften Rhythmus der Musik. Joseph fühlte ihre Nähe, als seine Hand auf ihrer Taille ruhte und sie sich vertrauensvoll an ihn schmiegte.

Während sie über das Parkett glitten, umarmt von der Melodie der Musik, fühlten sich Joseph und Lilitha, als ob sie in eine Welt abtauchten, die nur ihnen beiden gehörte. Die übrigen Gäste im Foyer schienen in einem fernen Hintergrund zu verblassen, während ihre Blicke und Worte sich ineinander verloren. Joseph hielt Lilitha fest, als sie sich in seinem Arm bewegte, und spürte eine Wärme, die seinen ganzen Körper durchströmte. »Es ist seltsam«, begann er, seinen Blick auf ihren Augen ruhend.

»Was ist seltsam?«, fragte Lilitha

Joseph ließ einen Moment vergehen, bevor er kichernd antwortete: »Ich fühle mich so wohl in deiner Nähe, als ob ich dich schon mein ganzes Leben lang kenne.«

»Echt?«, fragte Lilitha

»Ja, echt. Es ist, als ob wir uns schon immer gekannt hätten«, sagte er leise, während er in ihre Augen sah. »Als ob unser Zusammentreffen vorherbestimmt wäre.«

»Vielleicht gibt es so etwas wie Seelenverwandtschaft wirklich«, flüsterte sie, ihre Stimme kaum hörbar über den Klängen der Musik.

Josephs Herz schlug schneller, als er ihre Worte hörte. »Vielleicht«, murmelte er nachdenklich. »Aber ich glaube, dass es mehr ist als das.«

Lilitha fühlte sich schon überwältigt und versuchte, das Gespräch in eine andere Richtung zu lenken »Übrigens wie lange wirst du auf dem Mars bleiben?«

»Ich weiß es noch nicht, ich bin ein Vertragsknecht, und deswegen bin ich offen fürs Unbekannte«, antwortete Joseph.

»Manchmal fühlt es sich an, als ob alles, wofür ich gearbeitet habe, dazu hingeführt hat, dass ich hier sein sollte, auf diesem Weg zum Mars«, fuhr Lilitha fort, ihre Gedanken in die Ferne gerichtet. »Es ist, als ob das Simulo mir eine Gelegenheit bietet, meine Träume zu verwirklichen und eine Zukunft zu gestalten, die größer ist, als ich es mir jemals vorgestellt habe.«

Die Musik schien ihre Worte zu verstärken, während sie weiter tanzten. »Es ist interessant, wie du das siehst, Lilitha. Es fühlt sich an, als ob das Simulo uns hierhergeführt hat. Ich denke, es gibt eine gewisse Fügung in allem, was geschieht. Ich denke oft darüber nach, was mich in Arcadia Planitia erwarten wird«, fuhr Joseph gedankenversunken fort. »Neue Erlebnisse wie das Mausoleum von Musk, Abenteuer vielleicht sogar die Möglichkeit, das Unbekannte zu erforschen.«

»Ich stimme zu, Joseph, dass es manchmal scheint, als ob das Simulo uns auf unserem Weg lenkt. Arcadia Planitia birgt sicherlich viele Geheimnisse und Möglichkeiten für neue Entdeckungen. Die Idee, das Mausoleum von Musk zu besuchen, weckt meine Neugierde, und ich kann es kaum erwarten, zu sehen, welche Abenteuer und Herausforderungen mich auf dem Mars erwarten«, spiegelte Lilitha Josephs Gedanken.

Joseph sah es in ihren Augen, sein Verlangen nach ihrer Gesellschaft nach der Landung war unübersehbar. »Lilitha«, begann er, seine Stimme sanft und ernst. »Wohin wirst du gehen? Nach Arcadia Planitia?«, fragte Joseph neugierig, als er die Entschlossenheit in ihren Augen sah.

Sie schüttelte langsam den Kopf, ein leises Lächeln auf den Lippen. »Nein, Joseph«, antwortete sie ruhig. »Meine Familie hat beschlossen, sich in einer anderen Stadt auf dem Mars niederzulassen. Es ist eine kleine, abgelegene Gemeinde, aber sie bietet uns die Möglichkeit, ein neues Leben zu beginnen und unsere Träume zu verfolgen.«

Bevor Joseph jedoch die Chance hatte, weiter zu fragen, wurde ihre Unterhaltung von einem sanften Husten hinter ihnen unterbrochen. Sie drehten sich um und sahen Leonard, der mit einem warmen Lächeln auf sie zukam.

»Lilitha, Joseph, es ist Zeit für unser gemeinsames Essen«, sagte er freundlich. Seraphina, Lilithas Mutter, und ich haben alles schon vorbereitet.«

Lilitha seufzte leise und wandte sich entschuldigend an Joseph. »Es tut mir leid, Joseph, aber wir müssen gehen. Mein Vater wartet schon auf uns.«

Joseph nickte verständnisvoll, obwohl er ein Gefühl der Enttäuschung nicht verbergen konnte. »Natürlich, Lilitha. Wir können später weiterreden«, antwortete er höflich.

Die drei gingen gemeinsam die stilvollen Flure des Raumschiffs entlang, auf dem Weg zu Lilithas Familie, wissend, dass ihre Unterhaltung über die Zukunft noch lange nicht beendet war.

Als sie eintraten, wurde Joseph von einem sanften Licht empfangen, das von den eingebauten künstlichen Kerzen an den Wänden strömte. Der Raum war geräumig und bot Platz für eine große, runde Tafel in der Mitte. Als sie den Tisch zum Dinieren erreichten, lächelten Seraphina, Asmoda und Azmida herzlich und deuteten ihnen an, Platz zu nehmen. Herr Miller, ein Mann mit einem warmen, aber bestimmten Blick, entschuldigte sich für die Unterbrechung und ließ Joseph wissen, dass er etwas Dringendes erledigen musste.

Die HPL-Verbundtischplatte war robust, pflegeleicht und makellos poliert und reflektierte das Licht, das von der Decke fiel. In der Mitte der Tafel stand ein kunstvoller Blumenstrauß, der dem Raum eine frische Erscheinung verlieh. Um den Tisch herum standen acht Kunststoff-Stühle mit bequemen Polstern, die zum Verweilen einluden. Jeder hatte seinen Platz und alles wurde so gestaltet, dass kein einziger Stuhl am Tisch frei blieb.

Während sie sich setzten, um das Essen zu genießen, floss die Unterhaltung leicht zwischen den Familienmitgliedern und Joseph. Direkt neben seiner Freundin Leila saß Leonard und erzählte von seinen neuesten Erfahrungen an Bord von der Nebelgator, während die beiden Schwester Asmoda und Azmida begeistert über ihre Zukunftspläne auf dem Mars sprachen.

»Eines Tages werde ich einen Posten im mächtigsten Konzern auf Terra Viva einnehmen und mich von dort aus emporarbeiten«, erklärte Azmida mit einem eisernen Glanz in den Augen.

»Terra Viva?« Asmoda schien überrascht. »Aber Terra Viva liegt in Arcadia Planitia, und unsere Familie wird niemals in der nördlichen Hemisphäre sesshaft werden.«

»Dennoch plane ich, mich dort niederzulassen«, beharrte Azmida.

»Die südliche Hemisphäre übt einen größeren Reiz aus. Deshalb zieht es uns alle in Richtung Hellas Planitia«, erklärte Martin und wandte sich dann an Joseph: »Und du, Joseph? Weißt du schon, wohin es dich verschlägt?«

»Keine Ahnung bisher. Ich überlasse alles dem Schicksal. Das Wichtigste für mich ist, inneren Frieden zu finden und ein Dach über dem Kopf auf dem Roten Planeten zu haben«, antwortete Joseph gelassen.

»Joseph hat bescheidene Ziele«, sagte Lilitha im Spaß.

»Stimmt. Du hast es perfekt ausgedrückt«, gab Joseph zu.

»Aber warum ist das so, Joseph? Muss es wirklich so sein?« Seraphina Miller durchbohrte ihn mit ihrem Blick.

»Nein, es muss nicht so sein, aber das ist meine Lebensweise. Ich bevorzuge inneren Frieden und Freiheit gegenüber Ehrgeiz und dem Streben nach Glück. Am Ende verlieren sowohl der Ehrgeizige als auch der Bescheidene dasselbe: ihre Gegenwart«, erklärte Joseph ruhig.

»Sehr treffend gesagt, Joseph«, lobte Leonard. »Aber das Streben nach einem Ziel und die Ambition, etwas Großes zu schaffen, können auch eine Befreiung sein.«

»Da stimme ich dir vollkommen zu. Doch gleichzeitig sollte man sein Leben so führen, dass selbst der Bestatter bei unserem Tod traurig wäre«, erwiderte Joseph nachdenklich.

»Aber wie soll das gehen?« Azmida warf die Frage in die Runde.

»Indem man bedeutende Beiträge leistet und die Bedürfnisse anderer im Blick behält. Man sollte Wege finden, um positiv auf die Welt einzuwirken, sei es durch seine Arbeit, seine Kreativität, sein Wissen oder seine Ressourcen. Suche nach Möglichkeiten, die Welt um dich herum zu verbessern und einen bleibenden Eindruck zu hinterlassen«, erklärte Joseph mit Überzeugung.

»Ist das alles, was du sagen wolltest, Joseph?« Martin wirkte skeptisch.

»Ich denke, ich habe das Wesentliche auf den Punkt gebracht«, antwortete Joseph bedächtig.

»Teilweise stimme ich dir zu, aber manchmal ist Zerstörung notwendig, und der Zerstörer ist nicht zwangsläufig schlechter als diejenigen, die die Welt verbessern wollen. Wenn Menschen sich gegenseitig zerstören, liegt das daran, dass sie im Grunde Tiere sind«, erklärte Martin mit einem Hauch von Zynismus.

»Es ist eine Frage der Natur. Die Natur selbst ist grausam, und dieser Fakt lässt sich seit Anbeginn der Zeit nicht leugnen«, fügte Leonard düster hinzu.

»Das ist wahr. Denn die Zeit wird im Allgemeinen als fundamentaler Bestandteil der Natur betrachtet, und sie ist der größte Zerstörer und Mörder«, erläuterte Martin mit einem düsteren Unterton.

»Der größte Zerstörer und Mörder?«, murmelte Joseph mit einem Hauch von Resignation.

»Natürlich, Joseph! Selbst Männer von Größe, Ruhm und Macht werden schließlich dem Lauf der Zeit erliegen. Es kommt der Tag, an dem sie gehen müssen und Platz für andere machen müssen. Das gilt auch für Dinge und Ereignisse; die Zeit wird sie alle irgendwann vorübergehen lassen. Für mich ist Zeit die bedeutendste Schöpfung des Lebens. Sie ist der Agent des Wandels, der das Alte auslöscht, um Raum für das Neue zu schaffen. Heute bist du, Joseph, das Neue, aber schon bald wird die Zeit dich langsam altern lassen und letztendlich zerstören. Es wird das Ende deiner Existenz bedeuten«, erklärte Miller mit einem noch düsteren Unterton.

»Genau deshalb sollte man sich immer wieder neu erfinden, sich stets neue Ziele setzen, sich selbst herausfordern, neue Fähigkeiten erlernen und sich verbessern. Ein erfülltes Leben entsteht oft durch kontinuierliche Entwicklung und Selbstentfaltung«, ergänzte Leonard eindringlich.

Nach einer tiefgründigen Diskussion, die verschiedene philosophische und persönliche Themenbereiche berührte, senkte sich für einen Moment Stille über die Runde. Jeder schien in seine eigenen Gedanken versunken zu sein, während sie über die zahllosen Facetten des Lebens und der Existenz sinnierten.

Dann, als ob sie das Schweigen durchbrechen wollte, erhob Seraphina Miller schließlich ihre Stimme. Ihr Blick glitt von einem Gesprächspartner zum nächsten, bevor sie mit ruhiger Stimme sprach: »Menschen wurden nicht dazu gemacht, das Leben zu verstehen, sondern es zu leben, und noch etwas, was ich in einem kurzen Resümee sagen muss, ist das Folgende: Wer das Leben liebt, möge sich stets neu erschaffen, um am Ende keine Reue zu empfinden.«

Nachdem sie sich alle am Tisch angeregt unterhalten und ein köstliches Mahl genossen hatten, begannen sie sich langsam zu verabschieden. Joseph erhob sich als Erster, seine Höflichkeit gebot es ihm, sich bei jedem Gast persönlich zu bedanken. Als er Seraphina die Hand reichte, bedankte er sich höflich: »Es war eine Freude, mit Ihnen allen zusammen zu sein. Vielen Dank für das wunderbare Essen.« Seraphina lächelte und nickte leicht, als Zeichen des Dankes.

Leonard und seine Freundin Leila schienen tief in ein Gespräch vertieft zu sein, als sie aufstanden, um den Tisch zu verlassen. Joseph, der sich von ihnen verabschieden wollte, zögerte einen Moment, als er sah, dass sie ihn nicht beachteten. Er beschloss schließlich, sie nicht zu stören, und ließ sie in ihrem Gespräch.

Mr. Miller schien nach dem Essen in Eile zu sein, wahrscheinlich hatte er noch wichtige Verpflichtungen. Joseph verstand und ließ ihn ohne weitere Verabschiedung gehen.

Als Joseph sich Lilitha näherte, um sich von ihr zu verabschieden, war er entschlossen, ihr persönlich Lebewohl zu sagen. Er reichte ihr die Hand und flüsterte ihr etwas zu, während er ihr einen kleinen Zettel unauffällig in die Hand gleiten ließ. Lilitha sah überrascht aus, aber sie nickte zustimmend und hielt die Hand mit dem Zettel fest geschlossen, damit niemand es bemerkte.

Nachdem Joseph den Raum verlassen hatte, sah Lilitha sich um, um sicherzustellen, dass niemand sie beobachtete. Dann eilte sie in ihre Kabine und öffnete den Zettel. Auf dem Zettel stand eine Nachricht:

Hallo Lilitha,
*   »Josepha2350 ist mein Alias, schreib mir bitte, ich warte auf deine*
Nachricht«,
*   Liebe Grüße, Joseph*

Lilitha lächelte leicht und steckte den Zettel sicher in ihre Tasche, bevor sie den Raum verließ. Warum hatte er ihr diesen Alias gegeben? Und was wollte er von ihr? War es nur eine freundliche Geste oder steckte mehr dahinter? Und was wollte er ihr mitteilen?

Die Erinnerung an die Situation, in der Joseph sie vor Gefahr gerettet hatte, flackerte in ihrem Gedächtnis auf. Sie kannten sich nicht sehr lange, aber jedes Mal, wenn Lilitha ihn sah, hatte er eine unerklärliche Anziehungskraft auf sie ausgeübt. Nun brannte die Neugierde in Lilitha und sie konnte es kaum erwarten, die Antworten zu finden, die sie suchte.

Als sie zu ihrer Kabine zurückkehrte, nahm sie den Zettel aus ihrer Tasche und betrachtete ihn nachdenklich. Sollte sie später das Risiko eingehen und Joseph eine Nachricht schicken? Oder sollte sie die Vergangenheit ruhen lassen und sich auf die Gegenwart konzentrieren?

Lilitha wusste, dass sie eine Entscheidung treffen musste, und sie würde sie mit Bedacht treffen. Denn egal, was die Zukunft brachte, sie konnte nicht leugnen, dass Joseph eine unerwartete Wendung in ihrem Leben darstellte, und sie war bereit, herauszufinden, was das Schicksal für sie bereithielt.

KAPITEL 12

Eine Woche war vergangen, seit Joseph Lilitha seinen Alias gegeben hatte, doch noch immer herrschte Stille von ihrer Seite. Joseph fürchtete, sie sei für immer verloren. An diesem Tag fanden sich Joseph, Hong und Aristide auf einem Nebelgator-Gelände wieder. Die Struktur aus Titanlegierungen und Kohlenstofffasern trotzte den harten Weltraumbedingungen, während automatische Sicherheitssysteme für zusätzliche Sicherheit sorgten. Hier testeten Joseph und Hong seit Tagen ihre Kräfte, während Aristide, unfähig im Neo-Kundo, ihnen nur zusah. Ein hektischer Kampf entfaltete sich zwischen Joseph und Hong, wobei Hong unaufhörlich Josephs Angriffe mit verschiedenen Blocktechniken abwehrte, darunter Aufwärts-, Seitwärts- und Abwärtsblocks.

An einem bestimmten Punkt schien Hong endlich genug von Josephs Angriffen zu haben. Mit einer fließenden Abfolge von Rundtritten, Fronttritten und Seitentricks ging er zum Gegenangriff über.

»Du bist gut, Hong, aber nicht gut genug«, spottete Joseph, als er mit einem kraftvollen Sprungtritt auf Hong zustürmte und seinen Brustkorb traf. Hong verlor plötzlich das Gleichgewicht und drohte über die Kante zu stürzen, als Joseph plötzlich innehielt, um ihn nicht weiter zu stoßen.

»Pass auf, dass du nicht über die Kante trittst, sonst lösen wir noch Alarm aus«, mahnte Aristide.

»Halt, halt, es wird langsam gefährlich«, warnte Hong, ein spöttisches Lachen auf den Lippen.

»Du hast recht, wir sollten aufhören. In einer Stunde muss ich sowieso gehen und jemanden suchen, den ich hoffe, zu finden,«, sagte Joseph.

»Du willst doch nicht etwa nach ihr suchen?«, fragte Aristide unsicher.

»Nach wem?«, erkundigte sich Joseph.

»Lilitha«, antwortete Aristide.

»Vor einer Woche habe ich ihr meinen Alias gegeben, aber bisher habe ich nichts von ihr gehört«, gestand Joseph.

»Mein Freund, ich habe dir von Anfang an gesagt, dass du das lieber lassen solltest. An eine Frau wie sie wirst du niemals herankommen. Du bist nur ein Vertragsknecht, während sie zu den Eliten auf diesem Raumschiff gehört«, erwiderte Hong bestimmt.

»Es dreht sich nicht um den sozialen Status; sie muss sich einfach in ihn verlieben. Wenn wir verliebt sind, neigen wir dazu, einen scheinbar gewöhnlichen Menschen als etwas Besonderes und Einzigartiges anzusehen. Das war schon immer so und wird für Menschen, Myonen und Nobilis, im Simulo immer so bleiben, denn die Liebe, als eine der mächtigsten Kräfte im Simulo, verdreht die Realität«, korrigierte Aristide Hong mit Nachdruck.

»Danke, Aristide, das hast du wirklich gut auf den Punkt gebracht«, sagte Joseph dankbar.

»Ob sie dich jedoch mag, bezweifle ich, Joseph. Sonst hätte sie dir längst geschrieben«, fügte Aristide mit einer Spur Dramatik hinzu.

»Es mag geschehen, was geschehen muss. Niemand in der Geschichte ist jemals an Einsamkeit gestorben«, sagte Joseph, als sie alle gemeinsam das Gelände verließen.

Joseph lebte zu einer Zeit, in der romantische Liebe als das höchste Ziel für einen Sapiens galt. Viele Sapiens, Myonen und Nobilis strebten danach, von einer unsterblichen Liebe zu träumen, die ein Leben voller Glück versprach und den Kummer besiegen sollte. Doch Joseph beobachtete mit zunehmender Traurigkeit, dass die Realität oft nicht mit diesen Idealen übereinstimmte. Für ihn war romantische Liebe weder eine Quelle dauerhaften Glücks noch die Lösung für den alltäglichen Kummer, den viele Sapiens erlebten.

Er war stets vorsichtig, denn er erkannte, dass Verliebtheit trotz ihrer vermeintlichen Vorteile oft mehr Schaden als Nutzen anrichten konnte. Joseph weigerte sich, in das Labyrinth unkontrollierbarer Emotionen zu stürzen, das so viele andere quälte. Er fürchtete, dass solche Erfahrungen sein seelisches Wohlbefinden nachhaltig beeinträchtigen könnten. Dennoch hegte er paradoxerweise die Überzeugung, dass romantische Liebe mehr sein musste als nur eine unpraktische Quelle des Leidens. Schließlich gab es unzählige Werke – Bücher, Gedichte, Musik und Filme –, die sich diesem Thema widmeten. Es musste etwas Tieferes geben, das sich hinter dem Schleier der romantischen Illusion verbarg, etwas, das den Schmerz und die Sehnsucht wert war.

Als Joseph den fünften Teil des gewaltigen Raumschiffs Nebelgator betrat, wurde er von einem Labyrinth aus breiten, glänzenden Gängen empfangen. Das Innere des Schiffes erstreckte sich in alle Richtungen, eine endlose Reihe von Metallwänden und beleuchteten Schildern, die den Weg wiesen.

Die Gänge waren geräumig genug, um problemlos Platz für die zahlreichen Passagiere zu bieten, die durch sie hindurchströmten. Menschen aller Art eilten an Joseph vorbei, manche in Eile, andere verloren in ihren Gedanken über die Weiten des Weltraums.

Als er weiterhin durch die breiten Gänge schlenderte, fiel ihm auf, dass nicht so viele Passagiere wie beim letzten Mal hindurchströmten. Er erinnerte sich daran, wie menschenleer die Gänge waren, und die Veränderung überraschte ihn und ließ ihn über seine Erinnerungen nachdenken. War es möglich, dass er sich damals geirrt hatte?

Je weiter Joseph entlang der breiten Gänge des Raumschiffs Nebelgator ging, desto stärker spürte er, wie sich die Verwirrung in ihm ausbreitete. Jeder Schritt schien ihn tiefer in ein Labyrinth aus Zweifeln und Fragen zu führen. Dennoch war Joseph entschlossen, Kabine Nr. 800 zu finden und Eldorath wiederzusehen. Egal, wie verwirrend die Situation auch sein mochte, er würde nicht aufgeben. Entlang der Wände waren Monitore und Anzeigen angebracht, die Informationen über das Schiff und seine Reise lieferten. Hin und wieder tauchten Besatzungsmitglieder auf, die ihren Pflichten nachgingen, ihre Uniformen leuchtend inmitten der metallischen Umgebung. Die Beleuchtung war gedämpft, und das sanfte Summen der Schiffsmotoren schuf eine surreale Atmosphäre. Es war leicht, sich in diesem riesigen, metallischen Koloss verloren zu fühlen, und

Joseph spürte, wie die Spannung in ihm stieg, als er sich Kabine Nr. 800 näherte.

Schließlich erreichte er die Tür, die mit der Nummer 800 gekennzeichnet war. Sein Atem stockte, als er bemerkte, dass die Wände nicht mehr durchsichtig waren wie zuvor. Vielleicht hatten die Bewohner die Vorhänge geschlossen, um ihre Privatsphäre zu wahren, überlegte er schnell.

Ein erster Klopfversuch ergab keine Reaktion. Joseph spürte, wie sein Puls in seinen Schläfen pochte, als er ein zweites Mal klopfte und gespannt wartete. Stille. Keine Antwort, kein Lebenszeichen von drinnen.

Enttäuscht wandte er sich ab und begann, sich langsam zurückzuziehen. Doch plötzlich, als er bereits einige Schritte entfernt war, glitt die Tür leise auf. Joseph wirbelte herum, um zu sehen, wer erschienen war, und da stand Eldorath, einer seiner Söhne an seiner Seite, mit einem Ausdruck der Überraschung und Neugier in den Augen.

»Was brauchst du bitte?,« erklang Eldoraths Stimme, und Joseph spürte einen Schauer der Erleichterung über seinen Rücken laufen. Er hatte endlich die Aufmerksamkeit der Familie Cooper erlangt.

»Nichts Besonderes«, antwortete Joseph unsicher. Er spürte, dass sich etwas in Eldoraths Stimmung verändert hatte, konnte jedoch nicht genau sagen, was es war. Dann fuhr er fort: »Ich erinnere mich immer noch an unser letztes Gespräch. Erinnern Sie sich daran?«

Eldorath nickte knapp. »Ja, ich erinnere mich. Aber warum sind Sie überhaupt hierhergekommen?«

Joseph zögerte einen Moment, bevor er antwortete: »Ich dachte, ich könnte vorbeikommen und mit Ihnen plaudern. Ich habe auch ein paar Fragen, für die ich keine Antwort habe. Vielleicht könnten Sie mir dabei helfen.«

Eldorath schien zu überlegen und bat dann Joseph, kurz zu warten. Er verschwand in der Kabine und zog den Vorhang zu, was Joseph unsicher machte. Plötzlich füllten sich Josephs Gedanken mit Zweifeln. Warum hatte Eldorath den Vorhang geschlossen? Was wollte er verbergen?

Nach ein paar Minuten öffnete Eldorath die Tür erneut und lud Joseph ein, hereinzukommen. »Wollen Sie bitte eintreten?«

»Ja, natürlich«, antwortete Joseph und trat in die Kabine ein. Er sah Kristine traurig am Tisch sitzen, einen der Söhne an ihrer Seite. Die Stimmung in der Kabine war gespannt, und Joseph spürte, dass etwas Ernstes vorgefallen sein musste.

Joseph erkannte sofort, dass nur zwei der drei Kinder der Familie Cooper in der Kabine waren, aber er entschied sich, nicht nach dem fehlenden Säugling zu fragen. »Joseph, das ist Kowen, und das ist Oliver«, stellte Eldorath die Jungen vor. Joseph lächelte sie an, aber die Kinder schienen ihn nur mit leeren Blicken anzustarren, als würden sie ihn nicht verstehen.

»Nun, was für Fragen haben Sie, Joseph?«, fragte Eldorath.

»Ich habe den Eindruck, dass etwas mit meinem Schlafverhalten nicht stimmt, seit ich auf diesem Raumschiff bin«, gestand Joseph. »Einige meiner Nachbarn haben ähnliche Probleme. Verstehen Sie, was ich meine? «

»Was meinen Sie genau mit ›Schlafverhalten‹? Schlafen Sie nicht genug?«, fragte Eldorath nach.

Joseph schüttelte den Kopf. »Nein, ich meine, ich habe oft Albträume. Und das Seltsame ist, einige von uns haben nicht nur denselben Albtraum, sondern auch dieselbe Stimme gehört, die immer wieder denselben Satz wiederholt.«

Kristina trat näher und fragte leise: »Weißt du, was genau die Stimme sagt?«

»Ich erinnere mich nicht genau an den Satz«, gestand Joseph, »aber es war etwas über einen Geheimplan, einen Kristall und ein Zeichen, das den Tod verbreiten soll.«

Kristinas Reaktion war alarmiert. »Ich habe Eldorath immer wieder gesagt, dass etwas nicht stimmt auf diesem Schiff, aber er glaubt mir nicht. Er ist misstrauisch.«

Eldorath intervenierte schnell: »Das hat nichts mit Misstrauen zu tun. Ich halte mich nur an die Anweisungen der Crew. Es würde nur Chaos und Panik an Bord auslösen, wenn wir darüber sprechen würden.«

Die Spannung in der Kabine war greifbar, und Joseph spürte, dass die Dinge weit komplizierter waren, als sie schienen.

Als Kristina den Druck erhöhte und Kowen plötzlich nach seinem kleinen Bruder fragte, spürte Eldorath, wie die Last der Verantwortung auf seinen Schultern lastete. Er wurde still, als er sich der Realität der Situation bewusst wurde – die Unruhe an Bord, die Bedrohung, von der sie alle betroffen waren, und die Sorge um seinen Kleinen Hadi.

Eldorath wandte sich schließlich an Joseph und bat ihn freundlich darum, das Gespräch zu beenden und sie allein zu lassen. Er brauchte einen Moment der Ruhe, um sich zu sammeln und einen Plan zu schmieden. Die Situation war überwältigend, und er musste sicherstellen, dass seine Familie geschützt war.

Joseph spürte, dass etwas in der Luft lag, eine Spannung und Unsicherheit, die schwer zu ignorieren war. Ohne weitere Fragen zu stellen, verabschiedete er sich von den Coopers. »Bitte passen Sie auf sich auf«, sagte er mit einem Hauch Besorgnis. Dann verließ Joseph die Kabine, und die Tür schloss sich hinter ihm, während er darüber nachdachte, was als Nächstes zu tun war.

Als Joseph sich auf den Weg zu seiner Kabine im Rotationsring der dritten Klasse in der Nebelgator machte, überfiel ihn plötzlich eine Welle der Verzweiflung. Ein schweres Gefühl, das ihn wie ein unerklärlicher Nebel umhüllte und zu ersticken schien. Er spürte, wie sich die Dunkelheit in seinem Inneren ausbreitete, ohne zu wissen, woher diese Gefühle kamen oder warum sie ihn plötzlich überwältigten.

Vielleicht lag es daran, dass er sich nach etwas sehnte, das er nicht hatte – eine unerfüllte Sehnsucht, die ihn plagte und ihn nach einem Sinn suchen ließ, den er nicht finden konnte. Vielleicht war es auch die Erkenntnis, dass seine Freundschaften mit Hong und Aristide nicht so tief waren, wie er es sich gewünscht hatte. Ein kleiner Teil von ihm schien sich vor ihnen zu verstecken, als ob er seine wahren Gefühle hinter einer undurchdringlichen Fassade verborgen hielt.

Vielleicht lastete die Verzweiflung auch auf seinen Schultern, weil er zu viele Erwartungen an andere hatte, die nie erfüllt wurden. Die Enttäuschung über unerfüllte Hoffnungen nagte an ihm und ließ ihn zweifeln, ob er jemals die Erfüllung finden würde, nach der er sich so sehnte.

Vielleicht war es auch die Beklemmung, die ihn als Vertragsknecht umgab und die ihm das Gefühl vermittelte, in einer Sackgasse gefangen zu sein. Die Einschränkung seiner Optionen auf diesem Raumschiff fühlte sich für ihn so an, als ob er gegen unsichtbare Ketten ankämpfte, die ihn an einen Ort fesselten, den er nie als sein Zuhause betrachtet hatte.

Vielleicht spielte auch seine Schattenkindvergangenheit eine Rolle, ein düsteres Kapitel seiner Vergangenheit, das ihn immer wieder einholte und ihm das Gefühl gab, als ob er nie wirklich frei sein würde.

Oder vielleicht lag es einfach daran, dass so viele Dinge in Richtungen gingen, die er nie erwartet hatte. Das unvorhersehbare Schicksal, das sein Leben lenkte, brachte ihn an den Rand der Verzweiflung und ließ ihn zweifeln, ob er jemals den Weg aus dem dunklen Nebel finden würde, der sein Herz umhüllte.

Auf dem Weg zu dem Schlafquartier, versuchte er verzweifelt, die Gedanken an all diese Möglichkeiten zu vertreiben. Plötzlich vibrierte seine Smartwatch leicht, um ihn zu benachrichtigen, dass eine Nachricht eingegangen ist. Von wem war diese Nachricht? Von einem Alias, den er nicht erwartet hatte: Lilitham2352. Joseph las die Nachricht von Lilitha auf dem holografischen Bildschirm:

Von: Lilitham2352
    Betreff: Einladung zum Treffen im Café auf Deck 7
    An: Josepha2350

Lieber Joseph,
    Ich hoffe, es geht dir gut. Entschuldige die Verzögerung, ich hatte eine ziemlich hektische Woche. Ich würde mich freuen, wenn wir uns treffen könnten. Wie wäre es mit einem Treffen morgen um 19 Uhr im Café auf Deck 7? Ich freue mich darauf, dich wiederzusehen und unsere Unterhaltung fortzusetzen.
    Liebe Grüße, Lilitha

Das Gefühl, eine Nachricht von Lilitha zum ersten Mal zu erhalten, löste eine Vielzahl von Reaktionen bei ihm aus, von Überraschung, Freude und Aufregung bis Verwirrung und Hoffnung. Ohne Zeit zu verlieren, antwortete er gleich auf ihre Nachricht.

Von: Josepha2350
Betreff: Re: Einladung zum Treffen im Café auf Deck 7
An: Lilitham2352
Liebe Lilitha,
vielen Dank für deine Einladung und deine Nachricht. Es freut mich sehr, dass du an ein Treffen gedacht hast. Morgen um 19 Uhr im Café auf Deck 7 klingt perfekt für mich! Ich freue mich darauf, dich wiederzusehen und unsere Unterhaltung fortzusetzen.
Bis morgen und liebe Grüße, Joseph

Von: Lilitham2352
Betreff: Re: Aw: Einladung zum Treffen im Café auf Deck 7
An: Josepha2350
Lieber Joseph,
das freut mich wirklich sehr! Ich kann es kaum erwarten, dich morgen im Café auf Deck 7 zu treffen. Hast du eine bestimmte Vorliebe für Kaffee oder Tee?
Liebe Grüße, Lilitha

Von: Josepha2350
Betreff: Re: Aw: Einladung zum Treffen im Café auf Deck 7
An: Lilitham2352
Liebe Lilitha,
danke für deine Nachricht! Ich bin eigentlich ein Fan von Kaffee, aber ich bin sicher, dass sie im Café eine gute Auswahl haben werden. Ich freue mich schon auf eine angenehme Zeit morgen.
Bis dahin,
Joseph

Kaum hatte Joseph die Einladung zum Treffen im Café auf Deck 7 erhalten, begann sein Geist zu rattern. Die plötzliche Einladung traf ihn unerwartet und ließ ihn in Gedanken versinken. Mit einem fröhlichen Ausdruck starrte er auf den holografischen Bildschirm vor sich und überlegte, was er tun sollte. Der Gedanke an Hongs Kostüm, das er sich schon einmal ausgeliehen hatte, schoss ihm sofort in den Kopf. Letztes Mal hatte er es für sein Treffen in Quadrant-Solarien erhalten, und er schätzte Hongs nette Geste. Doch diesmal entschied er sich anders. Nein, dachte er entschlossen, ich werde mich so schlicht wie möglich kleiden und nichts ausleihen.

Mit diesem Entschluss im Kopf betrat Joseph sein Schlafquartier, den einzigen Ort, an dem er wirklich privat sein konnte. Er griff nach seinem Stammbuch und begann, einen Text von Swami zu lesen. Swami war bekannt als der Eingeweihte der Alien-Linie, berühmt für seine prophetische Schreibweise, die sich in die Zukunft richtete. Joseph las den Text aufmerksam und stieß zum ersten Mal auf eine Passage, die er für besonders bedeutend hielt:

»Die Zukunft ist ein offenes Buch für all jene, die lesen können. Der Tag wird kommen, an dem sie erkennen werden, dass diese Worte, die ich immer wieder wiederholt habe, als Warnung galten: Die Herrschaft des Homo Sapiens und alle Religionen aus allen Ecken der Erde werden fallen, während künstliche Intelligenz den Geist zu Asche reduziert. Im Namen des großen Resets werden die Sapiens gezwungen sein, die Zahl zu akzeptieren und Teil des robotergesteuerten Systems zu werden. Und so wird die Erde zum Albtraum für den Homo Sapiens. Während der große Reset stattfindet, existiert nur die Arcadia Planitia als Zufluchtsort für die wenigen noch lebenden Homo Sapiens. Dies sind die Worte, die mir während meiner großen Reise auf der Erde offenbart wurden.« Worte von Swami aus dem Stammbuch

Josephs Augen weiteten sich, als er auf diese Passage stieß, die ihn tief erschütterte. Die Worte, die er las, schienen vielmehr die unheimliche Realität zu beschreiben, die sich vor seinen Augen entfaltete.

Geschrieben vor Hunderten Jahren, schienen sie jetzt zu dem Zeitpunkt, an dem er sie las, lebendig zu werden. Joseph war wirklich überrascht, ja sogar schockiert, von der Aktualität dieser Worte. Sie schienen die gegenwärtigen Ereignisse zu beschreiben, und er konnte nicht anders, als sich von ihrer Bedeutung überwältigen zu lassen.

Das lebhafte, energiegeladene rote Licht durchflutete das Raumschiff bereits seit Stunden, ein untrügliches Zeichen dafür, dass die Nacht hereinbrach. An diesem Tag jedoch verzichtete er darauf, das Gesundheitscheckzentrum aufzusuchen, wie es alle anderen an Bord machten, um sich den Routineuntersuchungen zu unterziehen. Sein Termin wurde auf den nächsten Tag verschoben. Da die verschiedenen Abteilungen und Servicecenter unabhängig voneinander arbeiteten, stellte dies für ihn kein großes Problem dar. Mit der Zeit wurden die Passagiere an Bord zunehmend skeptischer gegenüber den wiederholten Besuchen im vermeintlichen Gesundheitscheckzentrum. Dennoch konnten sie sich nicht gegen die Gesundheitspolitik wehren, da diese ein Teil der Vereinbarung für alle Vertragsknechte an Bord war.

Plötzlich prallten zwei Gestalten an der Tür zusammen, und Joseph ließ sofort sein Tagebuch sinken, als er Hong in einem exzentrischen Zustand sah, von Aristide begleitet und gestützt, da er kaum noch alleine stehen konnte. Was war geschehen? Es war recht einfach: Hong hatte sich mit LSD-Saft betrunken.

LSD-Saft war damals nicht nur im Weltstaat, sondern auch an Bord des Raumschiffs legal und wurde speziell für die Sapiens hergestellt, um so vorübergehend dem Alltag entfliehen zu können, ohne Rücksicht auf mögliche negative Folgen nehmen zu müssen.

»Was ist passiert, Aristide?«, fragte Joseph überrascht.

»Ich war heute mit Hong unterwegs«, begann Aristide, »wir gingen zunächst zum Gesundheitszentrum für unsere Routineuntersuchung. Nachdem die Untersuchung vorbei war, haben wir uns zufällig einer Party angeschlossen, und dort wurde fast die ganze Zeit LSD konsumiert. Leider hat Hong daran teilgenommen, und ich habe das erst zu spät bemerkt.«

Joseph konnte ein Kichern nicht unterdrücken und fragte: »Und was machen wir jetzt?«

»Nun, das fragst du mich, Joseph?«, sagte Aristide.

»Gut, wir bringen ihn gleich in seine Schlafkoje«, entschied Joseph.

Die beiden halfen Hong, in seine Schlafkoje zu gelangen. Aristide wirkte erschöpft und desorientiert, er wusste kaum noch, wo er sich befand, und murmelte nur sinnlose Worte, bis er schließlich in einen tiefen Schlaf fiel.

Nachdem die beiden ihn sicher in seiner Schlafkoje untergebracht hatten, ließen Joseph und Aristide sich in einem nahe gelegenen Raum nieder, um über Hongs Zustand zu sprechen. Die Stimmung war angespannt, denn sie wussten beide nicht, wann Hong endlich zu Bewusstsein kommen würde.

Joseph rieb sich nachdenklich das Kinn, während er seinen Blick über seine Smartwatch schweifen ließ. »Das war eine ziemliche Überraschung«, begann er schließlich. »Ich hätte nicht gedacht, dass Hong sich auf so etwas einlässt.«

»Im Leben gibt es keine Garantien. Alles kann sich jederzeit ändern«, begann Aristide, seine Stimme ernst und bedächtig. »Es ist schwer zu sagen, was gerade in Hongs Kopf vorgeht.«

Joseph nickte zustimmend, seine Augen von Gedanken durchdrungen. »Ja, das stimmt. Es ist eine große Verantwortung, ihn in diesem Zustand zu betreuen. Ich hoffe, das wird keine zu große Belastung für mich.«

»Aber was meinst du damit?«, fragte Aristide, die Stirn leicht gerunzelt.

»Ich meine, ich muss ihn die ganze Nacht im Auge behalten. Wer weiß, was noch passieren könnte«, antwortete Joseph bestimmt. »Und ich hoffe, das wird nicht zu einem Albtraum für die anderen Passagiere. Auch sie haben ein Recht auf ihre Ruhe.«

»Apropos Albträume, hast du von diesen gemeinsamen Albträumen auf dem Schiff gehört?«, fragte Aristide, seine Augen schienen in Gedanken zu versinken.

Joseph seufzte tief, seine Miene verfinsterte sich. »Ja, ich habe selbst schon Albträume gehabt, und ich kann sie nicht ausstehen«, antwortete er gestresst.

»Es gibt Gerüchte über eine unheilvolle Kraft an Bord, Joseph. Sie soll für allerlei seltsame Vorfälle verantwortlich sein«, gab Aristide bekannt, seine Stimme war von einem Hauch Besorgnis durchdrungen. »Bisher hatte ich keine Albträume, aber ich habe schon mehrere Nächte lang eine düstere Stimme gehört, und ich muss sagen, das macht mich fertig.«

Aristide war fest davon überzeugt, dass es ein Fehler im System gewesen sein musste, weshalb er keine Albträume hatte wie die anderen Sapiens an Bord. Im Gegensatz zu Joseph wurde Aristide nicht von einem Vater und einer Mutter gezeugt; er wurde in einer Glaskapsel geboren, wie alle Myonen. Dennoch zeigte er Verhaltensmuster und Denkweisen, die sich deutlich von den üblichen Myonen unterschieden. Zum Beispiel war er der Meinung, dass die Welt sehr ungerecht war, und empfand Mitgefühl für die Sapiens, wann immer er sah, wie sie behandelt wurden. Er glaubte fest daran, dass die Erben und das gesamte Establishment nichts weiter als das verkörperte Böse waren, und er sehnte sich nach ihrem Untergang. Ein solcher Gedanke war für die Myonen eigentlich undenkbar, da sie nur in den Interessen des Establishments denken konnten. Im Gegensatz dazu schienen die Bugs, nachdem sie befreit worden waren, fähig zu sein, eigenständig zu denken.

Aristide glaubte, dass er aus dem System befreit worden wäre und dass er einen Prozess namens »Persönliches Simulationsselbst« (PSI) durchlaufen hätte. Hatte Aristide tatsächlich eine so bemerkenswerte Intuition, wie er von sich selbst dachte? Und was wäre, wenn Aristide tatsächlich recht hätte?

»Du hast schon mehrere Nächte lang eine düstere Stimme gehört?« Joseph klang überrascht, als er die Worte aussprach.

»Ja, das ist schon mehrmals vorgekommen«, erklärte Aristide mit einem Hauch von Besorgnis in seiner Stimme.

»Echt?«, hakte Joseph skeptisch nach und fügte hinzu: »Weißt du ungefähr, was die Stimme gesagt hat?«

»Semel … Dravmor … Semper Dravmor«, murmelte Aristide, als suche er nach den richtigen Worten, während ein Schauer über seinen Rücken lief.

Josephs Gedanken rasten, als er sich an die Tätowierung auf der rechten Seite von Lilithas Hals erinnerte, deren Bedeutung er nie entschlüsseln konnte. Warum hatte sie sich ausgerechnet diesen Schriftzug an dieser Stelle tätowieren lassen? Die Frage bohrte sich nun noch intensiver in sein Bewusstsein, doch bisher fand er keine Antwort.

Niemandem hatte er erzählt, dass er am folgenden Tag eine Verabredung mit Lilitha hatte und dass sie eine solche Tätowierung am Hals trug.

Als Aristide Joseph tief in die Augen blickte und fragte: »Hast du in deinem Leben noch nie gespürt, dass etwas Unheilvolles bevorsteht, ohne genau zu wissen, was, wann und wie?«, durchzuckte eine unheimliche Ahnung Josephs Verstand.

»Was genau möchtest du damit sagen?«, hakte Joseph nach, seine Stimme gespannt.

»Es ist schwer zu erklären. Ich fühle einfach, dass etwas auf diesem verdammten Schiff geschehen wird, Joseph. Doch leider bin ich kein Prophet, ich kann nicht sagen, was genau, wann und wie«, antwortete Aristide in einem Ton, der eine Spur von Angst in Josephs Herzen legte.

»Sollte ich also in Sorge sein?«, fragte Joseph besorgt.

»Nein, Joseph, du musst keine Angst haben. Aber sei wachsam, so wie ich es bin. Ich spüre, dass Gefahr von allen Seiten lauert, hinter uns und um uns herum«, flüsterte Aristide mit einer beunruhigenden Intensität.

»Was weißt du über dieses Schiff, das ich nicht weiß?«, fragte Joseph misstrauisch.

»Gar nichts, sonst hätte ich es dir längst gesagt. Doch ich fürchte, dass wir uns auf einem Ozean der Gefahr befinden, Joseph. Und sollte die Gefahr zuschlagen, werden wir allein kämpfen müssen«, warnte Aristide ernsthaft.

»Ich habe keine Angst, aber ich nehme deine Worte als Warnung an«, antwortete Joseph entschlossen, während sein Herz schneller schlug.

Aristide spürte, dass es an der Zeit war, das Gespräch zu beenden. Aristide bemerkte, wie das Rotlicht allmählich immer röter wurde. Es wurde Zeit für ihn, sich in sein Schlafquartier zurückzuziehen und zu schlafen. Während Hong und Joseph seit ihrer Begegnung den gleichen Raum teilten, lag sein eigenes Quartier weit entfernt. Er konnte das Gespräch nicht weiter ausdehnen.

»Joseph, ich muss mich leider verabschieden«, erklärte Aristide in etwa dringlichen Worten.

»Pass gut auf dich auf, und denk daran, dass nicht alle Passagiere am Bord deine Aufmerksamkeit verdienen«, fügte er hinzu, bevor er sich auf den Weg machte.

»Das werde ich. Alles Gute!«, antwortete Joseph, während Aristide sich zum Gehen wandte.

»Dank dir. Tschüss!«, rief Aristide, bevor er sich auf den Weg zu seinem Schlafquartier machte.

KAPITEL 13

Joseph und Lilitha trafen sich wie geplant auf Deck 7 und begannen einen Spaziergang entlang des Promenadendecks. Dieses Promenadendeck war eine Oase der Ruhe und des Vergnügens für Passagiere, umgeben von einer modernen Architektur. Entlang des Randes erstreckten sich Gebäude mit faszinierenden Designs, die die Vielfalt der Marskultur widerspiegelten. Zudem schlängelten sich entlang der Promenade Wege zwischen den Gebäuden und künstlichen Bäumen hindurch, gesäumt von Sitzgelegenheiten wie kleinen Bänken. Das blaue Tageslicht umhüllte Joseph und Lilitha, während sie sich in angeregter Unterhaltung vertieften. Der Bildschirm der öffentlichen Uhr zeigte bereits 16:00 Uhr an, während Joseph und Lilitha nebeneinander liefen und eine entspannte und glückliche Stimmung ausstrahlten.

Es dauerte nicht lange, bis Lilitha den Mut fand, die Frage zu stellen, die ihr auf dem Herzen lag. »Warum hast du mir eigentlich deinen Alias gegeben?«, erkundigte sie sich neugierig.

Joseph antwortete mit einer Gegenfrage, seine Stimme zwischen Ernsthaftigkeit und Freude balancierend. »Glaubst du, wir würden uns heute treffen, wenn wir nicht in Kontakt geblieben wären?«

Lilitha nickte nachdenklich. »Ja, ich verstehe deine Absicht, Joseph. Du wolltest einfach die Verbindung zwischen uns aufrechterhalten. Aber weißt du, wir kennen uns kaum. Wir haben uns erst ein paar Mal getroffen.«

»Das ist wahr«, stimmte Joseph zu. »Aber genau deshalb wollte ich die Chance nutzen, dass wir uns besser kennenlernen, Lilitha.«

»Ich danke dir noch immer dafür, dass du mich in jener Nacht gerettet hast«, begann Lilitha ernsthaft, »aber trotzdem fühle ich, dass wir uns noch nicht wirklich kennen, Joseph. Wir sind einander noch fremd.«

»Vielleicht hast du recht«, gab Joseph zu. »Aber siehst du das als Problem?«

Lilitha seufzte leicht. »Vielleicht kannst du das Problem nicht erkennen, aber für mich gibt es viele Hindernisse«, antwortete sie.

Joseph hielt inne, schaute Lilitha tief in die Augen und sprach dann aufrichtig: »Ich weiß, dass es an diesem Bord unüblich ist, dass Fremde dritter Klasse mit denen erster Klasse in Kontakt bleiben möchten. Aber ich habe meine eigenen Prinzipien, und nach meinen eigenen Regeln ist es unverzeihlich, eine Chance wie diese ungenutzt verstreichen zu lassen. Jedes Mal, wenn ich dein Gesicht sehe, deine Augen betrachte, erkenne ich, dass du jemand Besonderes bist. Das ist der Grund, warum ich den Kontakt zu dir wollte.«

Die beiden gingen langsam weiter, und Lilithas Herz schlug in schnellem Tempo, als Joseph seine Gründe offenbarte, und sie war überrascht und schien ihn in diesem Moment zu bewundern für seine Ehrlichkeit.

»Das ist wirklich außergewöhnlich«, murmelte Lilitha schließlich, ihre Gedanken sortierend. »Es ist selten, jemanden zu treffen, der so entschlossen ist, sein eigenes Leben nach seinen Prinzipien zu führen.«

Joseph lächelte und fragte: »Findest du, dass ich entschlossen bin?«

»Ja, ich kann schon deine Entschlossenheit in deinen Augen erkennen«, sagte Lilitha nachdenklich.

Ein Moment der Stille folgte, und Lilitha wirkte immer noch nachdenklich. Dann brach sie das Schweigen mit einer leisen Stimme. »Und was, wenn du feststellst, dass wir nicht zusammenpassen? Und was, wenn du feststellst, dass meine Eltern niemals akzeptieren werden, dass wir in Kontakt bleiben?«

»Mit ›Wenns‹ würden wir Mars in eine Flasche stecken«, sagte Joseph.

»Was meinst du genau?«, fragte Lilitha neugierig, als hätte sie nicht verstanden.

»Ich meine nur, mit Hypothesen wird alles möglich, deswegen lege bitte all diese Spekulationen beiseite, denn für mich sind sie unbegründet, ebenso vergeblich wie nutzlos!«, sagte Joseph selbstsicher.

»Aber am Ende bist du zu selbstsicher. Du weißt nicht einmal, wer ich bin, wer meine Familie und meine Eltern sind, und dann sprichst du so«, sagte Lilitha mit weit geöffneten Augen.

»Wenn dein Vater und deine Familie etwas gegen mich hätten, dann hätten sie mich niemals zum Dinner eingeladen, Lilitha. Auch wenn ich deine Familie nicht so gut wie du kenne, kann ich mir es nicht vorstellen, dass sie so gemein sind«, sagte Joseph.

»Ich habe weder gesagt, dass sie etwas gegen dich hätten, noch behauptet, dass sie gemein wären, aber ich kenne meine Familie ganz gut, ich weiß, wie meine Eltern ticken mit bestimmten Menschen. Und glaube mir, der Schein trügt, Joseph«, sagte Lilitha.

Joseph sah Lilitha ernsthaft an, seine Stirn leicht gerunzelt. »Ich verstehe deine Sorgen, Lilitha. Aber vielleicht überschätzt du ihre Reaktion. Vielleicht sind sie offener, als du denkst.«

Lilitha schüttelte den Kopf und blickte traurig zur Seite. »Du verstehst nicht, Joseph. Meine Familie … Sie sind konservativ und traditionell. Für sie ist es wichtig, das Bild der perfekten Familie aufrechtzuerhalten. Und ich fürchte, ich passe nicht in dieses Bild, besonders nicht, wenn es um meine persönlichen Beziehungen geht.«

»Was ist das Bild einer perfekten Familie?«, fragte Joseph.

Lilitha senkte ihren Kopf in Richtung Boden. »Ich weiß es nicht Joseph. Ich weiß es nicht.«

Joseph legte sanft seine Hand auf Lilithas Schulter. »Ich kann nicht behaupten, deine Familie und dich zu kennen, Lilitha. Aber heute stehst du vor mir, und ich schaue durch deine Augen durch, und deine Augen lügen nicht. Sie sind Fenster zu deiner Seele. Und sie verraten, dass du stark genug bist, deine eigenen Entscheidungen zu treffen, unabhängig davon, was deine Familie denkt.«

Lilitha blickte Joseph dankend an. »Danke, Joseph. Es bedeutet mir viel, dass du an mich glaubst. Aber ich muss realistisch sein. Es wird nicht einfach sein, gegen die Erwartungen meiner Familie anzukämpfen.«

»Ich bin bereit, an deiner Seite zu stehen, egal, was kommt.

Übrigens, ich bin zuversichtlich, dass wir, wenn wir uns die Zeit nehmen, einander zu verstehen, feststellen werden, dass wir viel gemeinsam haben«, sagte Joseph warm.

Sie lächelte leicht, von Josephs Zuversicht berührt. »Ich hoffe, du hast recht, Joseph.«

Es schien, als ob Lilitha und Joseph einen angenehmen Moment auf dem Promenadendeck erlebten, als sie an einem Kino vorbeigingen. Lilitha ging hinein, um sich am Schalter nach den Filmen zu erkunden, während Joseph draußen wartete und sie durch die Glaswand beobachtete. Als Lilitha mit einem breiten Lächeln zurückkam, gab sie Joseph eine der zwei Eintrittskarten, die sie gerade gekauft hatte. Dann beschlossen sie, sich Getränke und Eis zu besorgen. Während sie Zeit miteinander auf dem Promenadendeck verbrachten, sprachen sie über verschiedene Themen und schienen ihre gegenseitige Gesellschaft zu genießen. Doch trotz der Freude war sich Lilitha bewusst, dass ihr Treffen mit Joseph nicht gutgeheißen werden würde, insbesondere nicht von ihrer Familie, vor allem nicht von ihrem Vater, Mr. Martin Miller, der keine Sapiens mochte. Die Einladung von Joseph zum Dinner war eher eine Überraschung für Lilitha als eine freundliche Geste, weil sie ganz genau wusste, wie ihre Familie, insbesondere Martin und Leonard, tickten.

Selten durchflutete eine Welle der Traurigkeit Lilitha, doch in diesem Augenblick umhüllte sie eine plötzliche Schwere, als Josephs Anwesenheit sie an einen lang vergessenen Freund aus ihrer Kindheit erinnerte. Dieser Freund, so ähnlich wie Joseph, war einst zu einem Abendessen von Lilithas Familie eingeladen worden, auf Wunsch ihres Vaters, Martin. Zu jener Zeit hatte Lilithas Vater ein perfektes Image von sich selbst geschaffen, sein Verhalten war großzügig und einnehmend. Doch als die Freundschaft zwischen Lilitha und dem Jungen tiefer wurde, schlug die Stimmung um. Dann begannen Martin und Leonard Miller, den Jungen zu verabscheuen, sie verboten Lilitha sogar den Kontakt mit ihm. Der Grund? Der Junge war ein Sapiens, und in den Augen von Martin Miller waren Sapiens unerwünscht. Ironischerweise war der Junge von außerordentlicher

Freundlichkeit und Güte. Trotz seiner vierzehn Jahre war er erstaunlich klug, unglaublich belesen und besaß ein Wissen, das weit über sein Alter hinausging, obwohl er hauptsächlich Bücher über die mythischen Dravmore verschlang.

Joseph blickte Lilitha an und erkannte die Tränen, die sich in ihren Augen sammelten. Mitfühlend fragte er, ob alles in Ordnung sei, doch Lilitha schüttelte hilflos den Kopf. »Ja, alles in Ordnung, Joseph«, log sie, doch ihre Augen verrieten die Wahrheit, die sie nicht aussprechen konnte.

Eine Stunde später betraten Joseph und Lilitha den Kinosaal, der in einer gläsernen Struktur untergebracht war und von außen wie ein Kunstwerk aussah. Im Inneren waren die Wände teilweise mit interaktiven Displays und Lichtinstallationen gestaltet, um die Besucher zu beeindrucken und zu unterhalten. Es war weniger ein Ort zum Anschauen von Filmen als vielmehr ein sozialer Treffpunkt, an dem sich die Menschen trafen, um gemeinsam virtuelle Welten zu erkunden oder an interaktiven Erlebnissen teilzunehmen.

Joseph und Lilitha setzten sich ganz entspannt nebeneinander hin. Sie loggten sich mit ihren jeweiligen Alias in das Virtual-X ein, bevor sie sich die Virtual-Brille aufsetzten. Statt traditioneller Sitze gab es bequeme virtuelle Plattformen, auf denen sich die Zuschauer bewegen konnten. Mit der Brille am Gesicht sahen alle Zuschauer sich von einer erstaunlichen Leinwand umgeben. Diese Leinwand war riesig und umgab Joseph und Lilitha auf allen Seiten, um ein immersives Erlebnis zu schaffen. Der Saal war ein lebhaftes und angenehmes Umfeld, voller Passagiere, die sich unterhielten, neue Freunde fanden und auf ihre nächsten Filmvorführungen warteten.

Links neben Joseph saß ein Mädchen, sie war wahrscheinlich allein ins Kino gekommen und sie schien ganz nett zu sein. Sie lächelte Joseph scheu zu. »Ich bin gespannt, und ungeduldig«, flüsterte sie und setzte sich aufrecht hin auf ihrem Sitzplatz.

»Ich auch«, wisperte Joseph zurück und wurde auf einmal ganz rot vor Freude.

Als der Film begann, wurden Joseph und Lilitha augenblicklich in die atemberaubende Handlung hineingezogen. Nicht länger waren sie passive Beobachter, sondern aktive Teilnehmer an einem fesselnden Abenteuer. Mit jedem Moment konnten sie mit den Filmfiguren interagieren, Entscheidungen treffen, die den Verlauf der Geschichte maßgeblich beeinflussten, und sich sogar in den Mittelpunkt der Action katapultieren.

Das Szenario entfaltete sich auf dem Deck eines mächtigen Raumschiffs mit einem Warp-Antrieb, das unaufhaltsam in eine entfernte Galaxie strebte. Doch plötzlich wurde die ruhige Reise von einer Horde fremdartiger Kreaturen unterbrochen, grotesk und bedrohlich, die es irgendwie geschafft hatten, die Sicherheit des Raumschiffs zu durchbrechen. Joseph und Lilitha befanden sich plötzlich als Mitglieder der Besatzung inmitten eines verzweifelten Kampfes, um die Passagiere vor dem drohenden Unheil zu bewahren.

Während die Handlung sich entfaltete, tauchten Joseph und Lilitha gemeinsam in die faszinierende Welt des Films ein. Sie lachten über die humorvollen Momente, zuckten bei den unerwarteten Wendungen zusammen und fühlten den Schmerz der Charaktere tief in ihren Herzen. Doch der traurigste Teil des Films war, noch bevor ein beträchtlicher Teil der Besatzung sich den Angreifern anschloss und die Passagiere am Bord des Warp-Raumschiffs verriet. Lilithas Avatar geriet einmal in Versuchung, dem Beispiel zu folgen, doch widerstand sie tapfer und blieb bis zum bitteren Ende auf der Seite des Guten, entschlossen, die Unschuldigen zu verteidigen und zu beschützen.

Als der letzte Bildschirm des Virtual-X erlosch, schlüpften Joseph und Lilitha sofort aus ihrer virtuellen Realität und verließen den Raum, bemüht, die anderen Gäste, die bereits auf den nächsten Film warteten, nicht zu stören. Draußen atmeten sie tief ein, befreit von den digitalen Welten, die sie für eine Weile gefangen gehalten hatten.

»Was hat dir am besten gefallen, Joseph?«, fragte Lilitha, als sie bereits ein paar Schritte entfernt waren.

»Die Lichtregie war genial«, antwortete Joseph. »In ruhigen

Szenen war sie beruhigend, aber in actiongeladenen Momenten wurde sie intensiver und dramatischer.«

»Ja, das war wirklich beeindruckend. Die Lichteffekte und Projektionen haben das Erlebnis wirklich vertieft«, stimmte Lilitha zu.

»Und die Wendung mit den Angreifern war echt überraschend«, fuhr sie fort. »Es war frustrierend zu sehen, wie so viele Besatzungsmitglieder sich gegen uns stellten, obwohl sie genau wussten, dass diese Kreaturen uns zerstören wollten.«

»Absolut!«, pflichtete Joseph bei. »Es fühlte sich wie Verrat an. Alle an Bord des Warp-Raumschiffs kannten die Gefahr, die von diesen dunklen Mächten ausging.«

»Ich denke, dieser Film wird mir noch eine Weile im Gedächtnis bleiben. Und dir?«

»Für mich war es einfach ein Fantasyfilm. Ich habe die Handlung als fiktiv betrachtet«, antwortete Joseph erleichtert.

Ein schelmenhaftes Grinsen huschte über sein Gesicht, als sie von einem Passanten mit den Worten »Hallo, Taubenpaar!« begrüßt wurden.

Minuten später nahm Lilitha aus unerklärlichen Gründen Joseph mit nach Hause, was nicht Teil des ursprünglichen Plans war. Während sie unterwegs waren, versuchte Lilitha vergeblich, Joseph zu erklären, warum sie nach ihrer Ankunft auf dem Mars nicht mit ihm nach Arcadia Planitia kommen konnte. Doch ihre Worte lösten ein schlechtes Gewissen in ihr aus. Lilitha war sich bewusst, dass, wenn sie mit Joseph mitgehen würde, sie den Kontakt zu ihrer Familie für immer abbrechen müsste. Gleichzeitig wusste Joseph, dass, wenn Lilitha nicht mit ihm käme, sie sich für immer aus den Augen verlieren würden. Für ihn galt das Motto: »Aus den Augen, aus dem Sinn.« Trotzdem stimmte Joseph allem zu und drängte Lilitha nicht, denn er wusste nur zu gut, dass emotionale Bindungen nicht durch rationale Überzeugungen entstehen.

»Meine Beziehung zu meiner Familie ist weitaus komplizierter, als du es dir vorstellen kannst, Joseph. Deshalb kann ich dir im Moment keine Versprechen machen«, erklärte Lilitha, während sie vor der Tür der Wohnung ihrer Familie stand.

»Keine Sorge, Lilitha. Alles ist in Ordnung«, versicherte Joseph.
Sie hatten endlich ihr Ziel erreicht – die Wohnung der Millers.
Lilitha führte Joseph diesmal durch die gesamte Wohnung, zeigte ihm
jedes Detail, das er bei seinem letzten Besuch nicht zu sehen bekam.
Joseph nahm dunkle, luxuriöse Stoffe

mit einer gotischen Ästhetik wahr, Kerzen und Öllampen in der
Küche, die die düstere Atmosphäre verstärkten, sowie andere rituelle
Elemente. Darüber hinaus bemerkte er eine Vielzahl von Flaschen in
der abgedunkelten Küche. Er konnte nicht anders, als zu vermuten,
dass sie alle mit derselben dunklen Substanz gefüllt waren, die Lilitha
ihm nicht näher erläuterte. Doch was waren diese Substanzen eigentlich? Die Antwort: aufbewahrte Vorräte an Blut.

Joseph unterdrückte den Drang, nachzufragen, und ließ sich stattdessen von Lilitha weiter durch die Wohnung führen, wissend, dass
einige Dinge besser ungesagt blieben.

»Sind wir heute wirklich die Einzigen hier in der Wohnung?«, staunte
Joseph.

»Ja, wir sind die Einzigen. Meine ganze Familie trifft sich heute
mit Ammon Wright. Das kommt in den letzten Tagen häufig vor, und
sie treffen sich, um ein gewisses soziales Netzwerk zu pflegen, um
sich auszutauschen, um Erfahrungen zu teilen und sich gegenseitig
zu unterstützen«, antwortete Lilitha.

Joseph wirkte skeptisch und fragte mit großen Augen: »Aber
warum bist du aber nicht dabei?«

»Ich weiß es nicht, Joseph. Ich habe mir auch schon die gleiche
Frage gestellt, aber keine Antwort gefunden. Vielleicht weil mir heute
andere Dinge wichtiger sind als zuvor«, sagte sie und drängte ihn
dann: »Nun komm, beeil dich.«

Die beiden verließen die Küche und Lilitha führte Joseph durch
das Badezimmer, zeigte ihm alle Einzelheiten. Dann stand Lilitha vor
ihrer Zimmertür, und sagte: »Hier ist mein Zimmer, daher möchte
ich mich verabschieden. Es bleibt mir nur noch, dich bis zur dritten
Klasse zu begleiten und dir eine gute Nacht zu wünschen.«

Joseph, der gerne ihr Zimmer betreten hätte, blieb entspannt und fragte: »Gehört dieses Zimmer nicht zum Gesamthaus? Nun, ich bestehe darauf, es in seinem aktuellen Zustand zu besichtigen. Ich möchte dieses Zimmer unbedingt betreten und sehen.«

Lilitha war für einen Moment sprachlos. »Aber für wen hälts du dich denn, Joseph? Für einen Erben, einen Nobili oder gar einen Gott?« Ihre Worte waren ein sanfter Strom, der den Raum durchflutete, während sie immer noch vor ihrer Zimmertür stand, als wolle sie die Tür vor einem Hauseinbruch schützen. Ihre Stirn war in leichte Falten gelegt, ein Zeichen ihrer Nachdenklichkeit. Dann fügte sie hinzu: »Also gut, ich werde dich für einen kurzen Moment hereinlassen, aber nur zum Besichtigen, verstanden?«

Joseph nickte, ein Lächeln spielte um seine Lippen. »Ja, abgemacht. Nur zum Besichtigen.«

Mit einer eleganten Bewegung öffnete Lilitha die Tür weiter und ließ Joseph eintreten. Sein Blick wurde von einem unerwarteten Anblick gefangen genommen. Das Bett thronte im Zentrum des Raumes, umgeben von schweren Vorhängen, die wie schützende Schleier wirkten. Die Fülle von Sensoren, die in den Stoff eingearbeitet waren, verriet eine moderne Technologie, die den Raum lebendig machte. Doch das eigentliche Highlight war das Kopfende des Bettes. Es war keine gewöhnliche Konstruktion, sondern ein Meisterwerk der holografischen Technologie. Holografische Displays erweckten eine faszinierende Welt der Unterhaltung zum Leben, die das Auge in ihren Bann zog.

Ein eleganter Tisch schmückte die Mitte des Zimmers, und die Verbundtischplatte war robust, makellos poliert und reflektierte die Beleuchtung, die von der Decke fiel. Rechts daneben stand ein Piano auf einem Ständer, dessen Tasten stumm darauf warteten, von geschickten Fingern zum Leben erweckt zu werden.

Auf dem Bett lagen sorgfältig gebügelte Kleidungsstücke, eine stumme Einladung zur Entspannung nach einer langen Reise. Die ruhige Atmosphäre des Raumes schien sie förmlich anzulocken, wie ein Versprechen auf Ruhe und Erholung. Der Kühlschrank befände sich links neben dem Sofa, erklärte ihm Lilitha, falls Joseph etwas trinken wollte, aber falls er etwas essen wollte, müsse er es sich nur bequem machen und sich etwas zubereiten.

Joseph konnte kaum glauben, was er sah. Dieses Zimmer war wirklich erstaunlich, und ein Ort des Luxus inmitten von der Nebelgator. Es war mehr als nur ein Luxusort, es war ein Zufluchtsort für die Seele.

Joseph schweifte mit neugierigen Augen durch das Zimmer, seine Blicke wanderten über die vielsagenden Konturen des Raumes. Ein Gemälde, sorgfältig über dem Sofa platziert, zog seine Aufmerksamkeit auf sich. In dessen Mitte prangten rote Blutstropfen, als wären sie von einem dunklen Geheimnis getränkt, begleitet von einer Schrift, die wie ein Flüstern aus vergangenen Zeiten wirkte. Joseph las die Worte langsam, als würde er sie in sein Gedächtnis eingravieren: »Tout nait, tout vit, tout perit.« Ein Moment der Reflexion überkam ihn, während er die Bedeutung der Worte zu enträtseln versuchte.

»Ein bemerkenswertes Gemälde«, murmelte er schließlich, seine Finger sanft auf das Bild deutend. »Es scheint mir so vertraut, als hätte ich es schon einmal gesehen.«

Lilitha, beschäftigt mit der Zubereitung von Champagnergläsern, lauschte seinen Worten aufmerksam, ihre Miene verriet ein stilles Verständnis für die mysteriöse Aura des Gemäldes.

Joseph fuhr fort, seine Erinnerungen zu durchforsten. »Ja, jetzt erinnere ich mich. Es war auf der Abschlussfeier meines Bruders Jaden im großen Festsaal der Universität in Columbia Heights. Das Bild, mit demselben Hintergrund, derselben Schrift. Es ist seltsam, wie die Vergangenheit in der Gegenwart weiterlebt.«

Josephs Interesse an dem Gemälde veranlasste Lilitha dazu, mehr über seine Geschichte zu enthüllen. »Dieses Gemälde stammt aus der Zeit des großen achtjährigen Weltkrieges und wurde von einem renommierten Sapiens-Künstler namens Draclea Miller geschaffen«, begann sie mit ruhiger Stimme. »Miller wurde während des Krieges von den Alliierten zwangsrekrutiert, um gegen die Streitkräfte in Magog zu kämpfen. Leider endete sein Leben in einer Region der Ostachse, wo er in einem Massengrab beigesetzt wurde. Sein Werk, dieses Meisterwerk, hat den Weg bis auf dieses Raumschiff gefunden, aus den entlegensten Winkeln des Weltstaates.«

Als Joseph spürte, dass die Stille mit belanglosem Geplauder gefüllt werden musste, beschloss er, das Gespräch aufrechtzuerhalten. Sein Blick glitt über das im Raum stehende Piano, und er wagte es, eine Bitte auszusprechen: »Das Piano, es strahlt eine fast magische Aura aus. Würdest du mir die Ehre erweisen, ein Stück für mich zu spielen?«

Lilitha, von Josephs Entschlossenheit leicht überfordert, spürte die Schwere der Nacht auf ihren Schultern lasten. »Joseph, nicht schon wieder«, seufzte sie leise. »Die Nacht neigt sich ihrem Ende zu, und ich fühle mich verpflichtet, diesem Gespräch Einhalt zu gebieten.«

Lilitha wusste genau, was sie meinte. Sie wollte, dass Joseph verschwand, insbesondere da der Rest der Familie in wenigen Stunden eintreffen würde. Das rote Licht, das die Nacht im Raumschiff symbolisierte, glänzte seit Stunden überall an Bord, und die Anspannung war förmlich greifbar.

Die Piloten, Kommandanten und Astronauten waren in dieser Nacht unruhig. Sie standen gebannt vor dem Panoramafenster und beobachteten, wie die Nebelgator mit rasender Geschwindigkeit Richtung Mars voranschoss. Doch ihre Freude war getrübt. Gerade waren sie einem Asteroiden ausgewichen, und obwohl er kein Riese war, hatte er genug Kraft, um Zerstörung zu bringen. Dieser Asteroid war anders. Er war klein, fast unscheinbar, und dennoch ein potenzielles Risiko.

Die meisten größeren Asteroiden in der Nähe der Erd-Mars-Bahn waren bekannt und wurden von Astronomen intensiv überwacht. Diese stellten normalerweise kein unmittelbares Kollisionsrisiko dar, da ihre Bahnen gut bekannt waren. Doch dieser spezielle Asteroid, um den es ging, war klein und daher schwer zu erfassen. Kleine Asteroiden mit einem Durchmesser von weniger als einigen hundert Metern waren besonders knifflig. Sie tauchten oft unerwartet auf und konnten katastrophale Folgen haben.

Die Zeit drängte, und die Ankunft von Lilithas Familie rückte bedrohlich näher. Während die Stunden verstrichen und das Raumschiff durch den endlosen Raum glitt, hielt Joseph sich hartnäckig im Zimmer auf und zog das Gespräch mit Lilitha in die Länge. Seine Annäherungsversuche wurden von Lilitha energisch abgewehrt, als sie sich von seinen sanften Berührungen abwandte.

»Aber was zum Teufel tust du da? Ich habe genug!« Lilitha verlor die Beherrschung und wies mit wachsender Verzweiflung auf die Tür. »Raus, sofort raus!«, fuhr sie ihn an und zeigte ihm sauer den Ausgang. »Bist du verrückt geworden, Joseph?«

Joseph hatte zwischenzeitlich bereits seinen Anzug ausgezogen, hob ihn nun leise vom Sofa und begann, langsam das Zimmer zu verlassen. Lilitha fühlte sich überfordert und bedauerte, wie die Situation eskalierte. Als Joseph bereits vor der Tür stand, brach Lilitha plötzlich das Schweigen.

»Hey, Joseph, du kannst bleiben«, sagte sie zögerlich, ihre Stimme von Unsicherheit gezeichnet. »Aber unter einer Bedingung: Sei freundlicher.«

Joseph seufzte schwer und erwiderte: »Nein, ich kann mich leider nicht freundlicher benehmen, Lilitha. In deinen Augen bin ich nicht freundlich genug. Ich kann mich wirklich nicht freundlicher verhalten. Was schlägst du vor: gehen oder bleiben?«

Eine unangenehme Stille hing im Raum, während Lilitha nachdachte. Als sie sich weigerte, zu antworten, entschied Joseph selbst: »Dann bleibe ich.«

Lilitha war überrascht von seiner Entschlossenheit. »Was? Ist das dein Ernst?«, fragte sie ungläubig.

Lilitha war von Josephs Entschlossenheit überrascht. Ihre Stimme bebte vor Empörung. »Ah, so ist das also! Du schleichst dich in mein Zimmer, unter dem Vorwand, es besichtigen zu wollen, und dann … dann das! Rechne nicht damit, dass ich dich verteidigen werde, wenn meine Eltern und Geschwister zurückkommen. Du wirst die Situation erklären müssen, und das mit der gleichen Entschlossenheit, die du mir zeigst.«

Mit diesen Worten versuchte sie, das Zimmer zu verlassen, doch es schien, als wäre sie örtlich desorientiert, denn sie nahm die falsche Richtung, aber Joseph versperrte ihr auch den Weg zur Tür. Als er bemerkte, dass sie in die falsche Richtung ging, wies er sie sanft darauf hin: »Der Ausgang ist hier.« Sie korrigierte ihren Kurs und näherte sich dem Ausgang, doch leider stand Joseph ihr im Weg. Lilitha spürte einen Anflug von Panik, als sie erkannte, dass sie an Joseph vorbeigehen musste, um rauszugehen.

Als sie an Joseph vorbeiging, griff er nach ihrer Hand und plötzlich überwältigte sie ein unerwartetes Verlangen. Die Spannung zwischen ihnen entlud sich in einem leidenschaftlichen Kuss, der die Luft um sie herum zu elektrisieren schien. Ihre Lippen trafen sich in einem stürmischen Tanz, der alle Vernunft zu überwältigen schien. In einem Anflug von impulsiver Leidenschaft zogen sie sich gegenseitig aus, die Kleidung fiel zu Boden, und sie fanden sich in einem Strudel aus Verlangen und Lust wieder, als sie gemeinsam ins Bett fielen.

Stunden vergingen, und Joseph und Lilitha lagen immer noch nebeneinander auf dem Bett, in einen tiefen Schlaf versunken. Das grelle Licht im Zimmer brannte unbeachtet weiter, als plötzlich die Tür aufging und die Millers zurückkehrten. Martin Miller führte die Gruppe an, gefolgt von Seraphina Miller, Asmoda und Azmida, und Leonard schloss die Reihe.

Sie betraten die Wohnung, und die Uhr zeigte bereits 23:45 Uhr nachts an. Jeder zog sich in sein Schlafzimmer zurück, um zu schlafen. Doch Martin wandte sich unerwartet Lilithas Zimmer zu. Seine Hand griff nach der Türklinke, als er plötzlich innehielt und sagte: »Ich lasse sie schlafen. Wir sehen uns morgen.« Mit diesen Worten kehrte er um und begab sich in sein Schlafzimmer, um sich niederzulegen.

Hätte Martin die Tür geöffnet, hätte die Geschichte zweifellos eine andere Richtung eingeschlagen. Lilithas Leben hätte sich schlagartig verändert, wenn sie in dieser intimen Situation erwischt worden wäre. Die Konsequenzen wären unvorhersehbar gewesen und hätten das fragile Gleichgewicht ihres Familienlebens erschüttern können. Die Enthüllung ihres nächtlichen Zusammenseins hätte zweifellos zu Konflikten geführt und das Vertrauen innerhalb der Familie erschüttert. Doch in dieser einen entscheidenden Nacht blieb Lilitha von einer unmittelbaren Konfrontation verschont, und ihr Geheimnis blieb vorerst sicher bewahrt.

Am nächsten Morgen streckte sich Joseph im Bett neben Lilitha aus, sein Kopf ruhte auf ihrem Brustkorb. Als Lilitha im Halbschlaf das

Gewicht spürte, ahnte sie zunächst nichts Böses. Doch als sie ihre Finger bewegte und den Kopf berührte, der dort ruhte, durchzuckte sie plötzlich ein Schrecken. Mit einem jähen Ruck öffnete sie ihre Augen und erblickte Josephs Gesicht, nur wenige Zentimeter von ihrem entfernt. Ein überraschter Aufschrei entfuhr ihr, und sie sprang hastig aus dem Bett.

»Du hast die Nacht hier verbracht! Oh mein Gott, du hast die ganze Nacht hier verbracht!«, rief sie besorgt und unruhig aus. Schnell griff sie nach der Decke und zog sie schützend um sich, als wäre sie plötzlich nackt der Welt ausgeliefert. »Du hast mich nicht beschützt! Warum ausgerechnet ich?«

Joseph, ebenfalls überrascht von der Situation, hastete zum Boden, um seine Kleidung aufzuheben. Sein Oberkörper blieb verborgen, während er sich unsicher hinter seinem Hemd versteckte. Die Spannung zwischen ihnen wuchs sehr schnell, als sie sich gegenseitig anstarrten, beide überfordert von dieser unerwarteten Situation.

Martin war in der Küche damit beschäftigt, das Frühstück für die Familie vorzubereiten, als er plötzlich Lilithas Stimme hörte. »Ist alles in Ordnung, Lilitha? Bist du schon wach?« Seine besorgten Rufe hallten durch das Haus, doch Lilitha antwortete nicht. Sie war damit beschäftigt, die Kleidung vom Boden aufzuheben, während Joseph verzweifelt nach einem Versteck suchte.

Als Martin das Schweigen seiner Tochter bemerkte, ließ er das Frühstück stehen und machte sich auf den Weg zu Lilithas Zimmer. Beim Betreten des Raumes nahm Lilitha ihn schnell in die Arme, um seine Aufmerksamkeit abzulenken, während Joseph sich hinter einer Wand versteckte, die sich rechtwinklig hinter der Eingangstür befand. Während Lilitha ihren Vater ablenkte, schlich Joseph leise aus seinem Versteck und verschwand. Als Lilitha ihren Vater fragte, warum er nicht in der Nacht zu ihr gekommen sei, um sie zu begrüßen, antwortete Martin: »Aber ich wollte dich nicht stören. Du hast gestern Nacht bereits geschlafen.«

»Sicher?«, fragte Lilitha misstrauisch.

»Wieso fragst du das? Natürlich wollte ich dich nicht stören, während du schliefst«, antwortete Martin verwirrt.

Lilitha seufzte und lenkte geschickt von ihrer Frage ab, indem sie den Kragen seines T-Shirts richtete, obwohl er perfekt saß. Es war ein Ablenkungsmanöver, das Martin nicht bemerkte, und er fragte weiter: »Ah, Lilitha, was hast du dieses Wochenende vor? Hast du Lust, gemeinsam ein Opfer darzubringen?«

»Hm, Vater, bitte zähl nicht auf mich. Wie ich bereits gesagt habe, möchte ich mich weiterhin vegan ernähren. Wir können gerne Rituale wie früher durchführen, aber ohne Blut«, erklärte Lilitha bestimmt.

An diesem Morgen führten Martin und Lilitha ein intensives Gespräch, das die Grundfesten ihrer Welt erschütterte. Mit fester Stimme erklärte Martin, dass die Dravmore ihre Existenz sichern müssten und niemals zögern sollten, Blut zu vergießen. Für ihn war es eine unumstößliche Wahrheit, dass die Dravmore den Tod nicht erfunden hatten, und daher sei es nicht lohnenswert, Rücksicht auf andere zu nehmen. Seine Worte hallten durch den Raum, während sein Blick eine Entschlossenheit verriet, die kaum zu erschüttern zu sein schien.

Martin war nicht nur innerhalb seiner Familie, sondern auch in der gesamten Dravmor-Welt für seine Kaltherzigkeit, sein Misstrauen und seine Unbarmherzigkeit bekannt. Sein Name wurde mit Angst und Respekt ausgesprochen, während seine Nachsichtigkeit gegenüber anderen eine seltene Ausnahme darstellte.

Inmitten dieses Gesprächs stellten sich unausweichliche Fragen: Was wäre geschehen, wenn Martin die Tür geöffnet und Lilitha und Joseph in flagranti erwischt hätte? Wie wären Lilitha und Joseph mit den Konsequenzen umgegangen, wenn ihre nächtliche Begegnung enthüllt worden wäre? Welche Auswirkungen hätte eine Entdeckung auf das Verhältnis zwischen Lilitha und ihrer Familie gehabt? Würde Lilitha den Mut aufbringen, sich gegenüber ihrer Familie zu verteidigen, wenn ihr Geheimnis ans Licht gekommen wäre?

Diese Fragen hingen wie ein drohendes Gewitter über ihrem Kopf und versetzten die Atmosphäre in eine unheilvolle Spannung. Lilitha spürte, wie ihr Herz schneller schlug, während sie über die möglichen Antworten nachdachte und sich fragte, welche düsteren Schatten die Enthüllung ihrer geheimen Begegnung über sie und ihre Familie werfen würde.

Denn der Kern des Problems lag nicht bei Martin allein, sondern bei Ammon Wright, dessen Anweisungen Martin folgen musste, um Schlimmeres zu verhindern. Er war gezwungen, grausam zu sein, nicht aus eigenem Antrieb, sondern aus Furcht vor den Konsequenzen, die ihm drohten, wenn er Ammons Anweisungen nicht gehorchte. Martin war nichts weiter als Ammons Handlanger, gefangen in einem Netz aus Pflicht und Furcht.

KAPITEL 14

Eine Woche später ...

Eine Woche war bereits vergangen, und in einem Zustand der Euphorie genossen Joseph und Lilitha ihre kostbare gemeinsame Zeit in einer luxuriösen Badewanne innerhalb einer geheimen Kabine. Lilitha hatte das Zimmer für drei Tage gebucht, um ihre Verabredung mit Joseph zu ermöglichen. Ihre Eltern wussten nichts von ihren Treffen, und Joseph konnte sie nicht zu sich nach Hause nehmen, da er ein armer Vertragsknecht war und kein eigenes Schlafquartier besaß, das er teilen konnte.

Die Kosten für diese geheime Oase übernahm Lilitha mühelos, dank ihrer finanziellen Mittel. Die Tage vergingen wie im Flug, während sie faulenzten, aßen und ihre kostbare Zeit im Bett miteinander genossen.

In den Armen Josephs in der Badewanne fühlte sie sich geborgen und glücklich. Er strich liebevoll über ihre Haut, bewunderte ihre Schönheit ohne Oberteil. Als sie sich immer noch entspannten, flüsterte Joseph ihr ins Ohr: »Komm mit mir nach Arcadia Planitia, lass uns heiraten und eine wundervolle Zukunft zusammen haben!« Lilithas langes Haar ruhte auf seinen Schultern, erschöpft von den leidenschaftlichen Momenten der vergangenen Tage.

»Schau mal«, antwortete sie mit einem breiten Lächeln.

»Ist das ein Ja?«, fragte Joseph mit einem sanften Lächeln.

»Ich weiß es noch nicht«, erwiderte sie, während ihre Gedanken zwischen Freude und Sorge wanderten.

»Worüber denkst du nach?«, erkundigte sich Joseph einfühlsam.

»Über meine Eltern und meine Geschwister«, gestand sie. »Sie haben mir nie Unrecht getan. Ich hätte ihnen niemals etwas verheimlichen sollen.«

»Ich verstehe deine Bedenken, aber glaub mir, das alles wird bald in Vergessenheit geraten«, versicherte Joseph liebevoll und rieb seine Nase an ihrer und küsste ihre Hände.

Lilitha hatte ihren Eltern die Wahrheit nicht gesagt. Ihre Gefühle für Joseph waren so stark bis zu dem Punkt, dass sie ihren Eltern erklärte, sie bräuchte Zeit für sich selbst und würde für drei Tage weg sein, also eine Lüge, nur um mit Joseph zusammen zu sein. In der geheimen Kabine, die als »Geheimversteck« bekannt war, konnten sie sich vor den Augen ihrer Eltern verbergen, da keine Informationen über die Passagiere in den Geheimkabinen preisgegeben werden durften.

Joseph blickte in das Gesicht der jungen Frau, die er liebte und sah Traurigkeit und Wut an ihrem Gesicht, was er als herausforderndes Verhalten empfand. Als er noch mit ihren Fingern spielte, drückte er ihr einen sanften Kuss auf den Mund.

»Du siehst schöner aus, wenn du traurig bist«, sagte Joseph lächelnd, und fragte: »Was ist dein Lieblingswort?«

»Hm? … Was?«

»Sorry, Schatz, ich habe mich falsch ausgedrückt. Ich meine, was sind die Worte, die dich glücklich machen, jedes Mal, wenn du sie hörst?«

»Das verrate ich dir nicht«, antwortete Lilitha.

Er lächelte leicht. »Ich weiß, Schatz.«

Lilitha errötete und lächelte. »Das wirst du niemals erfahren.«

»Ich habe dich schon erwischt. ›Schatz‹ ist dein Lieblingswort, weil du rot geworden bist«, sagte Joseph.

»Schatz«, kicherte sie. »Träumst du, oder?«

»Übrigens, wenn du eine Superkraft haben könntest, welche wäre es und wie würdest du sie nutzen?«, fragte Lilitha

»Wow, das ist eine schwierige Frage! Also, wenn ich eine Superkraft wählen könnte, würde ich wohl gerne die Fähigkeit haben, mich unsichtbar zu machen. Nicht nur für die offensichtlichen Vorteile wie Streiche spielen oder in der Lage zu sein, in jeden Film kostenlos zu kommen, sondern auch, um in Ruhe über der Welt zu schweben und zu beobachten, wie sie sich verändert. Ich würde es nutzen, um all die kleinen Momente einzufangen, die oft übersehen werden, und vielleicht sogar, um ein paar

Geheimnisse aufzudecken, die sonst verborgen bleiben würden. Aber das Wichtigste ist, dass ich diese Fähigkeit nutzen würde, um dich zu überraschen und zum Lachen zu bringen, weil es nichts gibt, was ich lieber tue, als dich glücklich zu sehen«, antwortete Joseph.

Lilitha reagierte mit einem Augenzwinkern. »Das klingt nach einer faszinierenden Wahl, Liebster. Ich kann mir vorstellen, wie viel Spaß du damit hättest, die Welt aus einer neuen Perspektive zu sehen. Aber weißt du, ich hätte gedacht, du würdest dich für eine Superkraft entscheiden, die dir erlaubt, die Zeit zu verlangsamen, damit unsere Momente noch länger dauern könnten. Aber hey, unsichtbar zu sein hat definitiv seinen Reiz, besonders, wenn du mich damit überraschen könntest! Vielleicht sollten wir darüber nachdenken, wie wir deine Superkraft für einige abenteuerliche Streiche nutzen könnten?«

Joseph grinste. »Ich glaub, ich würde mich anders entscheiden. Also, ich würde mich für eine Superkraft entscheiden, die uns erlaubt, unsterblich zu werden und immer füreinander da zu sein.«

Lilitha grinste. »Das klingt besser.«

»Und du, Lilitha? Wenn du eine Superkraft haben könntest, welche wäre es?«

»Ich würde mich für eine Superkraft entscheiden, die mich vor Sonnenlicht schützt«, antwortete sie ohne ausführliche Erklärung.

»Und für was würdest du sie nutzen?«

»Ich bin mir nicht ganz sicher, aber ich garantiere dir, das Leben wäre für uns beide schöner«, antwortete Lilitha.

»Aber warum denn eigentlich Sonnenlicht?«, er wirkte neugierig.

»Es ist einfach meine Wahl, Joseph.«

»Deine Wahl finde ich interessant. Ich meine, wer würde nicht gerne vor den Strahlen der Sonne geschützt sein, richtig? Aber warte mal, warum denkst du über so etwas nach? Hast du vor, eine Menge Zeit im Freien zu verbringen? Oder gibt es vielleicht einen anderen Grund, warum du dich vor Sonnenlicht schützen möchtest? Ich meine, ich will nicht neugierig sein, aber es ist nicht gerade eine typische Superkraft, über die man nachdenkt, oder? Ich bin gespannt, was dich zu dieser Wahl inspiriert hat!«

Lilitha fühlte sich unwohl und bereute es, so leichtfertig gesprochen zu haben. Sie wusste nicht, dass ihre Worte Joseph zu so vielen Gedanken anregen würden. »Mach dir keine Gedanken, Joseph, es war nur ein Scherz. Manchmal muss man auch ein wenig Spaß haben, oder?«, versuchte sie, abzuwiegeln.

»Natürlich«, antwortete Joseph.

Mit dieser simplen Ausrede gelang es Lilitha, Joseph keine weiteren Erklärungen zum Sonnenlicht zu geben. Doch in Wahrheit konnte sie, genauso wie ihre Familie und alle Dravmore der Dravmor-Welt, das Sonnenlicht nicht aushalten – für sie alle war das Sonnenlicht unerträglich, ja sogar tödlich. Was Joseph nicht wusste, war, dass Lilitha mit diesem Wort »Sonnenlicht« bereits viel über ihre wahre Natur offenbart hatte.

Zärtlich strich er ihr übers Haar. »Ich will dich so sehr!«

»Ich dich auch, ich will für immer bei dir sein«, erwiderte sie und fragte: »Hast du einen Bärenhunger?«

»Wieso Bärenhunger? Ich finde die Frage etwas merkwürdig.«

»Nein, überhaupt nicht, Schatz. Ich habe gerade einen Bärenhunger, und möchte nur wissen, ob es dir genauso geht, denn ich möchte uns gleich etwas Leckeres vorbereiten, aber ich habe keine Ahnung, wie viel du essen möchtest.«

»Was möchtest du jetzt vorbereiten?«, fragte er.

»Keine Ahnung, vielleicht sollten wir ja mal etwas mit pflanzlichen Proteinen probieren«, antwortete sie.

Lilitha verspürte einen Bärenhunger, nachdem sie gemeinsam mit Joseph in der Badewanne gebadet hatte. Die beiden verließen die Badewanne, zogen ihre Bademäntel an und begaben sich gemeinsam in die Küche, wo ein 3D-Lebensmitteldrucker neben dem Ofen stand. Joseph betrachtete das Gerät neugierig. Es verfügte über mehrere Behälter, gefüllt mit verschiedenen essbaren Materialien wie Teig, Schokolade, Cremes und pastösen Gemüsepürees. Es bot sogar gegrillte Fleischalternativen auf pflanzlicher Basis. Lilitha entschied sich, vier Stücke Fleisch drucken zu lassen, was etwa zehn Minuten dauerte. Währenddessen fragte sie Joseph: »Darf ich dir auch einen Energydrink zubereiten?«

»Ja, gerne«, antwortete Joseph.

Lilitha bereitete schnell den Energydrink zu, bevor sie gemeinsam ins Esszimmer gingen, um zu essen.

Die beiden saßen einander gegenüber auf dem Sofa, Lilithas lange Beine waren ausgestreckt, ihre Füße ruhten auf Josephs Oberschenkeln. Unter ihrem Bademantel trug sie nur eine Unterhose.

»Hm, das schmeckt wirklich gut, Schatz«, lobte Joseph sie.

»Ist das ein Kompliment für den Drucker oder für mich?«, fragte sie mit einem Augenzwinkern.

»Für dich, natürlich. Du hast alles gedruckt und weißt genau, was mir schmeckt«, antwortete Joseph liebevoll.

»Danke schön«, erwiderte Lilitha mit einem Lächeln.

»Wenn du nicht hier gewesen wärst, hätte ich mich sicherlich von etwas anderem ernährt, das mir nicht so gut gefällt«, fügte Joseph hinzu.

»Besuchen wir später ein Museum zusammen«, sagte Lilitha, nachdem ihr die Frage durch den Kopf ging: »Wann würden wir denn ein Museum gemeinsam besuchen?« Konnte ein Paar auf einem Raumschiff den Mars erreichen, ohne ein Museum auf diesem Raumschiff besucht zu haben? Museen, die in dieser Zeit oft als ruhige und entspannte Orte angesehen wurden, die es Paaren ermöglichten, sich in eine Welt der Schönheit und des Wissens einzutauchen, abseits des Trubels des Alltags.

»Dann machen wir, wie du willst«, gab er seine Zustimmung.

Später zogen sich die beiden an und fuhren mit dem Aufzug vom Deck 31 nach unten bis zum Deck 20. Sie hatten ihr Ziel noch nicht erreicht, da betrat ein Mann mit gesenktem Kopf den Aufzug und sagte nicht einmal Hallo. Sofort fielen Lilitha und Joseph einige ungewöhnliche Merkmale an dem Mann auf. Seine Augen leuchteten in einem unheimlichen, tiefen Rot, als würden sie von innerem Feuer erleuchtet. Diese roten Augen strahlten eine unheimliche Intensität aus, die sofort ihre Aufmerksamkeit erregte und sie instinktiv auf Distanz gehen ließ.

Während sie den Mann betrachteten, bemerkten sie auch blaurot schimmernde Flecken, die deutlich unter seiner bleichen Haut am Hals zu sehen waren.

Doch das Auffälligste war die Veränderung an seinem Gebiss. Seine Lippen waren leicht zurückgezogen, und in dem schwachen Licht des Aufzugs sahen sie, dass seine Zähne sich verändert hatten. Die Eckzähne waren länger geworden und hatten eine scharfe, spitz zulaufende Form angenommen, die an die Reißzähne eines Raubtiers erinnerte. Selbst sein Zahnfleisch schien sich zurückgebildet zu haben, sodass die spitzen Zähne deutlich sichtbar waren und ihm ein bedrohliches Aussehen verliehen. All diese Merkmale zusammen verstärkten den beunruhigenden Eindruck, den der Mann auf sie machte. Lilitha wusste ganz genau, warum der Mann so aussah, aber sie sagte Joseph, der einen solchen Mann zum ersten Mal sah, nichts darüber. Doch Lilitha und Joseph waren einen Moment versucht, mit dem Mann ins Gespräch zu kommen, aber sie spürten, dass er unnahbar war und ihnen deutlich signalisierte, dass er keinen Kontakt wünschte. Sein unheimliches Aussehen und sein distanziertes Verhalten verstärkten nur das Gefühl der Beklemmung und Unruhe, das die beiden bereits bei seinem Anblick empfunden hatten.

Die beiden verließen den Aufzug, als sie auf Deck 20 waren, und gingen geradeaus, dann bogen sie rechts ab, liefen noch ein paar Meter. Schließlich standen sie beide vor einem Gebäude mit einer ziemlich robusten Fassade, auf der »Archivarium« stand und darunter waren drei Sterne. Die Vorderseite des Museums war künstlich im Barock- und Rokokostil hergestellt worden, sie hatte eine gewundene Säule, Statuen, Stuck und opulente Innenräume.

Sie identifizierten sich am Haupteingang und betraten das Gebäude. Alle Besucher mussten das Museum durch diesen Haupteingang betreten. An der Pforte war ein weibliches Myon-drei-Plus, fast noch ein Teenager. Sie beide gingen zu ihr und erfüllten an der Pforte alle Formalitäten, die erfüllt werden mussten, und dann gingen sie weiter. Überall im Raum sahen sie nur Myon-eins, darunter viele junge Männer und Frauen in Uniform, die die anderen Besucher leiteten und ihnen Ausstellungen zeigten. Joseph schaute überall im Museum umher und sah keinen Sapiens, nur Myonen, die identisch aussahen. Er war wahrscheinlich der einzige Sapiens im Raum, während die Hälfte der Passagiere am Bord Sapiens waren. Rechts im Erdgeschoss lief eine Ausstellung darüber, wie Robert H. Goddard (1882–1945) zu Lebzeiten oft missverstanden und unterschätzt wurde, aber wie sein Beitrag zur menschlichen Erforschung des Weltraums später nach seinem Tod hochgeschätzt wurde.

Sie gingen ein Stockwerk nach oben und schauten sich Gemälde an, die das Leid der ersten Marskolonisten in markanten Farben schilderten. Die Bilder zeugten von Chaos und unvorstellbarem Leid der ersten Marssiedler, die den brutalen Temperaturen und der unwirtlichen Umgebung des Mars ausgeliefert waren. In den kühlen Räumen wanderten sie zwischen den Gemälden umher und hielten die Eindrücke in Fotos mit einer Kamera fest, um sie als Erinnerung festzuhalten.

Einige Schritte weiter rechts stießen sie auf ein Porträt, das *Massimo Mammon da Vinci* zeigte. Geboren in Rom und in Armut hineingewachsen, war er nicht nur für den Ausbruch der Schlacht von Vorageddon verantwortlich, sondern er war auch der Architekt des systematischen Auslöschens von Millionen religiöser Anhänger.

Massimo da Vinci verübte die schrecklichsten Grausamkeiten an seinen Opfern in der Zeit des achtjährigen Weltkrieges im Jahre 2114; er brachte nicht nur die wahren Gläubigen um, sondern ließ ihre heiligen Schriften brennen und quälte sie vor ihrem Tod auch auf sadistische Weise. Es bereitete ihm Vergnügen, religiöse Menschen in Wachs zu tauchen und sie dann auf Pfähle, die um sein Schloss aufgestellt waren, zu spießen, bevor er sie anzündete und dabei deklamierte: »Nun seid ihr das Licht der Welt.« Massimo führte eine Vielzahl von Foltermethoden durch, oft vor großem Publikum, wo er einige seiner grausamsten Morde beging. Er warf wahre Gläubiger vor Löwen oder Hunde, die vor den Augen Tausender amüsierter Zuschauer Männer und Frauen zerrissen. Zu anderen Zeiten ließ er sie kreuzigen und setzte sie anschließend in Brand. Seine Opfer stammten aus verschiedenen Religionen und glaubten an die göttliche Liebe und Nächstenliebe. Sie widersetzten sich den Verlockungen

Mammons und der Gottlosigkeit. Während seiner tyrannischen Herrschaft über Magog kam es zu einer beispiellosen Verfolgung der Gläubigen, die an einen einzigen Gott glaubten. In seinem Streben nach Weltherrschaft beanspruchte Massimo Mammon da Vinci die Kontrolle über sämtliche soziale Aktivitäten und unterdrückte jegliche Form religiöser Praxis. Geistliche wurden überwacht, denunziert und in Konzentrationslager geschickt, und sämtliche Tempel monotheistischer Religionen wurden entweiht und für profane Zwecke umgewandelt.

Sie verbrachten fünf Stunden im Museum. Als sie das Archivarium verließen, war es bereits 17:00 Uhr. »O Mann, alles geht so unglaublich schnell, nun habe ich Durst«, sagte Lilitha.

»Ich auch«, sagte Joseph erschöpft. Nach stundenlangem Streifen durch das Museum waren nicht nur ihre Mägen leer, sondern auch ihre Kehlen trocken. Sie warfen einen flüchtigen Blick durch die Halle, doch kein Restaurant war zu sehen. Also entschieden sie sich, mit dem langsamen Aufzug zwei Stockwerke nach oben zu fahren. Als die Türen sich öffneten, präsentierte sich ihnen ein gemütliches Café als erste Anlaufstelle. Die beiden bestellten auf dem Bildschirm Kaffee und Kuchen, bevor sie sich an einem zentralen Tisch niederließen. Während sie den Kuchen genossen, wurde ihnen bewusst, wie köstlich er war. Sie orderten mehr und mehr, bis sie schließlich satt waren.

Plötzlich geschah etwas Unerwartetes. Joseph lehnte sich plötzlich vor und starrte ins Leere. Lilitha schloss die Augen in der Hoffnung, dass er sie küssen würde, doch stattdessen blieb seine Reaktion aus. Nach einem Moment öffnete sie ihre Augen wieder und begegnete Josephs Blick. Sie bemerkte seine abweisende Haltung und wusste nicht, was in ihm vorging. Als sie sein Gesicht betrachtete, erkannte sie, dass er nicht daran dachte, sie zu küssen. Sein Blick war starr, als würde er durch die durchsichtige Fensterscheibe etwas beobachten, was sie nicht sehen konnte. Es war Charon Wright draußen, der sie ansah. Es gab keinen Zweifel daran. Dieser Mann in seinem dunkelbraunen Mantel war Charon Wright. Er war sicherlich derjenige, der Lilitha in jener Nacht töten wollte. Ja, er war derjenige, den

Joseph für tot gehalten hatte, doch offensichtlich war er am Leben und stärker als je zuvor.

Lilitha berührte sanft Josephs Wange und küsste ihn, um seine Aufmerksamkeit zu erlangen. Dann flüsterte sie: »Was ist los, mein Liebster?«

Joseph starrte sie schweigend an, mit einem leicht geöffneten Mund. Kein Wort kam über seine Lippen.

Als er noch einmal durch die durchsichtige Wand blickte, war der Mann verschwunden.

Am darauffolgenden Tag klingelte der Wecker noch nicht. Lilitha lag auf Joseph wie auf einer Matratze, ihre Wange an seine Brust geschmiegt, und so hatten sie die ganze Nacht verbracht. Die Zweisamkeit war ihnen so vertraut und angenehm. Über dem Bettkopf hing ein intimes Bild von Joseph und Lilitha, das sie nackt zeigte, eng umschlungen.

Der Wecker ertönte erst um 11:00 Uhr. Als die beiden erwachten, lächelten sie sich an und begannen sofort, sich zu küssen. Joseph verspürte beim Aufwachen ein Glücksgefühl, das ganz und gar mit Lilitha verbunden war. War das wirklich wahr? Es schien zu schön, um wahr zu sein. Das Leben war wie ein rollender Stein, dachte er. Und in diesem Moment schien der Stein anzuhalten und ihn in einem Moment des Glücks festzuhalten. Joseph, der einst als armes Schattenkind im Weltstaat geboren wurde und vor nicht langer Zeit kurz davor stand, ein Dalit, also praktisch ein Obdachloser, zu werden, befand sich nun an Bord des größten Raumschiffs der Welt, eingekuschelt mit seiner Seelenverwandten. Obwohl das Glück ihn beinahe überwältigte, bewahrte er äußerlich die Fassung. Seine Emotionen behielt er unter Kontrolle, doch innerlich jubilierte er vor Freude über die Liebe und das Leben, das er nun erfahren durfte.

Während sie sich gerade einen Kaffee zubereiteten, wurden sie von einem ohrenbetäubenden Lärm überrascht. Plötzlich hallten laute Geräusche durch den Raum, und Gläser klirrten vom Regal. Der Kaffee, den sie gerade zubereitet hatten, verschüttete sich, und ein unheilvolles Gefühl des Chaos ergriff die beiden, als ob der Raum um sie herum buchstäblich einstürzte, ähnlich wie bei einem Erdbeben. Glücklicherweise blieben sie unverletzt, als der Kaffeekocher zu Boden fiel.

»Was zur Hölle ist das?«, fluchte Joseph.

»Oh mein Gott! Was passiert hier? Das ist doch seltsam …«, murmelte Lilitha.

Kaum Sekunden später wurden die Notfallprotokolle aktiviert, und die Sensoren piepten überall im Raum. Lilitha eilte ins Wohnzimmer und griff nach einem kleinen mobilen Gerät, um die Notrufstelle an Bord zu kontaktieren. Eine männliche Stimme meldete sich und erklärte, dass mechanische Störungen aufgrund eines technischen Defekts aufgetreten seien, jedoch bestehe kein Grund zur Panik und alles werde bald wieder in Ordnung sein. Lilitha fühlte jedoch, dass etwas nicht stimmte. Sie beschrieb eine Vibration oder Erschütterung, als wäre ihr Zimmer mit etwas kollidiert, das eine solche Reaktion ausgelöst hätte. Sie bat darum, dass ein Wartungsmitarbeiter ihr Zimmer untersuche. Die Männerstimme versprach, das Problem zu lösen, konnte jedoch nicht genau sagen, wann. Nach fast vier Minuten wurde die Kommunikation abrupt unterbrochen und Lilitha blieb mit einem unbestimmten Gefühl der Unruhe zurück.

Stunden, bevor sie ihr dreitägiges romantisches Abenteuer abschlossen und sich verabschiedeten, saßen sie gemeinsam am Tisch und genossen in Ruhe ein Glas Wein, um sich nach all dem Trubel zu entspannen und eine vorübergehende Erleichterung zu finden. Während sie zusammensaßen, diskutierten sie über Möglichkeiten, wie sie ihr zukünftiges Leben auf dem Mars verbessern könnten. Lilitha zögerte jedoch, Joseph zu versprechen, dass sie mit ihm nach Arcadia Planitia kommen würde, aus Angst, ihr Versprechen nicht einhalten zu können.

Joseph betrachtete sie, während sie sprach, und bemerkte zum ersten Mal, wie jung, elastisch und glatt ihr Gesicht aussah. Es war ein Moment der Stille, in dem er die Jugend und Schönheit seiner Begleiterin vollkommen zu schätzen lernte.

Bis zu diesem Zeitpunkt hatte Joseph Lilitha nichts über den Mann erzählt, den er gestern für Charon gehalten hatte. Er wollte das Abenteuer nicht mit Sorgen und Angst belasten, daher entschied er sich, darüber zu schweigen. In diesem Moment wurde er abrupt von einem komischen Gefühl überwältigt, und es war das Gefühl, beobachtet zu werden, aber er schaffte es trotzdem, seine Aufmerksamkeit, auf das Hier und Jetzt zu lenken.

Auf dem Tisch standen zwei große Teller, einer mit Reis und einer mit Fleisch und Gemüse, dazu eine brennende Kerze und eine einzelne Blume. Sie blieben am Tisch sitzen und unterhielten sich, bis die Kerze langsam erlosch und der Raum von einem sanften Halbdunkel umhüllt wurde.

Sie umarmten und küssten sich leidenschaftlich und liebevoll. Dieser Moment war voller Zärtlichkeit, Intimität und stärkte die Verbundenheit zwischen den beiden. Sie gestanden sich einander ihre Liebe und versicherten sich gegenseitig, wie wichtig sie einander waren. Es war eine Liebeserklärung, die ihren Abschied noch bedeutsamer machte. Dann verschwand Joseph hinter dem Haupteingang. Er nahm den Hauptaufzug und fuhr nach unten bis zum Deck 26, dann stieg er aus, lief bis zum Kontrollzentrum und wollte rechts abbiegen, aber die Halle war blockiert, und er musste einen alternativen Weg finden. Dass er bis zum Deck 26 herunterfuhr, lag daran, dass der Hauptaufzug außer Betrieb war und nicht weiterfahren konnte. Er entschied sich also, eine Notleiter zu benutzen, um nach unten zu gelangen. Jeder Schritt war von Dringlichkeit geprägt, da er wusste, dass irgendetwas im Raumschiff nicht stimmte.

Joseph machte sich auf den Weg über eine lange Brücke, die ihn zum nächsten Abschnitt des Raumschiffs führen würde. Als er einen der Flure der dritte Klasse erreichte, sah er unterwegs Rettungsdienste, die zu einem beschädigten Bereich eilten, um jemanden zu retten. Er war erleichtert, zu wissen, dass Hilfe in Notfällen unterwegs war, aber er wusste, dass er seinen eigenen Weg finden musste, um sicher nach Hause zu gelangen. Er wollte Hong sehen, den er seit ein paar Tagen nicht gesehen hatte. Trotz der Notlage und der drohenden Gefahr hielt Joseph sein Tempo aufrecht und versuchte, so schnell wie möglich voranzukommen. Er war entschlossen, trotz der Hindernisse seinen Weg zu gehen, ohne zu viel Zeit auf dem Weg zu verbringen.

Joseph stand regungslos auf dem Flur, seine Augen verfolgten gebannt das hektische Treiben der Rettungskräfte in ihren blauen Uniformen, die im gedämpften Licht eines Stromausfalls agierten. Drei junge Männer und zwei Frauen eilten etwa fünfzehn Meter entfernt von ihm umher, doch keiner schien ihn zu bemerken. Die Dunkelheit, die sich auf dem Flur und die angrenzenden Räume gelegt hatte, verhüllte seine Anwesenheit.

Während er weiterhin das Geschehen beobachtete, wurde seine Aufmerksamkeit plötzlich von einer verstörenden Szene gefesselt: Er sah, wie die Rettungskräfte hastig eine Leiche in eine Decke hüllten. Ein unbehagliches Gefühl breitete sich in Joseph aus, als ihm klar wurde, dass etwas nicht stimmte. Seine Gedanken rasten zu Lilitha, und er fragte sich besorgt, ob sie in Sicherheit war. Seine Intuition drängte ihn, zurück zur ersten Klasse in Quadrant-Solarien zu eilen, doch er wusste, dass er keinen Zugang bekommen würde.

Die Passagiere, die den Wechsel von der ersten Klasse in die dritte Klasse vollzogen, wurden nicht dazu verpflichtet, sich zu identifizieren oder beträchtliche Geldsummen zu entrichten. Doch für diejenigen, die den umgekehrten Weg von der dritten Klasse in die erste Klasse einschlugen, galten strenge Kontrollen und hohe finanzielle Anforderungen. Joseph befand sich bereits in der dritten Klasse, während Lilitha nicht mehr an seiner Seite war. Obwohl er sich bereits in der dritten Klasse befand, entschied er sich dennoch, den Versuch zu unternehmen, nach Quadrant-Solarien zurückzukehren, um nach Lilitha zu suchen. Entschlossen drehte er sich um und setzte zu einem schnellen Lauf an.

Als er links abbiegen wollte, kam der Überfall blitzschnell, ohne dass er überhaupt begriff, was geschah. Ein kräftiger Schlag traf sein Gesicht mit solcher Wucht, dass seine Sicht sofort verschwamm, gefolgt von einer unaufhörlichen Serie von Schlägen, die ihn zu Boden zwangen. Die Attacken kamen schnell und erbarmungslos, während er verzweifelt versuchte, sich zu verteidigen und zu entkommen. Doch in der Dunkelheit konnte er nichts erkennen, nicht einmal den Angreifer identifizieren, geschweige denn, ihm entkommen.

Ein letzter Schlag auf seinen Rücken ließ ihn nach Atem ringen, bevor er bewusstlos auf dem Boden landete, unfähig, sich weiter zu verteidigen. In diesem Moment näherte sich plötzlich eine helle Taschenlampe, die den Angreifer ins Visier nahm. Schnell ließ dieser von Joseph ab und verschwand, gerade rechtzeitig, bevor eine Gruppe von Rettungsdienstmitarbeitern in Uniform auftauchte.

Während vier der Mitarbeiter Joseph beim Aufstehen halfen, kämpfte er gegen die einsetzende Ohnmacht an, er aber sank schließlich wieder zu Boden und verlor das Bewusstsein

Als Joseph wieder zu sich kam, fand er sich in einem kühlen, sterilen Raum wieder. Eine Krankenschwester erhob seine Vitalwerte und tastete seinen Puls. Er war immer noch nicht sicher, was passiert war. Das gedämpfte Summen von medizinischen Geräten drang an sein Ohr, und er spürte Schmerzen fast überall am Körper, vor allem am Gesicht, am Hals und am Rücken. Aber warum befand er sich in diesem Raum mit so vielen medizinischen Geräten? Er fragte die Krankenschwester vor ihm, aber sie sagte ihm leise, dass er sich nicht bewegen und reden sollte.

Die Schwester verließ den Raum, und nun war er allein und der Einzige dort. Er versuchte, sich zu bewegen, doch seine Glieder fühlten sich schwer und taub an. Durch den ersten Schlag ins Gesicht, den er bekommen hatte, erlitt er eine minimale Verletzung am Nasenrücken. Der Täter war kein gewöhnlicher Angreifer gewesen, denn er hatte den Mut gehabt, Joseph trotz der Anwesenheit anderer Personen in der Halle anzugreifen.

Plötzlich tauchten drei Gestalten am Rand seines Blickfelds auf: die Krankenschwester und zwei Männer in Uniform. Die Pflegefachfrau trat mit besorgtem Gesichtsausdruck auf ihn zu. »Wie geht es dir, Joseph? Wie fühlst du dich gerade?«, fragte sie mit sanfter Stimme.

»Besser als zuvor, aber meine Nase und mein Rücken schmerzen immer noch«, antwortete er.

»Sei froh, dass du alles überstanden hast. Du hättest sterben können, wenn nicht rechtzeitig Hilfe gekommen wäre.«

»Wer sind Sie denn? Warum bin ich hier? Was ist passiert?«

»Ich bin die Schwester, die sich um Sie kümmert, und diese beiden Männer in Uniform sind Sicherheitsmitarbeiter. Sie möchten mit Ihnen sprechen, um den Angriff aufzuklären«, erklärte sie.

»Wie sahen die Personen aus, die dich überfallen haben?«, fragte einer der Männer.

»Keine Ahnung«, antwortete Joseph. »Ich wurde mit solcher Wucht ins Gesicht geschlagen, dass ich plötzlich wie blind war und nichts sehen konnte. Ich konnte ihre Gesichter nicht erkennen.«

»Nun reden Sie mit uns, nicht mit der Schwester«, sagte einer der Männer bestimmend.

Die Schwester entfernte sich vom Bett, um den beiden Sicherheitsmitarbeitern mehr Platz zu geben, damit sie besser mit Joseph sprechen konnten. Die Gesichter der beiden Männer, die Fragen stellten, waren teilweise durch Gesichtsmasken verdeckt, und sie trugen zudem schwarze Brillen, die ihren Blick verbargen. Trotzdem verrieten ihre Körperhaltung, ihre Bewegungen und ihre Stimmen viel über sie – sie waren beide jung.

»Wie ist der Angreifer vorgegangen? Können Sie sich noch daran erinnern?«, fragten die Sicherheitsmitarbeiter.

»Ich weiß nicht, wie viele es waren, aber ich denke, es war nur einer. Nachdem ich ins Gesicht geschlagen wurde, hörte er nicht auf, mich weiter zu attackieren, bis ich auf den Boden fiel. Er schlug gezielt zu, sodass ich keine Kraft mehr hatte, mich zu verteidigen. Es kam mir vor, als ob er etwas mit mir vorhatte, aber es war zu spät.«

»Sie sagen, Sie haben das Gefühl, er wollte etwas mit Ihnen machen, als Sie am Boden lagen. Können Sie sich vorstellen, was das gewesen sein könnte?«

»Sein Mund war nahe an meinem Hals, und es fühlte sich an, als wollte er mich beißen«, antwortete Joseph.

»Ist das Ihre eigene Vermutung, oder haben Sie das tatsächlich gespürt?«

»Ich erzähle Ihnen nur, was ich erlebt habe. Als ich am Boden lag, spürte ich eine Hand, die meinen Kopf gegen den Boden drückte, und ich spürte etwas an meinem Hals. Ich sage nur, was ich wahrgenommen habe.«

»Was hat er zu Ihnen gesagt?«

»Ich habe seine Stimme nicht gehört«, antwortete Joseph.

»Erinnern Sie sich noch an den Moment vor dem Angriff? Wo waren Sie? Was haben Sie gemacht oder was wollten Sie machen?«

»Ich stand auf einem der Flure in der dritten Klasse. Ich sah Rettungsdienste ein paar Meter entfernt und beobachtete sie verwirrt. Dann wollte ich links abbiegen, und genau in diesem Moment erfolgte der Angriff blitzschnell, ohne dass ich die Zeit hatte, zu begreifen, was geschah. Er hörte nicht auf, zu schlagen, zuerst ins Gesicht, dann überall, bis ich am Boden lag. Ein Schlag am Rücken raubte mir kurzzeitig den Atem, und ich dachte, ich würde sterben. Leider konnte ich sein Gesicht nicht erkennen. Das ist alles, was ich sagen kann.«

Die beiden Männer wechselten ein paar Worte miteinander, bevor das Verhör endete. »Vielen Dank für Ihre Kooperation. Es tut uns leid, dass Sie an Bord Opfer dieses Überfalls wurden. Es ist bedauerlich, dass Sie den Täter nicht gesehen haben, denn keine Straftat an Bord sollte ungestraft bleiben«, sagte einer der Sicherheitsmitarbeiter.

»OK«, antwortete Joseph mit einem ausdruckslosen Gesicht.

Die Männer sahen ihn an und verschwanden.

Bevor die Tür sich schloss, kehrte die Krankenschwester zurück. »Der Arzt muss noch Ihren Gesundheitszustand genau überwachen, bevor Sie entlassen werden.«

»Meinen Gesundheitszustand genau überwachen, bevor ich entlassen werde? Was bedeutet das konkret?«, fragte Joseph.

»Das bedeutet, dass eine Computer-Tomografie Ihres Brustkorbs durchgeführt werden muss«, erklärte sie.

»In Ordnung, kein Problem, wenn das sein muss«, antwortete Joseph gelassen.

DRITTER TEIL

DIE ENDEMIE

Par les lois de la nature
Tout naît, tout vit, tout périt;
Le palmier perd sa verdure,
Le citronnier perd son fruit,
L'homme naît pour cesser d'être.
Antoine Dupré

KAPITEL 15

Die Stille im Kommandoraum war erstickend, als Kapitän Christopher Miller die Aufnahmen der Überwachungskameras erneut ansah. Die Bilder zeigten die Zerstörung, die in einer Sekunde das Leben an Bord von der Nebelgator für immer veränderte. Der Meteor, der wie ein unsichtbarer Feind zuschlug, hinterließ eine Spur der Verwüstung.

Als der Meteor Stunden zuvor einschlug …

Was Joseph und Lilitha als eine harmlose Erschütterung beim Zubereiten ihres Kaffees erlebten, war nichts im Vergleich zur Realität, die andere Teile des Raumschiffs erlebten. Für diejenigen, die sich im Rotationsring befanden, war der Moment des Einschlags von einem ohrenbetäubenden Lärm begleitet. Gläser fielen von den Regalen, Räume schienen buchstäblich zu kollabieren, ähnlich wie bei einem Erdbeben. Bereiche wie Quadrant-Solarien und der Techno-Sektor wurden im Vergleich zu Schattengrenze nicht so stark in Mitleidenschaft gezogen. Der Ort Schattengrenze befand sich am äußersten Rand des Raumschiffs, genau dort, wo der Meteor einschlug. Die Folgen für Schattengrenze waren katastrophal, da eines der tiefsten Geheimnisse an Bord betroffen war: das Lebenserhaltungssystem der Dravmore.

Die Crewmitglieder wurden von ihren Plätzen geschleudert, als das Licht flackerte und die Alarmsirenen aufheulten. Die Besatzung begab sich hastig an ihre Stationen und versuchte, die Kontrolle über das Schiff zurückzugewinnen. »Alarmstufe Rot! Alarmstufe Rot! Sofortige Verteidigungsmaßnahmen ergreifen! Gefahr durch Meteoriteneinschlag!«, rief ein leitender Offizier von der Brücke aus, der die drohende Gefahr erkannt und Alarm geschlagen hatte. Er war der Erste, der die Sensoren des Raumschiffs überwachte und den Einschlag des Meteoriten aufzeichnete. Die Sicherheitsmannschaft schrie ihre Anweisungen aus, um die Crew zur Bereitstellung von Schutzmaßnahmen aufzufordern, aber leider war es bereits zu spät, denn der Meteor hatte bereits verheerende Auswirkungen auf Schattengrenze.

»Tragen Sie die genaue Uhrzeit ins Logbuch ein«, sagte der leitende Offizier mit Tränen in den Augen, als er durch die Kamera sah, wie verwüstet Schattengrenze nach dem Einschlag war.

Als der Offizier sprachlos im Kommandoraum stand, tauchte Kapitän Christopher Miller auf, der durch den ohrenbetäubenden Lärm aus seinem Nickerchen gerissen wurde. Er hatte zu wenig geschlafen in der vergangenen Nacht und nutzte die kurze Ruhepause, um neue Energie zu tanken. Doch die Vibrationen, der Lärm und die Notrufalarme ließen ihn aus dem Schlaf schrecken, und er verließ sein Quartier, um den Kommandoraum zu betreten.

»Was ist geschehen, Mr. X?«, fragte Kapitän Miller, als er den Raum betrat.

»Ein Meteor, Kapitän«, antwortete Mr. X nervös und fuhr fort: »Er bewegte sich mit enormer Geschwindigkeit, und seine Bewegungsbahnen waren unvorhersehbar. Trotz all unserer Ausweichmanöver konnten wir den Einschlag nicht verhindern. Alle Notfallprotokolle wurden aktiviert.«

Als der Kapitän die Bilder auf dem Bildschirm betrachtete, war er verblüfft und befahl: »Schließen Sie alle Schotts zu Schattengrenze.«

»Die Schotten sind bereits geschlossen, Sir«, sagte Mr. X mit heiserer Stimme und fügte ängstlich hinzu: »Aber nicht ohne einen hohen Preis …«

»Und welchen Preis meinen Sie damit?«, fragte der Kapitän, während er sich auf das Unheil vorbereitete, das ihn erwartete.

»Dort waren fünfhundert Passagiere, aber leider hatten nicht alle genug Zeit, Schattengrenze zu verlassen«, sagte der Kapitän mit gesenktem Blick und einem schweren Seufzen, während er den Verlust bedauerte.

Er ließ seinen Brustkorb langsam absinken und schwieg einen Moment lang, während die Schwere der Situation auf ihm lastete.

Dann fuhr er fort: »Nun sollen der Raumfahrtingenieur und Techniker alles überprüfen!«

»Verstanden, Kapitän!«, antwortete Offizier Clayton, bereit, die Anweisungen des Kapitäns umzusetzen und alles zu tun, um die Sicherheit des Raumschiffs und seiner Besatzung zu gewährleisten.

Kapitän Christopher Miller starrte mit einem schmerzlichen Gefühl des Bedauerns auf den Bildschirm vor ihm. Die Bilder, die sich darauf abspielten, zeigten die Zerstörung, die sie nicht verhindern konnten. Jeder Riss, jede umgestürzte Struktur auf dem Bildschirm war ein stummer Zeuge der unfassbaren Macht des Einschlags. Doch während die Anzahl der Opfer in Schattengrenze bereits unerträglich hoch war und die Schäden das Herz des Raumschiffs zutiefst verletzten, war es die unheilvolle Bedrohung für das Lebenserhaltungssystem der Dravmore, genannt VitalForge, die Kapitän Miller am meisten quälte.

Was war dieses Lebenserhaltungssystem eigentlich? VitalForge war nicht einfach nur eine technische Vorrichtung, sondern eine komplexe Lebensader für das Schicksal der Dravmore an Bord.

Dieses Lebenserhaltungssystem basierte auf einem ausgeklügelten Abo-System und verband die Dravmore auf zwei unterschiedliche Arten mit dem Apparat. Für diejenigen mit den Blutgruppen AB, A und B bedeutete es die symbiotische Fusion mit hoch entwickelten Nanomaschinen, die ihr Blut auf aTomarer Ebene durchdrangen und die darin enthaltene Energie entfesselten. Doch für jene mit der Blutgruppe 0 war es eine direkte Anbindung an das pulsierende Herz des Lebenserhaltungssystems, eine Verbindung, die ihre Energie mit dem VitalForge teilte, ohne dass sie es kontrollieren konnten.

VitalForge war nicht nur eine besondere Technologie; es war die Lebensader der Dravmore, ihre Quelle der Existenz in den Weiten des Weltraums. Ohne es waren sie verloren, verdammt zu einem langsamen Verfall, der sie mit Schwäche und Krankheit heimsuchen würde, bis nichts mehr von ihrer einstigen Stärke übrig blieb. Daher war es nicht nur eine Pflicht, sondern eine absolute Notwendigkeit, den Apparat zu schützen und zu bewahren, selbst für einen hohen Preis.

Die Tür zum Kommandoraum öffnete sich mit einem leisen Zischen, und der Raumfahrtingenieur betrat zusammen mit einem Techniker den Raum. Ihr Gesichtsausdruck verriet sofort, dass sie schlechte Nachrichten hatten. Der Ingenieur aktivierte ein weiteres holografisches Display und zeigte dem Kapitän, was wirklich passiert war. »Wir haben alles überprüft, Kapitän. Und Schattengrenze ist nun komplett abgeschottet von der Nebelgator«, verkündete er ernst.

»Das wissen wir bereits. Aber wie ist der Zustand von Vital-Forge?«, fragte der Kapitän mit angespannter Miene.

»Es ist enorm beschädigt«, antwortete der Ingenieur mit einem resignierten Tonfall.

»Dann müssen wir es reparieren«, erklärte der Kapitän entschlossen.

Der Ingenieur scrollte auf dem holografischen Bildschirm zurück, um ihnen das Ausmaß der Zerstörung von VitalForge zu zeigen. »Hier sind der Plasmaresonator und der Hämoglobin-Katalysator, und leider sind beide dermaßen zerstört, dass jegliche Reparatur unmöglich wäre. Und selbst wenn wir VitalForge reparieren könnten, wäre es zu riskant, Schattengrenze zu betreten. Erstens wegen der radioaktiven Substanzen, die gerade freigesetzt wurden und den Raum kontaminieren. Sie stellen eine sofortige Gefahr für alle Passagiere an Bord von der Nebelgator dar. Es wäre besser, diesen Raum niemals zu öffnen. Zweitens wegen ätzender Chemikalien, die nun freigesetzt wurden. Die Beschädigung von VitalForge führt dazu, dass ätzende und korrosive Chemikalien freigesetzt werden, die nicht nur die Atemwege schädigen, sondern auch Metall und andere Materialien im Raum zerstören. Diese Chemikalien machen Strukturen und Ausrüstung im Raum instabil und können zum Zusammenbruch führen, was die Reparatur zusätzlich erschwert. Nun befinden wir uns alle in einer äußerst gefährlichen Situation, und wir müssen überlegt handeln, sonst verschlimmern wir alles«, erklärte er besorgt.

»Nun, wenn ich richtig verstehe, ist der Zugang zu VitalForge komplett unmöglich …«, murmelte der Kapitän nachdenklich.

»Ja, Kapitän, komplett unmöglich. Nicht nur durch die Freisetzung giftiger Substanzen, sondern auch durch strukturelle

Schäden, Überflutung durch den Verlust der Druckluft und andere Hindernisse«, bestätigte Offizier Clayton.

Auch wenn Kapitän Christopher hörte, was mit dem Raum passiert war, war er trotzdem bereit, eine Crew nach Schattengrenze zu schicken, um zu versuchen, VitalForge zu reparieren. »Wie viel Zeit haben wir noch, bevor die Dravmore an Bord durchdrehen?«, fragte er besorgt.

»Ganz genau können wir es nicht sagen, Herr Kapitän, aber eins ist sicher: In weniger als 24 Stunden werden alle Dravmore an Bord anfangen, durchzudrehen«, antwortete ein Mediziner mit düsterem Blick.

»Nun ist die Zeit gekommen, Opfer zu bringen«, erklärte der Kapitän mit einer Stimme, die Entschlossenheit und Besorgnis zugleich verriet. Seine Worte durchdrangen den Raum und ließen eine unheilvolle Stille zurück.

Plötzlich herrschte Stille im Raum, als alle unter Schock standen. Die Atmosphäre war gespannt, als die Besatzung die Dringlichkeit und das Ausmaß der Entscheidung des Kapitäns erfasste. Entsetzen und Überraschung waren in den Gesichtern der Anwesenden zu erkennen, während sie versuchten, die Tragweite dessen zu begreifen, was gerade gesagt worden war. Für einen Moment schienen alle sprachlos zu sein.

Der leitende Offizier Clayton näherte sich dem Kapitän mit einem Ausdruck der Skepsis auf seinem Gesicht. »Meinen Sie das ernst, Herr Kapitän?«, fragte er mit einem Hauch von Ungläubigkeit.

»Ja, ich meine es ernst, Offizier«, antwortete der Kapitän und deutete auf den holografischen Bildschirm vor ihnen. »Hier ist Vital-Forge, und diese beiden Teile hier sind der Plasmaresonator und der Hämoglobin-Katalysator. Wenn wir nur diese Schläuche reparieren können, sollte es möglich sein, viele Leben an Bord zu retten«, erklärte er entschlossen.

»Wie weit sind wir noch vom Mars entfernt?«, erkundigte sich der Kapitän.

»Genau zehn Millionen Kilometer. Theoretisch sollten wir den Mars in zwei Wochen erreichen«, antwortete der Offizier.

»Kontaktieren Sie sofort die Notrufstelle in Arcadia Planitia. Informieren Sie sie über unsere genaue Position im Weltraum und dass wir dringend Hilfe benötigen«, befahl Kapitän Christopher mit Nachdruck.

Ein Moment der Stille verging, während der Kapitän den Raum und seine Untergebenen betrachtete. »Angesichts der Ernsthaftigkeit der Situation sehe ich mich als Kapitän gezwungen, schwierige Entscheidungen zu treffen und Opfer zu bringen, um das Leben der meisten Passagiere an Bord zu retten. Es ist meine Verantwortung als Kapitän, in Krisensituationen die beste Entscheidung zu treffen und nicht leichtfertig zu handeln. Nun ist die Zeit gekommen, in der jeder von uns in diesem Raum eine schwerwiegende Entscheidung treffen muss«, beendete er seine Ansprache mit einem Hauch von Entschlossenheit.

Der Kapitän schwieg einen Moment lang, während seine Zuhörer im Raum gespannt auf seine Fortsetzung warteten. Die Stille war beinahe greifbar, und jeder fragte sich, welche Entscheidung er treffen würde.

Dann, mit einer Stimme voller Entschlossenheit, fuhr der Kapitän fort: »Diejenigen, die bereit sind, mit diesem Raumschiff zu sterben, sollen diesen Raum verlassen; diejenigen, die den Planeten Mars erreichen wollen, sollen sich um mich herum versammeln.«

Einer nach dem anderen versammelten sie sich um den Kapitän. Sie mögen 150 in der Halle gewesen sein, aber diese 150 waren die wichtigsten Mitglieder der Besatzung. In diesem Moment fühlten sie sich vereint in ihrer Entschlossenheit und ihrem Mut.

»Niemals wurde in der Geschichte etwas Großes ohne große Risiken und Gefahren erreicht. Heute stehen wir alle diesem Risiko gegenüber, und wir dürfen nicht ängstlich sein, sondern mutig und entschlossen«, erklärte der Kapitän mit einer Stimme, die von Hoffnung erfüllt war. »Wir schicken jetzt eine Crew nach Schattengrenze. Sie wird versuchen, das VitalForge zu reparieren. Wir hoffen auf das Beste, während wir das Schlimmste erwarten. Möge Gott die Nebelgator segnen!«

Mit diesen Worten brachte der Kapitän die Entschlossenheit seiner

Crew zum Ausdruck und bereitete sie darauf vor, sich den Herausforderungen zu stellen. Es war ein Moment der Einheit und des Glaubens, dass sie gemeinsam alles überwinden konnten.

Während sich die Crew noch auf ihre bevorstehende Mission vorbereitete, spielte sich das Leben an Bord der Nebelgator live auf den Monitoren im Kommandoraum ab. Einige Passagiere in der ersten Klasse bemerkten zwar, dass etwas nicht stimmte, machten sich jedoch nicht allzu viele Gedanken, da keine strukturellen Schäden im Rotationsring zu sehen waren.

In der zweiten und dritten Klasse, in einem der Zylinder, machte bereits das Gerücht die Runde, dass etwas nicht in Ordnung sei. Einige vermissten ihre Angehörigen, die in Schattengrenze gewesen und nun plötzlich verschwunden waren. Die Abschottung hatte das Nebelnet in Schattengrenze lahmgelegt, und die Überlebenden, die den Moment der Abschottung überlebt hatten, waren komplett isoliert und wurden streng von schwer bewaffneten Cyboforcern und anderen Sicherheitsbeamten überwacht. Das Ziel war klar: Sie sollten weggesperrt und isoliert werden, damit nichts über den Zwischenfall nach außen dringen konnte. Der Kapitän hatte ihre Isolation angeordnet, um eine mögliche Massenpanik im gesamten Raumschiff zu verhindern.

Auf den Bildern waren verzweifelte Passagiere zu sehen, die nach ihren Ehemännern, Kindern, Verwandten und Freunden an verschiedenen Schaltern fragten. Einige baten um jede erdenkliche Art von Hilfe, während die Schalter in diesem Zylinder überlastet waren. In einem Flur konnte man eine Gruppe von Passagieren sehen, die bereit waren, Gewalt anzuwenden, um die Sicherheitsbeamten vor sich zu zwingen, damit sie Zugang zu einem anderen Gebäude erhielten. Dieses Gebäude war aufgrund von technischen Schäden nicht mehr zugänglich.

»Schicken Sie bitte sofort Verstärkung zu diesen Sicherheitsbeamten dort. Sie benötigen dringend Unterstützung. Gehen Sie hart gegen jegliche Rebellion vor. Alle Sicherheitsbeamten, Wächter und Cyboforcer müssen die Situation unter Kontrolle halten, denn wir sind noch nicht bereit für ein mögliches Chaos an Bord«, befahl der Kapitän.

Nach ein paar Minuten machte sich die Verstärkung auf den Weg. »Unterstützung ist bereits auf dem Weg, Kapitän«, bestätigte ein Kommandant.

»Sehr gut. Sorgen Sie nun bitte dafür, dass alle Passagiere in der dritten Klasse abgelenkt werden, sei es durch Musik, Tanz oder Ähnliches«, befahl der Kapitän.

»Zu Ihren Befehlen, Kapitän«, antwortete ein kleiner Offizier im Raum.

Gerade als die Crew bereit war, sich auf den Weg nach Schattengrenze zu machen, trat der Raumfahrtingenieur (Robert Fields) mit einer beunruhigenden Nachricht an den Kapitän heran. Auf dem holografischen Bildschirm des Raumschiffs zeigte er die aktuellen Geschehnisse in Schattengrenze. Mit einem schnellen Fingerzeig scrollte er durch die Anzeigen.

»Hier ist das VitalForge, und in diesem Raum befand sich das Lager mit Strahlenschutzkleidung. Gerade hat dort eine Explosion stattgefunden, Kapitän. Wer auch immer diese sieben Abteilungen betritt, begeht praktisch Selbstmord«, erklärte der Ingenieur mit besorgter Miene.

Der Kapitän, nun ernsthaft alarmiert, betrachtete die Informationen auf dem Bildschirm. »Sind wirklich alle Strahlenschutzanzüge zerstört worden? Was bedeutet das für die Crew, die wir dorthin schicken müssen?«, fragte er besorgt.

Der Ingenieur vergrößerte den betroffenen Bereich auf dem Bildschirm und zeigte die Ausbreitung des Mortiferiums, das sich bereits im Frachtraum des Zylinders und in sieben weiteren Abteilungen ausgebreitet hatte. »Das Mortiferium hat sich schon weit in alle diesen Bereichen inklusive des Kesselraums verbreitet, Kapitän. Es ist äußerst gefährlich«, warnte er.

»Die Crew kann dennoch Schattengrenze betreten und das Leben der anderen retten. Opferbereitschaft ist jetzt nötig«, sagte der Kapitän entschlossen.

»Ja, das ist richtig. In Zeiten der Krise müssen Opfer gebracht werden«, stimmte Mr. Clayton zu.

»Aber das ist nicht alles. Es sind bereits sieben Abteilungen und zahlreiche andere Bereiche mit Mortiferium vergiftet«, warf ein Raumfahrttechniker ein.

Der Ingenieur erklärte weiter: »Wenn sieben Abteilungen und so viele andere Bereiche bereits vom Mortiferium verseucht sind, kann keine Crew mehr in Schattengrenze eindringen. Sobald einer der Eingänge geöffnet wird, breitet sich das Mortiferium weiter aus, von einer Abteilung zunächst und immer weiter und weiter und infiziert schließlich das gesamte Raumschiff. Es ist unaufhaltsam, Kapitän. Wenn Sie möchten, dass überhaupt Überlebende an Bord bleiben, dürfen wir keine Crew dorthin schicken. Wir müssen diesen Bereich abschreiben.«

In dieser Zeit galt Mortiferium aufgrund seiner hohen Durchdringungsfähigkeit und Energie als die gefährlichste Form ionisierender Strahlung. Es konnte Materialien durchdringen, die gegen Gammastrahlung undurchlässig waren, und führte schnell zum Tod, wenn Menschen ihm ausgesetzt waren.

»Und wie verhindern wir, dass die Dravmore an Bord die Kontrolle verlieren?«, fragte der Kapitän nachdenklich.

Das, was für einen Teil der Besatzung ein Geheimnis war, war es für andere eher nicht. Einige von ihnen wussten über die Präsenz der Dravmore an Bord von der Nebelgator und einige nicht, und nur wenige trauten sich, das Wort »Dravmore« an Bord auszusprechen, viele benutzten eher das Wort »die Namenlosen«, um über die Dravmore insgeheim zu reden. Niemand konnte die Dravmore auf Anhieb identifizieren. Aber das war nun nicht das Problem. Das Problem bestand darin, dass das VitalForge, das dazu diente, Kontrolle über den Überlebensinstinkt der Dravmore auszuüben und sie täglich mit Blut zu versorgen, komplett zerstört war. Der Kapitän wusste es. Ja, er wusste, dass alle Dravmore aufgrund der Zerstörung des VitalForge in eine lebensbedrohliche Situation gerieten, in der sie gezwungen waren, drastische Maßnahmen zu ergreifen, um ihr Überleben zu sichern. Da sie von Menschenblut abhängig waren, um ihre Kräfte zu erhalten und nicht zu sterben, würde der Drang, Blut zu trinken, in ihnen eine starke Überlebensmotivation auslösen.

»Ich habe ein nobles Vorhaben Kapitän, ich würde mich aber freuen, darüber mit ihnen und dem Biotechniker persönlich zu sprechen«, flüsterte der leitende Offizier dem Kapitän ins Ohr.

Eine halbe Stunde später fand ein Gespräch hinter verschlossener Tür zwischen dem Kapitän, dem leitenden Offizier und dem Biotechniker statt. Dieses Gespräch ereignete sich nicht im Kommandoraum, sondern im Büro des Kapitäns. Sein Büro war komplett schallisoliert und wurde mit dem Kommandoraum durch ein Vorzimmer getrennt, wo seine Sekretärin, Frau Eveline, wartete. Im Flur neben diesem Vorzimmer standen ein Dutzend schwerbewaffnete Cyboforcer, die Sicherheit und Ordnung gewährleisteten und die Wartenden einer nach dem anderen riefen. Der Kapitän saß an seinem Schreibtisch, rechts von ihm saß der leitende Offizier Herr Clayton, und ihm gegenüber der Biotechniker mit vielen ausgedruckten Papieren über die Dravmore, deren Geschichte und Opfer. Gemeinsam diskutierten sie über die Dravmore, und auch über eine Vielzahl von Lösungsmöglichkeiten, wie sie Kontrolle über sie mit einigen Mitteln erhalten könnten, nachdem VitalForge zerstört worden war, aber keiner dieser Ansätze schien wirklich umsetzbar zu sein. Sie sprachen über die Natur der Dravmore, die immer grausam war, ist und bleiben wird. Der Kapitän schien großes Interesse an dem Gespräch zu haben, da dieses Gespräch, das sie durchführten, größtenteils düster und von drohendem Unheil geprägt war. Der Biotechniker sprach von einer gefährlichen Krankheit, von der alle Dravmore betroffen sein könnte, und sie wollten wissen, wie sie die Dravmore davon abhalten könnten, damit anzufangen, Passagiere an Bord zu beißen. »Vielleicht wäre es eine Lösung, sie zu überzeugen, dass Passagiere zu beißen nicht die Lösung ist?«, empfahl der leitende Offizier.

»Die Dravmore haben keine Ethik und Moral, auch diejenigen die moderat zu sein scheinen, möchten unbedingt leben. Bei ihnen ist der Überlebensinstinkt so stark, dass sie bereit sind, ihre moralischen

Bedenken hintanzustellen, um sich selbst zu retten«, sagte der Biotechniker.

Noch mal brachte der Kapitän das Thema vor, das ihm am meisten am Herzen lag:

»Sage mir, Herr Doktor, glauben Sie wirklich daran, dass alle Dravmore an einer Krankheit leiden?«, fragte der Kapitän.

»Ja, darüber gibt es keinen Zweifel, Kapitän«, antwortete er. »Diese Krankheit hat viele Symptome, und die Liste ist wirklich lang, Kapitän«, gestand der Biotechniker.

»Jetzt höre ich Ihnen zu. Machen Sie bitte weiter!«, drückte der Kapitän sein Interesse aus, als Zeichen, dass der Biotechniker weiterreden sollte.

»Wie schon gesagt, es ist eine ansteckende Krankheit, die sich durch eine Vielzahl von Symptomen manifestiert«, begann der Biotechniker. Er sah nachdenklich aus, während er über die potenziellen Gefahren sprach. »Einige der Symptome sind äußerst beunruhigend. Zum Beispiel könnte eine erhöhte Empfindlichkeit gegenüber Sonnenlicht auftreten. Es ist möglich, dass sich die Betroffenen schnell verbrennen oder sich Blasen auf ihrer Haut entwickeln, wenn sie direktem Sonnenlicht ausgesetzt sind.«

Der Kapitän runzelte die Stirn, als er sich die potenziellen Auswirkungen vorstellte. »Das klingt besorgniserregend. Gibt es noch andere Symptome, auf die wir achten sollten?«

Der Biotechniker nickte ernst. »Ja, außerdem könnte eine auffällige Blässe auftreten, bedingt durch den Mangel an natürlichem Tageslicht. Kälteempfindlichkeit ist ebenfalls möglich; die Betroffenen könnten sich in kühleren Umgebungen wohler fühlen als in warmen.«

Der Kapitän hob eine Augenbraue. »Kälteempfindlichkeit? Das ist interessant. Gibt es noch etwas?«

»Ja, die Veränderungen im Zahn- und Nagelwachstum könnten ebenfalls auftreten«, erklärte der Biotechniker weiter. »Sie könnten scharfe Zähne und Klauen entwickeln, die zum Beißen und Angreifen verwendet werden könnten.«

Der Kapitän nickte langsam. »Das klingt nach einem ernsten Problem. Was ist mit den inneren Veränderungen?«

»Die Veränderungen im Stoffwechsel könnten auffällig sein«, fuhr der Biotechniker fort. »Die Betroffenen könnten eine erhöhte Körperkraft und –geschwindigkeit entwickeln, was auf einen veränderten Stoffwechsel hinweisen könnte. Außerdem könnte ihre Heilungsfähigkeit beeinträchtigt sein, was zu einer schnellen Wundheilung führen könnte.«

Der Kapitän machte eine bedachte Miene. »Und was ist mit ihren Ernährungsbedürfnissen? Haben Sie darüber Informationen?«

»Ja, die Infizierten spüren Minuten, nachdem sie gebissen wurden, einen starken Durst nach Blut«, antwortete der Biotechniker. »Ein Mangel an Blut könnte zu Symptomen wie Schwäche, Reizbarkeit oder Ohnmacht und schnellem Tod führen.«

»Hm … gut zu wissen«, sagte der Kapitän.

»Sobald ein Sapiens oder ein Myon gebissen und infiziert wird, treten Symptome auf wie massive Fieberzustände, Sinnestrübungen, Delirien und Albträume. Und Stunden später treten andere Symptome auf wie Aggressivität, Brechreiz, Schmerzen im Bauch, und das Gefühl der Austrocknung und des unstillbaren Durstes«, erklärte der Biotechniker. »Meine Sorge ist nicht die Tatsache, dass VitalForge zerstört ist und dass die Dravmore am Bord nun Passagiere beißen und töten werden, um zu überleben, es ist vielmehr als das!«, gestand der Biotechniker.

»Jetzt höre ich Ihnen zu. Machen Sie bitte weiter!«, drückte der Kapitän sein Interesse aus, als Zeichen, dass der Biotechniker weiterreden sollte.

»Das Beißen eines Menschen führt dazu, dass er auch zu einem Dravmor wird, vorausgesetzt, dass das Opfer den Biss überlebt. Denn einige Dravmore beißen so stark am Hals, dass das Opfer nicht überlebt, und einige essen selbst den ganzen Hals ihres Opfers«, sagte der Biotechniker.

Der Kapitän schluckte schwer, als er die potenziellen Auswirkungen dieser Krankheit erkannte. »Das ist beunruhigend. Wir müssen sicherstellen, dass wir angemessene Vorsichtsmaßnahmen treffen, um die Ausbreitung dieser Krankheit zu verhindern.«

»Wie viele sind jetzt an Bord?«, fragte der leitende Offizier.

»Ohne die Wrights und die Millers haben wir derzeit ungefähr hundert Personen an Bord. Diese Zahl könnte sich in den nächsten Tagen exponentiell erhöhen, wenn wir nicht drastische Maßnahmen ergreifen«, antwortete der Biotechniker besorgt.

Der Kapitän bedankte sich bei ihm und verließ dann den Raum. Anschließend übertrug er dem leitenden Offizier zusätzliche Aufgaben und Vollmachten, damit dieser in dieser Krisenzeit in seinem Namen frei handeln konnte. Die Aufgaben des Kapitäns und des leitenden Offiziers hatten sich durch den Meteoreinschlag vervielfacht.

Nach diesem Treffen nahm er sich extra Zeit, um seine Gedanken erst einmal zu sortieren. Er dachte an seine Amtseinführung als Kapitän, die fünfzehn Jahre her war, und an den Eid, der den offiziellen Beginn seiner Amtszeit markierte: »*Ich schwöre feierlich, dass ich das Amt des Kapitäns von der Nebelgator getreulich ausüben und alle Passagiere an Bord nach bestem Wissen und Gewissen bewahren, schützen und verteidigen werde.*«

Kapitän Christopher begann, über seine Pflichten und Aufgaben als Kapitän nachzudenken. *Was auch immer passiert, ich muss versuchen, die Mehrheit der Passagiere an Bord zu retten, auch wenn dieser Versuch bedeuten würde, mein eigenes Leben zu riskieren. Überall in Zeiten des Umbruchs müssen große Risiken für Menschenleben eingegangen werden, und der Tod ist manchmal ein notwendiger und normaler Prozess, um zu einem Ende zu kommen. Mir ist das Urteil der Eliten egal, solange ich die große Mehrheit dieser Passagiere rette, indem ich opfere, was geopfert werden muss, um Tausende zu retten.*

Die Zimmertemperatur sank langsam, und obwohl er normalerweise niedrige Temperaturen mochte, empfand er sie in diesem Moment als unangenehm. Die makellos polierten Möbel und die Tür waren aus dem gleichen Verbundstoff gefertigt und reflektierten das Licht, das von der Decke fiel. Auf den Überwachungskameras beobachtete er die Schlange im Flur, die auf ihn wartete, er sah, wie viele sie waren und welche Kleidung sie trugen. Er erhöhte die Heizung von

Stufe eins auf fünf und löschte dann alle Lichter, um das Büro abzudunkeln. Bevor er sich wieder an seinen Schreibtisch setzte, entfernte er sämtliche Kameras und Mikrofone aus dem Raum. Anschließend legte er sich eine Gesichtsmaske an und drückte auf den Knopf eines Lautsprechers. Frau Eveline antwortete sofort.

»Bitten Sie bitte den in Rot gekleideten Gast herein.«

»Er sieht etwas ungewöhnlich aus?«

»Nein, sieht er nicht. Lassen Sie ihn bitte herein.«

Die Tür öffnete sich, dann betrat ein komplett vermummter Mann das Büro. Er war groß und kräftig, in Rot gekleidet und trug eine lange schwarze Kopfbedeckung, um sein Aussehen zu verbergen, was ihn bedrohlich wirken ließ und ihm eine gewisse Anonymität und Mystik verlieh.

»Die Stunde Null ist gekommen. Nimm diesen Schlüssel und zieh den Null-Befehl durch. Ich erwarte, dass du diesen Auftrag so präzise erledigst, dass keine Spuren zurückbleiben. Andernfalls wird es zu einem Blutbad an Bord kommen, was wir unbedingt vermeiden müssen«, wies der Kapitän ihn an und übergab ihm einen Schlüssel sowie ein winziges elektronisches Gerät.

Der Mann nahm die Gegenstände demütig entgegen.

»Kannst du mir versichern, dass du diese Mission erfolgreich abschließen wirst?«, fragte der Kapitän.

»Ich verspreche es«, antwortete der vermummte Mann bestimmt.

»Gut«, sagte der Kapitän. »Aber bedenke, dass auf uns alle etwas Schreckliches zukommt, wenn du versagst.«

»Es gibt keinen Raum für Fehler. Ich werde den Null-Befehl genauso ausführen, wie es erforderlich ist. Ich verspreche es.«

Damit war das Gespräch beendet. Sie umarmten sich kurz, bevor der vermummte Mann verschwand. Nun war Eile geboten. Seit dem Meteoreinschlag gab es keine Zeit mehr zum Ausruhen. Die Nebelgator war nicht länger ein Schutz für die Besatzung und all die Passagiere an Bord.

KAPITEL 16

Am Tag nach der Zerstörung des VitalForge und der bahnbrechenden Entdeckung der Mediziner an Bord wurde eine folgenreiche Entscheidung getroffen, die sämtliche Vertragsknechte betraf. Quarantänemaßnahmen wurden angeordnet, nach denen Vertragsknechte ihre Schlafquartiere nicht verlassen durften. Die Begründung dafür war erschütternd: Die Mediziner hatten festgestellt, dass nicht die Myonen oder die Nobilis am Bord die größte Gefahr für das Überleben der Crew darstellten, sondern die armen Sapiens. Diese waren die Einzigen, die sich unmittelbar nach einem Dravmorbiss in Dravmore verwandeln konnten. Bei den anderen Spezies führte ein Biss lediglich zu Krankheit und letztendlich zum Tod.

Die Dysfunktion ihres Schlafquartiers seit dem Meteoreinschlag zwang Joseph, Hong und andere mutige Vertragsknechte dazu, ihre Unterkunft zu verlassen. Obwohl dies ohne die Zustimmung der Besatzung gegen die Regeln verstieß, wagten sie den Schritt und suchten Schutz unter einer Brücke, die ihre Schlafquartiere mit dem Abschnitt verband, in dem sie ihre Mahlzeiten einnahmen. Die Zuwiderhandlung wurde jedoch von der Küchencrew mit harter Hand bestraft. Sie verweigerten den zuwiderhandelnden Arbeitern Nahrung und warnten sie eindringlich vor den Konsequenzen ihres Handelns.

Doch selbst das Verlassen ihrer Schlafquartiere erwies sich nicht als Lösung, denn auch unter der Brücke herrschte Dunkelheit. Seit dem Meteoreinschlag fielen in einigen Bereichen des Rotationsrings der dritten Klasse sowohl das blaue als auch das rote Licht aus, das zuvor dazu diente, den Wechsel zwischen Tag und Nacht zu markieren. Diese Unterbrechung erschwerte die zeitliche Orientierung erheblich.

Sie schliefen unter der Brücke, wo es angenehm kühl war. Verzweifelt warteten sie in verschiedenen Positionen. Einige kauerten unter ihrer Decke zusammen, andere zogen sich in sich selbst zurück wie Schildkröten in ihre Muscheln. Wieder andere lehnten sich aneinander, während manche gekrümmt saßen und wirre Gebete zu den Göttern murmelten, in der Hoffnung, alles zu überstehen. Als der Hunger in Hong wuchs und er die Nebelgator ebenso wie die anderen als ein Raumschiff des Schreckens empfand, wandte auch er sich an Gott. Joseph saß ruhig neben ihm und versuchte, ihn nicht zu stören, jedes Mal, wenn er seine Gebete murmelte. Er hatte seine eigenen Sorgen, denn Lilitha hatte zwanzig Stunden gebraucht, um auf seine Nachricht zu antworten, aber das war nicht das Schlimmste, was ihn verärgerte. Was ihn wirklich traf, war die Tatsache, dass sie antwortete und ihm sagte, dass er sie in Ruhe lassen solle. Sowohl Joseph als auch Hong empfanden große Schmerzen, jedoch unterschiedlicher Art.

Während Hongs Lebensmut mit jeder Stunde aufgrund seines großen Hungers schwand, nahm auch Josephs Kraft allmählich ab, da er das Gefühl hatte, dass Lilitha ihn nicht brauchte. Obwohl er den ganzen Tag nichts gegessen hatte, verspürte er keinen Hunger, denn sein Schmerz war von anderer Art: Liebeskummer. Er spürte, dass etwas nicht stimmte und dass sein Vertrauen verletzt wurde. Von all dem Schmerz, den er empfand, hatte niemand etwas erfahren. Seit dem jüngsten Überfall, dem er zum Opfer gefallen war, wurde er immer misstrauischer und hatte ständig das Gefühl, dass ihn jemand beobachtete.

Dieses anhaltende Gefühl der Beobachtung begleitete ihn seit langer Zeit. Von dem Tod seines Vaters bis zu seinem Leben allein in Columbia Heights. Von seinem Singleleben in Columbia Heights bis zu dem Überfall von zwei Cyboforcern. Von dem Überfall der Cyboforcer bis zu dem Tag, an dem er das Raumschiff illegal betrat. Von dem Abflug der Nebelgator bis zu seinem jüngsten Überfall, und von diesem Überfall bis zu diesem Tag.

Da weder er noch die Sicherheitsmitarbeiter wussten, wer ihn überfallen hatte, wuchs die Angst immer weiter. Es war ein Leben in ständiger Angst vor dem Unbekannten. Neben ihm lag ein Eisenstab, und er fühlte sich sicherer damit an seiner Seite. Hong hatte ihm gesagt, er brauche nichts, um sich auf dem Raumschiff zu schützen, denn ihm würde nichts Böses widerfahren. Er erinnerte sich genau an dessen Worte: »Ich brauche keinen Eisenstab, um mich zu schützen, denn uns wird nichts passieren. Angst und Zweifel sind nur umgekehrter Glaube, es ist der Glaube an das Böse. Wenn du dich bereits auf unglückliche Ereignisse vorbereitest, ist es genau die Situation, auf die du dich vorbereitet hast, die eintreffen wird. Menschen, die ständig an unglückliche Situationen denken, ziehen sie unweigerlich an.«

Nach zwei weiteren Tagen im Freien unter der Brücke hatten alle ihre Kraft verloren. Es waren etwa zwölf Rebellen-Vertragsknechte, die nicht mehr zu ihrem Schlafquartier zurückkehren konnten. Doch keiner von ihnen wagte es, sich auf die Suche nach Nahrung zu begeben, aus Angst vor schwerwiegenden Konsequenzen, sogar dem Tod. Stattdessen resignierten sie. Vor dem Küchenbereich befand sich ein gigantischer Müllcontainer, in den die Essensreste der anderen gehorsamen Vertragsknechte geworfen wurden. Genau in diesem Müllcontainer hatten sie gewühlt und Essensreste gefunden. Von da an hielt dieser Müllcontainer sie am Leben, obwohl sie bereits alle dehydriert waren.

Er saß auf dem Boden neben Hong und fühlte sich irgendwie unruhig. Seine periphere Sicht ermöglichte es ihm, einen Schatten links von sich wahrzunehmen. Er drehte seinen Kopf nach links und entdeckte tatsächlich jemanden mit einer Kopfbedeckung, dessen Gesicht er nicht erkennen konnte. Die Person hielt etwas in der Hand, das auch Joseph nicht erkennen konnte. Hong war so müde und kraftlos, dass er in sich gekehrt war und den Mann nicht bemerkte.

»Joseph«, sagte er und enthüllte sein Gesicht.

»Aristide, bist du es?«

Hong kam wieder zu sich. »Aristide«, sagte er müde und kraftlos.

»Hong, was ist los?«, fragte Aristide mit traurigem Gesichtsausdruck.

»Du weißt schon, wir in der dritten Klasse warten jetzt schon auf unseren Tod.«

»Bitte, sag das nicht«, mahnte Aristide.

»Ich weiß ganz genau, wovon ich rede. Die Zukunft ist ein offenes Buch für einen klugen Mann, der lesen kann. Deshalb weiß er immer, wenn der Tod ganz nah ist. Glaub mir, das ist eine Gewissheit, Aristide. Unsere Chancen an Bord sind gering.«

»Ich habe etwas für euch mitgebracht. Esst bitte«, sagte er und reichte ihnen eine Tüte mit Essen, das die beiden verzehrten und mit anderen neben sich teilten. Als sie fertig waren, verspürten sie immer noch Hunger, aber es war besser als nichts.

»Was macht ihr denn da draußen? Wisst ihr nicht über die Quarantäneregel für alle Sapiens an Bord Bescheid?«

Joseph und Hong erklärten ihm, was wirklich passiert war. Das gesamte Schlafquartier war plötzlich komplett dunkel geworden, ohne Wasser und ohne jegliche Versorgung. Daher konnten sie die Quarantänemaßnahmen nicht einhalten. Hong sprach von einem Komplott der Besatzung gegen die Vertragsknechte, die keine andere Wahl hatten. Unwillkürlich musste Aristide grinsen, als Hong abfällig über die gesamte Besatzung sprach, die seiner Meinung nach nichts anderes wollte als die Vernichtung aller Sapiens an Bord.

»Hört mir bitte alle zu. Was ich entdeckt habe, betrifft uns alle, und nicht jeder ist darüber informiert. Ein Meteoreinschlag hat das Schiff getroffen, und während die Besatzung versucht, so viele von uns wie möglich zu schützen, haben wir ein viel größeres Problem.« Seine Worte lagen wie eine schwere Last in der Luft, während er dem gespannten Blicken der Anwesenden begegnete.

»Das Problem ist, dass es eine andere Spezies an Bord gibt, die nun nach alternativen Nahrungsquellen sucht, um ihren Hunger und Durst zu stillen. Was sie mit uns in dem sogenannten ›Gesundheitscheckzentrum‹ gemacht haben, war keine harmlose Untersuchung, sondern ein düsteres Manöver, um Blut von uns zu gewinnen, unter dem Deckmantel der Fürsorge um unsere Gesundheit«, erklärte Aristide mit einem Ausdruck ernster Entschlossenheit.

Josephs Augen weiteten sich vor Neugier, als er Aristide ansah. »Bitte, warte. Wie bitte? Es gibt eine andere Spezies an Bord, die nun nach alternativen Nahrungsquellen sucht, um ihren Hunger und Durst zu stillen?«, fragte er ungläubig.

»Ja, genau. Der Meteoreinschlag hat strukturelle Schäden in vielen Abschnitten verursacht und ihre ursprüngliche Nahrungsquelle zerstört. Jetzt sind sie auf der Suche nach anderen Methoden, um sich zu ernähren«, erklärte Aristide weiter, sein Ton voller Ernsthaftigkeit.

Die Gesichter von Hong und Joseph spiegelten Entsetzen wider, während sie die Worte von Aristide verarbeiteten. Doch während einige von ihnen Aristide glaubten und die Dringlichkeit der Situation erkannten, hielten andere, die neben ihnen standen und seine Worte gehört hatten, ihn für verrückt.

Hong, der vor Aristides Ankunft kraftlos wirkte, fand nun die nötige Kraft, seinen Ärger auszudrücken und die Besatzung zu verfluchen. »Die Passagiere werden unwissentlich getäuscht, da sie glauben, dass die Besuche im Transfusionszentrum Teil eines routinemäßigen Gesundheitschecks sind.« Von Anfang an hatte Hong das Gesundheitszentrum als Transfusionszentrum bezeichnet, und diese Bezeichnung erzeugte eine Atmosphäre des Misstrauens und der Unsicherheit bei all den anderen Vertragsknechten, außer bei Joseph und Aristide. Für diese war das keine große Überraschung, denn sie wussten, dass die Wahrheit hinter den angeblich harmlosen Tests verborgen blieb. Seit dem Meteoreinschlag wurde jeglicher Gesundheitscheck aufgrund der Zerstörung der betreffenden Abteilung und des VitalForge unterbrochen, was Hong sehr begrüßte. Dennoch schwor er, sich zu wehren und Widerstand zu leisten, falls die Besatzung erneut mit dieser Gesundheitspolitik beginnen sollte.

Hong hörte endlich damit auf, die Besatzung zu verfluchen, als plötzlich alle von einer Taschenlampe beleuchtet wurden. Alles geschah schnell. »Schaut«, sagte Joseph und fragte: »War das eine Taschenlampe?«

Die anderen schwiegen als Antwort, da sie nicht wussten, wer sie mit dieser Taschenlampe beleuchtet hatte, wenn es überhaupt eine Taschenlampe war. Sie blickten nach links und sahen etwas Dunkles. »Ist das ein Schatten?«, fragte Hong. »Sieht so aus«, antwortete Joseph.

Hong stand auf und entfernte sich von den anderen. Er kam dem Schatten entgegen. Joseph, Aristide und die anderen Vertragsknechte blieben sitzen bzw. in ihrer ursprünglichen Position. Sie alle rieten ihm ab, sich von ihnen zu entfernen, aber Hong bestand darauf, herauszufinden, was es war. Als er dem Schatten näherkam, war dieser plötzlich verschwunden. Als er nichts mehr sah, drehte er sich um, um zurückzukehren. Doch leider war es bereits zu spät. Auf dem Rückweg stand der Schatten plötzlich vor ihm. Ihre Blicke trafen sich. Was Hong für einen Schatten gehalten hatte, war tatsächlich ein Mann mit einem spitzen Gegenstand in der Hand, dessen Gesicht er nicht erkennen konnte. Er hob den Gegenstand und schlug Hong in den Hals, hielt ihn dann fest und biss ihn dort, wo er verletzt war. Hong konnte sich nicht aus seinem Griff befreien.

Die anderen hörten nur einen einzigen Schrei der Angst, dann Stille. Ohne zu zögern, flohen all die anderen, außer Joseph und Aristide. Sofort griff Joseph nach dem Eisenstab und ging auf das, was er für einen Schatten hielt, zu. Es dauerte einen Moment, bis er ankam. Dann sah er Hong auf dem Rücken liegen, während jemand seinen Mund an seinem Hals festhielt. Ohne zu zögern, näherte er sich, um den Mann mit dem Eisenstab zu schlagen. Doch der Mann reagierte blitzschnell. Joseph ließ sich nicht aufhalten und griff ihn mit dem Eisenstab an, traf ihn am Kopf. Trotzdem trat der Mann mit voller Kraft gegen Joseph an, und die beiden verwickelten sich in einen barbarischen Nahkampf, bei dem sie mehrmals zu Boden gingen und wieder aufstanden. Joseph glaubte, ihn besiegt zu haben, als er plötzlich vom Dravmor ins Gesicht geschlagen wurde und vorübergehend die Orientierung verlor. Dann drückte der Mann ihn zu Boden und war kurz davor, ihn am Hals zu beißen. In diesem Moment schlug Aristide den Dravmor mit dem Eisenstab am Hinterkopf und setzte seine Schläge ununterbrochen fort. Joseph griff ebenfalls zum Eisenstab und schlug minutenlang auf den Angreifer ein, in der Hoffnung, ihn zu töten. Dann sagte Aristide plötzlich: »Du musst sein Herz treffen, um den Bastard endgültig auszuschalten.«

Joseph konnte es nicht begreifen, doch dann griff Aristide zum Eisenstab und stieß ihn ins Herz, und er verstarb.

Auf dem Rücken liegend, begann Hong, sich in einen Dravmor zu verwandeln. Seine Zähne wurden spitzer, seine Schreie durchzogen den Boden, als wäre er von einer unheimlichen Besessenheit ergriffen, während seine Haut ein schimmerndes Muster aus Smaragdgrün und Gold annahm. Seine Augen verengten sich zu vertikalen Schlitzen. Als er begann, sich in ein reptiloides Wesen zu verwandeln, begannen Joseph und Aristide, miteinander zu sprechen. In einem Moment des Erkennens wurde ihnen klar, dass er nicht mehr Hong war, und sie mussten diese monströse Kreatur ausschalten, bevor sie sich vollständig entwickelte. Aristide griff entschlossen zum Eisenstab, schloss die Augen und stieß ihn mit einem einzigen kräftigen Schwung in Hongs Brust, sein Herz treffend.

»Du hast Hong getötet?« Josephs Stimme bebte vor Emotionen, Tränen glitzerten in seinen Augen.

»Joseph, lass dich nicht von dem täuschen, was du siehst. Sobald der Vampir ihn gebissen hatte, war er nicht mehr derselbe Hong. Vertrau mir, Joseph«, erklärte Aristide mit einem beunruhigenden Ernst in seiner Stimme.

»Aber hätten wir ihn nicht am Leben lassen sollen? Vielleicht hätten wir versuchen sollen, ihn anders zu retten«, murmelte Joseph, seine Gedanken voller Zweifel.

»Es gab keine andere Wahl, als ihn zu töten. Er war bereits ein Spielball der Dunkelheit, ein Opfer eines unheilvollen Dämons. Im besten Fall mussten wir ihn stoppen, bevor er sich vollständig in ein Wesen der Finsternis verwandelte. Der Tod ist nicht das Schlimmste, Joseph, und er bedeutet nicht das Ende. Es gibt noch weit Schrecklicheres«, sagte Aristide düster, seine Augen von Tränen umschleiert.

Eine unheilvolle Stille legte sich über sie, als sie den leblosen Körper am Boden betrachteten, dessen Anblick ihnen das Blut in den Adern gefrieren ließ. Josephs Gesichtsausdruck zeugte von tiefer Erschütterung angesichts der Tragödie, die sich vor ihm abgespielt hatte. Aristide, seine Stimme von einer unheilvollen Ahnung durchdrungen, fügte hinzu: »Glaub mir, das ist erst der Anfang. An Bord werden noch viele weitere Opfer zu beklagen sein, denn die Dämonen haben bereits viele Passagiere in ihrem Bann.«

Als Joseph diese entsetzliche Nachricht von Aristide vernahm, durchfuhr ihn ein Schock. »Ich muss meine Seelenverwandte retten, ich muss mich beeilen!«, sagte er in die düstere Stille.

»Wer ist denn deine Seelenverwandte?«, fragte Aristide.

»Lilitha, dieses Mädchen, das wir einmal im Restaurant gesehen hatten und von dem du mir erzählt hattest.«

Aristide seufzte schwer, denn er wusste, dass er Joseph die Wahrheit mitteilen musste, auch wenn er sie selbst kaum ertragen konnte. »Deine Seelenverwandte? Sie ist doch ein Familienmitglied der Millers?«, fragte er besorgt. »Du verkehrst mit einer jahrhundertalten Vampir-Dämonin. Lilitha ist eine Dravmore, Joseph. Sei äußerst wachsam und meide es, dich allein an bestimmten Orten aufzuhalten, solange du an Bord der Nebelgator bist.«

Als Joseph erfuhr, dass seine Freundin eine Vampir-Dämonin war, reagierte er zunächst mit Unglauben, gefolgt von Schock und Angst. Verwirrt und zutiefst betroffen, da er bisher nichts von Lilithas wahrer Natur geahnt hatte, kämpfte er mit der verstörenden Vorstellung, dass die Person, die er liebte, eine dunkle und gefährliche Seite hatte. Die Erkenntnis löste auch ein Gefühl der Schuld in ihm aus, und Tränen des Bedauerns rannen über seine Wangen, als er sich fragte, ob ihre Beziehung auf Lügen und Täuschung basierte. Um diese traumatisierende Enthüllung und gleichzeitig den Verlust von Hong zu verarbeiten, verbrachte Joseph Stunden mit Weinen und Grübeln. Doch Aristide war an seiner Seite, und gemeinsam fanden sie einen Weg, mit diesem brisanten Schock umzugehen.

Als Hong verstarb, weinte Aristide ununterbrochen, er bedauerte den Verlust, denn er sah sich gezwungen, das Leben eines seiner besten Freunde zu beenden, was ihn emotional schwer belastete. Aus Angst vor einer Wiederholung dieser Tragödie beschlossen die beiden, getrennte Wege zu gehen.

Bevor sie sich zum Abschied umarmten, trafen sie diese Entscheidung inmitten dieser traurigen Nacht, während sich die Nebelgator neun Millionen Kilometer entfernt vom Mars befand.

Am nächsten Tag erhielt Joseph überraschend eine Nachricht von Lilitha. Es fühlte sich für ihn wie ein Wunder an, als sie ihn direkt nach einem Treffen fragte. Sie vereinbarten, sich auf Deck 5 in der dritten Klasse zu treffen. Lilitha teilte ihm im Voraus mit, dass sie aus Sicherheitsgründen eine dunkelrote Kopfbedeckung tragen würde, und empfahl ihm, sein Gesicht ebenfalls mit einem Tuch zu verbergen. Als Joseph nach den Gründen fragte, schwieg Lilitha beharrlich und betonte nur, dass es wichtig sei, ihren Anweisungen zu folgen, wenn er sie wirklich liebte. Schließlich tat er genau das, was sie verlangte, und verhüllte sein Gesicht mit einem Tuch, bevor er sich auf den Weg machte.

Das ganze Chaos und die Überfälle am Bord hatten einen starken Einfluss auf seinen Kreislauf und seine Hirnwellen, sodass er die Nebelgator plötzlich mit anderen Augen sah und diese anders empfand. Seine einstige Freude an der Nebelgator verblasste rasch, und der Ort, der ihm einst Faszination und Freude brachte, verwandelte sich in seinen Augen zu einem Ort der Verzweiflung und des Horrors.

Während er seinen Weg zum Deck 5 bahnte, stieß er auf zahlreiche leblose Körper, die blutüberströmt auf dem Boden lagen. Er fragte sich, was geschehen war und wie es dazu kommen konnte, dass so viele Menschen an Bord ums Leben gekommen waren. Lag es möglicherweise an den gleichen reptiloiden Kreaturen, denen er bereits begegnet war? Diese Fragen schwirrten ihm im Kopf herum, doch blieben unbeantwortet. Joseph fürchtete, dass sein Leben genauso enden würde wie das vieler anderer, deren Leichen er auf dem Boden sah.

Er kam auf Deck 5 der dritten Klasse an, und Lilitha wartete bereits auf ihn. Sie umarmten sich herzlich und machten sich dann auf den Weg. Gemeinsam überquerten sie zwei Brücken und fuhren dann mit dem Aufzug zum Deck 31 der ersten Klasse. Dort betraten sie dieselbe Geheimkabine wie zuvor und schlossen die Tür hinter sich. Lilitha goss sich ein Glas kaltes Wasser ein und bot auch Joseph ein Glas an, das er dankend annahm. Die Luxuskabine, mit ihren eleganten Möbeln, den mysteriösen Gemälden und den betörenden

Düften trug schnell dazu bei, seine Stimmung zu verbessern. Doch die Erinnerungen an die vielen leblosen Körper, denen er gerade erst begegnet war, ließen ihn nicht los. Joseph setzte sich auf das Sofa, während Lilitha ihm ein Glas Wasser einschenkte.

Lilitha setzte sich auf einen Stuhl neben dem Tisch, auf dem eine Straußblume stand. Sie sah Joseph direkt in die Augen und entschuldigte sich aufrichtig für ihr früheres Verhalten, da sie ihm per Nachricht gesagt hatte, er solle sie in Ruhe lassen. Dann fragte sie ihn, ob es etwas gab, das er wissen wollte, und er bejahte.

Joseph brachte seine Verwirrung zum Ausdruck: »Du hast mir geschrieben und gesagt, dass ich dich in Ruhe lassen sollte. Das war für mich verwirrend, weil ich die Beweggründe für deine Reaktion bis jetzt nicht kenne.« Er sah sie fragend an und fuhr fort: »Und jetzt, heute, erhalte ich plötzlich eine Nachricht von dir, und du möchtest dich mit mir treffen. Ich bin neugierig, warum jetzt plötzlich diese Meinungsänderung?«

Lilitha lächelte sanft und hielt einen Moment inne, bevor sie antwortete. »Es tut mir leid, dass ich dich verwirrt habe«, begann sie ruhig. »Die Wahrheit ist, dass ich in letzter Zeit mit einigen persönlichen Herausforderungen zu kämpfen hatte, und das hat meine Reaktionen beeinflusst. Ich habe erkannt, dass ich falsch gehandelt habe, als ich dir gesagt habe, du sollst mich in Ruhe lassen.«

Sie sah Joseph ernsthaft an und fuhr fort: »Ich wollte mich persönlich bei dir entschuldigen und dir die Chance geben, mir Fragen zu stellen oder Bedenken zu äußern. Du bist mir wichtig, Joseph, und ich möchte, dass du verstehst, dass meine Gefühle für dich echt sind.« Lilitha legte sanft ihre Hand auf seine und lächelte ihm ermutigend zu. »Ich hoffe, dass wir diese Missverständnisse überwinden und gemeinsam eine Lösung finden können«, fügte sie hinzu.

Nachdem ein Moment vergangen war und Joseph schwieg, entschied sich Lilitha, das Schweigen zu brechen. Sie sah Joseph direkt in die Augen und sagte mit ruhiger Stimme: »Ich möchte mit dir nach Arcadia Planitia mitkommen, nachdem wir auf dem Mars angekommen sind. Ich habe meine Meinung geändert, Joseph. Und ich sehe uns schon in der Zukunft zusammen, mit unseren wunderschönen Kindern, und wir sind gemeinsam glücklich.« Ihre Worte waren klar und bestimmt.

Es war eine große Liebe, und die beiden stammten aus unterschiedlichen Welten, hatten verschiedene Vergangenheiten hinter sich. Trotz allem hatte die Liebe sie an diesem Bord geeint. Joseph fragte sich, was ihn besonders machte, denn er konnte es nicht fassen, dass diese wundervolle Frau nach ihm verrückt sein konnte.

Er legte sanft seine Hand an Lilithas Wange und küsste sie zärtlich. Sein Kuss drückte mehr aus, als Worte es je könnten – Liebe und Verbundenheit. »Lilitha, Du bist so wunderbar und ich fühle mich geehrt, dass du an meiner Seite sein möchtest. Ich kann mir keine schönere Zukunft vorstellen, als mit dir zusammen zu sein und eine Familie zu gründen. Du bedeutest mir alles, und ich verspreche, alles zu tun, um dich glücklich zu machen. Danke, dass du an mich glaubst und dass du mich liebst.«

Lilitha ließ Josephs Worte auf sich wirken, während sie in seinem Arm ruhte. Sie spürte die Wärme seines Körpers und die Sicherheit seiner Umarmung.

Ich lebe jetzt mitten in diesem ganzen Chaos das Leben, das ich mir seit Langem immer gewünscht hatte, und es fühlt sich so an, als ob ich den verlorenen Teil von mir wiedergefunden hätte, dachte sie. Als ob das Leben für uns beide niemals enden würde. Mein jetziges Leben am Bord sieht wie ein Traum aus, der Wirklichkeit geworden ist, wonach ich immer gesehnt habe.

Plötzlich fiel Joseph etwas ein, und er fragte sie, warum sie immer noch in dieser luxuriösen Geheimkabine blieb. Er erkundigte sich nach ihrer Familie, wo sie waren und ob sie wussten, dass sie hier im Versteck war. Lilitha spürte einen Stich der Traurigkeit, als sie über ihre Familie nachdachte, aber sie lächelte sanft und antwortete: »Meine Familie … sie sind nicht hier. Ich habe leider den Kontakt zu ihnen abbrechen müssen, dir zuliebe. Es ist kompliziert, aber ich habe meine Gründe. Ich wollte mich von meiner Vergangenheit lösen, ein neues Leben beginnen. Und dieses Versteck hier … diese Geheimkabine ist mein Rückzugsort vor der Welt da draußen geworden. Jetzt, mit dir hier bei mir, fühlt es sich an, als ob das Leben mehr

Sinn ergibt. Aber das Traurigste an der Liebe ist, dass sie sehr schnell vorbei sein kann.«

Josephs Verwirrung war deutlich in seinem Gesicht zu sehen, als er Lilitha ansah. »Aber warum hast du den Kontakt zu deiner Familie abbrechen müssen, mir zuliebe? Und was meinst du mit ›Vergangenheit lösen und ein neues Leben beginnen‹?«, fragte er schließlich, seine Stimme voller Besorgnis und Neugier.

Lilitha atmete tief durch, bevor sie die Worte aussprach, die sie so lange zurückgehalten hatte. »Joseph, es gibt etwas, das du über mich wissen musst«, begann sie, ihre Stimme leise, aber fest. »Ich bin keine gewöhnliche Frau.«

Er schaute ihr in die Augen, Verwirrung spiegelte sich in seinem Blick. »Wie bitte? Ich verstehe nicht, was du meinst.«

»Ich bin ein Dravmor … also das, was du als eine Vampir-Dämonin bezeichnen könntest«, gestand sie.

»Wie bitte?«, fragte Joseph, seine Stimme schwankte zwischen Skepsis und Ungläubigkeit.

»Ich glaube, ich habe laut genug gesprochen, Joseph«, sagte Lilitha mit einem leichten, traurigen Lächeln.

Ein Moment der Stille legte sich über sie. Josephs Gedanken rasten, doch er schwieg. Schließlich brach Lilitha die Stille. »Ich stamme aus einer Dravmor-Familie. Und ich bin selbst ein Dravmor.«

»Deswegen hast du sechs Finger an beiden Händen«, murmelte Joseph, die Erkenntnis dämmerte ihm.

»Diese sechs Finger haben eine sehr lange Geschichte, eine Geschichte, die wirklich lang ist. Aber um ehrlich zu sein, haben alle Dravmore sechs Finger, genauso wie ich«, erklärte Lilitha.

Lilitha schnaubte leise. »Ob ich es dir früher gesagt hätte oder nicht, macht keinen Unterschied. Jetzt weißt du, wer ich wirklich bin.«

Josephs Stimme war kaum mehr als ein Flüstern. »Wie alt bist du, wenn ich fragen darf?«

»Ich bin achtzehn Jahre alt«, antwortete sie ruhig. Das war aber ihr physisches Alter, das Alter, als sie zum Dravmor wurde. Doch ihr wahres, chronologisches Alter war 171 Jahre – ein Geheimnis, das sie für sich behielt.

Joseph seufzte tief und biss sich auf die Lippen, während seine Gedanken umherirrten. »Ich kenne dich kaum, aber aus irgendeinem Grund vertraue ich dir und fühle mich zu dir hingezogen«, gestand er.

Lilitha sah ihm tief in die Augen, ihre Miene blieb unergründlich. Schweigend verharrte sie, ließ ihre Augen seine durchdringen.

Josephs Augen weiteten sich vor Überraschung und Verwirrung. Sein Verstand kämpfte darum, die Worte zu verarbeiten, während er Lilitha ansah, die vor ihm stand, ihre Augen voller Sorge und Unsicherheit.

Bevor er antworten konnte, nahm Lilitha ein Messer von dem Tisch neben ihr und führte es langsam an ihren linken Arm. Mit einem schnellen Schnitt schnitt sie sich selbst, und Joseph konnte den Schrecken in seinem Gesicht nicht verbergen, als er das Blut sah, das aus der Wunde floss.

Doch dann geschah etwas Unerwartetes. Anstatt zu bluten, sah Joseph, wie sich Lilithas Haut sofort wieder zusammenzog, die Wunde sich schloss und ihre Haut sich regenerierte, als wäre nichts passiert. Sein Schock wurde von Erstaunen abgelöst, als er sah, wie schnell und mühelos Lilithas Körper sich heilte.

»Lilitha …«, flüsterte Joseph, unfähig, die richtigen Worte zu finden. Sein Verstand war gefüllt mit Fragen und Unglauben, aber gleichzeitig fühlte er ein tiefes Mitgefühl für das Mädchen, das er liebte, und eine unerschütterliche Entschlossenheit, sie zu verstehen und zu akzeptieren, egal was passieren würde.

Lilitha senkte den Blick, als ob sie sich vor Josephs Reaktion fürchtete. Doch als sie seine sanfte Berührung spürte, hob sie den Kopf und sah ihm in die Augen. »Ich weiß, das ist viel zu verdauen«, sagte sie leise. »Aber ich musste es dir sagen. Ich wollte ehrlich zu dir sein, auch wenn es bedeutet, dass du mich vielleicht anders siehst.«

Joseph legte seine Hand auf Lilithas Schulter und zwang sich, ruhig zu bleiben, obwohl sein Inneres tobte. »Lilitha, ich ich weiß nicht, was ich sagen soll«, begann er schließlich. »Aber egal, was du bist oder was passiert ist, ich liebe dich. Und ich werde immer für dich da sein, egal, was kommt.«

»Es ist schlimmer, als du dir vorstellen kannst, Joseph. Siehst du nicht, worauf ich hinauswill?«

»Nicht ganz«, gestand er mit einem Kopfschütteln.

»Es tut mir leid, dir sagen zu müssen, dass wir etwas Schreckliches getan haben. Ich stamme aus einer Dravmor-Familie, bin also das, was du als eine Vampir-Dämonin bezeichnen würdest, und du bist ein Sapiens. Gemäß den Regeln sollten wir nicht zusammen sein, aber dennoch sind wir es. Wir setzen unser Leben aufs Spiel, indem wir das tun«, sagte sie traurig.

Joseph nahm ihre Worte auf, während er versuchte, seine eigenen Gefühle zu sortieren. »Ich verstehe, was du meinst«, begann er schließlich, seine Stimme ruhig, aber schwer von Emotionen. »Aber Liebe ist die größte Kraft im Universum; sie allein kann alles überwinden. Wir leben nur einmal, werden nie wieder jung sein, und das Leben für einen Sapiens wie mich ist begrenzt und unvorhersehbar. Bin ich einmal fort, verliere ich den gegenwärtigen Moment, und ich werde nie die Gelegenheit haben, zurückzukommen. Ich weiß, es ist ein Risiko, aber es wäre ein Segen, an deiner Seite zu sterben.«

Sie legte ihren Kopf an Josephs Herz, um die Schläge seines Herzens zu hören. »Ich glaube dir. Mein Herz schlägt genauso intensiv für dich, Joseph. Es ist, als hätte ich tausend Jahre auf dich gewartet. Falls uns etwas zustößt, lass es für unsere Liebe sein«, sagte Lilitha.

Ein Moment verging, und die beiden schwiegen. Joseph sah mit traurigen Augen zu ihr auf. »Ich weiß, dass dich etwas bedrückt. Bitte erzähl mir mehr über dich. Warum sind deine Eltern Dravmor geworden?«

»Die Geschichte ist lang und ziemlich kompliziert«, seufzte sie und fuhr fort: »Sie sind nicht dazu geworden, sie wurden so geboren, mit einem erhöhten Durst nach Blut, und sie nehmen eine reptiloide Gestalt an, wenn sie sich verwandeln. Es gibt jedoch auch Dravmore, die durch einen Biss dazu geworden sind. Neben Blut ernähren sich Dravmore auch von negativen menschlichen Energien. Wenn Menschen einander Leid zufügen oder sich streiten, gewinnen sie daraus Kraft.« Lilitha gestand dies mit einem bedrückten Blick.

Er schaute ihr in die Augen. »Bist du genauso wie deine Eltern?«

Lilitha stand auf und begann, in der Kabine hin und her zu gehen. Sie verschränkte die Arme. »Ich wurde geboren, um genauso wie jedes Mitglied meiner Familie zu sein, um die Spezies zu schützen, um eine aggressive Dravmor zu sein. Seit meiner frühen Kindheit haben mir meine Eltern gesagt, dass die Sapiens unsere Feinde sind und gleichzeitig unsere Nahrung. Sie brachten mir frühzeitig bei, sie zu hassen und ihnen nachzujagen. Aber es schien, als hätte das Schicksal einen anderen Plan für mich …«

Joseph fragte skeptisch: »Ein anderer Plan? Was meinst du damit?«

Lilitha erzählte ihm ihre Geschichte: »Es ist viele Jahre her, da ist etwas mit mir passiert, nachdem ich einen unschuldigen Mann angegriffen hatte. Dieser Mann lief auf einem kleinen Pfad im Wald, er war schmutzig und musste ein religiös verfolgter Dalit gewesen sein. Als ich mich auf ihn stürzte, um ihn zu beißen, fiel ich plötzlich auf den Boden und hörte eine männliche Stimme, sah aber keinen Mann und auch nicht den Mann, dem ich nachjagte. Plötzlich wurde ich auf dem Waldpfad blind, und die Stimme fragte: ›Warum jagst du meinen geliebten Diener?‹

Ich schwieg, denn ich wusste nicht, was ich antworten sollte. Dann fragte ich die Stimme, wer er sei, und sie antwortete: ›Ich bin das, was einige das Alpha und Omega nennen würden, der Erste und der Letzte.‹ All das geschah in einem Wald in Schottland. Ich lag zwei Stunden lang auf dem Boden, und später kam jemand vorbei, und ich lag immer noch dort. Die Person berührte mich, legte etwas in meine Hand und sagte: ›Dies ist ein Diamant-Ankh, der Schlüssel des Lebens. Nimm ihn, und du wirst nie wieder so durstig nach Blut sein. Wer den Schlüssel des Lebens besitzt, hält eine unglaubliche Macht in seinen Händen, und es ist seine Pflicht, dafür zu sorgen, dass er nicht in die falschen Hände gerät. Dieser Diamant-Ankh war lange Zeit der Grund für so viele Konflikte. Daher musste er geheim gehalten werden.‹ Es herrschte ein Moment der Stille, und ich hörte nichts. Dann sagte er: ›Wenn du jemals wieder wegen Blut beißt und tötest, wirst du sterben. Versprich mir also, dass du nie wieder beißen und töten wirst.‹ Am Ende versprach ich es. Dann sagte die Stimme zu mir: ›Steh auf, geh nach Hause und erzähle niemandem von diesem

Vorfall.‹ Und das tat ich dann auch. Als ich aufstand, sah ich nur den Rücken eines alten Mannes, der sich langsam von mir entfernte, doch sein Gesicht habe ich nie zu Gesicht bekommen.«

»Und was ist mit dem Diamant-Ankh? Weiß deine Familie davon Bescheid?« Josephs Frage schnitt wie ein eisiger Wind durch die düstere Atmosphäre.

Lilithas Augen verengten sich, ihre Stimme klang wie das Knistern von trockenem Laub. »Nein, Joseph, ich habe ertragen, was niemand in unserer Spezies ertragen hat. Seit jenem verhängnisvollen Tag lebe ich in einem endlosen Albtraum, gefangen in den Fesseln meiner Angst. Manchmal lodert in mir ein unstillbares Verlangen nach Blut auf, doch ich weigere mich, meinem Instinkt nachzugeben. Ich bringe niemanden um. Dennoch spüre ich die drängende Notwendigkeit, über dieses Ereignis und über den Diamant-Ankh zu sprechen, aber ich darf es nicht. Wenn meine Familie oder irgendein Dravmor von diesem magischen Artefakt erfährt, bedeutet das meinen Untergang, Joseph.«

»Dein Untergang?« Josephs Augen weiteten sich vor Verwunderung.

Lilithas Blick blieb unbeirrt. »Ja, genau das. Dieses Diamant-Ankh benutze ich als Talisman oder Frequenzstörer. Damit können die anderen Dravmore meine Energie und Frequenz nicht aufspüren. Aber dieses Instrument ist nicht nur ein Talisman, sondern birgt auch die Macht, jeden Dravmor zu vernichten. Sie können seine Präsenz nicht ertragen«, gestand sie mit düsterer Entschlossenheit.

Josephs Stirn runzelte sich in nachdenklicher Sorge. »Wenn ich das richtig verstehe, ist das also der Grund, warum du jetzt vor deiner Familie fliehst?«

Lilitha nickte langsam, ihre Augen glitzerten im schwachen Licht. »Sie dürfen nie erfahren, dass ich den Diamant-Ankh besitze. Wenn die Dravmore es herausfinden, wäre das mein Ende.« Sie hielt inne, ihre Stimme sank zu einem flüsternden Hauch. »Aber ich bin aus einem anderen, noch finstereren Grund auf der Flucht.« Ihre Augen funkelten vor geheimnisvoller Entschlossenheit, als ob sie ein düsteres Geheimnis enthüllte, das das gesamte Universum verändern könnte.

Josephs Puls beschleunigte sich, sein Herz hämmerte in seiner Brust, als er fragte: »Aus welchem Grund?«

»Letzte Woche haben wir drei Tage zusammen in dieser Geheimkabine verbracht. Meine Eltern hatten bereits eine Ahnung davon, dass wir uns dort aufhielten, doch sie konnten uns nicht finden. Für sie war es ein Akt des Verrats gegenüber unserer Spezies, und sie planten eine Falle für mich. Als ich nach unserem dreitägigen Abenteuer nach Hause zurückkehrte, fand ich die gesamte Wohnung dunkel und verlassen vor. Ich durchsuchte jeden Winkel nach meinen Eltern und Geschwistern, doch sie waren verschwunden, obwohl sie wussten, dass ich zurückkommen würde. Als ich ihren Plan durchschaute, packte ich meine Sachen erneut. Gerade als ich die Wohnung verlassen wollte, wurde ich plötzlich von zwei Vampiren angegriffen. Wir waren sofort in einen brutalen Kampf verstrickt, den ich dank des Diamant-Ankh schließlich für mich entscheiden konnte. Ich ließ sie in Flammen aufgehen und reduzierte sie zu Asche.«

»Warum wussten sie, dass wir zusammen waren, obwohl du ihnen nichts davon erzählt hast?«, fragte Joseph.

»Wir Dravmore verfügen über verschiedene übermenschliche Fähigkeiten, die uns einzigartig machen. Eine davon ist die schnelle Regeneration, wie du bereits bei mir gesehen hast – Wunden heilen sich rasch. Meine Eltern wussten vielleicht nicht genau, wo wir waren, aber sie spürten, dass wir uns nahe waren, besonders meine Mutter. Ihre übernatürliche Intuition ist äußerst ausgeprägt und informiert sie über alles.«

»Sollte ich befürchten, dass sie uns jetzt aufspüren?«, fragte er.

»Mach dir keine Gedanken, Joseph«, beruhigte sie ihn. »Solange wir das Diamant-Ankh haben und es nicht missbrauchen, werden sie uns nicht aufspüren können«, versicherte sie mit Entschlossenheit.

Joseph war verblüfft: »Du hast also viele deiner Fähigkeiten eingebüßt?«

»Ja, ganz genau. Es gab einen Grund dafür, dass ich auf aggressives Beißen und Angriffe auf Sapiens und Myonen verzichtet habe. Im Leben gibt es stets einen Preis zu zahlen. Um dieses Diamant-Ankh würdig zu besitzen, musste ich seit meinem elften Lebensjahr auf aggressive Übergriffe und Tötungen verzichten. Und die Folge davon ist der Verlust vieler meiner früheren Fähigkeiten.«

Joseph seufzte nachdenklich: »Hm.«

»Ja, Joseph, Dravmore tragen eine düstere Natur in sich und reagieren empfindlich auf die positive Energie, die mit religiösen Symbolen verbunden ist. Das Diamant-Ankh symbolisiert enorme Macht, eine Macht und Autorität, der alle Dravmore aufgrund ihrer Natur aus dem Weg gehen müssen. Doch trotz des hohen Preises halte ich daran fest«, erklärte Lilitha.

Joseph fand es äußerst faszinierend. »Es ist bemerkenswert, wie die Dravmore aufgrund ihrer Natur auf solche Symbole reagieren. Das Diamant-Ankh scheint eine ungeheure symbolische Bedeutung zu haben, eine Macht, die sowohl faszinierend als auch gefährlich sein könnte. Ich begreife, warum du es behalten möchtest, selbst wenn es mit einem hohen Preis verbunden ist. Es ist ein Artefakt von großer Macht und mit einem Geheimnis, das mit Sicherheit eine bedeutende Rolle für unsere Sicherheit am Bord spielen kann.«

Als Lilitha ihm mit leidenschaftlicher Überzeugung antwortete, schien die Luft um sie herum zu vibrieren. »Joseph, unsere Liebe ist nicht wie jede andere. Trotz der Dunkelheit und der Opfer, die wir bringen mussten, ist sie stark und einzigartig. Unsere Wege sind von Geheimnissen und Gefahren gesäumt, aber ich glaube fest daran, dass wir gemeinsam alles überwinden können. Du bist mein Licht in der Dunkelheit, und mit dir an meiner Seite fühle ich mich stark und unbesiegbar. Unsere Liebe ist vielleicht unkonventionell, aber sie ist wahr und tief. Ich bin bereit, für uns zu kämpfen, bis zum letzten Atemzug, bis ans Ende der Welt.«

Josephs Blick war voller Unsicherheit, als er leise gestand: »Ich bin nur ein armer Vertragsknecht. Ich glaube nicht, dass ich deine Liebe verdiene.«

Lilitha spürte einen Stich der Traurigkeit in ihrem Herzen, als sie seine Worte hörte. Sie trat näher zu ihm und legte sanft eine Hand auf seine zitternde Schulter. »Joseph«, flüsterte sie einfühlsam, »Liebe kennt keine Grenzen des Reichtums oder der Armut. Dein Wert geht weit über deinen finanziellen Status hinaus. Es ist dein warmes Herz und deine Güte, die mich unwiderstehlich zu dir ziehen. Du bist für mich unendlich kostbar.«

Mit einem Blick voller Intensität und Zuneigung schaute Joseph Lilitha direkt in die Augen. Er strich sanft über ihr Gesicht, seine Finger streiften über ihre Wange, während er sie zärtlich küsste. Dann, in diesem Moment der Verbundenheit, flüsterte er: »Manchmal frage ich mich, was uns erwartet, wenn all das vorüber ist. Werden wir tatsächlich die Mars-Zivilisation erleben? Werden die Marsianer jemals von unserer Liebe erfahren, selbst lange nachdem alle Spuren von uns verblasst sind? Wie mutig wir waren und wie unsterblich unsere Liebe war?«

Lilitha konnte nur schweigen und weinen, ihre Gefühle waren tief in ihrem Herzen vergraben, während sie den Kuss genoss und in der Stille verweilte. Die ungesagten Worte lasteten spürbar in der Luft, und die Spannung zwischen ihnen war greifbar.

KAPITEL 17

Seit beinahe einer Woche war die Besatzung unermüdlich damit beschäftigt, das Chaos, das durch den Einschlag des Meteoriten entstanden war, unter Kontrolle zu bringen. Zahlreiche Bereiche und Abschnitte des Raumschiffs waren abgeriegelt, und in einigen Bereichen hielten Stromausfälle und verschiedene Dysfunktionen weiterhin an. Die Vorräte an Lebensmitteln und sauberem Wasser an Bord wurden zusehends knapper. Trotz dieser Herausforderungen gelang es der Besatzung jedoch, den Betrieb des Raumschiffs aufrechtzuerhalten.

Die Kommandozentrale war still, bis auf das monotone Summen der Systeme. Kapitän Christopher stand mit verschränkten Armen vor dem großen Panoramafenster, das den unendlichen Weltraum zeigte. Sein Gesicht war von Sorgenfalten durchzogen, seine Augen starrten ins Leere.

Leise sagte er zu sich selbst. »Es muss getan werden. Zum Wohl aller.«

Der leitende Offizier, Herr Clayton, betrat die Zentrale und trat neben ihn. Er legte ihm eine Hand auf die Schulter. »Kapitän, die Berichte sind eindeutig. Die Dravmore haben erneut zugeschlagen. Zwei weitere Crewmitglieder sind infiziert.«

Christopher schloss die Augen, seine Hände ballten sich zu Fäusten. Er erinnerte sich an die hoffnungsvollen Gesichter der Passagiere beim Start der Mission. Und dann sagte er mit schwerer Stimme: »Der Null-Befehl. Wir müssen ihn jetzt erlassen. Es gibt keinen anderen Weg.«

Christopher drehte sich zu Herrn Clayton, seine Augen hart und entschlossen. »Der Meteoreinschlag hat das VitalForge zerstört. Ohne dieses sind die Dravmore zu wilden Bestien geworden. Sie haben nichts mehr zu verlieren und es gibt nichts, was sie aufhält. Jeder weitere Tag bringt mehr Tote und Infizierte.«

Herr Clayton nickte, rief einen holografischen Bericht im System auf und scrollte von links nach rechts. Die Bilder der Opfer, von blutüberströmten Körpern und verstörten Überlebenden, sprachen Bände.

Der leitende Offizier schaute mit festem Blick ins Leere. »Wir können nicht zulassen, dass diese Szenen zur Normalität werden. Die Sicherheit aller steht auf dem Spiel.«

Christopher trat näher an den zentralen holografischen Bildschirm heran, auf dem ein Schema des Schiffes und seiner Besatzung zu sehen war. »Wir haben circa siebentausend Passagiere und zweitausend Crewmitglieder an Bord. Sapiens, Myonen, Nobili, Familien mit Kindern. Wenn wir nichts unternehmen, werden sie alle sterben oder sich in Monster verwandeln.«

Er deutete auf die Bereiche, in denen die Dravmore bereits zugeschlagen hatten. Die roten Markierungen breiteten sich wie ein Krebsgeschwür aus.

Der leitende Offizier sagte entschlossen. »Wir müssen die Mehrheit schützen, selbst wenn das bedeutet, dass wir harte Entscheidungen treffen müssen. Wir sind ihnen das schuldig.«

Die Tür zur Kommandozentrale öffnete sich erneut und der Raumfahrtingenieur, Robert Fields, und die Astronomin Xinyan stürmten herein, schwer atmend.

»Kapitän, die unteren Decks … sie stehen kurz vor einem Aufstand. Die Menschen haben Angst, sie sind in Panik«, sagte der Raumfahrtingenieur.

»So kann es nicht weitergehen, Kapitän. Wir müssen jetzt etwas unternehmen« sagte Astronomin Xinyan.

Christopher atmete tief durch. Die Vorstellung eines unkontrollierten Aufstands auf dem Schiff ließ ihn schaudern.

»Sie haben recht, Xinyan. Es muss unbedingt etwas unternommen werden, denn wenn wir nicht handeln, verlieren wir die Kontrolle. Panik und Chaos werden die Oberhand gewinnen. Wir können nicht zulassen, dass das Schiff in Anarchie versinkt«, sagte Christopher.

Der Raumfahrtingenieur sah Christopher ernst an. »Aber Kapitän, was ist mit den Dravmoren, die unschuldig sind? Können wir wirklich alle ohne Ausnahme eliminieren?«

Christopher sah in die Gesichter seiner Offiziere. Der Schmerz und die Unsicherheit waren ihnen anzusehen, doch niemand drückte Zweifel aus, außer Xinyan. Doch Christopher wusste, dass die Realität keine einfache Antwort zuließ.

Der Kapitän sah den Ingenieur an und sagte leise: »Ich wünschte, es gäbe einen anderen Weg. Aber wir können uns keine Differenzierung zwischen ihnen leisten! Die Gefahr ist zu groß, die Konsequenzen wären zu verheerend.«

Christopher hob das Kommunikationsgerät hoch und drückte die Taste, die sein Hologramm und seine Stimme in alle Kommandobereiche von der Nebelgator übertragen würde. Er schloss die Augen und atmete tief durch, bevor er sprach.

Laut und klar sagte er: »Hier spricht Kapitän Christopher. Im Angesicht der gegenwärtigen Gefahr und zur Sicherheit aller an Bord erlasse ich hiermit den Null-Befehl. Alle Dravmore und die Passagiere, die mit der Vampirkrankheit infiziert sind, sind sofort zu eliminieren. Dies ist zu unserem Schutz und für die Sicherheit unserer Reise. Christopher, Ende.«

Er ließ das Gerät sinken und blickte seine Offiziere an. Dann sagte er mit fester Stimme: »Es ist getan. Möge die Zukunft uns gnädig sein.«

Die Umsetzung des Null-Befehls des Kapitäns schritt unaufhaltsam voran, die Auswirkungen dieses Befehls wurden von den meisten Passagieren an Bord bereits bemerkt. Doch jemand, den dieser Befehl besonders schmerzte, war nicht etwa Mr. Miller Martin, sondern Mr. Ammon Wright. In seinem Inneren sann er auf Rache, und er schwor sich, eine bislang unerhörte Maßnahme zu ergreifen.

Eine Stunde nach dem Null-Befehl vom Kapitän Christopher …

Die Kabinen des Raumschiffs pulsierten mit Spannung, als der Null-Befehl von Kapitän Christopher erteilt wurde. In diesem Augenblick schien sich die Luft zu verdichten, als ob sie von der plötzlichen Präsenz der Vampire erdrückt würde. Der Kapitän hatte das Signal gegeben, und die ruhige Atmosphäre des Schiffs verwandelte sich in ein hektisches Chaos.

In rasender Geschwindigkeit schwoll die Zahl der Vampire an Bord an. Was zuvor nur eine Handvoll gewesen war, explodierte nun zu einer Horde von mehr als dreihundert, ihre Augen glühend vor unersättlichem Hunger. Über zweihundert Passagiere waren bereits Opfer geworden und hatten sich in blutrünstige Vampire verwandelt. Die meisten Vampire waren in den oberen Klassen zu finden, besonders in der ersten und zweiten Klasse des Rotationsrings, und dort begann auch die gesamte Operation.

Die Cyboforcer, Kommandanten und Offiziere griffen sofort zu ihren DE-Waffen, ihre Schritte hallten durch die Gänge des Schiffes. Sie bildeten eine tödliche Einheit, die von einer Abteilung zur nächsten eilte, ohne zu zögern oder zu zaudern. Jeder Raum, den sie betraten, wurde zum Schauplatz eines grausamen Gemetzels.

Niemand wurde verschont, man nahm keine Rücksicht auf Alter, Geschlecht oder Aussehen. Selbst die Kinder-Vampire fanden keine Gnade! Es war eine Verzweiflungstat, ein Kampf ums Überleben, und die Cyboforcer und Offiziere hatten den Befehl, jeden einzelnen Vampir zu eliminieren, der ihren Weg kreuzte.

Doch merkwürdigerweise blieben Mr. Wright und die Familie Miller verschont. Vielleicht aus Vorsicht, vielleicht wegen eines kalkulierten Risikos. Vielleicht wollte der Kapitän die weniger starken Vampire auslöschen, bevor Mr. Wright von der Gefahr erfuhr, die ihm drohte. Doch die Waffen feuerten weiter, die Vampire fielen, und die Schreie der Sterbenden erfüllten die Luft.

Gemäß dem Befehl mussten die Vampire mehrmals im Kopf und im Brustkorb getroffen werden. Jeder Schuss war für die Männer ein Akt der Notwehr, eine Befreiung von der tödlichen Bedrohung, die sich in den Schatten des Schiffs verbarg.

Da die Cyboforcer keine Menschen aus Blut und Knochen waren und deswegen gegen die Vampirkrankheit immun waren, umgab sich *der Offizier Clayton mit Cyboforcern. Diese benutzte er als lebendige Schilde und marschierte mit ihnen voran.*

Offizier Clayton und andere der Cyboforcer jagten einen Vampir, der inmitten von purem Luxus auf dem Schiff lebte, und Clayton und seine Männer mussten Herrn Wright ganz nah gewesen sein. Die Verfolgung war schnell und erbarmungslos. Sie drängten immer weiter vorwärts, bis sie ihn endlich umzingelten.

»Sie sind sehr schnell, trotz eines verletzten Fußes. Hätten wir sie nicht am Fuß erwischt, wären sie uns entwischt! Wer sind Sie?«, fragte der Offizier mit Entschlossenheit.

»Lass mich in Ruhe, Bastard«, beleidigte ihn der Vampir.

Der Offizier zückte ein starkes Laserlicht und zielte damit auf sein Gesicht. Der sengende Strahl verbrannte ihn, doch der Vampir lachte nur.

»Ich habe gefragt, wer Sie sind, Bastard!«, bedrängte der Offizier ihn weiter.

»Sie können nichts gegen die Prophezeiung tun«, prahlte der Vampir. »Unsere Spezies wird eines Tages die gesamte Menschheit im Sonnensystem besiegen und die Welt beherrschen. Weder Götter noch Menschen können sich dieser Prophezeiung widersetzen. So ist das Schicksal!«

»Und weißt du, wo sich das Diamant-Ankh befindet?«, fragte der Offizier.

»Von welchem Diamant-Ankh redest du, du Vollidiot? Ich sagte doch bereits, weder Götter noch Menschen können sich der Prophezeiung widersetzen«, antwortete der Vampir arrogant und aggressiv.

»Du hast wirklich Pech gehabt«, sagte Offizier Clayton ruhig, bevor er ihn unerbittlich ins Herz schoss.

In der finsteren Abgeschiedenheit seines Dravmor-Verstecks stand Mr. Ammon Wright mit seiner düsteren Kopfbedeckung, die ihn noch bedrohlicher erscheinen ließ. Um ihn herum hatten sich seine Diener versammelt, deren Gesichter von Dunkelheit und Geheimnis umhüllt waren. Sie warteten auf seine Anweisungen.

In den abgelegenen Winkeln lauerten ausgedehnte Schatten, und die Stille wurde hin und wieder von einem kaum hörbaren Knarren oder Rascheln durchbrochen, während sich fremdartige Kreaturen unbemerkt im Verborgenen bewegten. Es war ein Ort der Isolation und der Finsternis, wo die Dravmore ihre Kräfte sammeln konnten und sich auf die Jagd vorbereiteten, während die Nebelgator durch die endlosen Weiten des Weltraums glitt.

Die Stimme von Ammon Wright durchdrang den Raum mit einer unheilvollen Mischung aus Zorn und Entschlossenheit: »Für diesen Angriff müssen die Besatzungsmitglieder hart bestraft werden. Ihr Angriff auf die Dravmor-Spezies war auch ein Angriff auf mich persönlich. Sie haben unsere Vereinbarung gebrochen!«

Die Diener senkten ehrfürchtig die Köpfe, während er weitersprach: »Die Besatzung hat keine Ahnung von Vernunft und Dankbarkeit. Dank meiner Geschäfte konnte der Weltstaat seinen Bedarf an Rohstoffen und Öl decken. Und die Blütezeit der Mars-Zivilisation verdanken sie ebenfalls mir! Dreißig Prozent der Solarenergie auf dem Planeten liegt in meinen Händen. Ohne meine Energiequelle könnten sie nicht einmal die Lebenserhaltungssysteme aufrechterhalten. Ich bin einer der mächtigsten Händler und Visionäre des Sonnensystems, und doch behandeln sie mich so wie jetzt und wollen die Spezies vernichten! Da die Besatzung meine Forderungen nicht erfüllt hat und die Vereinbarung mit uns gebrochen hat, fordere ich, dass der Kapitän lebendig gefasst wird! Ich will ihn mit meinen eigenen Händen töten, während alle, die eine direkte oder indirekte Bedrohung für die Spezies darstellen, vernichtet werden.«

Mr. Ammon Wright war nicht nur der reichste und mächtigste Händler am Bord, sondern auch ein Mann, der sich für unantastbar hielt.

Während Mr. Ammon weitersprach, öffnete sich die Tür an einer schmalen Seite des düsteren Raums geräuschlos. Plötzlich trat jemand ein, flankiert von zwei massiven Männern, die aussahen wie Leibwächter.

»Martin«, begrüßte Mr. Ammon Wright ihn.

»Mein Herr, ich habe Neuigkeiten«, begann Mr. Miller Martin.

»Ich hoffe, dein Auftrag ist erledigt«, unterbrach ihn Ammon ungeduldig.

»Es tut mir leid, mein Herr, der Junge ist noch am Leben. Wir haben bereits zwei Angriffe auf ihn unternommen, aber er hat sie alle überlebt. Auch Lilitha ist noch nicht tot. Sie hat ebenfalls einen Angriff überlebt«, erklärte Martin ernst.

Ein nachdenkliches »Hm« entwich Ammon, ein Zeichen dafür, dass ihm diese Nachrichten missfielen.

Doch dann brach Martins Stimme, von Tränen erstickt: »Mein Herr, meine Frau, mein Sohn und meine beiden Töchter sind den Angriffen der Besatzung zum Opfer gefallen. Die Besatzung muss sie bombardiert haben. Meine wundervolle Frau ist nicht mehr da, und ich kann nicht ohne sie leben«, schluchzte er.

Ammon fixierte Martin mit einem grausamen Blick, als er seine Kapuze zurückwarf und sein Gesicht enthüllte, das von einer Mischung aus Zorn und Entschlossenheit gezeichnet war. »Man sagt oft, die Guten sterben zuerst. Lilitha, diese Verräterin, sollte längst tot sein, aber sie ist immer noch am Leben, während deine geliebten Töchter, deine Frau und dein Sohn ermordet wurden.«

Eine gespenstische Stille legte sich über den Raum, als die Worte des Schreckens verhallten.

Martin kniete vor Ammon nieder und flehte um Unterstützung, um diese unerträglichen Schmerzen zu überwinden. »Bitte, mein Herr, ich habe auf diesem Schiff Dinge erlebt, die niemand sonst erfahren hat. Bitte, hilf mir«, bat er verzweifelt.

»Gut, Martin. Zusammen sind wir stark, und wir müssen vereint gegen unsere Feinde vorgehen. Du konzentrierst dich auf deine Tochter Lilitha und diesen jungen Sapiens-Mann, der eine Gefahr für unsere Spezies darstellt. Ich werde mich um die restliche Besatzung kümmern«, erklärte Ammon entschlossen.

»Entschuldigung, mein Herr, aber seitdem sie mit diesem Sapiens-Mann zusammen ist und du mich gebeten hast, sie zu opfern, ist sie nicht mehr meine Tochter. Das, was sie getan hat, ist eine Abomination, die ich ihr niemals verzeihen werde. Sie ist nicht mehr Teil meiner Familie! Meine Familie sind jene, die für den Erhalt unserer Spezies kämpfen. Wie ich dir versprochen habe, werde ich bis zum letzten Atemzug für unsere Spezies kämpfen, bis unser Ziel erreicht ist«, erklärte Martin mit Entschlossenheit.

»Sehr gut, Martin. Es ist eine Ehre, dich an meiner Seite zu haben. Gemeinsam werden wir unsere Feinde besiegen«, antwortete Ammon mit einem kalten Lächeln, dann fügte er hinzu: »Die Nebelgator wird entweder zur Hölle für die ganze Besatzung und all die Passagiere oder zum Paradies für die Spezies.«

Ammon deutete auf Joseph, als er von einem »jungen Sapiens-Mann« sprach. In den Augen der Dravmore galten die Sapiens als unterlegen, oft aufgrund von sozialen, wirtschaftlichen und Bildungs-nachteilen. Die Dravmore dagegen wurden als die überlegenste Spezies angesehen. Die Dravmor-Welt sah in einer romantischen Beziehung zwischen einem Sapiens und einem Dravmor eine Ab-omination, eine Abscheulichkeit, und sah darin eine Bedrohung für die Spezies. Deshalb wurden solche Beziehungen verboten, da die Dravmor-Welt glaubte, dass ein Kind aus einer solchen Verbindung eine existenzielle Bedrohung für ihre Spezies darstellen würde. Der Entschluss stand längst fest: Sowohl Lilitha als auch Joseph mussten ermordet werden.

Einige Tage nach dem Null-Befehl führte Ammon die verbliebenen Dravmore, einschließlich seiner Familienmitglieder, an. Er bewaffnete sie alle mit Schwertern und hatte zwei klare Ziele vor Augen: Ers-tens, sie sollten so viele Passagiere wie möglich zu fassen, um sich an ihrem Blut zu laben, und zweitens, es galt, die gesamte Besatzung zu vernichten. Da die Dravmore nicht nur von Blut und negativen Energien lebten, sondern auch vom Leid und Schmerz anderer, hat-ten sie sich mit Schwertern bewaffnet, um ihren Opfern maximale Qualen zuzufügen. Dennoch trugen sie auch einige Granaten und andere explosive Materialien, um mögliche Hindernisse auf ihrem Weg zu beseitigen. Alles wurde durch Ammons Einfluss beschafft, der einer der mächtigsten Männer an Bord war.

Die schwer bewaffneten Vampire verwandelten den langen Weg

von ihrem düsteren Rückzugsort bis zu dem Abschnitt, in dem sich ein Besatzungsschlafquartier befand, in ein Blutbad. Sie töteten rücksichtslos jeden Passagier, unabhängig von Geschlecht und Alter.

Nun standen sie vor der großen Abteilung, in der sich ihre Erzfeinde befanden. »Christopher, öffne dieses verdammte Tor!«, schrie Ammon. Es war das robusteste Tor im ganzen Raumschiff, und Dutzende von Vampiren standen davor, bereit, alles in Schutt und Asche zu legen.

»Christopher, dieses verdammte Schiff wird zu eurem Albtraum werden, das verspreche ich euch. Du und deine gesamte Besatzung, ihr könnt euch schon mal darauf einstellen«, brüllte Ammon, dessen Lachen wie das Grollen eines Unwetters klang. »Hahh Hahh Hahh Hahh Hahh!«

Kapitän Christopher, der leitende Offizier Clayton und die anderen im Schlafquartier hörten Ammons Stimme, obwohl sie durch mehrere Türen und eine beträchtliche Entfernung voneinander getrennt waren. Verdammt, wer soll das denn sein! Warum schreit er so? Und sie mussten erkennen, dass dieser Augenblick den Beginn vom Ende markierte.

Kurz darauf waren die Vampire nicht mehr am Tor. Ein Blitz zuckte durch die Luft und schlug direkt in das massive Tor ein.

Ein blendender Lichtstrahl zerstörte das Tor, die umliegenden Wände und Räume wurden von Chaos und Zerstörung überwältigt. Nur wenige Minuten später erschütterte eine weitere Explosion den Raum, diesmal weiter entfernt vom ersten Einschlag – direkt vor der Tür eines Besatzungsschlafquartiers.

Kapitän Christopher, Offizier Clayton und Dutzende Kommandanten wurden rückwärts geschleudert, als wären sie Marionetten an unsichtbaren Fäden. Leblose Körper bedeckten den Boden, einige waren bewusstlos, andere bereits tot, ihr Blut vermischte sich mit den Trümmern der Zerstörung.

Die Vampire rückten bedrohlich näher, einige mit gezogenen Schwertern, andere unbewaffnet, doch man durfte nicht unterschätzen, welchen Schaden sie mit ihren übernatürlichen Fähigkeiten und ihren scharfen Zähnen anrichten konnten, insbesondere, da die meisten der Besatzungsmitglieder bewusstlos auf dem Boden lagen. Die wenigen Kommandanten, die den Angriff im düsteren Besatzungsschlafquartier überlebt hatten, eröffneten das Feuer auf die angreifenden Vampire. Doch schienen ihre Kugeln keinerlei Wirkung zu zeigen.

»Wo ist der Kapitän? Wo ist er?«, schrie ein Kommandant verzweifelt, aber seine Frage verhallte unbeantwortet in der düsteren Stille. »Wir müssen den Kapitän finden, bevor die Feinde hier sind«, drängte ein anderer. Während einige Kommandanten weiter auf die heranrückenden Gegner feuerten, suchten die anderen fieberhaft nach dem vermissten Captain Christopher.

Plötzlich entdeckte ihn einer der Kommandanten. Unter den Trümmern und dem Schutt lag er schwer verletzt am Boden. »Kapitän«, flüsterte der Kommandant, doch Christopher antwortete nicht. »Bleib bei uns, Kapitän«, flehte ein anderer, doch die Worte des Kapitäns klangen schwach und schwer verständlich.

»Ihr müsst gehen … beeilt euch«, stöhnte der Kapitän unter Schmerzen.

»Schnell, helft mir, ihn hier rauszubekommen. Er muss überleben«, befahl einer der Kommandanten.

Fünf tapfere Besatzungsmitglieder kämpften verzweifelt darum, den Kapitän unter dem schweren Eisen zu befreien, doch erwies die Last sich als zu groß, und ihre Bemühungen schienen vergeblich. Währenddessen versuchten andere Cyboforcer und schwerbewaffneten Crewmitglieder mit aller Kraft, den Vormarsch der Feinde aufzuhalten, während die letzten Kommandanten in tränenreichen Abschiedsworten bei dem Kapitän verweilten.

Offizier Clayton kam langsam wieder zu Bewusstsein. Seine Augen öffneten sich mühsam inmitten des Chaos und der Trümmer. Mit einem Husten und seinem von Staub bedeckten Gesicht versuchte er, sich aufzurichten. Einige Meter entfernt knieten die anderen Kommandanten neben dem schwer verletzten Kapitän. Ein erleichtertes Raunen ging durch die Gruppe, als sie sahen, dass Clayton noch am Leben war. Sie eilten zu ihm, halfen ihm auf die Beine und unterstützten ihn.

Clayton Miller rang mit den Gedanken, während er sich in der beklemmenden Atmosphäre der Zerstörung umsah. Plötzlich wurde ihm klar: Die Vampire hatten den Kommandoraum gesprengt, um die Besatzung zu vernichten.

»Sie kommen näher«, warnte ein Kommandant.

»Worauf wartet ihr noch? Wir müssen hier raus, sofort!«, befahl ein anderer.

Nur noch sieben Überlebende waren im Raum. Sie griffen hastig nach dem, was sie brauchten, und zogen Clayton mit sich fort.

»Komm«, forderte einer ihn, der immer noch neben dem Kapitän kniete, auf.

»Nein, ich bleibe bei dem Kapitän«, entschied dieser unbeirrt.

»Die Feinde sind gleich hier, beeil dich bitte!«

»Ich habe meinen eigenen Kampf zu führen, geh und rette dein Leben«, erwiderte Clayton bestimmt.

Die sieben Überlebenden eilten durch die hintere Tür, die sich knarrend öffnete, in einen düsteren Korridor, der von den Schreien der Verzweiflung erfüllt war. Offizier Clayton spürte jeden der Schritte, als wären sie bleischwere Lasten, die ihn zu Boden drücken wollten. Seine Gedanken wirbelten in einem Strudel aus Schmerz und Hoffnungslosigkeit, während sein Herz schwer vor Trauer schlug.

Sie rannten, so schnell ihre erschöpften Körper sie tragen konnten, durch die verwinkelten Gänge des Raumschiffs, immer weiter weg von dem Grauen, das sie bedrohte. Doch schienen die Vampire ihnen immer dichter auf den Fersen zu sein, ihre schattenhaften Gestalten waren wie düstere Geister, die sich unaufhaltsam näherten.

Plötzlich erreichten sie eine Sackgasse, ein Ende des Korridors, das von einer massiven Metalltür versperrt war. Panik ergriff sie, als sie sich umsahen und verzweifelt nach einem Ausweg suchten. Doch dort, in der Ferne, erblickten sie eine Notausgangstür, schwach beleuchtet vom fahlen Licht der Notbeleuchtung.

Und während sie in die unbekannten Weiten des Universums voranschritten, wussten sie, dass ihre Reise noch lange nicht zu Ende war. Denn egal, was die Zukunft bringen mochte, sie würden immer weiterkämpfen, für ihre Freiheit, für ihr Überleben, für alles, was sie liebten und verloren hatten.

Als die anderen eilig dorthin verschwanden, blieb ein einziger Kommandant beim Kapitän. Er beobachtete, wie dieser am Boden lag und Tränen vergoss. Vielleicht wegen unerfüllter Wünsche, vielleicht wegen einer verfehlten Mission. Er wusste, dass Ammon den Kapitän am Leben behalten wollte, aber das konnte er nicht zulassen. Mit seiner Energiewaffe in der Hand zögerte er einen Moment, während er überlegte, ob er dem Kapitän den Gnadenschuss geben sollte.

Dann schloss er die Augen. »Wir sehen uns auf der anderen Seite, Kapitän«, sagte er weinend und drückte ab.

Als er die Waffe gegen seinen eigenen Kopf richtete, um Selbstmord zu begehen, war es bereits zu spät. Sein Albtraum wurde zur Realität: ein Vampirangriff.

Mit einem markerschütternden Schrei sprang einer der Vampire über die Trümmer und griff ihn an. Seine Nägel rissen blutige Furchen in das Fleisch des Mannes, als er sich mit gieriger Entschlossenheit in dessen Gesicht vergrub und ihn am Hals biss. Ein bösartiges Grinsen lag auf den lippenlosen Mundwinkeln des Vampirs, während er seinen berauschenden Biss tief in den Hals des Kommandanten trieb, seine Zähne wie scharfe Nadeln, die in die Haut eindrangen. Ein weiterer Vampir folgte, dann noch einer, und bald war er von ihnen umzingelt. Das Blut spritzte, und der arme Kommandant konnte sich nicht aus ihren Klauen befreien.

Ammon, der gefürchtete Anführer und mächtigste Vampir an Bord, betrat das zerstörte Schlafquartier der Besatzung als Letzter. Sein Blick glitt über das Chaos, und sofort fiel sein eisiger Blick auf den leblosen Körper des Kapitäns Christopher, der unter den Trümmern begraben lag. Ein Ausdruck der Enttäuschung huschte über sein Gesicht, gefolgt von einem bösartigen Lächeln der Befriedigung. Er hatte den Kapitän lebend haben wollen, um ihn zu quälen, doch nun lag dieser in einem Meer aus Zerstörung und Tod.

Langsam schritt Ammon vorwärts, sein dunkler Umhang flatterte hinter ihm, während die anderen Vampire sich ehrfürchtig vor ihm verneigten. Seine Augen glühten vor unheilvoller Entschlossenheit, als er den leblosen Körper des Kapitäns betrachtete und mit einer Stimme, die wie Donner klang, die Stille durchbrach.

»Verdammt!«, hallte seine Stimme durch den Raum, wie ein Echo der Finsternis, das die Herzen der Anwesenden erzittern ließ.

»Wo sind die anderen?«, donnerte Ammon mit einer tiefen, bedrohlichen Stimme.

»Es scheint, dass sie bereits geflohen sind, mein Herr«, antwortete einer der Vampire mit gesenktem Blick.

»Dann sucht sie und tötet sie«, befahl Ammon mit eiskalter Entschlossenheit. »Dieses Raumschiff wird zu einem Ort des Schreckens und des Verderbens werden, wo das Blut der Verräter die Wände rot färbt und ihre Schreie die Luft erfüllen.«

»Zu Ihren Befehlen, mein Herr«, antwortete einer der Untergebenen mit einem knappen Nicken.

»Euer Verrat wird nicht nur euer Ende bedeuten, sondern auch das Ende aller, die euch je nahestanden«, fügte Ammon mit düsterer Verheißung hinzu. »Ihr seid nichts als lästige Insekten, die ich mit Vergnügen zertreten werde.«

Ammon, der einflussreichste Händler an Bord und einer der Reichsten im gesamten Sonnensystem, hatte sich in Verträgen mit dem irdischen Weltstaat und den Kapitänen der Raumschiffe dafür eingesetzt, dass Vampire ungehindert zwischen der Erde und dem Mars reisen konnten. Eine zentrale Bedingung dieser Vereinbarungen war der Schutz der Vampire während jeder interplanetaren Reise gewesen – und zwar um jeden Preis! Ammon kämpfte mit Leidenschaft für das Überleben seiner Vampir-Bruderschaft. Sein Ziel war es, sicherzustellen, dass sie sich vermehrten und nicht dem Untergang geweiht waren.

Doch nun, nach dem verheerenden Einschlag eines Meteoriten, sahen sich die Vampire einer unmittelbaren Bedrohung gegenüber. Ihre lebensnotwendige Nahrungsquelle war zerstört, und die Besatzungen der Raumschiffe hatten versäumt, sie mit Blut zu versorgen – trotz der vertraglichen Verpflichtungen. Stattdessen hatte Kapitän Christopher einen schockierenden Null-Befehl erlassen, der für die Vampire das Todesurteil bedeutete. Für Ammon war dies nichts weniger als ein Verrat von höchstem Grad – ein Akt, der die Grundlagen ihres Überlebens infrage stellte und die Worte der geschlossenen Vereinbarungen in blanken Hohn verwandelte.

Entschlossen verließ er den Raum, seine finsteren Pläne waren bereits in Bewegung gesetzt. Pläne, die darauf abzielten, neue Tränen zu erzwingen, Herzen zu brechen und das Echo des Leids durch die endlosen Weiten des Universums zu tragen.

KAPITEL 18

Einen Tag nach Ammons Angriff auf die Besatzung trat der ehemalige leitende Offizier Clayton vor das holografische Display im Kommandoraum des Raumschiffs, um eine Nachricht von größter Bedeutung zu verkünden. Die Augen der Besatzung und der Passagiere richteten sich gespannt auf ihn, als er das Wort ergriff.

»Meine Damen und Herren, es geschieht mit schwerem Herzen, dass ich Ihnen mitteilen muss, dass unser geschätzter Kapitän Christopher in der vergangenen Nacht ermordet wurde.« Die Worte hallten im Raum wider, begleitet von einem Aufschrei der Bestürzung und des Entsetzens.

Claytons Stimme war fest, als er die traurige Realität aussprach. »Die Umstände seines Todes sind noch nicht vollständig geklärt, aber die Besatzung wird mit aller Kraft daran arbeiten, die Verantwortlichen zur Rechenschaft zu ziehen.«

Ein Raunen der Empörung und des Unverständnisses erfüllte den Raum, als die Nachricht sich unter den Anwesenden verbreitete. Die Gedanken wirbelten, während die Passagiere und die Besatzung versuchten, den Schock und die Verwirrung zu verarbeiten.

»Als ehemaliger leitender Offizier übernehme ich nun die Rolle des Kapitäns dieses Schiffes« fuhr Clayton fort, seine Stimme fest und entschlossen. »Ich versichere Ihnen, dass die Sicherheit und das Wohlergehen aller an Bord meine oberste Priorität haben. Wir werden alles tun, um diese Tragödie aufzuklären und sicherzustellen, dass sich so etwas nie wieder ereignet.«

Eine bedrückende Stille legte sich über den Raum, als die Worte von Clayton in die Herzen der Anwesenden einsanken. Dann erhob sich eine Welle der Unterstützung und des Zuspruchs, während die Besatzung und die Passagiere sich gegenseitig Trost spendeten und sich gemeinsam darauf vorbereiteten, die Herausforderungen, die vor ihnen lagen, zu bewältigen.

In den intimen Abteilen des Raumschiffs erreichte die Passagiere die tragische Nachricht von dem Ableben des Kapitäns. Unter ihnen befanden sich Joseph und Lilitha, die gemeinsam in einer geheimen Kabine verweilten. Als sie die erschütternde Neuigkeit vernahmen, brachte Joseph seine Besorgnis zum Ausdruck: »Es bekümmert mich, zu glauben, dass die Kontrolle über das Schiff möglicherweise ins Wanken gerät.«

Lilitha stimmte ihm zu, ihre Augen spiegelten ähnliche Ängste wider. »Ich teile deine Sorge. Es besteht die reale Gefahr, dass ein Mangel an klaren Entscheidungen unter der Besatzung aufkommt.«

In ihrem abgeschirmten Raum fühlten sie sich plötzlich weit entfernt von der Sicherheit, die sie zuvor an Bord genossen hatten. Die düstere Atmosphäre der Ungewissheit und die potenzielle Destabilisierung der Machtverhältnisse an Bord ließ ihre Gedanken in einen Wirbel aus Sorge und Zweifel geraten.

Nach der Ankündigung des Todes des Kapitäns flimmerten weitere Informationen über den Bildschirm, doch darauf achteten Joseph und Lilitha jetzt nicht. Sie tauschten persönliche Geschichten aus, während die Anweisungen von ihnen unbeachtet blieben, bis plötzlich die Astronomin Xinyan auf dem Bildschirm erschien. Ihre Worte zerschnitten die Luft, als sie von Familien sprach, die plötzlich tot in ihren Kabinen aufgefunden wurden. Doch sprach das Schweigen über die wahren Gründe für diese Tragödie Bände! Tausende von Passagieren waren Opfer von vampirischen Angriffen geworden, und diejenigen, die infiziert waren, wurden aufgrund des Null-Befehls gnadenlos niedergeschossen, um so die Ausbreitung der Vampir-Krankheit an Bord zu stoppen.

Die Crew versuchte verzweifelt, die wahre Tragödie zu verschleiern, und präsentierte nun ein Live-Video, das einen Jungen neben den Leichen seiner Familie zeigte: Kowen. Sein Name hallte durch den Raum, als Xinyan den Eindruck erweckte, dass er in Gefahr sei. Josephs Blick klebte am holografischen Bildschirm, sein Herz pochte wild gegen seine Rippen.

Lilitha bemerkte seine verstörte Miene und fragte besorgt, was passiert sei. »Ich kenne diese Familie«, brach es schließlich aus Joseph heraus, »und den Jungen auch. Die Eltern sind tot, und ich muss das Kind retten.«

Er wollte losstürzen, doch Lilitha hielt ihn zurück und reichte ihm ein Schwert. Sie wussten, dass draußen Gefahr lauerte, aber trotzdem tauschten sie einen flüchtigen Kuss, bevor sie sich auf den Weg machten. Ihr Ziel: der fünfte Teil des Raumschiffs, wo Kowen gefangen war. Sie hasteten zum Hauptaufzug und stürzten hinab, die langen Brücken überquerend, während sie den Rotationsring hinter sich ließen. An der Kreuzung des vierten Teils, dem pulsierenden Herz des Raumschiffs, herrschte normalerweise ein geschäftiges Treiben. Besatzungsmitglieder eilten normalerweise auf ihren Wegen durch die endlosen Gänge des Schiffes. Doch nun, angesichts der Quarantänevorschriften und Sicherheitsmaßnahmen, war die Kreuzung verlassen, eine gespenstische Leere lag über dem Ort. Stille umhüllte ihn, nur das leise Summen der Systeme war zu hören. Hier trennten sich die Wege zu verschiedenen Bereichen des Schiffes – zur Brücke, zu den Kabinen, zu den Laboren für wissenschaftliche Forschung.

Doch auf einmal, als sie dachten, sie seien sicher, geschah das Unerwartete: Es fiel die Dunkelheit ein. Die Lichter erloschen, und aus dem Nichts tauchten sechs vermummte Gestalten auf, ihre Gesichter in Dunkelheit gehüllt. Mit langsamen Schritten kamen sie näher, und als Joseph sie nach ihrer Identität fragte, erhielt er keine Antwort. Ein Schauder der Erkenntnis durchzuckte sie – die Gestalten waren Feinde!

Ein Blitz aus der Finsternis, und einer der Vampire sprang auf Joseph zu, seine Zähne entblößt, bereit, zuzubeißen. Doch Josephs Klinge durchtrennte den Kopf des Angreifers mit tödlicher Präzision. Die anderen Feinde stürzten sich nun auf sie, ihre Aggression spürbar in der Luft. Ein blutiger Kampf entbrannte.

Lilitha und Joseph verschmolzen mit ihren Schwertern zu einer einzigen Einheit der Zerstörung. Die Vampire hatten keine Chance gegen ihre meisterhafte Kampfkunst. Joseph kämpfte mit roher Brutalität und Entschlossenheit. Er ließ Faustschläge und Fußtritte auf die Gegner niederprasseln, seine Taekwondo-Techniken waren fließend in den Kampf eingebunden. Jeder Schlag, jeder Schnitt war ein Präzisionswerkzeug des Todes gegen die finsteren Angreifer. Der Sieg kam wie ein Blitz aus heiterem Himmel, doch die Ruhe währte nur einen Augenblick. Als Joseph und Lilitha vorwärts eilten, tauchte plötzlich eine Gestalt vor ihnen auf. Deren Gesicht war nicht von einer Maske verhüllt, aber die Dunkelheit verschleierte ihre Züge und gab ihr ein unheimliches Aussehen. Langsam näherte sich die Gestalt ihnen, und Lilitha erkannte in der vagen Silhouette die Züge von Martin Miller.

»Lilitha, bist du es?« Seine Stimme klang gebrochen, doch seine Anwesenheit war bedrohlich.

Lilithas Herzschlag beschleunigte sich, als sie die Worte ihres Vaters hörte. »Vater, bist du es wirklich?«

»Ja, ich bin es«, antwortete er mit einer Mischung aus Schmerz und Entschlossenheit. »Aber was hast du getan, Lilitha? Warum hast du uns im Stich gelassen? Warum bist du mit einem Sapiens zusammen?«

Lilitha schüttelte den Kopf, ihre Stimme klang fest. »Einem Sapiens?« Sie schnaubte. »Er ist niemand Geringeres als derjenige, den du zum Dinner eingeladen hast, Vater.«

»Du irrst dich, Lilitha«, entgegnete Martin mit Bestimmtheit. »Ja, ich habe ihn zum Essen eingeladen, aber er ist immer noch ein Fremder, mit dem du nichts zu tun haben solltest.«

Lilitha kämpfte mit den Tränen, als sie antwortete: »Es tut mir leid, Vater. Bitte vergib mir. Ich konnte nicht mehr in diesem Leben verharren. Seit Joseph in meinem Leben ist, habe ich das Gefühl, einen Sinn zu finden. Wir lieben uns.«

Ein Schatten legte sich über Martins Gesicht, seine Augen waren voller Enttäuschung und Verzweiflung. »Glaubst du wirklich, dass es richtig ist, deine eigene Familie, deine ganze Spezies, für eine solch unbedeutende Liebe zu opfern?«

Lilitha brach in Tränen aus. »Du denkst also, meine Liebe zu Joseph ist unbedeutend? Ist das der Grund, warum du uns vernichten wolltest?«

Martin seufzte tief. »Nein, Lilitha. Dieser Streit wurde nicht von mir angefangen, und das weißt du. Als meine Tochter solltest du wissen, dass es ganz klare definierte Regeln gibt, die befolgt werden müssen. Wenn man diese Regeln bricht, muss man mit Konsequenzen rechnen!«

»Wegen Ammons Befehlen bist du bereit, alles zu tun, selbst deine eigene Tochter zu töten? Wo ist deine Liebe, Vater? Bin ich dir nichts mehr wert?« Lilitha schluchzte, Tränen rannen über ihre Wangen, während sie verzweifelt nach Antworten suchte.

Joseph stand schweigend da, seine Augen fest auf Martin gerichtet, doch er schwieg.

Ammon schwankte einen Moment, berührt von Lilithas Worten, während er über seine nächsten Schritte nachdachte.

Martin Miller blickte verwirrt, doch seine Entschlossenheit ließ nicht nach. »Ich liebe meine Tochter, aber deine Verbindung zu diesem Sapiens ist Verrat in den Augen von Ammon und für unsere Vampire-Welt. Du weißt, dass solche Beziehungen eine existenzielle Bedrohung für unsere Spezies darstellen, und wir müssen sie mit allen Mitteln bekämpfen.«

»Liebst du mich nicht mehr, Vater? Willst du mich nicht mehr beschützen?« Lilithas Stimme bebte vor Schmerz und Enttäuschung.

Plötzlich übermannte Martin die Wut. »Natürlich liebe ich dich, aber meine Pflicht ist es, unsere Spezies zu schützen, selbst wenn das bedeutet, diese Bedrohung zu beseitigen!« Mit diesen Worten zog er sein Schwert und trat aggressiv auf Joseph zu, bereit, ihn zu vernichten.

Ein erbitterter Schwertkampf entbrannte zwischen ihnen. Mit rasender Geschwindigkeit warf Martin alles, was er greifen konnte, auf Joseph, der gekonnt auswich. Plötzlich erhob sich Joseph mit einem mächtigen Fußtritt, der Martins Hinterkopf traf und ihn zu Boden schleuderte. Doch Martin sprang blitzschnell wieder auf und sie setzten ihren Kampf fort, während sie sich immer weiter von der Kreuzung entfernten und tiefer in den langen Flur eindrangen.

Die Spannung in der Umgebung war zum Greifen nah, als der Kampf zwischen den beiden Kontrahenten an Intensität zunahm. Lilitha, die verzweifelt nach einer Möglichkeit suchte, den Kampf zu beenden, wurde von Martin mit einem harten Handschlag niedergestreckt. Als sie benommen am Boden lag, hörte sie seine bedrohlichen Worte: »Versuch nicht, diesen Kampf zu stoppen. Beruhige dich, sonst wirst du deinen eigenen Kopf verlieren, Lilitha.« In einem Moment der Dunkelheit und Desorientierung verlor sie kurzzeitig das Bewusstsein.

Joseph wurde von Wut erfüllt, als er Lilitha hilflos auf dem Boden liegen sah. Mit einem kraftvollen Schwertschlag sprang er auf Martin zu, der geschickt auswich. Doch Joseph ließ nicht nach und griff erneut an, diesmal traf er Martins Schulterblatt und zerriss leicht seine Kleidung. Martins Gegenwehr war gnadenlos, und er schleuderte Joseph durch eine Tür. Dieser blieb am Boden liegen, seine Kräfte schwanden.

Mit einem düsteren Lächeln betrat Martin den Raum, wo Joseph am Boden lag. »Steh auf, Junge, ich habe keine Zeit zu verlieren«, sagte er mit kühler Entschlossenheit. Doch Joseph, obwohl geschwächt, widersprach ihm entschieden: »Du bist wirklich ein Idiot, wenn du glaubst, dass du mich besiegen wirst.«

»Gerade du nennst mich einen Idioten?«, fragte Martin spöttisch und brach in ein diabolisches Lachen aus, das die Luft durchdrang. »Ahh Ahh AHH.«

»Ja, das bist du, denn ich habe noch nie einen Vater gesehen, der seine eigene Tochter vernichten will«, erwiderte Joseph mit einer Mischung aus Verachtung und Entschlossenheit.

»Ich weiß nicht, wovon du sprichst. Du kannst mich nicht belehren, denn du bist der Grund hinter all dem, du bist der Grund hinter dieser Abscheulichkeit. Deshalb muss ich dich zuerst vernichten«, fauchte Martin, seine Augen flammend vor Zorn und Verachtung.

»Du bist ein besessenes Monster, durstig nach Blut. Ich werde dich besiegen«, verkündete Joseph mit kühler Entschlossenheit.

Martin näherte sich ihm mit finsterem Blick, sein Schwert hoch erhoben, bereit, vernichtend zuzuschlagen. Doch Joseph wich geschickt aus und konterte mit einem kräftigen Ellenbogenschlag gegen Martins Hals, der ihn zu Boden zwang.

»Möge der Stärkere und Bessere von uns diesen Kampf gewinnen«, brüllte Joseph mit aggressiver Entschlossenheit, als er Martin erneut angriff. Martin geriet in die Defensive, doch mit einem kühnen Sprung gelang es ihm, hochzuspringen und in das obere Stockwerk zu entkommen. Der Kampf verlagerte sich in einen neuen Raum, und sie lieferten sich einen erbitterten Schlagabtausch. Mit jeder Bewegung, jedem Schlag und jedem Ausweichmanöver entbrannte ihre Entschlossenheit weiter, bis Joseph schließlich Martin einen entscheidenden Tritt versetzte. Dieser stürzte, landete auf einer niedrigeren Ebene und fand sich unvermittelt in einer riesigen Empfangshalle wieder.

Diese Empfangshalle war mit hochmoderner Technologie ausgerüstet. Joseph blickte von oben auf Martin herab, der am Boden stand und düstere Entschlossenheit ausstrahlte.

»Diesmal entkommst du nicht, Martin. Ich werde dich besiegen«, verkündete Joseph mit einer Stimme, die von Entschlossenheit geprägt war.

Martin erwiderte Josephs Blick mit einem boshaften Grinsen. »Du hast keine Ahnung, mit wem du dich anlegst«, zischte er wütend.

Die Spannung in der Luft war mit Händen greifbar. Joseph machte einen gewaltigen Sprung hinunter in die Empfangshalle. Martin warf eine Vielzahl von Gegenständen auf Joseph, der diesen geschickt auswich und sich bereit machte, zurückzuschlagen. Der Kampf begann mit blitzschnellen und akrobatischen Bewegungen, während das Klirren der Schwerter die Halle erfüllte. Joseph und sein Gegner wechselten zwischen Schwertkampf und Nahkampftechniken wie Trittfuß, Handschlägen und Ellenbogenstößen hin und her. Die Halle wurde zum Schauplatz eines epischen Kampfes.

»Du wirst mich nicht besiegen können! Niemals, Joseph!«, brüllte Martin.

»Einer von uns wird untergehen!«, entgegnete Joseph mit finsterer Entschlossenheit.

Joseph und Martin setzten Taekwondo-Techniken ein, um sich gegenseitig zu übertreffen. Sie sprangen und rollten geschickt durch die Halle, während sie sich mit blitzschnellen Schlägen und Tritten duellierten. Unbemerkt von Joseph lag auf dem Boden eine ölige

Substanz. Als Joseph zum entscheidenden Angriff ansetzte, um Martin schwer zu treffen, rutschte er aus. Während er fiel, traf ihn Martin mit dem Schwert am Brustkorb, verletzte Joseph schwer. Joseph schrie vor Schmerzen, doch Martin setzte seine Attacken unerbittlich fort und prügelte immer wieder auf ihn ein.

Lilitha lag an der Kreuzung, ihre Sinne kehrten langsam zurück. Ein dumpfer Schmerz pulsierte in ihrem Kopf, als sie sich mühsam aufrichtete. Ein unheilvolles Knistern durchdrang die Luft, begleitet von beunruhigenden Geräuschen, die aus dem Chaos ringsherum kamen. Unwissend über die Quelle des Lärms, griff sie nach ihrem Schwert und machte sich auf den Weg.

Der Kampf zwischen Martin und Joseph wütete weiter mit grausamer Intensität. Martin schleuderte einen nahen Gegenstand auf Joseph, der geschickt auswich und seinerseits einen Konter startete. Die Spannung stieg, während beide Kämpfer alles daransetzten, den anderen zu überwältigen. »Es ist vorbei für dich«, verkündete Joseph mit kühler Entschlossenheit.

Mit letzter Kraft und unerbittlicher Entschlossenheit setzten Joseph und Martin ihren erbitterten Kampf fort. Die Spannung erreichte ihren Höhepunkt, als sie mit aller Macht aufeinander einprügelten. Schließlich gelang es Joseph, Martin zu Boden zu zwingen. Erschöpft atmete er auf. »Es ist vorbei«, hauchte Joseph.

Martin jedoch, trotz seiner Niederlage, zeigte keine Anzeichen von Unterwerfung. Seine Augen glühten vor Entschlossenheit, als er Joseph mit einem zornigen Blick fixierte. »Das habe ich schon oft genug von dir gehört. Du wirst mich niemals besiegen«, flüsterte Joseph mit ungebrochener Entschlossenheit, seine Stimme heiser vor Anstrengung.

Doch in einem unerwarteten Augenblick der Verwandlung wurde Martin zu einem monströsen Vampirwesen. Mit einer unbeschreiblichen Kraft schleuderte er Joseph wie ein Spielzeug in die Luft. Joseph landete auf der gegenüberliegenden Seite, völlig entkräftet und am Boden zerstört. Martin näherte sich langsam, packte Joseph mit einer Hand und schleuderte ihn gegen die Wand. In einem entschlossenen Ansturm kam Martin auf Joseph zu.

Doch in diesem kritischen Moment sprang Lilitha mutig mit ihrem Schwert vor und traf das Monster mit einem gezielten Schlag am Hals, trennte seinen Kopf ab und beendete damit den Kampf.

Mit einem erleichterten Seufzer steckte Lilitha ihr Schwert weg und eilte zu Joseph, um ihm zu helfen. Kurz darauf setzten sie ihren Weg fort bis zum fünften Teil des Raumschiffes. Sie begannen ihre Suche nach Kowen und verdoppelten ihre Bemühungen, ihn zu finden. Schließlich entdeckten sie ihn neben den Leichen seiner Familie. Ohne zu zögern, nahmen sie den Jungen mit und machten sich auf den Weg. Joseph hatte keine Zeit zu verlieren, denn er war schwer verletzt und benötigte dringend medizinische Hilfe.

Ammon spürte mit zunehmender Unruhe, dass Miller in großer Gefahr schwebte. Sein Instinkt trieb ihn dazu, sofort zu handeln. Ohne zu zögern, entsandte er fünf seiner besten Männer, um Miller beizustehen und ihn aus der drohenden Gefahr zu retten. »Sucht überall!«, befahl er mit einer Entschlossenheit, die durch den Raum hallte. »Und sobald ihr auch nur den Hauch einer Spur von Miller entdeckt, lasst es mich sofort wissen.«

Die fünf Vampire nahmen Ammons Befehl ernst und machten sich umgehend auf den Weg. Doch sie wussten, dass ihre Suche heikel war. Sie mussten Miller finden, ohne den Verdacht der Besatzungsmitglieder des Raumschiffs zu erregen. Um unentdeckt zu bleiben, gaben sie sich als normale Passagiere aus und mieden die Bereiche, in denen die Besatzungsmitglieder anzutreffen waren, wie die Kommandoräume und Ähnliches.

Mit geübten Augen und geschärften Sinnen durchkämmten sie jedes einzelne Areal des gewaltigen Raumschiffs, ohne dabei Aufmerksamkeit zu erregen. Kein Raum blieb unerforscht, keine Abteilung unbeachtet, keine Decke unergründet. Ihre Suche wurde zu einer regelrechten Jagd, eine Verfolgung, die durch die unendlichen Gänge und Korridore des Schiffes tobte.

In einem verzweifelten Versuch, Miller zu finden und ihm zu helfen, intensivierten die fünf Vampire ihre Bemühungen. Sie durchkämmten jede Ecke, durchwühlten jeden Winkel und durchsuchten jeden Schatten. Jeder Moment, jede Sekunde war kostbar, und ihr Entschluss, ihren Gefährten zu retten, trieb sie an, immer weiter zu suchen, ohne den Deckmantel ihrer Tarnung fallen zu lassen.

Sie suchten ohne Unterbrechung, fanden ihn jedoch nicht. Sie riefen Ammon an und informierten ihn per holografischem Anruf darüber, dass Martin nicht aufzufinden war. »Bitte, sucht weiter«, ordnete Ammon an.

»Verstanden. Zu Ihren Befehlen, mein Herr«, antworteten die Vampire.

Kapitän Clayton und die Besatzung des Raumschiffs Nebelgator standen vor einer beunruhigenden Szene: Fünf Männer durchsuchten hektisch die Umgebung, offensichtlich auf der Suche nach etwas Wichtigem. Trotz der offensichtlichen Dringlichkeit der Situation entschieden sich Clayton und seine Crew, nicht einzugreifen. Ihre eigenen Aufgaben waren zu wichtig, um von den mysteriösen Männern abgelenkt zu werden. Was sie jedoch nicht wussten, war, dass diese fünf Männer Dravmore waren und von Ammon geschickt wurden!

Der Kapitän und seine Crew waren erleichtert, als sie endlich eine Nachricht von MCN (Mars Communication Network) erhielten, einem der Standorte der MASA (Mars Aeronautics and Space Administration). Die Verbindung war zwar instabil und die Kommunikation durch eine Verzögerungszeit von fünf Minuten erschwert, aber Clayton war entschlossen, die Verbindung aufrechtzuerhalten. Die lange Verzögerung ärgerte ihn jedoch zutiefst, da sie die ohnehin schon komplizierte Kommunikation zusätzlich belastete.

»Das System läuft, Kapitän«, informierte ein Mitarbeiter Clayton.

»Echt jetzt? Aber vor ein paar Minuten stand auf der Kommunikationskonsole: Verbindung wird hergestellt«, erwiderte Clayton skeptisch.

»Ja, aber jetzt steht da: ›Systemstatus online und einsatzbereit‹, bestätigte der Mitarbeiter.

Kapitän Clayton betrat den Kommandoraum und warf einen Blick auf die Kommunikationskonsole. Dort sah er eine Nachricht vom MCN-Abteilungsleiter. Er beschloss, die Kommunikation mit ihm aufrechtzuerhalten.

[00:14] MCN-Abteilungsleiter: »Hallo Kapitän, hier ist der MCN-Abteilungsleiter Mark. Wir haben die Nebelgator seit vielen Tagen beobachtet und versucht, mit Ihnen zu kommunizieren, aber die Verbindung ließ keine Kommunikation zu. Das gesamte MASA-Team hat mit Ihnen mitgefiebert. Wir wussten, dass etwas mit der Nebelgator nicht stimmte, aber wir konnten nicht genau herausfinden, was es war. Könnten Sie uns sagen, was passiert ist?«

[00:19] Kapitän Clayton: »Es freut mich, von Ihnen zu hören, MCN-Abteilungsleiter. Leider stehen wir vor großen Herausforderungen nach einem schrecklichen Unfall. Die Nebelgator wurde von einem Meteoriten getroffen, was strukturelle Schäden in vielen Abteilungen verursacht hat. Folglich mussten einige Bereiche vollständig abgeschottet werden.«

Clayton seufzte tief und rieb sich die Stirn, während er auf die Antwort wartete. Die Belastung der letzten Tage war ihm deutlich anzusehen, und die Verantwortung, die auf seinen Schultern lastete, schien ihn fast zu erdrücken. Als neuer Kapitän, der nach dem tragischen Tod von Kapitän Christopher durch einen feindlichen Angriff während der Reise eingesetzt wurde, lag das Gewicht der gesamten Mission nun auf ihm. Die Crew hatte beschlossen, Christophers Tod zu verschweigen und sich stattdessen auf die Rettungsmaßnahmen und die Unterstützung von MASA zu konzentrieren.

Im Hintergrund blinkten Lichter und Monitore zeigten kontinuierlich neue Datenströme an, während die Crew versuchte, das Schiff stabil zu halten. Der Meteoriteneinschlag hatte nicht nur physische Schäden verursacht, sondern auch die Moral der Besatzung erheblich beeinträchtigt. Clayton wusste, dass die Situation schon schlimm genug war ohne die zusätzliche Belastung, die Wahrheit über Christophers Schicksal preiszugeben.

»MCN, wir benötigen dringend Unterstützung«, fügte Clayton hinzu. »Unsere Ressourcen sind knapp, und die Kommunikationsprobleme erschweren die Koordination unserer Rettungsmaßnahmen.

Können Sie Hilfe schicken oder uns Anweisungen geben, wie wir vorgehen sollen?«

Die Minuten verstrichen, während die Nachricht ihren Weg durch das All nahm. In dieser Zeit konnte Clayton nur hoffen, dass die Antwort rechtzeitig kommen würde und dass sie eine Lösung für ihre prekäre Lage bringen würde.

Nach einer quälenden Wartezeit von dreißig Minuten kam endlich eine Antwort vom MCN-Abteilungsleiter:

[00:49] MCN-Abteilungsleiter: »Ja, Kapitän, wir sind bereit, alles zu tun, um Ihnen zu Hilfe zu kommen, aber jetzt gibt es ein Problem. Unsere Satelliten sagen uns, dass die Nebelgator ihren Kurs verloren hat, und nun machen wir uns große Sorgen um Sie. Haben Sie das irgendwie nicht bemerkt?«

Clayton fühlte einen kalten Schauer über seinen Rücken laufen. Die Kursabweichung war eine zusätzliche Herausforderung, die sie sich in ihrer ohnehin schon kritischen Lage nicht leisten konnten.

»Kapitän, wir haben ein ernstes Problem«, sagte ein Offizier, der die Navigationsinstrumente überprüfte. »Unsere aktuellen Daten stimmen tatsächlich nicht mit den ursprünglichen Kurskoordinaten überein. Es scheint, als ob der Einschlag uns aus dem vorgesehenen Kurs geworfen hat.«

»Verdammt«, murmelte Clayton, und der Kapitän erkundigte sich besorgt: »Haben wir wirklich unseren Kurs verloren?«

»Ja, Kapitän, wir haben es überprüft. Alles deutet darauf hin«, antwortete ein Besatzungsmitglied.

»Warum haben wir das nicht früher erkannt?«

»Es scheint, dass eine Fehlfunktion aufgetreten ist, möglicherweise verursacht durch den Meteoreinschlag«, erklärte ein anderes Besatzungsmitglied.

»Möglicherweise sind unsere Messmethoden fehlerhaft«, sagte Clayton und befahl: »Bitte überprüfen Sie alles erneut!«

Die Besatzung führte eine gründliche Überprüfung aller Systeme durch. Sie kalibrierten ihre Instrumente, berechneten die Daten erneut und überprüften sämtliche Überwachungssensoren. Trotz aller Bemühungen führten ihre Untersuchungen zu dem gleichen Ergebnis: Das Raumschiff Nebelgator hatte seinen Kurs verloren und war nun desorientiert.

»Entschuldigen Sie, Kapitän, aber wir haben alles überprüft, und es ist eindeutig: Das Raumschiff hat seinen Kurs verloren«, beharrte ein Besatzungsmitglied.

Der Kapitän schwieg einen Moment lang, während er die ernste Lage des Schiffes überdachte. Dann hob er entschlossen den Kopf und sagte: »Ich vermute, sie werden alle früher oder später ihre Schlagzeilen kriegen«, sagte er. Nun befand sich der Kapitän in einer heiklen Lage, in der er einige aufmunternde Worte finden musste, insbesondere, um den Flugzorn der Sapiens an Bord zu besänftigen. Die Myonen und die meisten Nobili an Bord stellten kein Problem dar, da sie genetisch so manipuliert waren, dass sie den Regeln gehorchten. Doch die Sapiens konnten jederzeit anfangen, Probleme zu verursachen – nicht nur, weil ihre Lebensumstände schwieriger waren, sondern auch, weil sie nicht zur Elite gehörten und die Quarantänemaßnahmen sie besonders hart trafen.

Nach einer Unterbrechung setzten sie ihre Kommunikation fort. Es kam eine Antwort vom MCN-Abteilungsleiter:

[01:34] MCN-Abteilungsleiter: »Verstanden, Kapitän. Zunächst einmal müssen wir Ihre genaue Position bestimmen. Unsere Satelliten können dabei helfen. Schalten Sie Ihr Notsignal ein, damit wir Ihre Position wieder triangulieren können. Sobald wir Ihre genauen Koordinaten haben, werden wir Ihnen die erforderlichen Korrekturdaten übermitteln.«

Clayton wandte sich an seine Crew. »Aktiviert das Notsignal. Wir müssen MCN unsere Position erneut mitteilen, damit sie uns helfen können.«

Das Notsignal wurde aktiviert, und kurze Zeit später erhielten sie die Bestätigung von MCN.

[01:45] MCN-Abteilungsleiter: »Wir haben Ihr Notsignal empfangen und Ihre Position erfolgreich trianguliert. Sie sind etwa 15

Grad vom geplanten Kurs abgewichen. Wir senden Ihnen nun die Korrekturdaten, die Sie in Ihr Navigationssystem eingeben müssen, um wieder auf Kurs zu kommen.«

Ein Techniker an Bord der Nebelgator bestätigte den Empfang der Daten und begann sofort, die notwendigen Korrekturen vorzunehmen.

»Wir haben die Daten erhalten und eingepflegt, Kapitän«, sagte der Techniker. »Die Navigation wird angepasst und, aber es gibt keine Garantie, dass wir auf dem richtigen Kurs sein werden.«

Clayton machte ein komisches Gesicht, denn er war nicht zufrieden.

[01:50] MCN-Abteilungsleiter: »Bleiben wir in Kontakt, Kapitän, und lassen Sie uns wissen, wenn Sie weitere Unterstützung benötigen. Übrigens, wir haben noch eine weitere Idee, die Ihnen helfen könnte, effizient wieder auf Kurs zu kommen.«

Clayton runzelte die Stirn. »Was schlagen Sie vor?«

[01:55] MCN-Abteilungsleiter: »Es gibt einen Asteroiden, dessen Schwerkraft Sie für ein Schleudermanöver nutzen könnten. Wir können Ihnen die genauen Berechnungen und die notwendigen Kursdaten übermitteln. Dieses Manöver könnte Ihnen nicht nur helfen, wieder auf den richtigen Kurs zu kommen, sondern auch Ihre Treibstoffreserven schonen. Aber bis Sie diesen Himmelskörper erreichen, kann es sehr lange dauern.«

Clayton sah seine Crew an, die gespannt auf die Antwort wartete. »Ein Schleudermanöver ... Das könnte unsere Rettung sein. Bereiten Sie die Daten vor, MCN. Wir sind bereit, es zu versuchen.«

[02:05] MCN-Abteilungsleiter: »In Ordnung, Kapitän. Wir senden Ihnen die Berechnungen und Kursdaten sofort zu. Es erfordert präzises Timing und Navigation, aber wir sind zuversichtlich, dass Sie es schaffen können. Aber falls Sie es nicht schaffen, was wir auch berücksichtigen müssen, dann kann nur ein Himmelskörper die Nebelgator retten.«

Die Daten wurden schnell an die Nebelgator übermittelt, und die Crew begann sofort mit den Vorbereitungen für das Schleudermanöver.

»Wir haben die Berechnungen erhalten und die Kursdaten eingegeben, Kapitän«, meldete der Techniker. »Das Manöver wird in etwa fünf Stunden durchgeführt. Wir müssen sicherstellen, dass alle Systeme optimal funktionieren.«

»Ausgezeichnet«, sagte Clayton. »Crew, bereitet euch auf das Manöver vor. Dies könnte unser einziger Weg sein, um wieder auf Kurs zu kommen und unsere Mission fortzusetzen. Aber falls das alles nicht funktioniert, müssen wir dann warten, bis wir einen Himmelskörper erreichen, dessen Schwerkraft wir nutzen können, um unseren Kurs zu ändern.«

Fünf Tage später befand sich Kapitän Clayton im Zimmer seines verstorbenen Vorgängers, Kapitän Christopher. Nun war dieses Zimmer sein eigenes, als sein Nachfolger. Er betrachtete das Bild von Christopher, und plötzlich liefen ihm die Tränen herunter, denn sein Verlust wog schwer. Er ging im Zimmer auf und ab, und an der Wand befand sich ein holografischer Bildschirm, auf dem eine lange Rede zu sehen war. Es war die Rede, die er in den letzten fünf Tagen elektronisch ausgearbeitet hatte und die er an diesem Nachmittag halten sollte. Seit fünf Tagen empfand er es als notwendig, nicht nur die Passagiere an Bord zu schützen und das Raumschiff in Betrieb zu halten, sondern auch, die Passagiere über alles, seien es gute oder schlechte Nachrichten, zu informieren und die Wahrheit zu sagen.

Diese Rede würde er nicht im Kommandoraum halten, sondern in einem der größten Veranstaltungsräume des Raumschiffs Nebelgator, vor einem Publikum, das hauptsächlich aus Sapiens bestand. Viele Sapiens würden anwesend sein, aber auch viele andere würden die Rede aus ihren Kabinen, Schlafquartieren, Isolationsräumen und Arbeitsräumen verfolgen. Es war keine kurze Ansprache, sondern die wichtigste Rede seit der Abfahrt der Nebelgator. Sie sollte die Passagiere zusammenbringen, die Nerven beruhigen und alle über die aktuelle Situation informieren.

Ein leichtes Gefühl der Nervosität überkam ihn, doch er trank ein Glas Wasser und streckte sich, um die Anspannung loszuwerden. Leise öffnete sich eine schmale Tür ganz hinten im abgedunkelten

Teil des Raums, und Kapitän Clayton betrat das Podium. Er richtete sein Mikrofon aus und blickte mit ernstem Gesichtsausdruck über das Publikum. Als er schweigend vor seinem Publikum stand, um dessen vollständige Aufmerksamkeit zu erlangen, betraten zwei Kommandanten das Podium, einer rechts und einer links von ihm.

Er begann, von der Vergangenheit zu sprechen.

»Vor vielen Jahrtausenden, als die ersten Homo sapiens auf unserer Erde auftauchten, entstand ein Traum, durch den unendliche, jahrhundertealte Zivilisationen hallten: die Erkundung des Weltraums. Vor rund 400 Jahren begannen unsere mutigen Vorfahren, die Pioniere der Raumfahrt, das Unbekannte zu erforschen, um Leben zu entdecken, Ressourcen zu erschließen, wirtschaftliche Chancen zu schaffen und unsere Vorstellungskraft zu beflügeln. Ihr Ziel war es nicht nur, den Horizont zu erweitern, sondern auch, eine Zukunft zu schaffen, die weit über unsere eigene Welt hinausreichte«, so begann er seine Rede, indem er die Vergangenheit romantisierte.

Dann fuhr er fort, indem er die Sapiens-Vorfahren lobte. »Diese mutigen Männer und Frauen entwickelten Fähigkeiten und Technologien, die es unseren Nachkommen ermöglichten, nicht nur zu überleben, sondern zu gedeihen, selbst in den unendlichen Weiten des Weltraums. Doch dieser Weg war nicht ohne Opfer. Unsere Vorfahren mussten sich selbst opfern, um den Weg für eine multiplanetare Menschheit zu ebnen. Heute, Jahrhunderte später, können wir mit Stolz sagen, dass wir nicht nur die Erde bewohnen, sondern auch auf dem Mond und dem Mars eine blühende Zivilisation geschaffen haben.

Denken Sie nur an die ersten Sapiens, die den roten Staub des Mars betraten und dort ihr Leben aufbauten. Die Herausforderungen, mit denen sie konfrontiert waren, waren atemberaubend und beängstigend. Doch trotz der Einsamkeit, der lebensfeindlichen Umgebung und der extremen Temperaturen hielten sie stand. Sie waren die wahren Pioniere, die bereit waren, alles zu riskieren, damit die Menschheit neue Horizonte erobern konnte.«

Kapitän Clayton scrollte herunter, ohne sein Publikum

anzuschauen. »Was können wir aus ihrer Geschichte lernen? Dass es in Zeiten der Not ist, dass starke Menschen geboren werden. In diesen Zeiten der Prüfung müssen wir unsere Ausdauer beweisen, unseren Mut unter Beweis stellen und gemeinsam Hindernisse überwinden, um unsere Träume zu verwirklichen. Denn es sind nicht die einfachen Zeiten, die uns formen, sondern die Herausforderungen, denen wir uns stellen und die wir überwinden.«

Clayton durchdrang den Raum mit seinem Blick, spürte die gespannte Stille, die das Publikum umgab. Jeder lauschte gebannt, regungslos, in Erwartung des nächsten Schritts. »Nun betreten wir den faszinierendsten Teil unserer Reise. Seit nunmehr zwei Monaten haben viele von Ihnen ihre Liebsten und Freunde auf der Erde zurückgelassen. Manche entschieden sich aus einem Gefühl der Verlorenheit heraus, während andere verzweifelt versuchten, dem dunklen Schatten, der über unserer Welt liegt, zu entkommen. Die Beweggründe sind vielfältig, doch egal ob Sapiens oder Nobili: Wir alle sind Teil derselben Reise, konfrontiert mit denselben Herausforderungen – Unsicherheit, Schwierigkeiten und Gefahr. In diesem Moment verschwinden Klassenunterschiede und Barrieren, und uns eint nur ein Ziel: der Mars. Viele von Ihnen haben die Erde verlassen, um der wirtschaftlichen Misere zu entfliehen, andere wegen religiöser oder politischer Verfolgung. Einige suchen neue berufliche Perspektiven, doch letztendlich sind wir fast alle Vertragsknechte. Ihr habt euch von der Erde abgewandt, weil ihr das Gefühl habt, der Weltstaat kann euch nicht mehr schützen. Doch nun seid ihr seit Wochen mit unvorhergesehenen Schwierigkeiten konfrontiert – Turbulenzen, Chaos und die unheilvolle Vampirkrankheit an Bord. All dies, trotz unserer akribischen Planung dieser Reise, ist das Ergebnis eines zufälligen Meteoriteneinschlags.«

Als die Zeit gekommen war, über einen entscheidenden Aspekt seiner Rede zu sprechen, hielt Clayton inne und durchdrang das Publikum mit einem Ausdruck der Traurigkeit auf seinem Gesicht. Er nutzte den Höhepunkt seines Vortrags, um über die Launen des

Schicksals im Leben zu sprechen – eine Thematik, die angesichts des Meteoriteneinschlags, der all diese Herausforderungen an Bord auslöste, nur allzu passend schien.

»Nun möchte ich die Gelegenheit nutzen, um über Zufälligkeiten im Leben zu sprechen, denn sie sind genau der Grund, warum eine so große Unruhe unter dem Himmel herrscht«, begann er nachdenklich und mit einer tieferen Stimme. »Die moderne Physik lehrt uns, dass die Zukunft unvorhersehbar ist, dass Zufälle und Unwägbarkeiten real sind. Die Quantenphysik besagt im Grunde, dass einige Ereignisse nicht vorhergesagt werden können, dass manche Dinge keine klare Ursache haben. Wir wissen sicher, dass ein radioaktives Atom irgendwann zerfallen wird, aber wir können nicht vorhersagen, wann genau das geschehen wird. Selbst wenn wir alles über dieses Atom wissen, seine Messungen perfekt sind, bleibt seine Zukunft ein Mysterium. Man könnte sagen, dass selbst die Natur sich in manchen Dingen überraschen lässt.«

Er ließ eine bedeutsame Pause entstehen, während seine Worte sich in den Köpfen der Zuhörer festsetzten. »Also betrachten wir die Nebelgator einfach als eines dieser Atome im unermesslichen Universum. Ihre Zukunft, wie auch unsere, ist ungewiss. Wir wissen nicht, wie unser Schicksal auf diesem Schiff enden wird.«

Ein Raunen durchdrang den Raum, als die Worte von Clayton die Menge erreichten. Verwirrung und Neugier breiteten sich aus, während sie begannen, untereinander zu tuscheln, sich fragend, was geschehen war. Doch Clayton schwieg beharrlich, nutzte die gespannte Stille, um die Aufmerksamkeit des Publikums zu fesseln, bevor er fortfuhr.

Der Mann an seiner Seite justierte die Lichtverhältnisse des Podiums, und mit einem leichten Anstieg an Helligkeit wurden die Gesichter im Saal deutlicher sichtbar. Ein bescheidenes Nicken des Kapitäns in seine Richtung dankte ihm, bevor dieser seine Rede wieder aufnahm.

»Heute muss ich euch eingestehen, dass Fehler begangen wurden«, begann er, seine Stimme von einem Anflug von Ernsthaftigkeit getragen. »Einer dieser Fehler war es, zu glauben, dass wir den Meteoritenunfall problemlos meistern könnten – ein Trugschluss, wie sich herausstellte. Zudem haben wir unser eigenes Wissen unterschätzt und uns zu stark auf die Präzision unserer Instrumente verlassen, was sich als Fehler erwies. Heute erkennen wir, dass selbst ein beinahe perfektes Verständnis nicht ausreicht, um langfristige Vorhersagen zu treffen. Ein deutliches Beispiel dafür ist das Chaos, in dem wir uns nun befinden. Die Zukunft bleibt grundsätzlich ungewiss und vorhersageunfähig. Jetzt, in diesen turbulenten Zeiten, müssen wir unsere Widerstandskraft stärken. Statt uns darauf zu versteifen, dass alles so geschieht, wie wir es uns wünschen, sollten wir akzeptieren, dass die Realität sich nicht nach unseren Vorstellungen richtet. Vielleicht liegt darin der Schlüssel zur Verbesserung unserer Lage. Lasst uns keine Panik schüren, sondern gemeinsam eine Strategie der Anpassung entwickeln, zum Wohl aller an Bord. Ein einzelnes zufälliges Ereignis kann immense Auswirkungen haben – ein Phänomen, das wir heute hautnah erleben. Trotz all unserer technologischen Errungenschaften und der Erschaffung von Zivilisationen auf anderen Planeten sind wir ›Menschen‹ immer noch nicht in der Lage, mit unvorhersehbaren Ereignissen umzugehen, mit Dingen, die außerhalb unserer Kontrolle liegen. Heute stehen wir vor der Herausforderung, uns selbst zu verändern, da wir die äußeren Umstände nicht mehr beeinflussen können. Lassen Sie uns nicht der Illusion erliegen, dass wir alles kontrollieren und vorhersehen können. Denn egal, was geschieht, es wird immer zufällige Ereignisse geben, die unserer Kontrolle entgleiten – so wie dieser Meteoriteneinschlag. Dieses Ereignis war rein zufällig; wir waren einfach zur falschen Zeit am falschen Ort. Bitte, lassen Sie uns nicht erneut dazu verleiten, das Universum in festen Kausalitäten zu sehen und Verbindungen zu suchen, wo keine existieren.«

Der Kapitän war an einem Punkt angelangt, an dem er eine kurze Abschweifung machen musste, um über Selbsttäuschung zu sprechen, jedoch immer noch im Rahmen des Themas des Zufalls. Er justierte seinen Bildschirm leicht nach rechts und begann: »Es gibt einen Fehler, den wir Menschen oft begehen, und auch ich bin keine Ausnahme: Selbsttäuschung. Manchmal neigen wir dazu, zu glauben, dass wir wissen, was passieren wird, obwohl das nicht der Fall ist. Dies ist einer der Gründe, warum so viele Menschen ein verzerrtes Bild vom Leben haben und dazu neigen, Verlust und Misserfolg zu verabscheuen. Doch Misserfolg, Tod und negative Emotionen sind ein untrennbarer Teil des Lebens und müssen vollständig akzeptiert werden. Oftmals begrüßen und feiern wir nur das, was als Erfolg angesehen wird, doch das ist eine einseitige Sichtweise. Wenn beispielsweise ein Sapiens zum mächtigen Nobili aufsteigt, denken wir: ›Wow, er muss unglaublich intelligent sein.‹ Oder wenn ein Pilot über Jahre hinweg keine Fehler macht, sagen wir: ›Wow, er ist wirklich eine fantastische Person.‹ Doch die Wahrheit ist: Nein, das stimmt einfach nicht immer. Oft hängt Erfolg einfach vom Glück ab. Ob wir erfolgreich sind oder nicht, liegt manchmal außerhalb unserer Kontrolle, selbst dann, wenn wir alle Karten richtig spielen. Frühere Marsreisen verliefen relativ reibungslos, während wir heute mit so vielen Herausforderungen konfrontiert sind. Lassen Sie uns daher nicht behaupten, dass eine Crew besser ist als die andere, wie ich es seit dem Meteoriteneinschlag hier im Raumschiff oft gehört habe. Keine Crew, kein Raumschiff und keine Marsreise ist besser als eine andere! Manchmal geschehen Dinge einfach zufällig. Der schmale Grat zwischen triumphalem Sieg und verheerender Niederlage kann oft nur durch eine Prise Glück entschieden werden – sei es der Zufall des richtigen Ortes zur richtigen Zeit oder das kleine Extra an Information. Doch in diesem speziellen Moment befanden wir uns leider nicht zur rechten Zeit am rechten Ort, und so wurden wir von diesem Meteoriten getroffen – etwas, das bei den vorherigen Marsmissionen nie geschehen war. Das Universum ist keine bloße Uhr, die wir nach Belieben manipulieren können. Sobald wir das erkennen, hören wir auf, uns unnötige Sorgen zu machen. Die Akzeptanz und sogar die Feier der unbestreitbaren Macht des Zufalls können uns bescheidener in Erfolgen und mutiger in Niederlagen machen. Wenn die Dinge gut laufen, ist das großartig, aber wir sollten nicht in Panik geraten, wenn sie schief gehen. Wir sollten uns nicht so hart beurteilen. Manchmal ist es einfach nur Pech, und wir werden nie genau wissen, warum unser Raumschiff von diesem Meteoriten getroffen wurde oder warum es so lange dauerte, den falschen Kurs zu korrigieren. Wir hatten einfach nur Pech, und nun müssen wir gemeinsam diese Hindernisse überwinden. Es gibt keine Realität ohne Herausforderungen, kein Leben ohne Leid und Schmerz. Doch das Wichtigste ist, sich stets daran zu erinnern, dass wahre Sapiens sich in schwierigen Zeiten bewähren! Lassen Sie uns nicht gespalten sein, denn ein Raumschiff, das internen Konflikten ausgesetzt ist, kann niemals stabil bleiben. Mein Vater pflegte mir stets zu sagen: ›Wo ein Sapiens ist, gibt es auch eine Gelegenheit für Güte.‹ Anders gesagt: Wir sind für unsere Handlungen verantwortlich. Wenn wir uns entscheiden, grausam zu handeln, so werden wir es tun. Wenn wir uns entscheiden, mit Mitgefühl zu handeln, so werden wir es ebenfalls tun.«

»Wir nähern uns dem letzten Abschnitt dieser Präsentation«, erklärte er, während viele im Publikum gespannt auf ihren Sitzen verharrten, unsicher darüber, was als Nächstes kommen würde. »Wie Sie bereits erfahren haben, wurden wir vor ca. einer Woche von einem Meteoriten getroffen, und seit diesem Ereignis ist etwas äußerst Unwahrscheinliches eingetreten. Trotz der einwandfreien Funktion unserer Triebwerke, Softwarealgorithmen und anderer Systeme sind unsere Trägheitsnavigationssysteme, insbesondere unser Gyroskop, unzuverlässig geworden. Dies hat zu einem Verlust unseres Kurses und unserer Orientierung im Weltraum geführt. Wir haben bereits mehrere Schleudermanöver durchgeführt, um unseren Kurs zu ändern, jedoch ohne Erfolg. Nun bleibt uns nur noch eine Option: Gravitationsmanöver. Doch dafür müssen wir uns einem Himmelskörper nähern und seine Schwerkraft nutzen, um den Kurs der Nebelgator zu korrigieren. Leider kann ich Ihnen nicht genau sagen, wann wir einen geeigneten Himmelskörper finden werden, aber seien Sie darauf vorbereitet, dass dies eine lange Zeit in Anspruch nehmen kann.«

Kapitän Clayton schaltete seinen holografischen Bildschirm aus, und vielen wurde klar, dass er bereits die wichtigsten Informationen übermittelt hatte.

»Könnten wir Wochen oder sogar Monate auf diesem Schiff verbringen?«, fragte ein Passagier.

Er betrachtete die Menge einen Moment lang und fuhr fort: »Wir wissen nicht genau, wie lange wir hier sein werden, aber wir müssen den Glauben bewahren und darauf hoffen, dass wir nicht zu viel Pech haben, um Mars in etwa acht Monaten zu erreichen.«

Die Vorstellung von acht Monaten auf dem Schiff versetzte die Zuhörer in Staunen. Plötzlich brach eine Flut von Fragen los, doch der Kapitän konnte unmöglich alle in der knappen Zeit beantworten.

Der Kapitän fügte hinzu: »Jeder von uns trägt die gleiche Verantwortung. Wo auch immer Sapiens sind, gibt es das Potenzial für Freundlichkeit und Grausamkeit. Es liegt an uns, welche Wege wir wählen. Lassen Sie uns nicht in Versuchung geraten, Luftwut oder andere destruktive Verhaltensweisen an den Tag zu legen, denn sie bieten keine Lösung.«

KAPITEL 19

Drei Monate nach der Rede des Kapitäns Clayton ...

Drei Monate nach der eindringlichen Rede des Kapitäns Clayton war die Bedrohung durch die Vampirkrankheit noch immer an Bord spürbar, doch es hatten sich bedeutende Fortschritte ergeben. Die Crew hatte verschiedene Diagnosemethoden zur frühzeitigen Erkennung der Infizierten entwickelt, darunter detaillierte Symptomanalysen und Bluttests. Die strengen Quarantänemaßnahmen für Infizierte und Verdachtsfälle wurden konsequent eingehalten, um die Ausbreitung der Krankheit zu verhindern. Diese Maßnahmen blieben unverändert streng.

In diesen drei Monaten verbreitete sich die Vampirkrankheit nicht mehr durch Bisse, sondern nur noch durch normale Ansteckung. Dies war dem Friedensplan zu verdanken, der zwischen der Besatzung und den Dravmore ausgehandelt worden war. Dieser Plan entsprang nicht einem wirklichen Friedensinteresse beider Parteien, sondern er war eine notwendige Maßnahme, um unnötige Opfer zu vermeiden und, noch wichtiger, um Konflikte zu verhindern, die das Leben aller an Bord gefährden könnten.

Zu Beginn brachte dieser Friedensplan jedoch viele Herausforderungen mit sich. Der Plan sah ein Bluttransfusionszentrum für die Dravmore vor, was ein großes Opfer für die Besatzung darstellte. Die Idee war, ein Bluttransfusionszentrum mit einem eigenen Vital-Forge für alle Dravmore in einem neutralen Bereich des Raumschiffs zu errichten. Es stellte sich jedoch heraus, dass der Bau eines Vital-Forge weitaus schwieriger war als erwartet. Schließlich verzichteten sie auf das VitalForge, und die Besatzung konnte innerhalb eines Monats ein funktionierendes Bluttransfusionszentrum errichten. Dadurch wurde sichergestellt, dass die Dravmore keine Passagiere mehr an Bord bissen.

Die Errichtung des neuen Bluttransfusionszentrums für die Vampire an Bord der Nebelgator stellte eine äußerst komplexe und ethische Herausforderung dar. Trotzdem war die Besatzung unter der Führung des ehrwürdigen Kommandanten Clayton verpflichtet, dieses revolutionäre Projekt zu planen und umzusetzen. Diese Einrichtung sollte nicht nur das Überleben aller an Bord sichern, sondern auch medizinische Exzellenz und technologische Innovation vereinen. Die komplexen Herausforderungen, die damit einhergingen, erforderten sorgfältige Planung und die Integration modernster Ausrüstung und Logistik. Der folgende Bericht erläutert die wesentlichen Aspekte, die für die Errichtung und den Betrieb eines solchen Zentrums berücksichtigt werden mussten.

Die grundlegende Ausstattung eines Bluttransfusionszentrums begann mit der Bereitstellung spezialisierter medizinischer Geräte. Zunächst benötigte die Besatzung hoch entwickelte Blutbanken und Kühlsysteme, die in der Lage waren, Blutkonserven bei optimalen Temperaturen zu lagern und zu konservieren. Diese Geräte mussten robust und zuverlässig sein, um den extremen Bedingungen des Weltraums standzuhalten.

Sterile Transfusionssets waren unerlässlich für die sichere Blutübertragung. Diese Einwegartikel umfassten Nadeln, Schläuche und Beutel, die eine kontaminationsfreie Transfusion gewährleisten mussten. Weiterhin waren Zentrifugen erforderlich, um bei Bedarf die verschiedenen Bestandteile des Blutes zu trennen und somit spezifische medizinische Anforderungen zu erfüllen.

Für die kontinuierliche Überwachung und Analyse der Blutqualität mussten Blutanalysesysteme installiert werden. Diese Geräte bestimmten Blutgruppen, Rhesusfaktoren und andere wichtige Parameter. Zur Vorbereitung auf medizinische Notfälle waren Defibrillatoren, Beatmungsgeräte und eine Auswahl an Notfallmedikamenten an Bord unverzichtbar.

Leider gab es auch einen Monat nach der Errichtung dieses Bluttransfusionszentrums ein Vertrauensproblem zwischen beiden Parteien, denn in diesem Niemandsland, auch »Graubereich« des Raumschiffes genannt, vertraute niemand irgendjemandem. Und das erschwerte oft die Beziehungen zwischen Blutspendern, Blutempfängern, Dravmore und Infizierten. Ja, genau, Infizierten, denn dieses Niemandsland, das weder der Besatzung noch den Vampiren gehörte, galt auch als ein Quarantänebereich, der für die Isolierung von infizierten und gefährlichen Individuen genutzt wurde, um die Sicherheit des restlichen Schiffes zu gewährleisten. Es waren Infizierte, die keine Chancen auf Heilung hatten und deren Gesicht durch die Infektion komplett entstellt worden war. Auch andere Infizierten versteckten sich in diesem Graubereich freiwillig, denn das Niemandsland diente auch als ein Zufluchtsort für Infizierte, die weder zu den Menschen noch zu den Vampiren gehören wollten. Der ganze Bereich wurde streng kontrolliert und überwacht von Cyborforcern und Kamera, um sicherzustellen, dass dort kein Chaos herrschte, und genau zu einem Teil dieses Bereichs musste sich jeder Passagier seit einem Monat begeben, um Blut zu spenden, das dann in die Venen der Vampire gelangte, um ihren Durst zu stillen.

Eldorath hatte an diesem Tag ausgeschlafen, und das hatte er verdient. Nach einer Woche schlechten Schlafs und Sorgen um seine Gesundheit schlief er endlich gemütlicher als je zuvor in seiner Schlafkoje, obwohl er in keiner Luxuskabine wohnte. Trotzdem stand er auf, putzte sich die Zähne und wusch sich das Gesicht, dann aß er zwei Brötchen, mit Marmeladen belegt, und hörte währenddessen seinen einzigen ihm gebliebenen Sohn Kowen schnarchen. Kowen war das Letzte und Wichtigste, was ihm in diesem Schiff übrig blieb, seitdem seine Frau und zwei seine Kinder ermordet wurden. Obwohl es schon spät war, ließ er Kowen schlafen und genoss sein Frühstück so leise, dass er ihn nicht aus seinem Schlaf weckte. Nachdem er mit dem Essen fertig war, machte er sich umgehend auf den Weg zum Bluttransfusionszentrum, ohne viel Zeit zu verlieren, denn an diesem Tag musste er Blut spenden.

Auf dem Weg zum Bluttransfusionszentrum stieß Eldorath mehrmals einen Laut der Verzweiflung aus. Es war kein Wunder, dass er nun unter Sehnsucht nach der vergangenen Zeit litt. Der Sehnsucht nach einer Zeit, in der zumindest gefühlt das Leben viel schöner erschienen war.

Seit dem Tod seiner Frau ging es ihm immer schlechter. Sie hatte ihn viele Jahre lang durch Höhen und Tiefen begleitet. Sie hatten sich bereits im Alter von fünfzehn Jahren kennengelernt und teilten gemeinsame Hobbys, Träume und vieles mehr. Sie waren echte Seelenverwandte, die der Tod ausgerechnet an Bord dieses Raumschiffs trennen musste.

Die Erinnerungen an die unbeschwerten Tage mit Kristina, als sie beide noch kinderlos waren, kamen ihm immer wieder in den Sinn: Kinobesuche, gutes Essen und abendliche Spaziergänge. Die 2340er-Jahre waren eine prägende Zeit für das junge Paar. Eine Zeit, in die er gerne zurückkehren würde. Wenn er nur das Rad der Zeit zurückdrehen könnte …

Das Niemandsland war unglaublich groß. Es bestand aus Dutzenden ungenutzten Räumen, die ursprünglich für spezifische Zwecke wie Labore und Lagerräume gedacht waren, und aus langen, dunklen Korridoren, die nur spärlich beleuchtet waren. Das Paradoxe daran war, dass nur zwei dieser Korridore von seltsamen Wesen bevölkert waren, während die restlichen kaum betreten wurden. Eldorath näherte sich langsam dem Niemandsland. Es war das vierte Mal, dass er Blut in diesem Bluttransfusionszentrum spendete, wie alle anderen Passagiere an Bord. An der Vorderseite dieses Graubereichs sah er wie üblich einige der Security Guards – Cyboforcer und vermummte Wächter – stationiert. Ein anderer Teil von diesen war im Inneren an wichtigen Stellen des Niemandslands zu finden.

Als Eldorath seinen Weg innerhalb des Niemandslands machte, ließ er sich einen Moment von herumliegenden Kabeln, zerbrochenen Maschinen und abblätternden Wandverkleidungen ablenken. Das Niemandsland war kein idealer Ort zum Besuchen, geschweige denn zum Wohnen oder Verweilen. Immer wieder wurde es von unheimlichen Geräuschen heimgesucht, seien es die Echos entfernter Maschinen, das Knarren von Metall oder allerlei Schmerzensschreie. Da

Eldorath abgelenkt war, nahm er irrtümlicherweise einen Korridor, den er nicht hätte nehmen sollen. Es war der falsche Korridor, nämlich ein verlassener Korridor, in dem die Temperatur spürbar niedrig war, da dieser Bereich seit einiger Zeit nicht mehr adäquat beheizt wurde. Je weiter er ging, desto mehr spürte er die Kälte. Plötzlich wurde er durch einen Hilfeschrei aus seinen Gedanken gerissen. Er drehte sich um, aber sah niemanden – weder hinter sich noch rechts, links oder vor sich. Er stand allein da, ohne zu wissen, woher der Hilfeschrei kam. Er hatte das Gefühl, dass jemand in der Nähe war. Er lief weiter bis zum Ende des Korridors und sah zu seiner Rechten nicht das, wonach er suchte.

Rechts befand sich nur ein dunkler Raum, kein Bluttransfusionszentrum. Genau von dort kam der Hilfeschrei. Eldorath rief in die Dunkelheit hinein und fragte, was los sei, aber erhielt keine Antwort. Nachdem er eine Viertelstunde gewartet hatte und die Stimme nicht mehr hörte, tauchte niemand aus der Dunkelheit auf. Er begriff schließlich, dass er am falschen Ort war. Dies war nicht der Blutspenderraum. Sein Herz schlug wild, als er sich eilig auf den Rückweg machte.

Dieser Graubereich war ein echtes Labyrinth, in dem sich jeder verlaufen konnte. Als sich Eldorath dem Transfusionszentrum näherte, sah er viele Passagiere, die den Ort bereits verließen, nachdem sie Blut gespendet hatten. Er wartete zwanzig Minuten auf einer kalten, metallenen Bank. Dann trat ein junger Mann zu ihm, ein holografischer Bildschirm leuchtete an seinem linken Handgelenk.

»Eldorath, kommen Sie bitte. Wir sind bereit für Sie«, sagte der junge Mann mit einer leicht metallischen Stimme.

»OK«, antwortete Eldorath und stand auf. Er folgte dem jungen Mann, der ihn durch einen dunklen Tunnel führte, der zum Bluttransfusionszentrum führte. Die Kälte des Ortes kroch Eldorath in die Knochen.

Während sie durch die düsteren Gänge gingen, begann der junge Mann, Eldorath mit allerlei Fragen über sein Blut zu löchern.

»Eldorath, bei Ihren früheren Spenden haben wir einige ungewöhnliche Werte festgestellt. Haben Sie irgendwelche Veränderungen in

Ihrem Gesundheitszustand bemerkt? Oder haben Sie kürzlich neue Medikamente oder Nahrungsergänzungsmittel eingenommen?«

»Nein, ich fühle mich eigentlich genauso wie immer. Im Weltstaat haben wir solche Tests nie durchgeführt, daher habe ich keine Vergleichswerte. Und bis jetzt habe ich keine neuen Substanzen eingenommen«, antwortete Eldorath und versuchte, ruhig zu bleiben.

»Wir haben spezifische Anomalien in Ihren Blutwerten festgestellt, wie zum Beispiel eine ungewöhnlich hohe Konzentration eines unbekannten Proteins. Wissen Sie etwas darüber?«

»Das ist mir neu«, sagte Eldorath, und seine Verwirrung wuchs mit jeder Frage.

»Können Sie uns erklären, warum Ihre Hämoglobin- oder Leukozytenwerte so stark von den Sapiens-Normwerten abweichen?« Der Ton des jungen Mannes war jetzt eindringlicher.

»Unsere Körper sind möglicherweise an unterschiedliche Umweltbedingungen angepasst. Vielleicht ist das der Grund für die Abweichungen«, antwortete Eldorath, während er sich fragte, wohin diese Fragen führen würden.

Als sie schließlich das Bluttransfusionszentrum erreichten, fühlte Eldorath, wie sich eine dunkle Vorahnung über ihm zusammenbraute. Etwas stimmte hier ganz und gar nicht.

»Sind Sie in letzter Zeit einer ungewöhnlichen Strahlung oder chemischen Substanzen ausgesetzt gewesen?«, fragte der Mann mit einem ernsten Unterton, der Eldorath ein unbehagliches Gefühl machte.

»Nicht, dass ich wüsste. Ich habe meine Routine nicht geändert und seit meiner Ankunft an Bord keine ungewöhnlichen Substanzen zu mir genommen«, wiederholte Eldorath, während er sich fragte, wohin diese Fragen führen würden.

»Haben Sie in letzter Zeit irgendwelche Krankheiten oder Infektionen durchgemacht, die Ihre Blutwerte beeinflusst haben könnten?«, bohrte der junge Mann weiter.

»Nicht, dass ich wüsste«, antwortete Eldorath knapp, während seine Gedanken wild umherwirbelten, auf der Suche nach einer Erklärung für diese ungewöhnliche Befragung.

Die beiden gingen ein paar Meter schweigend weiter, als sie den Blutspenderaum betraten. Der Zugang erfolgte durch eine auTomatische Schiebetür, die sich lautlos öffnete und den Blick auf einen kleinen Empfangsbereich freigab. Der Raum wirkte kühl und steril, was Eldoraths Nervosität verstärkte. In der Mitte standen fünf ergonomisch gestaltete Liegesessel, angeordnet in einem Halbkreis, bereit für die Blutentnahme. Das spezielle Material der Sessel gewährleistete nicht nur Komfort, sondern auch höchste Hygienestandards, während es sich auTomatisch an die Körperform der Spender anpasste. Über jedem Sessel befanden sich schwebende medizinische Konsolen, die alle notwendigen Geräte und Instrumente enthielten. Diese Konsolen konnten durch einfache Handbewegungen des medizinischen Personals positioniert und bedient werden.

Eine freundliche Holo-Assistentin begrüßte Eldorath und führte ihn durch den Prozess. Ihre Stimme klang unnatürlich sanft, während sie Fragen stellte, die dazu führten, dass Eldorath sich zunehmend unangenehm berührt fühlte.

»Könnten Ihre genetischen Eigenschaften die Ursache für die ungewöhnlichen Blutwerte sein?«, fragte die Holo-Assistentin mit einem leichten Zittern in der Stimme.

»Das könnte durchaus sein. Unsere genetischen Variationen sind vielfältig und könnten diese Unterschiede erklären«, antwortete Eldorath und spürte, wie sich eine unheilvolle Ahnung in ihm ausbreitete.

»Gibt es in Ihrer Spezies bekannte periodische Veränderungen der Blutwerte, die durch physiologische Zyklen verursacht werden?«, bohrte die Holo-Assistentin weiter.

»Ja, wir Sapiens haben einige zyklische Veränderungen, die mit unseren biologischen Rhythmen zusammenhängen könnten. Aber ich bin mir nicht sicher, ob das relevant ist«, antwortete Eldorath und versuchte, seine Verwirrung zu verbergen.

Die Holo-Assistentin veränderte plötzlich ihre Stimme, sie wurde tiefer und bedrohlicher. »Du kannst alles andere sein außer Sapiens,

Mr. Eldorath, und momentan sind wir alle nur Sapiensblut, und das bist du nicht«, sagte sie mit einem Hauch von Drohung.

»Wie meinen Sie das? Ich verstehe nicht, was Sie meinen«, sagte Eldorath, während sich ein eiskalter Schauer über seinen Rücken legte.

Die Holo-Assistentin projizierte ein detailliertes Hologramm von Eldoraths genetischem Profil. Eldorath starrte fassungslos auf das Bild. »Das kann nicht sein ... Ich habe mein ganzes Leben als Sapiens gelebt. Wie ist das möglich?«, flüsterte er schockiert.

Die Holo-Assistentin neigte den Kopf leicht zur Seite, als ob sie nachdenken würde. »Es ist möglich, dass Ihre wahre Identität aus Sicherheitsgründen verborgen wurde. Dennoch bestätigen unsere Systeme eindeutig Ihre Zugehörigkeit zu den Bugs«, erklärte sie ruhig, während Eldorath langsam realisierte, dass seine Welt gerade zusammenbrach.

Eldorath fühlte, wie Panik in ihm aufstieg. »Aber warum darf ich kein Blut spenden?«, fragte er mit zitternder Stimme, während die Wahrheit über seine Identität wie ein Schlag in die Magengrube wirkte.

»Aufgrund von Gesundheits- und Sicherheitsprotokollen dürfen nur Sapiens Blut spenden, da das Blut der Bugs für die Dravmore giftig ist. Zudem ist das Vorhandensein von Bugs an Bord strengstens untersagt«, erklärte die Holo-Assistentin mit einer eisigen Klarheit in ihrer Stimme, die Eldorath eine Gänsehaut bescherte.

Eldorath konnte die Schockwellen der Enthüllung kaum fassen. Sein Blick irrte durch den Raum, als er plötzlich realisierte, dass der junge Mann, der ihn bis hierher begleitet hatte, spurlos verschwunden war. »Wo ist der junge Mann, der mich hierher gebracht hat? Er war doch gerade noch hier!«, rief er verwirrt aus.

Die Holo-Assistentin reagierte sofort, ihre Stimme klang bedrohlich ruhig. »Der junge Mann, den Sie erwähnen, ist nicht in unserem System registriert.«

In diesem Moment ertönte ein leises Signal, und die Tür des Blutspenderaums öffnete sich. Zwei massige Sicherheitskräfte traten ein, ihre Blicke ernst und entschlossen. »Mr. Eldorath, Sie stehen unter Haftbefehl aufgrund Ihrer falschen Identität und des illegalen Aufenthalts an Bord der Nebelgator«, erklärte einer der Sicherheitskräfte mit einer Stimme, die keine Widerrede duldete.

Eldorath trat einen Schritt zurück, seine Augen weit aufgerissen. »Aber ich wusste das nicht! Ich wusste nicht, dass ich ein Bug bin!«, rief er verzweifelt aus, während die Welt um ihn herum plötzlich zu zerfallen schien.

Die Holo-Assistentin sprach weiter mit ruhiger Stimme, während die Spannung im Raum greifbar wurde. »Ihre Unwissenheit wird in der Untersuchung berücksichtigt werden. Dennoch müssen Sie jetzt mit den Sicherheitskräften mitgehen.«

Eldoraths Herz raste, als die Sicherheitskräfte sich ihm näherten, um ihn festzunehmen. Ein plötzlicher Anflug von Panik durchzuckte ihn, und bevor er darüber nachdenken konnte, was er tat, griff er nach einem Infusionsständer und schwang ihn wie eine Waffe. Die Metallstange traf mit brachialer Gewalt auf die Sicherheitskräfte ein, überraschend schnell und kraftvoll. Eldorath war plötzlich in einen Kampf verwickelt, den er sich nie hätte vorstellen können. Adrenalin schoss durch seine Adern, als er die beiden Sicherheitskräfte mehrmals traf, sie stolperten und zu Boden fielen, während Eldorath mit wilden Schlägen um sein Überleben kämpfte.

Eldorath nutzte den Moment der Verwirrung und sprintete zur Tür hinaus. Die Sicherheitskräfte versuchten, sich hastig aufzurappeln, doch Eldorath war bereits durch die Tür und rannte den Gang entlang, den Herzschlag in den Ohren pulsierend. Adrenalin durchströmte seine Adern, während er sich durch die labyrinthartigen Korridore des Raumschiffs kämpfte, entschlossen, seiner Gefangennahme zu entkommen.

Die metallenen Wände flogen an ihm vorbei, während er mit wilden Gedanken durch die engen Passagen preschte. Die Enthüllung seiner wahren Identität hatte sein ganzes Leben auf den Kopf gestellt, doch jetzt war keine Zeit, um darüber nachzudenken. Er musste einen Weg finden, um aus dieser gefährlichen Lage zu entkommen.

Hinter ihm hallten die alarmierten Rufe der Sicherheitskräfte wider, die sich schnell erholten und die Verfolgung aufnahmen. Eldorath wusste, dass er nicht lange unentdeckt bleiben konnte. Sein Herz hämmerte in seiner Brust, und Adrenalin trieb ihn weiter an, während er verzweifelt nach einem sicheren Versteck suchte.

Plötzlich tauchte vor ihm ein wenig genutzter Wartungskorridor auf. Die Wände waren mit Rohren und Kabeln bedeckt, und der Geruch von Schmieröl hing schwer in der Luft. Eldorath hielt kurz inne, um tief Luft zu holen, während er einen Plan schmiedete. Seine Gedanken wirbelten weiter: Wer war der mysteriöse junge Mann, der ihn hierhergeführt hatte? War dies alles etwa eine Falle?

Sein Blick fiel auf einen locker befestigten Belüftungsschacht. Ohne zu zögern, schob er die Abdeckung beiseite und zwängte sich in die Dunkelheit des engen Schachts. Das dumpfe Rauschen seiner Verfolger drang zu ihm durch, als er sich tiefer in den Schacht hineinwagte, das Ziel fest im Blick.

Eldorath bewegte sich vorsichtig durch den Schacht, wobei er sich bemühte, so leise wie möglich zu sein. Sein Verstand arbeitete fieberhaft daran, einen Ausweg zu finden. Er musste jemanden finden, dem er vertrauen konnte – jemanden, der ihm helfen konnte, diese schockierende Enthüllung zu verstehen und einen Weg aus seiner misslichen Lage zu finden.

Nach einer scheinbar endlosen Zeit im Schacht fand er schließlich eine weitere Abdeckung, die in einen dunklen Lagerraum führte. Eldorath stieß die Abdeckung vorsichtig auf und schlüpfte hinaus. Zu seiner Überraschung sah er, dass der Raum voller Passagiere war. Sie hatten sich hier versammelt, einige beteten zu Gott um Hilfe, andere diskutierten philosophisch über ihr Schicksal, während wiederum andere in hoffnungsloser Resignation verharrten. Die Gesichter um ihn herum spiegelten Angst, Trauer und Verzweiflung wider. Viele hatten die Hoffnung auf eine bessere Zukunft verloren und schienen nur noch auf das unvermeidliche Ende zu warten.

Eldorath fühlte einen Kloß im Hals, als er das Elend dieser Menschen sah. Sie alle steckten in einer hoffnungslosen Lage, gefangen an Bord dieses Raumschiffs ohne Aussicht auf Rettung. Er wusste, dass er sich hier nicht lange aufhalten konnte. Die Sicherheitskräfte würden ihn bald finden, und er musste weiterziehen.

In diesem Moment hörte er Schritte in der Nähe des Raumes. Panik stieg erneut in ihm auf, doch dann erkannte er die Stimme. Es war Xinyan, die Astronomin, die er vom Bildschirm her gut kannte und der er vertraute. Er wusste, dass er ihr seine Lage erklären und um Hilfe bitten musste.

Eldorath trat aus dem Schatten und rief leise: »Xinyan!«

Sie drehte sich überrascht um und erblickte ihn. »?Was machst du hier? Du siehst furchtbar aus!«

»Ich brauche deine Hilfe«, sagte er atemlos und erzählte ihr hastig vom Niemandsland, von der Enthüllung durch die Holo-Assistentin und von seiner Flucht vor den Sicherheitskräften. Xinyan hörte aufmerksam zu, ihre Augen wurden zunehmend ernster.

»Das ist verrückt«, sagte sie schließlich. »Aber wenn das stimmt, dann bist du hier in großer Gefahr. Wir müssen schnell etwas unternehmen.«

»Beeil dich«, sagte Xinyan. »Nimm diese Eintrittskarte und geh geradeaus. Misch dich unter die Leute dort und feiere mit ihnen«, ergänzte die Astronomin ruhig. Es handelte sich um eine zweite Gruppe von nicht infizierten Passagieren, die gemeinsam feierten. Sie nahmen verschiedene Substanzen, um dem Alltag zu entfliehen, und genossen die Gesellschaft der anderen. Hier trafen sich sowohl Myonen als auch Sapiens, um Partys zu veranstalten und die verbleibende Zeit gemeinsam zu genießen.

Kurze Zeit später sah Xinyan zwei Sicherheitskräfte. Ihre Blicke trafen sich, und die Männer kamen ihr entgegen. Sie wusste nicht, was sie tun sollte. Laufen konnte sie nicht, aber stehen zu bleiben, war auch keine gute Idee. Trotzdem blieb sie stehen und bewegte sich nicht. Die Sicherheitskräfte gingen an ihr vorbei, ohne sie anzuschauen. Es war höchstwahrscheinlich, dass sie sie gesehen und erkannt hatten, da die Astronomin an Bord sehr bekannt war.

Als die beiden an der Diskothek vorbeiliefen, drehte sich Xinyan um und ging los, weg von dieser Abteilung. Sie wollte nicht mehr zur Diskothek zurück.

Warum befand sich die Astronomin Xinyan ausgerechnet in dieser Zeit an diesem Ort, um Eldorath zu Hilfe zu kommen? Es war kein Zufall, sondern ein Schicksalsspiel. An diesem Abend hatte sie unerwartet frei bekommen, ein seltenes Geschenk in ihrem arbeitsreichen Leben. Statt die Freizeit mit anderen Besatzungsmitgliedern zu verbringen, entschied sie sich impulsiv, eine Eintrittskarte zu kaufen und eine Diskothek zu besuchen. Doch kurz bevor sie die Schwelle zur Diskothek überschreiten konnte, stieß Eldorath panisch zu ihr. »Ich werde verfolgt!«, flüsterte er atemlos und warf hastige Blicke über seine Schulter. »Zwei Unbekannte sind hinter mir her, sie wollen mich töten!«

Xinyan sah in seine weit aufgerissenen Augen und erkannte sofort, dass die Gefahr real und unmittelbar war. Jeder Muskel in ihrem Körper spannte sich an, als sie die drohende Bedrohung instinktiv spürte. Ohne weiter nachzudenken, griff sie nach seinem Arm und zog ihn in die Dunkelheit, weg von der funkelnden Diskothek und den lauernden Schatten. Seine Augen flehten um Hilfe, und ohne zu zögern, reichte sie ihm ihr Ticket, wohl wissend, dass es sein Leben retten könnte.

Xinyan war ledig und hatte keinen Partner an Bord. Ihre Entscheidung, allein an der Party teilzunehmen, war ungewöhnlich, denn die meisten ledigen Besatzungsmitglieder mieden solche Veranstaltungen aus Angst, sich lächerlich zu machen. Aber Xinyan war anders. Sie genoss ihre Unabhängigkeit und ließ sich nicht von den Urteilen anderer einschränken.

An Bord lebte sie wie alle anderen Besatzungsmitglieder in einer luxuriösen Kabine, weit entfernt von den beengten Schlafquartieren der dritten Klasse und den Vertragsknechten, wo die armen Sapiens untergebracht waren. Ihr Leben war einfach, aber zufriedenstellend. Sie arbeitete fünf Tage die Woche und nutzte ihre freien Tage, um ein wenig Spaß zu haben und dem strengen Alltag zu entfliehen.

Als Tochter von zwei Sapiens, die es geschafft hatten, den Status der Nobili zu erreichen, hatte Xinyan nie Schwierigkeiten mit den Sapiens an Bord. Sie grüßte sie immer höflich, hielt jedoch eine respektvolle Distanz zu den Vertragsknechten, um nicht in unnötige Schwierigkeiten zu geraten.

Xinyan war nicht nur eine brillante Astronomin, sondern auch eine unerschütterliche Säule der Hoffnung an Bord des gigantischen Raumschiffes Nebelgator. Seit fünf Monaten war das Schiff auf einer gefährlichen Reise zum Planeten Mars unterwegs. Die Besatzung hatte in dieser Zeit zahlreiche lebensbedrohliche Herausforderungen zu bewältigen – von Meteoriteneinschlägen, die das Schiff erschütterten, über Stromausfälle, die die Dunkelheit der Unendlichkeit verstärkten, bis hin zu einer mysteriösen Epidemie, die wie ein stiller Schatten an Bord schlich.

Doch trotz all dieser Schrecken gab die Besatzung niemals auf. Ihr Mut und ihr Durchhaltevermögen wurden immer wieder auf die Probe gestellt. Inmitten dieser Bedrohungen stand Xinyan, die ihren unerschütterlichen Glauben an eine Rettung bewahrte. Sie war tief in die Planung und Umsetzung des Null-Befehls involviert, einem radikalen Plan zur Eindämmung der Vampirkrankheit, die die Crew dezimierte. Mit klarem Verstand und einer fast unheimlichen Weitsicht drängte sie Kapitän Christopher, den Befehl ohne Zögern zu erlassen.

Xinyan war eine der wenigen, die die verheerenden Konsequenzen dieser Entscheidung genau durchdacht hatte. Ihre Warnungen hallten durch die Korridore des Raumschiffes, eindringlich und unvergesslich. Fünf Monate später erinnerten sich alle Crewmitglieder an den Tag, an dem Xinyans Stimme die brütende Stille durchbrach: »Kapitän Christopher, wir müssen sofort handeln. Wenn wir nichts unternehmen, wird die Angst vor den Dravmoren zu Panik und Chaos führen, und die Situation wird unkontrollierbar werden. Ohne den Null-Befehl sind weitere Todesfälle unvermeidlich – durch die brutalen Angriffe der Dravmoren und die gnadenlose Ausbreitung der Krankheit.«

Diese Worte brannten sich in das kollektive Gedächtnis der Crew ein, ein Mahnmal für die düsteren Tage an Bord der Nebelgator und die unerschütterliche Entschlossenheit einer Astronomin, die bereit war, alles zu riskieren, um ihre Kameraden zu retten.

An jenem Mittwochabend, dem 15. Oktober 2369 (nach dem Terra-Kalender), betrat Xinyan ihre Kabine und bereitete sich darauf vor, Clayton, ihrem engen Freund und Vertrauten, eine Nachricht zu schreiben. Kaum hatte sie begonnen, zu tippen, als plötzlich das schrille Klingeln an ihrer Tür ertönte. Ihr Herzschlag beschleunigte sich. Wer konnte das so spät am Abend sein? Mit wachsender Nervosität ging sie zur Tür und öffnete sie vorsichtig einen Spaltbreit. Was sie sah, ließ ihr das Blut in den Adern gefrieren: ein kleiner Myon-1-Minus, ein Bot mit einem Paket in den mechanischen Händen. Was sollte das sein, fragte sie sich beunruhigt. Trotzdem öffnete sie die Tür und nahm das Paket mit einem gezwungenen Lächeln entgegen. Der Bot sagte in seiner monotonen Stimme: »Von einem guten Kollegen. Ich wünsche Ihnen eine gute Nacht.«

»Vielen Dank! Ihnen auch eine gute Nacht!«, antwortete sie und schloss ihre Zimmertür hinter sich. Mit zitternden Händen öffnete sie das Paket und fand darin einen prachtvollen Blumenstrauß und einen handgeschriebenen Brief. Sie entfaltete das Papier und las die vertrauten Worte:

»Alles Gute zum Geburtstag!
Wir freuen uns riesig mit dir und hoffen, dass alle deine Träume in
Erfüllung gehen.
Was wäre unsere Crew ohne dich?
LG Clayton.«

Es war ein Geschenk von Clayton zu ihrem 24. Geburtstag nach dem Terra-Kalender, der auch hier im kalten, dunklen Raum an Bord der Nebelgator seine Gültigkeit hatte. Xinyan hatte seit sieben Jahren keinen Geburtstag mehr gefeiert und deswegen nicht einmal an ihren eigenen gedacht. An Bord dieses Raumschiffes fühlte sich jeder Tag gleich an, sodass es nicht ungewöhnlich war, Geburtstage zu vergessen.

Der Verzicht auf Geburtstagsfeiern war für sie der einzige Weg gewesen, der Vergänglichkeit zu entkommen und das Fortschreiten der Zeit zu ignorieren. Sie mochte es nicht, sich der unaufhaltsamen Tatsache zu stellen, dass sie älter wurde, dass sie unweigerlich dem Alter und schließlich dem Tod entgegenging. Doch nun, mit dem

Blumenstrauß in den Händen und dem Brief von Clayton, fühlte sie sich tief berührt und ein wenig versöhnt mit dem Vergehen der Zeit.

Sie setzte sich wieder vor ihren holografischen Bildschirm und tippte weiter. Sie wollte unbedingt in jener Nacht die Nachricht fertig schreiben und sofort an Kapitän Clayton senden. Sie begann ihre Nachricht mit einem herzlichen Dank an Clayton für das Geburtstagsgeschenk und erzählte ihm dann von der Grausamkeit, der Schande und Abscheulichkeit, die gerade in Niemandsland herrschte. Die Dravmore seien keine Spezies, mit der man Kompromisse eingehen sollte, da sie unzuverlässig, egoistisch und blutdurstig seien, so die Astronomin.

Sie berichtete auch von dem Fall von Eldorath, dessen Leben sie gerettet hatte, und dass es noch mehrere Opfer jeden Tag in Niemandsland gäbe, wo die Blutspender nach der Spende ermordet würden – eine Ungerechtigkeit, die nicht unbestraft bleiben sollte. Am Ende ihres Schreibens erwog sie einen Plan, alle Dravmore in Niemandsland vor der Landung auf dem Roten Planeten zu besiegen, und sie erklärte auch den Grund, warum kein einziger Dravmor die Ankunft von der Nebelgator auf dem Mars erleben sollte.

Sie schaltete den holografischen Bildschirm aus, nachdem sie fertig war. Auf dem Thermometer vor der Tür sah sie, dass die Zimmertemperatur auf minus drei Grad gefallen war. Sie machte es sich ein wenig wärmer, indem sie die Temperatur einstellte. Am darauffolgenden Tag musste sie früh zur Arbeit, daher ging sie gleich ins Bett. Eine Stunde verging, und sie war immer noch nicht eingeschlafen. Sie verbrachte viel Zeit damit, über alles Mögliche zu fantasieren.

KAPITEL 20

Vier Monate später ...

Es war Mitte Februar 2370, und Eldorath lag im Sterben, geplagt von einer tödlichen Infektion, die er sich nach einem Vampirbiss im Niemandsland zugezogen hatte. Die düstere Realität des Bisses war allen an Bord des Raumschiffs bekannt, aber die Art und Weise, wie Eldoraths Körper darauf reagierte, war ungewöhnlich. In der sterilen Kälte des medizinischen Zentrums hatten die Ärzte seine Blutwerte überprüft und festgestellt, dass seine Hämoglobin- und Leukozytenwerte stark von den Normwerten der Sapiens abwichen. Diese Anomalien führten zu der Vermutung, dass er kein Sapiens, sondern ein Bug sein könnte. Eldorath selbst wusste nicht, ob dies der Wahrheit entsprach, aber die Spekulationen belasteten ihn zusätzlich.

Die Infektion war gnadenlos. Vier Monate nach dem Biss lag Eldorath in seinem Bett, die einst gesunde Farbe seiner Haut war einem tödlichen Blass gewichen. Dunkle Augenringe zeugten von schlaflosen Nächten, und seine Lippen waren blutleer. Kalter Schweiß bedeckte seine Stirn, seine Hände und seine Füße, die Fieberhitze hatte ihn fest im Griff. Seine Augen waren trüb und glasig, als ob der Lebensfunke langsam erlosch. Trotz seiner Schwäche klammerte er sich an das Leben, auch wenn es nur noch ein schwacher Faden war, der ihn an diese Welt band.

Sein Sohn Kowen saß an seiner Seite und hielt Eldoraths Hände fest umschlossen. Er fühlte die Kälte, die sich ausbreitete, und konnte kaum den Schmerz unterdrücken, der in seinem Herzen tobte. »Bitte bleib bei mir, Vater«, flüsterte Kowen, seine Stimme zitterte vor Angst und Verzweiflung.

Eldorath hob mühsam den Blick und versuchte, seinen Sohn zu fokussieren. »Ich höre dich, mein Sohn«, brachte er mit schwacher

Stimme hervor. Jeder Atemzug war ein Kampf, ein Ringen nach Luft, das seinen Körper erschöpfte.

Es war üblich an Bord des Raumschiffs, dass nahe Familienmitglieder bei einem Sterbenden blieben, manchmal tagelang. Kowen wich nicht von der Seite seines Vaters, der das letzte verbliebene Familienmitglied war. Er wachte über ihn, sprach ihm leise Mut zu und versuchte, die kostbare gemeinsame Zeit zu nutzen. Diese Momente waren wertvoll für den Jungen, sie ermöglichten ihm, die letzten Augenblicke mit seinem Vater zu teilen, den bevorstehenden Verlust zu akzeptieren und zu verarbeiten, was diese Abwesenheit in seinem Leben bedeuten würde.

Das sterile Licht der medizinischen Geräte warf gespenstische Schatten auf Eldoraths Gesicht. Der Raum war erfüllt von dem leisen Piepen der Monitore und dem unregelmäßigen Keuchen seines Atems. Kowen erinnerte sich an die Geschichten, die sein Vater ihm früher erzählt hatte, an die Abenteuer und die Geheimnisse des Universums, die sie gemeinsam entdeckt hatten. Jetzt waren diese Geschichten alles, was ihm blieb, während er den schmerzhaften Abschied durchlebte.

Eldoraths Atmung wurde flacher und unregelmäßiger. Jeder Atemzug war ein Kampf gegen die Dunkelheit, die ihn langsam verschlang. Kowen spürte, wie die Hand seines Vaters schwächer wurde. »Ich liebe dich, Vater«, sagte er, seine Stimme brach vor Kummer.

Eldorath versuchte zu lächeln, aber es war ein schwacher Versuch. »Mach dir keine Sorgen für mich, mein Sohn. Es ist nur der Tod, der Gerechteste von allen. Ja, nur der Tod ist wirklich gerecht; er holt alle, Kaiser, Könige, Nobilis, Handwerker, Ehrliche und Diebe. Er macht keinen Unterschied – vor ihm sind alle gleich«, flüsterte er mit halb verschlossenen Augen. In diesem Moment, in der stillen Traurigkeit des Raums, fanden sie beide Frieden. Kowen spürte, wie die letzten Kräfte seines Vaters nachließen, und wusste, dass es bald vorbei sein würde.

Zwei Tage später lag Eldorath immer noch im sterilen Licht des medizinischen Zentrums, doch entgegen allen Erwartungen war er nicht tot. Die Ärzte hatten bereits mit dem Schlimmsten gerechnet, aber Eldorath zeigte plötzlich eine seltsame Widerstandskraft. Mit einer letzten Aufforderung ließ er Joseph kommen. Als Kowen, Joseph und Lilitha sich um Eldoraths Bett versammelten, hielt die Zeit einen Moment lang den Atem an.

Eldoraths Zustand schien sich abrupt und unerklärlich zu bessern. Die Monitore, die seine Vitalfunktionen überwachten, zeigten plötzlich stabilere Werte. Er wollte essen, trinken und vor allem reden. Kowen, überrascht und erleichtert zugleich, verspürte eine tiefe Freude, die Zeit mit seinem Vater zu verlängern.

»Ich habe euch eine Geschichte zu erzählen«, begann Eldorath mit schwacher, aber klarer Stimme. Die anderen lauschten gespannt, während Eldorath von alten Tagen sprach, von Abenteuern und Lektionen, die er gelernt hatte. Es war, als würde ein Funke aus seiner Vergangenheit wieder aufflammen und alle im Raum wärmen.

Dann wandte er sich an Joseph. »Joseph, ich kenne dich nicht gut, aber ich habe noch nie jemanden wie dich getroffen. Du gehörst zu denen, die mir das Gefühl geben, dass die Sapiens Träger der Vernunft sind. Bitte, kümmere dich um meinen Sohn, wenn ich nicht mehr da bin.«

Joseph spürte die Schwere dieser Bitte. Er legte eine Hand auf Eldoraths Schulter und versprach fest: »Das werde ich.«

Dieses Gespräch fand an einem ruhigen Vormittag um zehn Uhr statt, in einem kleinen, funktionalen Raum des medizinischen Zentrums an Bord des Raumschiffs. Der Raum war auf Effizienz ausgelegt, doch er strahlte eine gewisse Wärme aus. In der Mitte stand das mit einer fortschrittlichen Technik konstruierte Bett, umgeben von einer Vielzahl von Sensoren und Überwachungsgeräten, die unablässig Eldoraths Zustand analysierten.

Ein einfacher Tisch neben dem Bett trug ein Familienbild, persönliche Gegenstände und notwendige medizinische Utensilien. Das Sterbebett war mehr als nur eine Liegefläche – es war eine hochkomplexe Apparatur, die Schmerzen lindern, Vitalfunktionen unterstützen und letzte Wünsche erfüllen konnte. An den Wänden arbeiteten lautlos die High-Tech-Geräte, darunter ein fortschrittliches

Atemunterstützungssystem, das Eldorath jederzeit mit genügend Sauerstoff versorgte.

Am nächsten Morgen passierte genau das, wovor Kowen sich am meisten gefürchtet hatte: Eldorath war tot. Joseph war der Erste, der ihn in seinem Sterbebett leblos vorfand, während Kowen noch schlief. Joseph entschied sich, Kowen nicht sofort zu wecken, sondern ihm die Chance zu geben, es selbst zu entdecken, sobald er aufwachte. Joseph glaubte, Eldorath hatte Zeit für sich allein gebraucht, um sich vorzubereiten, also hatte er gewartet, bis er allein war, um zu sterben.

Eine Stunde später erwachte Kowen. Noch schlaftrunken stand er auf und ging zu Eldoraths Bett. Als er seinen Vater regungslos daliegen sah, konnte er es zunächst nicht fassen. Gerade erst hatte Eldorath gegessen, getrunken und Geschichten erzählt, voller Lebenskraft schien er. Kowen berührte ihn, sprach seinen Namen, doch Eldorath blieb starr und stumm. In diesem Moment begriff Kowen, dass sein Vater wirklich verstorben war.

Tränen stiegen ihm in die Augen, und schließlich begann er hemmungslos zu weinen. Joseph und Lilitha eilten zu ihm, um ihn zu trösten, doch Kowen hob die Hand, um sie zurückzuhalten. »Ich brauche Zeit für mich selbst«, sagte er leise, »um den Tod meines Vaters zu verarbeiten.«

Die Schwere des Verlustes hing in der Luft, und der kleine, funktionale Raum des medizinischen Zentrums schien plötzlich erdrückend. Kowen setzte sich auf den einfachen Stuhl neben dem Bett und ließ seinen Tränen freien Lauf, während Joseph und Lilitha respektvoll im Hintergrund blieben, bereit, ihm beizustehen, wenn er ihre Hilfe benötigte.

In der stillen Nacht fand die Kremation von Eldorath statt. Nachdem die Flammen erloschen waren, wurde Kowen und Joseph die Urne mit der Totenasche überreicht.

»Es tut mir so leid für deinen Verlust. Er war ein wunderbarer Mann und wird uns allen sehr fehlen«, sagte Joseph zu Kowen, seine Stimme voller Mitgefühl. »Ab heute bin ich für dich da. Ich werde auf dich aufpassen, Kowen.«

Kowen, die Urne fest in den zitternden Händen haltend, schüttelte den Kopf und blickte Joseph mit tränenerfüllten Augen an. »Ist das wirklich die Asche meines Vaters? Ist das alles, was von ihm übrig ist?«

Joseph legte eine Hand auf Kowens Schulter, sein Gesicht von Trauer gezeichnet. »Ja, Kowen, das ist sie. Bleib stark. So ist das Leben. Aus dieser Asche wurde dein Vater geformt, und heute kehrt er zu Staub und Asche zurück.«

»Ich werde ihn nie wiedersehen. Weißt du, wohin er geht?«, fragte Kowen mit erstickter Stimme, die Tränen liefen unaufhaltsam über seine Wangen.

Joseph seufzte tief und schaute in die Leere. »An einen schönen Ort im Universum, den niemand beschreiben kann. Ein Ort voller Frieden und Schönheit.«

»Aber ich werde ihn nicht mehr sehen«, flüsterte Kowen, seine Stimme brach fast.

Joseph seufzte erneut, die Trauer schwer auf seinen Schultern. »Kowen, ich weiß, wie es sich anfühlt, dieses Leid zu ertragen. Ich habe meine Mutter und meinen Vater früh verloren … ich weiß, dass es fast unerträglich ist. Aber ich werde auf dich aufpassen, das verspreche ich dir.«

Der Kleine hob seine tränengefüllten Augen zu Joseph, seine Stimme war ein verzweifeltes Flehen. »Das heißt, du wirst mich niemals im Stich lassen?«

Joseph sah ihm tief in die Augen, fühlte das Gewicht dieses Versprechens in seiner Seele. »Niemals, Kowen.«

»Versprochen?«, fragte der Junge, seine Stimme voller Sorge und Hoffnung.

Joseph kniete sich hin, um auf Augenhöhe mit Kowen zu sein, und umfasste seine Schultern fest. »Ja, versprochen, sagte er leise, aber mit einer Entschlossenheit, die keine Zweifel zuließ.

Zwei Sicherheitskräfte traten an ihre Seite und begleiteten den Jungen bis zum Ausgang, wo die kalte Weite des Weltalls auf sie wartete. Mit zitternden Händen entließ Kowen die Urne mit der Asche seines Vaters ins endlose Universum. Die Asche schwebte hinaus in die Unendlichkeit, funkelnd wie Sternenstaub in der Dunkelheit.

Als eine der Sicherheitskräfte sah, wie Kowen noch immer bitterlich weinte, trat er näher und sprach sanft: »Sei mutig, Junge. Heute ist der Tag deines Vaters, morgen wird es meiner sein. Jeder muss einmal sterben. Wir Menschen sind ein Nichts, wir sind aus Sternenstaub geformt und kehren zurück zu Staub und Asche.«

Die Worte hallten in der Stille wider, während Kowen den Blick nicht von der verschwindenden Urne abwenden konnte. Diese Weltraumbestattung hatte eine lange Tradition und war besonders für diejenigen von Bedeutung, die eine tiefe Verbindung zur Raumfahrt hatten.

In jenem Augenblick schwor sich Kowen, die Erinnerungen an seinen Vater lebendig zu halten. Auch wenn Eldorath nun Teil der Sterne war, würden seine Liebe und sein Vermächtnis in Kowens Herz weiterleben, leuchtend wie ein ewiges Feuer.

In der folgenden Woche, trotz der Nähe zu Lilitha und Joseph, zog sich Kowen immer wieder zurück, um Eldoraths Tod in stiller Einsamkeit zu betrauern. Gedanken an seinen Vater durchzogen seine Tage und Nächte, und die Vorstellung, dass jemand anderes diese tiefe, schmerzliche Lücke füllen könnte, erschien ihm unmöglich. Eldorath war für ihn unersetzbar.

Doch allmählich, fast unmerklich, begann sich etwas zu ändern. Kowen lernte Joseph und Lilitha besser kennen. Joseph, mit seiner stillen Entschlossenheit und seinem unerschütterlichen Willen, kümmerte sich um Kowen, als wäre dieser sein eigenes Kind. Die Verbindung zwischen ihnen wuchs, ein zartes Band der Fürsorge und des Vertrauens, das sich langsam, aber stetig festigte.

Kowen erkannte, dass, während Eldorath physisch nicht mehr bei ihm war, die Werte und Lehren seines Vaters durch Joseph weiterlebten. Joseph war bereit, alles zu tun, um Kowen zu schützen und zu unterstützen. Und während Kowen weiter um Eldorath trauerte, spürte er, dass er nicht allein war. Die Liebe und das Vermächtnis seines Vaters hatten ihren Weg in eine neue Form gefunden, durch die Menschen, die ihm jetzt am nächsten standen.

So begann für Kowen eine neue Reise – eine Reise des Heilens und des Wiederentdeckens der Stärke, die ihm sein Vater hinterlassen hatte.

Zwei Wochen später, im Kommandoraum …

Zwei Wochen nach Eldoraths Tod war die Verbindung des intraplanetären Internets stabil, und die Crew konnte nun eine reibungslose Kommunikation mit MASA, insbesondere mit MCN, aufrechterhalten, was früher nicht möglich war. Kapitän Clayton, der sich an jenem Tag im Kommandoraum befand, bemerkte etwas Unerwartetes auf der Kommunikationskonsole. Diese Kommunikationskonsolen waren multifunktionale Displays, also mehrere große und interaktive Displays, die eingehende und ausgehende Nachrichten, Live-Feeds und Kommunikationsprotokolle zeigten. Die Displays hatten auch holografische oder berührungsempfindliche Funktionen, um die Interaktion zu erleichtern. Der Raum war erfüllt von einer gespannten Stille, die nur durch das leise Summen der Geräte unterbrochen wurde. Kapitän Clayton und seine Mitarbeiter starrten auf das Satellitenbild, das auf der riesigen Projektionsleinwand flimmerte.

»Was zum Teufel ist das?«, fragte Kapitän Clayton, seine Stimme scharf und alarmiert.

Astronomin Xinyan trat einen Schritt nach vorne und zeigte auf den Bildschirm. »Weltraumschrott«, antwortete sie, ihre Augen zusammengekniffen. »Aber die Warnsensoren sind aktiviert, und momentan besteht keine Gefahr.«

Kapitän Clayton verschränkte die Arme vor der Brust und nickte langsam. »Ich will, dass alle Alarmsensoren auf maximale Empfindlichkeit eingestellt werden. Sofort.«

»Zu Befehl, Kapitän«, antwortete ein anderer Astronom und machte sich sofort an die Arbeit.

Kurze Zeit später kam eine Nachricht vom MCN-Abteilungsleiter Mark:

[17:13] MCN-Abteilungsleiter: »Hallo, Kapitän! Wir haben einen Weltraumschrott identifiziert und gerade bewegt er sich mit extrem hoher Geschwindigkeit Richtung der Nebelgator. Bitte geben Sie Obacht! Haben Sie es festgestellt?«

[17:14] Kapitän Clayton: »Vielen Dank, Mark. Wir haben den Weltraumschrott bereits identifiziert, und alles ist unter Kontrolle.

Unsere Schutzschilde und Panzerungen sind aktiviert. Übrigens möchten wir uns bei MASA und Ihnen persönlich bedanken für all Ihre Bemühungen. Ohne Ihre Unterstützung hätten wir keinen Himmelskörper finden können, um unseren Kurs zu ändern. Folglich wären wir schon längst im All verloren.«

[17:15] MCN-Abteilungsleiter: »Es ist unsere Aufgabe, dafür zu sorgen, dass es Ihnen allen gut geht, Kapitän Christopher. Deswegen nichts zu danken. Ich glaube, jetzt ist die Verbindung des interplanetaren Internets stabil, und Sie sollten in der Lage sein, eine reibungslose Kommunikation mit uns durchzuführen. Wenn Ihre Kommunikationskonsole eingehende und ausgehende Nachrichten, Live-Feeds und Kommunikationsprotokolle ohne Störung anzeigen kann, lassen Sie uns eine Live-Videoverbindung herstellen.«

Kapitän Clayton seufzte tief. Der Moment, den er seit Tagen gefürchtet hatte, war gekommen. Es war an der Zeit, die Wahrheit zu sagen.

[17:16] Kapitän Clayton: »Mark, ich muss Ihnen etwas sehr Wichtiges mitteilen. Die Situation an Bord der Nebelgator ist komplizierter, als wir bisher zugegeben haben.«

[17:17] MCN-Abteilungsleiter: »Was meinen Sie, Kapitän? Was ist passiert?«

Clayton hielt inne, sammelte seine Gedanken und zwang sich, weiterzuschreiben.

[17:18] Kapitän Clayton: »Es gibt etwas, das wir Ihnen verschwiegen haben. Kapitän Christopher ist nicht mehr bei uns. Er kam vor über sieben Monaten bei einem Angriff ums Leben. Seitdem habe ich das Kommando übernommen.«

Eine lange, angespannte Pause folgte. Clayton konnte das leise Summen der Geräte im Kontrollraum hören, während er auf Marks Antwort wartete. Die Stille war erdrückend, als ob das ganze Schiff den Atem anhielt.

[17:20] MCN-Abteilungsleiter: »Das … das sind schockierende Neuigkeiten, Kapitän Clayton. Warum haben Sie uns das nicht früher mitgeteilt?«

Clayton schloss kurz die Augen, die Last der letzten sieben Monate drückte schwer auf seine Schultern. Er öffnete die Augen wieder und schrieb mit neuer Entschlossenheit weiter.

[17:21] Kapitän Clayton: »Wir wollten nicht, dass die Nachricht über den Tod von Kapitän Christopher die ohnehin schon angespannte Lage verschlimmert. Wir hatten Angst, dass es die Moral der Besatzung weiter untergraben würde. Wir haben alles darangesetzt, das Schiff funktionsfähig zu halten und unsere Mission fortzusetzen. Aber jetzt, wo die Verbindung stabiler ist und wir Ihre Unterstützung haben, dachte ich, es wäre an der Zeit, ehrlich zu sein.«

[17:22] MCN-Abteilungsleiter: »Ich verstehe Ihre Beweggründe, Kapitän Clayton. Es ist jedoch wichtig, dass wir alle Informationen haben, um Ihnen bestmöglich helfen zu können. Wir werden alles in unserer Macht Stehende tun, um Sie und Ihre Crew zu unterstützen. Lassen Sie uns die Live-Videoverbindung herstellen, damit wir in Echtzeit kommunizieren können.«

Clayton nickte, obwohl Mark ihn nicht sehen konnte. Die Wahrheit hatte ihn erleichtert, aber der Gedanke an eine Live-Übertragung war ihm zu viel.

[17:23] Kapitän Clayton: »Mark, ich denke, es ist besser, wenn wir die Kommunikation vorerst auf Textnachrichten beschränken. Eine Live-Übertragung wäre im Moment zu viel für mich. Wir haben hier noch einige dringende Aufgaben zu erledigen.«

[17:24] MCN-Abteilungsleiter: »Das verstehe ich, Kapitän. Wir respektieren Ihre Entscheidung. Lassen Sie uns wissen, wenn Sie bereit sind, und wir werden hier sein, um Ihnen zu helfen. In der Zwischenzeit bleiben wir über diese Textnachrichten in Kontakt.«

Clayton fühlte sich erleichtert, dass er die Wahrheit gesagt hatte, doch die Verantwortung lastete weiterhin schwer auf ihm. Er sammelte seine Gedanken und konzentrierte sich wieder auf die bevorstehenden Aufgaben. Die Unterstützung von MCN und MASA war weiterhin eine lebenswichtige Ressource, und er wusste, dass sie gemeinsam die Herausforderungen meistern könnten.

Er schaute durch das Bullauge hinaus in den endlosen Weltraum, wo die Sterne kalt und gleichgültig funkelten. »Christopher, ich hoffe, ich mache dich stolz«, flüsterte er leise, bevor er sich wieder seinen Pflichten zuwandte.

»Und wie weit sind wir aktuell vom Mars entfernt?«, fragte Clayton und ließ seinen Blick über die Überwachungskameras der verschiedenen Abteilungen des Raumschiffs schweifen.

»Ungefähr eine Million Kilometer«, meldete ein weiterer Mitarbeiter.

Clayton nickte erneut, sein Blick verhärtete sich. »Ich möchte eine Ansprache geben. Die Passagiere müssen wissen, dass wir uns dem Mars nähern.«

Xinyan legte eine Hand an ihr Kinn und dachte nach. »Haben wir irgendwelche aktuellen Informationen über den Dravmore-Anführer Ammon? Was ist unsere Strategie gegenüber diesen gefährlichen Vampiren an Bord? Müssen sie wirklich die Landung erleben?«

»Erleben? Auf keinen Fall, Xinyan«, sagte der Kapitän entschieden.

»Die Dravmore haben in den letzten Tagen in der Abteilung Niemandsland weitere Opfer gefordert«, fügte der Raumfahrtingenieur Robert Fields hinzu, seine Stimme voller Besorgnis.

»Die Dravmore sind unbarmherziger, unzuverlässiger und grausamer geworden«, sagte Kapitän Clayton nachdenklich. »Wenn sie auf die Marsoberfläche gelangen, werden sie alle Marsianer beißen und töten, und die Vampirkrankheit würde sich auf dem ganzen Planeten ausbreiten.« Er machte eine Pause, seine Augen funkelten entschlossen. »Mein Entschluss steht fest. Kurz vor der Andockung und Landung auf dem Mars will ich, dass der Verbrennungsbefehl sowohl in Labyrinthe von Ammon, in Niemandsland als auch in den angrenzenden Abteilungen umgesetzt wird. Das ist unsere einzige Chance, die Dravmore zu besiegen und die Passagiere an Bord zu retten.«

»Zu Befehl, Kapitän«, antworteten die anderen unisono.

Der Kapitän nickte zufrieden, als die Offiziere sich an die Umsetzung seiner Befehle machten. Der Kommandoraum war wieder voller Aktivität, das Schicksal des Raumschiffs Nebelgator und seiner zehntausend Seelen lag nun in ihren Händen.

»Übrigens muss ich Ihnen etwas mitteilen. In der Nähe des Asteroiden gibt es noch Weltraumstaub«, sagte Astronomin Xinyan und zoomte ein Satellitenbild auf der Projektionsleinwand heran. »Hier oben, rechts im Bild, all das sind Ansammlungen von Weltraumstaub in der Nähe des Asteroiden. Genau hier, »sie deutete auf eine rote Zone auf dem Bildschirm, »ist etwas überhaupt nicht in Ordnung. Sehen Sie, wie es immer röter wird?«

»Alles in Ordnung«, sagte der Astronom neben ihr und versuchte, beruhigend zu klingen.

»Nicht alles in Ordnung«, entgegnete der Kapitän scharf.

»Ich meinte nur, dass wir es unter Beobachtung haben«, erklärte der Astronom hastig. »Aber ich glaube nicht, dass es so schlimm ist, wie es aussieht.«

»Erklär weiter, Xinyan«, sagte der Raumfahrtingenieur Robert Fields, sein Blick fest auf die Projektionsleinwand gerichtet.

»Das ist alles, was ich sagen wollte. Nur müssen wir diese Umgebung unbedingt meiden«, sagte Xinyan, und ihre Stimme verriet ihre Besorgnis.

»Gut«, sagte der Kapitän mit einem Nicken. »Und wie viel Zeit haben wir noch, um dieses Ausweichmanöver vorzubereiten?«

»Wir können es sofort durchführen«, antwortete Xinyan.

»Nein, jetzt nicht. Ich muss eine Ansprache halten und die Passagiere darüber informieren, dass wir uns dem Roten Planeten nähern«, sagte der Kapitän entschlossen.

»Verstanden«, sagte Xinyan. »Aber gleich nach deiner Ansprache müssen wir das Manöver durchführen.«

»Einverstanden«, sagte Kapitän Clayton. Er verließ den Kommandoraum, seine Gedanken rasten, während er überlegte, was er den Passagieren sagen würde.

Die Spannung im Raum war fast greifbar, als Clayton den Gang entlangging. Die Sicherheit von fast zehntausend Menschen hing von den nächsten Entscheidungen ab. Die Dravmore, der bedrohliche Weltraumstaub und die Annäherung an den Mars – all diese Faktoren prallten in seinem Kopf aufeinander.

Er erreichte die Kommunikationszentrale, sein Herz schlug schneller, als er das Mikrofon in die Hand nahm. Mit einem tiefen Atemzug sammelte er seine Gedanken. Dies war der Moment, in dem seine Worte das Schicksal der Nebelgator und all ihrer Insassen bestimmen würden. Seine Stimme war fest und klar, als er begann:

»Meine Damen und Herren, liebe Passagiere und Crewmitglieder der Nebelgator. Wir nähern uns dem Mars.«

Er ließ seine Worte kurz nachhallen, um ihre Bedeutung zu unterstreichen, bevor er fortfuhr: »Nachdem unser Raumschiff vor einiger Zeit seinen Kurs verloren hatte, schien unsere Mission zum Scheitern verurteilt. Doch durch ein gewagtes Schleudermanöver, das wir zwei Monate später durchführen konnten, gelang es uns, unseren Kurs zu ändern. Dieses Manöver war nur dank eines Himmelskörpers möglich, den wir entdeckten und dessen Schwerkraft wir nutzen konnten.«

Er hielt einen Moment inne, um die Spannung zu steigern, dann fuhr er mit fester Stimme fort: »Nun möchte ich Ihnen mitteilen, dass wir uns jetzt dem Mars nähern. Wir befinden uns ungefähr eine halbe Million Kilometer entfernt vom Roten Planeten.«

Während er sprach, spürte er die Last der Verantwortung schwer auf seinen Schultern. Doch gleichzeitig entfachte sich in ihm ein Funke der Entschlossenheit. Die Herausforderungen, denen sie gegenüberstanden, waren gewaltig, aber es gab keinen Raum für Zweifel oder Zögern. Sie mussten den Gefahren trotzen und sicher auf dem Mars landen. Der Kapitän wusste, dass das Schicksal seines Schiffes und seiner Besatzung von seiner Führung abhing, und er war entschlossen, sie sicher durch diese Krise zu führen.

An diesem Tag feierten die meisten Passagiere an Bord der Nebelgator entweder in ihren Zimmern, Kabinen oder Schlafquartieren. Die freudige Erwartung, bald den Mars zu erreichen, durchdrang die Atmosphäre. Doch nicht alle teilten diese Euphorie. Einige Passagiere begegneten den Aussagen des Kapitäns mit Skepsis und Misstrauen, was zu Spannungen und Unruhen an Bord führte.

Es war jedoch üblich auf der Nebelgator, dass Skeptiker, Agitatoren und Passagiere, die in Wutanfälle gerieten – ob gerechtfertigt oder nicht – schnell für geisteskrank erklärt und in die Heil- und Pflegeabteilungen eingewiesen wurden. Diese Abteilungen waren berüchtigt für ihre strengen Sicherheitsvorkehrungen und die umstrittenen Methoden, die angewendet wurden, um die Passagiere ruhigzustellen.

Während der Kapitän seine Ansprache hielt, breitete sich eine Welle von Unruhe und Misstrauen aus. Einige Passagiere tauschten besorgte Blicke und flüsternde Worte, andere begannen lautstark ihren Unmut zu äußern. Die Sicherheitsteams an Bord der Nebelgator waren bereits in Alarmbereitschaft und bereit, einzugreifen.

Die Feierlichkeiten und die aufkeimende Panik vermischten sich zu einer elektrisierenden Spannung. Der Kapitän wusste, dass er schnell handeln musste, um die Situation unter Kontrolle zu bringen und die Sicherheit an Bord zu gewährleisten. Jeder Schritt, jedes Wort musste sorgfältig abgewogen werden, denn das Schicksal der zehntausend Seelen an Bord hing an einem seidenen Faden.

KAPITEL 21

In dieser Nacht war Lilitha von einer lähmenden Müdigkeit und einem drückenden Schmerz im Becken geplagt, der sich in ihre Hüften und Beine ausbreitete. Die Anspannung war förmlich greifbar. Joseph reagierte sofort und rief hastig in der Geburtsklinik an. Kurz darauf fand er sich mit Lilitha in der Geburtsabteilung des medizinischen Zentrums wieder, das voller hektischer Betriebsamkeit war.

Ein Myon-drei, begleitet von einer Holo-Assistentin, trat in den Beobachtungsraum, wo Joseph und Kowen angespannt warteten. »Medizinisch gesehen ist sie völlig gesund. Aber aus Gründen, die wir uns nicht erklären können, hat sie jetzt große Probleme bei der Geburt.«

Josephs Gesicht wurde bleich. »Was?«

Der Myon-drei-plus sprach mit ernster Stimme weiter: »Es ist schon fast eine Stunde her, dass sie versucht, zu gebären. Wir haben sie untersucht, aber wir wissen nicht, warum sie Schwierigkeiten hat. Im Notfall müssen wir operieren, um ihr Kind retten zu können, Herr Joseph.«

Joseph warf einen nervösen Blick auf die Uhr. »Sie haben recht, wir sind seit 21 Uhr hier, und jetzt ist es schon 22 Uhr. Eine Stunde ist schon vergangen.«

»Warten Sie noch ein bisschen, Herr Joseph, wir halten Sie über alles auf dem Laufenden«, sagte der Myon-drei-plus und eilte zusammen mit der Holo-Assistentin zurück in den Operationssaal.

Lilitha wurde im Operationssaal auf einen kühlen, metallischen Tisch gehoben. Zwei Myon-drei-plus-Ärzte arbeiteten fieberhaft an ihr, während die Monitore leise piepten. Die Minuten schienen sich endlos zu dehnen.

Josephs Gedanken rasten, als die Tür sich plötzlich öffnete und die Holo-Assistentin ihn und Kowen hereinholte. Der Anblick von

Lilitha, blass und erschöpft, ließ Josephs Herz schneller schlagen. Die Myon-drei-plus reichten ihr das Neugeborene, und in diesem Moment schien die Zeit stillzustehen.

Als Lilitha das Baby in den Armen hielt, flüsterte der kleine Kowen: »Es ist ein Junge.«

Ein Myon-drei-plus nickte. »Ja, genau, es ist ein Junge.«

Lilithas Augen füllten sich mit Tränen. »Salvator …«

Joseph trat näher, sein Herz klopfte vor Erleichterung und Liebe. Er küsste Lilitha sanft an die Stirn und legte seine Hand auf die Stirn des Neugeborenen. »Salvator, ich bin dein Vater.«

Joseph trat näher, sein Herz klopfte vor Erleichterung und Liebe. Er küsste Lilitha sanft auf die Stirn und legte seine Hand auf die Stirn des Neugeborenen. »Salvator, ich bin dein Vater.«

Die Myon-Drei-Plus-Ärzte traten diskret zurück und ließen der Familie den nötigen Raum. Kowen, der mit großen Augen auf seinen kleinen Bruder schaute, trat näher und streckte vorsichtig eine Hand aus, um Salvators winzige Finger zu berühren.

»Er ist so klein«, flüsterte Kowen ehrfürchtig. »Und er hat sechs Finger.«

Joseph legte eine Hand auf Kowens Schulter. »Ja, er ist klein. Aber er wird wachsen. Genau wie du.« Joseph sagte nichts über die Polydaktylie von Salvator, verbarg jedoch seine Überraschung hinter einem beruhigenden Lächeln.

Lilitha lächelte schwach und sah zu Joseph auf. »Wir haben es geschafft«, sagte sie leise, ihre Stimme brüchig vor Erschöpfung und Erleichterung. Salvator hatte die sechs funktionalen Finger von ihr geerbt, doch es schien sie nicht zu stören.

Joseph nickte und drückte ihre Hand. »Ja, wir haben es geschafft. Du warst unglaublich stark.«

Lilithas Augen füllten sich mit Tränen, aber sie kämpfte tapfer gegen die Erschöpfung an. »Er ist unser kleiner Kämpfer«, flüsterte sie und beobachtete Salvator, der friedlich in ihrer Umarmung lag.

Plötzlich flimmerte die Holo-Assistentin auf und ein sanfter Ton erklingte. »Die Ärzte möchten Ihnen mitteilen, dass Lilitha nun in den Erholungsraum gebracht wird. Sie können ihr dort weiter Gesellschaft leisten.«

Joseph nickte zustimmend. »Wir sind gleich bei dir, Lilitha.« Er wandte sich an Kowen. »Hilfst du mir, deine Mutter und deinen Bruder zu begleiten?«

Kowen nickte eifrig. Gemeinsam folgten sie der Holo-Assistentin durch die Gänge des medizinischen Zentrums. Die sterile Umgebung und das Summen der Maschinen bildeten einen seltsamen Kontrast zu der warmen Freude, die sie empfanden. Joseph konnte das Gefühl der Sorge, das ihn die ganze Zeit begleitet hatte, langsam loslassen. Alles war gut gegangen.

Im Erholungsraum angekommen, wurde Lilitha in ein bequemes Bett gelegt, und Salvator wurde in ein kleines, behagliches Nest neben ihr gelegt. Joseph setzte sich neben Lilitha und hielt ihre Hand, während Kowen vorsichtig auf der anderen Seite des Bettes Platz nahm, um Salvator im Auge zu behalten.

»Er wird stark und gesund werden«, sagte Joseph, mehr zu sich selbst als zu irgendjemandem sonst.

Lilitha nickte müde. »Und er wird wissen, dass er geliebt wird, von dem Moment an, als er auf diese Welt kam.«

Kowen beugte sich über das kleine Bettchen des Neugeborenen. »Willkommen zu Hause, Salvator.«

Lilitha streckte eine Hand aus und berührte zärtlich Kowens Wange. »Wir sind so froh, dass du bei uns bist, Kowen.«

Kowen sah sie mit großen Augen an, seine kindliche Unsicherheit durch die Wärme ihrer Worte gemildert. »Danke, dass ihr mich aufgenommen habt«, sagte er leise.

Joseph lächelte und zog Kowen in eine sanfte Umarmung. »Du bist ein Teil unserer Familie, Kowen. Und das wird immer so bleiben.«

Die Familie saß dort, vereint in einem Moment reiner Liebe und Hoffnung, als die Nebelgator ihre Geschwindigkeit durch den Weltraum beschleunigte. Der neue Tag brachte die Verheißung eines Neuanfangs und mit ihm die unendlichen Möglichkeiten, die vor ihnen lagen.

In der folgenden Woche spürte Ammon Lilitha und Joseph in der Geburtsklinik auf, da diese im Gegensatz zur Geheimkabine keinen

Geheimhaltungsregeln unterlag. Ammon hatte sich zunächst entschieden, sie nicht anzugreifen, aufgrund des Friedensplans, der zwischen der Besatzung und den Dravmoren ausgehandelt worden war. Doch als er erfuhr, dass Salvator das leibliche Kind von Lilitha und Joseph war, geriet er in blinde Wut. Der Grund dafür war einfach: Laut der Dravmore-Welt sollte niemals ein Kind von einem Sapiens und einem Dravmore stammen. Ein solches Kind galt als eine existenzielle Bedrohung für die Dravmore.

Ammon konnte seine Wut nicht zügeln. Sobald er Salvator entdeckt hatte, schickte er sechs Dravmore in die Geburtsklinik, um das Kind zu ermorden. Der Angriff war brutal und unerbittlich. Die Dravmore stürmten die Klinik, ihre Augen glühten vor Entschlossenheit, und sie schreckten vor nichts zurück.

Die ersten Schreie hallten durch die Gänge, als die Dravmore mit Zähnen, Händen und Füßen auf jeden stürzten, der sich ihnen in den Weg stellte. Einige führten lange, blutige Messer, die im schwachen Licht der Notbeleuchtung aufblitzten. Panik brach aus, als Patienten und Mitarbeiter der Klinik in alle Richtungen flüchteten. Die Angreifer bahnten sich einen Weg durch die Korridore, auf der Jagd nach Salvator. Der Erholungsraum, in dem Lilitha, Joseph und ihr Neugeborener sich befanden, verwandelte sich in ein Schlachtfeld. Möbel wurden umgestoßen, Monitore zerschmettert, und Schreie hallten durch die Klinik.

Joseph versuchte verzweifelt, seine Familie zu schützen. Er verbarrikadierte die Tür, während Lilitha sich über Salvator beugte und ihn fest an sich drückte. Die Dravmore drängten unaufhaltsam vorwärts, doch die Sicherheitskräfte des Raumschiffs reagierten schnell. Mit einem koordinierten Angriff stürmten sie den Raum und lieferten sich einen erbitterten Kampf mit den Angreifern. Die Luft war erfüllt von den grellen Blitzen der DE-Waffen (Directed Energy Weapons) und dem Geruch von verbranntem Metall.

Trotz ihrer Überzahl wurden die Dravmore einer nach dem anderen niedergestreckt. Die letzten Angreifer fielen mit einem letzten, verzweifelten Aufschrei. Der Erholungsraum lag in Trümmern, doch die Gefahr war vorüber.

Nach diesem Attentat, das ihr Leben völlig auf den Kopf gestellt hatte, verließ die junge Familie den Erholungsraum und zog zurück in ihre Geheimkabine. Die Angst war allgegenwärtig. Sie wagten es nicht mehr, ihre Zuflucht zu verlassen. Nur Joseph verließ gelegentlich die Kabine, stets mit einer Gesichtsmaske, um seine Identität zu verbergen und notwendige Besorgungen zu erledigen. Die Tage vergingen in ständiger Wachsamkeit und Sorge, während draußen das Raumschiff unaufhaltsam seinem Ziel entgegenflog.

Eine Woche nach Ammons Angriff auf Salvators Leben saß Joseph in aller Ruhe da und las weiter in dem Tagebuch, das er von der Erde mitgebracht hatte. Es war zugleich ein Stammbuch, das die Geschichte vieler Generationen erzählte. Die tintenschwarzen Buchstaben auf dem vergilbten Papier zogen ihn zunehmend in ihren Bann.

Der Band 9 des Stamm-und Tagebuches gehörte einem gewissen Tesla Alien, einem Forscher und Abenteurer, dessen Einträge von seltsamen Begegnungen und geheimen Ritualen berichteten. Tesla, Josephs Urururgroßvater, schrieb nicht nur über sein eigenes Leben, sondern auch über seine Erlebnisse und Erfahrungen. Josephs Finger strichen über die Seiten, als er auf eine besonders eindrucksvolle Passage stieß:

»10. September 2245, in einem alten, einst blühenden Wald in der Antarktis: Heute begegnete ich einer Frau, die behauptete, uralt und dennoch jung zu sein. Ihr Name war Lili, und sie sprach von einem mystischen Durchgang, der den Planeten Erde mit anderen Welten verbindet. Genau durch diesen Durchgang sind die Dravmore in unsere Welt gekommen ...«

Josephs Herz schlug schneller. Warum sprach Tesla über die Dravmore? War es nur Zufall? Die Einträge schienen aus einer anderen Zeit zu stammen, doch die Beschreibung passte perfekt.

Er las weiter:

»...Sie erzählte mir von einem Ritual, das sie alle 66 Jahre durchführen muss, um ihre Kräfte zu bewahren. Dieses Ritual, so sagte sie, sei gefährlich und könnte schlimme Folgen haben, wenn es misslingt ...«

Josephs Gedanken rasten. Lilitha hatte ihm von diesem Ritual erzählt, aber die Details blieben vage. Plötzlich spürte er eine Präsenz hinter sich. Er drehte sich langsam um, das Tagebuch fest an seine Brust gedrückt.

Lilitha stand im Türrahmen, ihre Augen blitzten im schummrigen Licht des Zimmers. Sie hatte immer noch einen Babybauch nach Salvators Geburt, denn es waren nur zwei Wochen vergangen, seit sie Salvator geboren hatte. Ihr Körper hatte sich noch nicht von dieser Geburt erholt, aber jeder Tag war ein neuer, besserer Tag. »Du hast etwas gefunden, nicht wahr?« Ihre Stimme war ruhig, aber ihre Augen durchbohrten ihn.

Joseph nickte, unfähig zu sprechen.

Sie trat näher, ihre Bewegungen geschmeidig und beinahe lautlos. »Tesla Alien war ein weltbekannter Sapiens, ein Forscher, den ich vor langer Zeit kannte«, sagte sie leise. »Seine Aufzeichnungen sind gefährlich, Joseph. Sie enthalten Wissen, das dich ins Verderben stürzen könnte.«

Josephs Hand zitterte leicht, doch er hielt das Tagebuch fest. »Was ist damals wirklich passiert?«

Lilitha seufzte tief, setzte sich neben ihn und sah ihn mit einem Ausdruck an, der sowohl Schmerz als auch Entschlossenheit zeigte. »Tesla schien besessen gewesen zu sein von dem Geheimnis der Dravmore. Er wollte wahrscheinlich verstehen, was die Vampire ausmacht, und er ging dafür bis an die Grenzen des Wahnsinns.«

Sie nahm das Tagebuch aus Josephs Händen und blätterte zu einer bestimmten Seite, die sie mit leicht zitternden Fingern berührte. »Hier beschreibt er das Ritual detailliert, aber was er nicht wusste, ist der Preis, den man dafür zahlen muss.«

Joseph beugte sich vor, seine Neugier überwältigte jede Angst. »Was für ein Preis?«

Lilitha sah ihm tief in die Augen. »Für jedes Reset verlieren wir einen Teil unserer Menschlichkeit. Und wenn wir das Ritual falsch durchführen, könnten wir alles verlieren – inklusive unserer Seele.«

Ein eisiger Schauer lief Joseph über den Rücken, als er abrupt den Band 9 beiseitelegte. Die Geschichte von Tesla hatte ihren Reiz verloren. Ohne zu zögern, griff er nach dem 11. Band. Die Seiten knisterten unter seinen Fingern, als er sich in die packende Erzählung von Adam dem Großen vertiefte. Seine Augen flogen über die Zeilen, seine Hand folgte dem Text, um seine rasenden Gedanken zu fokussieren.

Adam der Große stellte die Frage, die auch Joseph immer wieder durch den Kopf ging: »Warum scheinen heutzutage so viele Menschen weniger ehrgeizig zu sein?« Dann schrieb er weiter:

»... Ich kann es nicht verstehen und ich kann mir niemals vorstellen, so wie sie zu leben. Ich bin durch und durch ehrgeizig, und dieser Ehrgeiz wird mich bis ins Grab begleiten ...«

Ich spüre das Feuer in mir lodernd und lebendig. Es brennt, um zu lernen, sich weiterzuentwickeln und voranzukommen. Mein Leben muss ein Leben voller intensiver und leidenschaftlicher Erfahrungen sein, ein Leben im Extrem, denn ich glaube fest daran, dass die Stärkung des Individuums das Wichtigste ist. Ich akzeptiere dieses Feuer in mir, denn Feuer ist die Quelle und die Essenz aller Dinge im Universum. Ich brenne, um zu lernen, um mich zu verbessern und jeden Tag zu wachsen. Doch dieses Feuer ist auch eine schwere Last für mich, denn wenn ich es nicht anheize, wird mein Geist unruhig und gequält.

Ich weiß, eines Tages wird dieses Feuer erlöschen, wenn ich älter bin. Wenn das Feuer schließlich erlischt und es Zeit ist, diesen Planeten zu verlassen und eins mit dem Simulo zu werden. Aber bis dahin werde ich das Feuer am Leben halten, werde es nähren und lodern lassen, um meine Seele zu erfüllen und meine Ziele zu erreichen.«

Die Worte von Adam dem Großen schienen direkt aus seinen eigenen Gedanken zu stammen. Jeder Satz schien tief in ihm zu resonieren, als ob der Text speziell für ihn geschrieben worden wäre. Die Intensität der Worte verstärkte das Feuer in ihm, ein unstillbares Verlangen nach Wissen und Fortschritt, das ihn unaufhaltsam vorantrieb.

Joseph legte das Stamm- und Tagebuch behutsam beiseite und ging zu Lilitha, fasste ihren Bauch sanft an. Kowen saß vor der Wiege, in der Salvator schlief, und hielt vorsichtig seine kleinen Finger, während er den Neugeborenen bewunderte.

»Wir brauchen noch mehr Lebensmittel, Joseph«, sagte Lilitha, ihre Stimme klang besorgt.

»Bestellen wir wie gewohnt?«, fragte Joseph.

Lilitha schüttelte den Kopf. »Das Proteinpulver, das wir brauchen, lässt sich nicht bestellen. Ich muss es vor Ort einkaufen. Die Quarantänemaßnahmen sind schon gelockert worden.«

»Nein, ich gehe lieber«, entgegnete Joseph sofort.

»Nein, alles gut, Joseph. Du brauchst keine Angst um mich zu haben. Ich gehe lieber, außerdem trage ich eine Gesichtsmaske«, sagte Lilitha bestimmt.

Joseph trat näher zu ihr, seine Augen spiegelten seine Sorgen wider. »Jetzt, da wir eine Familie sind, mache ich mir manchmal Sorgen um uns.«

Lilitha legte eine Hand auf seine Wange. »Ich verstehe das, aber wir können nicht andauernd in ständiger Angst leben. Zudem haben die Besatzung und die Dravmore einen Friedensplan für das Gemeinwohl aller an Bord vereinbart.«

Joseph seufzte. »Man sollte diesem Friedensplan immer mit Misstrauen begegnen, Lilitha.«

Lilitha lächelte sanft und küsste ihn. »Ich bin gleich wieder da, Schatz.« Sie zog ihre Gesichtsmaske an, ihre Augen leuchteten entschlossen, und sie verließ die Geheimkabine.

Joseph blieb einen Moment stehen und sah ihr nach, sein Herz schwer vor Sorge. Er wandte sich zu Kowen, der immer noch an der Wiege saß. »Pass gut auf deinen kleinen Bruder auf, während ich darüber nachdenke, was als Nächstes zu tun ist.«

Kowen nickte ernsthaft und widmete sich wieder Salvator. Joseph seufzte erneut, seine Gedanken kehrten zu den Einträgen im Tagebuch zurück und den ungewissen Zeiten, die vor ihnen lagen.

Joseph stand einen Moment still und überlegte, was er nun tun sollte. Ihm fiel etwas ein: Trainieren. Seit geraumer Zeit hatte er kein

Neo-Kundo mehr praktiziert. Er trat nach draußen und begann mit seinem Training. Die frische Luft und die Bewegung halfen ihm, seine Gedanken zu ordnen. Plötzlich bemerkte er, wie der kleine Kowen ihn beobachtete. Begeistert begann Kowen, Josephs Bewegungen nachzuahmen.

Joseph führte präzise Handschläge, Fußtritte und Ellenbogentechniken aus. Kowen, voller Eifer, versuchte mitzuhalten, aber seine Bewegungen waren chaotisch und unkoordiniert. Joseph schmunzelte und sagte: »Du brauchst erst richtiges Training, Junge. Sonst bringt das alles nichts. Bevor ich das alles machen konnte, wurde ich ausgiebig trainiert.«

»Und wer wird mich trainieren?«, fragte Kowen neugierig.

Joseph lächelte geheimnisvoll. »Eines Tages wird die Zeit kommen, und dann wirst du es erfahren.«

»Ich will, dass du mich jetzt trainierst. Dann, wenn ich erwachsen bin, kann ich tun und lassen, was ich will«, sagte Kowen entschlossen.

Joseph schüttelte den Kopf. »Man lernt Neo-Kundo nicht, um tun oder lassen zu können, was man will.«

»Aber warum denn?«, fragte der kleine Kowen, seine Augen vor Neugierde leuchtend.

»Damit man in Frieden und Harmonie mit anderen leben kann«, antwortete Joseph ruhig.

»Echt?«, fragte Kowen ungläubig.

»Ja, Kowen. Eine Kampfkunst zu beherrschen und sie nicht gegen andere einsetzen zu müssen, ist besser, als wenn man nicht kämpfen kann«, erklärte Joseph.

Kowen runzelte die Stirn. »Aber wo liegt denn der Sinn, wenn ich eine Kampfkunst beherrsche und trotzdem Kämpfe und Streit mit anderen vermeide?«

Joseph kniete sich neben ihn und legte ihm eine Hand auf die Schulter. »Der wahre Sinn liegt darin, die Kontrolle über sich selbst zu haben. Ein wahrer Krieger kämpft nur, wenn es unbedingt nötig ist, und setzt seine Fähigkeiten ein, um Frieden zu bewahren, nicht um Chaos zu stiften.«

Kowen nickte langsam, als er über Josephs Worte nachdachte.

»Glaub mir, Kowen, es gibt einen tiefen Sinn dahinter«, sagte Joseph und hielt inne, um seine Gedanken zu sammeln. »Wenn du nicht bereit bist, dich deiner Schattenseite zu stellen und eine Kampfkunst zu lernen, bleibst du schwach und naiv. Aber wenn du gefährlich sein kannst, weil du eine Kampfkunst beherrschst und dennoch die Kontrolle bewahrst, ist das eine ganz andere Sache. Im ersten Fall bist du wehrlos gegen Angreifer. Im zweiten Fall bist du gefährlich, aber du hast diese Gefahr im Griff.«

Kowen sah seinen Vater mit großen Augen an. »Ich verstehe nicht ganz, Papa«, sagte er leise.

Joseph trat näher und kniete sich vor seinen Sohn, seine Augen funkelten ernst. »Wenn die Zeit gekommen ist, Kowen, wirst du trainiert – aber nicht, um zu kämpfen. Du wirst trainiert, um friedlich und bewusst zu leben, um Kämpfe und Streit zu vermeiden. Doch wenn es notwendig wird, wirst du dich verteidigen können. Wenn du sehr gut im Kämpfen bist, verringert sich die Wahrscheinlichkeit, dass du in Kämpfe verwickelt wirst. Wenn dich jemand angreift, kannst du mit Sicherheit, Selbstbewusstsein und Dominanz reagieren. Diese Machtdemonstration reicht oft aus, um die Bedrohung abzuwenden.«

Kowen nickte langsam, als er die Bedeutung der Worte seines Vaters begriff. »Also geht es darum, stark zu sein, aber die Stärke nicht zu missbrauchen?«

Joseph lächelte und legte eine Hand auf Kowens Schulter. »Genau, mein Junge. Es geht darum, deine Stärke zu kennen und sie zum Schutz zu nutzen, nicht zum Angriff.«

Kowen blickte entschlossen in die Augen seines Vaters. »OK, ich verstehe jetzt.«

Josephs Herz füllte sich mit Stolz. »Gut«, sagte er und richtete sich wieder auf. Er setzte sein Training fort, seine Bewegungen wurden schneller und präziser.

Kowen beobachtete ihn aufmerksam und begann, die Bewegungen seines Vaters nachzuahmen, diesmal mit echter Hingabe. Die Zeit verging, während Vater und Sohn Seite an Seite trainierten. Joseph wusste, dass es ein langer Weg war, aber er war überzeugt, dass

Kowen eines Tages die Balance zwischen Stärke und Frieden meistern würde.

Plötzlich wurde die Tür zur Trainingshalle aufgerissen. Lilitha stand im Türrahmen, ihre Augen blitzten vor Sorge. »Joseph, wir haben ein Problem«, sagte sie atemlos.

Joseph drehte sich um, sein Körper war angespannt. »Was ist passiert?«

Lili trat näher, ihre Stimme zitterte leicht. »Es gibt Gerüchte, dass der Friedensplan mit den Dravmore brüchig ist. Wir müssen vorbereitet sein.«

Joseph nickte, seine Gedanken rasten. »Kowen, hör gut zu. Das Training wird jetzt noch wichtiger. Bleib fokussiert und sei bereit.«

Kowen nickte entschlossen, seine Augen spiegelten den Ernst der Situation wider. »Ich bin bereit, Papa.«

Joseph sah Lilitha an und nahm ihre Hand. »Wir werden das gemeinsam durchstehen.«

Lili drückte seine Hand fest. »Ja, gemeinsam.«

Der Raum war erfüllt von einer stillen Entschlossenheit, während die Familie sich auf die ungewisse Zukunft vorbereitete.

WOCHEN SPÄTER … MARSUMLAUFBAHN

KAPITEL 22

Die Marsianer versammelten sich. Überall auf dem Mars versammelten sie sich, als sich die Nebelgator dem Roten Planeten näherte. Von der weitesten Ecke von Arcadia Planitia über die schönste terraformierte Stadt, Terra Viva, bis zu den Untergrundstädten in Hellas Planitia, blickten die Marsianer gespannt auf riesige Bildschirme. Die Ankunft der Nebelgator war ein Ereignis, das seit Monaten mit Spannung erwartet wurde.

In den gemütlichen Häusern der Marsianer, die von der kargen Marslandschaft abgeschottet waren, saßen Familien zusammen, die Augen gebannt auf die holografischen Projektionen gerichtet. Das leise Summen der Bildschirme füllte die Räume, während die Bilder des herannahenden Raumschiffs in lebhaften Farben über die Wände tanzten. Es herrschte eine Mischung aus Aufregung und Anspannung. Kinder blickten mit großen Augen auf die Bilder, ihre Eltern erzählten ihnen von der langen Reise der Nebelgator und den heldenhaften Taten der Besatzung.

»Sie kommen endlich an«, flüsterte eine Mutter zu ihrem Kind, während sie es sanft an sich drückte. »Nach all den Schwierigkeiten und Tragödien sind sie fast hier.«

In den tiefen Minen und Labors der nördlichen Untergrundstätten des Königreichs Hellas Planitia, wo unzählige Seelen hart arbeiten mussten, herrschte eine ungewöhnliche Stille. Bildschirme, die normalerweise für technische Anzeigen und Sicherheitswarnungen genutzt wurden, zeigten nun die Liveübertragung der Ankunft.

Auch in den Untergrundstädten der Republik in Arcadia gab es eine Live-Übertragung, und dort schienen die Menschen fröhlicher zu sein. Die Arbeiter hielten inne, ihre Arbeit war vergessen. Schweiß und Staub bedeckten ihre Gesichter, aber ihre Augen leuchteten vor Erstaunen und Stolz. Sie wussten um die Bedeutung dieses Moments und die Opfer, die die Besatzung der Nebelgator gebracht hatte.

»Sie haben es geschafft«, murmelte ein Ingenieur, seine Stimme heiser vor Aufregung. »Nach allem, was sie durchgemacht haben.«

In den prachtvollen, kuppelförmigen Biodome-Städten wie Terra Viva, wo die Luft von üppiger Vegetation und blühenden Gärten erfüllt war, versammelten sich die Marsianer auf den Hauptplätzen. Die großen Hologrammbildschirme, die normalerweise für Nachrichten und Unterhaltung genutzt wurden, zeigten nun die Annäherung der Nebelgator in kristallklarer Auflösung.

Sie standen dicht gedrängt, viele hielten die Hände ihrer Nachbarn oder hatten die Arme um die Schultern ihrer Freunde gelegt. Ein erwartungsvolles Murmeln ging durch die Menge, das gelegentlich von aufgeregten Ausrufen unterbrochen wurde.

»Da ist sie!«, rief jemand und deutete auf den Bildschirm. »Seht nur, wie groß sie ist!«

»All diese Menschen an Bord«, fügte ein anderer hinzu, »nach allem, was sie durchgemacht haben. Das ist wirklich ein Wunder.«

Fast überall auf dem Planeten herrschte eine tiefe, kollektive Empathie. Die Marsianer, außer die im Königreich Hellas Planitia, hatten die Geschichten der Besatzung der Nebelgator verfolgt, ihre Kämpfe und Verluste miterlebt und fühlten nun eine tiefe Verbundenheit.

Es gab ein starkes Gefühl der Solidarität und des Stolzes. Die Marsianer, die selbst Nachfahren von Pionieren und Kolonisten waren, verstanden die Härten und Herausforderungen des Lebens im Weltraum. Sie fühlten sich durch die gemeinsame Geschichte und das geteilte Ziel vereint.

»Wir sind alle Reisende«, sagte ein älterer Marsianer weise, »auf der Suche nach einem besseren Leben. Heute erinnern wir uns daran, warum wir hier sind.«

Als die Nebelgator an der imposanten Weltraumstation Ares Nexus vorbeizog, ergriff viele Besatzungsmitglieder ein tiefes Gefühl der Euphorie und des Staunens. Der Moment, in dem das Raumschiff an der Weltraumstation vorbeiflog, die den Mars umkreiste, war ein entscheidender und emotionaler Höhepunkt der Reise. Nach endlosen

Herausforderungen im weiten, unerbittlichen Weltraum stand ihre lang ersehnte Ankunft am Mars nun greifbar nah. Diese emotionale Reaktion äußerte sich in lauten Ausrufen des Erstaunens, Lachen und sogar in Tränen der Freude.

Die Crew war plötzlich intensiv mit technischen Überprüfungen und Vorbereitungen beschäftigt. Dies umfasste die Feinabstimmung der Landungssequenzen, die Überprüfung der Systeme und die Kommunikation mit der Marsstation. Ingenieure und Techniker an Bord führten ihre Aufgaben mit hoher Konzentration und Präzision aus.

Der Anblick des majestätischen Roten Planeten, der sich in der Dunkelheit des Weltalls abzeichnete, verstärkte ihre Gefühle noch. Während sie den Mars beobachteten, spürten sie eine tiefe Verbundenheit und eine Einheit, die alle bisherigen Spaltungen überwand.

»Auf dem Mars sollte es keine Spaltung geben«, sagte Kapitän Clayton, seine Stimme fest und hoffnungsvoll.

»Aber leider ist das nicht der Fall, Kapitän«, erwiderte Astronomin Xinyan mit einem Hauch von Bedauern in ihren Augen.

Clayton sah Xinyan an, seine Augen voll Entschlossenheit. »Übrigens bin ich in letzter Zeit nachdenklich geworden. Die Sicherheit aller an Bord hat oberste Priorität. Ich habe deswegen entschieden, einen Evakuierungsbefehl zu erlassen.«

Xinyan blinzelte überrascht. »Ein Evakuierungsbefehl, Kapitän?«

Clayton nickte. »Ja. Kein einziger Passagier darf sich in der Nähe des Niemandslandes aufhalten. Jeder muss einen Mindestabstand von 60 Metern einhalten.«

Xinyans Augen weiteten sich leicht, aber sie fasste sich schnell. »Ich verstehe, Kapitän. Das wird nicht einfach, aber wir müssen es schaffen. Ich werde die Anweisungen an die Crew weitergeben.«

»Gut«, sagte Clayton und legte eine Hand auf ihre Schulter. »Vertrau darauf, dass wir das gemeinsam durchstehen. Die Sicherheit unserer Leute hängt davon ab.«

Xinyan nickte, fest entschlossen. »Ich werde mein Bestes tun, Kapitän.«

Die Hologramm-Projektoren in Xinyans Quartier erwachten leise zum Leben, und nach und nach materialisierten sich die holografischen Abbilder der anderen Crew-Mitglieder vor ihr. Ihre Mienen waren angespannt und ernst, die Atmosphäre elektrisierend.

»Könnt ihr mich alle sehen und hören?«, fragte Xinyan, ihre Stimme gedämpft, aber fest. Die holografischen Köpfe nickten stumm.

»Wir haben vom Kapitän Clayton einen dringenden Befehl erhalten«, begann sie und hielt kurz inne, um die Spannung im Raum zu betonen. »Kein einziger Passagier darf sich in der Nähe des Niemandslandes aufhalten. Der Mindestabstand beträgt 60 Meter. Das bedeutet, wir müssen sofort Maßnahmen ergreifen, um sicherzustellen, dass alle diesen Befehl befolgen.«

Ein leises Murmeln ging durch die holografische Gruppe, aber Xinyan hob die Hand, um Ruhe zu gebieten. »Ich weiß, dass dies nicht einfach wird. Aber die Sicherheit aller an Bord hängt davon ab, dass wir diesen Befehl strikt durchsetzen. Wir haben es mit Dravmoren zu tun, und die Gefahr ist real.«

Lieutenant Dimitrow, ein erfahrener Sicherheitschef, trat holografisch vor. »Wie sollen wir das kommunizieren, ohne Panik zu verursachen?«

Xinyan nickte. »Das ist der schwierige Teil. Wir müssen ruhig und bestimmt vorgehen. Jeder Abschnitt wird informiert, dass es sich um eine Routineübung handelt. Wir werden die Passagiere schrittweise und unauffällig aus der Gefahrenzone verlagern. Unser Hauptziel ist es, keine Panik auszulösen.«

Ein weiteres Crew-Mitglied, Dr. Emma, meldete sich zu Wort. »Was ist mit den Kranken und Verwundeten? Einige können sich nicht ohne Hilfe bewegen.«

»Wir werden spezielle Teams zusammenstellen, die sich um diese Personen kümmern«, antwortete Xinyan. »Wir müssen dabei besonders vorsichtig sein, um keine Aufmerksamkeit zu erregen. Unsere Priorität ist es, sie sicher und unauffällig zu umzulagern.«

Die Spannung im Raum war greifbar. Xinyan fuhr fort: »Ich werde persönlich sicherstellen, dass die Kommunikation zwischen den

Teams reibungslos verläuft. Jeder von euch hat seine Anweisungen. Wir müssen zusammenarbeiten und dürfen keine Fehler machen.«

»Verstanden«, sagte Lieutenant Dimitrow. »Wir werden die Sicherheitsprotokolle verschärfen und zusätzliche Patrouillen in den betroffenen Bereichen einsetzen.«

»Gut«, erwiderte Xinyan. »Denkt daran, dies ist eine ernste Angelegenheit. Wir können uns keine Nachlässigkeit leisten. Jeder von uns trägt die Verantwortung für die Sicherheit unserer Passagiere und der Besatzung.«

Die holografische Konferenz endete, und Xinyan lehnte sich in ihrem Stuhl zurück, spürte das Gewicht der Verantwortung auf ihren Schultern. Sie wusste, dass die nächsten Stunden entscheidend sein würden. Mit einem tiefen Atemzug bereitete sie sich darauf vor, die schwierige Aufgabe zu meistern und die Evakuierung reibungslos durchzuführen.

Die Nebelgator glitt weiter, ihre Geschwindigkeit gedrosselt, doch das endgültige Ziel war noch nicht erreicht. Der kleine Kowen beobachtete mit großen Augen, wie sich das Raumschiff allmählich von der Weltraumstation entfernte. Fragen drängten sich auf seine Lippen, und Joseph, der dies bemerkte, legte ihm beruhigend die Hand auf die Schulter.

»Warum macht die Nebelgator keinen Halt, Papa?«, fragte Kowen mit kindlicher Neugier.

»Wir haben das Endziel noch nicht erreicht, mein Sohn«, antwortete Joseph geduldig.

»Und wann erreichen wir es?«, drängte der Kleine weiter.

»Bald«, sagte Lilitha, ihre Stimme sanft und tröstend, während sie aus dem Fenster schaute und den Roten Planeten in den Blick nahm.

»Warum aber nicht jetzt?«, fragte Kowen.

»Weil die Weltraumstation Ares Nexus nicht der Weltraumbahnhof Mars Gateway ist.«

»Ist Mars Gateway der Name des Weltraumbahnhofs?«

»Ja, mein Kleiner«, antwortete Lilitha. »Und gerade ist die Crew sehr beschäftigt, sie tun alles Mögliche, um Mars Gateway zu erreichen.«

»Zum Beispiel?«, fragte der kleine Kowen.

» Dinge wie Statusberichte senden und empfangen, letzte Koordinationsdetails klären und sicherstellen, dass alle Protokolle für die Ankunft und den Transfer der Crew und Fracht eingehalten werden«, erklärte Lilitha.

Der Anblick des Mars, so nah und doch noch so fern, war ein eindringliches Bild, das in den Herzen aller an Bord Hoffnung und Entschlossenheit entfachte. Jeder wusste, dass sie kurz davor standen, auf dem Roten Planeten Fuß zu fassen, und die Vorfreude, die sie alle durchströmte, war fast greifbar.

Eine Viertelstunde später begann die Nebelgator ihre Annäherung an den Weltraumbahnhof Mars Gateway. Die Spannung an Bord war greifbar, als die riesige Struktur des Weltraumbahnhofs im Sichtfenster auftauchte. Die Passagiere drängten sich an die Fenster, um einen Blick auf ihr Ziel zu erhaschen.

Der Weltraumbahnhof Mars Gateway erhob sich majestätisch vor dem Hintergrund des tiefschwarzen Weltraums, eine monumentale Struktur, die selbst die kühnsten architektonischen Träume übertraf. Von Weitem betrachtet, glich der Bahnhof einer gewaltigen, silbrigglänzenden Spinne, deren ausladende Dockingarme wie Beine in alle Richtungen ragten. Diese Arme, jeder so lang wie ein Wolkenkratzer, dienten als Anlegestellen für die verschiedensten Raumschiffe, von kleinen Shuttles bis hin zu kolossalen Frachtern.

Die Hauptstruktur des Mars Gateway bestand aus mehreren übereinandergestapelten Ringen, die durch massive Stützkonstruktionen verbunden waren. Jeder Ring war ein eigenes kleines Universum, ausgestattet mit Wohnquartieren, Forschungslabors, Freizeitbereichen und kommerziellen Zentren. Die Außenhülle des Bahnhofs war mit hochreflektierenden Solarplatten bedeckt, die das einfallende Sonnenlicht einfingen und in Energie umwandelten. In der Dunkelheit des Alls schimmerte der Bahnhof wie ein Juwel, das Licht in unzähligen Farben reflektierend.

Im Inneren des Bahnhofs herrschte eine pulsierende Betriebsamkeit. Das Summen von Maschinen und das leise Murmeln der

Bewohner bildeten eine allgegenwärtige Geräuschkulisse. Schwerkraftgeneratoren sorgten dafür, dass sich jeder wie auf der Erde bewegen konnte, während fortschrittliche Luftfiltersysteme die Atmosphäre stets frisch und sauber hielten. Die Korridore waren von Neonlichtern erhellt, die ein sanftes, beruhigendes Glühen erzeugten.

Besonders beeindruckend war der zentrale Atriumbereich, eine gewaltige Halle mit einem gläsernen Dach, durch das man den Mars in seiner ganzen Pracht sehen konnte. Hier versammelten sich die Bewohner und Besucher, um den Anblick des Roten Planeten zu genießen und sich über die neuesten Nachrichten und Geschichten aus dem All auszutauschen. Die verschiedenen Kulturen und Gemeinschaften, die auf dem Bahnhof zusammenkamen, verliehen dem *Mars Gateway* eine lebendige und multikulturelle Atmosphäre.

Technologische Wunderwerke waren überall sichtbar. Von den hochmodernen Kommunikationssystemen, die blitzschnelle Verbindungen zur Erde und anderen Kolonien ermöglichten, bis hin zu den Energiekonvertern, die die immense Energie des Weltraumbahnhofs effizient verteilten. Spezielle Dockingstationen für Weltraumaufzüge und Hochgeschwindigkeits-Transportsysteme machten den Weltraumbahnhof zu einem zentralen Knotenpunkt im All.

Der Mars Gateway war nicht nur ein technisches Meisterwerk, sondern auch ein Symbol für den menschlichen Fortschritt.

Astronomin Xinyan betrat die Kommandozentrale und aktivierte das Bordinterkom. Ihre Stimme hallte durch die Kabine, während sie die Passagiere über die bevorstehende Ankunft informierte.

»Sehr geehrte Passagiere«, begann Xinyan, ihre Stimme fest und klar, »wir haben den Weltraumbahnhof Mars Gateway erreicht und bereiten uns auf das Andocken vor. Dieser Moment ist von entscheidender Bedeutung, also bitte ich Sie, ruhig zu bleiben und Ihren Platz nicht zu verlassen.«

Während sie sprach, konnte man das leise Surren der Andockmechanismen hören, die sich langsam in Position brachten. Die Blicke der Passagiere waren auf das Sichtfenster gerichtet, wo sie beobachten konnten, wie die Nebelgator millimetergenau an die Andockstation herangeführt wurde.

»Das Andocken ist ein komplexer Prozess, der höchste Präzision erfordert«, fuhr Xinyan fort. »Bitte bewahren Sie Ruhe und folgen Sie den Anweisungen der Besatzung.«

Die Spannung im Raum stieg, als das Raumschiff sich dem letzten Anlegemanöver näherte. Jeder Atemzug schien lauter als das gleichmäßige Brummen der Maschinen. Der Moment der Wahrheit rückte näher, und die Stille war fast unerträglich.

Plötzlich ertönte ein leises, aber deutliches Klicken – das Signal, dass das Andockmanöver erfolgreich war. Ein kollektives Aufatmen ging durch die Kabine, gefolgt von erleichtertem Applaus und vereinzelt freudigen Ausrufen.

Xinyan lächelte, als sie das Mikrofon erneut ergriff. »Wir haben erfolgreich angedockt. Willkommen am Mars Gateway. Bitte bleiben Sie weiterhin auf Ihren Plätzen, während die Andockprotokolle abgeschlossen werden.«

Die Passagiere blieben gespannt sitzen, die Augen weiterhin auf die Sichtfenster gerichtet, während die letzten Schritte des Andockprozesses durchgeführt wurden. Die Reise war noch nicht ganz zu Ende, aber sie hatten einen bedeutenden Meilenstein erreicht, und die Erleichterung und Freude waren spürbar.

Interne Kommunikationssysteme:

Funkgerätklingeln …

Mark: »Hallo, Kapitän Clayton, hier ist Mark vom MCN. Ich habe Ihre Nachricht erhalten. Das ist eine ernste Bitte, Bomben an Bord eines Raumschiffes zu verwenden. Das Risiko ist enorm. Ich muss diese Entscheidung an den MASA-Administrator weiterleiten. Bitte bleiben Sie in der Leitung. Copy: Weiterleitung an Administrator«

Kapitän Clayton: »Verstanden, Mark. Die Dravmore sind eine erhebliche Bedrohung, und wir müssen schnell handeln. Copy: Dringend«

Wartemusik spielt für einige Minuten, dann kommt Administrator Sean Paine in die Leitung.

Administrator Sean Paine: »Kapitän Clayton, hier ist Administrator Sean Paine. Ich habe Ihre Anfrage gelesen. Bomben an Bord der Nebelgator einzusetzen ist extrem gefährlich. Wir riskieren das Leben von fast 10.000 Menschen. Gibt es keine andere Möglichkeit, die Dravmore zu bekämpfen? Copy: Risiko hoch«

Kapitän Clayton: »Administrator Paine, wir haben keine andere Wahl. Die Dravmore vermehren sich und werden immer aggressiver. Wenn wir sie jetzt nicht eliminieren, werden sie den Mars erreichen und eine Katastrophe verursachen. Unsere derzeitigen Schutzmaßnahmen sind nicht ausreichend.«

»Copy: Bedrohung ernst«, sagte Administrator Sean Paine. »Ich verstehe die Dringlichkeit, Kapitän. Aber wenn die Bomben detonieren, könnten wir die strukturelle Integrität der Nebelgator gefährden und alle an Bord verlieren. Können Sie garantieren, dass der Einsatz der Bomben keine Kollateralschäden verursacht?«

Kapitän Clayton: »Wir haben die Nistbereiche der Dravmore genau identifiziert. Ich bin zuversichtlich, dass wir die Bomben präzise platzieren und fernzünden können, um das Nest zu zerstören, ohne das gesamte Schiff zu gefährden. Aber es ist ein Risiko, das wir eingehen müssen.«

Eine lange Pause folgt, während Administrator Paine über die Worte von Kapitän Clayton nachdenkt.

Administrator Sean Paine: »Negativ, Kapitän Clayton, nach sorgfältiger Überlegung müssen wir die Verwendung von Bomben an Bord leider untersagen, solange alle Passagiere noch an Bord sind. Das Risiko ist einfach zu groß. Stattdessen empfehle ich, das Nest der Dravmore komplett vom Rest des Raumschiffes abzuschotten. Nutzen Sie alle verfügbaren Mittel, um die betroffenen Bereiche zu isolieren und die Dravmore einzudämmen. Dies ist die sicherste Möglichkeit, das Leben Ihrer Besatzung und Passagiere zu schützen. Wir können Ihnen leider keine Bomben geben.«

»Copy: Isolierung bevorzugt«, sagte Kapitän Clayton. Spürbar frustriert, aber bemüht, ruhig zu bleiben, fügte er hinzu »Administrator Paine, ich verstehe Ihre Entscheidung. Aber die Dravmore sind extrem gefährlich und schwer einzudämmen. Eine Abschottung könnte sie nur vorübergehend aufhalten. Wir müssen sicherstellen, dass sie keine Möglichkeit haben, sich weiter auszubreiten oder zu entkommen.«

Administrator Sean Paine: »Ich verstehe Ihre Besorgnis, Kapitän Clayton, aber unsere Priorität muss der Schutz der Leben an Bord sein. Wir werden zusätzliche Ressourcen und Unterstützung bereitstellen, um Ihnen bei der Isolierung der Dravmore zu helfen. Bleiben Sie in Kontakt, und wir werden gemeinsam eine Lösung finden.«

Kapitän Clayton: »Danke, Administrator Paine. Wir werden sofort mit der Abschottung beginnen und alle nötigen Maßnahmen ergreifen. Ich halte Sie über unseren Fortschritt auf dem Laufenden.«

»Copy: Maßnahmen starten«, sagte Administrator Sean Paine »Passen Sie auf sich auf und halten Sie uns informiert. Viel Glück!«

Kapitän Clayton legte auf und wurde nachdenklich, dann wendete er sich an seine Crew. »Leute, wir müssen nun das tun, was wirklich notwendig ist, und das heißt, die Dravmore müssen komplett zerstört werden. Aber von der MASA werden wir niemals Bomben bekommen, nun müssen wir anders vorgehen.«

Während Kapitän Clayton einen letzten, besorgten Blick auf das Kommunikationspanel warf, trat Astronomin Xinyan näher und fragte mit leiser Dringlichkeit: »Kapitän, wie können wir die Dravmore loswerden?«

Kapitän Clayton starrte in die Ferne, bevor er antwortete, seine Stimme war fest, aber angespannt: »Der Kampf ist noch lange nicht vorbei. Wir werden dieses Schiff und alle Passagiere um jeden Preis vor den Dravmoren verteidigen. Die Zukunft dieses Schiffes hängt von unseren Entscheidungen ab.«

Xinyan nickte entschlossen. »Einverstanden, Kapitän.«

»Robert Fields, wir brauchen dich sofort hier. Uns läuft die Zeit davon«, funkte Clayton mit angespanntem Gesichtsausdruck. »Ich brauche dich im Kommandoraum, um ein Meisterwerk zu erschaffen.«

»Ein Meisterwerk? Was meinen Sie, Kapitän?«, fragte der Raumfahrtingenieur, seine Stimme zitterte leicht vor Unruhe.

»Wir brauchen dich, um eine Bombe aus den Materialien an Bord zu bauen, Robert. Wir haben MASA um Hilfe gebeten, aber sie weigern sich, uns eine Bombe zu liefern. Jetzt müssen wir eine hier an Bord herstellen.«

»Haben wir das Material dafür?«, fragte Robert skeptisch.

»Neben Ingenieur bist du auch Chemiker. Ich nehme an, du wirst es aus dem machen müssen, was wir hier haben«, fügte die Astronomin hinzu, ihre Augen funkelten in der Dämmerung des Kommandoraums.

»Du hast recht, aber kein Chemiker kann eine Bombe aus nichts herstellen«, erwiderte Robert, seine Stirn legte sich in tiefe Falten.

»Wir haben Trinitrotoluol oder Nitroglycerin, Zünder und Gehäuse an Bord. Was brauchst du noch?«, sagte Kapitän Clayton, seine Stimme wurde schärfer.

»Klingt gut, aber weißt du, wie extrem gefährlich es ist, einen Sprengsatz auf einem Raumschiff zu zünden?«, antwortete Robert, seine Stimme war nun kaum mehr als ein Flüstern.

»Ist das eine Frage, Robert?«, fragte Xinyan scharf.

»Ich denke, ja«, antwortete der Raumfahrtingenieur zögernd.

Clayton trat näher, seine Augen fixierten das Funkgerät. »Deine Frage lässt sich nur mit einer Gegenfrage beantworten: Weißt du, wie gefährlich es ist, die Dravmore den Planeten Mars erreichen zu lassen?«

Robert schwieg, seine Gedanken rasten. Der Kapitän sprach weiter: »Also mach es groß und effizient.«

»Wie groß und effizient?«, fragte Robert schließlich, seine Stimme klang nun fest und entschlossen.

»So groß und effizient, dass es den ganzen Abschnitt des Schiffes zerstört, in dem sich die Dravmore befinden. Wenn es zwei Abschnitte zerstören kann, umso besser. Dann könnten wir nicht nur die Bastion der Dravmore, sondern auch das Niemandsland eliminieren«, empfahl der Kapitän. Seine Stimme hatte jetzt eine eiserne Entschlossenheit.

»Das wäre noch gefährlicher«, warnte Robert, aber die Schärfe in seiner Stimme war gewichen.

»Es ist ein Befehl, Robert«, sagte der Kapitän mit einer Endgültigkeit, die keinen Widerspruch zuließ.

»Wie werden wir diese Bombe im Nest der Dravmore platzieren? Wie stellen wir sicher, dass nur der Ort der Dravmore zerstört wird?«, fragte Robert nachdenklich.

»Hm ... er stellt jetzt sehr wichtige Fragen, Kapitän«, sagte Xinyan nachdenklich.

»Ich habe auch darüber nachgedacht. Wie stellen wir sicher, dass nur das Nest der Dravmore und das Niemandsland zerstört werden?«, fragte der Kapitän und richtete seinen intensiven Blick auf Xinyan.

Die Astronomin schwieg einen Moment, dann antwortete sie langsam: »Keine Ahnung. Vielleicht hast du eine Idee ...«

»Wir brauchen etwas Zuverlässiges, etwas, das wir steuern und beobachten können. Etwas, das die Bombe bis ins Nest der Dravmore bringen kann. Einen intelligenten Bomben-Myon-1, und den haben wir bereits«, erklärte der Kapitän. Der intelligente Bomben-Myon-1, den der Kapitän erwähnte, war ein Bombenroboter mit zwei Armen und zwei Beinen, ausgestattet mit Fernsteuerung, autonomen Funktionen, mehreren Kameras und Sensoren.

»OK, Kapitän, ich bin gleich wieder da und werde alles machen, wie Sie es wünschen«, funkte der Raumfahrtingenieur schließlich.

Als Ingenieur und Chemiker konnte Robert Raumfahrzeuge, Satelliten, Antriebssysteme und deren Komponenten entwerfen. Er wusste jedoch auch genau, wie bestimmte Chemikalien reagierten. Ein wesentlicher Teil seiner Ausbildung bestand darin, Explosivstoffe zu verstehen und zu neutralisieren. An Bord der Nebelgator gab es viele brennbare Stoffe, und ein Raumschiffingenieur musste damals sehr gute Kenntnisse über die Kombination und die Gefahr vieler Materialien haben. Ohne diese Kenntnisse wäre es unmöglich gewesen, als Ingenieur an Bord der Nebelgator zu arbeiten.

Von Brennstoffen und Treibstoffen über Lithium-Ionen-Batterien und Brennstoffzellen bis hin zu Chemikalien, elektrischen Geräten und Heizsystemen – all diese Dinge stellten eine potenzielle Explosionsgefahr dar. Hinzu kamen noch Druckbehälter, Gase und sogar bestimmte Lebensmittel. Jede dieser Substanzen hätte während der langen Reise zu einer Explosion führen können. Daher war es

Roberts Aufgabe als Raumfahrtingenieur, stets die Explosionsgefahr all dieser Materialien im Auge zu behalten und sicherzustellen, dass alles sicher gelagert und gehandhabt wurde.

Kurze Zeit später arbeiteten im verborgenen Labor neben dem Kommandoraum Robert und zwei Crewmitglieder fieberhaft an der Verbesserung der improvisierten Sprengvorrichtung. Er wusste, dass die Bombe mächtiger sein musste, um die Bedrohung durch die Dravmore endgültig zu eliminieren.

Auf dem Arbeitstisch lag der schwere Metallzylinder, der als Gehäuse dienen sollte. Robert fügte hochleistungsfähigen RDX-Sprengstoff zu der Mischung hinzu, wissend, dass dieser eine wesentlich höhere Detonationsgeschwindigkeit hatte als herkömmliches TNT. Um die Explosivkraft weiter zu steigern, kombinierte er es mit einer kleinen Menge HMX, dem vielleicht stärksten Sprengstoff, den sie an Bord hatten.

Er arbeitete präzise, befestigte einen zweistufigen Zündmechanismus, bei dem ein Primärzünder einen mächtigen Sekundärzünder aktivieren würde. Dies würde die Explosion in zwei aufeinanderfolgenden Wellen freisetzen und maximalen Schaden verursachen.

Der Zünder war mit einem hochpräzisen Timer und empfindlichen Sensoren verbunden, die sicherstellten, dass die Bombe exakt im Nest der Dravmore explodieren würde. Für zusätzliche Sicherheit und Kontrolle hatte er eine Fernbedienung vorbereitet.

Um die Zerstörungskraft der Bombe zu erhöhen, verstärkte Robert das Gehäuse mit Schrapnell – kleine Metallsplitter und Kugellager, die bei der Detonation wie tödliche Projektile wirken würden. Zudem fügte er Brandbeschleuniger hinzu, die bei der Explosion eine feurige Hitzewelle freisetzen würden.

Jede Bewegung war präzise und bedacht, jede Entscheidung auf maximalen Effekt ausgelegt. Robert wusste, dass diese Bombe ihre letzte Chance war, die Dravmore zu stoppen.

KAPITEL 23

Nachdem die Nebelgator erfolgreich angedockt hatte, ertönte eine Durchsage für die Passagiere:

»Sehr geehrte Passagiere, willkommen am Mars Gateway, unserem Weltraumbahnhof, der sich sowohl im Weltraum als auch auf der Marsoberfläche erstreckt. Wir bitten um Ihre Aufmerksamkeit für wichtige Informationen und Anweisungen zu den nächsten Schritten Ihrer Ankunft.

1. Andockmanöver und Sicherung:
   o Unser Raumschiff hat erfolgreich am Weltraumbahnhof angedockt, und die Andockung mit dem Weltraumaufzug wurde ebenfalls erfolgreich durchgeführt. Bitte bleiben Sie ruhig und folgen Sie den Anweisungen der Crew.

2. Sicherheitsüberprüfung:
   o Techniker werden eine umfassende Überprüfung der strukturellen Integrität und aller Systeme an Bord durchführen. Dies dient Ihrer Sicherheit.

3. Einreise- und Zollabwicklung:
   o Nach dem Verlassen des Schiffs begeben Sie sich bitte zur Passkontrolle, wo Ihre Identität und Einreiseerlaubnis überprüft werden.
   o Ihr Gepäck wird durch den Zoll kontrolliert. Bitte halten Sie alle notwendigen Dokumente bereit.

4. Medizinische Untersuchung:
   o Es folgt eine medizinische Untersuchung, um sicherzustellen, dass keine ansteckenden Krankheiten vorhanden sind. Im Bedarfsfall kann eine Quarantäne erforderlich sein.

5. Transport zu Mars-Kolonien:
   - Shuttle-Transfers zu den Mars-Kolonien werden organisiert. Bitte folgen Sie den Anweisungen, um zu Ihrem Ziel gebracht zu werden.
   - Ihr Gepäck wird ebenfalls zu den entsprechenden Destinationen transportiert.

6. Wartung und Betankung:
   - Das Raumschiff wird für die nächste Mission gewartet und betankt. Wir bitten Sie, alle persönlichen Gegenstände mitzunehmen.

7. Administrative und logistische Aufgaben:
   - Die Crew wird Berichte über die Reise und Vorkommnisse erstellen. Ihre Zusammenarbeit und Geduld sind hierbei von großer Bedeutung.

8. Freizeit und Erholung für Passagiere:
   - Nach Abschluss der Formalitäten erhalten Sie Einführungs- und Orientierungskurse zum Leben auf dem Mars.
   - Nutzen Sie die Freizeit- und Erholungseinrichtungen des Mars-Weltraumbahnhofs, um sich nach der langen Reise zu entspannen.

Vielen Dank für Ihre Aufmerksamkeit und Kooperation. Wir wünschen Ihnen einen angenehmen Aufenthalt auf dem Mars und stehen Ihnen für weitere Fragen zur Verfügung.«

Eine Stunde verging, doch immer noch strömten nicht alle Passagiere von der Nebelgator. Tausende von ihnen eilten über die beiden übereinanderliegenden Brücken, die das Raumschiff mit dem Weltraumaufzug verbanden. Das KABEL war das Rückgrat des Aufzugs – ein extrem starkes und gleichzeitig leichtes Material, das von der Marsoberfläche bis in den Weltraum reichte. Es bestand aus hochmodernen Nanomaterialien, die den enormen Belastungen und

Spannungen standhalten konnten, die durch die Gravitation und die Drehung der Erde entstanden.

Die AUFZUGSKABINEN, auch CLIMBER genannt, reisten entlang dieses Kabels. Diese zahlreichen Fahrzeuge waren mit fortschrittlichen Antriebssystemen ausgestattet, die elektromagnetische Technologien nutzten, um sich reibungslos und effizient nach oben und unten zu bewegen. Die Kabinen waren aerodynamisch gestaltet, um den Luftwiderstand zu minimieren, und boten den Passagieren gleichzeitig eine angenehme Aussicht auf den Mars und den Weltraum.

An der Basis des Kabels befand sich die ANKERSTATION. Diese Station war eine hoch entwickelte Einrichtung auf der Marsoberfläche, die das Kabel sicher verankerte. Sie beherbergte auch die Kontrollzentren, die den Betrieb des Weltraumaufzugs überwachten und steuerten. Hier wurden die Climber gestartet und gelandet die notwendigen Wartungsarbeiten durchgeführt.

Im Weltraum, am oberen Ende des Kabels, befand sich das GEGENGEWICHT. Diese Struktur war notwendig, um das Kabel unter Spannung zu halten und die Stabilität des gesamten Systems zu gewährleisten. Das Gegengewicht war Mars Gateway, der Weltraumbahnhof über dem Roten Planeten, der in einer geostationären Umlaufbahn schwebte und durch die Zentrifugalkraft der Marsrotation das Kabel straff hielt.

Die Atmosphäre war angespannt, als die Menschenmassen in Richtung des Ausgangs drängten, ihre Schritte von Eile und Erleichterung geleitet.

Plötzlich, als die Dravmore ihren Abschnitt verließen, zuckte eine unerwartete Energieentladung nahe dem Dravmore-Abschnitt durch den Raum. Blitzartig und unvorhersehbar fegte sie durch die Gänge und ließ die Umgebung für einen Moment erzittern.

Die Strapazen der vergangenen Wochen hatten ihre Spuren hinterlassen, doch nun wartete eine neue Herausforderung auf sie: die sichere Landung und Integration in die Kolonien des Roten Planeten. Kapitän Clayton wandte sich an Xinyan, deren Augen das fahle Licht des Mars reflektierten. »Xinyan, informieren Sie die anderen Sicherheitsabteilungen, dass jeder Schritt nahe dem Niemandsland überwacht werden muss. Die Sicherheit unserer Passagiere steht an erster Stelle.«

Xinyan nickte entschlossen. »Verstanden, Kapitän. Ich werde sicherstellen, dass alle Protokolle eingehalten werden.«

Wenige Minuten später erschien ein Hologramm von Lieutenant Dimitrow. »Kapitän, wir haben gerade eine Energieentladung innerhalb des Raumschiffs registriert.«

Clayton fixierte ihn. »Wo genau ist sie lokalisiert?«

»Nahe dem Dravmore-Abschnitt«, antwortete Lieutenant Dimitrow prompt.

»Vielen Dank, Lieutenant. Ich kümmere mich darum«, sagte der Kapitän und beendete das Hologramm. Er befahl dem Sicherheitsteam dringend, die Videoüberwachung in der Nähe des Dravmore-Abschnitts und des Niemandslandes zu überprüfen.

»Zu Befehl, Kapitän. Wir überprüfen die Funktionalität der Videoüberwachung«, erwiderte ein Mitglied des Sicherheitsteams.

Einen Moment später meldete das Sicherheitsteam: »Kapitän, die Dravmore verlassen gerade ihr Nest. Das ist der Grund für das plötzliche Auslösen von Alarm und Meldestörungen im ganzen Raumschiff.«

»Danke für die Information«, antwortete der Kapitän und wandte sich an seine Crewmitglieder im Kommandoraum. »Jetzt ist die Zeit gekommen, auf die wir lange gewartet haben.«

LILITHA UND JOSEPH

Einige Passagiere warteten in ihren Kabinen auf Anweisungen des Sicherheitsteams, um eine Überlastung der Brücken zu vermeiden und ihre eigene Sicherheit zu gewährleisten. Joseph, Lilitha und die Kinder zählten zu diesen Passagieren, die in ihren sicheren und strategisch positionierten Räumen blieben, bis die meisten Passagiere das Schiff verlassen hatten. Diese Entscheidung, die Menschenmengen zu vermeiden, war sinnvoll, denn sie trug dazu bei, das Gedränge und das Risiko von Unfällen zu minimieren und eine geordnete Evakuierung zu gewährleisten.

Während sie warteten, schauten Joseph und Lilitha aus dem kleinen Fenster ihrer Kabine, wo sie den roten Mars und die hektische Bewegung der Passagiere beobachten konnten. Die Kinder saßen still, ihre Augen groß vor Aufregung und Angst. Die Spannung war fast greifbar, jede Sekunde zählte.

Ein leises Klopfen an der hinteren Tür riss sie aus ihrer Konzentration. Kowen, neugierig wie immer, schlich sich allein an die Tür und öffnete sie, ohne das Wissen von Joseph und Lilitha.

»Nun haben wir alles Wichtige schon eingepackt«, sagte Joseph, während er eine Tasche verschloss. »Wolltest du noch irgendwas Wichtiges einpacken?«

»Nein, wir haben schon alles, was wir brauchen«, antwortete Lilitha und hielt inne. »Wir müssen auch die Spielzeuge von Kowen einpacken, er wird sie bestimmt brauchen.«

»Ja, du hast recht«, erwiderte Joseph. »Kowen, packen wir auch deine Spielzeuge«, rief er, während er sich umdrehte, aber er hörte keine Antwort.

»Kowen, lass uns das schnell machen, wir haben keine Zeit«, sagte Lilitha und schaute zu Joseph. Ein Moment verging und die beiden hörten immer noch nichts. Plötzlich schauten sie in das andere Zimmer und sahen ihn nicht.

Josephs Augen trafen Lilithas Augen und die beiden waren sprachlos. »Kowen«, rief Joseph, aber es kam keine Antwort. Panik begann sich in seinem Inneren zu regen. Plötzlich begann er das Zimmer hektisch zu durchsuchen, aber umsonst, der Junge war verschwunden.

Lilitha bemerkte, dass die hintere Tür offen stand, und sagte überrascht zu Joseph: »Die hintere Tür ist auf, Joseph.«

»Verdammt«, fluchte dieser. Als die beiden in den Flur schauten, sahen sie Kowen in den Armen eines vermummten Fremden, den sie nicht identifizieren konnten. Der Unbekannte bewegte sich schnell und zielstrebig, Kowen wehrte sich verzweifelt.

Josephs Herz raste. »Lilitha, pass auf unser Baby und das Gepäck auf, ich gehe«, sagte Joseph entschlossen zu ihr, bevor er sie kurz, aber innig küsste. Er fühlte die Dringlichkeit der Situation in jeder Faser seines Körpers.

»Sei vorsichtig«, flüsterte Lilitha, ihre Augen voller Angst und Sorge. Joseph nickte nur und sprintete den Flur entlang, seinen Blick fest auf den Fremden und Kowen gerichtet.

Der vermummte Entführer spürte die Verfolgung und beschleunigte seinen Schritt. Josephs Schritte hallten in den metallischen Gängen des Raumschiffs wider, sein Atem ging schwer und schnell. Er musste Kowen retten, egal, was es kostete.

Plötzlich blieb der Fremde stehen und drehte sich um. »Komm nicht näher, oder du wirst es bereuen«, zischte er, aber Joseph zögerte nicht.

»Joseph, du hast mir versprochen, dass du mich niemals im Stich lassen wirst, du hast es mir versprochen!«, schrie Kowen, seine Stimme voller Angst und Verzweiflung.

»Ruhe, Junge, du bist jetzt in meiner Hand. Er kann dich nicht retten«, sagte der Fremde, seine Stimme triefend vor bösartiger Genugtuung.

»Lass den Jungen los!«, rief Joseph, seine Stimme bebend vor Wut und Angst. Sein Herz raste, und er wusste, dass er keine Sekunde zu verlieren hatte.

Der Fremde zog ein Messer, doch Joseph war schneller. Er sprang vorwärts, packte den Arm des Angreifers und kämpfte darum, die Waffe wegzuschlagen. Kowen fiel zu Boden und rollte sich schnell zur Seite, während die beiden Männer miteinander rangen.

Die Waffe fiel klirrend zu Boden, und Joseph nutzte den Moment der Verwirrung, um den Fremden mit aller Kraft zu packen und gegen die Wand zu schleudern. Der Fremde versuchte, sich zu wehren, doch Josephs Entschlossenheit war unerschütterlich.

Mit einem letzten, verzweifelten Schlag konnte Joseph den Fremden überwältigen. Schwer atmend, starrte er auf den bewusstlosen Angreifer zu seinen Füßen. Er schnappte sich Kowen und zog ihn in seine Arme, beide zitternd vor Adrenalin. »Es ist alles gut, Kowen. Ich bin bei dir«, flüsterte Joseph beruhigend.

Joseph zog die Maske des Fremden ab und starrte auf das Gesicht, das darunter zum Vorschein kam. Etwas an diesem Gesicht kam ihm bekannt vor, ein vages Déjà-vu, doch er konnte sich nicht genau erinnern, woher er es kannte. Er war sich sicher, dass er dieses Gesicht schon einmal gesehen hatte, aber dass dieser Fremde mit Lilitha verwandt war, wusste er nicht.

Kowen klammerte sich an ihn, Tränen der Erleichterung in den Augen. »Ich hatte solche Angst.«

»Ich auch, mein Junge, ich auch«, antwortete Joseph.

Plötzlich hallte eine tiefe, bedrohliche Stimme durch den Raum. »Was für eine Bravour.« Josephs Herz setzte einen Schlag aus. Er sah sich hektisch um, konnte aber niemanden entdecken.

»Wer ist da?«, rief Joseph, seine Stimme zitterte leicht vor Anspannung. Er spürte, wie sich Kowen noch fester an ihn klammerte.

»Jemand, der euch beobachtet«, kam die Antwort, die Stimme war unverkennbar sarkastisch und kalt. »Ihr denkt, ihr könnt fliehen?«

Josephs Augen suchten verzweifelt den Raum ab, aber er konnte die Quelle der Stimme nicht ausmachen. »Zeig dich!«, forderte er, seine Stimme nun fester.

Am Ende des Gangs sah Joseph einen Schatten, er ging diesem mutig entgegen und fragte: »Bist du es?«

»Natürlich bin ich es«, sagte der Fremde.

»Wer bist du?«, fragte Joseph, seine Stimme fest und fordernd.

»Der Diener des Namenlosen«, antwortete der Fremde, seine Stimme kalt und durchdringend. »Ich bin der Meister des Todes, der mächtigste Dravmore an Bord. Mein Name ist Ammon.«

Ammons Gesicht begann sich zu verändern, seine Zähne wurden länger und spitzer, seine Augen glühten rot, und seine Haut nahm einen unnatürlich blassen Ton an. Er verwandelte sich vor Josephs Augen in einen vollendeten Dravmore.

Joseph grinste leicht. »Du möchtest, dass ich dich anschaue und in Angst und Panik verfalle?« Dann fügte er hinzu, »Ich sehe alles, ich sehe eine bösartige Kreatur vor mir mit grauenvollen Zähnen und Augen, aber ich, Joseph, bin bereit, mich dir entgegenzustellen und bis zum letzten Atemzug zu kämpfen.«

»Bravo!«, rief Ammon aus. »Ein Sapiens, der bereit ist, sich opfern zu lassen ... Es wird aber keine Ehre in deinem Opfer geben. Ich bin derjenige, der dieses Schiff und den Weltraumaufzug in mit

Totenschädeln und Blut gefüllte Orte verwandeln wird. Ein einziger Handschlag von mir reicht schon aus, um dich in Asche zu verwandeln, dann wird MASA dich niemals finden können, und die Marsianer werden niemals wissen, dass du überhaupt existiert hast!«

»Die Marsianer werden wissen, dass ein einfacher Sapiens gegen den Meister des Todes stand und dass ich dich besiegt habe«, sagte Joseph ehrenhaft, seine Augen funkelten vor Entschlossenheit.

Im gleichen Abschnitt, nicht weit von Joseph entfernt, befand sich Lilitha mit dem kleinen Baby Salvator in ihrer Geheimkabine. Plötzlich wurde der Strom unterbrochen, und die Geheimkabine sowie die umliegende Umgebung versanken in Dunkelheit. Eine Gestalt tauchte vor Lilitha auf, ihr Gesicht blieb im Schatten verborgen. Die Gestalt blockierte den Weg durch die hintere Tür.

»Wenn ich mich nicht irre, bist du die Verräterin, die ihre eigenen Blutsverwandten verraten hat?«, sagte der Fremde nachdenklich.

»Und wer bist du?«, fragte Lilitha, ihre Stimme bebte leicht.

»Derjenige, den du und dein Freund vernichten wolltet«, antwortete er kalt.

»Was soll das bedeuten?«, fragte Lilitha, ihre Hand glitt zu ihrem Schwert.

»Was das bedeuten soll? Was für eine komische Frage«, sagte er mit einem bösartigen Lachen. »Komisch ist es nicht, ich möchte nur wissen, wer du bist«, erwiderte Lilitha.

»Vielleicht hast du gedacht, dass dein Partner mich in jener Nacht besiegt hat. Nein, ich war nicht besiegt und ihr werdet niemals in der Lage sein, mich zu besiegen«, sagte er und trat einen Schritt näher. »Ich war, bin und werde immer der geliebte Sohn Ammons sein. Ich bin Charon!«, schrie er mit seiner tiefen Stimme.

Lilitha stand sprachlos da, unfähig, sich zu bewegen, überwältigt von der Überraschung. Sie zog ihr Schwert. »Nun werde ich das tun, was ich muss, Charon.«

Die Atmosphäre im Raum spannte sich an, als Lilitha sich auf ihren Gegner zu bewegte, ihr Schwert fest in der Hand. Charon grinste böse, seine Augen blitzten vor Bosheit. »Komm nur, Verräterin. Lass uns dieses Spiel beenden.«

Charon machte einen schnellen Schritt nach vorne, sein Angriff war präzise und tödlich, aber Lilitha war bereit. Sie parierte den Schlag und konterte mit einer eleganten Drehung ihres Schwertes. Die Klingen trafen sich in der Dunkelheit, Funken sprühten, und das metallische Klirren erfüllte die Luft.

»Du wirst dafür bezahlen, was du uns angetan hast«, sagte Lilitha, ihre Stimme fest und entschlossen. »Ich werde dich nicht entkommen lassen.«

»Wir werden sehen«, zischte Charon, seine Augen glühten vor Hass. »Ich bin nicht so leicht zu besiegen.«

Während der Kampf zwischen Lilitha und Charon tobte, war Joseph schon in der Dunkelheit in einen Kampf mit Ammon verwickelt. Er wusste, dass er stark und tapfer sein musste, denn der Kampf war noch lange nicht vorbei.

IM LABORRAUM

Kapitän Clayton beobachtete im Laborraum gemeinsam mit dem Sicherheitsteam, wie die Dravmore weiterhin ihren Abschnitt verließen und sich durch einen langen Gang bewegten. Als das Sicherheitsteam seine Arbeit an dem Bombenroboter Oblivion-1 beendete, wies Kapitän Clayton auf dem Videomonitor auf den Abschnitt hin, der zerstört werden musste.

»Bitte nehmen Sie diese Energiewaffe, um unerwünschte Blockaden aus Ihrem Weg zu räumen«, sagte der Kapitän zu Oblivion-1.

»Vielen Dank, Kapitän«, antwortete Oblivion-1 in roboterhaftem Ton.

»Nun legen Sie los«, befahl der Kapitän.

»Zu Ihren Befehlen, Kapitän. Es ist mir eine Freude, Ihnen zu dienen«, erwiderte Oblivion-1 und verließ rennend den Laborraum.

Der Kapitän beobachtete, wie Oblivion sich wegbewegte, bis er im Flur nicht mehr zu sehen war. Dann richteten alle ihre Aufmerksamkeit auf die Videokamera und verfolgten, wie Oblivion seinen Weg fortsetzte. Im Laborraum zeigte eine breite Konsole auch, wie die Passagiere in Massen die zwei Brücken überquerten, um in den Weltraumaufzug zu gelangen.

Der Kapitän äußerte sich nachdenklich über die Lage auf den Brücken. »Ich befürchte, dass etwas schiefgeht auf diesen Brücken. Das ist wirklich Chaos, was dort gerade passiert.«

»Diese Situation beunruhigt mich wirklich, Kapitän. Ich befürchte, wir könnten mehr Verwundete haben«, sagte Dr. Emma besorgt.

»Ich auch«, sagte der Kapitän nachdenklich, verließ den Laborraum und ging in den Kommandoraum, gefolgt von einigen Mitgliedern des Sicherheitsteams.

»Alles gut, Kapitän?«, fragte die Astronomin Xinyan.

»Nein, leider nicht«, antwortete er ernst, und fragte dann: »Wie weit ist Oblivion-1 von den Feinden entfernt?«

»Er hat bereits sieben Gegner nahe dem Niemandsland erschossen. Jetzt hat er gerade das Tor zum Dravmore-Abschnitt betreten«, antwortete ein Sicherheitsmitglied.

»Gute Nachricht«, sagte der Kapitän.

Kapitän Clayton beobachtete den Monitor mit zunehmender Anspannung. Die Lichter im Kommandoraum flackerten leicht, während das Sicherheitsteam nervös auf die Instrumente starrte. Jeder wusste, dass das Schicksal der Mission nun in den Händen von Oblivion-1 lag.

»Aktivieren Sie die primären Sicherheitsprotokolle und bereiten Sie sich auf Eventualitäten vor«, befahl Clayton mit fester Stimme. »Wir müssen sicherstellen, dass nichts schiefgeht.«

»Verstanden, Kapitän«, antwortete Xinyan und begann sofort, die Anweisungen auszuführen.

Auf dem Bildschirm war zu sehen, wie Oblivion-1 sich dem massiven, stählernen Tor des Dravmore-Abschnitts näherte. Mit mechanischer Präzision schoss er die letzten beiden Wachen nieder, die das Tor bewachten. Ein leises Klicken kündigte an, dass die Sicherheitsvorrichtungen des Tors aktiviert waren.

»Oblivion-1, Statusbericht«, verlangte Clayton.

»Tor erreicht. Initiiere Hackvorgang, um Zutritt zu erlangen«, antwortete der Roboter in seinem monotonen Ton.

Das Team hielt den Atem an, während Oblivion-1 seine elektronischen Manipulatoren ausfuhr und begann, das komplexe Schließsystem zu durchdringen. Sekunden vergingen wie Stunden. Endlich ertönte ein metallisches Geräusch, als die Verriegelungen des Tors nachgaben und es sich langsam öffnete.

»Er ist drin«, flüsterte ein Sicherheitsmitglied, doch die Anspannung blieb.

Plötzlich dröhnte ein Alarm durch den Kommandoraum. »Unbekannte Bewegung in der Nähe des Tors. Mehrere Signaturen, schnell näherkommend«, meldete Xinyan besorgt.

»Verdammt!«, fluchte Clayton. »Dr. Emma, was ist mit den Brücken?«

»Immer noch chaotisch, zu viele Menschen, Kapitän. Wir beobachten die Situation ständig und hoffen, dass sie sich nicht verschlimmert«, antwortete sie.

»Oblivion-1, beeilen Sie sich!«, rief Clayton in das Mikrofon. »Sie haben Gesellschaft.«

Auf dem Monitor war zu sehen, wie sich mehrere Vampir-Krieger blitzschnell auf Oblivion-1 zu bewegten. Doch der Roboter blieb unbeeindruckt. Mit tödlicher Effizienz feuerte er seine Energiewaffe, präzise und unaufhaltsam. Die ersten Angreifer fielen, doch immer mehr Dravmore strömten aus den Schatten.

»Geben Sie mir eine Verbindung zu den Passagieren auf den Brücken«, sagte Clayton, seine Stimme fest. Ein Bild der panischen Menge erschien auf einem der Bildschirme.

»Liebe Passagiere, ich bin Kapitän Clayton, bitte beruhigen Sie sich und folgen Sie den Anweisungen des Sicherheitspersonals. Wir haben die Situation unter Kontrolle«, sprach er mit Nachdruck. »Gemeinsam werden wir diese Situation überstehen.«

Im gleichen Moment kehrte die Aufmerksamkeit zurück zu Oblivion-1, dem Bomben-Roboter. Der Roboter kämpfte unerbittlich mit den letzten Dravmoren. Trotz der überwältigenden Übermacht der Vampir-Krieger bewegte er sich mit mechanischer Präzision auf sein Ziel zu.

»Kapitän, 30 Sekunden. Wir müssen handeln!«, drängte Xinyan mit aufgeregter Stimme.

»Ich weiß«, antwortete Clayton entschlossen. »Oblivion-1, auf mein Signal.«

Die Spannung im Kontrollraum war greifbar, als die letzten Sekunden verstrichen. Jeder Atemzug schien lauter zu werden, jeder Herzschlag dröhnte wie ein Trommelschlag.

»Ziel erreicht«, meldete der Roboter mit kalter Präzision. »9 … 8 … 7 …«

»6 … 5 … 4 …«, zählte Xinyan herunter.

»3 … 2 … 1 …«, zählte Clayton weiter und hob dann die Hand. »Sprengen Sie es!«

Mit einem schnellen Druck auf den roten Knopf der Fernbedienung löste Robert die Explosion aus. Ein greller Blitz erhellte den Bildschirm, gefolgt von einem ohrenbetäubenden Knall. Die Druckwelle der Explosion fegte durch den Korridor, riss Vampir-Krieger und metallene Strukturen gleichermaßen mit sich.

Im Bruchteil einer Sekunde verwandelte sich der geordnete Innenraum des Raumschiffs in ein Inferno. Feuerbälle zischten durch die Luft, als die Detonation Treibstoffleitungen und Energiezellen zerriss. Flammen breiteten sich rasend schnell aus, fraßen sich durch Kabel und Wandverkleidungen.

»Feuer im Sektor 4, und bald erreicht es die untere Brücke zum Weltraumaufzug!«, schrie Xinyan, während Alarmsirenen in allen Decks ertönten. »Automatische Feuerlöscher sind aktiviert, aber das Feuer breitet sich zu schnell aus!«

Dichter Rauch füllte die Korridore, erstickte die Luft und nahm den Menschen die Sicht. Passagiere im Raumschiff und auf den Brücken rannten in Panik, versuchten, sich durch die dichten Rauchschwaden zu retten. Sauerstoffmasken wurden hastig aufgesetzt, während das Lebenserhaltungssystem verzweifelt gegen die toxischen Dämpfe ankämpfte.

»Druckabfall in den unteren Decks, und bald in der unteren Brücke zum Weltraumaufzug«, meldete ein Techniker hektisch. »Wir haben einen Hüllenbruch!«

»Wir müssen hier raus!«, rief Xinyan, als sie sich an Clayton wandte. »Jetzt!«

»Evakuierungsplan aktivieren!«, befahl Clayton, seine Stimme trotz des Chaos ruhig und bestimmt. »Alle Crewmitglieder zu den Rettungskapseln!«

Rettungskapseln lösten sich mit einem Zischen von den Seiten des Raumschiffs und wurden in die Tiefe des Alls geschleudert, während drinnen der Kampf ums Überleben weiterging.

Claytons Augen waren fest auf die Überwachungskameras gerichtet, die das Ausmaß der Zerstörung zeigten. »Sie haben alles getan, was Sie konnten, Xinyan. Bitte retten Sie Ihre Haut.«

»Und Sie, Kapitän?«, fragte Astronomin Xinyan

»Machen Sie sich keine Gedanken um mich, Xinyan. Es tut mir leid, Xinyan, dass ich all dies tun musste, um meine Passagiere und den Mars vor den Dravmore zu schützen. Dass ich trotz dieser drastischen Maßnahmen nicht alle meine Passagiere verteidigen konnte. Dass es durch diese Maßnahmen viele Opfer geben wird. Aber überall, wo gekämpft wird, muss es Opfer geben, was leider notwendig ist, um die Mehrheit zu retten. Was mir am Herzen liegt, ist, die Mehrheit meiner Passagiere zu retten und die Anzahl der Opfer zu reduzieren.«

»Aber Sie müssen sich auch retten, Kapitän«, sagte Xinyan emotional, bevor sie in die Rettungskapsel eintrat.

Xinyan zögerte, dann drehte sie sich abrupt um, Tränen liefen über ihr Gesicht. Mit einem schnellen Schritt war sie wieder bei ihm, nahm sein Gesicht in ihre Hände und küsste ihn auf die Lippen, ein Kuss voller Verzweiflung und Abschied. »Es war mir immer eine Freude, mit Ihnen gearbeitet zu haben, Kapitän«, flüsterte sie, ihre Stimme erstickte fast vor Emotionen.

»Mir auch, Xinyan«, sagte Clayton leise, seine Augen glitzerten feucht. »Es war mir eine Ehre. Nun gehen Sie bitte, ein Leben muss enden, damit ein neues beginnt. Gehen Sie und führen Sie ein neues Leben auf dem Mars.«

Xinyan nickte, unfähig, Worte zu finden. Sie drehte sich langsam um und trat in die Rettungskapsel. Die Türen schlossen sich hinter ihr mit einem leisen Zischen, und sie konnte den Kapitän noch einmal durch das kleine Fenster sehen, fest entschlossen, bis zum Ende zu bleiben.

Die Kapsel löste sich und wurde in die unendliche Weite des Alls geschleudert. Xinyan beobachtete, wie das Raumschiff Nebelgator, das sie so lange ihr Zuhause genannt hatte, kleiner wurde. Tränen flossen über ihre Wangen, als sie die Brände nahe den Brücken zum Weltraumaufzug sah. Der Kapitän blieb im Kommandoraum allein zurück, um das Unmögliche zu tun – ein Schiff und seine Passagiere zu retten, koste es, was es wolle.

Die Flammen fanden immer neue Nahrung, breiteten sich durch die belüfteten Schächte aus und erreichten bald die untere Brücke zum Weltraumaufzug.

Inmitten des infernalischen Chaos, das einst das stolze Raumschiff gewesen war, strömten zahlreiche Passagiere panisch zu den Brücken, in der verzweifelten Hoffnung, den Weltraumaufzug zu erreichen und sich zu retten. Doch die Kapazitäten des Aufzugs waren bereits überschritten, und nur wenige hatten das Glück, hineinzukommen.

In der überfüllten Enge verloren viele Menschen das Bewusstsein, erstickt von der drückenden Masse. Auf den Brücken lagen Körper regungslos am Boden, während die Menge, getrieben von purer Angst und Überlebensinstinkt, unabsichtlich über sie hinweg trat. Schreie und verzweifelte Rufe hallten durch die Flure des Raumschiffes und auf den Brücken, gemischt mit den ohrenbetäubenden Alarmen und dem unaufhaltsamen Knarren des beschädigten Schiffs. Die Szenen waren herzzerreißend, ein erbarmungsloser Kampf ums Überleben in einem Moment des absoluten Chaos.

Der MASA-Administrator beobachtete von der Marsoberfläche aus, wie Passagiere sich auf den Brücken des Raumschiffs drängten und um Luft rangen. Das holografische Live-Video zeigte die verzweifelten Gesichter, die schreienden Menschen und die immer näher rückenden Flammen, die die Brücken und den Weltraumaufzug bedrohten. Sprachlos vor Entsetzen entschloss er sich zu einer drastischen Maßnahme.

»Der Weltraumaufzug ist nicht dafür ausgelegt, eine unbegrenzte Anzahl von Menschen aufzunehmen. Schließen Sie die Tore des Weltraumaufzugs, um eine Überfüllung und Platzmangel zu vermeiden!«, befahl der MASA-Administrator per Funkradio, seine Stimme bebte vor Anspannung.

Der Oberastronaut, der die Leitung des Weltraumaufzugs innehatte, hörte den Befehl und spürte sofort das Gewicht der Entscheidung. »Herr Administrator, wenn wir die Tore schließen, werden zahlreiche Passagiere auf der Brücke sterben«, funkte er zurück, seine Stimme voller Dringlichkeit.

»Es ist ein Befehl, Oberastronaut. Wenn der Weltraumaufzug überfüllt ist, wird es zu Instabilität und unzureichender Versorgung kommen. Niemand kann das überleben, erst recht nicht, wenn diese verdammten Brände den Aufzug erreichen«, erwiderte der MASA-Administrator unnachgiebig.

»Weiß Kapitän Clayton von diesem Befehl?«, fragte der Oberastronaut zögernd.

»Arbeiten Sie für MASA oder für Kapitän Clayton?«, antwortete der Administrator in einem aggressiven Tonfall.

»Für MASA, Administrator«, sagte der Oberastronaut zögerlich.

»Dann tun Sie, was ich sage. Und ich will nichts mehr von Kapitän Clayton hören. Er hat versagt und verdient das Schicksal, das ihn jetzt erwartet«, sagte der MASA-Administrator kalt.

Mit Tränen in den Augen drückte der Oberastronaut auf den Knopf. Der Weltraumaufzug trennte sich von den Brücken, die Tore schlossen sich. Dies erforderte das Abschotten bestimmter Bereiche und das Versperren von Zugängen, was zu zahlreichen Todesopfern führte. Die zurückgebliebenen Menschen auf den Brücken gerieten in Panik, viele wurden erdrückt und erstickten im entstehenden Vakuum.

Schreie und verzweifelte Rufe hallten durch die Flure, als die Menschen drängten und schoben, um zu versuchen, sich zu retten. Die chaotischen Szenen führten zu vielen Todesopfern in dem panischen Ansturm, etliche Menschen wurden totgetrampelt.

Im Kontrollzentrum des Weltraumaufzugs beobachteten

Raumfahrtingenieur Robert Fields, Lieutenant Dimitrow und Dr. Emma das grauenhafte Geschehen. Obwohl sie sich in Sicherheit befanden, konnten sie nicht tatenlos zusehen, wie Menschen massenhaft auf der Brücke starben. Ihr Herz wurde von der Verzweiflung der Passagiere und der Härte der drastischen Entscheidung, die vom MASA-Administrator getroffen wurde, zerrissen.

Robert, erfüllt von einem tiefen Gefühl der Menschlichkeit und dem moralischen Imperativ, alle Passagiere von der Nebelgator zu retten, entschied sich, zu handeln. Mit zitternden Händen und Entschlossenheit in den Augen trat er vor das Kommunikationsmodul und aktivierte das Hologramm-Übertragungssystem. Eine schimmernde Projektion seines Bildes erschien im Hauptquartier der MASA, und mit fester Stimme begann er seine Ansprache:

»Administrator, ich appelliere an Sie – jedes Leben ist kostbar. Niemand sollte so leiden müssen. Diese Passagiere, die wir an Bord der Nebelgator zurückgelassen haben, Familien, Träume und Hoffnungen. Sie vertrauen darauf, dass wir sie beschützen. Wir dürfen nicht zulassen, dass sie in dieser Hölle sterben. Wir müssen eine Möglichkeit finden, mehr Leben zu retten.«

Seine Stimme bebte vor Emotionen, doch er fuhr fort: »Lassen Sie uns gemeinsam alles versuchen, um möglichst viele zu retten. Wir können es schaffen, wenn wir es versuchen. Diese Menschen verdienen eine Chance. Lassen Sie uns das Richtige tun – für sie und für uns selbst.«

Dr. Emma und Lieutenant Dimitrow traten neben Robert, ihre Gesichter spiegelten seine Entschlossenheit wider. Gemeinsam standen sie vereint in ihrem Appell, entschlossen, für das Leben der Passagiere zu kämpfen.

Der MASA-Administrator, der Roberts leidenschaftliche Worte hörte, zögerte einen Moment. Die Dringlichkeit und Menschlichkeit in Roberts Stimme ließen ihn innehalten und die Härte seiner Entscheidung überdenken.

JOSEPH UND LILITHA

In der schummrigen Beleuchtung der breiten Flure der Abteilung des gigantischen Raumschiffs Nebelgator loderten Flammen, die sich schnell ausbreiteten und den Kampfplatz in ein Inferno verwandelten. Die beiden Kontrahenten hatten sich bereits tapfer und erbittert bekämpft, ihre Schwerter blitzten im Schein der Flammen. Doch als das Feuer sich weiter ausbreitete und die Hitze unerträglich wurde, kam ihr brutaler Kampf zu mehrmaligen Unterbrechungen.

Joseph hielt inne, das Schwert fest umklammert, seine Augen starrten durch den beißenden Rauch zu Ammon. »Wir müssen das hier beenden«, keuchte er, die Worte kaum mehr als ein Flüstern im tosenden Lärm des Feuers.

Ammon, dessen Augen vor Zorn und Hass funkelten, zögerte. Die Flammen tanzten um ihn herum und trieben ihn zurück, seine vampirischen Instinkte schrien vor Panik angesichts des Feuers. »Du hast es nicht verdient, zu leben!«, schrie er, obwohl sein Körper unwillkürlich einen Schritt zurücktrat.

»Und doch bin ich hier«, antwortete Joseph, seine Stimme fest.

Ammons Augen glühten vor Zorn, als er Joseph anstarrte. »Du hast eine Abomination begangen, Joseph. Du und Lilith hätten niemals zusammen sein dürfen!«, zischte Ammon mit verachtendem Unterton. »Heute endet dein Verrat, und mit dir wird auch dieser abscheuliche Bastard sterben!«

»Ich werde meine Familie beschützen, egal was es kostet.«

Ein heftiger Knall ließ beide Kämpfer aufblicken, als ein Teil der Decke unter der Hitze nachgab und Trümmer zwischen ihnen herabstürzten. Beide Männer wichen aus, suchten Deckung vor den herabfallenden Metallteilen und dem Funkenregen. Für einen Moment waren sie voneinander getrennt, jeder kämpfte darum, nicht von den Flammen eingeschlossen zu werden.

Joseph nutzte die Gelegenheit, um sich zu orientieren. Er wusste, dass der kleine Kowen in der Nähe war, versteckt und verängstigt. Er musste schnell handeln. Mit einem entschlossenen Blick auf die lodernden Flammen um ihn herum rief er: »Kowen! Bleib wo du bist! Ich komme zu dir!«

Ammon hörte den Ruf und wandte sich wieder Joseph zu. »Du wirst nirgendwo hingehen!« Mit einem rasenden Schrei warf er sich erneut in den Kampf, seine telekinetischen Fähigkeiten schleuderten brennende Trümmer auf Joseph zu. Joseph wich geschickt aus, nutzte die Umgebung, um Deckung zu finden, und konterte mit präzisen Schlägen seines Schwertes.

Ammon schnaubte vor Wut und warf sich mit übernatürlicher Geschwindigkeit auf Joseph. Die beiden Klingen trafen in einem funkenstiebenden Schlag aufeinander. Joseph nutzte seine Neo-Kundo-Techniken, um Ammon abzuwehren und selbst angreifen zu können, doch die Geschwindigkeit und Kraft des Vampirs waren überwältigend.

Der Kampf verlagerte sich schnell durch die verschiedenen Flure und Räume des Abschnitts. Metallene Boxen und Möbelstücke flogen durch die Luft, gelenkt von Ammons telekinetischen Kräften. Joseph wich geschickt aus, benutzte brennende Stühle und Tische als improvisierte Waffen und Schilde. Die Hitze des Feuers machte Ammon vorsichtig, während Joseph das Chaos zu seinem Vorteil nutzte.

»Du kannst nicht ewig weglaufen, Joseph!«, rief Ammon, als er eine schwere Metalltür auf Joseph schleuderte. Joseph parierte sie knapp mit seinem Schwert und konterte mit einem Tritt, der Ammon zurücktaumeln ließ.

In einem nahen Raum hörte Joseph auf einmal das Wimmern seiner Frau, Lilitha, und des kleinen Salvators. Das Wissen um ihre Nähe verlieh ihm neue Kraft. »Ich werde euch beschützen!«, schrie er, während er Ammon mit einer Reihe wilder Schläge zurückdrängte.

Ammon nutzte einen Moment der Unachtsamkeit und schoss vor, griff Joseph an und warf ihn zu Boden. »Dein Kampf ist vergebens, Mensch!«

Doch Joseph ließ sich nicht so leicht besiegen. Er rollte sich ab, sprang auf und setzte eine Reihe präziser Neo-Kundo-Bewegungen ein, um Ammons Angriffe zu parieren. Mit einem letzten, entschlossenen Schlag gelang es ihm, Ammon schwer zu verwunden.

Das Finale spielte sich auf einer Plattform über einer brodelnden Lavamulde ab, die sich unter dem Abschnitt befand. Der Boden bebte und drohte, unter den Flammen und dem Gewicht der Kämpfer einzustürzen.

»Das ist dein Ende, Joseph!«, rief Ammon, als er auf ihn zustürmte. Doch Joseph, nun vollständig auf seine Instinkte vertrauend, wich zur Seite und brachte Ammon ins Ungleichgewicht. Mit einem geschickten Hieb traf er Ammon direkt ins Herz.

Ammons Augen weiteten sich vor Schmerz und Unglauben. »Nein …«, keuchte er, bevor er das Gleichgewicht verlor und in die Tiefe stürzte. Die Lava verschlang ihn mit einem letzten, gellenden Schrei.

Joseph stand schwer atmend am Rand der Plattform, den Blick auf die brodelnde Lava gerichtet, die Ammon verschlungen hatte. Das Adrenalin rauschte noch durch seine Adern, als er sich umdrehte und eilte, um Kowen zu finden. Kowen war sicher und trat zögernd aus seinem Versteck und schloss sich der Umarmung an. Doch Josephs Gedanken waren bei Lilitha und Salvator.

Er nahm den Jungen, dann suchte er nach Lilitha und fand sie vor der Geheimkabine, schwer verletzt und mit Blut bedeckt. Der Charon lag tot zu ihren Füßen, sein Kopf von Lilithas Schwert sauber abgetrennt. Ihre Augen trafen sich, und Joseph spürte den Kloß in seinem Hals, als er auf sie zuschritt und sich neben sie kniete.

»Du bist verletzt und ich sehe, dass du leidest. Warum konnte ich nicht verhindern, dass dir das passiert?« Josephs Stimme war gebrochen, als er ihre Hand hielt.

Lilitha lächelte schwach, ihre Augen voller Wärme und Trauer. »Mach dir keine Sorgen um mich. Unser Schicksal mag es nicht erlaubt haben, dass wir zusammen sind, aber unsere gemeinsamen Erinnerungen nehme ich mit mir.«

Tränen stiegen in Josephs Augen, und er kämpfte darum, klar zu sprechen. »Lilitha, bleib bei mir, bitte … Erinnere dich an das, was wir uns gesagt haben! Wir werden eine glückliche Familie auf dem Mars gründen, und diese wird unsere Festung sein«, sagte Joseph weinend.

Lilitha hob mühsam eine Hand und legte sie an seine Wange. »Ich will nicht, dass du weinst. Ich habe schon so viel für dich geweint. Sei stark und höre, was ich dir sagen werde … Ich habe eine unendliche Anzahl von Erfahrungen gemacht, bevor ich dich getroffen habe, und du kannst dir nicht vorstellen, wie unsere kurze Liebe mein Leben komplett verändert hat. Wenn ich die Macht hätte, die Dinge zu ändern, würde ich dafür sorgen, dass du und ich unzertrennlich sind.« Sie zog ein kleines Schmuckstück aus ihrer Tasche – den Diamant-Ankh. »Hier ist der Diamant-Ankh.

Beschütze ihn um jeden Preis für unser Kind. Es ist ein Geschenk an Salvator.«

Josephs Tränen flossen frei, als er das Schmuckstück entgegennahm. »Lilitha, bleib bei mir … hörst du mich? Lilitha …«

Lilitha lächelte ein letztes Mal, ihre Augen schlossen sich langsam, und ihr Atem wurde flach. »Ich liebe dich, Joseph …« flüsterte sie, bevor ihr Körper erschlaffte und ihr Atem versiegte.

Joseph war am Boden zerstört. Er hielt Lilithas leblosen Körper in seinen Armen, die Welt um ihn herum verschwamm vor Tränen. Die Hitze der brennenden Brücken und das ferne Echo des Kampfes schienen in der Ferne zu verschwinden, während er sich über seine verlorene Liebe beugte, die Kälte des Verlusts schwer auf seinem Herzen.

Er hob den Diamant-Ankh und schwor, ihr letztes Geschenk zu beschützen. Inmitten des Chaos und der Zerstörung fand er einen Funken Entschlossenheit. »Ich liebe dich auch und ich werde ihn beschützen.«

EPILOG

Nach dem verheerenden Unglück des Raumschiffs NE-
BELGATOR mobilisierte MASA sämtliche verfügbaren
Rettungseinheiten, von kleinen Space-Shuttles bis hin zu
großen Evakuierungsschiffen, um die Überlebenden zu bergen und zu
retten. Trotz aller Bemühungen blieben viele Fragen offen, besonders
das rätselhafte Verschwinden von Kapitän Clayton, dessen Schicksal
ein ungelöstes Mysterium für MASA darstellte.

Es gab zahlreiche Vermisste wie Kapitän Clayton, aber auch viele
Überlebende wie Joseph, Kowen und Salvator, die Fuß auf der Oberfläche des Roten Planeten gefasst hatten.

In Arcadia Planitia kreuzten sich die Straßen, die Kulturen und die
Einwohner der Marszivilisation, und Joseph hoffte, dass er dort Trost
in der Zukunft finden könnte und dass Salvator und Kowen dort
leben, wachsen würden und dass sich die Geschichte zu Gunsten der
Sapiens wenden würde.

Die Prophezeiung

In den alten Schriften und Tagebüchern der Weisen, verborgen in
staubigen Stammbüchern und flüsternd durch die Jahrhunderte, gibt
es eine Prophezeiung, die so alt ist wie die Zeit selbst. Diese Worte,
in Stein gemeißelt und in den Herzen der Ältesten bewahrt, haben
Generationen von Myonen und Nobilis gleichermaßen gefesselt und
Generationen von Sapiens und Dalits getröstet.

»Und ein Zweig wird aus dem Stamm der Sapiens und der Fremden hervorgehen, und ein Spross wird aus ihren Wurzeln entspringen. Dieser Spross wird diesen Zyklus der Unordnung, der im Simulo herrscht, durchbrechen und die Schwachen retten.«

JF Angel
Emailadresse : aliensstory94@gmail.com